**Feuer der Leidenschaft – große Liebesromane**

Karen A. Bale, **Sinnliche Versprechen**
Mary Balogh, **Nacht der Verzückung**
Nina Beaumont, **Preis der Leidenschaft**
Rosanne Bittner, **Ich kämpfe um uns**
Claire Delacroix, **Dame meines Herzens**
Claire Delacroix, **Erbin der Glückseligkeit**
Claire Delacroix, **Geliebte Gräfin**
Claire Delacroix, **Die geraubte Schöne**
Claire Delacroix, **Prinzessin meiner Liebe**
Thea Devine, **Das Liebesjuwel**
Christina Dodd, **Liebhaber meiner Träume**
Christina Dodd, **Geheime Sünden**
Jane Feather, **Engel in Gefahr**
Emily French, **Ruf nach Freiheit**
Dorothy Garlock, **Eine Liebe wie der Himmel**
Dorothy Garlock, **Geheime Passionen**
Dorothy Garlock, **Paradies der Sinne**
Dorothy Garlock, **Schöner, wilder Mann**
Elizabeth Graham, **Rivalinnen des Glücks**
Elizabeth Graham, **Vergib mir meine Liebe**
Tracy Grant, **Erobere mich!**
Tracy Grant, **Verratenes Herz**
Tracy Grant, **Wer der Sehnsucht erliegt**
Eloisa James, **Ekstase der Liebe**
Mandalyn Kaye, **Der Fremde in meinen Armen**
Elizabeth Lane, **Gefallener Engel**
Sandra Marton, **Nur mit deiner Liebe**
Theresa Michaels, **Mit Feuer und Schwert**
Karen Marie Moning, **Das Herz eines Highlanders**
Karen Marie Moning, **Zauber der Begierde**
Constance O'Banyon, **Die Flammen der Liebe**
Delia Parr, **Am Abgrund der Liebe**
Delia Parr, **Die Elfenbeinprinzessin**
Delia Parr, **Gefangene des Herzens**
Delia Parr, **Ein Himmel voller Rosen**
Candice Proctor, **Septembermond**
Candice Proctor, **Sündige Erbschaft**
Candice Proctor, **Verbannt im Paradies der Liebe**
Jaclyn Reding, **Eine Liebe wie Magie**
Jaclyn Reding, **Die Schöne und der Lord**
Amanda Scott, **Gefährliche Leidenschaft**
Maura Seger, **Magische Verführung**
Alexa Smart, **Mitternachtsrosen**
Alexa Smart, **Tausend Küsse im Paradies**
Janelle Taylor, **Wildes Land, wilde Leidenschaft**
Susan Wiggs, **Und jeden Tag deine Liebe**
Susan Wiggs, **Im Rausch der Leidenschaft**
Susan Wiggs, **Venezianische Verführung**
Susan Wiggs, **Verbotene Schwüre der Liebe**
Susan Wiggs, **Wild wie deine Träume**

Mary Balogh

# Von dir kann ich nicht lassen

Roman

Aus dem Amerikanischen
von Karin König

Ullstein

Ullstein Taschenbuchverlag
Der Ullstein Taschenbuchverlag ist ein Unternehmen der
Econ Ullstein List Verlag GmbH & Co. KG, München
Deutsche Erstausgabe
2. Auflage 2002
© 2001 für die deutsche Ausgabe by
Econ Ullstein List Verlag GmbH & Co. KG, München
© 2000 by Mary Balogh
All rights reserved. Published by arrangement with Dell Publishing,
an imprint of The Bantam Dell Publishing Group,
a division of Random House, Inc.
Titel der amerikanischen Originalausgabe: More than a Mistress
(Delacorte Press, Random House, Inc., New York)
Übersetzung: Karin König
Redaktion: Ulrike Kroneck
Umschlagkonzept: Lohmüller Werbeagentur GmbH & Co. KG, Berlin
Umschlaggestaltung: Init GmbH, Bielefeld
Titelabbildung: Sharon Spiak, Literary Agency Thomas Schlück GmbH, Garbsen
Gesetzt aus der New Baskerville
Satz: hanseatenSatz-bremen, Bremen
Druck und Bindearbeiten: GGP Media, Pößneck
Printed in Germany
ISBN 3-548-25259-1

# 1. Kapitel

Die beiden Gentlemen, die trotz der frischen Kühle des Frühlingsmorgens in Hemdsärmeln waren, standen gerade im Begriff, sich gegenseitig eine Kugel durch den Kopf zu jagen. Oder es zumindest zu versuchen. Sie befanden sich auf einem abgelegenen Teil einer taufeuchten Wiese in Londons Hyde Park, blickten in entgegengesetzte Richtungen und ignorierten jeder die Gegenwart des anderen, bis zu dem Moment, da sie aufeinander zielen würden, um den tödlichen Schuss abzugeben.

Sie waren jedoch nicht allein, da dies ein Ehrenduell war, bei dem die rechtlichen Bestimmungen eingehalten werden mussten. Man hatte den Fehdehandschuh geworfen, wenn auch nicht buchstäblich, und Herausforderer und Herausgeforderter hatten durch ihre Sekundanten diese morgendliche Begegnung vereinbart. Beide Sekundanten waren anwesend, außerdem auch ein Arzt und eine Ansammlung interessierter Zuschauer, alles Männer, die früh aufgestanden waren – oder nach den Feiern der vergangenen Nacht noch nicht zu Bett gegangen – die um des reinen Vergnügens willen zusehen wollten, wie zwei Mitglieder des Hochadels versuchten, das Leben des jeweils anderen zeitlich zu begrenzen.

Einer der Duellanten, der Herausforderer und kleinere und stämmigere der beiden Männer, stampfte mit den Stiefeln auf, krümmte die Finger und leckte sich die trockenen Lippen mit seiner noch trockeneren Zunge. Er war beinahe ebenso blass wie sein Hemd.

»Ja, du kannst ihn fragen«, sagte er zu seinem Sekundanten, wobei er sich vergeblich bemühte, ein Zähneklappern zu unterdrücken. »Nicht dass er es tun wird, bedenke, aber man muss bei solchen Angelegenheiten Anstand bewahren.«

Sein Sekundant schritt forsch davon, um mit seinem Gegenüber zu verhandeln, der wiederum an den zweiten Duellanten herantrat. Dieser große, elegante Gentleman wirkte ohne seine Jacke sehr vorteilhaft. Sein weißes Hemd konnte die starken Muskeln an Armen, Schultern und Brust kaum verbergen, während Kniehose und Stulpenstiefel die muskulösen Konturen seiner langen Beine noch betonten. Er war unbekümmert damit beschäftigt, die Spitze der Ärmelaufschläge über den Rücken seiner langfingrigen, ordentlich manikürten Hände zu glätten und eine oberflächliche Unterhaltung mit seinen Freunden zu führen.

»Oliver zittert wie ein Blatt im Sturm«, bemerkte Baron Pottier, das Lorgnon am Auge. »Er könnte nicht einmal die breite Seite der Kathedrale aus dreißig Schritt Entfernung treffen, Tresham.«

»Und seine Zähne klappern wie Pferdehufe«, fügte Viscount Kimble hinzu.

»Beabsichtigst du, ihn zu töten, Tresham?«, fragte der junge Mr Maddox, was ihm einen kühlen, überheblichen Blick des Duellanten einbrachte.

»Das macht ein Duell aus, nicht wahr?«, antwortete er.

»Hinterher Frühstück bei White's, Tresh?«, schlug

Viscount Kimble vor. »Und danach zu Tattersall? Ich habe ein Auge auf ein gerade zusammengestelltes Paar Graue für meine Karriole geworfen.«

»Sobald diese unselige Angelegenheit erledigt ist.« Aber dann wurde der Duellant durch das Herannahen seines Sekundanten sowohl vom Glätten seiner Ärmelaufschläge als auch von seiner Unterhaltung abgelenkt. »Nun, Conan?«, fragte er mit einer Spur Ungeduld in der Stimme. »Gibt es einen guten Grund für diese Verzögerung? Ich muss gestehen, dass es mich nach meinem Frühstück verlangt.«

Sir Conan Brougham war die Kaltschnäuzigkeit des Mannes gewohnt. Er hatte ihm bereits bei drei vorangegangenen Duellen als Sekundant fungiert, nach denen sein Freund unversehrt und vollkommen ruhig ein herzhaftes Frühstück zu sich genommen hatte, als habe er an dem Morgen nichts weniger Todbringendes als einen forschen Ritt im Park hinter sich.

»Lord Oliver ist bereit, eine angemessen formulierte Entschuldigung anzunehmen«, sagte er.

Ihre Bekannten machten höhnische Bemerkungen.

Sir Conans Blick wurde ungerührt von dunkelbraunen Augen erwidert, die manche Menschen irrtümlich für schwarz hielten. Das schmale, überhebliche, hübsche Gesicht, zu dem sie gehörten, zeigte bis auf eine leicht gehobene Augenbraue keinerlei Regung.

»Er hat mich herausgefordert, weil ich ihm Hörner aufgesetzt habe, ist aber bereit, die Angelegenheit nach einer einfachen Entschuldigung zu vergessen?«, fragte er. »Muss ich meine Antwort darlegen, Conan? Musstest du mich überhaupt fragen?«

»Es ist vielleicht eine Überlegung wert«, riet sein Freund. »Ich würde meine Aufgabe nicht gewissenhaft erfüllen, wenn ich dir diesen Rat nicht erteilte, Tresham. Oliver ist ein recht guter Schütze.«

»Dann lass es ihn beweisen, indem er mich tötet«, sagte der Duellant unbekümmert. »Und lass es lieber innerhalb der nächsten Minuten als Stunden geschehen, mein Lieber. Die Zuschauer legen entschieden Zeichen von Langeweile an den Tag.«

Sir Conan schüttelte den Kopf, zuckte die Achseln und schritt davon, um Viscount Russell, Lord Olivers Sekundanten, darüber zu informieren, dass Seine Gnaden, der Duke of Tresham, Lord Oliver gegenüber keine Notwendigkeit einer Entschuldigung sah.

Also blieb nichts anderes zu tun, als die Angelegenheit voranzutreiben. Besonders Viscount Russell war bestrebt, die Begegnung zu beenden. Selbst diese abgelegene Ecke des Hyde Park war ein zu belebter öffentlicher Ort, um dort Duelle abzuhalten, die ungesetzlich waren. Wimbledon Common, der üblichere Schauplatz solcher Ehrenhandel, wäre sicherer gewesen. Aber sein Freund hatte auf dem Hyde Park bestanden.

Die Pistolen waren geladen und von beiden Sekundanten sorgfältig überprüft worden. Während sich erwartungsvolle Stille über die Zuschauer senkte, nahmen die Protagonisten jeder eine Waffe auf, ohne einander anzusehen. Sie nahmen Rücken an Rücken ihre Positionen ein und führten beim vereinbarten Zeichen die vorgeschriebene Anzahl Schritte aus, bevor sie sich umwandten. Sie zielten sorgfältig, beide seitlich stehend, um dem anderen ein so geringes Ziel wie möglich zu bieten. Sie warteten darauf, dass Viscount Russell das weiße Taschentuch senken würde, das er hochhielt – das Zeichen zu feuern.

Die Stille wurde beinahe greifbar.
Und dann geschahen zwei Dinge gleichzeitig.
Das Taschentuch wurde gesenkt.
Und jemand schrie.
»*Halt!*«, schrie die Stimme. »*Halt!*«
Es war eine weibliche Stimme, die aus der Richtung eines Hains in einiger Entfernung erklang. Empörtes Murmeln stieg von den Zuschauern auf, die sich angemessen still und regungslos verhalten hatten, um die Protagonisten nicht abzulenken.

Der Duke of Tresham senkte überrascht und zornig den rechten Arm, wandte sich um und blickte in Richtung der Person, die es gewagt hatte, eine solche Begegnung in einem solchen Moment zu unterbrechen.

Lord Oliver, der ebenfalls einen Augenblick geschwankt hatte, erholte sich rascher, zielte erneut und feuerte seine Pistole ab.

Die Frau schrie.

Seine Gnaden sank nicht zu Boden. Tatsächlich schien es zunächst so, als sei er gar nicht getroffen worden. Aber dann breitete sich ein hellroter Fleck an seiner Wade aus, einen oder zwei Zoll über der Oberkante seiner perfekt polierten Lederstiefel, gerade so, als wäre er dort in dem Moment von unsichtbarer Hand mit einem langstieligen Pinsel aufgemalt worden.

»Schande!«, rief Baron Pottier von der Seitenlinie. »Schande über dich, Oliver!«

Andere schlossen sich ihm an und tadelten den Mann ebenfalls, der unfairen Vorteil aus der Ablenkung seines Gegners gezogen hatte.

Sir Conan schritt auf den Duke zu, während der

karmesinrote Fleck an Umfang zunahm, und der Arzt beugte sich über seine Tasche. Aber Seine Gnaden hob mit einer entschieden abwehrenden Geste die linke Hand, bevor er den rechten Arm wieder anhob und mit seiner Pistole erneut zielte. Sie zitterte nicht. Und auch sein Gesicht blieb vollkommen ausdruckslos. Nur seine zusammengekniffenen Augen verrieten die Konzentration auf sein Ziel, das keine andere Wahl hatte, als dazustehen und seinen Tod zu erwarten.

Lord Oliver stand, wie man ihm zugute halten musste, sehr still, obwohl seine Hand, die die Pistole hielt, merklich zitterte.

Die Zuschauer verfielen wieder in Schweigen. Wie auch die unbekannte Frau. Es herrschte eine fast unerträgliche Spannung.

Und dann beugte der Duke of Tresham seinen Arm, wie er es bei jedem vorangegangenen Duell, an dem er beteiligt gewesen war, getan hatte, und schoss in die Luft.

Der rote Fleck auf seiner Kniehose breitete sich rasch in konzentrischen Kreisen aus.

Eiserne Willenskraft hatte er aufbringen müssen, um aufrecht stehen zu bleiben, während er das Gefühl hatte, als wäre sein Bein von tausend Nadeln getroffen. Aber obwohl er Lord Oliver zürnte, weil dieser die Pistole abgefeuert hatte, wo jeder wahre Gentleman auf ein Zeichen gewartet hätte, dass das Duell neu beginnen würde, hatte Jocelyn Dudley, der Duke of Tresham, niemals die Absicht gehegt, ihn zu töten oder auch nur zu verletzen. Er hatte ihn nur eine Weile schwitzen lassen und ihm Zeit geben wollen, sein

Leben vor sich ablaufen zu sehen und sich zu fragen, ob der Duke, der als tödlicher Schütze, aber ebenso auch als ein Mann bekannt war, der seine Kugel bei Duellen verächtlich an die Luft verschwendete, sich dieses eine Mal anders als gewohnt verhalten würde.

Die Nadelstiche nahmen ihn ganz ein, als er die Angelegenheit beendete und die Pistole aufs feuchte Gras warf. Er fühlte sich wie die personifizierte Höllenqual und blieb nur deshalb aufrecht stehen, weil er verdammt sein wollte, wenn er Oliver die Genugtuung gäbe, behaupten zu können, er habe ihn niedergestreckt.

Er war auch immer noch wütend. Nein, das war untertrieben. Glühender Zorn schwelte in ihm und hätte sich vielleicht gegen Oliver gerichtet, wäre da nicht ein offensichtlicheres Ziel gewesen.

Er wandte den Kopf und schaute mit verengten Augen zu der Stelle am Rande des Hains, wo sie noch vor wenigen Augenblicken gestanden und wie eine Todesfee geschrien hatte. Zweifellos ein Dienstmädchen auf einem morgendlichen Botengang, das eine der wichtigsten Regeln ihrer Stellung vergessen hatte: dass man sich um seine eigenen Angelegenheiten kümmerte und seine Dienstherren sich um die ihren kümmern ließ. Ein Mädchen, dem eine Lektion erteilt werden musste, die es nicht vergessen würde.

Sie war noch immer da, blickte wie versteinert zu ihnen, beide Hände an den Mund gepresst, obwohl sie nun schwieg. Schade, dass sie eine Frau war. Es hätte ihn zutiefst befriedigt, ihr eine Pferdepeitsche überzuziehen, bevor er fortgebracht wurde, damit sein Bein behandelt werden konnte. Zum Teufel, er hatte wahnsinnige Schmerzen.

Nur Augenblicke waren vergangen, seit er seine Pistole abgefeuert und dann weggeworfen hatte. Sowohl Brougham als auch der Arzt eilten auf ihn zu. Die Zuschauer murmelten aufgeregt. Eine Stimme konnte er deutlich heraushören.

»Gut gemacht, Donnerwetter, Tresh«, rief Viscount Kimble. »Du hättest deine Kugel verschenkt, wenn du sie dem Bastard verpasst hättest.«

Jocelyn hob erneut die linke Hand, ohne die Frau am Hain aus den Augen zu lassen. Mit der rechten Hand winkte er sie gebieterisch zu sich heran.

Wenn sie klug gewesen wäre, hätte sie auf dem Absatz kehrtgemacht und wäre davongelaufen. Er war kaum in der Lage, ihr nachzujagen, und er bezweifelte, dass irgendein anderer Anwesender außer ihm ein Interesse daran hätte, ein reizloses, grau gekleidetes, schmächtiges Dienstmädchen zur Strecke zu bringen.

Aber sie war nicht klug. Sie tat einige zögerliche Schritte auf ihn zu und eilte ihm dann den Rest des Weges entgegen, bis sie fast unmittelbar vor ihm stand.

»Sie Narr!«, rief sie verärgert und in Missachtung ihres Platzes in der gesellschaftlichen Rangfolge sowie der Konsequenzen daraus, auf solche Art mit einem Peer zu sprechen. »Welch äußerst dumme Handlungsweise. Besitzen Sie nicht mehr Respekt vor Ihrem Leben, als sich in ein törichtes *Duell* verstricken zu lassen? Und nun sind Sie verletzt. Ich muss sagen, es geschieht Ihnen recht.«

Seine Augen verengten sich noch stärker, während er den pulsierenden Schmerz in seinem Bein, das ihm seinen Dienst zu versagen drohte, entschlossen ignorierte.

»Schweig, Mädchen!«, befahl er kalt. »Wenn ich hier heute Morgen gestorben wäre, wärst du wahrscheinlich wegen Mordes gehängt worden. Hast du nicht mehr Respekt vor *deinem* Leben, als dass du dich in Dinge einmischst, die dich nichts angehen?«

Ihre Wangen waren zorngerötet. Bei seinen Worten erbleichte sie jedoch und sah ihn mit geweiteten Augen an, die Lippen zu einer harten Linie zusammengepresst.

»Tresham«, sagte Sir Conan, der daneben stand, »wir sollten das Bein besser behandeln lassen, alter Junge. Du verlierst Blut. Lass mich dich mit Kimble zu der Decke hinübertragen, die der Arzt ausgebreitet hat.«

»*Tragen?*« Jocelyn lachte höhnisch. Er hatte das Dienstmädchen nicht aus den Augen gelassen. »Du, Kleine. Gib mir deine Schulter.«

»Tresham ...« Sir Conan klang aufgebracht.

»Ich bin auf dem Weg zur Arbeit«, sagte das Mädchen. »Ich werde zu spät kommen, wenn ich mich nicht beeile.«

Aber Jocelyn stützte sich bereits auf ihre Schulter. Er lehnte sich schwerer als beabsichtigt darauf. Als er sich schließlich voranbewegte, das Gewicht von seinem verletzten Bein verlagerte, stellte er fest, dass die Höllenqual, die ihn jetzt heimsuchte, den bisherigen Schmerzen spottete.

»Das ist deine Schuld, Mädchen«, sagte er grimmig und machte versuchsweise einen Schritt auf den Arzt zu, der plötzlich unendlich weit entfernt schien. »Du wirst mir, bei Gott, Unterstützung zuteil werden lassen und deinen unverschämten Mund halten.«

Lord Oliver zog Weste und Jacke wieder an, während Viscount Russell seine Pistole einpackte und an Jocelyn vorüberschritt, um auch die andere einzusammeln.

»Sie sollten Ihren Stolz besser hinunterschlucken«, sagte das Mädchen, »und zulassen, dass Ihre Freunde Sie tragen.«

Ihre Schulter gab unter seinem Gewicht nicht nach. Sie war recht groß und schlank, aber sie war kein Schwächling. Sie war körperliche Arbeit zweifellos gewohnt. Wahrscheinlich war sie Ohrfeigen und Schläge für ihre Unverschämtheit ebenso gewohnt. Er hatte von Dienstmädchen noch niemals etwas Derartiges gehört.

Er war einer Ohnmacht nahe, als er schließlich die Decke unter einer Eiche erreichte.

»Legen Sie sich hin, Euer Gnaden«, riet der Arzt, »dann werde ich nachsehen, welcher Schaden entstanden ist. Ich muss gestehen, dass mir die Lage der Wunde nicht gefällt. Und all das Blut. Ich wage zu behaupten, dass das Bein wahrscheinlich abgenommen werden muss.«

Er redete wie ein Barbier, der eine Haarsträhne entdeckt hat, die sich nicht in den übrigen Schopf einfügt. Er war ein pensionierter Armeechirurg, ein »Bauchaufschneider«, der von Lord Oliver unterstützt wurde. Aderlass und Amputation waren wahrscheinlich seine einzigen Antworten auf jegliche Art physischer Leiden.

Jocelyn fluchte beredt.

»Das können Sie doch nicht auf einen Blick erkennen«, besaß das Dienstmädchen dem Arzt gegenüber die Frechheit festzustellen, »und eine solch entsetzliche Voraussage treffen.«

»Conan«, sagte Jocelyn, die Zähne nun in dem nutzlosen Versuch, den Schmerz zu kontrollieren, fest zusammengebissen, »hol mein Pferd.« Es war nicht weit entfernt angepflockt.

Seine Freunde, die sich um ihn versammelt hatten, erhoben lautstark Protest.

»Sein Pferd holen? Er ist verrückt wie immer.«

»Ich habe meine Kutsche hier, Tresham. Nimm sie. Ich werde sie herbringen lassen.«

»Bleib, wo du bist, Brougham. Er ist nicht bei Sinnen.«

»Tapferer Bursche, Tresham. Zeig ihnen, was in dir steckt, alter Junge.«

»*Hol mein verdammtes Pferd!*«, stieß Jocelyn zwischen den zusammengebissenen Zähnen hervor. Er umklammerte fest die Schulter des Mädchens.

»Ich werde erheblich zu spät kommen«, schalt sie. »Ich werde bestimmt meine Stellung verlieren.«

»Und das geschieht dir *auch* recht«, erwiderte Jocelyn mit ihren eigenen Worten, seine Stimme bar allen Mitgefühls, während sein Freund unter Protest des Arztes davonschritt, um das Pferd heranzuführen.

»Schweigen Sie, Sir!«, wies Jocelyn ihn an. »Ich werde meinen eigenen Arzt zum Dudleyhaus rufen lassen. Dem wird seine Zukunft zu kostbar sein, als dass er vorschlagen wird, das Bein abzusägen. Hilf mir zu meinem Pferd, Kleine.«

Aber da tauchte Lord Oliver vor ihm auf, bevor er sich abwenden konnte.

»Sie sollten wissen, dass die Angelegenheit für mich noch nicht erledigt ist, Tresham«, sagte er, seine Stimme atemlos und zittrig, als wäre er der Verletzte. »Sie werden die Ablenkung durch das Mädchen zweifellos benutzen, um meinen Namen mit Unehre zu beflecken. Und jedermann wird *über mich* lachen, wenn bekannt wird, dass Sie voller Verachtung in die Luft geschossen haben.«

»Also wären Sie lieber tot?« Der Tod schien Jocelyn in diesem besonderen Augenblick ein eher wünschenswerter Zustand. Er würde das Bewusstsein verlieren, wenn er sich nicht sehr konzentrierte.

»Sie werden sich in Zukunft von meiner Frau fernhalten, wenn Sie wissen, was gut für Sie ist«, sagte Lord Oliver. »Das nächste Mal gewähre ich Ihnen vielleicht nicht die Ehre einer Herausforderung. Ich könnte Sie vielleicht wie den Hund niederschießen, der Sie sind.«

Er schritt davon, ohne eine Antwort abzuwarten, begleitet von einem weiteren Schwall von »Schande!«-Rufen der Zuschauer, von denen einige zweifellos enttäuscht darüber waren, dass sie nicht Zeuge wurden, wie der »Bauchaufschneider« auf dem Rasen des Hyde Park seinem Gewerbe nachging.

»Mein Pferd, Kleine.« Jocelyn umfasste ihre Schulter erneut fester und tat die wenigen Schritte zu Cavalier, dessen Kopf Conan festhielt.

Es war ein beängstigendes Unterfangen aufzusteigen, das schier unmöglich gewesen wäre, hätte nicht sein Stolz auf dem Spiel gestanden – und hätte er nicht die Hilfe seines schweigenden, aber missbilligenden Freundes gehabt. Es erstaunte Jocelyn, dass eine kleine Wunde solche Höllenqualen verursachen konnte. Und es stand ihm noch Schlimmeres bevor. Die Kugel steckte in der Wade. Und er war, trotz seiner Äußerung dem Arzt gegenüber, nicht sehr zuversichtlich, dass das Bein gerettet werden könnte. Er biss die Zähne zusammen und nahm Conan die Zügel aus der Hand.

»Ich werde mit dir reiten, Tresham«, sagte sein Freund schroff. »Du verdammter Dummkopf!«

»Und ich werde auf deiner anderen Seite reiten«, bot Viscount Kimble vergnügt an. »Dann kann dich auf jeden Fall jemand auffangen, auf welcher Seite auch immer du hinabzurutschen beschließt. Gut gemacht, Tresh, alter Junge. Du hast dem alten ›Bauchaufschneider‹ einen wahren Dämpfer verpasst.«

Das Dienstmädchen stand da und schaute zu Jocelyn hinauf.

»Ich komme jetzt bestimmt schon eine halbe Stunde zu spät«, sagte sie. »Und das alles wegen Ihnen und Ihres törichten Streites und des noch törichteren Duells.«

Jocelyn wollte in eine seiner Jackentaschen greifen, nur um daran erinnert zu werden, dass er noch immer nur Hemd, Kniehose und Stulpenstiefel trug.

»Conan«, sagte er gereizt, »sei so nett, nimm einen Sovereign aus meiner Jackentasche und wirf ihn der Kleinen dann zu, ja? Das wird sie für den Verlust einer halben Stunde Lohn reichlich entschädigen.«

Aber sie hatte bereits auf dem Absatz kehrtgemacht und schritt über die Wiese davon, mit empört gestrafften Schultern.

»Es ist gut«, sagte Baron Pottier, der ihr nachsah, das Lorgnon am Auge, »dass ein Dienstmädchen einen Duke nicht zum Duell herausfordern kann, Tresham. Sonst würdest du gewiss morgen früh wieder hier stehen.« Er kicherte. »Und ich würde nicht gegen sie wetten.«

Jocelyn verschwendete keinen Gedanken mehr an

sie. Mit all seinen Gedanken und Sinnen und jeder Faser seines Körpers konzentrierte er sich auf sich selbst – auf seine Schmerzen und auf die Notwendigkeit zum Dudleyhaus am Grosvenor Square zu gelangen, um der Schmach zu entkommen, ohnmächtig vom Pferd zu fallen.

Jane Ingleby hatte zwei Wochen lang eine Anstellung gesucht. Sobald sie die Tatsache akzeptiert hatte, dass es in London niemanden gab, an den sie sich um Hilfe wenden konnte, und dass sie nicht dahin zurückgehen konnte, wo sie hergekommen war, und sobald sie erkannt hatte, dass das wenige Geld, das sie mit in die Stadt gebracht hatte, sie nicht viel länger als einen Monat erhalten könnte, selbst wenn sie sehr vorsichtig damit umginge, hatte sie eine Anstellung zu suchen begonnen und war von einem Laden zum anderen, von einer Stellenvermittlung zur anderen gelaufen.

Als ihre schwindenden Mittel schließlich ihr übriges zu der fast lähmenden Furcht beigetragen hatten, die sie bereits aus anderen Gründen empfand, hatte sie schließlich eine Anstellung als Ladengehilfin einer Putzmacherin gefunden. Das bedeutete lange Stunden trübsinniger Arbeit für eine kleinliche, schlecht gelaunte Arbeitgeberin, die ihr Geschäft als Madame de Laurent führte, mit französischem Akzent und ausdrucksvollen Gesten, deren Akzent aber zu reinem Cockney wurde, wenn sie sich bei ihren Mädchen im Arbeitsraum an der Rückseite des Ladens aufhielt. Die Bezahlung war abgrundtief schlecht.

Aber es war zumindest eine Arbeit. Sie bekäme zumindest jede Woche genügend Lohn, um Körper und Seele zusammenzuhalten und die Miete für das kleine Zimmer zu bezahlen, das sie in einer schäbigen Gegend gefunden hatte.

Sie hatte die Arbeit seit zwei Tagen. Dies war ihr dritter Tag. Und sie kam zu spät. Sie wagte nicht daran zu denken, was das bedeuten könnte, auch wenn sie eine ausreichend gute Entschuldigung hatte. Sie war sich nicht sicher, ob Madame de Laurent Entschuldigungen wohlwollend gegenüberstünde.

Sie tat es nicht. Fünf Minuten, nachdem Jane im Laden angekommen war, eilte sie wieder hinaus.

»Zwei Gentlemen, die ein Duell austragen«, hatte Madame gesagt, die Hände auf die Hüften gestemmt, nachdem Jane ihr die Geschichte erzählt hatte. »Ich bin nicht von gestern, meine Liebe. Gentlemen tragen keine Duelle mehr im Hyde Park aus. Sie gehen zum Wimbledon Common.«

Jane hatte die vollständigen Namen der beiden Gentlemen nicht nennen können. Sie wusste nur, dass derjenige, der verletzt worden war – der dunkle, überhebliche, schlecht gelaunte – Tresham genannt wurde. Und dass er im Dudleyhaus lebte.

»Am Grosvenor Square? Oh, *Tresham*!«, hatte Madame ausgerufen und die Hände erhoben. »Nun, das erklärt alles. Ein leichtsinnigerer, gefährlicherer Gentleman als Tresham wäre wohl kaum zu finden. Er ist der wahrhaftige Teufel.«

Jane hatte einen Moment erleichtert aufgeseufzt. Ihr würde doch geglaubt werden. Aber dann hatte Madame plötzlich den Kopf zurückgelegt, verächtlich gelacht und sich im Arbeitsraum zu den anderen Mädchen umgedreht, und diese, Speichellecker, die sie alle waren, hatten ebenfalls verächtlich gelacht.

»Und du willst mir erzählen, dass der Duke of Tresham die Unterstützung der Ladengehilfin einer Putzmacherin brauchte, nachdem er eine Kugel ins Bein bekam?«, hatte Madame gefragt. Die Frage war eindeutig rhetorisch. Sie hatte auch nicht innegehalten, um eine Antwort abzuwarten. »Du solltest mich nicht für eine Närrin halten, meine Liebe. Du hast irgendeinen Aufruhr gesehen und bist dageblieben, um gaffen zu können, nicht wahr? Haben sie ihm die Kniehose ausgezogen, um sein Bein zu behandeln? Ich kann dir kaum Vorwürfe deswegen machen, dass du diesen Anblick genießen wolltest. Aber du solltest wissen, dass *diese* Kniehose nicht ausgepolstert ist.«

Die anderen Mädchen hatten erneut gekichert, während Jane gespürt hatte, wie sie errötete – teils vor Verlegenheit, teils vor Zorn.

»Sie nennen mich also eine Lügnerin?«, hatte sie unbedacht gefragt.

Madame de Laurent hatte sie durchdringend angesehen. »Ja, Miss Hochnäsig«, hatte sie schließlich gesagt. »Das tue ich. Und ich brauche deine Dienste nicht mehr. Nicht, wenn du nicht ...« Sie hatte innegehalten, um sich erneut schmunzelnd nach den Mädchen umzusehen. »Nicht, wenn du mir nicht einen vom Duke of Tresham persönlich unterzeichneten Brief bringst, der deine Geschichte bestätigt.«

Die Mädchen waren in krampfartiges Kichern ausgebrochen, während Jane sich umgewandt und den Laden verlassen hatte. Während sie nun davonging, fiel ihr ein, dass sie nicht einmal um den verdienten Lohn für zwei Tage gebeten hatte.

Und was nun? Zu der Stellenvermittlung zurückkehren, die ihr diese Arbeit vermittelt hatte? Nachdem sie nur zwei Tage gearbeitet hatte? Ein Teil des

Problems zuvor war gewesen, dass sie keine Referenzen besaß und keinerlei Erfahrung. Aber schlimmer als keine Referenzen und keine Erfahrung zu haben, wäre gewiss die Entlassung nach nur zwei Tagen Arbeit wegen Unpünktlichkeit und Lügen.

Sie hatte ihr letztes Geld vor drei Tagen ausgegeben – für ausreichende Nahrung bis zum Zahltag und für das billige, zweckdienliche Kleid, das sie trug.

Jane hielt jäh auf dem Bürgersteig inne, ihre Beine vor Panik schwach. Was konnte sie tun? Wo konnte sie hingehen? Sie hatte kein Geld mehr, selbst wenn sie verspätet beschlösse, Charles suchen zu wollen. Sie hatte noch nicht einmal mehr Geld, um auch nur einen Brief verschicken zu können. Und vielleicht wurde sie inzwischen bereits verfolgt. Sie befand sich immerhin schon länger als zwei Wochen in London und hatte nichts unternommen, um ihre Spur hier zu verbergen. Jemand könnte ihr sehr wohl gefolgt sein, besonders wenn ...

Aber erbleichend schob sie jeden Gedanken an eine solche Möglichkeit weit von sich.

Sie könnte jeden Moment ein bekanntes Gesicht sehen und die Wahrheit in diesem Gesicht erkennen –, dass sie tatsächlich verfolgt würde. Und doch wurde ihr jetzt die Möglichkeit verwehrt, in der vergleichsweise anonymen Welt der arbeitenden Klasse unterzutauchen.

Sollte sie eine weitere Stellenvermittlung aufsuchen und die Erfahrung der vergangenen zwei Tage verschweigen? Gab es irgendwelche Stellenvermittlungen, die sie nicht bereits ein halbes Dutzend Mal aufgesucht hatte?

Und dann prallte ein stattlicher, eiliger Gentleman

schmerzhaft gegen sie und verwünschte sie, bevor er weiterging. Jane rieb sich ihre wunde Schulter und spürte erneut Zorn aufkommen – heute ein vertrautes Gefühl. Sie war auch schon auf den schlecht gelaunten Duellanten zornig gewesen – offensichtlich der Duke of Tresham. Er hatte sie wie einen Gegenstand behandelt, dessen einziger Daseinszweck es war, ihm zu dienen. Und dann war sie zornig auf Madame gewesen, die sie eine Lügnerin genannt und dem Spott preisgegeben hatte.

Waren Frauen der niederen Klassen so gänzlich machtlos, so vollkommen ohne jegliches Recht auf Respekt?

*Dieser Mann* sollte erfahren, dass er der Grund für den Verlust ihrer Anstellung war. Er sollte erfahren, was eine Arbeit für sie bedeutete – das Überleben! Und Madame sollte erfahren, dass sie sie nicht ohne wie auch immer gearteten Beweis eine Lügnerin nennen durfte. Was hatte sie gerade vor wenigen Minuten gesagt? Dass Jane ihre Arbeit behalten könnte, wenn sie einen vom Duke unterzeichneten Brief beibrächte, der ihre Geschichte bestätigte?

Nun denn, sie sollte ihren Brief bekommen.

Und er würde ihn unterzeichnen.

Jane wusste, wo er lebte. Am Grosvenor Square. Sie wusste auch, wo das war. Während ihrer ersten Tage in London, bevor sie begriffen hatte, wie erschreckend allein sie war, bevor die Angst sie erfasst und sie wie die Flüchtige, die sie jetzt war, eilig hatte nach Schutz suchen lassen, war sie durch ganz Mayfair gewandert. Er lebte im Dudleyhaus am Grosvenor Square.

Jane schritt über den Bürgersteig davon.

# 2. Kapitel

Der Earl of Durbury hatte sich im Pulteney Hotel eingemietet. Er kam selten nach London und besaß kein Stadthaus. Er hätte ein weitaus weniger teures Hotel vorgezogen, aber es galt, den erforderlichen Schein zu wahren. Er hoffte, dass er nicht lange bleiben müsste, sondern sich bald wieder auf dem Weg zurück nach Candleford in Cornwall befände.

Der Mann, der in seinem Privatsalon stand, den Hut in der Hand, in ehrerbietiger, aber nicht unterwürfiger Haltung, würde etwas mit der Dauer des Aufenthalts des Earl zu tun haben. Er war eine kleiner, geschniegelter Mann mit geöltem Haar. Er entsprach absolut nicht der Vorstellung seiner Lordschaft von einem Kriminalbeamten, aber genau das war er.

»Ich erwarte, dass alle Polizisten unterwegs sind und sie suchen«, sagte der Earl. »Sie sollte nicht schwer zu finden sein. Sie ist immerhin nur ein unerfahrenes Mädchen vom Lande und hat hier in der Stadt außer Lady Webb, die außerhalb weilt, keine Bekannten.«

»Verzeihung, Sir«, erwiderte der Kriminalbeamte, »aber wir arbeiten auch noch an anderen Fällen. Ich werde einen oder zwei weitere Männer zur Verfügung haben. Absolut fähige Männer, das versichere ich Ihnen.«

»Das will ich hoffen«, grollte der Earl, »wenn man bedenkt, was ich Ihnen zahle.«

Der Kriminalbeamte neigte nur höflich den Kopf.

»Nun, wenn Sie mir dann eine Beschreibung der jungen Lady geben würden«, schlug er vor.

»Groß und dünn«, sagte seine Lordschaft. »Blond. Zu ihrem Nachteil zu hübsch.«

»Ihr Alter, Sir?«

»Zwanzig.«

»Sie ist also einfach davongelaufen?« Der Kriminalbeamte suchte festeren Stand. »Ich hatte den Eindruck, dass noch mehr dahintersteckt, Sir.«

»Gewiss steckt noch mehr dahinter.« Der Earl runzelte die Stirn. »Die Frau ist eine Verbrecherin der gefährlichsten Art. Sie ist eine Mörderin. Sie hat meinen Sohn getötet – oder so gut wie getötet. Er liegt im Koma und wird vermutlich nicht überleben. Und sie ist eine Diebin. Sie ist mit einem Vermögen an Geld und Schmuck davongelaufen. Sie muss gefunden werden.«

»Und vor Gericht gebracht werden«, stimmte ihm der Kriminalbeamte zu. »Und nun, Sir, werde ich Sie, wenn ich darf, näher zu der jungen Dame befragen – nach irgendwelchen Besonderheiten in ihrem Erscheinungsbild, ihrem Verhalten, ihren Vorlieben, bevorzugten Plätzen und Tätigkeiten. Solche Dinge. Alles, was uns helfen könnte, unsere Suche rasch abzuschließen.«

»Sie sollten vermutlich besser Platz nehmen«, sagte seine Lordschaft widerwillig. »Wie heißen Sie?«

»Boden, Sir«, erwiderte der Kriminalbeamte. »Mick Boden.«

Jocelyn fühlte sich recht zufriedenstellend berauscht. Zufriedenstellend bis auf die Tatsache, dass er flach auf seinem Bett lag, obwohl er die aufrechte Position bevorzugte, wenn er berauscht war – der Raum neigte dann weniger dazu, um ihn herum zu schwanken, sich zu neigen und hin- und herzupendeln.

»Es reicht!« Er hob eine Hand – oder zumindest glaubte er es zu tun –, als Sir Conan ihm ein weiteres Glas Brandy anbot. »Wenn ich noch mehr trinke, wird mir dieser alte ›Bauchaufschneider‹ das Bein abgenommen haben, bevor ich auch nur protestieren kann.« Lippen und Zunge fühlten sich an, als gehörten sie nicht vollständig zu ihm. Wie auch sein Gehirn.

»Ich habe Ihnen bereits mein Wort gegeben, dass ich nicht ohne Ihr Einverständnis amputieren werde, Euer Gnaden«, sagte Dr. Timothy Raikes steif, zweifellos betrübt darüber, als ›Bauchaufschneider‹ bezeichnet zu werden. »Aber es sieht so aus, als wäre die Kugel tief eingedrungen. Wenn sie im Knochen steckt ...«

»Horr irr ...« Jocelyn konzentrierte sich stärker. Er verachtete Betrunkene, die schleppend sprachen. »Dann holen Sie sie da raus.« Der Schmerz war erfreulich gedämpft, aber selbst sein benebelter Geist begriff, dass der Alkohol, den er getrunken hatte, den Schmerz dessen, was gleich folgen würde, nicht dämpfen könnte. Es hatte keinen Sinn, es weiter zu verzögern. »Beend'n Sie – beenden Sie Ihre Arbeit, Mann.«

»Wenn nur meine Tochter käme«, sagte der Doktor nervös. »Sie ist in solchen Fällen eine gute Assistentin mit ruhiger Hand. Ich habe nach ihr geschickt, sobald ich hierher gerufen wurde, aber sie muss Hookham's Bibliothek schon verlassen haben, bevor der Bote eintraf.«

»Der Teufel soll Ihre Tochter holen!«, sagte Jocelyn grob. »Beenden ...«

Aber Conan unterbrach ihn.

»Hier ist sie.« In seiner Stimme schwang merkliche Erleichterung mit.

»Nein, Sir«, erwiderte Dr. Raikes. »Das ist nur eine Hausgehilfin. Aber sie wird genügen müssen. Komm her, Mädchen. Bist du empfindlich? Fällst du beim Anblick von Blut in Ohnmacht, wie es der Kammerdiener Seiner Gnaden tut?«

»Auf beide Fragen nein«, sagte die Hausgehilfin. »Aber es muss ein Irr ...«

»Komm her«, sagte der Doktor schon ungeduldiger. »Ich muss Seiner Gnaden eine Kugel aus dem Bein holen. Du musst mir die Instrumente reichen, die ich verlange, und das Blut abtupfen, damit ich sehen kann, was ich tue. Komm näher. Stell dich hierher.«

Jocelyn umklammerte mit beiden Händen die Außenkanten der Matratze. Er erhaschte einen kurzen Blick auf die Hausgehilfin, bevor sie hinter Raikes verschwand. Der Folgegedanke schwand rasch, als sein Körper, sein Geist, seine Welt in brennende Höllenqual aufbrachen. Er konnte sich nirgendwo, in keinem Winkel seines Seins verbergen, während der Arzt schnitt und sondierte und auf der Suche nach der Kugel immer tiefer drang. Conan drückte seinen Oberschenkel mit beiden Händen aufs Bett. Jocelyn hielt seinen übrigen Körper mit letzter Willenskraft ruhig, mit krampfhaftem Griff um die Matratze und fest zusammengepressten Augen und Zähnen. Er konzentrierte sich mit verbissener Entschlossenheit darauf, nicht zu schreien.

Die Zeit verlor alle Bedeutung. Es schien ewig zu

dauern, bis er den Arzt mit abscheulicher Ruhe verkünden hörte, dass die Kugel entfernt sei.

»Sie ist draußen, Tresham«, wiederholte Conan und klang, als wäre er gerade zehn Meilen hügelaufwärts gerannt. »Das Schlimmste ist vorbei.«

»Zur Hölle damit!«, bemerkte Jocelyn, nachdem er noch einige härtere Beiworte gebraucht hatte. »Können Sie so eine einfache Aufgabe, wie eine Kugel zu entfernen, nicht ausführen, ohne den ganzen Morgen dafür zu verschwenden, Raikes?«

»Ich habe so zügig wie möglich gearbeitet, Euer Gnaden«, erwiderte der Arzt. »Die Kugel war in Muskeln und Sehnen eingebettet. Es ist schwer abzuschätzen, welchen Schaden sie angerichtet hat. Aber wenn ich zu hastig vorgegangen wäre, hätte ich die Amputation unvermeidlich und Sie mit ziemlicher Sicherheit zum Krüppel gemacht.«

Jocelyn fluchte erneut. Und dann spürte er die unbeschreibliche Wohltat eines kühlen, feuchten Tuches, das zuerst auf seine Stirn und dann auf beide Wangen gedrückt wurde. Er hatte nicht bemerkt, wie erhitzt er war. Er öffnete die Augen.

Er erkannte sie sofort. Ihr goldenes Haar war unbarmherzig streng zurückgenommen. Ihr Mund war eine dünne Linie, wie schon beim letzten Mal, als er sie gesehen hatte – im Hyde Park. Sie hatte den grauen Mantel und die Haube abgelegt, die sie dort getragen hatte, aber was darunter zum Vorschein kam, war keine Verbesserung. Sie trug ein billiges, geschmackloses graues Kleid, das am Hals züchtig hochgeschlossen war. Trotz seines Rausches, der durch die Schmerzen bereits weitgehend verflogen war, erinnerte sich Jocelyn vage daran, dass er auf seinem eigenen Bett in seinem eigenen Schlafzimmer in seinem eigenen Londoner Zuhause lag. Sie war im Hyde Park auf dem Weg zu ihrer Arbeitsstelle gewesen.

»Was, zum Teufel, tust *du* hier?«, fragte er.

»Ich helfe, Blut aufzuwischen, und tupfe nun Schweiß ab«, erwiderte sie, wandte sich um, tauchte das Tuch in eine Schüssel und wrang es aus, bevor sie es ihm erneut auf die Stirn presste. Unverschämtes Frauenzimmer.

»Oh, Donnerwetter!« Conan hatte sie offensichtlich auch gerade erkannt.

»Wer hat dich hereingelassen?«, fragte Jocelyn zusammenzuckend und fluchte, als Dr. Raikes etwas über seine Wunde breitete.

»Ihr Butler vermutlich«, sagte sie. »Ich sagte ihm, ich sei gekommen, um mit Ihnen zu sprechen, und er hat mich hier heraufgeschickt. Er sagte, ich würde erwartet. Sie sollten ihm vielleicht zu größerer Vorsicht bei der Wahl der Menschen raten, die er einlässt. Ich hätte sonst jemand sein können.«

»Du *bist* sonst jemand!«, schnauzte Jocelyn und ergriff die Matratze fester, als sein Bein bewegt wurde und ihn ein wahnsinniger Schmerz durchfuhr. Der Doktor begann seine Wunde zu verbinden. »Was, zum Teufel, willst du?«

»Wer auch immer Sie sind«, begann der Doktor, der nervös klang, »Sie regen meinen Patienten auf. Vielleicht sollten Sie ...«

»Was ich will«, sagte sie fest, ohne den Arzt zu beachten, »ist ein eigenhändig unterzeichneter Brief des Inhalts, dass Sie mich heute Morgen gegen meinen Willen aufgehalten und so bewirkt haben, dass ich zu spät zur Arbeit kam.«

Er musste betrunkener sein, als er geglaubt hatte, dachte Jocelyn.

»Geh zum Teufel«, belehrte er das unverschämte Dienstmädchen.

»Vielleicht muss ich das tatsächlich«, sagte sie, »wenn ich meine Anstellung verliere.« Sie betupfte mit dem kühlen Tuch sein Kinn und seinen Hals.

»Vielleicht ...«, begann Dr. Raikes erneut.

»Warum sollte es mich kümmern«, fragte Jocelyn sie, »ob du deine Stellung verlierst und auf der Straße verhungerst? Wenn du nicht wärst, würde ich nicht hilflos wie ein gestrandeter Wal hier liegen.«

»Ich habe nicht mit einer Pistole auf Sie gezielt«, erklärte sie. »Ich habe nicht den Abzug betätigt. Ich habe Sie beide aufgefordert aufzuhören, falls Sie sich erinnern.«

Stritt er wirklich mit einer einfachen Arbeiterin?, fragte sich Jocelyn plötzlich. In seinem eigenen Heim? In seinem eigenen Schlafzimmer? Er schob ihren Arm fort.

»Conan«, sagte er barsch, »gib diesem Mädchen den Sovereign, vor dem sie zuvor davongelaufen ist, wenn du so nett wärst, und wirf sie hinaus, wenn sie sich weigert, auf eigenen Füßen zu gehen.«

Aber seinem Freund wurde nur ein Schritt vorwärts gewährt.

»Sie weigert sich *gewiss* zu gehen«, sagte das Mädchen, während sie sich aufrichtete und mit zwei roten Flecken auf den Wangen finster auf ihn hinabblickte. Sie besaß die ungemilderte Frechheit, zornig zu sein und es ihm auch offen zu zeigen. »Sie wird sich nicht eher von der Stelle rühren, bis sie ihren unterzeichneten Brief hat.«

»Tresham«, sagte Conan, der fast belustigt klang, »es wäre nur eine Augenblickssache, alter Junge. Ich kann Papier, Feder und Tinte heraufbringen lassen. Ich kann den Brief sogar selbst schreiben, so dass du ihn nur zu unterzeichnen brauchst. Es geht um ihren Lebensunterhalt.«

»Zum Teufel!«, rief Jocelyn aus. »Ich werde diesen Vorschlag mit keiner Antwort würdigen. Sie kann von mir aus auf der Stelle Wurzeln schlagen, bis ein kräftiger Dienstbote kommt und sie vor die Tür setzt. Sind Sie fertig, Raikes?«

Der Doktor hatte sich von seiner Arbeit aufgerichtet und seiner Tasche zugewandt.

»Das bin ich, Euer Gnaden«, sagte Dr. Raikes. »Sie sind schwer verwundet, und ich empfinde es als meine Pflicht, Sie zu warnen. Ich hoffe, dass der Schaden nicht dauerhaft ist. Aber er wird es höchstwahrscheinlich werden, wenn Sie das Bein nicht schonen und es mindestens während der nächsten drei Wochen hochlegen.«

Jocelyn sah ihn entsetzt an. Drei Wochen völlige Untätigkeit? Er konnte sich kein schlimmeres Schicksal vorstellen.

»Wenn Sie den Brief nicht schreiben wollen«, sagte das Mädchen, »dann müssen Sie mir als Ersatz für meine verlorene Arbeit eine Stellung anbieten. Ich weigere mich schlicht zu verhungern.«

Jocelyn wandte den Kopf, um sie anzusehen – den Grund für all sein Leid. Dies war sein viertes Duell gewesen. Bisher hatte er nie mehr als einen Kratzer davongetragen. Oliver hätte ihn um einen Meter verfehlt, wenn ihm das Geschrei dieses Mädchens nicht ein breiteres Ziel verschafft hätte, wie auch den Luxus, auf einen Feind zu zielen, der nicht auch auf ihn zielte.

»Du hast sie«, fauchte er. »Du hast eine Anstellung, Mädchen. Drei Wochen lang. Als meine Pflegerin. Aber glaube mir, bevor diese Zeit vorüber ist, wirst du dich fragen, ob das Verhungern kein besseres Schicksal gewesen wäre.«

Sie sah ihn unverwandt an. »Welchen Lohn werde ich bekommen?«, fragte sie.

Jane erwachte am nächsten Morgen sehr früh und verwirrt. Der Lärm betrunkener, brüllender Männer, schreiender Frauen und weinender und zankender Kinder war verschwunden, wie auch die Gerüche von verdorbenem Kohl und Gin und Schlimmerem, an die sie sich schon fast gewöhnt hatte. Nur Stille und warme Decken und der liebliche Geruch von Sauberkeit umgaben sie.

Sie befand sich im Dudleyhaus am Grosvenor Square, erinnerte sie sich fast augenblicklich, warf die Bettdecken zurück und trat auf den Luxus eines mit Teppichen bedeckten Bodens. Nachdem sie gestern davongegangen war, um ihren Vermieter zu informieren und ihre karge Habe zu holen, hatte sie am Dienstboteneingang des Dudleyhauses vorgesprochen und erwartet, dass man sie in einer Dachstube bei den Hausmädchen unterbringen würde. Aber die Haushälterin hatte sie informiert, dass alle Dienerstellen im Haus besetzt seien und kein Bett verfügbar sei. Die Pflegerin Seiner Gnaden würde in einem Gästezimmer untergebracht werden müssen.

Es war zwar ein kleiner Raum, an der Rückseite des Hauses mit Blick auf den Garten, aber er erschien

Jane nach ihren letzten Erfahrungen verschwenderisch. Zumindest bot er ihr ein wenig Privatsphäre. Und auch Behaglichkeit.

Sie hatte ihren neuen Arbeitgeber seit gestern Morgen nicht mehr gesehen, als sie so kühn – und so verzweifelt – gefordert hatte, dass er ihr Arbeit geben solle, wenn er ihr nicht helfen wolle, die Stellung zu behalten, die sie bereits innehatte. Nachdem sie und der Arzt gegangen waren, hatte er offensichtlich eine Dosis Laudanum eingenommen, welche die Haushälterin ohne sein Wissen einem heißen Getränk beigegeben hatte, was zusammen mit der gewaltigen Menge Alkohol in seinem Körper bewirkt hatte, dass ihn eine heftige Übelkeit überkam, bevor er in tiefen Schlaf sank.

Jane vermutete, dass seine Kopfschmerzen an diesem Morgen astronomisch wären. Ganz zu schweigen von den Schmerzen in seinem Bein. Nur dem Können eines hervorragenden Arztes war es, wie sie wusste, zu verdanken, dass er heute Morgen noch immer zwei Beine besaß.

Sie wusch sich mit kaltem Wasser, kleidete sich rasch an und bürstete ihr Haar, bevor sie es mit geschickten Fingern flocht und im Nacken fest aufrollte. Dann nahm sie eine der beiden weißen Hauben hervor, die sie gestern von ihrem Lohn bei der Putzmacherin gekauft hatte. Sie war pflichtbewusst dorthin zurückgegangen, um die Frau zu informieren, dass sie nun für den Duke of Tresham arbeiten würde. Madame de Laurent hatte sie sofort bezahlt, zu überrascht, um anders zu handeln, wie Jane vermutete.

Sie verließ ihr Zimmer und ging in die Küche hinunter, wo sie hoffte, frühstücken zu können, bevor sie an ihre Arbeit als Pflegerin gerufen würde.

Er hatte ihr gestern angekündigt, er würde sie soweit bringen, das Verhungern ihrer gegenwärtigen Stellung vorzuziehen. Sie hegte keinerlei Zweifel daran, dass er sein Bestes versuchen würde, ihr das Leben schwer zu machen. Ein anmaßenderer, übler gelaunter Mann mit schlechteren Manieren wäre wohl nur schwer zu finden. Natürlich hatten gestern mildernde Umstände geherrscht. Er hatte erhebliche Schmerzen, die er, abgesehen von seiner Wortwahl, ausreichend stoisch ertragen hatte. Mit seinen Worten hatte er jedoch jedermann in Hörweite rücksichtslos schikaniert.

Sie fragte sich, welches ihre Pflichten wären. Nun, dachte sie, während sie die Küche betrat und zu ihrem Kummer entdeckte, dass sie als letzte Angestellte aufgestanden sein musste, ihr zukünftiges Arbeitsleben würde wahrscheinlich nicht so eintönig verlaufen wie bei Madame de Laurent. Und sie bekam doppelt so viel Lohn, zusätzlich zu Kost und Logis.

Natürlich nur für drei Wochen.

Sein Bein pochte wie der Zahnschmerz eines Mammuts, meinte Jocelyn, als er aufwachte. Aus der Helligkeit im Raum schloss er, dass entweder frühe Morgen- oder späte Abenddämmerung herrschte. Er vermutete ersteres. Er hatte den ganzen Abend und die ganze Nacht verschlafen und in diesen Stunden eine Welt bizarrer Träume durchlebt. Er fühlte sich in keiner Weise erfrischt. Ganz im Gegenteil.

Ihm oblag, sich auf den Mammutzahnschmerz in seinem Bein zu konzentrieren. Über den Zustand seines Kopfes, der sich mindestens ein Dutzend mal größer als normal anfühlte, wollte er nicht einmal nachdenken, jeder Quadratzentimeter pochend, als benutze eine unsichtbare Hand ihn von innen als Trommel. Seinen Magen sollte er am besten völlig ignorieren. Sein Mund fühlte sich an, als wäre er mit übelschmeckender Baumwolle gefüllt.

Das einzig Positive an dieser überwältigend negativen Lage bestand vielleicht darin, dass er, wenn man nach dem ersten Eindruck urteilen konnte, zumindest kein Fieber hatte. Fieber war nach chirurgischen Eingriffen eine häufigere Todesursache als die Auswirkungen der Wunden selbst.

Jocelyn riss ungeduldig am Klingelzug neben dem Bett und ließ seine Verärgerung dann an seinem Kammerdiener aus, der das Rasierwasser nicht heraufgebracht hatte.

»Ich dachte, Sie wollten heute Morgen ausruhen, Euer Gnaden«, sagte er.

»Du dachtest! Bezahle ich dich fürs Denken, Barnard?«

»Nein, Euer Gnaden«, erwiderte der Mann geduldig.

»Dann hol mein verdammtes Rasierwasser«, sagte Jocelyn. »Ich komme mir vor wie ein Kaktus.«

»Ja, Euer Gnaden«, sagte Barnard. »Mr Quincy möchte wissen, wann er Ihnen seine Aufwartung machen kann.«

»Quincy?« Jocelyn runzelte die Stirn. Sein Sekretär wünschte ihm seine Aufwartung zu machen? »Hier? In meinem Schlafzimmer, meinst du? Warum, zum Teufel, sollte er von mir erwarten, dass ich ihn hier empfange?«

Barnard sah seinen Herrn äußerst besorgt an. »Sie *wurden* angewiesen, das Bein drei Wochen lang nicht zu belasten, Euer Gnaden«, sagte er.

Jocelyn war sprachlos. Man erwartete tatsächlich von ihm, drei Wochen lang im Bett zu bleiben? Hatten sie alle den Verstand verloren? Er informierte seinen unglücklichen Kammerdiener mit lebhafter Beredsamkeit, was er von dem Rat und der Einmischung von Ärzten, Kammerdienern, Sekretären und Dienstboten im Allgemeinen hielt. Dann warf er die Decken zurück, schwang die Beine über die Bettkante – und verzog das Gesicht.

Plötzlich fiel ihm etwas anderes ein.

»Wo ist diese verdammte Frau?«, fragte er. »Dieser lästige Fratz, den ich wohl als meine Pflegerin eingestellt habe. Sie schläft vermutlich im Schoße des Wohllebens? Erwartet vermutlich, das Frühstück ans Bett gebracht zu bekommen?«

»Sie befindet sich in der Küche, Euer Gnaden«, belehrte Barnard ihn, »und erwartet Ihre Befehle.«

»Um sich hier um mich zu kümmern?« Jocelyn lachte rau auf. »Sie denkt, sie könnte meine Stirn mit ihren kühlen Tüchern bearbeiten und meine Nerven mit ihrer scharfen Zunge kitzeln, nicht wahr?«

Sein Kammerdiener war klug genug, den Mund zu halten.

»Schicken Sie sie in die Bibliothek«, sagte Jocelyn, »nachdem ich mich aus dem Frühstücksraum zurückgezogen habe. Und jetzt holen Sie mir mein Rasierwasser und entfernen diesen missbilligenden Ausdruck aus Ihrem Gesicht.«

Während der nächsten halben Stunde wusch und rasierte er sich, zog ein Hemd an und setzte sich hin, während Barnard ihm sein Halstuch so richtete, wie er es gern hatte, ordentlich und klar, ohne irgendwelche alberne Kunstfertigkeit, wie Dandys sie bevorzugten. Aber er war gezwungen einzuräumen, dass er heute auf das Tragen von Kniehosen oder Pantalons verzichten musste. Wenn die gegenwärtige Mode nicht vorgeschrieben hätte, diese Kleidungsstücke hauteng zu tragen, wäre die Sache vielleicht eine andere gewesen. Aber man konnte sich der Mode nicht vollkommen widersetzen. Er besaß keine Kniehose, die seine Beine nicht wie eine zweite Haut abbildete. Nun zog er stattdessen einen knöchellangen Morgenrock aus weinroter, mit Brokat verzierter Seide und Hausschuhe an.

Er willigte ein, sich die Treppe von einem kräftigen, jungen Dienstboten halbwegs hinuntertragen zu lassen. Der Diener tat sein Bestes, so unbeteiligt zu wirken, dass er beinahe hätte unbeseelt sein können. Aber Jocelyn empfand die vollkommene Demütigung seiner Hilflosigkeit dennoch. Nachdem er beim Frühstück gesessen und die Zeitungen gelesen hatte, musste er in die Bibliothek wieder halbwegs getragen werden, wo er sich lieber in einen ledernen Ohrensessel neben das Feuer setzte als an seinen Schreibtisch, wie er es sonst morgens gewöhnlich für ungefähr eine Stunde tat.

»Folgendes«, sagte er kurz angebunden zu seinem Sekretär, als der junge Mann auftauchte. »Kein Wort darüber, Michael, wo ich sein und was ich dort tun sollte. Nicht einmal ein halbes Wort, wenn dir deine Stellung lieb ist.«

Er mochte Michael Quincy, ein Gentleman, der zwei Jahre jünger als er selbst war und seit vier Jahren in seinen Diensten stand. Ruhig, respektvoll und tüchtig, war der Mann dennoch nicht unterwürfig. Er wagte es nun sogar zu lächeln.

»Die Morgenpost liegt auf Ihrem Schreibtisch, Euer Gnaden«, sagte er. »Ich werde sie Ihnen reichen.«

Jocelyn sah ihn mit verengten Augen an. »Diese Frau«, sagte er. »Barnard hätte sie inzwischen schon hereinschicken sollen. Es ist an der Zeit, dass sie sich ihre Unterkunft und Verpflegung allmählich verdient. Ruf sie herein, Michael. Ich bin ausreichend verärgert, um ihre Gesellschaft zu genießen.«

Sein Sekretär grinste, als er den Raum verließ.

Nun fühlt sich mein Kopf ungefähr fünfzehn Mal größer an als normal, dachte Jocelyn.

Als sie den Raum betrat, wurde deutlich, dass sie heute Morgen als Angestellte so sanft wie ein Lamm zu sein beschlossen hatte. Es hatte sich im Untergeschoss zweifellos herumgesprochen, dass er in einer seiner reizbareren Stimmungen war. Sie stand innen an der Tür der Bibliothek, die Hände vor sich gefaltet, und wartete auf Anweisungen. Jocelyn war augenblicklich noch verärgerter als zuvor. Er ignorierte sie einige Minuten lang, während er einen sehr langen, schwierigen Brief in der miserablen Handschrift seiner Schwester zu entziffern versuchte. Sie lebte keine zehn Minuten zu Fuß entfernt, aber sie hatte dennoch, nachdem sie von dem Duell gehört hatte, in der größten Aufregung geschrieben. Anscheinend litt sie unter Herzrasen und Schwermut und anderen nicht definierbaren Krankheiten so ernster Art, dass Heyward, ihr Mann, vom Oberhaus geholt werden musste.

Das hatte Heyward gewiss nicht amüsiert.

Jocelyn schaute auf. Sie sah schrecklich aus. Sie trug

das graue Kleid von gestern, das sie vom Hals bis zu den Handgelenken und Knöcheln bedeckte. Kein Schmuck verschönerte das billige Kleidungsstück. Heute trug sie zudem eine weiße Haube. Sie stand groß und aufrecht da. Es war durchaus möglich, dachte er, während er sie im Geiste mit erfahrenem Blick entkleidete, dass sie unter der Kleidung recht fraulich wirkte, aber man musste die Zeichen erkennen können. Er erinnerte sich durch den gestrigen Alptraum hindurch vage, dass ihr Haar golden war. Jetzt war es nicht zu sehen.

Ihre Haltung wirkte sanftmütig. Aber ihr Blick war nicht schicklich zu Boden gerichtet. Sie sah ihn unverwandt an.

»Komm her!« Er winkte sie ungeduldig heran.

Sie schritt energisch voran, bis sie drei Fuß vor seinem Sessel stehen blieb, während sie ihn mit verblüffend blauen Augen noch immer direkt ansah. Tatsächlich, erkannte er einigermaßen überrascht, besaß sie ein klassisch schönes Gesicht. Es war ohne Makel, aber er erinnerte sich an ihre zusammengepressten Lippen von gestern. Heute, in ruhigem Gemütszustand, wirkten sie sanft und fein geformt.

»Nun?«, fragte er barsch. »Was willst du mir sagen? Bist du bereit, dich bei mir zu entschuldigen?«

Sie ließ sich mit der Antwort Zeit.

»Nein«, sagte sie schließlich. »Sind Sie bereit, sich bei mir zu entschuldigen?«

Er lehnte sich im Sessel zurück und versuchte, den rasenden Schmerz in seinem Bein zu ignorieren.

»Wir sollten eines klären«, sagte er in dem ruhigen, fast freundlichen Tonfall, von dem er wusste, dass er jedem seiner Angestellten augenblicklich Angst einflößte. »Es gibt auch nicht den geringsten Anschein von Gleichheit zwischen uns ...« Er hielt inne und runzelte die Stirn. »Wie, zum Teufel, heißt du?«

»Jane Ingleby.«

»Es gibt nicht den geringsten Anschein von Gleichheit zwischen uns, Jane«, fuhr er fort. »Ich bin der Herr, und du bist das Dienstmädchen. Ein äußerst tief stehendes Dienstmädchen. Es ist nicht nötig, dass du alles, was ich sage, mit irgendeiner geistreichen Unverschämtheit krönst. Du wirst mich mit dem angemessenen Respekt ansprechen. Du wirst allem, was du sagst, ›Euer Gnaden‹ hinzufügen. Habe ich mich klar ausgedrückt?«

»Ja«, sagte sie. »Und ich glaube, Euer Gnaden, dass Sie auf Ihre Ausdrucksweise achten sollten, solange ich in Hörweite bin. Ich schätze es nicht, wenn der Name des Teufels und derjenige des Herrn immer wieder erwähnt werden, als würden sie von jedermann mit der Muttermilch eingesogen.«

*Du lieber Himmel!* Jocelyn umfasste die Sessellehnen. »Tatsächlich?« Er sprach in eisigstem Tonfall. »Und hast du noch weitere Anweisungen für mich, Jane?«

»Ja, zwei Dinge wären mir noch wichtig«, sagte sie. »Ich würde es vorziehen, Miss Ingleby genannt zu werden.«

Er ergriff mit der rechten Hand den Stiel seines Lorgnons und hob es halb zum Auge. »Und das andere?«

»Warum sind Sie nicht im Bett?«

## 3. Kapitel

Jane beobachtete, wie der Duke of Tresham sein Lorgnon ans Auge hob, wodurch dieses grotesk vergrößert wurde, während seine andere Hand auf einem Stapel Briefe auf seinem Schoß zur Ruhe kam. Er verhielt sich überaus anmaßend und versuchte, sie einzuschüchtern. Und halbwegs gelang es ihm. Aber es wäre der reine Selbstmord, es zu zeigen.

Seine Diener, so hatte sie beim Frühstück erfahren, hatten alle Angst vor ihm, besonders wenn er in einer seiner übleren Stimmungen war, wie, laut Aussage seines Kammerdieners, heute Morgen. Und er wirkte tatsächlich eher furchterregend, selbst jetzt in Morgenmantel und Hausschuhen über seinem frischen weißen Hemd und dem gekonnt gebundenen Halstuch.

Er war ein mächtig wirkender, dunkelhaariger Mann mit schwarzen Augen, einer markanten Nase und dünnen Lippen in einem schmalen Gesicht, dessen normaler Ausdruck hart und zynisch schien. Und überheblich.

Gewiss, räumte Jane ein, war heute wohl keiner seiner besseren Tage.

Mr Quincy, der angenehme Sekretär des Duke mit dem Verhalten eines Gentleman, hatte sie hierher geführt, und sie hatte beschlossen, das zu sein, was von ihr erwartet wurde – eine ruhige, sanftmütige Pflegerin, die Glück hatte, diese Stellung bekommen zu haben, wenn auch nur für drei Wochen.

Aber es war schwer für sie, nicht sie selbst zu sein –, wie sie um einen hohen Preis vor fast einem Monat festgestellt hatte. Ihr Magen verkrampfte sich und sie wandte die Gedanken entschlossen von diesen bedrückenden Erinnerungen ab.

»Verzeihung?«, sagte der Duke of Tresham jetzt und senkte das Lorgnon wieder auf Brusthöhe.

Es war wohl eine rhetorische Frage. Er litt vermutlich nicht unter schlechtem Hörvermögen.

»Man hat Sie angewiesen, mindestens drei Wochen im Bett zu bleiben und Ihr Bein hochzulegen«, erinnerte sie ihn. »Und doch sitzen Sie hier unter offensichtlichen Schmerzen im Sessel. Ich erkenne es an der Anspannung in Ihrem Gesicht.«

»Die Anspannung in meinem Gesicht«, belehrte er sie mit unheilvoll verengten Augen, »ist das Ergebnis gewaltiger Kopfschmerzen und Ihrer kolossalen Unverschämtheit.«

Jane ignorierte ihn. »Ist es nicht töricht, Risiken einzugehen«, fragte sie, »nur weil es langweilig wäre, im Bett zu liegen?«

Männer waren wirklich Narren. Sie hatte in ihren zwanzig Lebensjahren mehrere solche Menschen kennengelernt – Männer, deren entschiedener Wille, männlich zu sein, sie sorglos mit ihrer Gesundheit und Sicherheit umgehen ließ.

Er lehnte sich im Sessel zurück und betrachtete sie schweigend, während sie wider Willen spürte, wie ein ahnungvolles Prickeln ihr Rückgrat hinaufkroch. Sie würde sich wahrscheinlich innerhalb von zehn Minuten mit ihrem jämmerlichen Bündel Habe auf dem

Straßenpflaster wiederfinden, dachte sie. Vielleicht sogar ohne ihr Bündel.

»*Miss Ingleby.*« Es gelang ihm, ihren Namen wie den schlimmsten Fluch klingen zu lassen. »Ich bin sechsundzwanzig Jahre alt. Ich trage meinen Titel und alle damit einhergehenden Pflichten und Verantwortlichkeiten seit dem Tod meines Vaters vor neun Jahren. Es ist lange her, seit jemand mit mir gesprochen hat, als wäre ich ein ungezogener Schuljunge, der Schelte verdient hätte. Und es wird lange dauern, bis ich es wieder dulden werde.«

Darauf gab es nichts zu sagen. Jane wagte es nicht. Sie faltete die Hände vor sich und sah ihn fest an. Er sah nicht gut aus, entschied sie. Überhaupt nicht. Aber eine raue Männlichkeit umgab ihn, die ihn für Frauen, die gerne eingeschüchtert, beherrscht oder verbal misshandelt wurden, unglaublich anziehend machen musste.

Sie hatte entschieden genug von solchen Männern. Ihr Magen krampfte sich erneut unangenehm zusammen.

»Aber in einem Punkt haben Sie überaus Recht, wie Sie gewiss erfreut erfahren werden«, räumte er ein. »Ich habe Schmerzen, und nicht nur diese infernalischen Kopfschmerzen. Es ist zugegebenermaßen nicht klug, hier zu sitzen. Aber ich will verdammt sein, wenn ich drei Wochen lang hingestreckt auf meinem Bett liege, nur weil meine Aufmerksamkeit während eines Duells ausreichend lange abgelenkt war, so dass mir jemand ein Loch ins Bein schießen konnte. Und ich will doppelt verdammt sein, wenn ich mir erlaube, erneut bis zur Verwirrtheit mit Medikamenten vollgepumpt zu werden, nur damit der

Schmerz gedämpft wird. Im Musikzimmer nebenan finden Sie neben dem Kamin eine Fußbank. Holen Sie sie.«

Während sie sich umwandte, um den Raum zu verlassen, fragte sie sich erneut, worin ihre Pflichten im Verlauf der nächsten drei Wochen wohl bestünden. Er schien kein Fieber zu haben. Und er hatte eindeutig keinerlei Absicht, die Rolle des dahinsiechenden Invaliden zu spielen. Ihn zu pflegen, umherzulaufen und Dinge für ihn zu holen, wäre keine Zeit füllende Aufgabe. Vielleicht würde die Haushälterin angewiesen werden, weitere Tätigkeiten für sie zu finden. Es würde ihr nichts ausmachen, solange ihre Arbeit sie niemals in Sichtweite irgendeines Besuchers des Hauses führte. Es war unbedacht von ihr gewesen, wieder nach Mayfair zu kommen, an die Tür des großen Herrenhauses am Grosvenor Square zu klopfen und hier nach Arbeit zu fragen. Sich öffentlich zu zeigen.

Aber es war ein solches Vergnügen, musste sie sich eingestehen, während sie die Tür neben der Bibliothek öffnete und den Musikraum entdeckte, sich wieder in einer sauberen, eleganten, geräumigen, zivilisierten Umgebung zu befinden. Neben dem Kamin war keine Fußbank zu finden.

Jocelyn sah ihr nach und bemerkte, dass sie sich sehr aufrecht hielt und anmutig bewegte. Er musste gestern recht berauscht gewesen sein, dachte er, dass er sie für ein Dienstmädchen gehalten hatte, auch wenn sich herausgestellt hatte, dass sie tatsächlich nur die Angestellte einer Putzmacherin war. Sie füllte die Rolle natürlich aus. Ihr Kleid war billig und schlecht gearbeitet. Außerdem war es mindestens eine Nummer zu groß.

Aber sie war trotz alledem kein Dienstmädchen. Noch war sie dazu erzogen worden, ihre Zeit in der Werkstatt einer Putzmacherin zu verbringen, wenn er überhaupt Urteilsvermögen besaß. Sie sprach mit dem kultivierten Tonfall einer Lady.

Eine Lady, die schwere Zeiten durchlebte?

Sie ließ sich mit der Rückkehr Zeit. Als sie kam, trug sie die Fußbank in der einen und ein großes Kissen in der anderen Hand.

»Mussten Sie für die Bank bis zur anderen Seite Londons laufen?«, fragte er barsch. »Und dann noch warten, bis sie gefertigt wurde?«

»Nein«, erwiderte sie ruhig. »Aber sie war nicht dort, wo Sie gesagt hatten. Tatsächlich war sie nicht leicht zu finden. Ich habe noch ein Kissen mitgebracht, da mir die Fußbank ziemlich niedrig scheint.«

Sie stellte sie ab, legte das Kissen darauf und ließ sich auf ein Knie nieder, um sein Bein anzuheben. Er fürchtete die Berührung. Aber ihre Hände waren sowohl sanft als auch stark. Er spürte kaum zusätzlichen Schmerz. Vielleicht, dachte er, sollte er sie seinen Kopf mit diesen Händen halten lassen. Er schürzte die Lippen, um nicht zu kichern.

Sein Morgenmantel hatte sich geöffnet, so dass der Verband sichtbar wurde, der in die gerötete Haut seiner Wade einschnitt. Er runzelte die Stirn.

»Sehen Sie?«, sagte Jane Ingleby. »Ihr Bein ist geschwollen und muss Sie mehr schmerzen als nötig. Sie müssen es wirklich hochlegen, wie man es Ihnen geraten hat, wie ärgerlich und lästig das auch sein mag. Sie halten es vermutlich für unmännlich, einer

Unpässlichkeit nachzugeben. Männer können in diesen Dingen so töricht sein.«

»Tatsächlich?«, fragte er kühl, während er äußerst angewidert die Oberseite ihrer scheußlichen und sehr neuen Haube betrachtete. Warum er sie nicht vor zehn Minuten, symbolisch gesehen, mit einem Stiefel in der Kehrseite entlassen hatte, wusste er nicht. Auch warum er sie überhaupt eingestellt hatte, konnte er nicht ergründen, da er sie vollkommen für sein Missgeschick verantwortlich machte. Sie war eine Xanthippe und würde ihn zu Tode quälen, bevor die drei Wochen vorüber waren, wie es eine Katze mit einer Maus tat.

Aber die Alternative lautete, Barnard um sich herumfuhrwerken zu haben, der jedes Mal bleich wie ein Laken wurde, wenn er den Verband seines Herrn auch nur sah.

Außerdem würde er etwas brauchen, was den Geist anregte, während er in seinem Stadthaus eingesperrt war, entschied Jocelyn. Er konnte es nicht erwarten, dass seine Freunde und seine Familie im Salon kampierten und ihm ständig Gesellschaft leisteten.

»Ja, in der Tat.« Sie erhob sich und blickte auf ihn hinab. Ihre Augen waren nicht nur hellblau, bemerkte er, sondern auch von dichten, langen Wimpern gerahmt, die mehrere Schattierungen dunkler waren als ihr fast nicht sichtbares Haar. Es waren Augen, in denen ein Mann sich sehr wohl verlieren konnte, wenn ihr übriges Äußeres und ihr Charakter nur dazu gepasst hätten. Aber da war auch dieser Mund, nicht weit unter den Augen, der noch immer redete.

»Der Verband muss gewechselt werden«, sagte sie. »Es ist noch derjenige, den Dr. Raikes gestern Morgen angelegt hat. Er sagte wohl, er würde erst morgen früh zurückkommen. Das ist zu lang für einen Verbandswechsel, selbst ohne die Schwellung. Ich werde die Wunde neu verbinden.«

Er wollte niemanden näher als einen Meter an den Verband oder die darunter liegende Wunde lassen. Aber er wusste, dass das eine feige Haltung war. Außerdem fühlte sich der Verband wirklich zu fest an. Und nicht zuletzt hatte er sie schließlich als Pflegerin eingestellt. Sollte sie sich ihren Lohn also verdienen.

»Worauf warten Sie?«, fragte er verärgert. »Auf eine Erlaubnis? Ist es möglich, dass Sie es für nötig erachten, meine *Erlaubnis* zu erhalten, einen von Londons hervorragendsten Ärzten zu ersetzen und mich zu misshandeln, Miss Ingleby?« Es ärgerte ihn, dass er nicht darauf bestanden hatte, sie Jane zu nennen. Ein hübscher, sanftmütiger Name. Ein völlig unpassender Name für den blauäugigen Drachen, der seinen Blick ruhig erwiderte.

»Ich habe nicht die Absicht, Sie zu misshandeln, Euer Gnaden«, sagte sie, »sondern es Ihnen angenehmer zu machen. Ich werde Ihnen nicht wehtun. Ich verspreche es.«

Er lehnte den Kopf an den Sessel zurück und schloss die Augen. Und öffnete sie hastig wieder. Die Kopfschmerzen – zumindest diese ungeheuerlichen Kopfschmerzen, die ihn plagten, seit er vor ein paar Stunden das Bewusstsein wiedererlangt hatte – wurden natürlich nicht weniger, wenn er sie hinter gesenkten Augenlidern zu vergessen suchte.

Sie schloss die Tür leise hinter sich, wie er bemerkte, wie sie es auch getan hatte, als sie sich auf die Suche nach der Fußbank begeben hatte. Gott sei für kleine Wohltaten gedankt. Wenn sie jetzt nur noch den Mund hielte ...

Jane fühlte sich zum ersten Mal seit langer Zeit wieder auf vertrautem Terrain. Sie wickelte den Verband langsam und vorsichtig ab und löste ihn von der Wunde, die ein wenig geblutet hatte, so dass der Verband daran festklebte. Sie schaute auf.

Er hatte nicht einmal gezuckt, obwohl er Schmerz empfunden haben musste. Er hatte sich zurückgelehnt, einen Ellbogen auf der Armlehne, den Kopf auf die Hand gestützt, während er sie durch halb geschlossene Lider betrachtete.

»Es tut mir Leid«, sagte sie. »Das Blut war getrocknet.«

Er nickte kaum merklich, und sie begann die Wunde mit warmem Wasser zu reinigen, bevor sie Balsampuder auftrug, den sie bei den Beständen der Haushälterin gefunden hatte.

Sie hatte ihren Vater während einer schleichenden Krankheit bis zu seinem Tod vor anderthalb Jahren gepflegt. Armer Papa. Da er nie widerstandsfähig gewesen war, hatte er nach Mamas Tod allen Lebenswillen verloren, als wollte er seiner Krankheit erlauben, ihn kampflos zu vernichten. Zuletzt hatte Jane ihm alles abgenommen. Er war so furchtbar dünn geworden. Das Bein dieses Mannes dagegen war kräftig und muskulös.

»Sie sind neu in London?«, fragte er plötzlich.

Sie schaute auf. Sie hoffte, dass er sich nicht damit vergnügen wollte, in ihrer Vergangenheit herumzustochern. Diese Hoffnung wurde augenblicklich zunichte gemacht.

»Woher kommen Sie?«, fragte er.

Was sollte sie sagen? Sie hasste es zu lügen, aber die Wahrheit konnte sie nicht sagen. »Von weither.«

Er zuckte zusammen, als sie den Puder auftrug. Aber es war nötig, um eine Infektion zu verhindern, die ihn immer noch das Bein kosten konnte. Die Schwellung beunruhigte sie.

»Sie sind eine Lady«, sagte er – eine Feststellung, keine Frage.

Sie hatte versucht, mit Cockney-Akzent zu sprechen, mit lächerlichem Ergebnis. Sie hatte es mit undeutlicherer Aussprache versucht, wodurch sie wie eine Frau aus den niederen Klassen klang. Aber obwohl sie Akzente recht deutlich zuordnen konnte, fand sie es unmöglich, sie nachzuahnen. Sie hatte den Versuch aufgegeben.

»Nicht wirklich«, sagte sie. »Ich wurde nur gut erzogen.«

»Wo?«

Sie griff zu einer Lüge, die sie bereits anderweitig gebraucht hatte. Sie würde daran festhalten, weil sie die meisten anderen Fragen augenblicklich unterband.

»In einem Waisenhaus«, sagte sie. »In einem guten Waisenhaus. Ich muss vermutlich von jemandem gezeugt worden sein, der mich nicht anerkennen konnte, es sich aber zumindest leisten konnte, mich anständig aufziehen zu lassen.«

*Oh, Papa,* dachte sie. Und auch Mama. Die ihr ihre ganze Liebe und Aufmerksamkeit geschenkt hatten, ihrem einzigen Kind, und ihr sechzehn Jahre lang ein außerordentlich glückliches Familienleben geboten hatten. Die ihr Möglichstes getan hätten, ihr ein ebenso erfreuliches häusliches Leben zu ermöglichen, wie sie selbst es geführt hatten, wenn der Tod sie ihr nicht vorher genommen hätte.

»Hmm«, sagte der Duke of Tresham nur.

Sie hoffte, dass dies alles war, was er jemals zu diesem Thema sagen würde. Sie wickelte den neuen Verband sicher, aber ausreichend locker um sein Bein, so dass die Schwellung nicht wieder eingeschnürt wurde.

»Diese Bank ist nicht einmal mit dem Kissen hoch genug.« Sie sah sich nachdenklich um und erspähte dann eine Chaiselongue, die eine Ecke des Raumes zierte. »Sie würden vermutlich Feuer und Schwefel auf mein Haupt herabbeschwören, wenn ich Ihnen vorschlüge, sich dorthin zu legen«, sagte sie und deutete auf das Möbelstück. »Sie könnten all ihren männlichen Stolz bewahren, indem Sie in der Bibliothek blieben, könnten aber Ihr Bein darauf ausstrecken und zusätzlich auf das Kissen legen.«

»Sie wollen mich in die Ecke verbannen, Miss Ingleby?«, fragte er. »Vielleicht auch noch mit dem Rücken zum Raum?«

»Ich vermute«, sagte sie, »dass die Chaiselongue nicht am Boden fest geschraubt ist. Sie könnte wohl an einen Platz gerückt werden, der Ihnen besser gefällt. Vielleicht nahe ans Feuer?«

»Verdammt sei das Feuer«, sagte er. »Lassen Sie sie nahe ans Fenster rücken. Von jemandem, der erheblich kräftiger ist als Sie. Ich will nicht dafür verantwortlich sein, wenn sie sich das Rückgrat verrenken, selbst wenn eine gewisse ausgleichende Gerechtigkeit darin läge. Neben dem Kaminsims befindet sich ein Klingelzug. Betätigen Sie ihn.«

Ein Dienstbote rückte die Chaiselongue ans Fenster. Der Duke stützte sich erneut auf Janes Schulter, während er von seinem Sessel zu dem neuen Platz hüpfte. Er hatte sich selbstverständlich schlichtweg geweigert, sich tragen zu lassen.

»Hol Sie der Teufel«, hatte er sie belehrt, als sie es vorgeschlagen hatte. »Ich werde zu Grabe getragen werden, Miss Ingleby. Bis dahin werde ich mich selbst von einem Ort zum anderen bewegen, selbst wenn ich von einer gewissen Hilfe Gebrauch machen muss.«

»Waren Sie schon immer so eigensinnig?«, fragte Jane, während der Dienstbote sie mit offenem Mund ansah, als erwartete er, sie im nächsten Moment von einem Blitz getroffen zu sehen.

»Ich bin ein Dudley«, sagte der Duke of Tresham zur Erklärung. »Wir sind vom Moment der Zeugung an eine eigenwillige Gesellschaft. Von Dudley-Babys wird behauptet, sie träten ihre Mütter mit ungewöhnlicher Grausamkeit in den Leib und bereiteten ihnen während der Geburt erhebliche Schmerzen. Und das ist erst der Anfang.«

Jane erkannte, dass er sie zu schockieren versuchte. Er sah sie aufmerksam an mit seinen schwarzen Augen, die in Wahrheit einfach tief dunkelbraun waren, wie sie von Nahem bemerkt hatte. Narr. Sie hatte bei der Geburt zahlreicher Babys geholfen, seit sie vierzehn war. Ihre Mutter hatte sie in dem Glauben erzogen, dass zu helfen ein unerlässlicher Teil eines privilegierten Lebens war.

Er wirkte entspannter, nachdem er seinen Platz eingenommen und den Fuß auf das Kissen gelegt hatte. Jane trat in der Erwartung zurück, entlassen oder angewiesen zu werden, sich zwecks weiterer Anordnungen bei der Haushälterin zu melden. Der Dienstbote war bereits fortgeschickt worden. Aber der Duke sah sie jetzt nachdenklich an.

»Nun, Miss Ingleby«, sagte er, »wie gedenken Sie mich während der nächsten drei Wochen zu unterhalten?«

Jane war schlagartig beunruhigt. Der Mann war außer Gefecht gesetzt, und außerdem hatte seine Stimme keinen zweideutigen Unterton gehabt, aber sie hatte dennoch guten Grund, gelangweilten Gentlemen zu misstrauen.

Die Antwort wurde ihr durch das Öffnen der Tür zur Bibliothek erspart. Sie öffnete sich nicht leise, wie man vielleicht hätte erwarten können, um entweder den Butler oder Mr Quincy einzulassen. Tatsächlich ging dem Öffnen der Tür nicht einmal ein respektvolles Klopfen voraus. Die Tür wurde so fest aufgestoßen, dass sie gegen das dahinter stehende Bücherregal krachte. Eine Lady schritt herein.

Jane war außerordentlich beunruhigt. Die Lady war jung und bemerkenswert vornehm, auch wenn sie bei ihrer Kleidung keinen guten Geschmack bewies. Jane kannte sie nicht, wurde sich aber in diesem Moment deutlich der Torheit bewusst, hier zu sein. Wäre die Besucherin angekündigt worden, hätte sie ungesehen verschwinden können. Nun konnte sie nur auf dem Fleck stehen bleiben oder bestenfalls einige Schritte zurück und seitwärts ausweichen und hoffen, mit den Schatten links der Fenstervorhänge verschmelzen zu können.

Die junge Lady rauschte in den Raum wie eine Gezeitenwoge.

»Ich glaube, meine Anweisungen lauteten, dass ich

heute Morgen nicht gestört werden wollte«, murmelte der Duke.

Aber die Besucherin näherte sich unerschrocken.

»Tresham!«, rief sie aus. »Du lebst. Ich wollte es nicht glauben, bis ich es mit eigenen Augen gesehen hätte. Wenn du wüsstest, was ich während des vergangenen Tages erlitten habe, hättest du das niemals getan. Heyward ist heute Morgen zum Oberhaus gegangen, was nicht nett von ihm ist, da meine Nerven bloßliegen. Tatsächlich habe ich letzte Nacht kein Auge zugetan. Ich muss sagen, es war höchst unsportlich von Lord Oliver, wirklich auf dich zu schießen. Wenn Lady Oliver indiskret genug war, ihn merken zu lassen, dass du ihre neueste Affäre bist, und wenn er töricht genug war, aller Welt seine Hörner mit einer dermaßen öffentlichen Herausforderung – und noch dazu im Hyde Park – zu offenbaren, dann ist *er* derjenige, auf den hätte geschossen werden müssen. Aber es heißt, du hättest heldenhaft in die Luft gezielt, was dich als den geschliffenen Gentleman ausweist, der du bist. Er hätte nichts weniger verdient, als dass du ihn getötet hättest. Aber dann hätte man dich natürlich gehängt, oder hätte es getan, wenn du kein Duke wärst. Du hättest nach Frankreich fliehen müssen, und Heyward war in ausreichend provokanter Stimmung, mir zu erklären, dass er mich nicht mit nach Paris genommen hätte, um dich dort zu besuchen. Auch wenn alle Welt weiß, dass es der vornehmste Ort überhaupt ist. Manchmal frage ich mich, warum ich ihn geheiratet habe.«

Der Duke of Tresham hielt sich mit einer Hand den Kopf. Die freie Hand hob er an, als die junge Lady innehielt, um Atem zu schöpfen.

»Du hast ihn geheiratet, Angeline«, sagte er, »weil du ihn gern hattest und er ein Earl und beinahe so reich war wie ich. Aber hauptsächlich weil du ihn gern hattest.«

»Ja.« Sie lächelte und offenbarte sich damit, trotz ihrer Ähnlichkeit mit dem Duke, als äußerst hübsche junge Lady. »Das hatte ich, nicht wahr? Wie *geht* es dir, Tresham?«

»Abgesehen von einem pochenden Bein und einem für meinen Hals ungefähr zehn Mal zu großen Kopf«, sagte er, »bemerkenswert gut, danke, Angeline. Setz dich.«

Seine letzten Worte klangen ausgesprochen ironisch. Sie hatte bereits auf einem Sessel nahe der Chaiselongue Platz genommen.

»Ich werde bei meinem Weggang Anweisung hinterlassen«, verkündete sie, »dass niemand außer der Familie zu dir vorgelassen wird. Du könntest gewiss keinen Besucher gebrauchen, der wie ein Wasserfall auf dich einredet, mein Armer.«

»Hmm«, sagte er und Jane beobachtete, wie er sein Lorgnon ans Auge hob und plötzlich noch gequälter wirkte als zuvor. »Das ist ein widerwärtiger Hut«, sagte er. »Senfgelb? Mit dieser besonderen Blassrotschattierung? Wenn du die Absicht hattest, ihn nächste Woche zu Lady Lovatts venezianischem Frühstück zu tragen, bin ich höchst erleichtert, dir mitteilen zu können, dass ich dich nicht dorthin begleiten kann.«

»Heyward sagte«, fuhr die junge Lady fort, während sie sich vorbeugte und seine Meinung zu ihrem Geschmack bei Hüten ignorierte, »dass Lord Oliver jedermann erzählt, er habe keine Genugtuung erfahren, weil du nicht versucht hast, ihn zu töten. Kannst du dir etwas so Idiotisches vorstellen? Lady Olivers Brüder sind ebenfalls nicht zufrieden gestellt, und du weißt, wie *sie* sind. Sie sagen, obwohl meines Wissens keiner von ihnen anwesend war, du hättest dich wie ein Feigling verhalten und Lord Oliver daran gehindert, dich zu töten. Aber wenn man dich herausfordert, darfst du die Herausforderung nicht annehmen. Denk an meine Nerven.«

»Im Moment, Angeline«, versicherte er ihr, »bin ich mit meinen eigenen beschäftigt.«

»Nun, vielleicht befriedigt es dich zu wissen, dass du jedenfalls Stadtgespräch bist«, sagte sie. »Wie wunderbar von dir, nach Hause zu reiten, Tresham, obwohl dir ins Bein geschossen wurde. Ich wünschte, ich wäre da gewesen, um es mitzuerleben. Zumindest hast du das Gerede von dieser ermüdenden Hailsham-Affäre und dieser Angelegenheit in Cornwall abgewendet. Stimmt es, dass eine Bettlerin geschrien und dich abgelenkt hat?«

»Keine Bettlerin«, sagte er. »Sie steht dort am Vorhang. Darf ich dich mit Miss Jane Ingleby bekannt machen?«

Lady Heyward fuhr auf ihrem Sessel herum und sah Jane zutiefst erstaunt an. Es war deutlich erkennbar, dass sie nicht bemerkt hatte, dass außer ihr und ihrem Bruder noch jemand im Raum war. Nicht dass der Vorhang irgendwelchen Schutz bot, aber Jane war wie ein Dienstmädchen gekleidet. Es war eine in gewisser Weise beruhigende Erkenntnis, dass sie diese Tatsache praktisch unsichtbar machte.

»Sie, Kleine?«, sagte Lady Heyward mit einer Arroganz, die sie dem Duke noch ähnlicher machte. Sie konnte höchstens eines oder zwei Jahre älter sein als sie selbst, schätzte Jane. »Warum stehen Sie da? Hast du sie bestrafen lassen, Tresham?«

»Sie ist meine Pflegerin«, sagte er. »Und sie zieht es vor, lieber Miss Ingleby als *Kleine* genannt zu werden.« Seine Stimme klang täuschend sanft.

»Tatsächlich?« Das Erstaunen auf dem Gesicht der Lady nahm zu. »Wie eigentümlich. Aber ich muss gehen. Ich sollte Martha Griddles schon vor zwanzig Minuten in der Bibliothek treffen. Aber ich musste zuerst hierher kommen, um dich so gut zu trösten, wie ich konnte.«

»Wofür sind Schwestern da?«, murmelte Seine Gnaden.

»Genau.« Sie beugte sich über ihn und hauchte einen Kuss in die Luft nahe seiner linken Wange. »Ferdie wird dich wahrscheinlich später ebenfalls aufsuchen. Er war aufgebracht darüber, dass Lady Olivers Brüder gestern versucht haben, dich als unehrenhaft darzustellen. Er hätte sie beinahe selbst herausgefordert – jeden einzelnen von ihnen. Aber Heyward sagte, er würde sich nur lächerlich machen – so waren seine Worte, ich schwöre es, Tresham. Er versteht das Temperament der Dudleys nicht.« Sie seufzte und verließ den Raum ebenso abrupt, wie sie ihn betreten hatte, wobei sie die Tür hinter sich weit offen ließ.

Jane stand noch immer am selben Fleck. Sie fror und fühlte sich allein und verängstigt.

Welchen Salonklatsch hatte Treshams Schwester so flüchtig erwähnt? *Zumindest hast du das Gerede von ... dieser Angelegenheit in Cornwall abgewendet.*

*Welche Angelegenheit in Cornwall?*

»Ich glaube«, sagte der Duke, »das erfordert die Brandy-Karaffe, Miss Ingleby. Und belehren Sie mich nur auf ihre eigene Gefahr, dass meine Kopfschmerzen durch noch mehr Alkohol nur schlimmer werden. Gehen Sie und holen Sie den Brandy.«

»Ja, Euer Gnaden.« Jane war recht wenig geneigt zu streiten.

# 4. Kapitel

Lord Ferdinand Dudley kam weniger als eine Stunde, nachdem Lady Heyward gegangen war. Er stieß die Tür ebenso schwungvoll auf, wie sie es getan hatte, und betrat die Bibliothek ebenso unangekündigt.

Jocelyn zuckte zusammen und wünschte, sobald er seiner ansichtig wurde, er hätte die Brandy-Karaffe nicht wieder fortbringen lassen. Er hatte gerade eine Tasse Schokolade getrunken, von der Miss Ingleby behauptet hatte, sie würde seinen Magen beruhigen und seinen Kopf besänftigen. Bisher hatten sich noch keine der beiden erwünschten Wirkungen gezeigt.

Er bemerkte, dass sie wieder versuchte, mit den Schatten der Vorhänge zu verschmelzen.

»Zum Teufel damit!«, sagte sein jüngerer Bruder als Begrüßung. »Der alte Griesgram hat versucht, mich aufzuhalten, Tresham. Kannst du dir das vorstellen? Woher haben Dienstboten solch absurde Vorstellungen?«

»Gewöhnlich von ihren Arbeitgebern«, sagte Jocelyn.

»Gütiger Himmel!« Sein Bruder blieb jäh stehen. »Du spielst wirklich den Invaliden. Mama hat sich gewöhnlich ermattet auf dieser Chaiselongue niedergelassen, wann immer sie drei Nächte oder länger am Stück getanzt und gespielt und sich am Rande des Todes geglaubt hatte. An dem Gerücht ist doch nichts dran, oder?«

»Normalerweise nicht«, erwiderte Jocelyn träge. »Welches spezielle Gerücht meinst du?«

»Dass du niemals wieder wirst laufen können«, sagte sein Bruder und warf sich in den Sessel, in dem Angeline zuvor gesessen hatte. »Dass du den alten Raikes zu Boden ringen musstest, damit er dir das Bein nicht absägt. Ehrlich, Tresham, Ärzte ziehen heutzutage eher die Säge aus ihrer Tasche, als sich die Zeit zu nehmen, nach einer Kugel zu suchen.«

»Sei versichert«, sagte Jocelyn, »dass ich gestern nicht in der Stimmung war, jemanden zu Boden zu ringen, außer vielleicht diesen Trottel von Arzt, den Oliver mit in den Hyde Park gebracht hatte. Raikes hat seine Arbeit bewundernswert gut gemacht, und ich werde gewiss wieder laufen können.«

»Was ich gesagt habe«, bemerkte Ferdinand strahlend. »Es steht im Wettbuch bei White's. Ich habe fünfzig Pfund darauf gesetzt, dass du innerhalb eines Monats bei Almack's Walzer tanzen wirst.«

»Du wirst verlieren.« Jocelyn hob sein Lorgnon ans Auge. »Ich tanze niemals Walzer. Und ich lasse mich niemals bei Almack's blicken. Alle Mütter würden augenblicklich annehmen, ich wäre zu haben. Wann wirst du deine traurige Figur von einem Kammerdiener entlassen, Ferdinand, und jemanden einstellen, der dir nicht jedes Mal die Kehle durchschneidet, wenn er dich rasiert?«

Sein Bruder betastete einen kleinen Einschnitt an seinem Kinn. »Oh, das«, sagte er. »Das war mein Fehler, Tresham. Ich habe ohne Vorwarnung den Kopf gewandt. Die Forbesbrüder wollen dein Blut sehen. Drei von ihnen sind in der Stadt.«

Ja, das war zu erwarten gewesen. Lady Olivers Brüder waren fast ebenso berüchtigte Unruhestifter wie er und seine Geschwister, dachte Jocelyn. Und da die Lady die einzige Schwester unter fünf Brüdern war, beschützten sie sie selbst jetzt, drei Jahre nach ihrer Heirat mit Lord Oliver, noch immer über die Maßen.

»Dann werden sie kommen und es sich holen müssen«, sagte Jocelyn. »Es sollte nicht allzu schwierig sein, da mein Butler jedermann hereinlässt, der herzukommen und den Türklopfer zu betätigen geruht.«

»Oh, na so was!« Ferdinand klang betrübt. »Ich bin nicht jedermann. Und ich muss mich beschweren, dass du mich nicht gebeten hast, dein Sekundant zu sein, und mich nicht einmal darüber informiert hast, dass überhaupt ein Duell stattfinden wird. Stimmt es übrigens, dass ein Dienstmädchen all den Aufruhr verursacht hat? Brougham sagt, sie sei in dein Haus gestürmt, habe den Weg in dein Schlafzimmer gefunden und dir eine Standpauke gehalten, weil sie ihre Arbeit verloren hätte.« Er kicherte. »Das ist vermutlich recht übertrieben, aber trotzdem eine verdammt gute Geschichte.«

»Sie steht dort drüben am Vorhang«, sagte Jocelyn, mit dem Kopf in Richtung seiner Pflegerin deutend, die seit dem Eintreffen seines Bruders wie eine Statue dagestanden hatte.

»Oh, Donnerwetter!« Ferdinand sprang auf und sah sie äußerst neugierig an. »Was, zum Teufel, macht sie hier? Es ist wirklich nicht richtig, Kleine, sich in eine Ehrenangelegenheit einzumischen. Das ist eine Sache unter Gentlemen. Sie hätten Treshams Tod verursachen können, und dann wären Sie gewiss gehängt worden.«

Jocelyn bemerkte, dass sie Ferdinand so ansah, wie sie normalerweise ihn ansah. Er erkannte die Zeichen – das stärkere Anspannen ihr bereits gestrafften Schultern, das Schmalerwerden ihrer Lippen, ihr sehr direkter Blick. Er wartete mit einer gewissen Wonne darauf, dass sie etwas sagen würde.

»Wenn er getötet worden wäre«, sagte sie, »wäre es durch die Kugel des Mannes geschehen, mit dem er sich duelliert hat. Und wie töricht, eine solche Begegnung eine Ehrenangelegenheit zu nennen. Sie haben jedoch Recht damit, es als eine Angelegenheit unter Männer zu bezeichnen. Frauen haben weitaus mehr Verstand.«

Lord Ferdinand Dudley wirkte fast komisch verblüfft, wie er da von einem scheußlich gekleideten Dienstmädchen Schelte bezog.

»Sie hat Verstand, siehst du, Ferdinand«, erklärte Jocelyn demonstrativ gelangweilt, »sowie eine zweischneidige Zunge.«

»Donnerwetter!« Sein Bruder wandte den Kopf und sah ihn entgeistert an. »Was, zum Teufel, macht sie hier?«

»Hat Conan die Geschichte nicht zu Ende erzählt?«, fragte Jocelyn. »Ich habe sie als meine Pflegerin eingestellt. Ich sehe nicht ein, warum meine übrigen Dienstboten meine Launen während der nächsten drei Wochen ertragen sollten, während ich in meinem eigenen Haus eingesperrt bin.«

»Zum Teufel damit«, sagte sein Bruder. »Ich dachte, Conan mache Spaß!«

»Nein, nein.« Jocelyn winkte unbekümmert ab. »Darf ich dich mit Jane Ingleby bekannt machen, Ferdinand? Aber hüte deine Zunge, wenn du sie jemals wieder ansprechen solltest. Sie besteht darauf, lieber *Miss Ingleby* als *Jane* oder *Kleine* genannt zu werden. Was ich ihr zugestanden habe, da sie aufgehört hat, mich als Nichts zu bezeichnen, und sogar begonnen hat, mich gelegentlich als *Euer Gnaden* anzusprechen. Mein jüngerer Bruder, Lord Ferdinand Dudley, Miss Ingleby.«

Er erwartete eigentlich, dass sie einen Knicks machen würde. Und er erwartete ebenso, dass sein Bruder explodieren würde. Dies war gewiss das erste Mal, dass er einem Dienstmädchen vorgestellt wurde.

Jane Ingleby neigte anmutig den Kopf, und Ferdinand errötete, vollführte eine unbeholfene, knappe Verbeugung und wirkte regelrecht verlegen.

»Donnerwetter, Tresham«, sagte er, »hat dich die Verletzung den Verstand gekostet?«

»Ich glaube«, sagte Jocelyn, während er eine Hand an den Kopf führte, »du wolltest gerade gehen, Ferdinand? Ein Rat, mein Lieber, obwohl ich nicht weiß, warum ich meinen Atem deshalb verschwende, da die Dudleys nicht dafür bekannt sind, Rat anzunehmen. Überlasse die Forbesbrüder mir. Sie liegen mit mir im Streit, nicht mit dir.«

»Verdammte Schurken und Gangster!« Sein Bruder wurde zornig. »Sie sollten sich besser damit beschäftigen, ihrer Schwester eine hübsche Abreibung zu verpassen. Ich verstehe nicht, wie du dazu gekommen bist, gerade diesem Rock nachzujagen. Ich ...«

»Das reicht!«, sagte Jocelyn kalt. »Es ist ...« Er hatte gerade sagen wollen, dass eine Lady anwesend sei, aber er fing sich noch rechtzeitig. »Ich bin dir keine Rechenschaft über meine Affären schuldig. Und jetzt geh, sei ein guter Junge, und schick Hawkins zu mir herein. Ich will versuchen, ihm klarzumachen, dass seine weitere Beschäftigung in diesem Hause davon abhängt, den restlichen Tag niemanden mehr über die Türschwelle zu lassen. Es sollte mich sehr überraschen, wenn mein Kopf nicht noch vor Einbruch der Nacht explodiert und mein Gehirn auf die Bücher regnen lässt.«

Lord Ferdinand ging, und eine oder zwei Minuten später betrat der ängstlich wirkende Butler die Bibliothek.

»Verzeihung, Euer Gnaden ...« begann er, aber Jocelyn hob eine Hand.

»Ich gebe zu«, sagte er, »dass wahrscheinlich ein ganzes Regiment erfahrener Soldaten und eine Batterie Artillerie vonnöten wären, um Lord Ferdinand und Lady Heyward fern zu halten, wenn sie entschlossen sind hereinzukommen. Aber ich will heute niemanden sonst mehr sehen, Hawkins. Nicht einmal den Prinzregenten persönlich, sollte er vorzusprechen geruhen. Ich denke, ich habe mich klar ausgedrückt?«

»Ja, Euer Gnaden.« Der Butler verbeugte sich ehrerbietig und zog sich zurück, wobei er die Tür wohltuend leise schloss.

Jocelyn seufzte geräuschvoll. »Nun, Miss Ingleby«, sagte er, »kommen Sie, setzen Sie sich hierher und erzählen Sie mir, wie Sie mich während der nächsten drei Wochen zu unterhalten gedenken. Sie hatten jetzt reichlich Zeit, sich eine Antwort zu überlegen.«

»Ja, ich beherrsche die gängigsten Kartenspiele«, sagte Jane als Antwort auf seine Frage, »aber ich spiele nicht um Geld.« Das war eine der Regeln ihrer Eltern gewesen, zu Hause um keine höheren Beträge als um

Pennys zu spielen. Und das Spiel zu beenden, wenn bereits eine halbe Krone – zwei Schillinge und sechs Pennys – verloren worden war. »Außerdem«, fügte sie hinzu, »besitze ich kein Geld, um das ich spielen könnte, und Sie fänden vermutlich kein Vergnügen an einem Spiel ohne hohe Einsätze.«

»Ich bin entzückt, dass Sie mich so gut zu kennen glauben«, sagte er. »Spielen Sie Schach?«

»Nein.« Sie schüttelte den Kopf. Ihr Vater pflegte Schach zu spielen, aber er hatte in dieser Beziehung seltsame Ansichten über Frauen gehabt. Schach sei ein Männerspiel, hatte er stets mit liebevoller Nachsicht gesagt, wann immer sie ihn gebeten hatte, es ihr beizubringen. Seine Weigerung hatte aber ihren ständigen Wunsch nur noch verstärkt, es beherrschen zu können. »Ich habe es nie gelernt.«

Er sah sie nachdenklich an. »Sie lesen vermutlich nicht«, sagte er.

»Oh, natürlich *lese* ich.« Hielt er sie für eine völlige Ignorantin? Sie dachte zu spät daran, wer sie zu sein vorgab.

»Ah, natürlich«, bemerkte er sanft und mit verengten Augen. »Und Sie haben wahrscheinlich auch eine hübsche Handschrift. Welche Art Waisenhaus war es, Miss Ingleby?«

»Das sagte ich Ihnen bereits«, antwortete sie. »Ein ausgezeichnetes Waisenhaus.«

Er sah sie forschend an, verfolgte die Angelegenheit aber nicht weiter.

»Und über welche Fertigkeiten verfügen Sie noch«, fragte er, »mit denen Sie mich unterhalten könnten?«

»Es gehört also zu den Aufgaben einer Pflegerin, Sie zu unterhalten?«, fragte sie.

»Zu den Aufgaben meiner Pflegerin gehört genau das, was ich sage.« Er betrachtete sie, als könne er durch ihre Kleidung hindurchsehen. Sie fühlte sich durch diesen Blick äußerst beunruhigt. »Sie werden nicht jeden Tag vierundzwanzig Stunden brauchen, den Verband zu wechseln und mein Bein aufs Kissen zu heben, oder?«

»Nein, Euer Gnaden«, räumte sie ein.

»Und doch essen und wohnen Sie auf meine Kosten«, sagte er. »Und ich zahle Ihnen wohl ein recht ansehnliches Gehalt. Missgönnen Sie mir ein wenig Unterhaltung?«

»Ich denke«, erwiderte sie, »Sie werden von dem, was ich zu bieten habe, bald zutiefst gelangweilt sein.«

Er lächelte leicht, aber dieser Gesichtsausdruck ließ ihn nur noch verwegener wirken, anstatt seine Züge zu mildern. Sie bemerkte, dass er das Lorgnon in der Hand hielt, obwohl er es nicht ans Auge hob.

»Wir werden sehen«, sagte er. »Und nun nehmen Sie diese Haube ab, Miss Ingleby. Sie beleidigt mich. Sie ist bemerkenswert scheußlich und macht Sie mindestens zehn Jahre älter. Wie alt sind Sie?«

»Ich glaube nicht, Euer Gnaden«, erwiderte sie, »dass mein Alter Sie etwas angeht. Und ich würde es vorziehen, die Haube im Dienst zu tragen.«

»Würden Sie?« Er wirkte mit seinen erhobenen Augenbrauen plötzlich nur noch überheblich und gar nicht mehr erschreckend. Seine Stimme klang sanfter, als er fortfuhr. »Nehmen Sie sie ab.«

Widerstand schien zwecklos. Immerhin hatte sie bis gestern niemals zuvor eine Haube getragen. Sie hatte es einfach für eine gute Tarnung gehalten, wie etwas, worunter sie sich zumindest halbwegs verbergen konnte. Sie war sich durchaus der Tatsache bewusst, dass ihr Haar ihr kennzeichnendstes Merkmal war. Sie löste widerwillig die Schleife unter ihrem Kinn und nahm die Haube ab. Sie hielt sie mit beiden Händen auf dem Schoß, während sein Blick auf ihr Haar gerichtet war.

»Man könnte sagen«, bemerkte er, »dass Ihr Haar Ihre größte Zierde ist, Miss Ingleby. Vermutlich dann ganz besonders, wenn es nicht so unbarmherzig geflochten und zusammengedreht ist. Was die Frage aufwirft, warum Sie so entschlossen waren, es zu verbergen. Fürchten Sie mich und meinen Ruf?«

»Ich kenne Ihren Ruf nicht«, sagte sie. Obwohl nicht allzu viel Vorstellungskraft nötig war, Vermutungen darüber anzustellen.

»Ich wurde gestern zu einem Duell herausgefordert«, sagte er, »weil ich, eh, *Beziehungen* zu einer verheirateten Frau hatte. Es war nicht das erste Duell, in das ich verwickelt war. Ich bin als undisziplinierter, gefährlicher Mann bekannt.«

»Sind Sie stolz darauf?« Sie hob ihre Augenbrauen. Ihre Lippen zuckten, aber es war unmöglich festzustellen, ob aus Belustigung oder aus Zorn.

»Ich habe einige Prinzipien«, sagte er. »Ich habe niemals ein Dienstmädchen belästigt. Oder eine Frau unter meinem eigenen Dach bestürmt. Oder ohne ihr Einverständnis mit einer Frau geschlafen. Beruhigt Sie das?«

»Vollkommen«, sagte sie. »Da ich glaube, in allen drei Punkten zur Heiligsprechung befähigt zu sein.«

»Aber ich würde viel darum geben«, sagte er sanft und klang in der Tat so gefährlich, wie er sich gerade beschrieben hatte, »Sie mit offenem Haar zu sehen.«

Die Liliputaner schwärmten über den Riesen aus und sicherten ihn – sogar sein langes Haar – mit größter Geschicklichkeit am Boden.

Sie las ihm *Gullivers Reisen* vor, ein Buch, gegen das er kaum etwas einwenden konnte, da er ihr die Wahl des Lesestoffs überlassen hatte. Sie war eine halbe Stunde lang an den Bibliotheksregalen entlanggewandert, hatte geschaut und auch gelegentlich ein Buch herausgezogen und aufgeschlagen. Sie behandelte die Bücher ehrfurchtsvoll, als möge sie sie sehr. Schließlich hatte sie sich ihm zugewandt und den Band hochgehalten, aus dem sie nun vorlas.

»Dieses?«, hatte sie gefragt. »*Gullivers Reisen*? Es ist eines der Bücher, die ich schon immer lesen wollte.«

»Wie Sie wünschen.« Er hatte mit den Achseln gezuckt. Er war vollkommen in der Lage, still selbst zu lesen, aber er wollte nicht allein sein. Er hatte seine eigene Gesellschaft, für welche Zeitspanne auch immer, noch nie besonders genossen – nein, das war nicht wahr. Aber während der letzten ungefähr zehn Jahre war es so gewesen.

Er war recht irritiert gewesen, als ihm der wahre Grund seiner Bitte im Verlauf des Tages deutlich geworden war. Er war von Natur aus ruhelos und tatkräftig und beschäftigte sich jeden Tag mit einem Dutzend oder mehr Aktivitäten, von denen die meisten Körperertüchtigungen wie Reiten, Boxen und Fechten und ja – sogar Tanzen waren, obwohl er niemals Walzer tanzte und schon gar nicht in dieser geistlosesten aller Einrichtungen, Almack's. Natürlich frönte er auch gerne der körperlichen Liebe, was die tatkräftigste Körperertüchtigung von allen sein konnte.

Nun war er drei Wochen lang zur Untätigkeit verdammt, wenn er die Tortur so lange ertragen könnte, und würde nur die Freunde und Verwandten, die ihn besuchten, zur Gesellschaft haben. Und natürlich die spröde, zänkische Jane Ingleby. Und Schmerzen.

Schließlich hatte er sich dadurch abgelenkt, dass er seine Pflegerin entlassen und den Nachmittag mit Michael Quincy verbracht hatte. An diesem Morgen waren die monatlichen Berichte von Acton Park, seinem Landsitz, eingetroffen. Er hatte sich stets gewissenhaft darum gekümmert, aber er hatte niemals zuvor mit solch entschlossener Aufmerksamkeit für die Details darüber gebrütet.

Der Abend drohte dennoch endlos zu werden. Normalerweise waren die Nächte die Zeit, in der er überwiegend lebte und Kontakte pflegte, zunächst im Theater oder in der Oper. Welcher elegante Ball oder welche Soirée auch immer die größte Menschenmenge anzuziehen versprach, er war dort, und beendete die Nacht dann in einem seiner Clubs oder im Bett, wenn denn dieser Zeitvertreib das Opfer einer Nacht mit seinen männlichen Freunden wert schien.

»Soll ich fortfahren?« Jane Ingleby hatte innegehalten und vom Buch aufgeschaut.

»Ja, ja«, antwortete er mit einer entsprechenden Handbewegung in ihre Richtung, und sie senkte den Blick und las weiter.

Ihr Rückgrat, bemerkte er, berührte die Stuhllehne nicht. Und doch wirkte sie entspannt und anmutig. Sie las gut, weder zu schnell noch zu langsam, weder monoton noch mit theatralisch übertriebenem Ausdruck. Sie hatte eine wunderbar sanfte, kultivierte Stimme. Ihre langen Wimpern wirkten wie zarte Fächer über ihren Wangen, während sie auf das Buch hinabschaute, das sie mit beiden Händen über dem Schoß hielt. Ihr Hals war lang und von schwanenhafter Eleganz.

Ihr Haar war reines gesponnenes Gold. Sie hatte es hervorragend verstanden, es streng und nichtssagend wirken zu lassen, aber die einzige Möglichkeit, mit dieser Bemühung erfolgreich zu sein, wäre, sich den Kopf zu rasieren. Er hatte während des Vormittags die Schönheit ihres Gesichts und den Reiz ihrer Augen bemerkt. Erst als sie ihre Haube abgenommen hatte, entdeckte er, wie weit die Wirklichkeit seine wachsende Vermutung noch übertraf, dass sie eine außergewöhnlich hübsche Frau war.

Er beobachtete sie beim Lesen, während er mit dem rechten Handballen seinen Oberschenkel rieb, als wolle er damit den Schmerz in der Wade lindern. Sie war ein Dienstmädchen, eine Abhängige unter seinem Dach, und zweifellos eine tugendhafte Frau. Und sie war, wie sie während des Vormittags in ihrer üblichen schnippischen Art bemerkt hatte, dreifach vor ihm geschützt. Aber er würde ihr Haar zu gerne von allen Nadeln, und Zöpfen befreit sehen. Er wäre auch absolut nicht abgeneigt, ihren Körper ohne das triste, billige, schlecht sitzende Kleid und ohne alles andere zu erblicken, was sie vielleicht noch darunter trug.

Er seufzte, und sie hielt im Lesen inne und schaute erneut auf.

»Möchten Sie jetzt zu Bett gehen?«, fragte sie.

Man konnte sich bei ihr stets darauf verlassen, dass

sie einer Situation ihren eigenen besonderen Stempel gesunden Menschenverstandes aufdrückte, dachte er. Ihre Miene zeigte trotz der Wortwahl keinerlei Hinweis auf Zweideutigkeit.

Er schaute auf die Uhr auf dem Kaminsims. Gütiger Himmel, es war noch nicht einmal zehn Uhr. Der Abend hatte kaum begonnen.

»Da weder Sie noch Gulliver besonders sprühende Gesellschafter sind, Miss Ingleby«, sagte er roh, »ist das vermutlich die beste Alternative. Ich frage mich, ob Sie es zu würdigen wissen, wie tief ich gesunken bin.«

Eine Nacht Schlaf ohne alkoholische Getränke oder Laudanum, um den Schlummer herbeizuführen, hatte die Laune des Duke of Tresham nicht verbessert, wie Jane früh am nächsten Morgen feststellte. Der Arzt war eingetroffen, und sie wurde vom Frühstück in der Küche ins Schlafzimmer des Duke gerufen.

»Sie haben sich Zeit gelassen«, sagte er zur Begrüßung, als sie den Raum betrat, nachdem sie weniger als eine Minute nach dem Ruf an die Tür geklopft hatte. »Sie waren vermutlich damit beschäftigt, mir die Haare vom Kopf zu fressen.«

»Ich hatte mein Frühstück bereits beendet, vielen Dank, Euer Gnaden«, sagte sie. »Guten Morgen, Dr. Raikes.«

»Guten Morgen, Madam.« Der Arzt neigte höflich den Kopf.

»*Nehmen Sie diese Ungeheuerlichkeit ab!*«, befahl der Duke auf Janes Haube deutend. »Wenn ich sie noch einmal sehe, werde ich sie persönlich in sehr kleine Fetzen schneiden.«

Jane nahm die Haube ab, faltete sie ordentlich und steckte sie in die Tasche ihres Kleides.

Ihr Arbeitgeber hatte seine Aufmerksamkeit inzwischen dem Arzt zugewandt.

»Miss Ingleby hat den Verband gewechselt«, sagte er, offensichtlich als Antwort auf eine Frage, die vor ihrem Eintreffen gestellt worden war, »und die Wunde gesäubert.«

»Sie haben diese Aufgabe bewundernswert bewältigt, Madam«, sagte der Arzt. »Es ist keinerlei Infektion oder Fäulnis erkennbar. Sie haben schon einige Erfahrung in der Versorgung von Kranken?«

»Ja, ein wenig, Sir«, räumte Jane ein.

»Sie hat bestimmt an alle verdammten Waisen Abführmittel verteilt, wenn sie sich übergessen hatten«, murrte der Duke verärgert. »Und ich bin kein *Kranker*. Ich habe ein Loch im Bein. Ich glaube, Bewegung wäre förderlicher als Verhätschelung. Ich beabsichtige, es auszuprobieren.«

Dr. Raikes wirkte entsetzt. »Mit allem angemessenen Respekt, Euer Gnaden«, sagte er, »muss ich Ihnen strikt davon abraten. Zunächst müssen alle in Mitleidenschaft gezogenen Muskeln und Sehnen heilen, bevor sie auch nur wieder leicht beansprucht werden dürfen.«

Der Duke verfluchte ihn.

»Ich glaube, Sie sollten sich bei Dr. Raikes entschuldigen«, belehrte ihn Jane. »Er hat Ihnen nur seine professionelle Meinung mitgeteilt, wofür Sie ihn gerufen haben und bezahlen. Derlei Grobheit ist nicht erforderlich.«

Beide Männer sahen sie in reinem Erstaunen an, während sie die Hände an der Taille faltete. Sie zuckte zusammen, als Seine Gnaden jäh den Kopf zurückwarf und schallend lachte.

»Ich glaube, Raikes«, sagte er, »dass ein Splitter von der Kugel in meinem Bein abgebrochen sein und sich in meinem Gehirn festgesetzt haben muss. Können Sie sich vorstellen, dass ich das bereits einen ganzen Tag lang ertragen habe, ohne dem ein Ende zu setzen?«

Dr. Raikes konnte es sich eindeutig nicht vorstellen. »Gewiss, Madam«, sagte er hastig, »braucht sich Seine Gnaden nicht zu entschuldigen. Es ist verständlich, dass ihn die Verletzung erheblich belastet.«

Das konnte sie um nichts auf der Welt auf sich beruhen lassen. »Das ist keine Entschuldigung dafür, beleidigend zu werden«, sagte sie. »Besonders nicht Untergebenen gegenüber.«

»Raikes«, sagte der Duke gereizt, »wenn ich in demütiger Reue wegen meiner Worte niederknien könnte, würde ich es vielleicht tun. Aber ich darf mich nicht so anstrengen, oder?«

»Wahrhaftig nicht, Euer Gnaden.« Der Arzt, der die Wunde nun fertig verbunden hatte, wirkte äußerst nervös.

Das war natürlich alles ihr Fehler, dachte Jane. Das kam davon, dass sie in einem aufgeklärten Zuhause aufgewachsen war, in dem Dienstboten immer wie Menschen behandelt wurden und in dem Höflichkeit anderen gegenüber eine tief verwurzelte Tugend war. Sie musste wirklich lernen, ihre Zunge im Zaum zu halten, wenn sie die Chance nutzen wollte, sich das Gehalt für diese drei Wochen zu verdienen und mit in das Unbekannte zu nehmen, das folgen würde.

Der Duke of Tresham willigte ein, die Treppe hinabgetragen zu werden, wenn auch erst, nachdem er Jane entlassen und angewiesen hatte, ihm erst wieder unter die Augen zu treten, wenn er sie rief. Der Ruf erfolgte bereits eine halbe Stunde später. Dieses Mal lag er auf einem Sofa im Salon im ersten Stock.

»Mein Kopf scheint heute Morgen wieder seine normale Größe angenommen zu haben«, erzählte er ihr. »Sie werden erfreut sein zu hören, dass Ihre beträchtlichen Talente, mich zu unterhalten, nicht allzu sehr beansprucht werden müssen. Ich habe Hawkins erlaubt, Besucher, die vielleicht vorsprechen, vorzulassen – außer Angestellte von Putzmacherinnen und ähnliche Leute.«

Janes Magen verkrampfte sich schon bei dem Gedanken an Besucher.

»Ich werde mich zurückziehen, Euer Gnaden«, sagte sie, »wann immer jemand vorspricht.«

»Werden Sie tatsächlich?« Er verengte die Augen. »Warum?«

»Ich nehme an«, antwortete sie, »dass überwiegend Gentlemen vorsprechen werden. Meine Anwesenheit kann nur störend auf die Unterhaltung wirken.«

Er überraschte sie, indem er sie plötzlich angrinste und sich vollkommen in einen Gentleman verwandelte, der sowohl schelmisch als auch weitaus jünger als gewöhnlich wirkte. Und beinahe gut aussehend.

»Miss Ingleby«, sagte er, »ich glaube, Sie sind prüde.«

»Ja, Euer Gnaden«, erwiderte sie. »Das bin ich.«

»Gehen Sie und holen Sie dieses Kissen aus der Bibliothek«, wies er sie an. »Und legen Sie es unter mein Bein.«

»Sie könnten hin und wieder bitte sagen, wissen

Sie«, belehrte sie ihn, während sie sich zur Tür wandte.

»Das könnte ich«, erwiderte er. »Aber andererseits könnte ich es auch wieder nicht. Ich befinde mich in der Befehlsposition. Warum sollte ich vorgeben, es seien nur Bitten?«

»Vielleicht um Ihrer Selbstachtung willen«, sagte sie und schaute zu ihm zurück. »Vielleicht aus Achtung vor den Gefühlen anderer. Die meisten Menschen kommen einer Bitte bereitwilliger nach als einem Befehl.«

»Und dennoch«, sagte er sanft, »scheint mir, als wollten Sie meinen Befehl gerade ausführen, Miss Ingleby.«

»Aber mit rebellischem Herzen«, sagte sie und verließ den Raum, bevor er das letzte Wort haben konnte.

Sie kehrte wenige Minuten später mit dem Kissen zurück, durchquerte wortlos den Raum und legte es, ohne ihn anzusehen, vorsichtig unter sein Bein. Sie hatte zuvor im Schlafzimmer bemerkt, dass die gestrige Schwellung verschwunden war. Aber sie hatte auch seine Angewohnheit bemerkt, sich den Oberschenkel zu reiben und gelegentlich die Zähne zu zeigen, sichere Zeichen dafür, dass er erhebliche Schmerzen litt. Aber da er natürlich stolz war, konnte man nicht von ihm erwarten, überhaupt irgendwelche Gefühle zuzugeben.

»Abgesehen von der schmalen Linie ihrer Lippen«, sagte der Duke, »merke ich nicht, dass Sie mir Ihre Nachsicht ernstlich entzogen hätten. Ich hatte zumindest erwartet, dass Sie mein Bein hochreißen und auf das Kissen knallen würden. Ich war nur allzu bereit, einen solchen Gefühlsausbruch hinzunehmen. Nun haben Sie mich der Möglichkeit beraubt, meine sorgfältig einstudierte Rede loszuwerden.«

»Sie haben mich als Pflegerin eingestellt, Euer Gnaden«, erinnerte sie ihn. »Ich soll Ihnen Mut zusprechen und Ihnen nicht zu meinem Vergnügen schaden. Und wenn ich über etwas empört bin, stehen mir genügend Worte zur Verfügung, diese Empörung auch auszudrücken. Ich brauche nicht auf Gewalt zurückzugreifen.«

Was eine ebenso gewaltige Lüge war wie jede andere, die sie je erzählt hatte, dachte sie, noch während ihr die Worte über die Lippen kamen. Sie empfand einen Moment Frösteln und Übelkeit, während sich ihre Magenmuskeln in dem nun schon vertrauten Gefühl der Panik verkrampften.

»Miss Ingleby«, sagte der Duke of Tresham sanft, »danke, dass Sie das Kissen geholt haben.«

Nun. Das brachte sie zum Schweigen.

»Ich glaube«, sagte er, »das hätte Ihnen beinahe ein Lächeln entlockt. Lächeln Sie jemals?«

»Wenn ich amüsiert oder glücklich bin, Euer Gnaden«, antwortete sie.

»Und Sie sind in meiner Gegenwart beides noch nicht gewesen«, stellte er fest. »Ich verliere wohl meinen sprichwörtlichen Charme. Man sagt mir nach, ich besäße ein hervorragendes Talent, Frauen zu unterhalten und zu erfreuen.«

Ihre Wahrnehmung seiner Männlichkeit war überwiegend theoretisch, bis er diese Worte sprach und sie mit dem charakteristischen Verengen seiner dunklen Augen ansah. Plötzlich war diese Wahrnehmung gar nicht mehr theoretisch. Sie spürte ein vollkommen unbekanntes Aufwallen rein physischen Verlangens, das bei ihren Brüsten, ihrem Unterleib und den Innenseiten ihrer Schenkel erschreckende Reaktionen hervorrief.

»Daran zweifle ich nicht«, sagte sie scharf. »Aber ich wage zu behaupten, dass Sie den Vorrat an Verführungskünsten für diesen Monat bereits bei Lady Oliver verbraucht haben.«

»Jane, Jane«, sagte er sanft. »Das klang ungewöhnlich boshaft. Gehen Sie und suchen Sie Quincy und holen Sie die Morgenpost. *Bitte*«, fügte er hinzu, als sie zur Tür ging.

Sie wandte den Kopf und lächelte ihm zu.

»Ah«, sagte er.

# 5. Kapitel

Angeline kam am frühen Morgen wieder, dieses Mal von Heyward begleitet, der sich höflicherweise nach dem Befinden seines Schwagers erkundigen wollte. Ferdinand kam, bevor sie gingen, aber eher zu dem Zweck, über sich zu sprechen, als aus großer Sorge um die Genesung seines Bruders. Er war von Lord Berriwether zu einem Karriolenrennen nach Brighton herausgefordert worden, dessen Geschick mit den Zügeln nur noch von Jocelyn erreicht wurde.

»Du wirst verlieren, Ferdinand«, sagte Heyward schonungslos.

»Du wirst dir den Hals brechen, Ferdie«, sagte Angeline, »und meine Nerven werden sich nach dieser Angelegenheit mit Tresham nicht allzu bald wieder erholen. Aber wie fesch du aussehen wirst, wenn du schnell wie der Wind die Straße entlang saust. Wirst du dir für diese Gelegenheit eine neue Jacke machen lassen?«

»Das Geheimnis besteht darin, die Zügel locker zu lassen, wann immer man eine gerade Strecke vor sich hat«, sagte Jocelyn, »sich aber, wenn es eng wird, nicht zu sehr aufzuregen und in scharfen Kurven keine unnötigen Risiken einzugehen, als wäre man ein Zirkusartist. Für welche beiden Laster du berühmt bist, Ferdinand. Du solltest jedoch besser siegen, jetzt wo du eingewilligt hast. Prahle niemals oder fordere niemals jemanden zu etwas heraus, wenn du es nicht wirklich beherrschst. Besonders nicht, wenn du ein Dudley bist. Vermutlich hast du *tatsächlich* geprahlt.«

»Ich dachte, ich könnte mir vielleicht deine neue Karriole ausleihen, Tresham«, erwiderte sein Bruder unbekümmert.

»Nein«, sagte Jocelyn. »Auf keinen Fall. Es überrascht mich, dass du deinen Atem dafür verschwendest, überhaupt zu fragen, es sei denn du glaubst, dass ein Loch im Bein mein Gehirn erweicht hat.«

»Du bist mein Bruder«, erklärte Ferdinand.

»Ein Bruder mit funktionierendem Verstand und einem gerüttelt Maß an gesundem Menschenverstand«, belehrte Jocelyn ihn. »Die Räder an deiner Karriole waren ausreichend rund, als ich sie das letzte Mal gesehen habe. Es ist eher der Kutscher als das Gefährt, der ein Rennen gewinnt oder verliert, Ferdinand. Wann soll es stattfinden?«

»In zwei Wochen«, antwortete sein Bruder.

Verdammt! Dann würde er kein Stück davon zu sehen bekommen, dachte Jocelyn. Jedenfalls nicht, wenn er die Anordnungen dieses Quacksalbers Raikes befolgte. Aber in zwei Wochen würde, wenn er dann noch immer auf ein Sofa beschränkt wäre, sehr wohl seine geistige Gesundheit auf dem Spiel stehen.

Er könnte schwören, dass Jane Ingleby, die ein Stück entfernt ruhig dastand, seine Gedanken gelesen hatte. Ein Blick zu ihr ließ ihn ihre zusammengepressten Lippen bemerken. Was hatte sie vor? Ihn festzubinden, bis auch der letzte Tag der drei Wochen vergangen wäre?

Er hatte ihr die Bitte abgeschlagen, sich zu entfernen, wenn seine Angehörigen einträfen. Er schlug sie ihr später erneut ab, als weitere Besucher angekündigt wurden, während sie gerade aus seiner Hand Briefe entgegennahm, und sie gemäß seinen Anweisungen in drei Stapel aufteilte – abzulehnende Einladungen, anzunehmende Einladungen und Briefe, deren Beantwortung Diktate für seinen Sekretär erforderten. Die meisten der Einladungen, wenn sie nicht Veranstaltungen in einiger Zeit betrafen, mussten abgelehnt werden.

»Ich werde Sie jetzt allein lassen, Euer Gnaden«, hatte sie gesagt und sich erhoben, nachdem Hawkins, der die Eingangshalle heute anscheinend weitaus besser unter Kontrolle hatte, gekommen war, um das Eintreffen mehrerer seiner Freunde anzukündigen.

»Das werden Sie nicht«, sagte er mit hochgezogenen Augenbrauen. »Sie werden hier bleiben.«

»Bitte, Euer Gnaden«, sagte sie. »Ich kann mich hier nicht nützlich machen, während Sie Gesellschaft haben.«

Sie wirkte jedoch fast verängstigt, dachte er. Befürchtete sie, dass er und seine Freunde mit ihr einer kollektiven Orgie frönen wollten? Er hätte sie vermutlich selbst entlassen, wenn sie nicht verkündet hätte, dass sie gehen würde. Jetzt wollte er sie aus reinem Eigensinn nicht mehr gehen lassen.

»Vielleicht«, sagte er, »wird die ganze Aufregung einen Anfall von Schwermut bewirken, so dass ich die Dienste meiner Pflegerin in Anspruch nehmen muss, Miss Ingleby.«

Sie hätte zweifellos weiter diskutiert, wenn sich nicht die Tür aufgetan hätte, um die Besucher hereinzulassen. Wie die Dinge nun einmal lagen, hastete sie in die entfernteste Ecke des Raumes, wo sie noch immer stand, als es ihm wenige Minuten später in den Sinn kam hinzuschauen. Es gelang ihr großartig, mit den Möbeln zu verschmelzen. Sie trug wieder die Haube, die auch die letzte Haarsträhne bedeckte.

Seine engsten Freunde waren alle gemeinsam hereingekommen – Conan Brougham, Pottier, Kimble, Thomas Garrick, Boris Tuttleford – und brachten aufrichtige gute Laune mit. Sie begrüßten ihn mit großem Getöse, stellten rhetorische Fragen nach seiner Gesundheit, spotteten über den Morgenmantel und die Hausschuhe, bewunderten seinen Verband und ließen sich schließlich nieder.

»Wo ist dein Rotwein, Tresham?«, fragte Garrick, sich umsehend.

»Miss Ingleby wird ihn holen«, sagte Jocelyn. Das war der Moment, wo er sie in der entferntesten Ecke stehen sah. »Meine Pflegerin, Gentlemen, die alle Wege für mich erledigt, da ich von meinem Ruheplatz aus den Klingelzug nicht erreichen kann. Und die mich in den Trübsinn und wieder herausschimpft und -quält. Miss Ingleby, bitten Sie Hawkins um Rotwein und Brandy, und lassen Sie einen Dienstboten ein Tablett mit Gläsern bringen. Bitte.«

»*Bitte*, Tresh?« Kimble kicherte. »Ein neues Wort in deinem Wortschatz?«

»Sie bringt mich dazu«, sagte Jocelyn sanft, während er Jane mit abgewandtem Gesicht den Raum verlassen sah. »Sie schilt mich, wenn ich es vergesse.«

Seine versammelten Freunde lachten rau und schallend.

»Oh, Donnerwetter«, meinte Tuttleford, als seine Heiterkeit ein wenig nachgelassen hatte, »ist sie nicht diejenige, die dich durch ihr Geschrei abgelenkt hat,

Tresham, als du Oliver gerade mit deiner auf seinen Nasenrücken gerichteten Pistole entnerven wolltest?«

»Er hat sie als seine Pflegerin eingestellt«, erwiderte Conan grinsend. »Und hat ihr gedroht, dass sie es noch bedauern würde, geboren worden zu sein oder Ähnliches. Bedauert sie es *tatsächlich*, Tresham? Oder bedauerst du es?«

Jocelyn spielte mit dem Stiel seines Lorgnons und schürzte die Lippen. »Wisst ihr«, sagte er, »sie hat eine abscheulich lästige Art, Widerworte zu geben, und ich habe ein abscheuliches Bedürfnis nach geistiger Anregung, so eingeschlossen und eingepfercht und eingesperrt wie ich augenblicklich bin und wahrscheinlich auch noch einige Wochen oder länger sein werde.«

»Geistige Anregung, pah!« Pottier schlug sich auf den Oberschenkel und brüllte vor Lachen, und die anderen folgten seinem Beispiel. »Seit wann brauchst du eine Frau zur geistigen Anregung, Tresham?«

»Donnerwetter!« Kimble schwang sein Monokel am Band. »Man kann es sich nicht recht vorstellen, oder? Wie regt sie dich noch an, Tresh? Das ist die Frage. Komm schon, komm schon, es ist Zeit für ein Geständnis.«

»Er hat ein ruhig gestelltes Bein.« Tuttleford lachte erneut. »Aber ich könnte wetten, dass ihn das keinen Deut hindert, nicht wahr, Tresham? Nicht was die *Anregung* betrifft. Kommt sie rittlings? Und übernimmt das Bocken, damit du still liegen kannst?«

Dieses Mal klang das Gelächter entschieden unflätig. Sie waren in bester Form, die sich noch von Minute zu Minute steigerte. Jocelyn hob sein Lorgnon ans Auge.

»Man könnte vielleicht beiläufig erwähnen«, bemerkte er ruhig, »dass die besagte Frau meine Angestellte ist und unter meinem Dach lebt, Tuttleford. Selbst ich habe gewisse Maßstäbe.«

»Ich vermute, Kameraden«, sagte Conan Brougham, »dass der allbekannte Duke nicht amüsiert ist.«

Was ein Irrtum seinerseits war, dachte Jocelyn kurz darauf, als sich die Tür öffnete und Jane mit einem Tablett mit zwei Karaffen in den Raum zurückkam. Ein Dienstbote folgte ihr mit den Gläsern. Sie war natürlich augenblicklich der Mittelpunkt jedermanns Aufmerksamkeit und Neugier, eine Tatsache, die ihn ebenso hätte belustigen sollen, wie sie sie gewiss aus der Fassung brachte. Aber er war nur verärgert darüber, dass irgendeiner seiner Freunde ihm auch nur einen Moment lang den abscheulichen Geschmack zutraute, sich mit seinem eigenen Dienstmädchen einzulassen.

Sie hätte vielleicht versuchen können, mit dem Dienstboten zu flüchten, aber sie tat es nicht, sondern zog sich mit gesenktem Blick wieder in ihre Ecke zurück. Die Haube war tiefer denn je über ihre Stirn gezogen.

Viscount Kimble pfiff leise. »Eine Schönheit im Verborgenen, Tresh?«, murmelte er, zu leise, als dass sie es hören konnte.

Kimble war es zuzutrauen, dass er ihre Verkleidung durchschaute. Kimble, mit dem Aussehen eines blonden Gottes, war natürlich ein großer Charmeur. Ein Kenner, der Jocelyn selbst gleichkam.

»Aber ein Dienstmädchen«, erwiderte Jocelyn, »unter dem Schutz meines Daches, Kimble.«

Sein Freund verstand. Er grinste und zwinkerte.

Aber er würde Jane Ingleby keine unschicklichen Avancen machen. Jocelyn fragte sich flüchtig, warum es ihn kümmerte.

Die Unterhaltung wandte sich dann rasch anderen Themen zu, da sie kaum über Jane sprechen konnten, solange sie anwesend war. Aber anscheinend hielt es niemand für unangemessen, in ihrer Hörweite Lady Olivers offensichtliches Vergnügen an ihrer traurigen Berühmtheit zu erörtern, während sie gestern Abend im Theater vor einem Heer von Bewunderern Hof gehalten hatte; sowie die Anwesenheit dreier ihrer Brüder und Olivers in ihrer Loge; die erklärte Entschlossenheit der Brüder, den Duke of Tresham für die Verführung ihrer Schwester zur Rechenschaft zu ziehen, sobald er genesen wäre; die lächerliche Ausführlichkeit, mit der Hailsham beweisen wollte, dass sein ältester Sohn, inzwischen neun Jahre alt und angeblich geistig zurückgeblieben, ein Bastard war, so dass er die Ansprüche seines zweiten und geliebteren Sohnes unterstützen konnte und die letzten sensationellen Einzelheiten des Cornish-Skandals.

»Es heißt jetzt, Jardine wäre tot«, sagte Brougham zu letzterem Thema. »Er soll das Bewusstsein nach dem Angriff nicht wiedererlangt haben.«

»Es muss ein mörderischer Schlag auf den Kopf gewesen sein«, fügte Kimble hinzu. »Die sensationelleren Berichte behaupten steif und fest, sein Gehirn sei durch Haare und Blut hindurch sichtbar gewesen. In den Londoner Salons fallen dieser Tage reihenweise Damen in Ohnmacht. Was das Leben für diejenigen von uns interessant macht, die ihnen ausreichend nahe sein können, wenn es geschieht. Zu schade, dass du außer Gefecht gesetzt bist, Tresh.« Er kicherte.

»Soweit ich mich erinnere«, sagte Pottier, »hatte Jardin nicht viel Haar. Und auch nicht allzu viel Gehirn.«

»Er hat das Bewusstsein nicht wiedererlangt.« Jocelyn stieß bei dem Versuch, seine Lage zu verändern, um einige Krämpfe loszuwerden, unabsichtlich das Kissen zu Boden. »Kommen Sie und legen Sie es wieder hin, Miss Ingleby, ja? Er hat das Bewusstsein nicht wiedererlangt und doch konnte er – laut einigen Berichten – den Angriff und seine beherzte und heroische Abwehr vollkommen klar wiedergeben. Er konnte seine Angreiferin identifizieren und ihr Motiv dafür, ihm den Schädel zu zerschmettern, erklären. Eine merkwürdige Art der Bewusstlosigkeit.«

Jane beugte sich über ihn, legte das Kissen auf genau den richtigen Fleck, hob sein Bein so sanft wie immer darauf und richtete den oberen Rand des Verbandes, der sich herabgerollt hatte. Aber sie war, wie er merkte, als er sie ansah, schneeweiß bis zur Nasenspitze.

Da tat es ihm fast Leid, dass er auf ihrem Verbleiben im Raum bestanden hatte. Sie fühlte sich in Gesellschaft all der Männer eindeutig unwohl. Und zweifellos auch mit dieser Unterhaltung. So unerschütterlich sie sich auch um seine Verletzung kümmerte, war das Gerede von Haar und Blut und Gehirnmasse vielleicht doch zu viel für sie.

»Die Nachricht von seinem Tod ist vielleicht ebenfalls eine Übertreibung«, sagte Garrick zynisch, während er aufstand und sich einen weiteren Drink eingoss. »Es ist sehr wohl möglich, dass er sich einfach schämt, sich zu zeigen, nachdem er zugegeben hat, von einem schmächtigen Mädchen überwältigt worden zu sein.«

»Hatte sie nicht in jeder Hand eine Pistole?«, fragte Jocelyn. »Jedenfalls laut dem Bericht des Mannes, der von dem Zeitpunkt an, als sie ihn niedergestreckt hat, bis zum Moment seines Todes das Bewusstsein nicht wiedererlangt hat? Aber genug von dem Unsinn. In welch hirnrissigen Plan ist Ferdinand hineingeraten? Ein Karriolenrennen ausgerechnet gegen Berriwether! Wer hat diese Herausforderung ausgesprochen?«

»Dein Bruder«, sagte Conan, »als Berriwether behauptete, dass du bei all deinen alten Kameraden zu Kreuze kriechen würdest, jetzt wo du ein lahmes Bein hinter dir herziehen wirst. Er behauptete weiterhin, der Name Dudley würde niemals wieder mit Ehrfurcht und Bewunderung genannt werden.«

»In Ferdinands Hörweite?« Jocelyn schüttelte den Kopf. »Das war entschieden unklug.«

»Nein, nicht wirklich in seiner Hörweite«, erklärte sein Freund. »Aber Ferdinand hat natürlich Wind davon bekommen und kam wutentbrannt zu White's. Ich dachte einen Moment, er würde Berriwether einen Handschuh ins Gesicht schlagen, aber er fragte nur überaus höflich, was Berriwether abgesehen von deinem Können mit Waffen für dein größtes Talent hielte. Und das war natürlich dein Umgang mit den Zügeln. Daraufhin erfolgte die Herausforderung.«

»Und wie viel hat Ferdinand auf den Ausgang gewettet?«, fragte Jocelyn.

Garrick lieferte die Antwort. »Eintausend Guineen«, sagte er.

»Hmm.« Jocelyn nickte zögerlich. »Die Familienehre ist also eintausend Guineen wert. Gut, gut.«

Er bemerkte, dass Jane Ingleby nicht mehr in ihrer

Ecke stand, sondern dort mit dem Rücken zum Raum sehr aufrecht auf einem niedrigen Stuhl saß.

Sie regte sich nicht, bis sich seine Freunde über eine Stunde später verabschiedeten.

»Geben Sie mir das verdammte Ding!« Der Duke of Tresham streckte gebieterisch eine Hand aus.

Jane, die neben dem Sofa stand, zu dem er sie unmittelbar gerufen hatte, nachdem sich die Tür des Salons hinter seinen Besuchern geschlossen hatte, löste die Bänder unter ihrem Kinn und nahm die anstößige Haube ab. Aber sie behielt sie in der Hand.

»Was haben Sie damit vor?«, fragte sie.

»Ich habe vor«, sagte er verärgert, »Sie davonzuschicken und die schärfste Schere zu holen, die meine Haushälterin Ihnen geben kann. Und dann werde ich Sie zusehen lassen, wie ich diese Ungeheuerlichkeit in Fetzen schneide. Nein, ich muss mich korrigieren. Ich werde *Sie* sie in Fetzen schneiden lassen.«

»Sie gehört mir«, belehrte sie ihn. »Ich habe dafür bezahlt. Sie haben kein wie auch immer geartetes Recht, mein Eigentum zu zerstören.«

»Unsinn!«, erwiderte er.

Und dann erkannte Jane zu ihrem Entsetzen, warum sie ihn plötzlich nur noch verschwommen sah. Ein hilfloses Schluchzen brach sich in dem Moment Bahn, als sie erkannte, dass ihr Tränen in den Augen standen.

»Gütiger Himmel!«, rief er aus und klang erschreckt. »Bedeutet Ihnen das scheußliche Ding so viel?«

»Sie gehört mir!«, sagte sie hitzig, aber mit jämmerlich unsicherer Stimme. »Ich habe sie zusammen mit einer weiteren erst vor zwei Tagen gekauft und dafür mein ganzes Geld ausgegeben. Ich *werde* nicht zulassen, dass Sie sie zu Ihrer Belustigung zerschneiden. Sie sind ein gefühlloser Tyrann.«

Trotz des Zorns und der gespielten Tapferkeit ihrer Worte, weinte und schluchzte sie ganz erbärmlich. Sie wischte sich mit der Haube über ihre nassen Wangen und sah ihn finster an.

Er erwiderte ihren Blick eine Zeit lang. »Es geht gar nicht um die Haube, nicht wahr?«, sagte er schließlich. »Es geht darum, dass ich Sie gezwungen habe, mit einer Horde männlicher Besucher in diesem Raum zu bleiben. Ich habe ihre Gefühle verletzt, Jane. Vermutlich herrschte im Waisenhaus Geschlechtertrennung, nicht wahr?«

»Ja«, sagte sie.

»Ich bin müde«, sagte er jäh. »Ich glaube, ich werde versuchen zu schlafen. Sie brauchen mir hier nicht beim Schnarchen zuzuhören. Gehen Sie auf Ihr Zimmer und bleiben Sie bis zum Abendessen dort. Kommen Sie heute Abend wieder zu mir.«

»Ja, Euer Gnaden«, sagte sie und wandte sich von ihm ab. Sie konnte sich nicht bedanken, auch wenn sie erkannte, dass er ihr auf seine Art eine Freundlichkeit erwiesen hatte. Sie glaubte nicht, dass er zu schlafen wünschte. Er hatte lediglich ihr Bedürfnis erkannt, allein zu sein.

»Miss Ingleby«, sagte er, als sie die Tür erreichte. Sie schaute nicht zurück. »Erzürnen Sie mich nicht wieder. In meinen Diensten werden sie keine Haube tragen.«

Sie schlüpfte leise aus dem Raum und lief dann die Treppe zu ihrem Zimmer hinauf, wo sie die Tür dankbar vor der Welt verschloss und sich aufs Bett warf. Mit einer Hand umklammerte sie noch immer fest die Haube.

*Er war tot.*

Sidney Jardine war gestorben und es gab keine Möglichkeit, irgend jemandem auf dieser Welt glaubhaft zu erklären, dass sie ihn nicht getötet hatte.

Sie ergriff mit der freien Hand die Bettdecke und presste das Gesicht auf die Matratze.

*Er war tot.*

Er war verachtenswert gewesen und sie hatte ihn mehr gehasst, als jemanden hassen zu können sie jemals für möglich gehalten hatte. Aber sie hatte nicht gewollt, dass er starb. Oder auch nur verletzt würde. Es war eine reine Reflexhandlung von ihr gewesen, das schwere Buch zu ergreifen, wie auch der reine, instinktive Selbsterhaltungstrieb, ihm damit auf den Kopf zu schlagen. Nur hatte sie eher mit dem dicken Wälzer ausgeholt, als ihn anzuheben und flach abzusenken, da er so schwer gewesen war. Eine spitze Ecke hatte ihn dabei an der Schläfe erwischt.

Er war nicht gestürzt, sondern hatte die Wunde betastet, auf seine blutigen Finger hinabgeschaut, gelacht, sie eine Xanthippe genannt und war auf sie zugekommen. Aber sie war ausgewichen. Er hatte das Gleichgewicht verloren, als er sich auf sie stürzen wollte, und war gegen den Marmorkamin gefallen, wobei er sich geräuschvoll die Stirn angeschlagen hatte, als er zu Boden ging. Dann hatte er still gelegen.

Es hatte mehrere Zeugen der ganzen schäbigen Szene gegeben, von denen vermutlich von keinem zu erwarten stand, dass er wahrhaft aussagen würde, was geschehen war. Und die zweifellos alle eifrig einen

Meineid leisten würden, indem sie aussagten, sie sei beim Stehlen ertappt worden. Das Edelstein besetzte Goldarmband, das diese Anschuldigungen scheinbar bestätigen könnte, befand sich noch immer unten in ihrer Reisetasche. Alle anwesenden Menschen waren Sidneys Freunde. Keiner davon war mit ihr befreundet. Charles – Sir Charles Fortescue, ihr Nachbar, Freund und Verehrer – war nicht zu Hause gewesen. Wobei er ohnehin nicht zu dieser besonderen Gesellschaft eingeladen worden wäre.

Sidney war nach dem Sturz nicht tot, obwohl jedermann sonst im Raum das dachte. Sie hatte sich ihm auf zitternden Beinen und mit rebellierendem Magen genähert. Sein Puls hatte stetig geschlagen. Sie hatte einige Dienstboten herbeigerufen und ihn in sein Zimmer hinauftragen lassen, wo sie sich selbst um ihn gekümmert und seine Wunden gesäubert hatte, bis der Arzt eingetroffen war, der auf ihren Befehl hin gerufen worden war.

Aber er war die ganze Zeit bewusstlos geblieben und hatte so bleich ausgesehen, dass sie mehrere Male mit kalten, zitternden Fingern seinen Puls kontrolliert hatte.

»Mörder werden gehängt, wissen Sie«, hatte jemand vom Eingang des Schlafzimmers her leicht belustigt gesagt.

»Am Hals, bis der Tod eintritt«, hatte eine andere Stimme genussvoll hinzugefügt.

Sie war in der Nacht geflohen, hatte nur so viel Habe – und das Armband natürlich, sowie das Geld, das sie aus dem Schreibtisch des Earl genommen hatte – dabei, dass sie mit der Postkutsche nach London gelangen konnte. Sie war nicht geflohen, weil sie glaubte, dass Sidney sterben und sie des Mordes angeklagt würde. Sie war geflohen, weil – oh, es gab eine Vielzahl von Gründen.

Sie hatte sich so allein gefühlt. Der Earl, der Cousin und Nachfolger ihres Vaters, und die Countess waren zu einer Wochenendgesellschaft gefahren. Sie mochten sie ohnehin nicht sehr. Es gab niemanden in Candleford, an den sie sich in ihrer Not hätte wenden können. Und Charles war nicht zu Hause. Er war zu einem längeren Besuch bei seiner älteren Schwester in Somersetshire aufgebrochen.

So war Jane nach London geflohen. Zuerst hatte sie nicht daran gedacht, sich zu verstecken, sondern nur daran, jemanden zu erreichen, der ihr wohlwollend gegenüberstand. Sie war zu Lady Webbs Haus am Portland Place gegangen. Lady Webb war die beste Freundin ihrer Mutter gewesen, seit sie als Mädchen gemeinsam debütiert hatten. Sie war oft nach Candleford zu Besuch gekommen und war Janes Patentante. Jane nannte sie Tante Harriet. Aber Lady Webb war nicht zu Hause gewesen und wurde auch nicht allzu bald zurückerwartet.

Jane war nun schon seit über drei Wochen wie gelähmt vor Entsetzen, voller Angst, dass Sidney gestorben sei, voller Angst, dass sie seines Todes angeklagt würde, voller Angst, dass sie eine Diebin genannt würde, voller Angst, dass man sie von Gesetzes wegen suchen würde. Sie würden natürlich erfahren, dass sie nach London gekommen war. Sie hatte nichts unternommen, um ihre Spuren zu verwischen.

Das Schlimmste von allem war während der letzten Wochen die Ungewissheit gewesen. Die Gewissheit war letztendlich beinahe eine Erleichterung.

Die Gewissheit, dass Sidney tot war.

Dass die Geschichte so erzählt wurde, dass sie ihn getötet hätte, als er sie beim Ausrauben des Hauses ertappte.

Dass sie als seine Mörderin angesehen wurde.

Nein, das war natürlich keine Erleichterung.

Jane setzte sich jäh auf und rieb sich mit den Händen übers Gesicht. Ihre schlimmsten Alpträume waren wahr geworden. Ihre größte Hoffnung hatte darin bestanden, in den anonymen Massen gewöhnlicher Londoner untertauchen zu können. Aber dieser Plan war zerschlagen worden, als sie sich so törichterweise in das Duell im Hyde Park eingemischt hatte. Was hätte es sie kümmern sollen, dass zwei Gentlemen, die keinen höheren Sinn in ihrem Leben sahen, sich gegenseitig abknallen wollten?

Hier war sie nun, in Mayfair, in einem der größten Herrenhäuser am Grosvenor Square, als eine Art Pflegerin eines Mannes, der eine gewisse Befriedigung daraus zog, sie allen seinen Freunden zu präsentieren. Natürlich kannte sie niemanden von ihnen. Sie hatte in Cornwall ein zurückgezogenes Leben geführt. Es bestand die Chance, dass keiner der Besucher des Dudley-Hauses während der nächsten Wochen sie erkennen würde. Aber sie war sich dessen nicht ganz sicher.

Es war gewiss nur eine Frage der Zeit ...

Sie stand auf und durchquerte den Raum zum Waschständer auf zitternden Beinen. Glücklicherweise befand sich Wasser im Krug. Sie goss ein wenig davon in die Schüssel, tauchte die gewölbten Hände hinein und kühlte ihr Gesicht.

Was sie tun sollte – was sie von Anfang an hätte tun

sollen –, war, sich einfach den Obrigkeiten zu stellen und auf Wahrheit und Gerechtigkeit zu vertrauen. Aber wo waren die Obrigkeiten? Wohin sollte sie gehen, um dies zu tun? Außerdem hatte sie den Anschein von Schuld erweckt, indem sie davongelaufen und bereits länger als drei Wochen untergetaucht war.

*Er* würde wissen, was sie tun könnte und wohin sie mit ihrer Geschichte gehen sollte. Sie meinte den Duke of Tresham. Sie könnte ihm alles erzählen und ihn den nächsten Schritt tun lassen. Aber der Gedanke an sein hartes, mitleidloses Gesicht und seine Missachtung ihrer Gefühle ließen sie erschaudern.

Würde sie hängen? *Konnte* sie für Mord gehängt werden? Oder auch für Diebstahl? Sie hatte wirklich keine Ahnung. Aber sie musste sich plötzlich am Rand des Waschständers festhalten, um nicht zu schwanken.

Wie konnte sie auf die Wahrheit vertrauen, wenn alle Beweise und Zeugen gegen sie sprachen?

Einer der Gentlemen unten hatte gesagt, dass Sidney vielleicht doch nicht tot wäre. Jane wusste sehr gut, wie Klatsch die Wahrheit verdrehen und verändern konnte. Es hieß beispielsweise, sie habe in beiden Händen Pistolen gehalten! Vielleicht hatte sich die Nachricht von Sidneys Tod einfach deshalb verbreitet, weil solch ein Ausgang die Sinne all jener angenehm erregte, die stets gerne das Schlimmste annahmen.

Vielleicht war er noch immer nur bewusstlos.
Vielleicht erholte er sich bereits recht gut.
Vielleicht hatte er sich bereits vollständig erholt.
Und vielleicht war er tot.

Jane trocknete mit einem Handtuch ihre noch immer erhitzten Wangen und setzte sich dann auf den harten Stuhl neben dem Waschständer. Sie würde warten, beschloss sie, während sie auf ihre im Schoß verschränkten Hände hinabschaute – sie zitterten noch immer –, bis sie die Wahrheit herausgefunden hatte. Dann würde sie entscheiden, was am besten zu tun wäre.

Suchte man sie bereits?, fragte sie sich. Sie presste eine Hand auf den Mund und schloss die Augen. Sie musste auf alle Fälle außer Sicht weiterer Besucher bleiben. Sie musste sich so oft wie möglich im Haus aufhalten.

Wenn sie nur weiterhin ihre Hauben tragen könnte ...

Sie war niemals ein Feigling gewesen. Sie war niemals vor ihren Problemen davongelaufen oder hatte sich versteckt. Ganz im Gegenteil. Aber plötzlich war sie feige geworden.

Natürlich war sie auch noch niemals zuvor des Mordes beschuldigt worden.

## 6. Kapitel

Mick Boden, der Kriminalbeamte, stand eine Woche nach seinem ersten Besuch erneut im Privatwohnzimmer des Earl of Durbury im Pulteney Hotel. Er konnte keine weiteren Neuigkeiten verkünden, als dass er immer noch keine Spur von Lady Sara Illingsworth entdeckt hatte.

Sein Scheitern missfiel ihm. Er hasste Aufgaben wie diese. Wäre er nach Cornwall gerufen worden, um den Mordversuch an Sidney Jardine zu untersuchen, hätte er all sein kriminalistisches Können dazu nutzen können, die Identität des Möchtegern-Mörders aufzudecken und den Schurken festzunehmen. Aber es war nichts Rätselhaftes an diesem Verbrechen. Die Lady hatte den abwesenden Earl gerade auszurauben versucht, als Jardine sie erwischte. Sie hatte ihm mit irgendeinem harten Gegenstand einen Schlag auf den Kopf versetzt, hatte ihn zweifellos überrumpelt, weil er sie kannte und ihm nicht vollkommen klar war, was sie vorhatte, und dann hatte sie sich mit der Beute davongemacht. Jardines Kammerdiener hatte das Ganze miterlebt – nach Micks Einschätzung ein einzigartig feiger Mensch, da der Dieb nur ein Mädchen mit nichts Tödlicherem als einem harten Gegenstand gewesen war, mit dem sie ihn hätte treffen können.

»Wenn sie in London ist, werden wir sie finden, Sir«, sagte er nun.

»Wenn sie in London ist? *Wenn?*« Der Earl schäumte vor Wut. »Natürlich ist sie in London, Mann. Wo sollte sie sonst sein?«

Mick hätte eine ganze Anzahl Orte aufzählen können, ohne auch nur nachdenken zu müssen, aber er zupfte nur an seinem Ohrläppchen. »Wahrscheinlich nirgendwo sonst«, räumte er ein. »Und wenn sie nicht vor einer Woche oder eher von hier fortgegangen ist, wird sie es jetzt noch schwerer haben zu verschwinden, Sir. Wir haben jeden Gastwirt und jeden Kutscher in der Stadt befragt. Niemand außer dem Mann, der sie hierher gebracht hat, erinnert sich an eine Frau, auf die ihre Beschreibung passt. Und jetzt passen wir genau auf.«

»Was alles lobenswert ist«, sagte seine Lordschaft überaus ironisch. »Aber was tun Sie, um sie innerhalb der Stadtgrenzen Londons zu finden? Eine Woche hätte genügen sollen, selbst wenn Sie die ersten fünf oder sechs Tage die Beine hochgelegt und geschlafen hätten.«

»Sie ist nicht zu Lady Webbs Haus zurückgekehrt, Sir«, informierte Mick den Earl. »Das haben wir überprüft. Wir haben das Hotel gefunden, wo sie nach ihrer Ankunft zwei Nächte gewohnt hat, aber niemand weiß, wo sie von dort aus hingegangen ist. Ihrer Aussage zufolge, Sir, kennt sie niemanden sonst in der Stadt. Wenn sie jedoch ein Vermögen bei sich trägt, hätte ich vermutet, dass sie ein weiteres Hotelzimmer oder eine Unterkunft in einem respektablen Viertel nimmt. Aber wir haben bisher keinerlei Anzeichen dafür gefunden.«

»Es ist Ihnen vermutlich nicht in den Sinn gekommen«, sagte der Earl, während er ans Fenster trat und mit den Fingernägeln aufs Fensterbrett trommelte, »dass sie vielleicht keine Aufmerksamkeit auf sich ziehen will, indem sie verschwenderische Ausgaben tätigt?«

Es kam Mick Boden entschieden seltsam vor, ein Vermögen zu stehlen und dann nichts davon auszugeben. Warum hatte die junge Frau es überhaupt gestohlen, wenn sie in Candleford als Tochter des früheren und Verwandte des jetzigen Earl im Überfluss gelebt hatte? Und wenn sie zwanzig Jahre alt und so hübsch war, wie der Earl sie beschrieben hatte, müsste sie dann nicht mit Freuden eine vorteilhafte Verbindung mit einem reichen, jungen, feinen Herrn eingehen?

Es war mehr an dieser ganzen Sache, als offensichtlich war, dachte Mick nicht zum ersten Mal.

»Glauben Sie, sie hätte vielleicht Arbeit angenommen?«, fragte er.

»Es ist mir in den Sinn gekommen.« Seine Lordschaft trommelte weiterhin mit den Fingern, während er stirnrunzelnd aus dem Fenster sah.

Wie viel Geld war entwendet worden?, fragte sich Mick. Es musste gewiss sehr viel gewesen sein, wenn das Mädchen bereit gewesen war, dafür zu töten. Aber es war natürlich auch Schmuck im Spiel, und es war an der Zeit, dass er diese Möglichkeit, das Mädchen aufzuspüren, näher erkundete.

»Dann werden meine Assistenten und ich die Stellenvermittlungen befragen«, sagte er. »Das ist schon einmal ein Anfang. Und alle Pfandleiher und Juweliere, die den Schmuck von ihr gekauft haben könnten. Ich werde eine Beschreibung aller Stücke brauchen, Sir.«

»Verschwenden Sie Ihre Zeit nicht«, erwiderte der Earl kalt. »Sie würde nichts davon versetzen. Versuchen sie es bei den Stellenvermittlungen. Versuchen Sie es bei allen möglichen Arbeitgebern. *Finden* Sie sie.«

»Wir wollen gewiss nicht, dass eine gefährliche Verbrecherin auf nichts ahnende Arbeitgeber losgelassen wird, Sir«, stimmte Mick ihm zu. »Welchen Namen könnte sie benutzen?«

Der Earl wandte sich dem Kriminalbeamten zu. »Welchen Namen?«

»Bei Lady Webb hat sie ihren richtigen Namen benutzt«, erklärte Mick, »und auch in jenen ersten beiden Nächten im Hotel. Danach ist sie verschwunden. Es kam mir in den Sinn, Sir, dass sie die kluge Idee gehabt haben könnte, ihre Identität zu verbergen. Welchen Namen könnte sie außer ihrem eigenen noch benutzen? Besitzt sie irgendwelche zweiten Vornamen? Kennen Sie den Mädchennamen ihrer Mutter? Den Namen ihres Dienstmädchens? Den Namen ihrer alten Amme? Irgendeinen Namen, mit dem ich es bei den Stellenvermittlungen versuchen könnte, wenn keine Sara Illingsworth verzeichnet ist?«

»Ihre Eltern nannten sie stets Jane.« Der Earl kratzte sich am Kopf und blickte düster drein. »Lassen Sie mich nachdenken. Ihre Mutter war eine Donningsford. Ihr Dienstmädchen ...«

Mick notierte die Namen, die er genannt bekam.

»Wir werden sie finden, Sir«, versicherte er dem Earl of Durbury erneut, als er wenige Minuten später aufbrach.

Es blieb jedoch eine seltsame Angelegenheit. Der

einzige Sohn dieses Mannes lag im Koma, mit einem Fuß bereits im Grab. Er könnte sogar in diesem Augenblick schon tot sein, und doch hatte sein Vater ihn zurückgelassen, um die Frau zu suchen, die ihn zu töten versucht hatte. Aber der Mann verließ seine Hotelsuite niemals, soweit Mick wusste. Die Möchtegern-Mörderin hatte ein Vermögen gestohlen, und doch vermutete der Earl, sie könnte vielleicht Arbeit suchen. Sie hatte Schmuck gestohlen, aber seine Lordschaft wollte diesen Schmuck nicht beschreiben oder in den Pfandleihen danach suchen lassen.

Wirklich eine sehr seltsame Angelegenheit.

Nach einer Woche, in der er sich nur zwischen seinem Bett im Schlafzimmer, dem Sofa im Salon und der Chaiselongue in der Bibliothek bewegt hatte, war Jocelyn kolossal gelangweilt. Was wahrscheinlich die Untertreibung des Jahrzehnts war. Seine Freunde schauten häufig herein – tatsächlich jeden Tag – und überbrachten ihm die letzten Neuigkeiten und den neuesten Klatsch. Sein Bruder sprach vor und redete über kaum etwas anderes als das Karriolenrennen, wobei Jocelyn ein Vermögen dafür gegeben hätte, wenn er es selbst hätte bestreiten können. Seine Schwester schaute herein und sprach unaufhörlich über solch schillernde Themen wie Hüte und ihre Nerven. Sein Schwager machte einige Höflichkeitsbesuche und diskutierte mit ihm über Politik.

Die Tage waren lang, die Abende noch länger, die Nächte endlos.

Jane Ingleby wurde seine fast ständige Begleiterin. Diese Erkenntnis amüsierte ihn zuweilen ebenso, wie sie ihn verärgerte. Er begann sich wie eine alte Frau zu fühlen, deren bezahlte Gesellschafterin die Besorgungen erledigte und die Leere in Schach hielt.

Jane wechselte seinen Verband einmal am Tag. Einmal ließ er sie seinen Oberschenkel massieren, ein Experiment, das er, obwohl ihre Berührung die Schmerzen magisch linderte, nicht wiederholte. Es war beängstigend erregend, und daher rügte er sie, weil sie vor Prüderie errötete, und sagte ihr, sie solle sich hinsetzen. Sie sortierte seine Post, während er sie las, und brachte sie mit seinen Anweisungen zu Quincy zurück. Sie las ihm vor und spielte mit ihm Karten.

Eines Abends ließ er Quincy hereinrufen, um mit ihm Schach zu spielen, und wies sie an, sich dazuzusetzen und zuzusehen. Mit Michael Schach zu spielen, war für ihn ungefähr so aufregend, wie das Kricketspielen mit einem Dreijährigen. Obwohl sein Sekretär ein guter Spieler war, konnte Jocelyn ihn mühelos besiegen. Natürlich war es stets befriedigend zu gewinnen, aber es war nicht besonders erheiternd, wenn man den Sieg mindestens zehn Züge im voraus absehen konnte.

Danach hatte Jocelyn mit Jane Schach gespielt. Sie war beim ersten Mal so abgrundtief schlecht, dass man seine Langeweile daran ermessen konnte, dass er sie es am nächsten Tag erneut versuchen ließ. Dieses Mal hätte sie Michael ein einigermaßen ausgeglichenes Spiel bieten können, aber gewiss nicht ihm. Beim fünften Spiel gewann sie.

Sie lachte und klatschte in die Hände. »So musste es kommen, sehen Sie«, belehrte sie ihn, »weil Sie gelangweilt und hochmütig sind, mich von oben herab betrachten, als wäre ich ein Fleck auf Ihrem Stiefel, und hinter vorgehaltener Hand gähnen. Sie waren nicht konzentriert.«

Was insgesamt stimmte. »Also geben Sie zu«, fragte er, »dass ich gewonnen hätte, wenn ich konzentriert gewesen wäre, Jane?«

»Oh, sicher«, räumte sie ein. »Aber sie waren es nicht und haben daher verloren. Recht schimpflich, könnte ich hinzufügen.«

Danach konzentrierte er sich.

Manchmal redeten sie auch nur miteinander. Es war seltsam für ihn mit einer Frau zu *reden*. Er war erfahren im Gesellschaftsplausch mit Damen. Er war geschickt im Wortgeplänkel mit Kurtisanen. Aber er konnte sich nicht erinnern, sich mit einer Frau jemals einfach nur unterhalten zu haben.

Eines Abends las sie ihm vor, und es amüsierte ihn seine Beobachtung, dass ihre Augen, da sie das Haar streng aus dem Gesicht gestrichen trug, an den Winkeln schräg aufwärts verliefen. Es war natürlich ihre Art kleiner Rebellion, ihren Kopf auch ohne Haube so wenig anziehend wie möglich wirken zu lassen, und er hoffte hartherzig, dass sie davon Kopfschmerzen bekäme.

»Miss Ingleby«, sagte er seufzend und unterbrach sie damit mitten in einem Satz, »ich kann nicht länger zuhören.« Nicht dass er überhaupt gut zugehört hatte. »Meiner Meinung nach, der Sie durchaus widersprechen dürfen, war Gulliver ein Dummkopf.«

Wie er es erwartet hatte, presste sie die Lippen fest zusammen. Eine seiner wenigen Freuden während der vergangenen Woche war es gewesen, sie zu provozieren. Sie klappte das Buch zu.

»Sie denken vermutlich«, sagte sie, »dass er diese kleinen Leute hätte zertreten sollen, weil er größer und stärker war als sie.«

»Sie sind solch eine angenehme Gesellschafterin, Miss Ingleby«, sagte er. »Sie legen mir Worte in den Mund und entheben mich so der Notwendigkeit, selbst denken und sprechen zu müssen.«

»Soll ich ein anderes Buch auswählen?«, fragte sie.

»Dann würden Sie vermutlich eine Predigtsammlung wählen«, erwiderte er. »Nein, wir werden uns stattdessen unterhalten.«

»Worüber?«, fragte sie nach einem kurzen Schweigen.

»Erzählen Sie mir von dem Waisenhaus«, forderte er sie auf. »Wie haben Sie dort gelebt?«

Sie zuckte die Achseln. »Da gibt es nicht viel zu erzählen.«

Es musste gewiss eine bessere Art Waisenhaus gewesen sein. Aber selbst wenn, blieb ein Waisenhaus ein Waisenhaus.

»Waren Sie dort einsam?«, fragte er. »*Sind* Sie einsam?«

»Nein.« Er erkannte, dass sie ihre persönliche Geschichte nicht allzu bereitwillig erzählen würde. Sie war nicht wie so viele Frauen – und auch Männer, um ehrlich zu sein –, die nur der geringsten Ermutigung bedurften, um mit großer Begeisterung und noch größerer Ausführlichkeit von sich zu erzählen.

»Wieso nicht?«, fragte er und sah sie mit schmalen Augen an. »Sie sind ohne Mutter oder Vater, Bruder oder Schwester aufgewachsen. Sie sind im Alter von ungefähr zwanzig Jahren nach London gekommen, wenn ich richtig vermute, zweifellos mit dem Traum, ihr Glück zu machen, kennen aber niemanden. Wie können Sie da nicht einsam sein?«

Sie legte das Buch auf den kleinen Tisch neben sich und verschränkte die Hände im Schoß. »Alleinsein ist nicht immer mit Einsamkeit gleichzusetzen«, sagte sie. »Nicht wenn man lernt, sich selbst und seine eigene Gesellschaft zu mögen. Vermutlich kann man sich auch mit Mutter und Vater und Brüdern und Schwestern einsam fühlen, wenn man sich im Grunde selbst nicht mag. Wenn man selbst der Ansicht ist, dass man deren Liebe nicht wert ist.«

»Wie Recht Sie haben!«, fauchte er augenblicklich verärgert.

Dann erkannte er jäh, dass sie ihn mit ihren ruhigen, sehr blauen Augen fest ansah.

»Ist es das, was Ihnen widerfahren ist?«, fragte sie.

Als ihm bewusst wurde, was genau sie gefragt hatte, und wie persönlich ihre Frage war, empfand er solchen Zorn, dass es ihm auf der Zunge lag, sie für diesen Abend zu entlassen. Ihre Unverschämtheit kannte keine Grenzen. Aber eine Unterhaltung war natürlich eine zweiseitige Angelegenheit, und er war es gewesen, der das Gespräch begonnen hatte.

Er unterhielt sich niemals, nicht einmal mit seinen männlichen Freunden. Nicht über persönliche Dinge. Er sprach niemals über sich selbst.

*War* es das, was ihm widerfahren war?

»Ich habe Angeline und Ferdinand stets ziemlich gemocht«, sagte er achselzuckend. »Wir haben uns oft gestritten, wie es vermutlich die meisten Geschwister tun, obwohl wir durch die Tatsache, dass wir Dudleys waren, zweifellos ein wenig ungestümer und streitsüchtiger waren als die meisten anderen. Wir haben auch gespielt und gerieten gemeinsam in Schwierigkeiten. Ferdinand und ich waren bei einer Gelegenheit sogar ausreichend heldenhaft, die Schläge für etwas auf uns zu nehmen, was Angeline getan hatte, obwohl wir sie dafür auf unsere eigene Art vermutlich ebenfalls bestraft haben.«

»Warum bedeutet, ein Dudley zu sein, dass man ungebärdiger, böser, gefährlicher als alle anderen sein muss?«, fragte sie.

Er dachte darüber nach, über seine Familie, über das Bild, das diese Familie von sich und ihrem Platz im großen Ganzen hatte, das ihnen sozusagen mit der Muttermilch eingegeben wurde – wenn nicht schon vorher.

»Wenn Sie meinen Vater und meinen Großvater kennen würden«, erwiderte er, »brauchten Sie diese Frage nicht mehr zu stellen.«

»Und Sie haben das Gefühl, dass Sie deren Ruf gerecht werden müssen?«, fragte sie. »Haben Sie sich das selbst erwählt? Oder sind Sie in Ihrer Rolle als ältester Sohn und Erbe und vielleicht selbst Duke of Tresham gefangen?«

Er kicherte leise. »Würden Sie meinen wahren Ruf kennen, Miss Ingleby«, sagte er, »brauchten Sie auch diese Frage nicht mehr zu stellen. Ich habe mich nicht auf den Lorbeeren meiner Ahnen ausgeruht, das versichere ich Ihnen. Ich habe genügend eigene erworben.«

»Ich weiß«, sagte sie, »dass Sie bei einer breiten Auswahl von Waffen mehr Übung haben als jeder andere Gentleman. Ich weiß, dass sie mehr als ein Duell bestritten haben. Es ging vermutlich stets um Frauen?«

Er neigte den Kopf.

»Ich weiß«, sagte sie, »dass Sie mit verheirateten Damen verkehren, ohne Rücksicht auf die Unverletzlichkeit der Ehe oder die Gefühle des Gemahls, den Sie kränken.«

»Sie nehmen an, eine Menge über mich zu wissen«, sagte er spöttisch.

»Sonst müsste ich blind und taub sein«, erwiderte sie. »Ich weiß, dass Sie jedermann, der gesellschaftlich unter Ihnen steht – und das sind fast alle Menschen –, als Minderwertige ansehen, die Dinge für Sie erledigen und jeden Ihrer Befehle widerspruchslos befolgen müssen.«

»Und noch dazu ohne Bitte und Danke«, fügte er hinzu.

»Vermutlich lassen Sie sich auch auf die verwegensten Wetten ein«, sagte sie. »Sie haben in dieser Woche keine Sorge über Lord Ferdinands bevorstehendes Karriolenrennen nach Brighton gezeigt. Er könnte sich den Hals brechen.«

»Nicht Ferdinand«, erwiderte er. »Er hat, genau wie ich, einen stahlharten Hals.«

»Sie interessiert doch nur«, sagte sie, »dass er das Rennen gewinnt. Ich glaube in der Tat, dass Sie wünschten, seinen Platz einnehmen zu können, um sich statt seiner selbst den Hals brechen zu können.«

»Es hat wenig Sinn, ein Rennen einzugehen«, erklärte er, »wenn man nicht die Absicht hat zu siegen, Miss Ingleby, obwohl man natürlich auch wissen muss, wie man ehrenvoll verliert. Müssen Sie mich bei jeder Gelegenheit schelten? Ist dies eine sanfte Tirade gegen meine Manieren und Moral?«

»Ihre Manieren und Moral gehen mich nichts an,

Euer Gnaden«, antwortete sie. »Ich äußere mich nur über das, was ich beobachtet habe.«

»Sie haben eine schlechte Meinung von mir«, stellte er fest.

»Aber ich vermute«, erwiderte sie, »dass Ihnen meine Meinung ohnehin nicht mehr bedeutet als ein Fingerschnippen.«

Er lachte wieder leise. »Ich war einmal anders, wissen Sie«, sagte er. »Mein Vater hat mich gerettet. Er stellte sicher, dass ich den letzten Schritt bei meiner Erziehung zum Gentleman nach seinem Herzen tat. Vielleicht haben Sie Glück, Miss Ingleby, dass Sie Ihren Vater oder Ihre Mutter niemals gekannt haben.«

»Sie müssen Sie geliebt haben«, sagte sie.

»Liebe.« Er lachte. »Sie haben vermutlich eine idealisierte Vorstellung von diesem Gefühl, weil Sie selbst niemals viel davon kennen gelernt haben, oder auch von dem, was manchmal dafür gehalten wird. Wenn Liebe selbstlose Hingabe an den geliebten Menschen ist, Jane, dann gibt es so etwas tatsächlich nicht. Es gibt nur Selbstsucht, Hingabe an das eigene Wohlergehen, was der geliebte Mensch noch steigern soll. Abhängigkeit ist nicht Liebe. Herrschaft ist nicht Liebe. Begierde ist es gewiss auch nicht, obwohl sie gelegentlich ein recht beglückender Ersatz ist.«

»Sie armer Mann«, sagte sie.

Er hob sein Lorgnon ans Auge. Sie saß da und erwiderte seinen Blick, wobei sie recht gelassen wirkte. Die meisten Frauen zupften an sich herum oder wanden sich unter dem prüfenden Blick durch das Glas. In diesem Augenblick war die Benutzung des Lorgnons ohnehin nur Gehabe. Seine Sehkraft war nicht so schlecht entwickelt, dass er sie nicht auch ohne es ausgezeichnet gesehen hätte. Er senkte das Glas wieder.

»Meine Mutter und mein Vater waren ein vollkommen glückliches Paar«, sagte er. »Ich habe niemals erlebt, dass sie sich gestritten hätten oder einander böse gewesen wären. Sie haben drei Kinder gezeugt, ein sicheres Zeichen ihrer gegenseitigen Hingabe.«

»Nun«, sagte Jane, »dann haben Sie gerade Ihre eigene Theorie widerlegt.«

»Vielleicht«, sagte er, »kam es daher, dass sie sich nur drei oder vier Mal im Jahr wenige Minuten sahen. Wenn mein Vater nach Acton Park nach Hause kam, fuhr meine Mutter gerade nach London. Wenn sie zurückkam, fuhr er los. Ein zivilisiertes und freundschaftliches Arrangement.« Und eines, was er zu jener Zeit für recht normal gehalten hatte. Es war seltsam, wie Kinder, die nichts anderes kennen gelernt hatten, sich fast jeder Situation anpassen konnten.

Jane schwieg. Sie saß sehr still.

»Sie waren auch wunderbar diskret«, sagte er, »wie jedes perfekte Paar es sein muss, wenn die Harmonie in der Ehe aufrechterhalten werden soll. Kein Wort über die Unzahl von Geliebten meiner Mutter drang jemals nach Acton. Ich wusste nichts von ihnen, bis ich im Alter von sechzehn Jahren selbst nach London kam. Glücklicherweise ähnele ich äußerlich meinem Vater. Wie auch Angeline und Ferdinand. Sonst müsste man argwöhnen, dass einer von uns vielleicht ein Bastard wäre, nicht wahr?«

Er hatte diese Worte nicht ausgesprochen, um damit zu verletzen, aber er dachte zu spät daran, dass Jane Ingleby ihre Eltern nicht kannte. Er fragte sich, wer ihr ihren Nachnamen gegeben hatte. Warum hieß sie nicht Smith oder Jones? Vielleicht gehörte es zur Verfahrensweise eines besseren Waisenhauses, seine Waisen von der großen Masse zu unterscheiden, indem sie ihnen weitaus persönlichere Nachnamen gaben als üblich.

»Ja«, sagte sie. »Es tut mir Leid. Kein Kind sollte sich so verraten fühlen, selbst wenn es der Ansicht der Welt nach alt genug ist, mit diesem Wissen fertig zu werden. Es muss ein Schlag für Sie gewesen sein. Aber ich vermute, dass sie ihre Kinder dennoch geliebt hat.«

»Wenn die Anzahl und Pracht der Geschenke, die sie von London mitbrachte, ein Hinweis sein sollten«, sagte er, »dann war sie regelrecht vernarrt in uns. Mein Vater war für sein Vergnügen nicht auf die Monate in London angewiesen. In einer entlegenen Ecke von Acton Park gibt es ein malerisches Cottage, Jane. Ein Fluss verläuft am rückwärtigen Garten entlang, bewaldete Hügel steigen rundherum auf. Es ist wirklich ein idyllischer Platz. Während ich aufwuchs, war es mehrere Jahre lang das Heim einer mittellosen Verwandten, einer Frau von erheblichem Liebreiz und großer Schönheit. Ich war bereits sechzehn Jahre alt, als ich begriff, wer sie war.«

Er hatte stets vorgehabt, das Cottage niederreißen zu lassen, hatte es aber bisher nicht getan. Es war nun unbewohnt, und er hatte seinem Verwalter spezielle Anweisungen gegeben, keinen einzigen Farthing für die Instandhaltung zu verwenden. Dann würde es mit der Zeit aus reiner Vernachlässigung zerfallen.

»Es tut mir Leid«, sagte sie erneut, als wäre sie persönlich für den Mangel an Geschmack seines Vaters bei der Unterbringung seiner Mätressen – oder zumindest einer Mätresse – auf dem eigenen Anwesen, wo auch seine Kinder lebten, verantwortlich. Aber Jane wusste nicht einmal die Hälfte von allem, und er würde sie nicht darüber aufklären.

»Sie sehen, ich muss vielen Erwartungen entsprechen«, sagte er. »Aber ich glaube, ich leiste einen ausreichenden Beitrag dazu, den Familienruf fortbestehen zu lassen.«

»Sie müssen sich nicht zwangsläufig an der Vergangenheit orientieren«, belehrte sie ihn. »Niemand muss das. Man wird vielleicht davon beeinflusst, ja, und vielleicht fast übermächtig dazu verlockt, demgemäß zu leben. Aber nicht gezwungen. Jedermann besitzt einen freien Willen, Sie noch mehr als die meisten anderen. Sie besitzen den Rang, den Reichtum und den Einfluss, Ihr Leben auf Ihre eigene Art zu führen.«

»Was, meine kleine Moralistin«, erwiderte er sanft, während er sie erneut aus schmalen Augen ansah, »genau das ist, was ich tue. Außer natürlich im Moment. Diese Untätigkeit ist mir verhasst. Aber vielleicht ist es eine passende Strafe dafür, meinen Sie nicht, dass ich mein Vergnügen im Bett einer verheirateten Frau gesucht habe.«

Sie errötete und blickte zu Boden.

»Reicht es bis zu Ihrer Taille?«, fragte er. »Oder sogar noch weiter?«

»Mein Haar?« Sie hob den Blick wieder und sah ihn bestürzt an. »Es ist nur Haar. Bis unterhalb meiner Taille.«

»Nur Haar«, murmelte er. »Nur gesponnenes Gold. Nur die Art magisches Gespinst, in das sich jeder

Mann freudig und hoffnungslos einfangen und verstricken lassen würde, Jane.«

»Derlei Vertraulichkeiten habe ich Ihnen nicht erlaubt, Euer Gnaden«, sagte sie steif.

Er kicherte. »Warum lasse ich mir Ihre Unverschämtheiten nur gefallen?«, fragte er sie. »Sie sind mein Dienstmädchen.«

»Aber nicht Ihre vertraglich verpflichtete Sklavin«, sagte sie. »Ich kann aufstehen und durch diese Tür hinausgehen, ohne zurückzukommen, wann immer ich will. Die wenigen Pfund, die Sie mir für drei Wochen Dienst bezahlen, geben Ihnen nicht das Recht, über mich zu bestimmen. Und sie sind auch keine Entschuldigung dafür, mit lüsterner Absicht über mein Haar zu sprechen. Und Sie können nicht leugnen, dass ihre Worte darüber und die Art, wie sie es betrachtet haben, anzüglich waren.«

»Das werde ich gewiss nicht leugnen«, stimmte er ihr zu. »Ich versuche stets, die Wahrheit zu sagen, Miss Ingleby. Gehen Sie und holen Sie das Schachbrett aus der Bibliothek. Wir werden sehen, ob Sie mir heute Abend ein anständiges Spiel bieten können. Und sagen Sie Hawkins auf dem Weg, er solle den Brandy bringen. Ich bin so ausgetrocknet wie eine verdammte Wüste.«

»Ja, Euer Gnaden.« Sie erhob sich nur allzu bereitwillig.

»Und ich würde Ihnen raten«, sagte er, »mich nicht wieder als unverschämt zu bezeichnen, Miss Ingleby. Irgendwann sinne ich auf Rache.«

»Aber Sie sind ans Sofa gefesselt«, sagte sie, »und ich kann jederzeit gehen. Ich glaube, das verschafft mir einen gewissen Vorteil.«

Ein Mal, dachte er, als sie durch die Tür entschwand – zumindest *ein* Mal während der verbleibenden zwei Wochen ihrer Anstellung –, würde er bei Miss Jane Ingleby das letzte Wort haben. Er konnte sich nicht erinnern, bei jemandem, ob Mann oder Frau, irgendwann während der letzten zehn Jahre *nicht* das letzte Wort gehabt zu haben.

Aber er war erleichtert, dass ihre Unterhaltung wieder normale Züge angenommen hatte, bevor sie gegangen war. Er konnte sich nicht recht erklären, wie sie den Spieß ihm gegenüber umgedreht hatte. Er hatte versucht, etwas über sie aus ihr herauszubekommen, was damit geendet hatte, dass letztendlich er *ihr* Dinge aus seiner Kindheit und Jugend erzählt hatte, an die er nicht einmal denken wollte, geschweige denn sie mit einem anderen Menschen teilen.

Er hätte ihr beinahe sein Herz ausgeschüttet.

Er zog es vor zu glauben, er habe keines.

# 7. Kapitel

»Kommen Sie her«, sagte der Duke of Tresham wenige Tage später zu Jane, nachdem er eine Partie Schach gewonnen hatte, bei der er gezwungen gewesen war, über seine Züge nachzudenken, und sie beschuldigt hatte, sie habe ihn durch ihr Geplapper abzulenken versucht. Dabei hatte sie während des ganzen Spiels kaum ein Wort gesagt. Dann war Jane gegangen, um das Schachbrett in den Schrank zurückzulegen.

Sie traute dem Tonfall seiner Stimme nicht. Sie traute ihm nicht, wenn sie richtig darüber nachdachte. Während der letzten Tage herrschte eine Anspannung zwischen ihnen, die selbst sie in ihrer Unerfahrenheit mühelos deuten konnte. Er sah sie als Frau an, und sie, Gott helfe ihr, war sich seiner sehr wohl auch als Mann bewusst. Während sie sich dem Sofa näherte, flüsterte sie ein Dankgebet dafür, dass er noch immer daran gefesselt war, obwohl sie andererseits natürlich auch nicht länger angestellt wäre, wenn er es nicht wäre.

Der Gedanke daran, ihre Stellung – und das Dudleyhaus – in eineinhalb Wochen aufzugeben, bedrückte sie immer mehr. Seine Freunde hatten bei ihren unbekümmerten Unterhaltungen mehrmals erwähnt, dass der Cousin ihres Vaters, der Earl of Durbury, in London weilte, und dass er die gefürchtete Polizei nach ihr suchen ließ. Die Freunde und der

Duke selbst schienen auf ihrer Seite zu stehen. Sie spotteten darüber, dass sie Sidney überwältigt hatte, einen Mann, der offensichtlich nicht überall beliebt war. Aber ihre Haltung würde sich im Handumdrehen ändern, wenn sie entdeckten, dass Lady Sara Illingworth und Jane Ingleby ein und dieselbe Person waren.

»Zeigen Sie mir Ihre Hände«, sagte der Duke nun. Es war natürlich ein Befehl, keine Bitte.

»Warum?«, fragte sie, aber er hob nur die Augenbrauen auf seine überhebliche Art und erwiderte ihren Blick.

Sie streckte ihm die Hände mit nach unten gerichteten Handflächen zögernd entgegen. Aber er nahm sie in seine Hände und drehte sie um.

Es war einer der beunruhigendsten Augenblicke in Janes Leben. Seine Hände, die ihre locker umschlossen, ließen diese zwergenhaft erscheinen. Sie hätte sie ihm leicht entziehen können, und instinktiv drängte es sie, es zu tun. Aber dann würde sie ihre Beunruhigung und deren mögliche Ursache preisgeben. Sie spürte den Sog seiner Männlichkeit wie eine physische Kraft. Das Atmen fiel ihr schwer.

»Keine Schwielen«, sagte er. »Sie haben also nicht viel niedrige Arbeit geleistet, Jane?«

Sie wünschte, er würde nicht manchmal darein verfallen, sie bei dem Namen zu nennen, den nur ihre Eltern jemals gebraucht hatten. »Nicht viel, Euer Gnaden«, antwortete sie.

»Sie haben wunderschöne Hände«, sagte er, »wie man erwarten könnte. Sie passen zu Ihrer übrigen Person. Sie wechseln Verbände sehr sanft, ohne übermäßige Schmerzen zu verursachen. Ich frage mich, welche Magie sie mit ihrer Berührung noch bewirken können. Jane, Sie könnten die begehrteste Kurtisane ganz Englands sein, wenn Sie es erwählten.«

Schnell wollte sie die Hände zurückziehen, aber die seinen waren ein wenig schneller.

»Ich fügte hinzu ›wenn Sie es erwählten‹«, erklärte er, ein sündhaftes Funkeln in den Augen. »Welche Magie können sie noch bewirken, frage ich mich. Sind es musikalische Hände? Spielen Sie ein Instrument? Das Pianoforte?«

»Ein wenig«, gestand sie. Anders als ihre Mutter, war sie niemals mehr gewesen als eine nur recht ordentliche Klavierspielerin.

Er hielt ihre Hände noch immer fest. Seine dunklen Augen brannten sich in ihre. Ihre Behauptung, ihm jederzeit entkommen zu können, indem sie einfach durch die Tür hinausging, schien ihr nun lächerlich. Er könnte sie mühelos an sich ziehen.

Sie sah ihn an, entschlossen, keine Angst oder anderweitige Beunruhigung zu zeigen.

»Zeigen Sie es mir.« Er ließ ihre Hände los und deutete auf das Pianoforte auf der anderen Seite des Salons. Es war ein wunderschönes Instrument, wie sie schon zuvor bemerkt hatte, wenn auch nicht so prächtig wie dasjenige im Musikzimmer.

»Ich bin aus der Übung«, sagte sie.

»Um Himmels willen, Miss Ingleby«, erwiderte er, »seien Sie nicht schüchtern. Ich ziehe mich stets eilig ins Kartenzimmer zurück, wann immer die jungen Damen der Hautevolee bei irgendeiner vornehmen Veranstaltung ihre Gesellschaftsstücke vorführen wollen. Aber ich bin doch so dekadent, dass ich bei jemandem, der offen gesteht, nur ein wenig zu spielen und aus der Übung zu sein, fast begierig bin zuzuhören. Und jetzt gehen Sie und spielen Sie, bevor sich meine Gedanken anderen Betätigungen zuwenden, solange Sie noch in greifbarer Nähe sind.«

Sie ging.

Sie spielte eines der Stücke, die sie vor langer Zeit auswendig gelernt hatte, eine Fuge von Bach. Durch einen glücklichen Zufall unterliefen ihr nur zwei Fehler, beide bei den ersten wenigen Anschlägen und beide nicht gravierend.

»Kommen Sie her«, sagte der Duke erneut, als sie geendet hatte.

Sie durchquerte den Raum, setzte sich auf den Stuhl, den sie gewöhnlich benutzte, und sah ihn direkt an. Sie hatte erkannt, dass sie dieses Verhalten davor bewahrte, eingeschüchtert zu werden. Es vermittelte ihm anscheinend, dass sie sich durchaus zur Wehr setzen konnte.

»Sie hatten Recht«, sagte er jäh. »Sie spielen ein wenig. Sehr wenig. Sie spielen ohne Gespür. Sie spielen jede Note, als wäre sie eine gesonderte Einheit ohne Verbindung zu dem, was davor oder danach kommt. Sie betätigen jede Taste, als wäre sie einfach nur ein unbeseelter Streifen Elfenbein, als hielten Sie es für unmöglich, damit *Musik* hervorzubringen. Sie müssen einen schlechten Lehrer gehabt haben.«

Die Kritik an ihrem Spiel konnte sie recht gelassen aufnehmen. Sie hatte sich niemals irgendwelche Illusionen über ihr Können gemacht. Aber sie wurde zornig, weil er ihre Mutter so herabsetzte.

»Hatte ich nicht!«, erwiderte sie. »Wie können Sie es wagen anzunehmen, Sie könnten auf Grund meines Vortrags meine Lehrerin beurteilen. Sie hatte mehr Talent im kleinen Finger als ich im ganzen Körper. Sie konnte den Anschein erwecken, als erklänge die Musik eher aus *ihr* als aus dem Instrument. Oder als erklänge sie aus irgendeiner – oh, aus irgendeiner göttlichen Quelle *durch* sie.« Sie sah ihn empört an, sich der Unzulänglichkeit ihrer Worte bewusst.

Er betrachtete sie einen Moment schweigend, eine seltsame, ungewohnte Glut in den Augen.

»Ah«, sagte er schließlich, »dann sehen Sie es also ein? Sie sind nicht unmusikalisch, Sie besitzen nur kein eigenes außergewöhnliches Talent. Aber warum sollte ein solches Muster an Vollkommenheit zum Unterrichten in ein Waisenhaus kommen?«

»Weil sie ein Engel war«, sagte Jane und wischte sich die Tränen fort, die über ihre Wangen zu rinnen drohten. Was war nur los mit ihr? Sie neigte, außer in letzter Zeit, nicht leicht zum Weinen.

»Arme Jane«, sagte er sanft. »Ist sie für Sie zur Muttergestalt geworden?«

Sie hätte ihm beinahe gesagt, er solle sich zum Teufel scheren, eine Ausdrucksweise, die ihr niemals zuvor über die Lippen gekommen war. Sie wäre fast auf sein Niveau herabgesunken.

»Schon gut«, sagte sie schwach. »Meine Erinnerungen gehören Ihnen nicht. Und ich auch nicht.«

»Reizbar«, sagte er. »Habe ich einen wunden Punkt getroffen? Gehen Sie jetzt und tun Sie, was immer Sie in Ihrer freien Stunde nachmittags tun. Und schicken Sie Quincy zu mir. Ich muss ihm Briefe diktieren.«

Sie ging in den Garten, wie sie es, außer wenn es regnete, nachmittags meistens tat. Die Frühlingsblumen blühten prächtig und die Luft roch süß. Sie vermisste die Luft und die Bewegung, die in Cornwall so sehr zu ihrem Leben gehört hatten. Aber die Angst schloss sich immer dichter um sie. Sie fürchtete sich, über die Eingangstür des Dudleyhauses hinauszugehen.

Sie hatte Angst, festgenommen zu werden. Dass man ihr nicht glaubte. Dass sie als Mörderin bestraft würde.

Manchmal fühlte sie sich von dem Bedürfnis beinahe überwältigt, dem Duke gegenüber mit der ganzen Wahrheit herauszurücken. Teilweise glaubte sie, dass er sich als Freund erweisen würde. Aber es wäre die reine Torheit, einem Mann zu vertrauen, der für seine Rücksichtslosigkeit bekannt war.

Nach zwei Wochen beschloss Jocelyn, dass er gewiss wahnsinnig würde, wenn er eine weitere Woche so verbringen müsste, wie er die beiden letzten verbracht hatte. Der verdammte Raikes hatte natürlich einigermaßen Recht gehabt. Er konnte das Bein noch immer nicht mit seinem ganzen Gewicht belasten. Aber es gab noch einen Mittelweg zwischen den beiden Möglichkeiten, entweder auf beiden Beinen umherzulaufen und oder mit einem hochgehaltenen Bein dazuliegen.

Er würde Krücken erwerben.

Seine Entschlossenheit, dies nicht länger zu verzögern, wurde durch zwei besondere Nachmittagsbesuche noch bestärkt. Zuerst kam Ferdinand, der mit den neuesten Einzelheiten des Karriolenrennens herausplatzte, das in drei Tagen angesetzt war. Anscheinend wurde bei White's lebhaft gewettet, fast alles gegen Ferdinand und für Lord Berriwether. Aber sein

Bruder war unerschrocken. Und er schnitt noch ein anderes Thema an.

»Die Forbesbrüder werden zunehmend beleidigender«, sagte er. »Sie haben angedeutet, dass du dich hier draußen verstecktest, Tresham, dass du nur vorgäbst, verletzt zu sein, weil dir der Gedanke, dass sie auf dich warten, Angst einjagte. Wenn sie so etwas in meiner Hörweite jemals auch nur flüsternd äußern, werde ich ihnen allen den Handschuh so fest ins Gesicht schlagen, dass Striemen bleiben.«

»Halte dich aus meinen Belangen heraus«, wies Jocelyn ihn knapp an. »Wenn sie etwas über mich zu sagen haben, können sie es mir ins Gesicht sagen. Sie werden nicht mehr lange warten müssen.«

»Deine Belange sind auch meine Belange, Tresham«, beschwerte sich sein Bruder. »Wenn einer von uns beleidigt wird, werden wir alle beleidigt. Ich hoffe nur, dass Lady Oliver es wert war. Obwohl ich vermute, dass sie es war. Ich habe noch nie eine Frau kennen gelernt, die eine solch schmale Taille hatte und solch große ...« Aber er brach jäh ab und schaute über die Schulter unbehaglich zu Jane Ingleby, die wie üblich ein Stück entfernt ruhig dasaß.

Ferdinand, wie auch Angeline und Jocelyns Freunde, schien sich unsicher zu sein, wie er die Pflegerin des Duke of Tresham behandeln sollte.

Es braut sich etwas zusammen, dachte Jocelyn beunruhigt, nachdem sein Bruder gegangen war. Wie es wegen der einen oder anderen Sache immer war. Nur dass er dem normalerweise dort draußen entgegentreten konnte. Er hatte stets Gefallen daran gefunden. Er konnte sich nicht erinnern, früher jemals gedacht zu haben, dass seinem gesamten Lebensstil etwas bemerkenswert Törichtes und Sinnloses anhaftete, wie ihm das jetzt ab und an schien.

Je eher er wieder hinauskäme und seine üblichen Betätigungen aufnähme, desto besser wäre es für seine geistige Gesundheit. Morgen würde er den Grund erfahren wollen, warum Barnard die Krücken nicht erworben hatte, die er verlangt hatte.

Und dann kam der zweite Besucher. Hawkins, der eintrat, um ihn anzukündigen, wirkte missbilligend. Jane Ingleby nahm das Buch hoch, aus dem sie vorgelesen hatte, und zog sich in die übliche Ecke zurück.

»Lady Oliver, Euer Gnaden«, sagte Hawkins, »wünscht Sie unter vier Augen zu sprechen. Ich habe ihre Ladyschaft darüber informiert, dass ich nicht sicher sei, ob Sie gesundheitlich in der Lage wären, Besuch zu empfangen.«

»Verdammte Hölle!«, brüllte Jocelyn. »Haben Sie den Verstand verloren, ihr Einlass zu gewähren, Hawkins. Schicken Sie die Frau weg.«

Es war nicht das erste Mal, dass sie zum Dudleyhaus kam. Die Frau fand es anscheinend nicht unschicklich, einen Gentleman in seinem Junggesellenheim aufzusuchen. Und sie war zu einer Zeit erschienen, zu der die halbe vornehme Welt unterwegs war, um Besuche zu machen und jeder sie oder einen Beweis für ihre Anwesenheit bemerken konnte.

»Ich vermute«, fragte er rhetorisch, »dass sie in Lord Olivers Stadtkutsche gekommen ist und diese draußen auf sie wartet?«

»Ja, Euer Gnaden.« Hawkins verbeugte sich.

Aber bevor Jocelyn seine Anweisung wiederholen konnte, die Frau augenblicklich, wenn nicht noch schneller, vom Grundstück zu entfernen, erschien die Lady persönlich im Eingang. Hawkins, dachte Jocelyn grimmig, könnte wirklich von Glück sagen, wenn er sich nicht in der Position eines Hilfsstiefelputzers wiederfände, bevor der Tag vorüber war.

»Tresham«, sagte sie mit ihrer süßen, hauchigen Stimme. Sie hob als sichtbaren Beweis für die Sorge einer gefühlvollen Frau ein spitzenbesetztes Taschentuch an ihre Lippen.

Sie war ein Bild vornehmer Schönheit in verschiedenen Schattierungen aufeinander abgestimmter Grüntöne als Ergänzung zu ihrem roten Haar. Sie war klein und schlank und zierlich, obwohl sie natürlich auch den Busen hatte, von dem Ferdinand zuvor gesprochen hatte.

Jocelyn sah sie finster an, während sie in den Raum schwebte, ihre haselnussbraunen Augen vor Sorge um ihn umwölkt. »Du solltest nicht hier sein.«

»Aber wie könnte ich fernbleiben?« Sie schwebte zur Chaiselongue. Sie sank neben ihm auf die Knie, bemächtigte sich einer seiner Hände und hob sie an ihre Lippen.

Hawkins, der vollkommene Kammerdiener, hatte sich zurückgezogen und die Tür hinter sich geschlossen.

»Tresham«, sagte sie erneut. »Oh, mein armer, armer Liebster. Es heißt, du hättest tapfer in die Luft geschossen, obwohl du Edward leicht hättest töten können. Jedermann weiß von deiner überragenden Fertigkeit im Umgang mit Pistolen. Und dann hast du es unerschrocken zugelassen, dass er dir ins Bein schoss.«

»Es war umgekehrt«, belehrte er sie kurz angebunden. »Und es war nichts Unerschrockenes daran. Ich habe in dem Moment nicht aufgepasst.«

»Eine Frau soll geschrien haben«, sagte sie, während sie seine Hand erneut küsste und an ihre kühle, gepuderte Wange drückte. »Ich mache ihr natürlich keine Vorwürfe, obwohl ich augenblicklich in Ohnmacht gefallen wäre, wenn ich dort gewesen wäre. Mein armer, tapferer Liebling. Hat er dich beinahe getötet?«

»Das Bein ist weit vom Herzen entfernt«, sagte er, während er seine Hand entschlossen wieder selbst in Besitz nahm. »Steh auf. Ich werde dir keinen Platz oder Erfrischungen anbieten. Du gehst. Jetzt. Miss Ingleby wird dich hinausbegleiten.«

»Miss Ingleby?« Zwei rote Flecke erschienen jäh auf ihren Wangen und ihre Augen blitzten.

Er deutete mit einer Hand auf Jane. »Miss Ingleby, darf ich Ihnen Lady Oliver vorstellen. Die gerade gehen will – *jetzt!*«

Lady Olivers Ausdruck eifersüchtiger Verärgerung verwandelte sich in mit Geringschätzung vermischte Gleichgültigkeit, als ihr Blick auf Jane fiel. Was sie sah, war offensichtlich ein Dienstmädchen.

»Du bist grausam, Tresham«, sagte sie. »Ich bin vor Sorge um dich fast umgekommen. Ich habe mich nach deinem Anblick gesehnt.«

»Den du nun gehabt hast«, sagte er energisch. »Ich wünsche dir einen guten Tag.«

»Sage mir, dass du dich auch nach mir gesehnt hast«, hauchte sie. »Ah, es ist grausam, mich um ein freundliches Wort betteln zu lassen.«

Er sah sie fast mit Abscheu an. »Offen gesagt«, bemerkte er, »habe ich kaum einen Gedanken an dich verschwendet, seit ich dich das letzte Mal sah – bei Georges', nicht wahr? Oder auf der Bond Street? Ich erinnere mich nicht. Und ich werde vermutlich auch keinen weiteren Gedanken an dich verschwenden, wenn du erst gegangen bist.«

Sie führte ihre Taschentuch erneut zum Mund und sah ihn darüber hinweg vorwurfsvoll an.

»Du bist böse mit mir«, sagte sie zu ihm.

»Ich empfinde keine weiteren Gefühle, wie ich Ihnen versichere, Madam«, erwiderte er, »als ein wenig Gereiztheit.«

»Wenn du mich erklären lassen würdest ...« begann sie.

»Erspare mir das bitte.«

»Ich bin hierher gekommen, um dich zu warnen«, sagte sie. »Sie werden dich töten, weißt du. Meine Brüder, meine ich, Anthony und Wesley und Joseph. Um meine Ehre zu verteidigen, was Edward, wie sie glauben, nicht überzeugend genug getan hat. Oder wenn sie dich nicht töten, werden sie eine andere Möglichkeit finden, dich zu verletzen. So sind sie.«

Also musste es das Merkmal dieser Familie sein, dachte Jocelyn, sich rücksichtslos unehrenhaft zu benehmen.

»Miss Ingleby«, sagte er, »würden Sie Lady Oliver bitte zur Tür und hinaus begleiten? Und sagen Sie Hawkins, dass ich mit ihm sprechen will.«

Lady Oliver weinte nun aufrichtig. »Du bist hartherzig, Tresham, wovor mich alle gewarnt haben«, sagte sie zwischen Schluchzern. »Ich glaubte, es besser zu wissen. Ich dachte, du liebtest mich. Und ich brauche kein Dienstmädchen, das mich hinausbegleitet. Ich finde den Weg allein, danke.«

Und sie schickte sich zu einem theatralischen Abgang an, der – hätte sie auf einer Bühne gestanden –, gewiss ein Pfeifkonzert aus dem Parkett jedes Theaters heraufbeschworen hätte, und die Forderung nach einer Zugabe.

»Nun, Miss Ingleby«, sagte Jocelyn, nachdem eine unsichtbare Hand die Tür zur Bibliothek geschlossen hatte, »was denken Sie über meine Buhle? Können Sie es mir vorwerfen, dass ich ins Bett der Dame geklettert bin, ob sie nun verheiratet ist oder nicht?«

»Sie ist sehr hübsch«, räumte sie ein.

»Und Ihre Antwort auf meine zweite Frage?« Er sah sie an, als wäre sie irgendwie schuld an Lady Olivers wiederholten Indiskretionen. Er hätte erwartet, dass die Frau ihn für die nächsten ein oder zwei Lebensspannen vor allen anderen meiden würde.

»Ich bin nicht Ihr Richter, Euer Gnaden«, sagte Jane Ingleby würdevoll.

»Also verzeihen Sie Ehebruch?«, fragte er und sah sie mit schmalen Augen an.

»Nein, natürlich nicht«, erwiderte sie. »Ehebruch ist immer falsch. Dennoch waren sie gerade eben sehr grausam zu ihr. Sie haben mit ihr gesprochen, als verabscheuten Sie sie.«

»Das tue ich«, sagte er. »Warum vorgeben, dass ich es nicht täte?«

»Und dennoch«, sagte sie, »haben Sie mit ihr geschlafen und sie dazu gebracht, Sie zu lieben. Und nun, als sie mutig allen Anstand außer Acht gelassen hat, um hierher zu kommen und Sie zu warnen, haben Sie sie abgewiesen.«

Er lächelte. »Kann man wirklich so unglaublich naiv sein?«, fragte er sie. »Und ich soll Lady Oliver dazu gebracht haben, mich zu lieben, Jane? Der einzige Mensch, den Lady Oliver liebt, ist Lady Oliver. Und sie hat allen Anstand außer Acht gelassen, um die *Beau Monde* glauben zu machen, dass sie und ich der Konventionen und Gefahren spotteten, indem wir unsere Liaison fortsetzten. Die Frau ist eine Exhibitionistin. Es gefällt ihr, nur allzu bekannt zu sein, besonders durch jemanden wie mich. Es entzückt sie, wenn es heißt, sie hätte das Herz eines Dudley – des Duke of Tresham persönlich – gezähmt. Ihr wäre nichts lieber, als wenn ich gezwungen wäre, drei weitere Male in die Luft zu schießen, während ihre Brüder mich als Übungsziel nehmen. Oder fünf Mal, wenn auch noch die beiden weiteren Brüder über die Stadt hereinbrechen sollten.«

»Sie verharmlosen die Gefühle der Lady«, sagte Jane.

»Ich dachte«, bemerkte er sanft, »Sie wären nicht mein Richter.«

»Sie würden selbst eine Heilige in Versuchung führen«, erwiderte sie scharf.

»Das hoffe ich.« Er grinste. »Aber sagen Sie mir, warum sind Sie so überzeugt davon, dass ich mit Lady Oliver geschlafen habe?«

Sie sah ihn einige Augenblicke verblüfft an. »Jedermann weiß das«, sagte sie schließlich. »Darum wurde das Duell ausgefochten. Sie *selbst* haben es mir erzählt.«

»Habe ich das?«, fragte er. »Oder habe ich einfach Ihre Vermutung zugelassen?«

»Vermutlich«, erwiderte sie und klang entrüstet, »werden Sie es jetzt leugnen.«

Er schürzte die Lippen und nahm sich Zeit für seine Antwort. »Nein, das denke ich nicht«, sagte er. »Wenn ich es leugnen würde, könnte ich den Eindruck erwecken, dass es mir etwas bedeutet, wie Sie über mich denken, verstehen Sie, Jane. Das kann ich Sie doch nicht glauben lassen, oder?«

Sie trat näher und setzte sich wieder auf ihren Stuhl. Sie schlug das Buch auf ihrem Schoß auf, anscheinend ohne darauf zu achten, ob sie die richtige Seite traf, und legte ihre Hände flach auf die Seiten. Sie runzelte die Stirn.

»Wenn es nicht stimmt«, fragte sie, »warum haben Sie es dann nicht geleugnet? Warum haben sie ein Duell ausgefochten und den Tod riskiert?«

»Jane, Jane«, sagte er, »darf ein Gentleman einer Lady öffentlich widersprechen?«

»Aber Sie verabscheuen Sie.«

»Dennoch bin ich ein Gentleman«, sagte er, »und sie ist dennoch eine Lady.«

»Das ist lächerlich!« Heftig runzelte sie die Augenbrauen. »Sie würden zulassen, dass ihr Ehemann das Schlimmste von Ihnen und ihr annimmt, ohne die Wahrheit zu sagen? Sie würden zulassen, dass die gesamte vornehme Gesellschaft das Schlimmste von Ihnen annimmt?«

»Ah«, sagte er, »aber dafür lieben sie mich, Jane. Ich bin der böse, gefährliche Duke of Tresham. Wie sehr ich die Hautevolee enttäuschen würde, wenn ich darauf beharrte, dass ich in diesem Falle so unschuldig wie ein neugeborenes Lamm bin. Allerdings natürlich nicht ganz unschuldig. Ich habe bei einigen Gelegenheiten mit der Lady geflirtet. Ich flirte häufig mit verheirateten Ladies. Das wird von mir erwartet.«

»Welchen Unsinn Sie reden!«, sagte sie ärgerlich.

»Und ich glaube Ihnen nicht. Sie erzählen mir das alles nur, um später über mich lachen und mir vorwerfen zu können, welch ein Einfaltspinsel ich sei, an Ihre Unschuld zu glauben.«

»Ah, aber Miss Ingleby«, erwiderte er, »ich sagte Ihnen bereits, dass mir Ihre Meinung absolut nichts bedeutet.«

»Sie sind verachtenswert«, sagte sie »Ich weiß nicht, warum ich in Ihren Diensten bleibe.«

»Vielleicht, Jane«, sagte er, »weil Sie ein Dach über dem Kopf und Essen im Magen brauchen. Oder vielleicht, weil Sie es genießen, mich mit ihrer spitzen Zunge auszuschimpfen und zu tadeln. Vielleicht aber auch, weil Sie mich einfach allmählich ein wenig mögen?« Er ließ seine Stimme bewusst schmeichelnd klingen.

Sie presste die Lippen fest zusammen und sah ihn grimmig an.

»Bedenken Sie nur eines«, riet er. »Ich lüge nicht, Jane. Ich nehme vielleicht Lügen anderer hin, aber ich lüge nicht selbst. Es steht Ihnen frei, mir zu glauben oder nicht, ganz wie Sie wollen. Und nun legen Sie das Buch hin und holen Sie mir etwas Kaffee. Und meine Post von Michael Quincy. Und das Schachbrett.«

»Sie werden mich *nicht* Jane nennen«, sagte sie, während sie aufstand. »Und eines Tages werde ich Sie beim Schach erneut besiegen, selbst wenn Sie sich konzentrieren. Und wischen Sie sich die Selbstgefälligkeit aus dem Gesicht.«

Er grinste sie an. »Gehen Sie und tun Sie, was Ihnen aufgetragen wurde«, sagte er. »*Bitte*, Miss Ingleby.«

»Ja, Euer Gnaden«, erwiderte sie in recht nachtragendem Tonfall.

Warum, fragte sich Jocelyn, als sie den Raum verließ, war es ihm anscheinend, obwohl er es geleugnet hatte, so wichtig gewesen, dass sie die Wahrheit über Lady Oliver erfuhr? Es kümmerte ihn keinen Deut, was andere dachten. Tatsächlich hatte er sich, selbst bei so seltenen Gelegenheiten wie dieser, wo ihm unverdient etwas zugeschrieben wurde, stets an seinem verwegenen Ruf geweidet.

Lady Oliver hatte, wahrscheinlich während eines Streits, vor ihrem Ehemann damit geprahlt, der Duke of Tresham sei ihr Liebhaber. Und besagter Ehemann hatte ihn, höchst aufgebracht, herausgefordert. Wer war Jocelyn, dass er der Lady widersprechen würde?

Warum hatte er Jane Ingleby wissen lassen wollen, dass er niemals mit Lady Oliver geschlafen hatte? Oder mit irgendeiner anderen verheirateten Frau, was das betraf?

Wenn Barnard bis morgen nicht diese Krücken besorgt hatte, dachte Jocelyn plötzlich, würde er sie ihm um die Ohren schlagen, sobald er sie in Händen hielte.

## 8. Kapitel

»Was glauben Sie eigentlich, was Sie tun?«, fragte Jane bestürzt, als sie am nächsten Morgen die Bibliothek betrat und entdeckte, dass der Duke of Tresham auf Krücken gestützt am Fenster stand.

»Ich *glaube,* ich stehe am Fenster der Bibliothek«, antwortete er, während er über die Schulter zu ihr zurückschaute, die Augenbrauen hochmütig hoch gezogen. »In meinem eigenen Haus. Und geruhe eine unverschämte Frage von einem unverschämten Dienstmädchen zu beantworten. Nehmen Sie Ihren Mantel und Hut. Sie dürfen mich nach draußen in den Garten begleiten.«

»Sie wurden angewiesen, Ihr Bein hochzulegen und stillzuhalten«, sagte sie und eilte zu ihm. Sie hatte vergessen, dass er so groß war.

»Miss Ingleby«, sagte er, ohne die Miene zu verziehen, »gehen Sie und holen Sie ihren Mantel und Hut.«

Er war mit den Krücken zunächst ein wenig unbeholfen, stellte sie später fest, aber diese Tatsache hielt ihn nicht davon ab, eine halbe Stunde mit ihr draußen umherzuschlendern, bevor sie sich nebeneinander auf einer schmiedeeisernen Bank unter einem Kirschbaum niederließen. Ihre Schulter berührte fast seinen Arm. Sie saß ganz still, während er langsam und hörbar einatmete.

»Man nimmt meist vieles als selbstverständlich hin«,

sagte er, anscheinend mehr zu sich selbst als zu ihr. »Frische Luft und die Düfte der Natur, zum Beispiel. Die eigene Gesundheit. Seine Fähigkeit, sich frei bewegen zu können.«

»Entbehrung und Leiden können gewiss aufrütteln«, stimmte sie ihm zu. »Sie können uns mahnen, damit aufzuhören, unser Leben unbewusst und nur auf reine Belanglosigkeiten bedacht zu verbringen.« Wenn sie jemals wieder frei wäre ...

Ihre Mutter war nach einer sehr kurzen Krankheit gestorben, als Jane gerade siebzehn war, und ihr Vater gut zwei Jahre später. Sie war mit Erinnerungen an Glück und Sicherheit zurückgeblieben, und sie war jung und unschuldig genug gewesen zu glauben, dass beides ewig andauern würde. Sie blieb bei Papas Cousin, der dessen Titel geerbt und Candleford übernommen hatte. Er hatte sie gleichzeitig abgelehnt und um ihre Gunst gebuhlt sowie Pläne für ihre Zukunft gesponnen, die seiner Vorstellung entsprachen, nicht aber ihrer eigenen. Könnte sie nur einen jener Tage ihrer Unschuld zurückbekommen ...

»Ich vermute«, sagte der Duke, während er den Kopf wandte und auf sie hinabblickte, »ich sollte jetzt eine neue Seite aufschlagen, nicht wahr, Miss Ingleby? Eines dieser seltensten aller gesellschaftlichen Phänomene werden – ein geläuterter Lebemann? Meinem Erbe trotzen? Eine Heilige heiraten und mich auf meinen Landsitz zurückziehen, um ein vorbildlicher Grundbesitzer zu werden? Eine Horde vorbildliche Kinder zeugen und zu vorbildlichen Bürgern erziehen? In einer monogamen Beziehung für immer glücklich leben?«

Er hatte diese Fragen so zutiefst demütig gestellt, dass sie lachen musste.

»Das wäre gewiss hübsch anzusehen«, sagte sie. »Haben Sie Ihren Standpunkt für heute Morgen ausreichend deutlich gemacht? Ihr Bein schmerzt wieder, nicht wahr? Sie reiben wieder über ihren Oberschenkel. Kommen Sie hinein, und ich werde es Ihnen bequem machen.«

»Warum, Jane«, fragte er sie, »vergesse ich, wenn Sie solche Dinge sagen, jeden Gedanken an das Aufschlagen einer neuen Seite und fühle mich in der Tat sehr unheilig?«

Er hatte sich leicht zur Seite geneigt. Sein Arm berührte ihre Schulter, und an ihrer anderen Seite war kein Platz zum Ausweichen. Sie erhob sich.

Dieses Gefühl fast unerträglicher Anspannung befiel sie beide immer öfter. Er machte das natürlich mit Absicht. Sie glaubte, dass er Gefallen daran fand, ihr gegenüber zweideutige Bemerkungen zu machen und sie mit halb geschlossenen Augen zu beobachten. Es amüsierte ihn, sie zu necken, sehr wohl wissend, dass sie betroffen war. Und sie *war* betroffen. Sie konnte nicht leugnen, dass sein Anblick – allein der bloße *Gedanke* an ihn – ihr Blut in Wallung brachte. Dass die unbedachte Berührung seiner Hand sie sich nach mehr sehnen ließ.

»Dann bringen Sie mich wieder hinein«, sagte er, stand auf und stützte sich ohne ihre Hilfe auf seine Krücken, »und führen Sie aus, welche pflegerischen Pflichten auch immer Sie für nötig erachten. Ich werde sanftmütig mitkommen, da sie nicht in der Stimmung sind zu schäkern.«

»Und es auch niemals sein werde, Euer Gnaden«, versicherte sie ihm fest.

Aber es waren eine Feststellung und ein Entschluss,

die später an diesem Abend noch auf die Probe gestellt werden sollten.

Jocelyn konnte nicht schlafen. Er litt schon seit über einer Woche an Schlaflosigkeit. Es war natürlich verständlich, wenn es nach elf Uhr – manchmal sogar zehn Uhr – abends nichts anderes zu tun gab, als zu Bett zu gehen, um sich dann im Geiste alle Bälle und großen Abendgesellschaften auszumalen, die er verpasste, und sich vorzustellen, wie seine Freunde danach zu einem der Clubs weiterzogen, bis die Dämmerung sie nach Hause trieb.

Heute Nacht ging seine Schlaflosigkeit mit einer schrecklichen Ruhelosigkeit einher. Er spürte die Versuchung fast unaufhaltsam nach sich greifen – eine Art Versuchung, die ihn als Junge häufig in Schwierigkeiten gebracht hatte, bis er gelernt hatte, seine Triebe zu zügeln, besonders wenn sein Vater in Acton war. Schließlich hatte er sie vollkommen unterdrückt – doch gelegentlich wallten sie trotz all seiner Abwehr auf und ließen ihn einfach nicht in Ruhe.

In diesen Augenblicken ging er gewöhnlich zu einer Frau und blieb so lange bei ihr, bis er keine weitere Energie mehr hatte als zu schlafen und zu seinem normalen Lebenswandel zurückzukehren.

Er dachte kurz und sehnsüchtig an Jane Ingleby, wandte seine Gedanken aber dann rasch wieder von ihr ab. Er genoss es, sie zu necken, mit ihr zu flirten, sie zu ärgern. Und sie war natürlich ausgesprochen hübsch und anziehend. Aber sie war tabu. Sie war Dienstmädchen unter seinem Dach.

Schließlich, irgendwann nach Mitternacht, hielt er es nicht länger aus. Er warf die Bettdecke zurück, hievte sich mit Hilfe der Krücken hoch und humpelte zu seinem Ankleideraum, wo er Hemd, Pantalons und Hausschuhe anzog, sich aber weder die Mühe machte ein Wams noch eine Jacke anzulegen. Er verzichtete auch auf eine Kerze, da er keine dritte Hand zum Tragen hatte. Er würde unten einige anzünden.

Dann begab er sich langsam und unbeholfen ins Erdgeschoss.

Jane konnte nicht schlafen.

Der Duke of Tresham brauchte keinen Verband mehr. Die Wunde war geheilt. Er kam mit Krücken zurecht. Er war ruhelos und schlecht gelaunt und würde bald wieder ausgehen. Er würde sie nicht mehr brauchen.

Er hatte sie niemals wirklich gebraucht.

Sie würde wahrscheinlich entlassen werden, noch bevor die drei Wochen vergangen waren. Aber selbst wenn nicht, blieb auch nur noch eine Woche.

Die Welt jenseits der Türen des Dudleyhauses war zu einem beängstigenden Ort geworden, den zu betreten sie sich fürchtete. Jeden Tag sprach der eine oder andere Besucher über das, was als der Cornish-Zwischenfall bekannt war. Erst heute hatten der Duke und seine Freunde wieder fröhlich darüber geplaudert.

»Ich frage mich«, hatte der blonde und ausgesprochen gut aussehende Viscount Kimble gesagt, »warum sich Durbury fast die ganze Zeit im Pulteney verschanzt, anstatt zur Festnahme seiner Nichte oder Kusine – oder welchen Verwandtschaftsgrad die Frau auch immer zu ihm hat – die Hilfe der Hautevolee hinzuzuziehen. Warum sollte er in die Stadt kommen, um sie zu suchen, und sich dann vergraben und die Polizei alle Arbeit tun lassen.«

»Vielleicht trauert er«, hatte der braunhaarige Sir Conan Brougham mit dem freundlichen Gesicht eingewandt. »Obwohl er keine Trauer trägt. Könnte es sein, dass Jardine doch nicht tot ist, sondern nur mit einem Schädelbruch in Cornwall herumkraucht?«

»Das würde zu ihm passen«, hatte der Duke trocken bemerkt.

»Wenn ihr mich fragt«, hatte Viscount Kimble festgestellt, »sollte die Frau eher eine Medaille als die Schlinge bekommen, wenn er *wirklich* tot ist. Die Welt wäre ohne Jardines Anwesenheit ein besserer Ort.«

»Aber auch du solltest dich, wie wir alle, besser vorsehen, wenn du erst diese Zufluchtsstätte verlässt, Tresham«, hatte Sir Conan kichernd hinzugefügt. »Halte nach einem wütenden Weibsbild Ausschau, die ein Paar Pistolen oder eine schwere Axt schwingt. Es gibt unterschiedliche Berichte darüber, was von beidem sie für die heimtückische Tat benutzt hat.«

»Wie sieht sie denn bitte aus?«, hatte der Duke gefragt. »Damit ich mich verstecken kann, wenn ich sie kommen sehe.«

»Eine schwarzäugige, schwarzhaarige Hexe, hässlich wie die Nacht«, hatte Sir Conan gesagt. »Oder eine blonde Sirene, schön wie ein Engel. Such es dir aus. Ich habe beide Beschreibungen gehört und noch weitere dazwischenliegende. Anscheinend hat niemand sie jemals wirklich gesehen, außer Durbury, der dazu schweigt. Hast du von Ferdinands neuem Gespann gehört? Vermutlich ja. Denkst du, sie werden nach Norden streben, wenn er ihnen das Zeichen gibt, nach Süden zu laufen?«

»Nicht wenn er wirklich mein Bruder ist«, hatte der Duke geantwortet. »Er hat vermutlich ein lebhaftes Paar gekauft, das man erst ein Jahr lang zähmen muss?«

Die Unterhaltung war über dieses Thema fortgeführt worden.

Nun konnte Jane nicht schlafen. Oder auch nur stillliegen. Sie sah ständig Sidneys aschfahles Gesicht und das Blut an seiner Schläfe vor sich. Sie dachte ständig daran, dass der Earl nach London gekommen war, um nach ihr zu suchen. Und an die Kriminalbeamten, die Londons Straßen durchkämmten und die Einwohner befragten, um ihren Aufenthaltsort zu ermitteln. Sie stellte sich ständig vor, wie sie ihr Schicksal in die eigenen Hände nähme und das Dudleyhaus verließe, um dem Earl im Pulteney Hotel gegenüberzutreten.

Es wäre eine solche Erleichterung, ihr Versteck zu verlassen, und alles an den Tag zu bringen.

Ins Gefängnis kommen. Öffentlich verurteilt werden. Gehängt werden. *Konnte* die Tochter eines Earl zum Tod durch Erhängen verurteilt werden? Ein Earl selbst konnte nicht dazu verurteilt werden. Aber seine Tochter? Sie wusste es nicht.

Warum trug der Cousin ihres Vaters keine Trauer? War es möglich, dass Sidney letztendlich wirklich nicht tot war? Aber das wäre töricht zu hoffen.

Schließlich warf sie die Bettdecke zurück und machte sich nicht weiter vor, schlafen zu können. Sie zündete eine Kerze an, legte sich ihren Mantel um die Schultern und verließ den Raum, ohne sich die Mühe zu machen, sich anzuziehen oder in ihre Schuhe zu schlüpfen. Vielleicht fand sie in der Bibliothek ein Buch, in das sie sich vertiefen könnte, bis sich ihr Geist beruhigte.

Aber dann bemerkte sie etwas, während sie die Treppe hinabstieg. Ein Geräusch. Als sie den Fuß der Treppe erreicht hatte, war recht offensichtlich, was es war.

Musik. Die Musik eines Pianoforte.

Die aus dem Musikzimmer erklang.

Aber wer mochte dort spielen? Es war viel zu spät für Besucher – es musste schon weit nach Mitternacht sein. Außerdem brannte in der Eingangshalle kein Licht mehr. Die Diener waren alle zu Bett gegangen. Aber ein schmaler Lichtstreifen drang unter der Tür des Musikzimmers hervor.

Jane näherte sich ihr behutsam und legte die Hand einige Augenblicke auf den Knauf, bevor sie ihn drehte und die Tür öffnete.

Es war der Duke of Tresham.

Er saß auf der Bank vor dem Pianoforte, die Krücken auf dem Boden neben sich. Er war über die Tasten gebeugt, spielte ohne Noten, die Augen geschlossen, einen fast qualvollen Ausdruck auf dem Gesicht. Er spielte etwas betörend Schönes, etwas, was Jane noch niemals zuvor gehört hatte.

Sie stand wie gebannt da und hörte zu. Und hatte, mit engem Herzen, erneut das Gefühl, als dränge die Musik nicht aus dem Instrument, sondern aus ihm, durch beide hindurch aus irgendeiner göttlichen Quelle. Sie hatte nicht geglaubt, dass es noch einen anderen Musiker geben könnte, dessen Talent dem ihrer Mutter gleichkam.

Aber jetzt stand sie ihm gegenüber.

Fünf Minuten oder mehr mussten vergangen sein,

bevor die Musik verklang. Er saß da, die Hände dicht über der Tastatur, den Kopf gesenkt, die Augen noch immer geschlossen. Erst in diesem Moment erkannte Jane, dass sie nicht hier sein sollte.

Aber es war zu spät. Gerade als sie daran dachte, sich zurückzuziehen und die Tür leise wieder hinter sich zu schließen, wandte er den Kopf und öffnete die Augen. Einen Moment lang blickten sie ausdruckslos in ihre. Und dann loderten sie auf.

»Was, zum Teufel, tun Sie hier?«, wetterte er.

Sie hatte zum ersten Mal wirklich Angst vor ihm. Sein Zorn wirkte irgendwie anders als jemals zuvor. Sie erwartete fast, dass er aufstehen und auf sie zukommen würde.

»Es tut mir Leid«, sagte sie. »Ich kam herunter, um nach einem Buch zu schauen, und hörte die Musik. Wo haben Sie so spielen gelernt?«

»Wie, so?«, fragte er mit verengten Augen. Sie konnte erkennen, dass er sich von seinem Schreck erholte und wieder mehr er selbst wurde. »Ich befasse mich nur oberflächlich damit, Miss Ingleby. Ich habe mich unterhalten, ohne mir bewusst zu sein, dass ich Zuhörer hatte.«

Ihr wurde mit einem Mal bewusst, dass er sich hinter seine vertraute Maske zurückzog. Sie hatte ihn niemals zuvor für einen Menschen gehalten, der Schutz benötigte. Es war ihr niemals in den Sinn gekommen, dass sein Charakter tiefgründiger war, als er ihr – und auch seinen Besuchern – offenbart hatte.

»Oh, nein«, sagte sie und wurde sich noch während sie sprach der Tatsache bewusst, dass es vielleicht klüger wäre zu schweigen. Sie trat weiter in den Raum und schloss die Tür. »Sie befassen sich nicht nur oberflächlich damit, Euer Gnaden. Sie sind mit einem wunderbaren und seltenen Talent gesegnet. Und sie haben sich nicht nur unterhalten. Sie haben Ihr Talent mit ganzer Seele in sich aufgenommen.«

»Unsinn!«, sagte er nach kurzem Schweigen nur. »Ich hatte niemals Unterricht, Jane, und ich kann keine Noten lesen. Damit ist Ihre Theorie dahin.«

Aber sie sah ihn erstaunt an. »Sie hatten niemals Unterricht? Was haben Sie dann gespielt? Wie haben Sie es gelernt?«

Sie erkannte die Wahrheit, noch während sie die Fragen stellte. Er antwortete ihr nicht, sondern schürzte nur die Lippen.

»Sie tragen es nicht einmal nachts offen?«, fragte er.

Ihr Haar. Er sprach über ihr Haar, das zu einem dicken Zopf geflochten ihren Rücken herabhing. Aber sie würde sich nicht ablenken lassen.

»Es war Ihre eigene Komposition«, sagte sie. »Das *war* es doch, oder?«

Er zuckte die Achseln. »Wie ich bereits sagte«, bemerkte er. »Ich befasse mich nur oberflächlich damit.«

»Vermutlich«, sagte sie, »ist das Spiel auf dem Pianoforte, das Komponieren und die Liebe der Musik, etwas, das einem männlichen Dudley unwürdig ist.«

»Es grenzt an Verweichlichung«, bestätigte er.

»Bach war ein Mann«, sagte sie, während sie auf ihn zuging und ihre Kerze auf das Pianoforte neben den Kandelaber stellte, der ihm Licht gespendet hatte. »Waren also alle berühmten Komponisten verweichlicht?«

»Sie wären es gewesen, wenn sie Dudleys gewesen

wären.« Er grinste sie fast verwegen an. »Sie sind barfüßig, Jane? Wie schockierend nachlässig!«

»Laut wem?« Sie würde nicht zulassen, dass er das Thema wechselte. »Laut Ihnen? Oder laut Ihrem Vater und Großvater?«

»Wir sind alle eins«, sagte er. »Wie die Dreieinigkeit, Jane.«

»Das ist Blasphemie«, belehrte sie ihn streng. »Ihr Vater muss Ihr Talent doch bemerkt haben. Eine solche Gabe kann nicht unentwegt verborgen bleiben. Sie wird hervorbrechen, wie sie es heute Nacht getan hat. Er hat Sie nicht ermutigt, Ihr Talent zu entwickeln?«

»Ich habe rasch gelernt, niemals zu spielen, wenn er zu Hause war«, sagte er. »Nicht, nachdem er mich zwei Mal dabei ertappt hatte. Ich konnte niemals wirklich Gefallen daran finden, die ganze Nacht auf dem Bauch zu schlafen, weil meine Kehrseite zu wund war.«

Jane war zu wütend, um etwas sagen zu können. Sie sah ihn nur mit zusammengepressten Lippen an – den harten, zynischen, gefährlichen Lebemann, dem alle Spuren seiner empfindsameren, künstlerischen Natur durch einen Vater ausgetrieben worden waren, der so unwissend und schwach gewesen war, dass er alles Weibliche fürchtete. Warum konnten Männer dieser Art nicht erkennen, dass eine reife, ausgeglichene Persönlichkeit, unabhängig vom Geschlecht, über eine ausgewogene Mischung von männlichen und weiblichen Qualitäten verfügte? Und hier versuchte dieser törichte Mann, einem Ideal zu entsprechen, das ihm von unwissenden Menschen vorgesetzt worden war – und meist machte er seine Sache recht gut.

Er wandte seine Aufmerksamkeit wieder der Tastatur zu und begann erneut, leise zu spielen. Dieses Mal war es eine bekannte Melodie.

»Kennen Sie es?«, fragte er ohne aufzublicken.

»Ja«, sagte sie. »Es ist ›Barbara Allen‹.« Eines der hübscheren und traurigeren Volkslieder.

»Können Sie singen?«, fragte er sie.

»Ja«, gestand sie leise.

»Und kennen Sie den Text?«

»Ja.«

»Dann singen Sie ihn.« Er hörte auf zu spielen und sah sie an. »Setzen Sie sich hier neben mich auf die Bank und singen Sie. Da Sie schon gekommen sind, können Sie sich ebenso gut nützlich machen. Ich werde versuchen zu spielen, als wären meine Finger nicht alle Daumen.«

Sie entsprach seinem Wunsch und betrachtete seine Hände, während er einige einleitende Takte spielte. Sie hatte schon früher bemerkt, dass er lange Finger hatte. Aber da er der Duke of Tresham war, hatte sie zu dem Zeitpunkt nicht daran gedacht, dass es Künstlerhände sein könnten. Nun war es offensichtlich. Sie strichen über die Tasten, als liebe er die Musik eher, als dass er sie spielte.

Sie sang das Lied mit allen Strophen, von Anfang bis Ende. Nach anfänglicher Befangenheit vergaß sie alles außer der Musik und der traurigen Geschichte von Barbara Allen. Singen war stets eine ihrer größten Freuden gewesen.

Als das Lied endete, herrschte Schweigen. Jane saß aufrecht auf der Bank des Pianoforte, die Hände im Schoß gefaltet. Der Duke saß mit über den Tasten schwebenden Händen da. Es war, dachte Jane, ohne die Bedeutung dieses Gedankens so recht zu verstehen, einer der seligsten Momente in ihrem Leben.

»Mein Gott!«, murmelte er in das Schweigen. Es klang nicht nach einer seiner nur üblichen Blasphemien. »Eine Altstimme. Ich hätte erwartet, dass Sie eine Sopranstimme hätten.«

Der Augenblick verging, und Jane war sich der Tatsache sehr bewusst, dass sie neben dem Duke of Tresham im Musikraum saß, nur in Nachthemd und Mantel, der Zopf lose ihren Rücken herabhängend. Und barfüßig. Er trug sehr enge Pantalons und ein weißes, am Hals offenes Hemd.

Sie wusste nicht, wie sie sich ohne viel Aufhebens erheben und aus dem Raum begeben sollte.

»Noch niemals in meinem Leben«, sagte er, »habe ich eine solch wunderschöne Stimme gehört. Oder eine Stimme, die sich so vollkommen der Musik und der Innigkeit des Liedes anpassen konnte.«

Sie freute sich, trotz ihres Unbehagens.

»Warum haben Sie mir das nicht gesagt«, fragte er, »als ich Sie für mich spielen ließ und Ihnen eine ehrliche Einschätzung ihres Talents gab? Warum haben Sie mir nicht gesagt, dass Sie singen können?«

»Sie haben nicht danach gefragt«, antwortete sie.

»Verdammt, Jane«, sagte er. »Wie können Sie es wagen, Gesellschaft derart zu meiden. Ein Talent wie Ihres muss sich mitteilen und nicht vor der Welt verborgen bleiben.«

»Touché«, sagte sie leise.

Sie saßen eine Weile schweigend nebeneinander. Und dann nahm er ihre Hand in seine und hielt sie auf der Bank zwischen ihnen fest. Plötzlich schien nur noch halb so viel Luft im Raum zu sein.

»Sie hätten nicht herunterkommen sollen«, sagte er. »Oder Sie hätten sich in die Bibliothek schleichen, Ihr Buch aussuchen und Ihrer Neugier nicht folgen sollen. Sie haben mich zu einem schlechten Zeitpunkt angetroffen.«

Sie verstand die Bedeutung seiner Worte. Es war auch für sie ein schlechter Zeitpunkt. Sie waren beide von einem Gefühlszustand erfasst, der ihnen nicht vertraut war. In einer weichen, irgendwie schwermütigen Stimmung. Sie beide allein – wie sie es schon häufig waren. Aber dieses Mal gänzlich allein, ohne Dienstboten jenseits der Tür. Spät in der Nacht.

»Ja«, brachte sie nur hervor. Dann erhob sie sich und entzog ihm ihre Hand. Und doch sehnte sich alles außer ihrem gesunden Menschenverstand danach zu bleiben.

»Gehen Sie nicht«, sagte er, seine Stimme ungewöhnlich heiser, und drehte sich auf der Bank um, bis er mit dem Rücken zum Pianoforte saß. »Verlassen Sie mich noch nicht.«

Es war ein Augenblick – und nur ein einziger Augenblick – der Entscheidung. Sie konnte auf den gesunden Menschenverstand hören, entschlossen gute Nacht sagen und den Raum verlassen. Er könnte – und würde – sie nicht aufhalten. Oder sie konnte in einer Situation verweilen, die voller Anspannung war und gegen die ihre Abwehr bereits geschwächt war. Es war keine Zeit, die Angelegenheit mit sich zu erörtern. Sie tat die wenigen Schritte, die sie unmittelbar zu ihm führten.

Sie hob beide Hände und legte sie auf seinen Kopf, als segne sie ihn. Sein Haar unter ihren Fingern war seidenweich und warm. Seine Hände stahlen sich zu beiden Seiten ihrer Taille, und er zog sie zu sich heran. Er seufzte und beugte sich vor, um sein Gesicht zwischen ihren Brüsten zu versenken.

Närrin, schalt sie sich, während sie die Augen schloss und die körperlichen Empfindungen seiner Berührung, seine Körperwärme und den Duft seines Eau de Cologne in vollen Zügen genoss. Närrin! Aber sie dachte dies ohne große Überzeugung.

Als er schließlich den Kopf hob und zu ihr hochsah, seine dunklen Augen unergründlich, sank sie zwischen seinen gespreizten Oberschenkeln auf die Knie. Sie wusste nicht, warum sie das tat, ob durch die Führung seiner Hände oder aus einem Instinkt heraus, der kein Nachdenken erforderte. Sie legte ihre Arme auf den eng anliegenden Stoff über seinen Oberschenkeln, spürte deren feste, muskulöse Kraft und hob den Kopf.

Er beugte sich über sie, und seine Finger, die ihr Gesicht berührten, waren federleicht und verströmten eine Wärme, die sich in die Tiefen ihrer Weiblichkeit brannte. Er umschloss ihr Gesicht mit beiden Händen, bevor er sie küsste.

Sie war schon früher geküsst worden. Charles war vier Jahre lang ihr Verehrer gewesen, wie er auch auf ewig ihr liebster Freund war. Sie war bei einigen wenigen Gelegenheiten mit ihm allein gewesen und hatte ihm erlaubt, sie zu küssen. Sie hatte seine Küsse gemocht.

Nun erkannte sie, dass sie noch niemals zuvor geküsst worden war. Nicht wirklich. Nicht auf diese Art.

Ah, niemals auf diese Art.

Er berührte ihre Lippen kaum mit den seinen. Seine Augen waren ebenso geöffnet wie die ihren. Es war ihr unmöglich, sich in rein körperlichen Empfindungen zu verlieren, auch wenn jede Faser ihres Körpers sich dieser bewusst war und vor Verlangen schmerzte. Es war unmöglich, nicht zu erkennen, was hier geschah und mit wem es geschah. Sie könnte sich danach unmöglich vorgaukeln, sie sei von gedankenloser Leidenschaft überwältigt worden.

Dies geschah nicht gedankenlos.

Er hauchte Küsse auf ihre Wangen, ihre Augen, ihre Schläfen, ihre Nase, ihr Kinn. Und kehrte zu ihrem Mund zurück, den er sanft berührte, neckend, sie mit seinen Lippen dazu verführend, seinen Kuss auf gleiche Art zu erwidern.

Ein Kuss bestand nicht notwendigerweise nur darin, Lippen auf Lippen zu pressen, entdeckte sie mit wachsender Verwunderung. Hinter ihren Lippen war warmes, feuchtes Fleisch, das er berührte und mit seiner Zunge streichelte, während ihre Zunge leicht über seine Lippen strich. Ihre Zungen berührten sich, und die seine drang tief in ihren Mund. Sie küssten sich leidenschaftlich, und leises, unverständliches Stöhnen entrang sich beiden.

Und dann schlossen sich seine Arme um sie, als er sich tiefer über sie beugte, hoben sie hoch an seine harte, starke Brust, und sie fanden sich in einer heftigen, festen Umarmung, mit geöffneten Lippen, eine Umarmung, die sie antrieb, sich an ihn zu klammern, ihn zu drücken und nach mehr zu verlangen.

Schließlich sank sie wieder auf die Knie, seine Hände auf seinen Oberschenkeln über den ihren, seine dunklen Augen mit den schweren Lidern in ihre hinabschauend.

»Morgen früh werden wir einander hierfür bestrafen müssen, Jane«, sagte er. »Wir werden überrascht sein, wie anders dann alles erscheinen wird. Verboten. Unmöglich. Sogar schmutzig.«

Sie schüttelte den Kopf.

»O doch«, beharrte er. »Ich bin nur ein Lebemann, meine Liebe, der nichts anderes im Sinn hat, als dich hier auf den Boden zu betten und tief in deinem jungfräulichen Körper mein sündhaftes Vergnügen zu suchen. Und du bist die naive Taube. Mein Dienstmädchen. Von mir abhängig. Es ist gänzlich unmöglich. Und entschieden schmutzig. Du hältst das, was geschehen ist, für wunderschön. Ich kann es in deinen Augen lesen. Das ist es nicht, Jane. Es ist nur das, was ein erfahrener Lebemann einer Frau vorgaukeln kann. In Wahrheit ist es einfach wollüstiges, rohes Verlangen nach Sexualität. Nach dem schnellen, kraftvollen Beischlaf. Geh jetzt zu Bett. Allein.«

Seine Miene und Stimme waren hart. Sie erhob sich und trat von ihm zurück. Aber sie wandte sich nicht sofort zum Gehen. Sie suchte seinen Blick, sah die Maske, die er bereits wieder aufgesetzt hatte. Die undurchdringliche Maske. Er erwiderte ihren Blick mit einem halb spöttischen Lächeln auf den Lippen.

Er hatte Recht. Was geschehen war, war gänzlich physischer Natur gewesen. Und sehr roh.

Aber er hatte auch Unrecht. Ihr Verstand konnte noch nicht recht greifen, was an seinen Worten nicht stimmte. Sie wusste es einfach. Er hatte auch Unrecht.

Aber, ja, es war gänzlich unmöglich. Und zweifellos würde dies alles morgen früh in völlig anderem Licht erscheinen. Sie würde ihn morgen nicht so ruhig ansehen können, wie sie es jetzt tat.

»Gute Nacht, Euer Gnaden«, sagte sie.

»Gute Nacht, Jane.«

Während sie ihre Kerze aufnahm, den Raum verließ und die Tür hinter sich schloss, wandte er sich wieder dem Pianoforte zu. Er spielte etwas Ruhiges und Schwermütiges.

Sie war bereits halb die Treppe hinaufgelangt, als ihr einfiel, dass sie ursprünglich wegen eines Buches hinuntergegangen war. Aber sie ging nicht zurück.

## 9. Kapitel

»Ja, ein Stuhl genügt vollkommen«, sagte Jocelyn mit einer nachlässigen Handbewegung zu dem Dienstboten, der die Frage gestellt hatte.

Er würde mehr als genügen. Jocelyn war lieber in seiner Stadtkutsche zum White's Club gekommen, als zu reiten, aber er hätte wirklich seine Krücken anstatt lediglich den robusten Spazierstock benutzen sollen, nachdem er ausgestiegen war. Sein Stiefel drückte unangenehm gegen die noch immer empfindliche rechte Wade. Wenn er nicht aufpasste, würde man ihm den Stiefel wieder aufschneiden müssen, wenn er nach Hause zurückkehrte. Sein Lieblingspaar hatte er bereits am Tag des Duells verloren.

»Und bringen Sie mir auch die Morgenzeitungen«, wies er den Dienstboten an, während er sein Bein für Außenstehende anscheinend mühelos, aber mit einem dankbaren inneren Seufzen auf den Stuhl hob.

Er hatte das Haus früh verlassen, damit er *ihr* vor seinem Aufbruch nicht begegnen müsste, und sie war eine Frühaufsteherin. Er nahm die *Morning Post* hoch und überflog stirnrunzelnd die Titelseite. Was, zum Teufel, tat er, früh aus seinem eigenen Haus zu flüchten, um es aufzuschieben, einem Dienstmädchen zu begegnen?

Er war sich nicht sicher, welcher der beiden Tatsachen er sich mehr schämte –, wenn Scham das richtige Wort war. Vielleicht war Verlegenheit zutreffender, wobei beides Empfindungen waren, mit denen er in letzter Zeit nicht viel Bekanntschaft gemacht hatte.

Sie hatte ihn beim Spielen des Pianoforte überrascht. Als er eine seiner eigenen Kompositionen spielte. Und er hatte sie geküsst. Verflucht, er war zu lange allein und untätig gewesen und hatte daher eine seiner grundlegenden Regeln gebrochen, womit er seiner eigenen Einschätzung nach auf einen neuen Tiefpunkt gesunken war. Wenn sein Bein nicht ausreichend geschmerzt hätte, um ihn abzulenken, hätte er sie wahrscheinlich wirklich auf den Boden gebettet und sich des Reichtums bedient, der unter dem zarten Hindernis, das ihr Nachthemd bot, verborgen lag. Sie hätte ihn nicht aufgehalten, diese törichte Unschuld.

»Tresham? Bei Gott, er ist es! Wie geht es dir, alter Knabe?«

Jocelyn senkte dankbar die Zeitung, die er ohnehin nicht gelesen hatte, um Bekannte zu grüßen, die allmählich zum Morgenklatsch und zur Durchsicht der Zeitungen eintrafen.

»Gesund und munter und annähernd wieder in meinem üblichen Tempo dahinhumpelnd«, erwiderte er.

Die nächsten Minuten vergingen mit herzlichen Begrüßungen und scherzhaften Bemerkungen über das Bein des Duke of Tresham und den eleganten Stuhl, auf dem es ruhte, sowie den robusten Spazierstock, der neben seinem Stuhl lehnte.

»Wir glaubten allmählich schon, du hättest Gefallen daran gefunden, im Dudleyhaus Hof zu halten, Tresh«, sagte Viscount Kimble, »und wolltest dich darauf einrichten, dein restliches Leben so zu verbringen.«

»Mit der ergötzlichen Miss Ingleby zur Erfüllung deiner Bedürfnisse«, fügte Baron Pottier hinzu. »Du trägst wieder deine Stiefel, Tresham?«

»Würde ich mit Tanzschuhen zu White's kommen?« Jocelyn hob die Augenbrauen.

Aber Sir Isaac Wallman war ein interessantes Detail aufgefallen. »Die ergötzliche Miss Ingleby?«, fragte er. »Die Pflegerin? Diejenige, die während des Duells schrie? Holla, Tresham, du Schurke. Wie genau hat sie also deine Bedürfnisse erfüllt?«

Jocelyn hob sein Lorgnon an und betrachtete den kleinen Dandy langsam von Kopf bis Fuß.

»Sage mir, Wallman«, forderte er ihn in seinem gelangweiltesten Tonfall auf, »zu welch unchristlicher Stunde du aufgestanden bist, um deinem Kammerdiener genügend Zeit zu geben, dieses Kunstwerk mit deinem Halstuch zu erschaffen.« Es wäre selbst für den großartigsten aller Bälle noch zu kunstvoll gewesen. Vielleicht aber nicht für eine Soirée mit dem Regenten, diesem Fürsten aller Dandys.

»Er hat eine volle Stunde dafür gebraucht«, erwiderte Sir Isaac mit gewissem Stolz, augenblicklich abgelenkt. »Und er hat acht Halstücher ruiniert, bevor er dieses richtig hinbekam.«

Jocelyn senkte sein Lorgnon wieder, während Viscount Kimble verächtlich schnaubte.

Nachdem die Höflichkeiten ausgetauscht waren, wandte sich die Unterhaltung dem Karriolenrennen von London nach Brighton zu, das in zwei Tagen stattfinden sollte, sowie der recht unauffälligen Anwesenheit des Earl of Durbury in London, der gekommen war, um die Mörderin seines Sohnes zu suchen. Mehrere der anwesenden Gentlemen empfanden es als höchst enttäuschend, dass der Earl nirgendwo erschien, um eine gelangweilte Hautevolee mit den makaberen Einzelheiten zu ergötzen.

Sidney Jardine, der vor ungefähr einem Jahr als Nachfolger seines Vaters in den Rang des Erben des Titels erhoben wurde, war bei seinesgleichen nie sehr beliebt gewesen. Jocelyn selbst hatte während eines Balles der Hautevolee vor einigen Jahren mit ihm zu tun bekommen, als Jardine, in Hörweite Seiner Gnaden, eine grobe Bemerkung gemacht hatte, die eindeutig für die Ohren einer jungen Lady und ihrer Mama bestimmt gewesen war, weil beide seine Aufforderung an Erstere zum Tanzen höflich abgelehnt hatten. Jocelyn hatte den Mann aufgefordert, mit ihm auf die Terrasse außerhalb des Ballsaals zu gehen.

Dort hatte er Jardine ausreichend höflich angewiesen, sich ohne weitere Umstände nach Hause oder in die Hölle zu begeben, falls er Letzteres vorzog, es sei denn, er wolle bleiben und sich den Mund mit Seife auswaschen lassen. Und als ein zornsprühender Jardine versucht hatte, eine Herausforderung anzubringen, hatte Jocelyn sein Lorgnon ans Auge gehoben und seinen Möchtegern-Gegner informiert, dass es für ihn eine unumstößliche Regel sei, sich nur mit Gentlemen zu duellieren.

»Ich gehöre zu jenen, die denken, dass man Lady Sara Illingsworth eher gratulieren als sie tadeln sollte. Wenn sie jedoch klug ist, wird sie sich inzwischen weit von London entfernt haben.«

»Sie ist jedoch nicht mit der Postkutsche gefahren,

Tresh«, sagte Viscount Kimble. »Ich habe gehört, dass die Polizei eine sorgfältige Untersuchung durchgeführt hat. Aber niemand, auf den ihre Beschreibung passt, hat London mit irgendeiner der Postkutschen verlassen.«

»Dann hat sie seit ihrer Ankunft hier dazu gelernt«, sagte Jocelyn. »Gut für sie. Ich vermute, dass sie provoziert wurde. Warum sonst würde eine junge Lady einem Gentleman einen Schlag auf den Kopf versetzen?«

»Du solltest es wissen, Tresham«, bemerkte Sir Isaac kichernd und heimste sich damit einen erneuten prüfenden Blick durch das herzögliche Lorgnon ein.

»Wo hat Ferdinand seine neuen Pferde untergestellt?«, wandte sich Jocelyn an die ganze Gruppe, obwohl er noch immer unverwandt den liberalen und sich sichtlich unbehaglich fühlenden Sir Isaac betrachtete. »Und wo trainiert er sie? Vermutlich bereitet er sie eifrig auf das Rennen vor. Ich sollte besser hingehen und nachsehen, ob er sich am Freitag wohl umbringen wird. Er war bei der Beurteilung von Pferden noch niemals der Welt Kundigster.«

»Ich komme mit, Tresh«, bot Viscount Kimble an, als Jocelyn das Bein vom Stuhl hob und sich nach seinem Spazierstock umwandte. »Brauchst du Hilfe?«

»Wenn du dich mir auf mehr als drei Fuß näherst, dann nur auf eigene Gefahr!«, grollte Jocelyn, während er sich so anmutig wie möglich aufrichtete und die Zähne zusammenbiss, als ein messerscharfer Schmerz sein rechtes Bein hinaufschoss. »Und ich brauche auch deine Begleitung nicht, Kimble. Ich bin mit der Kutsche gekommen.«

Das war ein Eingeständnis, das ihm natürlich neuerliche Belustigung und scherzhafte Bemerkungen von seinen Bekannten einbrachte.

Jane würde ihn dafür tüchtig schelten, wenn er nach Hause käme, dachte Jocelyn, und ärgerte sich augenblicklich über sich, weil er auch nur an zu Hause dachte.

Er fand seinen Bruder genau dort, wo er ihn zu finden erwartet hatte, beim Üben mit seinen neuen Pferden. Zumindest hatte Ferdinand dieses Mal ein gutes Auge für sein Gespann gehabt, erkannte Jocelyn mit einiger Erleichterung. Die Pferde waren nicht nur ein hübsches Paar, sondern auch vorzügliche Läufer. Das Problem war natürlich, dass Ferdinand sie nicht lange genug trainieren konnte, um mit ihnen ein Rennen zu bestreiten. Zudem war er ein ruheloser, impulsiver und leichtsinniger junger Mann – wahrhaftig ein typischer Dudley – mit ungeduldigen Händen und einer Neigung zum fantasievollen Gebrauch der lästerlichsten Worte seines Sprachschatzes, wenn er sich entmutigt fühlte.

»Du musst deine Hände fest, aber auch verlockend sprechen lassen«, sagte Jocelyn seufzend nach einer Schimpfkanonade, die einem die Haare zu Berge stehen ließ, weil die Pferde sich geweigert hatten, gemeinsam zu arbeiten. »Und du musst deiner Stimme eine Pause gewähren, Ferdinand, sonst kannst du deinen Sieg bei der Ankunft in Brighton nicht mehr bejubeln.«

»Verdammtes Viehzeug«, grollte sein Bruder. »Ich habe ein Paar Primadonnen gekauft.«

»Du hast ein ausgezeichnetes Paar zu einem günstigen Preis erstanden«, erwiderte Jocelyn. »Was du, vorzugsweise vor Freitag, tun musst, ist ihnen beizubringen, wer der Herr ist.«

Er war nicht völlig ohne Hoffnung, seine beträchtliche Wette bei White's zu gewinnen. Ferdinand war ein bemerkenswerter, wenn auch ein etwas sprunghafter Pferdelenker, der anscheinend glaubte, Überlegenheit bestünde darin, unnötige Risiken einzugehen.

»Nun, mit *deiner* Karriole, Tresham«, sagte Ferdinand gewollt unbekümmert, »würde ich Berriwether fünf Meilen hinter meiner Staubwolke zurücklassen. Sie ist leichter und besser gefedert als meine.«

»Dann wirst du dich damit begnügen müssen, ihn nur zwei Meilen hinter deiner Staubwolke zurückzulassen«, sagte Jocelyn trocken.

»Ich werde Wesley Forbes eines Tages eine Abreibung verpassen«, sagte Ferdinand später, als sich die Brüder in seiner Junggesellenwohnung entspannten, Jocelyn mit dem rechten Fuß auf einem niedrigen Tisch. »Er hat gestern Abend bei Wattier's beleidigende Bemerkungen über Menschen gemacht, die auf Krücken umherhinken, um die Welt von ihrer Schwäche zu überzeugen, aber vergessen, welches Bein sie sich angeblich verletzt haben. Manchmal humpeln sie mit dem entlasteten rechten Bein umher, sagte er, und manchmal mit dem linken. Er hielt das für den besten Witz der Welt.«

Jocelyn trank von seinem Rotwein. »Er hat nicht zufällig mich damit gemeint, oder?«, bemerkte er. »Ärgere dich nicht, Ferdinand. Du kannst vor dem Rennen keine Rauferei gebrauchen. Und schon gar nicht wegen mir. Nein, so was!«

»Ich hätte ihm direkt dort im Kartenzimmer einen Schlag ins Gesicht verpasst«, sagte Ferdinand, »wenn

Max Ritterbaum nicht meinen Arm ergriffen und mich zu Brooke's gezerrt hätte. Die Sache ist die, Tresh, dass niemand von ihnen den Mut hat, dir so etwas ins Gesicht zu sagen. Und du kannst verdammt sicher sein, dass keiner von ihnen so anständig sein wird, dir einen Handschuh ins Gesicht zu schlagen. Dazu sind sie zu feige.«

»Überlass sie mir«, sagte Jocelyn, »und konzentriere dich auf das Rennen.«

»Lass mich dein Glas neu füllen«, sagte Ferdinand. »Hast du Angelines neueste Ungeheuerlichkeit schon gesehen?«

»Den Hut?«, fragte Jocelyn. »Der senffarbene? Scheußlich!«

»Ein blauer«, sagte sein Bruder, »mit violetten Bändern. Sie wollte, dass ich sie damit in den Park begleite. Ich sagte ihr, dass entweder der Hut oder ich mit ihr gingen, aber nicht beide zusammen. Ich wäre zur Zielscheibe des Spottes geworden, Tresham. Unsere Schwester wurde mit einem gräulichen Gebrechen geboren: ohne Geschmack. Ich verstehe nicht, warum Heyward sie noch ermutigt, indem er die Rechnungen bezahlt.«

»Er ist berauscht von ihr«, sagte Jocelyn. »Wie sie von ihm. Niemand würde es jemals vermuten, wenn man sie zusammen sieht, oder *nicht* zusammen, was ja häufiger der Fall ist. Sie gehen so diskret damit um, als wären sie heimliche Geliebte.«

Ferdinand brüllte vor Lachen. »O Gott«, sagte er, »sich vorzustellen, dass jemand von Angie berauscht ist!«

»Oder von Heyward«, stimmte sein Bruder ihm zu, während er müßig das Lorgnon schwang.

Es war eine enorme Erleichterung, überlegte er einige Zeit später auf dem Nachhauseweg, wieder ins normale Leben zurückzukehren.

Wenn Jane auch nur einen Moment geglaubt hatte, dass das, was in der vorangegangenen Nacht geschehen war, für den Duke of Tresham von Bedeutung gewesen wäre, so dauerte es nicht lange, bis sie die Wahrheit erkannte. Nicht dass sie es tatsächlich geglaubt hatte, aber manchmal spielen die Gefühle der Vernunft einen Streich.
Er kehrte erst spät am Nachmittag nach Hause zurück. Und selbst dann rief er Jane nicht zu sich, sondern zog sich mit Mr Quincy in die Bibliothek zurück. Es war schon fast Zeit zum Abendessen, als er schließlich nach ihr schickte.
Er befand sich noch immer in der Bibliothek. Er saß auf der Chaiselongue, das rechte Bein auf dem Kissen ruhend. Bis auf den rechten Stiefel war er vollkommen angezogen. Und er blickte finster drein.
»Nicht ein Wort«, sagte er, bevor sie auch nur daran gedacht hatte, den Mund zu öffnen. »Kein einziges Wort, Miss Ingleby. Natürlich ist es wund und natürlich hat Barnard verdammt lange gebraucht, um mir den Stiefel auszuziehen. Aber es ist an der Zeit, es zu versuchen und es ist an der Zeit, dass ich tagsüber hier herauskomme. Sonst werde ich Notzucht und Schwelgerei begehen müssen.«
Sie hatte nicht erwartet, dass er auf die letzte Nacht zu sprechen käme, nachdem er den ganzen Tag fort gewesen war. Es schien nun doch ein Traum gewesen zu sein. Vielleicht nicht die Umarmung, die so weit über ihre Erfahrung und Erwartungen hinausgegan-

gen war, dass sie es sich keinesfalls hatte einbilden können, aber vielleicht der Anblick und der Klang dessen, wie der Duke das Pianoforte gespielt und aus der Tastatur Magie heraufbeschworen hatte.

»Ich vermute«, sagte er, während er ihr zum ersten Mal seine schwarzen Augen und seine noch schwärzere Miene zuwandte, »Sie hielten es für Liebe, Jane? Oder Zuneigung? Oder zumindest irgendein edles Gefühl?«

»Nein, Euer Gnaden«, sagte sie. »Ich bin nicht so naiv, wie Sie anscheinend glauben. Ich habe es von uns beiden als körperliches Verlangen gesehen. Warum sollte ich glauben, dass jemand, der sich selbst als Lebemann bezeichnet, edle Gefühle für sein Dienstmädchen hegte? Und warum sollten Sie fürchten, dass eine Frau wie ich Ihrem gefährlichen und legendären Charme erliegen sollte, obwohl ich seit über zwei Wochen Ihrer schlechten Laune und lästerlichen Zunge ausgesetzt bin?«

»Warum ich das *fürchten* sollte?« Er verengte die Augen. »Ich hätte wissen müssen, dass Sie das letzte Wort zu diesem Thema haben würden, Jane. Wie töricht von mir, mir einzubilden, ich hätte Sie letzte Nacht ernsthaft verwirrt.«

»Ja«, stimmte sie ihm zu. »Vermutlich ist Ihr Bein geschwollen. Sie werden es in kaltem Wasser baden müssen. Tauchen Sie es eine Weile unter.«

»Soll ich mir die Zehen erfrieren?«

»Ich könnte mir vorstellen«, erwiderte sie, »dass dieses Unbehagen besser zu ertragen ist, als zuzusehen, wie sie während der folgenden Wochen schwarz werden.«

Er schürzte die Lippen und einen Moment schien

ein Lächeln in seinen Augen zu lauern. Aber er ließ es nicht zu.

»Wenn Sie vorhaben, morgen wieder auszugehen«, sagte sie, »bitte ich Sie darum, mir den Morgen über frei zu geben, Euer Gnaden.«

»Warum?« Er runzelte erneut die Stirn.

Ihre verkrampften Hände wurden bei dem bloßen Gedanken an den Grund kalt und feucht, aber sie durfte sich durch das Entsetzen nicht länger lähmen lassen. Sie musste sich früher oder später jenseits der schützenden Tore des Dudleyhauses wagen.

»Es ist an der Zeit, dass ich mich nach einer anderen Stellung umsehe«, sagte sie. »Ich habe hier kaum noch eine Woche zu tun. Tatsächlich werde ich schon jetzt nicht mehr wirklich gebraucht. Ich bin niemals gebraucht worden. Sie haben niemals eine Pflegerin gebraucht.«

Er sah sie an. »Sie würden mich also verlassen, Jane?«

Sie hatte den Schmerz, den sie bei dem Gedanken ihn zu verlassen empfand, bewusst verdrängt. Der Schmerz hatte einfach weder einen rationalen noch irgendeinen anderen Grund. Obwohl sie letzte Nacht im Musikzimmer natürlich eine überraschend andere Seite des Duke of Tresham erlebt hatte.

»Meine Beschäftigung hier wird bald zu Ende gehen, Euer Gnaden«, erinnerte sie ihn.

»Wer sagt das?« Er sah sie grüblerisch an. »Welchen Unsinn Sie reden, wenn Sie doch nicht wissen, wohin Sie gehen sollen.«

Hoffnung regte sich. Sie hatte schon flüchtig daran gedacht, ihn zu fragen – oder die Haushälterin, die die Dienstboten einstellte –, ob sie als Haus- oder Küchenmädchen weiterhin bleiben könnte. Aber sie glaubte nicht, dass sie es wirklich täte. Sie könnte es nicht ertragen, in einer niedrigeren Stellung, als sie bisher innegehabt hatte, weiterhin im Dudleyhaus zu leben. Natürlich konnte sie es sich andererseits nicht leisten, ihre Handlungen von Stolz bestimmen zu lassen.

»Es war vereinbart«, sagte sie, »Sie zu pflegen, solange Ihre Verletzung Sie zur Untätigkeit zwang. Drei Wochen lang.«

»Also bleibt noch immer fast eine Woche«, sagte er. »Ich will solange nichts davon hören, dass Sie eine andere Arbeit suchen, Jane, bis Ihre Zeit hier abgeleistet ist. Ich bezahle Sie nicht dafür, dass Sie Ihre Vormittage damit verbringen, in ganz London umherzuhuschen und nach einem Arbeitgeber zu suchen, der Ihnen mehr bezahlt als ich. Wie viel bezahle ich Ihnen eigentlich *wirklich*?«

»Mehr als ich verdiene«, sagte sie. »Aber Geld ist nicht das Thema, Euer Gnaden.«

Er war jedoch eigensinnig. »Dann will ich zumindest eine weitere Woche lang nichts mehr davon hören«, sagte er. »Ich habe am Donnerstagabend eine Aufgabe für Sie, Jane. Morgen. Und ich werde sie auch dafür gut bezahlen. Ich werde Ihnen bezahlen, was Sie verdienen.«

Sie sah ihn argwöhnisch an.

»Stehen Sie nicht an der verdammten Tür, als wollten Sie fliehen«, sagte er verärgert. »Wenn ich mich auf Sie stürzen wollte, würde ich das bei jeder Entfernung tun. Kommen Sie näher. Setzen Sie sich hierher.«

Er deutet auf den Stuhl, auf dem sie gewöhnlich saß.

Zumindest darüber hatte es keinen Sinn zu streiten.

Sie tat, wie ihr geheißen, obwohl sie dadurch beunruhigenderweise in die Aura seiner Männlichkeit geriet. Sie konnte sein Eau de Cologne riechen und erinnerte sich, wie es so sehr Teil der sinnlichen Erfahrung der letzten Nacht gewesen war.

»Ich richte morgen Abend eine große Gesellschaft aus«, sagte er. »Quincy schreibt in diesem Augenblick die Einladungen und lässt sie überbringen. Natürlich haben die eingeladenen Gäste nur einen Tag Zeit, auf die Einladung zu reagieren, aber sie werden dennoch fast alle kommen. Einladungen ins Dudleyhaus werden selten genug ausgesprochen, so dass sie begehrt sind, trotz meines Rufs. Vielleicht auch gerade deswegen.«

Sie würde jeden Augenblick des Abends hinter der geschlossenen Tür ihres Zimmers bleiben, dachte Jane, während sie die Hände sehr fest im Schoß verkrampfte.

»Sagen Sie«, bemerkte der Duke, »besitzen Sie irgendein kleidsameres Gewand als die Scheußlichkeit, die Sie gerade tragen und das andere Kleid, das sie zum Wechseln nehmen, Miss Ingleby?«

Nein. Oh, nein. Entschieden nein. Absolut, ohne Zweifel nein.

»Ich werde es nicht brauchen«, sagte sie fest. »Ich werde nicht zu Ihren Gästen gehören. Es wäre unpassend.«

Er hob überheblich die Augenbrauen.

»Dieses eine Mal, Miss Ingleby«, sagte er, »stimmen wir vollkommen überein. Aber Sie haben meine Frage nicht beantwortet. Nehmen Sie diesen störrischen Ausdruck aus Ihrem Gesicht. Damit sehen Sie wie ein mutwilliges Kind aus.«

»Ich besitze ein Musselinkleid«, bekannte sie. »Aber ich werde es nicht tragen, Euer Gnaden. Es entspricht nicht meiner Stellung.«

»Sie werden es morgen Abend sehr wohl tragen«, informierte er sie. »Und Sie werden Ihr Haar hübscher frisieren. Ich werde Barnard fragen, welches der Dienstmädchen am geschicktesten frisieren kann. Und sonst werde ich für die Gelegenheit jemanden einstellen.«

Jane fühlte sich etwas unwohl in der Magengegend.

»Aber Sie haben gesagt«, erinnerte sie ihn, »dass ich keiner Ihrer Gäste sein kann. Ich werde kein Musselinkleid und keine geschickte Friseuse brauchen, um in meinem Zimmer zu sitzen.«

»Stellen Sie sich nicht dumm, Jane«, sagte er. »Es wird Abendessen und Kartenspiel, Unterhaltung und Musik geben – von einigen Ladys ausgeführt, die ich einlade. Alle Ladys sind vollendete Musikerinnen, müssen Sie wissen. Es besteht anscheinend der allgemeine Irrtum unter den Müttern, dass die Fähigkeit, auf der Tastatur eines Pianoforte herumklimpern zu können, während man einen passend dekorativen Eindruck macht, der sicherste Weg zu Herz und Vermögen eines Mannes sei.«

»Ich frage mich«, sagte sie, »was Sie so zynisch hat werden lassen.«

»Tatsächlich?« Er lächelte auf seine verwegene Art. »Das kommt davon, wenn man mit dem Titel eines Earl und dem Rang eines Marquis aufwächst, Jane. Und wenn man im zarten Alter von siebzehn Jahren Duke wird. Ich habe mich hin und wieder als der boshafteste Schurke ganz Englands erwiesen. Aber jede Mama mit heiratsfähiger Tochter katzbuckelt vor mir, als wäre ich der Engel Gabriel und jeder Papa sucht meine Bekanntschaft. Ganz zu schweigen von den einfältig lächelnden jungen Damen selbst.«

»Eines Tages«, sagte sie gereizt, »werden Sie sich in eines dieser jungen Mädchen verlieben, nur um dann festzustellen, dass sie Ihr Werben verächtlich belacht. Sie haben wenig Respekt vor der weiblichen Intelligenz, Euer Gnaden. Sie glauben, der begehrteste Heiratskandidat der Christenheit zu sein, und verachten daher all jene, von denen Sie glauben, dass sie Sie einfangen wollen. Ich möchte Ihnen mitteilen, dass es *einige* vernünftige Ladys auf der Welt gibt.«

Er schürzte erneut die Lippen, nun mit einem entschieden amüsierten Glitzern in den Augen. »Könnten wir, um meines Stolzes willen, Jane«, fragte er, »auch die islamische Welt anstatt nur das Christentum mit einschließen?«

Er lernt schnell, dachte Jane, wie er ihrem Zorn die Spitze nehmen konnte.

»Aber wir schweifen ab.« Er sah sie nun sachlicher an, und Jane spürte die Besorgnis ihr Rückgrat heraufkriechen. »Sie, Miss Ingleby, werden die Hauptattraktion des Abends sein. Sie werden für meine Gäste singen.«

»Nein!«, sie erhob sich jäh.

»Aber ja«, erwiderte er sanft. »Ich werde Sie sogar begleiten. Ich glaube, ich habe der Hautevolee gegenüber zugegeben, dass ich mich von Zeit zu Zeit oberflächlich damit befasse. Ich fürchte nicht um meine Männlichkeit, wenn ich nur eine Sängerin begleite. Denken Sie, ich sollte es tun?«

»Nein«, sagte sie. »Nein zu alledem, meine ich. Ich

werde nicht singen. Ich bin keine richtige Künstlerin und will es auch nicht sein. Sie können mich nicht dazu zwingen, und glauben Sie gar nicht erst, Sie könnten es. Ich lasse mich nicht einschüchtern.«

»Ich werde Ihnen fünfhundert Pfund zahlen«, sagte er ruhig.

Sie atmete ein, um weiterzusprechen, und schloss den Mund wieder. Sie runzelte die Stirn.

»Fünfhundert Pfund?«, fragte sie ungläubig. »Wie lächerlich.«

»Nicht für mich«, sagte er. »Ich möchte, dass sie öffentlich singen, Jane. Ich möchte, dass die *Beau Monde* entdeckt, was ich letzte Nacht entdeckt habe. Sie haben wahres Talent.«

»Glauben Sie nicht, Sie könnten mich durch Schmeicheleien dazu bringen einzuwilligen«, sagte sie. Aber ihre Gedanken überschlugen sich bereits. Fünfhundert Pfund. Sie würde lange Zeit nicht mehr arbeiten müssen. Sie könnte in ein sichereres Versteck als dieses flüchten. Sie könnte sogar irgendwohin gehen, wo nachzusehen der Earl und die Polizei nicht erwägen würden.

»Fünfhundert Pfund würden Sie der Notwendigkeit entheben, sofort wieder Arbeit zu suchen, nicht wahr?«, fragte er, der offensichtlich ihre Gedanken las, oder zumindest einige davon.

Aber zunächst würde sie einem Haus voller Gäste gegenübertreten müssen. Gab es in London außer dem Earl of Durbury noch jemanden, fragte sie sich, der ihre wahre Identität kannte, der ihr jemals als Lady Sara Illingsworth begegnet war? Sie glaubte es nicht. Aber was wäre, wenn es *doch* jemanden gäbe?

»Ich werde sogar bitte sagen, Jane«, warf der Duke

of Tresham mit falscher Bescheidenheit in der Stimme ein.

Sie sah ihn vorwurfsvoll an. Bestand auch nur die entfernteste Chance, dass sich der Earl unter den Gästen befände? Es gab natürlich eine Möglichkeit, das herauszufinden. Sie konnte Mr Quincy bitten, ihr die Gästeliste zu zeigen.

»Ich werde darüber nachdenken«, beschied sie ihm, während ihr Magen rebellierte.

»Das ist vermutlich das Beste«, sagte er, »was ich im Moment von Ihnen erwarten kann, nicht wahr, Jane? Sie können nicht so bald kapitulieren, sonst würde es scheinen, als hätten Sie klein beigegeben. Gut. Aber ihre Antwort muss ja lauten. Ich habe es mir in den Kopf gesetzt. Wir werden morgen Nachmittag ein wenig proben.«

»Sie reiben sich schon wieder das Bein«, sagte sie. »Sie werden vermutlich nicht zugeben, dass es töricht von Ihnen war, heute auszugehen, und noch törichter, so lange fortzubleiben, aber lassen Sie mich dennoch jemanden rufen, der Sie in Ihr Zimmer hinaufbegleitet, und Ihnen etwas kaltes Wasser hinaufschicken.«

»Ich habe versucht, meinem Bruder beizubringen, wie man das vordere Ende eines Pferdes vom hinteren unterscheidet«, sagte er. »Ich habe bei White's eine gewaltige Summe auf ihn gesetzt, Miss Ingleby, und habe entschieden, dass er das Rennen gewinnen wird.«

»Wie entsetzlich töricht Männer sind«, sagte sie. »Ihr Verstand beschäftigt sich ausschließlich mit Belanglosigkeiten, und sie verbrauchen ihre Energie für Unwichtiges. Wenn Lord Ferdinand am Freitag verletzt wird, werden Sie vielleicht erkennen, dass er von weitaus größerer Wichtigkeit für Sie ist als lediglich für eine gewonnene Wette.«

»Wenn Sie mit Ihrer Schelte fertig sind«, sagte er, »können Sie Ihren Vorschlag ausführen, Miss Ingleby, und den kräftigsten Dienstboten rufen, den Sie finden können.«

Sie verließ den Raum ohne ein weiteres Wort.

Was wäre, wenn ihre Beschreibung in London die Runde machte?, dachte sie plötzlich. Was wäre, wenn sie am Donnerstagabend das Musikzimmer betrat und sich die versammelten Gäste zahlreich erhoben, um anklagend mit den Fingern auf sie zu zeigen?

Sie konnte sich des törichten Gefühls nicht erwehren, dass es in gewisser Weise eine Erleichterung wäre.

## 10. Kapitel

Jocelyn empfing nicht oft Gäste, aber wenn er es tat, dann in großem Stil. Sein Küchenchef grollte, weil ihm die gewaltige Aufgabe, zu Beginn des Abends ein großes Diner sowie ein schmackhaftes, zur Mitternacht bereitzuhaltendes Abendessen vorzubereiten, nicht angekündigt worden war. Aber er begab sich schwungvoll und mit kreativer Energie daran, anstatt auf der Stelle zu resignieren, wie er es jedes Mal zu tun drohte, wann immer er kurz in der Arbeit innehielt, um Atem zu schöpfen.

Die Haushälterin beschwerte sich nicht, sondern befehligte ihre Truppen mit grimmiger Entschlossenheit, jedes Stäubchen aus den Räumen zu verbannen, die für die Bewirtung genutzt wurden, und jede Oberfläche zu polieren und glänzen zu lassen. Sie arrangierte auch die üppigen Mengen Blumen, die Michael Quincy bestellt hatte.

Wie Jocelyn es vorausgesagt hatte, nahmen fast alle seine Einladung an, auch wenn dies für manche bedeutete, andere Verpflichtungen im letzten Moment absagen zu müssen. Man hatte nicht oft die Gelegenheit, an einem Diner und einer Soirée im Dudleyhaus teilzunehmen.

Jocelyn wies seine Haushälterin an, ein Dienstmädchen auszuwählen oder einzustellen, das eine Lady perfekt frisieren könnte. Er spielte mit dem Gedanken, Jane Ingleby auch zu einer eleganten Modistin mitzunehmen, um in aller Eile ein Abendkleid anfertigen zu lassen – er besaß erheblichen Einfluss auf zwei oder drei der exklusivsten Damenschneider –, aber er tat es nicht. Sie würde sich zweifellos unnötig aufregen und sich letztendlich weigern zu singen. Außerdem sollte sie nicht zu sehr wie eine Lady wirken, beschloss er, damit sich seine Gäste nicht über die Rechtmäßigkeit dessen Gedanken machen müssten, dass sie drei Wochen als seine Pflegerin unter seinem Dach verbracht hatte.

Während des Nachmittags verbrachte er einige Zeit mit ihr im Musikzimmer, wo sie zwei sehr verschiedene Lieder einübten, um sowohl ihre Stimme präsentieren als auch eine Zugabe bieten zu können, eine Möglichkeit, die Jane als Unsinn abtat, auf der er aber beharrlich bestand.

Er stellte fest, als er sich für den Abend ankleidete, dass er nervös war. Eine Tatsache, die ihn zutiefst beunruhigte und für die er sich zutiefst verachtete.

Als sie jünger gewesen war und ihre Eltern beide noch gelebt hatten und gesund gewesen waren, hatten in Candleford Abbey häufig Picknicks, Diners und Tanzveranstaltungen stattgefunden. Ihre Eltern hatten die Gastlichkeit geliebt. Aber Jane glaubte nicht, dass sie jemals auch nur annähernd fünfzig Gäste auf einmal eingeladen hatten. Und selbst jene Gesellschaften, an die sie sich erinnerte, waren schon lange Vergangenheit. Sie war noch ein Kind gewesen.

Sie saß mehrere Stunden lang in ihrem Zimmer, bevor sie sich bereitmachte hinunterzugehen, lauschte dem Klang ferner Stimmen und dem Lachen, und malte sich aus, was geschah und noch geschehen würde, bevor sie zu ihrer Darbietung gerufen würde. Aber es war unmöglich vorauszusagen, wann genau es geschähe. Gesellschaften der Hautevolee waren, wie Jane sehr wohl wusste, völlig anders als ihre Gegenstücke auf dem Lande, die fast niemals länger als bis elf Uhr oder allerspätestens Mitternacht dauerten. Hier in der Stadt fand es niemand seltsam, die ganze Nacht aufzubleiben – und dann natürlich den ganzen folgenden Tag zu verschlafen.

Vielleicht würde sie nicht vor Mitternacht hinabgerufen. Sie würde vor Nervosität zusammenbrechen, wenn sie so lange warten müsste.

Aber schließlich konnte sie an der Kaminuhr erkennen, dass Adele, das französische Dienstmädchen, das für diesen Abend eingestellt worden war, um ihr Haar zu frisieren, innerhalb der nächsten zehn Minuten an ihre Tür klopfen würde. Es war an der Zeit, sich anzukleiden.

Es war viel zu spät zu bereuen, dass sie diesem Wahnsinn zugestimmt hatte. Niemand unter den Gästen – und sie hatte die Gästeliste sehr sorgfältig geprüft – würde um ihre Identität wissen. Aber der Earl of Durbury war in der Stadt. Was wäre, wenn jedermann, der heute Abend hier weilte, ihre Beschreibung erhalten hatte? Ihr Magen verkrampfte sich. Aber es war zu spät.

Sie legte entschlossen ihre Dienstmädchenkleidung ab und zog sich das sorgfältig gebügelte Musselinkleid mit einem Muster aus Zweigen über den Kopf, das sie zuvor auf ihrem Bett bereitgelegt hatte. Es war ein perfekt passendes Kleid für einen Nachmittagstee auf dem Lande. Natürlich war es selbst dort nicht für eine Abendgesellschaft geeignet, aber das war unwichtig. Sie nahm immerhin nicht als Gast an der heutigen Gesellschaft teil.

Sie erschauderte vor Kälte, Aufregung und Angst.

Sie hatte niemals vorgehabt, sich zu verbergen, als sie nach London floh. Sie hätte, nachdem sie die schreckliche Entdeckung gemacht hatte, dass Lady Webb nicht zu Hause war, dachte Jane verspätet, in dem Hotel bleiben sollen, wo sie sich ein Zimmer genommen hatte, um sich mit der Bitte um Barmittel an den Sachverwalter des Earl in der Stadt zu wenden. Sie hätte aller Welt kühn verkünden sollen, dass sie während der Abwesenheit des Earl und der Countess von Candleford von einem betrunkenen Schurken beleidigt und tätlich angegriffen worden war und sich vollkommen zu Recht gewehrt hatte, indem sie ihn mit einem Buch geschlagen hatte und dann vor ihm zurückgewichen war.

Aber sie hatte das nicht getan, und nun war es zu spät dazu.

Sie verbarg sich. Und würde sich doch gleich fünfzig Mitgliedern der Crème de la Crème der britischen Gesellschaft zeigen.

Welcher *äußerste* Wahnsinn.

Eine weibliche Stimme lachte schrill in der Ferne.

Jemand klopfte an Janes Tür und ließ sie törichterweise zusammenzucken. Adele war gekommen, um ihr das Haar zu richten.

Um elf Uhr verkündete Lady Heyward, Jocelyns Gastgeberin an diesem Abend, das Ende der Kartenspiele, während Jocelyn im Salon einige Diener anwies, das Pianoforte in die Mitte des Raumes zu verschieben und die Stühle entlang den Wänden anzuordnen. Der musikalische Teil des Abends würde gleich beginnen.

Mehrere der jüngeren Damen spielten bereitwillig auf dem Pianoforte vor oder sangen oder wurden zumindest dazu überredet. Ein Gentleman – Lord Riding – war sogar so mutig, mit seiner Verlobten ein Duett zu singen. Alle Vorträge waren gekonnt. Die Gäste lauschten mehr oder weniger aufmerksam und applaudierten höflich. Dies war immerhin für sie alle eine vertraute Form der Abendunterhaltung. Nur wenige der anerkannten Förderer der Kunst engagierten manchmal professionelle Künstler. Bei solchen Gelegenheiten wurde der Abend als Privatkonzert angekündigt.

Schließlich stand Jocelyn mit Hilfe seines Spazierstockes auf.

»Sie dürfen sich nun gerne einige Minuten erheben und umherwandern«, sagte er, als er die Aufmerksamkeit aller auf sich gezogen hatte. »Ich habe vor dem Abendessen einen besonderen Gast zu Ihrer Unterhaltung verpflichtet. Ich werde sie holen.«

Seine Schwester sah ihn überrascht an. »Wer kann sie nur sein, Tresham?«, fragte sie. »Wartet sie in der Küche? Wo, um alles in der Welt, hast du sie gefunden, wo du doch während der letzten drei Wochen hier oben fast eingesperrt warst?«

Aber er neigte nur den Kopf und verließ den Raum. Als der Narr, der er war, hatte er den ganzen Abend fast an nichts anderes denken können als an diesen Moment. Er hatte nur gehofft, dass sie ihre Meinung nicht ändern würde. Fünfhundert Pfund waren natürlich ein beträchtlicher Anreiz, aber er war der Meinung, dass Jane Ingleby selbst mit fünftausend Pfund nicht zu überzeugen gewesen wäre, wenn sie beschlossen hätte, nicht zu singen.

Er war zwei Minuten lang in der Eingangshalle auf und ab gegangen, nachdem er Hawkins nach ihr hinaufgeschickt hatte, und hatte sich dabei schwer auf seinen Spazierstock gestützt, bevor sie auf der Treppe erschien. Sie hielt auf der dritten Stufe inne und schien wie eine gekonnte Nachahmung einer Statue – eine bleiche, angespannte Statue mit zu einer dünnen, harten Linie zusammengepressten Lippen, die nichtsdestotrotz wie ein Engel aussah. Das luftige, einfach geschnittene Musselinkleid unterstrich ihre Figur wunderbar und betonte ihre große, schlanke Anmut. Ihr Haar – nun, er war wie gebannt und konnte den Blick nicht davon abwenden. Es war nicht kunstvoll gestaltet, war nicht gekräuselt oder übertrieben gelockt, wie er fast befürchtet hatte. Es war in Form gebracht, aber die ganze übliche Strenge war fort. Es wirkte weich und gesund und glänzend und vornehm. Und wie pures Gold.

»Nun, nun«, sagte er, »der Schmetterling hat sich aus seinem Kokon befreit.«

»Es wäre wirklich besser, wenn wir dies nicht täten«, sagte sie.

Aber er trat zum Fuß der Treppe und reichte ihr eine Hand, während er ihren Blick mit seinem festhielt.

»Sie werden mir jetzt keine Angst einjagen, Jane«, sagte er. »Meine Gäste erwarten meinen besonderen Gast.«

»Sie werden enttäuscht sein«, warnte sie ihn.

Es sah ihr absolut nicht ähnlich, sich zu scheuen. Nicht dass sie sich wirklich scheute. Sie stand aufrecht und mit stolz erhobenem Kinn da. Sie wirkte, als hätte sie auf dieser dritten Stufe Wurzeln geschlagen.

»Kommen Sie«, sagte er und setzte schamlos seinen Blick ein, um sie zu bezwingen.

Sie schritt die zweite Stufe herab, und als er ihr seine Hand reichte, legte sie ihre Hand auf seine und ließ sich schließlich von ihm zum Salon geleiten. Sie hatte die Haltung einer Herzogin, dachte er mit dem Anflug eines Gefühls, was unter anderen Umständen vielleicht Belustigung gewesen wäre. Und im gleichen Moment hatte er das Gefühl, als sei es ihm wie Schuppen von den Augen gefallen. Ein Waisenkind? In einem Waisenhaus aufgezogen? Jetzt, wo sie erwachsen war, in die Welt entlassen, um ihren eigenen Weg zu machen? Das glaubte er nicht. Er war ein Narr, dass er jemals auf diese Geschichte hereingefallen war.

Wodurch Jane Ingleby zur Lügnerin wurde.

»Zuerst ›Barbara Allen‹«, sagte er. »Etwas, das meinen Händen vertraut ist, während sie sich lockern.«

»Ja. Gut«, stimmte sie ihm zu. »Sind noch immer *alle* Ihre Gäste da?«

»Haben Sie gehofft, dass sich achtundvierzig oder neunundvierzig von ihnen zum Schönheitsschlaf nach Hause zurückgezogen haben?«, fragte er sie. »Nicht einer ist gegangen, Jane.«

Er spürte, wie sie tief und beruhigend durchatmete, während ein livrierter Diener vorwärts sprang, um die Salontüren zu öffnen. Sie hob das Kinn noch ein wenig höher an.

Sie wirkte wie eine frische Gartenblume zwischen Treibhauspflanzen, dachte er, während er sie in den Raum und durch zwei Stuhlreihen geleitete, die wieder von seinen Gästen eingenommen wurden, die seinen Gast neugierig betrachteten.

»Oh, Donnerwetter.« Es war Conan Broughams Stimme. »Es ist Miss Ingleby.«

Ein Raunen erklang, als jene, die wussten, wer Miss Ingleby war, es den Nichtwissenden erklärten. Sie alle wussten natürlich von der Angestellten der Putzmacherin, die die Aufmerksamkeit des Duke of Tresham während seines Duells mit Lord Oliver abgelenkt hatte und später seine Pflegerin geworden war.

Jocelyn führte sie auf die freie Fläche mit dem Pianoforte inmitten des Raumes. Er ließ ihre Hand los.

»Ladys, Gentlemen«, sagte er, »ich habe Miss Ingleby überredet, sie in den Genuss dessen kommen zu lassen, was gewiss die herrlichste Singstimme ist, die ich jemals das Privileg hatte zu hören. Leider hat sie keinen Begleiter, der ihr gerecht werden kann, nur mich. Ich befasse mich nur oberflächlich mit dem Spiel des Pianoforte, mit fünf Daumen an jeder Hand. Aber vermutlich wird es niemand bemerken, wenn sie erst zu singen beginnt.«

Er richtete seine Rockschöße, während er sich auf die Bank setzte, stellte den Spazierstock neben sich auf den Boden und hob seine Finger über die Tastatur. Jane stand genau da, wo er sie verlassen hatte, aber in Wahrheit achtete er nicht mehr auf sie. Er hatte Angst. Er, der bereits bei vier Duellen dem falschen Ende einer Pistole gegenübergestanden hatte, ohne mit der Wimper zu zucken, scheute vor einer Darbietung auf dem Pianoforte vor einem Publikum zurück, das nicht einmal ihm zuhören würde, sondern Jane. Er fühlte sich ungeschützt, fast nackt.

Er konzentrierte seine Gedanken auf die vor ihm

liegende Aufgabe und begann die Eröffnungstakte von ›Barbare Allen‹ zu spielen.

Ihre Stimme klang während der ersten beiden Zeilen der ersten Strophe atemlos und zitterte leicht. Aber dann beruhigte sie sich ebenso wie er. Tatsächlich vergaß er seine Aufgabe bald und spielte eher instinktiv als bewusst. Sie sang das Lied besser, gefühlvoller, als er es bisher gehört hatte, wenn das noch möglich war. Er erkannte, dass sie die Art Sängerin war, die instinktiv auf ein Publikum reagierte. Und seine Gäste waren wirklich ein sehr aufmerksames Publikum. Er war sich sicher, dass sich niemand auch nur im geringsten regte, bis die letzte Silbe der Ballade verklungen war. Und selbst dann entstand noch eine Pause, ein Moment absoluter Stille.

Und dann Applaus. Nicht der gedämpfte Applaus einer Ansammlung Mitglieder der *Beau monde* aus Höflichkeit für einen der ihren, sondern die enthusiastische Anerkennung eines Publikums, das durch einen wahrhaft talentierten Künstler einige Minuten lang in eine andere Dimension getragen worden war.

Jane wirkte überrascht und ein wenig verlegen. Aber recht gefasst. Sie neigte den Kopf und wartete, dass der Applaus verklänge und von erwartungsvoller Stille ersetzt würde.

Dann sang sie Händels »*Art Thou Troubled?*« Es war gewiss eines der schönsten Musikstücke, das jemals für eine Altstimme komponiert worden war. Der Meinung war Jocelyn schon immer gewesen. Aber heute Abend schien es, als wäre es nur für sie geschrieben worden. Er vergaß die Probleme, die es ihm bereitet hatte, eine authentisch klingende Begleitung für die

Worte zu improvisieren. Er spielte einfach, lauschte ihrer vollen, disziplinierten, aber emotional beladenen Stimme und merkte, dass er einen Kloß in der Kehle hatte, als müsse er weinen.

»›*Art thou troubled*‹?«, sang sie. »›*Music will calm thee. Art thou weary? Rest shall be thine, rest shall be thine.*‹«

Er musste schon lange bekümmert und überdrüssig sein, dachte Jocelyn jäh. Er hatte schon immer gewusst, dass die verführerische Macht der Musik tröstlich war. Aber es war stets ein verbotener Trost gewesen, eine geleugnete Ruhe. Etwas, was sanft war, unmännlich, nicht für ihn, einen Dudley, einen Duke of Tresham.

»›*Music.*‹« Sie atmete ein, und ihre volle Stimme schwang sich empor. »›*Music calleth, with voice divine.*‹«

Ah, ja, mit göttlicher Stimme. Aber ein Dudley sprach stets nur mit fester, männlicher, sehr menschlicher Stimme und hörte kaum jemals zu. Zumindest nicht dem, was außerhalb des Bereichs seines aktiven Alltagslebens lag, in dem er Beherrschung und Macht etabliert hatte. Gewiss nicht der Musik, oder dem gesamten geistigen Bereich, den Musik anrühren konnte, indem sie den Zuhörer jenseits des reinen Selbst und der begrenzten Welt der Sinne zu etwas entführte, was man nur fühlen, nicht in Worten ausdrücken konnte.

Der Kloß in seiner Kehle wich nicht, als das Lied endete. Er schloss kurz die Augen, während Applaus erneut die Stille unterbrach. Als er sie wieder öffnete, sah er, dass sich seine Gäste einer nach dem anderen erhoben, noch immer klatschend, während Jane zutiefst verlegen wirkte.

Er erhob sich von der Bank, ignorierte seinen Spazierstock, nahm ihre rechte Hand in seine und hob sie hoch. Endlich lächelte sie und knickste.

Als Zugabe sang sie das beschwingte und hübsche, aber schwierige »Robin Adair«. Er würde sie morgen zweifellos daran erinnern, dass er ihr das vorausgesagt hatte, dachte Jocelyn, aber er erkannte, dass er sie heute Abend nicht necken konnte.

Nach der Zugabe wollte sie aus dem Raum entfliehen. Sie tat einige eilige Schritte in Richtung des Gangs zwischen den Stuhlreihen, der zu den Türen führte. Aber seine Gäste hatten ihre Plätze bereits verlassen und verfolgten andere Pläne. Der Unterhaltungsteil des Abends war vorüber. Nun war Essenszeit. Und Ferdinand trat ihr in den Weg.

»Donnerwetter, Miss Ingleby«, sagte er mit echter Begeisterung. »Eine sehr hübsche Darbietung. Sie singen großartig. Kommen Sie zur Erfrischung in den Speisesaal.«

Er verbeugte sich, lächelte, bot ihr seinen Arm und setzte all den beträchtlichen Charme ein, dessen er fähig war, wenn seine Gedanken nicht bei Pferden und der Jagd und Prügeleien und den letzten bizarren Wetten in den Clubs waren.

Jocelyn verspürte unerklärliche Mordlust.

Jane versuchte mit mehreren Ausflüchten davonzukommen, aber innerhalb weniger Sekunden war Ferdinand nicht mehr der einzige, den sie überzeugen musste. Sie war von Gästen beiderlei Geschlechts umringt, die mit ihr reden wollten. Aber obwohl ihre Position im Dudleyhaus als seine Pflegerin sowie die Umstände, die zu ihrer Anstellung geführt hatten, für die Leute zweifellos faszinierend waren, die bei Klatsch und Skandalen aufblühten, glaubte Jocelyn nicht, dass nur diese Tatsachen allein so viel Aufmerksamkeit auf sie zogen. Es war ihre Stimme.

Wie konnte er ihr vor zwei Nächten zugehört haben, fragte er sich nun, ohne zu erkennen, dass es nicht nur eine außerordentlich hübsche Stimme war? Es war auch eine gut ausgebildete Stimme. Und eine gute Stimmausbildung war gewiss nichts, was man in einem Waisenhaus erfuhr, auch nicht in einem ausgezeichneten Waisenhaus.

Ferdinand führte sie zum Speisesaal, während Heyward an ihrer anderen Seite ging und sie in eine ernste Unterhaltung über Händels *Messiah* verwickelte. Jocelyn wandte seine Aufmerksamkeit den anderen Gästen zu.

Ihr Stimmlehrer, den ihr Vater unter erheblichen Kosten nach Cornwall gebracht hatte, war der Meinung gewesen, sie sollte professionell singen, wenn sie es wollte, und dass sie in Mailand, in Wien, in Covent Garden – wo immer sie wollte – allein bestehen könnte. Dass sie ein internationaler Star sein könnte.

Ihr Vater hatte freundlich aber fest erklärt, dass eine Karriere, selbst eine solch glänzende Karriere, für die Tochter eines Earl nicht in Frage kam. Jane hatte es nichts ausgemacht. Sie hatte niemals das Bedürfnis verspürt, öffentlichen Beifall oder Ruhm erfahren zu müssen. Sie sang, weil sie gerne sang und weil sie es liebte, Freunde und Verwandte zu unterhalten.

Aber der Erfolg dieses Abends im Dudleyhaus war schon verführerisch, wie sie zugeben musste. Das Haus selbst war mit angezündeten Kerzen in allen Lüstern und Kerzenständern und Vasen voller üppiger und perfekt angeordneter Blumen überall in ein prächtiges Wunderland verwandelt worden. Jedermann schmeichelte ihr freundlich. Fast alle Gäste traten im Speisesaal an sie heran, einige nur, um sie anzulächeln und ihr zu sagen, wie sehr ihnen ihre Darbietung gefallen hatte, viele, um länger mit ihr zu reden.

Sie war niemals zuvor in London gewesen. Sie hatte sich niemals in gehobenen Kreisen bewegt. Aber in dieser Gesellschaft empfand sie ein wundervolles Gefühl von *Rechtmäßigkeit*. Dies waren ihre Leute. Dies war die Welt, zu der sie gehörte. Hätte ihre Mutter länger gelebt, wäre ihr Vater gesund geblieben, wäre sie zwangsläufig eine Saison lang nach London gekommen. Sie wäre zur ernsthaften Auswahl eines geeigneten Ehemannes dem großen Heiratsmarkt zugeführt worden. Sie fühlte sich bei den Gästen des Duke of Tresham zu Hause.

Sie musste sich mühsam in Erinnerung rufen, dass sie nicht wirklich zu ihnen gehörte. Nicht mehr. Es gab ein großes Hindernis zwischen ihr und ihnen, das entstanden war, als Sidney, betrunken und aggressiv, beschlossen hatte, sie zu verführen, als Veranlassung für sie, ihn zu heiraten. Er hatte sie schänden wollen – mit der vollkommenen stillschweigenden Duldung seiner gleichermaßen betrunkenen Freunde. Aber sie war niemals ein Mensch gewesen, der Einschüchterungen sanftmütig ertrug. Sie hatte ihm ein Buch auf den Kopf geschlagen.

Und damit war die Kette der Ereignisse in Gang gesetzt worden, die sie zur Flüchtigen gemacht hatten. Aber was für eine Flüchtige! Hier war sie, inmitten einer auserwählten Versammlung der Hautevolee, und benahm sich, als kümmere sie nichts auf der Welt.

»Bitte, entschuldigen Sie mich«, murmelte sie lächelnd und erhob sich.

»Sie entschuldigen?« Lady Heyward betrachtete sie mit wohlwollendem Erstaunen. »Aber mitnichten, Miss Ingleby. Sehen Sie denn nicht, dass sie zum Ehrengast geworden sind? Heyward wird sie zum Bleiben überreden, nicht wahr, mein Lieber?«

Aber Lord Heyward war tief in eine ernsthafte Unterhaltung mit einer Matrone in Purpurrot mit einem dazu passenden, federgeschmückten Turban vertieft.

»Erlauben Sie«, sagte Viscount Kimble, nahm Jane am Ellenbogen und deutete auf den Stuhl, von dem sie sich gerade erhoben hatte. »Sie sind das Mysterium der Stunde, Miss Ingleby. In einem Moment eilen Sie durch den Hyde Park zur Arbeit und im nächsten pflegen sie Tresh wie ein grauer Schatten, und nun singen sie wie eine geschulte Nachtigall. Erlauben Sie mir, Ihnen einige Fragen zu stellen.« Er lächelte mit geübtem Charme, wodurch die Wirkung seiner Worte gemildert wurde.

Lady Heyward, die noch immer dastand, klatschte in die Hände, um alle Aufmerksamkeit auf sich zu ziehen.

»Ich werde niemandem gestatten, sich nach dem Essen zu entfernen«, sagte sie, »wenn Mitternacht noch kaum vorüber ist. Ich werde ebenso wenig gestatten, dass Tresham morgen Zielscheibe des Spottes wird. Wir werden im Salon tanzen. Mrs Marsh wird für uns spielen, nicht wahr, Madam? Soll ich die Anweisung geben, den Teppich zusammenzurollen, Tresham, oder wirst du es tun?«

»Du liebe Güte«, sagte Seine Gnaden, während sich

seine Finger um den Stiel des Lorgnons schlossen, »wie überaus freundlich von dir, dass du so auf meinen Ruf bedacht bist, Angeline. Ich werde die Anweisung geben.« Er verließ den Raum.

»Sie müssen mich wirklich entschuldigen«, sagte Jane wenige Minuten später fest, nachdem sie die Fragen, die Lord Kimble ihr gestellt hatte, vage beantwortet hatte. »Gute Nacht, Mylord.«

»Ich werde einen neuen Grund finden, Tresham während der nächsten Tage aufzusuchen«, belehrte er sie, beugte sich über ihre Hand, hob sie an die Lippen und blickte ihr anerkennend in die Augen.

Ein weiterer gefährlicher Gentleman, dachte Jane, während sie aus dem Raum eilte, wobei sie mehreren Gästen eine gute Nacht wünschte. Und jemand, der sich gewiss der Tatsache bewusst ist, wie umwerfend anziehend die Abendkleidung in Hellblau und Silber zu seinem blonden Haar wirkte.

Aber es war nicht leicht, heute Abend in die Ungestörtheit ihres Zimmers zu gelangen, erkannte sie, als sie sich dem Salon näherte. Der Duke of Tresham kam, auf seinen Spazierstock gestützt, heraus. Mehrere seiner Gäste befanden sich bereits in dem Raum, wie sie durch die geöffnete Tür erkennen konnte. Weitere kamen gerade aus dem Speisesaal.

»Sie gehen zu Bett, Jane?«, fragte er sie. »Obwohl noch keine Stunde seit Mitternacht vergangen ist?«

»Ja, Euer Gnaden«, antwortete sie. »Gute Nacht.«

»Unsinn!«, sagte er. »Sie haben Angeline gehört. Ihrer Einschätzung nach sind Sie zum Ehrengast geworden. Und trotz ihres entsetzlichen Geschmacks bei der Kleidung – das scheußliche Blassrot steht ihr nicht, wie Sie bemerkt haben werden, besonders wenn es mit Rüschen und Volants und jenen unvorteilhaften blauen Federn, die sie im Haar trägt, einhergeht –, trotz alledem, Jane, gibt es keine größere Pedantin als meine Schwester. Sie werden in den Salon kommen.«

»Nein«, sagte sie.

Er hob seine Augenbrauen. »Gehorsamsverweigerung? Sie werden tanzen, Jane. Mit mir.«

Sie lachte. »Und mit Ihrem Spazierstock?«

»Nun, das, Jane«, sagte er, hob ihn an und deutete damit auf sie, »ist ein Tiefschlag. Ich werde ohne meinen Spazierstock tanzen. Tatsächlich einen Walzer. Sie werden mit mir Walzer tanzen.«

Er war zwischen sie und den Weg zur Treppe getreten. Sie konnte durch einen Blick in sein Gesicht erkennen, dass er in einer jener Stimmungen war, die keine Absage duldeten. Nicht dass sie es deshalb nicht auf einen guten Streit ankommen ließe. Er konnte sie immerhin nicht zum Tanzen zwingen.

»Sie tanzen niemals Walzer«, sagte sie.

»Wer hat Ihnen das erzählt?«, fragte er sie.

»Sie haben es selbst gesagt«, erinnerte sie ihn. »In meiner Gegenwart. Als jemand eines Tages Almack's erwähnte.«

»Ich werde heute Nacht eine Ausnahme machen«, erwiderte er. »Tanzen Sie Walzer, Jane? Beherrschen Sie die Schritte?«

Das war ihr Ausweg. Sie brauchte nur Nein zu sagen. Und sie hatte die Schritte tatsächlich noch niemals in der Öffentlichkeit ausgeführt, nur in privatem Rahmen mit Charles und einigen wenigen ihrer Freunde. Aber sie wurde jäh von einem zutiefsten Verlangen befallen, hier im Dudleyhaus unter ihresgleichen Walzer zu tanzen, bevor sie irgendwohin verschwand, wo sie niemals gefunden würde. Mit dem Duke of Tresham Walzer zu tanzen. Die Versuchung war plötzlich überwältigend.

»Sie zögert«, murmelte der Duke. Er beugte sich zu ihr. »Sie brauchen es nicht zu leugnen, Jane. Ihr Schweigen hat Sie verraten.« Er bot ihr seinen Arm. »Kommen Sie.«

Sie zögerte nur noch einen winzigen Moment, bevor Sie ihren Arm in seinen schob und sich dem Salon zuwandte.

Zum Tanzen. Zum Walzer tanzen mit dem Duke of Tresham.

Eines war Jocelyn sehr klar, als er dasaß und mit einigen seiner älteren Gäste plauderte, während die Jüngeren einen energiegeladenen englischen Volkstanz tanzten. Jane Ingleby würde bald gehen müssen. Fort vom Dudleyhaus. Fort von ihm.

Sie war tatsächlich zum Mittelpunkt der Aufmerksamkeit geworden. Sie tanzte nicht, aber sie war von einem wahren Hofstaat von Bewunderern umgeben, darunter Kimble und Ferdinand, die beide hätten tanzen sollen. Sie wirkte in ihrem mit einem Zweigmuster verzierten Musselinkleid und der schlichten Frisur irgendwie fehl am Platz unter all den anderen anwesenden Damen, die mit Seide und Satin und kunstvollen Federn und Turbanen herausgeputzt waren. Aber sie ließ sie alle gekünstelt und überladen wirken.

Sie war die Einfachheit selbst. Wie eine einzelne Rose. Nein, eine Rose war zu kunstvoll. Wie eine Lilie. Oder ein Tausendschön.

Es würde tatsächlich Fragen geben, wenn er sie noch länger hier behielte. Es musste für alle seine Gäste offensichtlich sein, wie es auch für ihn während der letzten drei Wochen hätte offensichtlich sein müssen, dass sie von Kopf bis Fuß eine Lady war. Das verarmte Waisenkind eines verarmten Gentleman vermutlich. Aber dennoch eine Lady. Eine außergewöhnlich reizende Lady.

Er würde ihr woanders eine Stellung suchen müssen – ein zutiefst niederdrückender Gedanke, den er für heute Nacht aus seinem Geist verbannen würde. Der englische Volkstanz war zu Ende. Er erhob sich, wobei er den Spazierstock am Stuhl stehen ließ. Er war erleichtert festzustellen, dass es ihm keine übermäßigen Schmerzen bereitete, sein ganzes Gewicht auf das rechte Bein zu verlagern. Er ging auf Mrs Marsh am Pianoforte zu.

»Wählen Sie Ihre Partnerinnen zum Walzer, Gentlemen«, verkündete er, nachdem er sich mit ihr beraten hatte. Dann ging er auf Jane zu und begegnete währenddessen misslicherweise sowohl Kimbles als auch Broughams Blicken. Beide betrachteten ihn ungefähr so, als wäre ihm ein zweiter Kopf gewachsen. Er wusste warum. Es war allgemein bekannt, dass der Duke of Tresham niemals Walzer tanzte. Er streckte die rechte Hand aus. »Miss Ingleby?«

»Sie werden hierfür büßen«, warnte sie ihn, während sie ihre Plätze auf dem Parkett einnahmen, von dem der Teppich entfernt worden war. »Sie werden wahrscheinlich gezwungen sein, die nächsten zwei Wochen wieder mit hochgelegtem Bein zu verbringen.«

»Dann sei Ihnen die Genugtuung gegönnt zu bemerken, dass Sie es mir vorausgesagt haben«, erklärte er und legte seine rechte Hand um ihre Taille.

Er tanzte aus dem einfachen Grund niemals Walzer, weil es ein viel zu intimer Tanz für einen Mann war, der sich darum bemühte, Ehefallen zu meiden. Aber er hatte stets geglaubt, dass er den Walzer wahrhaft bezaubernd fände, wenn die Gelegenheit und die Frau jemals die richtigen wären.

Die Gelegenheit war richtig und die Frau ebenfalls.

Ihr Rückgrat wölbte sich angenehm unter seiner Hand. Die Rundung ihres Arms und ihre auf seiner Schulter ruhenden Hand brachten sie ihm verlockend nahe, obwohl sich ihre Körper nicht einmal berührten, während sie durch den Raum wirbelten, ihre Blicke ineinander versenkt, die anderen Tänzer und die Zuschauer vergessend, als existierten sie nicht. Er konnte ihre Körperwärme spüren und den schwachen Duft von Rosen riechen, der an ihr zu haften schien.

Sie tanzte göttlich, als berührten ihre Füße kaum den Boden, als wäre sie ein Teil von ihm, als wären sie beide ein Teil der Musik oder die Musik ein Teil von ihnen. Er merkte, dass er sie anlächelte. Obwohl ihr Gesicht ruhig blieb, schien es ihm, als ob ihre blauen Augen mit strahlender Wärme antworteten.

Erst als die Musik allmählich endete, erkannte er zwei Dinge – dass er unabsichtlich seine übliche überhebliche Distanziertheit abgelegt hatte, und dass sein Bein wie tausend Teufel schmerzte.

»Ich gehe zu Bett«, sagte sie atemlos.

»Ah, Jane«, sagte er sanft, »ich kann leider nicht mit Ihnen kommen. Ich habe ein Haus voller Gäste.«

Sie zog sich aus seinen Armen zurück, als jedermann den Partner wechselte oder beiseite trat.

»Aber ich werde Sie zumindest zu ihrem Zimmer begleiten«, sagte er. »Nein, Sie sollten nicht so vielsagend auf mein Bein schauen. Ich bin kein Krüppel, Jane, und werde mich auch nicht so verhalten. Nehmen Sie meinen Arm.«

Es kümmerte ihn nicht, wer sie zusammen gehen sah. Er würde nicht lange fort sein. Und sie würde nicht mehr allzu lange im Dudleyhaus weilen, um irgendwelchen Klatsch zu nähren. Das war ihm klarer denn je.

Die Eingangshalle und die Treppe waren ruhig im Gegensatz zum Stimmengewirr im Salon, das sie hinter sich gelassen hatten, aber noch immer hören konnten. Jocelyn versuchte sich nicht mit ihr zu unterhalten, während sie langsam die Treppe hinaufstiegen – er hatte seinen Spazierstock nicht mitgenommen. Er sprach erst, als sie den schwach beleuchteten Flur zu Janes Zimmer entlanggingen.

»Sie waren genau der Erfolg, als den ich Sie eingeschätzt hatte«, sagte er dann. »Tatsächlich noch mehr.«

»Danke«, sagte sie.

Er blieb vor ihrem Zimmer stehen, stand zwischen ihr und der Tür.

»Ihre Eltern«, sagte er, »müssen sehr stolz auf Sie gewesen sein.«

»J...« Sie fing sich rechtzeitig. Sie sah ihn durchdringend an, als wollte sie prüfen, ob seine Worte nichts als eine flüchtige Erinnerung waren. »Die Menschen, die mich gekannt haben, waren es«, antwortete sie vorsichtig. »Aber ein Talent ist nichts, worauf man übermäßig stolz sein sollte, Euer Gnaden. Ich kann mir meine Stimme nicht als Verdienst anrechnen. Sie wurde mir gegeben, ebenso wie Ihnen Ihre Fähigkeit gegeben wurde, das Pianoforte so zu spielen, wie Sie es tun.«

»Jane«, sagte er sanft, bevor er den Kopf neigte und seine Lippen auf die ihren legte.

Er berührte sie an keiner anderen Stelle. Und sie berührte ihn nicht. Aber ihre Lippen lagen einige Augenblicke sanft, warm, sehnsüchtig aneinander, bevor sich einer von ihnen zurückzog – er war sich nicht sicher wer.

Ihre Augen wirkten vor verhaltener Leidenschaft träumerisch, ihre Wangen waren vor Verlangen gerötet. Ihre Lippen waren geteilt und einladend feucht. Und sein Herzschlag dröhnte ihm in den Ohren und drohte, ihn für die Realität taub werden zu lassen. Ah, Jane, wenn nur ...

Er suchte ihren Blick, bevor er sich abwandte und ihre Zimmertür öffnete. »Es ist schon gut, dass ich unten Gäste habe, Jane. Dies genügt einfach nicht, nicht wahr? Nicht mehr lange. Gute Nacht.«

Jane floh in ihr Zimmer, ohne sich umzusehen. Sie hörte, wie sich die Tür hinter ihr schloss, bevor sie die Hände über den erhitzten Wangen spreizte.

Sie konnte noch immer seine Hand an ihrer Taille spüren, als sie Walzer getanzt hatten. Sie konnte noch immer seine Körperwärme spüren, noch immer sein Eau de Cologne riechen, noch immer das Gefühl des perfekten Rhythmus spüren, in dem sie sich zur Musik bewegt hatten. Sie konnte noch immer den Walzer spüren, vertraut und sinnlich, und nicht der pure Spaß, der er gewesen war, als sie ihn mit Charles getanzt hatte.

Ja, es war schon gut, dass unten Gäste waren.

Sie konnte noch immer seinen Kuss spüren, nicht heftig, nicht lüstern. Viel schlimmer. Ein sanfter, sehnsüchtiger Kuss. Nein, es genügte nicht. Nicht mehr lange. Tatsächlich *überhaupt* nicht mehr lange. Eine weite, gähnende Leere öffnete sich irgendwo tief in ihr.

# 11. Kapitel

Das Rennen nach Brighton sollte am darauf folgenden Morgen um halb acht am Hyde Park Corner beginnen. Glücklicherweise würde es ein klarer, windstiller Tag werden, bemerkte Jocelyn, als er, auf seinen Spazierstock gestützt, nach draußen trat.

Er kletterte ohne Hilfe auf den hohen Sitz seiner Karriole und schickte seinen Stallburschen, der sonst hinter ihm aufgesprungen wäre, mit einer Handbewegung fort. Er würde immerhin nur zum Park und zurück fahren. Er wollte Ferdinand nur einige letzte Worte der Ermutigung zukommen lassen – keinen Rat. Dudleys nahmen nicht gern Ratschläge an, besonders nicht voneinander.

Er war sehr früh dran, aber er wollte einige Minuten mit seinem Bruder allein verbringen, bevor die Menschenmassen eintrafen, um die Kontrahenten auf ihrem Weg nach Brighton zu bejubeln. Eine Reihe von Gentlemen würden natürlich auf ihren Pferden hinter den Karriolen herreiten, so dass sie Zeugen des Ausgangs des Rennens werden und in Brighton mit dem Sieger feiern konnten. Normalerweise wäre Jocelyn einer davon gewesen – nein, normalerweise wäre er einer der Kontrahenten gewesen –, aber dieses Mal nicht. Seinem Bein ging es erheblich besser, als es zu vermuten gewesen wäre, nachdem er am gestrigen Abend Walzer getanzt hatte, aber es wäre töricht, es einem langen, holperigen Ritt auszusetzen.

Ferdinand war erhitzt und ruhelos und angespannt, während er sein neues Gespann überprüfte und mit Lord Heyward plauderte, der noch vor Jocelyn eingetroffen war.

»Ich soll dir von Angeline unbedingt sagen«, bemerkte Heyward gerade mit einer ironisch hoch gezogenen Augenbraue, »dass du auf jeden Fall gewinnen sollst, Ferdinand, dass du keine Risiken eingehen und dir nicht den Hals brechen sollst, dass die Ehre der Dudleys in deinen Händen liegt, dass du dich um nichts anderes sorgen sollst als um deine eigene Sicherheit – und noch viel mehr solcher unvereinbaren Dinge, womit ich deine Ohren nicht behelligen werde.«

Ferdinand grinste ihn an, wandte sich um und begrüßte Jocelyn.

»Sie sind ebenso erpicht darauf aufzubrechen wie ich«, sagte er und deutete auf seine Pferde.

Jocelyn hob das Lorgnon ans Auge und betrachtete die Karriole, die sein Bruder vor wenigen Monaten spontan allein aus dem Grund erworben hatte, weil sie sowohl schmuck als auch sportlich wirkte. Seitdem hatte er sich ständig darüber beklagt, und tatsächlich konnte man ihre Schwerfälligkeit nur bei ihrer Handhabung entdecken. Jocelyn hatte sie einmal selbst gelenkt und kein brennendes Verlangen verspürt, diese Erfahrung zu wiederholen.

Bei diesem Rennen standen die Chancen für Ferdinand schlecht, obwohl Jocelyn bezüglich seiner Wette nicht ohne Hoffnung war. Jugend und Eifer sprachen für seinen Bruder, wie auch eine gewisse familienbedingte Entschlossenheit, bei keinem Männersport jemals den Kürzeren zu ziehen. Und diese Kastanienbraunen waren gewiss ein Gespann, das Jocelyn auch selbst begehren könnte. Die Karriole war der Schwachpunkt.

Lord Berriwether, Ferdinands Gegner, fuhr inmitten einer wahrhaften Kavalkade von Reitern heran, die gekommen waren, um ihn anzufeuern. Sie alle würden natürlich auf ihn gewettet haben. Einige wenige von ihnen riefen Ferdinand gutmütige Bemerkungen zu.

»Ein erstklassiges Gespann, Dudley«, rief Mr Wagdean fröhlich. »Welche Schande, dass jedes drei lahme Beine hat.«

»Und eine noch größere Schande, wenn sie siegen«, erwiderte Ferdinand grinsend, »und Berriwethers Gespann bloßstellen, das keine solche Entschuldigung zu bieten hat.«

Berriwether zeigte seine Sorglosigkeit gegenüber dem Gegner, indem er mit der Peitsche ein unsichtbares Stäubchen von seinen glänzenden Stulpenstiefeln entfernte. Der Mann wirkte eher für einen Bummel auf der Bond Street gekleidet als für ein Rennen nach Brighton. Aber er würde natürlich ganz bei der Sache sein, wenn das Rennen erst begänne.

»Ferdinand«, sagte Jocelyn impulsiv, »wir sollten die Karriolen besser tauschen.«

Sein Bruder sah ihn mit unverhüllter Hoffnung an. »Meinst du das ernst, Tresham?«

»Mir ist meine Wette zu wichtig, als dass ich dich in dieser Hutschachtel nach Brighton schicken sollte«, erwiderte Jocelyn, während er auf die rot-gelbe Karriole deutete.

Ferdinand wollte dem Argument nicht widersprechen. Innerhalb von Minuten – und nur fünf Minuten vor dem geplanten Start des Rennens – hatte Ferdinands Stallbursche die Kastanienbraunen aus seiner Karriole ausgespannt und diese gegen die Karriole des Duke ausgetauscht.

»Denk daran«, sagte Jocelyn, der dem Drang, Ratschläge zu erteilen nun doch nicht mehr widerstehen konnte, »dass sie etwas leichter ist als deine, Ferdinand, und prompter auf deine Manöver reagiert. *Drossele* dein Tempo an Biegungen.«

Ferdinand kletterte auf den hohen Sitz und nahm die Zügel aus der Hand seines Stallburschen entgegen. Er war jetzt ernst und auf die bevorstehende Aufgabe konzentriert.

»Und bring sie heil zurück«, fügte Jocelyn hinzu, bevor er mit den übrigen Zuschauern zurücktrat, »sonst ziehe ich dir bei lebendigem Leib das Fell über die Ohren.«

Eine Minute später hob der Marquis von Yarborough, Berriwethers Schwager, die Startpistole himmelwärts, erwartungsvolle Stille kehrte ein, die Pistole krachte, und das Rennen begann unter anfeuernden Zurufen, mit einer Staubwolke und donnernden Hufen.

Das Ganze ähnelt einem Kavallerieangriff, dachte Jocelyn, der ein wenig sehnsüchtig hinter den Karriolen und der Reihe Reiter hersah. Er wandte sich Ferdinands Karriole zu und tauschte ein paar Höflichkeiten mit einigen anderen Zuschauern.

Nun wünschte er, er hätte seinen Stallburschen doch mitgebracht. Er würde zuerst nach Hause fahren müssen, um seine Pferde in den Stall und die Karriole in die Remise bringen zu lassen, bevor er zu White's ging. Aber er brauchte das Haus nicht zu betreten. Er hatte keinen Grund, es zu tun, und alle Gründe, es *nicht* zu tun.

Er hatte sie gestern Abend erneut geküsst. Und hatte zugegeben, dass sie so nicht weitermachen konnten. Die Angelegenheit musste geklärt werden. Sie musste gehen.

Das Problem war, dass er nicht wollte, dass sie ging.

Er hätte zum Stall herumfahren sollen, dachte er, als er auf den Grosvenor Square fuhr und sich den Eingangstüren des Dudleyhauses näherte. Er war nicht konzentriert. Er würde um den Platz herumfahren und ihn wieder verlassen.

Aber gerade als er seine Pferde erneut antrieb, änderte eine Reihe von Ereignissen, die so rasch geschahen, dass er sich der Reihenfolge selbst hinterher nicht im Klaren war, alle seine Pläne. Ein lautes, knallendes Geräusch erklang, die Karriole zog plötzlich nach links, die Pferde schnaubten und stiegen auf, eine männliche Stimme rief etwas, eine weibliche Stimme schrie. Und dann spürte er seinen Körper schmerzhaft mit etwas zusammenprallen, was ausreichend hart war, dass es ihm den Atem nahm.

Als er wieder klar denken konnte, lag er vor seinem eigenen Haus mit dem Gesicht nach unten auf dem Fahrweg. Hinter ihm wurden die verängstigten Pferde besänftigt. Er fühlte sich, als wäre jeder Knochen seines Körpers gewaltsam in eine neue Lage gebracht worden. Jemand streichelte sein Haar – was, zum Teufel, war mit seinem Hut geschehen? – und versicherte ihm in einer großartigen Darstellung äußerster weiblicher Dummheit, dass er wieder in Ordnung käme, dass alles gut würde.

»Verdammte Hölle!«, rief er heftig aus, wandte den

Kopf zur Seite und erblickte vom Boden aus die Überreste der Karriole seines Bruders, die wegen einer gebrochenen Achse starke Schlagseite hatte.

Anscheinend strömten aus jedem Haus am Platz interessierte und besorgte Zuschauer – hatten sie alle an den Fenstern gestanden und waren Zeuge seiner Demütigung geworden?

»Sparen Sie Ihre Worte«, sagte Jane Ingleby, ihre Hand noch immer in seinem Haar. »Einige Dienstboten werden Sie gleich hineintragen. Versuchen Sie nicht, sich zu bewegen.«

Das war die Krönung der Demütigungen eines der miserabelsten Monate seines Lebens.

»Wenn Sie nicht vernünftig reden können«, sagte er, während er verärgert den Kopf schüttelte, um sich von ihrer Hand zu befreien, »dann schlage ich vor, dass Sie besser überhaupt nicht reden.«

Er stemmte seine Hände auf den Boden – eine der Handflächen seiner teuren Lederhandschuhe wies ein Loch auf, bemerkte er, worunter rohes Fleisch zu sehen war – und wuchtete sich hoch, wobei er das lautlose Schreien seiner gequälten Muskeln ignorierte.

»Oh, wie töricht Sie sind!«, schalt Jane Ingleby, und er war zu seiner Schande gezwungen, eine Hand schwer auf ihre Schulter zu stützen – wieder einmal.

Er betrachtete Ferdinands Karriole mit schmalen Augen.

»Sie wäre gebrochen, wenn er in halsbrecherischem Tempo über Land gefahren wäre«, sagte er.

Sie sah stirnrunzelnd zu ihm hoch. »Es ist Ferdinands Karriole«, erklärte er. »Die Achse ist gebrochen. Er wäre getötet worden. *Marsh!*«, brüllte er seinem Oberstallburschen zu, der noch immer die Pferde zu beruhigen versuchte, während jemand aus einem Nachbarhaus sie von dem Gefährt abschirrte. »Untersuchen Sie diese Karriole genau, sobald Sie die Gelegenheit dazu haben. Ich will innerhalb der nächsten halben Stunde den Bericht haben.«

»Ja, Euer Gnaden«, rief sein Stallbursche.

»Helfen Sie mir hinein«, befahl Jocelyn Jane. »Und hören Sie mit Ihrem Getue auf. Ich werde blaue Flecke und Kratzer abbekommen haben, um die Sie sich nach Herzenslust kümmern können, sobald wir in die Bibliothek gelangt sind. Ich bin mir ziemlich sicher, dass ich mir keine Knochen gebrochen habe, und ich bin auch nicht auf meinem rechten Bein gelandet. Zumindest glaube ich es nicht. Das war Absicht.«

»Um Lord Ferdinand zu töten?«, fragte sie, während sie hineingingen. »Damit er das Rennen verlöre? Wie absurd. Niemand könnte sich so sehr wünschen, eine Wette oder ein Rennen zu gewinnen. Es war ein Unfall. Das kommt vor, wissen Sie.«

»Ich habe Feinde«, sagte er kurz angebunden. »Und Ferdinand ist mein Bruder.«

Er hoffte inbrünstig, dass nicht an mehr als der Karriole manipuliert worden war. Dies trug absolut die Handschrift der Forbesbrüder. Hinterlistige, gemeine Bastarde.

Jane war mit dem festen Entschluss aufgestanden, das Dudleyhaus noch an diesem Tag zu verlassen. Ihre ohnehin nur geringe Nützlichkeit war nun vorbei. Die drei Wochen waren vorüber. Und das, in was sie eingewilligt und gestern Abend zur Unterhaltung der

Gäste des Duke getan hatte, war äußerster Wahnsinn gewesen. Fünfzig Mitglieder der *Beau monde* hatten sie gesehen – sie wirklich *gesehen* –, als sie zumindest auf eine Art gekleidet war, die sie merklich über den Grad eines Dienstmädchens hinaushob, wenn sie auch nicht die prachtvolle Abendkleidung getragen hatte, die sie auf eine Stufe mit ihnen gestellt hätte.

Es war gewiss nur eine Frage der Zeit, bevor die Suche nach ihr soweit ausgedehnt wurde, dass in der Hautevolee eine Beschreibung ihrer äußeren Erscheinung in Umlauf kam. Tatsächlich wunderte sie sich, dass es nicht bereits geschehen war. Aber wenn es soweit wäre, würden sich einige der Gäste des vergangenen Abends an Jane Ingleby erinnern.

Sie musste das Dudleyhaus verlassen. Sie musste verschwinden. Sie würde die fünfhundert Pfund nehmen – noch solch ein Wahnsinn, aber sie hatte die feste Absicht, den Duke of Tresham an seinen Teil des Handels zu erinnern – und sich verbergen. Nicht in London. Sie würde irgendwo anders hingehen. Sie würde die Stadt lieber zu Fuß verlassen, als zu versuchen, ein öffentliches Verkehrsmittel zu benutzen.

Jane war entschlossen zu gehen. Abgesehen von allem anderen war da immer noch der nachklingende Kuss von letzter Nacht, der auf erschreckende Weise beinahe zu unkontrollierter Leidenschaft geführt hätte. Es war ihr nicht länger möglich, im Dudleyhaus zu bleiben. Und sie würde sich auch nicht erlauben, sich persönlichen Sehnsüchten hinzugeben. Zumindest durfte sie sich im Moment keine persönlichen Gefühle leisten.

Nachdem sie es Jocelyn in der Bibliothek bequem gemacht hatte, holte sie warmes Wasser, Salben und

Verbände. Sie saß gerade auf einem Stuhl vor dem Kaminsessel und rieb die Salbe auf seine übel zugerichteten Handflächen, als sein Stallbursche hereingeführt wurde.

»Nun?«, fragte seine Gnaden. »Was haben Sie gefunden, Marsh?«

»An der Achse ist mit Sicherheit manipuliert worden, Euer Gnaden«, sagte sein Stallbursche. »Es war kein natürlicher Verschleiß, der sie hat brechen lassen.«

»Ich wusste es«, sagte der Duke grimmig. »Schicken Sie jemand Zuverlässigen zum Stall meines Bruders hinüber, Marsh. Nein, noch besser, gehen Sie selbst. Ich möchte genau wissen, wer während der letzten Tage Zugriff auf die Karriole hatte. Besonders gestern und letzte Nacht. Der Kuckuck soll's holen, aber Ferdinand und sein Stallbursche haben das Gefährt gewiss sorgfältig inspiziert, wo es doch für ein langes Rennen benötigt wurde.«

»Ich weiß, dass Sie und ich es getan hätten, wenn Sie es gewesen wären, Euer Gnaden«, versicherte ihm der Stallbursche.

Er ging davon, und Jane merkte, dass er sie stirnrunzelnd betrachtete.

»Wenn Sie vorhaben, diese Verbände zu benutzen«, sagte er, »dann vergessen Sie es. Ich werde nicht eine Woche oder länger mit zwei verbundenen Tatzen herumlaufen.«

»Die Schnitte werden schmerzen, Euer Gnaden«, warnte sie ihn.

Er lächelte sie grimmig an, und Jane lehnte sich auf dem Stuhl zurück. Sie wusste, dass seine Gedanken von den morgendlichen Ereignissen und der Angst um die Sicherheit seines Bruders abgelenkt waren. Aber es war nun an der Zeit. Sie konnte nicht länger warten.

»Ich werde fortgehen«, sagte sie jäh.

Sein Lächeln geriet schief. »Aus dem Raum, Jane?«, fragte er. »Um die Verbände wieder fortzubringen? Ich wünschte, Sie würden es tun.«

Sie antwortete nicht, sondern sah ihn nur an. Sie wusste, dass er sie keinen Moment missverstanden hatte.

»Also wollen Sie mich verlassen?«, fragte er schließlich.

»Ich muss es tun«, sagte sie. »Sie wissen, dass ich es tun muss. Sie haben es letzte Nacht selbst gesagt.«

»Aber nicht heute.« Er runzelte die Stirn und beugte die Finger seiner linken Hand, die weniger stark zerkratzt war als die andere. »Ich bin heute keiner weiteren Krise mehr gewachsen, Jane.«

»Dies ist keine Krise«, belehrte sie ihn. »Ich war vorübergehend hier beschäftigt, und jetzt ist es an der Zeit zu gehen – nachdem ich bezahlt wurde.«

»Vielleicht«, sagte er, »kann ich es mir nicht leisten, Sie heute zu bezahlen, Jane. Habe ich nicht zugestimmt, Ihnen für die Darbietung des gestrigen Abends die kolossale Summe von fünfhundert Pfund zu zahlen? Ich bezweifle, dass Quincy solche Beträge zur Hand hat.«

Jane blinzelte, aber sie konnte die verachtenswerten Tränen nicht ganz unterdrücken, die ihr schlagartig in die Augen traten.

»Machen Sie keine Scherze damit«, sagte sie. »Bitte. Ich muss fort. Heute.«

»Um wohin zu gehen?«, fragte er sie.

Aber sie schüttelte nur den Kopf.

»Verlassen Sie mich nicht, Jane«, bat er. »Ich kann Sie nicht gehen lassen. Sehen Sie nicht, dass ich eine Pflegerin brauche?« Er hielt die Hände hoch, die Handflächen nach außen gekehrt. »Mindestens einen weiteren Monat?«

Sie schüttelte erneut den Kopf, und er lehnte sich in seinem Sessel zurück und betrachtete sie mit verengten Augen.

»Warum sind Sie so erpicht darauf, mich zu verlassen? War ich Ihnen gegenüber solch ein Tyrann, Jane? Habe ich Sie so schlecht behandelt? So gereizt mit Ihnen gesprochen?«

»Das haben Sie, Euer Gnaden«, bestätigte sie.

»Das kommt, weil ich seit meiner Jugend verwöhnt und umschmeichelt worden bin«, sagte er. »Ich habe es nicht so gemeint, wissen Sie. Und Sie haben sich niemals von mir einschüchtern lassen, Jane. *Sie* waren diejenige, die *mich* eingeschüchtert hat.«

Sie lächelte, fühlte sich aber in Wahrheit zum Heulen. Nicht nur wegen des drohenden Unbekannten, das sie erwartete, sondern auch wegen dem, was sie verlassen müsste, obwohl sie den ganzen Vormittag über entschlossen versucht hatte, nicht daran zu denken.

»Sie müssen von hier fortgehen«, sagte er jäh. »Darauf hatten wir uns geeinigt, Jane. Nach letzter Nacht ist es sogar noch unumgänglicher, dass Sie gehen.«

Sie nickte und blickte auf ihre Hände im Schoß hinab. Wenn sie gehofft hatte, er würde stärker versuchen, sie mit dem fadenscheinigen Vorwand seiner zerkratzten Hände zum Bleiben zu überreden, so musste sie nun enttäuscht sein.

»Aber Sie könnten woanders leben« fuhr er fort, »wo wir einander täglich sehen könnten, fern von den neugierigen Blicken und dem Gerede der *Beau monde*. Würde Ihnen das gefallen?«

Sie hob langsam den Blick. Die Bedeutung seiner Worte war kaum misszuverstehen. Was sie nicht glauben konnte, war ihre eigene Reaktion, oder eher deren Fehlen. Ihr mangelnder Mut. Ihre Sehnsucht. Die Versuchung.

Er erwiderte ihren Blick fest, mit sehr dunklen Augen.

»Ich würde für Sie sorgen, Jane«, sagte er. »Sie könnten stilvoll leben. Ein Heim und Dienstboten und eine Kutsche für Sie allein. Kleidung und Schmuck. Ein annehmbares Gehalt. Eine gewisse Freiheit. Übrigens weitaus mehr Freiheit als eine verheiratete Frau genießt.«

»Als Entgelt dafür, mit Ihnen zu schlafen«, sagte sie ruhig. Es war keine Frage. Die Antwort war zu offensichtlich.

»Ich besitze eine gewisse Sachkenntnis«, belehrte er sie. »Es wäre mir ein Vergnügen, sie zu Ihrer Freude einzusetzen. Es wäre ein fairer Handel. Sie können mir doch nicht allen Ernstes erzählen, dass Sie niemals daran gedacht hätten, mit mir zu schlafen? Dass Sie es niemals gewollt haben? Dass ich Sie in irgendeiner Weise abstoße. Kommen Sie, seien Sie ehrlich. Ich weiß, wenn Sie lügen.«

»Ich brauche nicht zu lügen«, erwiderte sie. »Und ich brauche auf das alles nicht zu antworten. Ich werde fünfhundert Pfund und mein Gehalt für drei Wochen haben. Ich kann gehen, wohin immer ich will, und tun, was immer ich möchte. Das ist für einen genügsamen Menschen ein Vermögen, Euer Gnaden. Ich bin nicht gezwungen, einen Freibrief von Ihnen anzunehmen.«

Er lachte leise. »Ich glaube nicht, Jane«, sagte er, »dass ich jemals töricht genug wäre zu versuchen, Sie zu etwas zu zwingen. Ich verführe Sie nicht. Ich locke Sie nicht. Ich mache Ihnen einen Vorschlag, einen geschäftlichen Vorschlag, wenn Sie so wollen. Sie brauchen ein Heim und eine Einnahmequelle über das hinaus, was Sie bereits haben. Sie brauchen eine gewisse Sicherheit und vermutlich auch jemanden, der Sie von Ihrer Einsamkeit ablenkt. Sie sind immerhin eine Frau mit sexuellen Bedürfnissen, und Sie fühlen sich sexuell zu mir hingezogen. Und ich brauche eine Mätresse. Ich bin schon erschreckend lange frauenlos. Ich bin sogar schon dazu übergegangen, Pflegerinnen vor ihrem Zimmer in Bedrängnis zu bringen, wenn ich sie dorthin geleite, und ihnen Küsse zu rauben. Ich brauche jemanden, den ich, wenn ich Muße habe, besuchen kann, jemanden, der meine sexuellen Bedürfnisse befriedigen kann. Sie können das, Jane. Ich begehre Sie. Und ich besitze natürlich die Mittel, mit denen ich es Ihnen ermöglichen kann, stilvoll zu leben.«

Und im Verborgenen.

Jane schaute auf ihre Hände, aber in Gedanken erwog sie sein Angebot. Sie konnte nicht recht glauben, dass sie es tat, aber sie vermied es bewusst, einfach entsetzt und zornig zu reagieren.

Selbst wenn sie annahm, dass sie niemals aufgespürt würde, könnte sie doch auch niemals wieder Lady Sara Illingsworth werden. Sie könnte niemals an ihrem fünfundzwanzigsten Geburtstag das ihr zustehende

Erbe antreten. Sie musste ihre Zukunft praktisch bedenken. Sie musste irgendwo leben. Sie musste arbeiten. Fünfhundert Pfund würden nicht ewig reichen, gleichgültig wie genügsam sie lebte. Sie war vollkommen in der Lage, eine für eine Dame von Stand geeignete Beschäftigung anzunehmen – als Lehrerin oder Gouvernante oder Gesellschafterin. Aber um das zu tun, müsste sie sich bewerben, sie müsste Referenzen vorweisen, sie müsste ihre Entdeckung riskieren.

Die Alternative war, sich mit niedrigen Arbeiten mühsam eine Existenz aufzubauen. Oder die Mätresse des Duke of Tresham zu werden.

»Nun, Jane?«, fragte er in das lange Schweigen hinein, das seinen letzten Worten gefolgt war. »Was sagen Sie?«

Sie atmete tief ein und sah zu ihm hoch.

Sie würde ihn nicht verlassen müssen.

Sie würde mit ihm schlafen. Ohne mit ihm verheiratet zu sein. Sie würde eine Mätresse sein, eine bezahlte Frau.

»Welche Art Haus?«, fragte sie. »Und wie viele Dienstboten? Wie viel Gehalt? Und wie sollen meine Interessen geschützt werden? Woher soll ich wissen, dass Sie mich nicht einfach wegschicken, sobald Sie meiner überdrüssig geworden sind?«

Er lächelte sie leicht an. »Braves Mädchen«, sagte er sanft. »Und feurig.«

»Es muss ein Vertrag geschlossen werden«, sagte sie. »Wir werden die Bedingungen gemeinsam erörtern und bestätigen. Er muss von uns beiden verfasst, überprüft und unterzeichnet werden, bevor ich Ihre Mätresse werde. Inzwischen kann ich nicht hier bleiben. Existiert bereits ein Haus? Sind sie einer jener Gentlemen, die ein Haus speziell für ihre Mätressen unterhalten? Wenn dem so ist, werde ich dorthin ziehen. Sollten wir uns nicht vertraglich einigen können, werde ich natürlich wieder ausziehen.«

»Natürlich habe ich ein solches Haus«, sagte er. »Im Moment leben nur zwei Dienstboten darin, wie ich eiligst hinzufügen möchte. Ich werde Sie später dorthin bringen, Jane, nachdem Marsh mit Neuigkeiten aus dem Stall meines Bruders zurückgekehrt ist. Ich muss etwas tun, um die Zeit auszufüllen, bis Nachricht aus Brighton kommt. Wir werden die Bedingungen morgen erörtern.«

»Gut.« Sie erhob sich und nahm die Schüssel und die Verbände auf. »Ich werde gepackt haben und aufbruchsbereit sein, wenn Sie mich rufen, Euer Gnaden.«

»Ich habe das Gefühl«, sagte er täuschend sanftmütig, als sie die Tür erreichte und den Knauf drehte, »dass Sie sehr hart feilschen werden, Jane. Ich hatte noch niemals zuvor eine Mätresse, die auf einem Vertrag bestand.«

»Desto törichter von ihnen«, sagte sie. »Und ich bin noch nicht Ihre Mätresse.«

Er kicherte leise, als sie die Tür schloss.

Sie lehnte sich dagegen, dankbar, dass keine Dienstboten in Sicht waren. All ihre gespielte Tapferkeit wich von ihr und damit auch alle Kraft in ihren Beinen.

Was, um alles in der Welt, hatte sie gerade getan?

Womit hatte sie sich einverstanden erklärt – oder *fast* einverstanden erklärt?

Sie versuchte, ein angemessenes Gefühl des Entsetzens zu empfinden. Aber alles, was sie wirklich empfand, war nur enorme Erleichterung darüber, dass sie ihn nicht heute verlassen müsste, um ihn niemals wiederzusehen.

## 12. Kapitel

Er besaß das Haus seit fünf Jahren. Es befand sich in einer ehrbaren Straße in einer respektablen Gegend. Er hatte es unter großen Kosten ausstatten und möblieren lassen. Er hatte unaufdringliche, zuverlässige Dienstboten eingestellt, von denen zwei bereits seit fünf Jahren da waren und auch blieben, um das Haus zu führen, wenn es keine Bewohner hatte.

Das Haus gefiel Jocelyn, da es eine Welt abgeschiedener und sinnlicher Freuden repräsentierte. Und doch fühlte er sich unbehaglich, als er die Schwelle mit Jane Ingleby übertrat.

Es war nicht nur das Haus. Es war der Gedanke insgesamt, dass sie seine Mätresse werden sollte. Er wollte sie, ja. Im Bett. Auf alle üblichen Arten. Und doch schien an dem Gedanken, Jane Ingleby zu seiner Mätresse zu machen, irgendetwas unstimmig zu sein.

»Jacobs«, sagte er zum Butler, der sich ehrerbietig verbeugte, »dies ist Miss Ingleby. Sie wird eine Zeit lang hier leben. Sie und Mrs Jacobs werden Anweisungen von ihr entgegennehmen.«

Wenn Jacobs überrascht war, seinen Herrn eine Mätresse aus der arbeitenden Klasse auswählen zu sehen – sie trug natürlich den billigen grauen Mantel, den sie schon im Hyde Park getragen hatte –, so war er viel zu erfahren, um es zu zeigen.

»Wir werden unser Bestes tun, Sie zufrieden zu stellen, Madam«, sagte er und verbeugte sich vor ihr.

»Danke, Mr Jacobs«, sagte sie und neigte hoheitsvoll den Kopf, bevor er sich diskret in die unteren Regionen des Hauses zurückzog.

»Sie werden natürlich weitere Dienstboten einstellen«, sagte Jocelyn, umfasste Janes Ellenbogen und führte sie durchs Haus. »Soll ich die Anweisungen geben, oder würden Sie es vorziehen, selbst verantwortlich zu sein?«

»Beides noch nicht«, sagte sie kühl, während sie sich in dem Wohnzimmer mit den lavendelfarbenen Teppichen und Möbeln und den rötlichen Wandbehängen und Spitzenkissen umsah. »Vielleicht bleibe ich nur einige Tage. Wie haben noch keine Vereinbarung getroffen.«

»Aber das werden wir.« Er führte sie zum Speisezimmer. »Ich werde morgen zu unserer Besprechung hierher kommen, Jane. Aber vorher bringe ich Sie zu einer Modistin auf der Bond Street, die ich kenne. Sie wird an Ihnen für die Kleider Maß nehmen, die Sie brauchen werden.«

»Ich werde meine eigene Kleidung tragen, danke«, war er nicht überrascht zu hören, »bis ich Ihre Mätresse bin. Wenn wir uns in diesem Punkt einigen können, dürfen Sie einen Damenschneider hierher bestellen, wenn Sie möchten. Ich werde keinen Fuß auf die Bond Street setzen.«

»Weil dann bekannt wird, dass Sie meine Mätresse sind?«, fragte er und beobachtete, wie sie mit den Fingerspitzen die polierte Oberfläche des runden Esstischs entlangfuhr, der erheblich vergrößert werden konnte, um mehr Gästen Platz zu bieten. Aber wenn er mit seiner Mätresse allein speiste, zog er es vor, in Berührungsnähe zu sein. »Sie glauben, das sei ein Grund, sich zu schämen? Ich versichere Ihnen, dass dem nicht so ist. Kurtisanen der höchsten Klasse, Jane, stehen beinahe auf gleicher Ebene mit Ladys. Auf mancherlei Art sogar darüber. Sie haben häufig beträchtlich mehr Einfluss. Sie werden als meine Mätresse hoch geachtet sein.«

»Wenn ich Ihre Mätresse werde, Euer Gnaden«, sagte sie, »werde ich mich weder schämen noch stolz sein. Ich werde nur den rein praktischen Schritt unternehmen, die Anstellung zu sichern, die für mich sowohl einträglich als auch angemessen sein wird.«

Er lachte. »Angemessen, Jane?«, sagte er. »Sie sind umwerfend in ihrem Enthusiasmus. Wollen wir nach oben gehen?«

Er fragte sich, ob sie wirklich so leidenschaftslos empfand, wie sie vorgab. Aber dann erinnerte er sich der beiden Umarmungen, die sie geteilt hatten, und zog seine eigenen Schlüsse, besonders aus derjenigen im Musikzimmer. Sie war bei der Gelegenheit alles andere als leidenschaftslos gewesen. Und selbst vor ihrer Zimmertür, nachdem sie für seine Gäste gesungen hatte, war ein Verlangen spürbar gewesen, das er hätte stillen können, wenn er gewollt hätte.

Er befand sich noch im Flur zum Schlafzimmer, als sie, die wenige Schritte vor ihm ging und das Schlafzimmer bereits betreten hatte, sich zu ihm umwandte.

»Eines muss selbst heute vollkommen klar sein«, sagte sie, die Hände in die Taille gestemmt, das Kinn kampfbereit angehoben und ein streitbares Funkeln in den Augen. »Wenn ich mich entschließe zu bleiben, muss alles in diesem Haus verändert werden.«

»Tatsächlich?« Er wölbte die Augenbrauen, hob sein Lorgnon an und nahm sich Zeit, sich im Raum umzusehen. Das breite, mit einem Baldachin versehene Mahagonibett mit seinen kunstvoll geschnitzten Pfosten war mit brokatgeschmückter Seide bedeckt, und die gleiche, in Falten gelegte Seide mit Rosenknospenmuster zierte auch den Baldachin. Die Bettvorhänge bestanden aus schwerem, kostbaren Samt, wie auch die Fenstervorhänge. Der Teppich unter den Füßen fühlte sich weich und dicht an.

Alles war in einem üppigen Scharlachrot gehalten.

»Tatsächlich!«, erwiderte sie fest, reine Verachtung in der Stimme. »Dieses Haus ist abscheulich. Es ist die Karikatur eines Liebesnests. Ich werde in diesem Raum nicht einmal allein schlafen. Und ich werde hier gewiss nicht mit Ihnen schlafen. Ich würde mich wie eine Hure fühlen.«

Manchmal musste er bei Jane Ingleby Stellung beziehen. Das Problem bestand darin, dass er das nicht gewohnt war, da niemand es jemals zuvor von ihm gefordert hatte.

»Jane«, sagte er, während er festeren Stand suchte, die Hände auf dem Rücken verschränkte und seinen Zügen eine höchst abschreckende Wirkung gab. »Ich muss Sie wohl daran erinnern, dass ich nicht derjenige bin, dem eine Stellung angeboten wird. Ich habe Ihnen ein Angebot gemacht, das Sie annehmen oder ablehnen können. Es gibt viele, die sofort Ihren Platz hier einnehmen würden, wenn sie auch nur halbwegs die Chance dazu hätten.«

Sie sah ihn an.

»Mein Fehler, Euer Gnaden«, sagte sie nach einigen Momenten des Schweigens, während derer er sich außerordentlich zwingen musste, um nicht unbehaglich von einem Fuß auf den anderen zu treten. »Ich dachte, wir hätten uns geeinigt, über die Bedingungen zu sprechen. Aber ich merke, dass Sie wieder diese lächerliche Haltung des selbstherrlichen Aristokraten angenommen haben, dem entgegenzutreten kein geistig gesunder Mensch auch nur im Traum wagen würde. Sie sollten besser aufbrechen und jemand anderem eine mögliche Chance geben. Ich gehe.«

Sie machte einen entschlossenen Schritt auf ihn zu. Nur einen. Er blieb im Eingang stehen. Sie könnte versuchen, durch ihn hindurchzugehen, wenn sie wollte.

»Was ist an diesem Haus so anstößig?«, erlaubte er sich die Schwäche, sie zu fragen. »Ich habe niemals zuvor auch nur eine einzige Klage darüber gehört.«

Aber sie hatte schon Recht, verdammt. Er hatte es gespürt, sobald er mit ihr im Haus eingetroffen war. Es war, als wenn er eine fremde Wohnstätte betreten und sie zum ersten Mal gesehen hätte. Dieses Haus war einfach nicht Jane.

»Mir fallen zwei Worte zur Beschreibung ein«, sagte sie. »Ich könnte wahrscheinlich ein ganzes Lexikon voller Begriffe finden, wenn ich mehr Zeit hätte. Aber mir fallen spontan die Begriffe *unmoralisch* und *billig* ein. Was für mich beides gleichermaßen unerträglich ist.«

Er schürzte die Lippen. Diese beiden Begriffe beschrieben das Haus perfekt. Er hatte das Wohnzimmer natürlich nach weiblichem Geschmack gestalten lassen, nicht nach seinem eigenen. Oder nach dem, was er für weiblichen Geschmack gehalten hatte. Effie hatte sich dort anscheinend stets vollkommen zu Hause gefühlt. Wie auch Lisa und Marie und Bridget. Und dieser Raum? Nun, im Kerzenschein hatte er stets dazu beigetragen, sein sexuelles Verlangen noch zu steigern. Die vorherrschenden Rottöne bewirkten auf nackter weiblicher Haut Erstaunliches.

»Es ist eine meiner ersten Bedingungen«, sagte sie. »Dieser Raum und das Wohnzimmer müssen nach meinen Anweisungen umgestaltet werden. Und dieser Punkt ist nicht verhandelbar. Akzeptieren Sie es, oder lassen Sie es.«

»*Eine* Ihrer ersten Bedingungen?« Er hob die Augenbrauen. »Sagen Sie mir, Jane, darf ich auch einige eigene Bedingungen in diesen unseren Vertrag schreiben? Oder soll ich Ihr Sklave sein? Das würde ich gerne wissen. Tatsächlich birgt die Aussicht, ein Sklave zu sein, einen gewissen Reiz. Gehören auch Ketten und Peitschen dazu?« Er grinste sie an.

Sie lächelte nicht.

»Ein Vertrag ist eine beidseitige Vereinbarung«, sagte sie. »Natürlich werden auch Sie auf gewissen Dingen beharren. Wie uneingeschränkter Zugriff auf meine ...«

»Gunst?«, schlug er vor, als sie ins Stocken geriet.

»Ja.« Sie nickte forsch.

»Uneingeschränkter Zugriff.« Er sah sie unverwandt an und erkannte zufrieden, dass die Rosigkeit ihrer Wangen den Rottönen ihrer Umgebung in nichts nachstand. »Selbst wenn Sie es nicht wollen, Jane? Selbst wenn Sie Kopfschmerzen haben oder sich anderweitig unwohl fühlen? Sie würden bereitwillig unterzeichnen, die Märtyrerin zu spielen, auch wenn sich mein Appetit als unersättlich erweisen sollte?«

Sie dachte einen Moment darüber nach. »Ich könnte mir vorstellen, dass es für Sie eine angemessene Forderung wäre, Euer Gnaden«, sagte sie. »Dafür sind Mätressen immerhin da.«

»Unsinn!« Er sah sie aus engen Augen an. »Wenn das die Haltung ist, mit der Sie diese Liaison angehen, will ich sie nicht. Ich will mich nicht auf einen Körper stürzen, wann immer mein Sexualtrieb außer Kontrolle gerät. Es gibt zahllose Bordelle, die ich für einen solchen Zweck aufsuchen könnte. Ich will eine Frau, bei der ich mich entspannen kann. Eine Frau, mit der ich höchste Freuden erleben kann. Eine Frau, der auch ich in gleicher Weise Freude bereiten kann.«

Sie errötete noch stärker, hielt sich aber gerade und hob das Kinn an.

»Was wäre, wenn Sie zehn Tage hintereinander hierher kommen und ich jedes Mal nein sagte?«, fragte sie ihn.

»Dann würde ich mich wie ein abscheulicher Versager fühlen«, sagte er. »Ich würde wahrscheinlich nach Hause gehen und mir eine Kugel in den Kopf jagen.«

Plötzlich lachte sie und wirkte so wunderschön und inmitten des Scharlachrot so golden, dass er merkte, wie ihm der Atem in der Kehle stockte.

»Wie lächerlich!«, sagte sie.

»Wenn ein Mann seine Mätresse zehn Tage lang nicht ins Bett locken kann«, sagte er sanft, »könnte er ebenso gut tot sein, Jane. Wofür sollte er noch leben, wenn seine sexuelle Anziehungskraft geschwunden ist?«

Sie neigte den Kopf zur Seite und betrachtete ihn nachdenklich. »Sie scherzen«, sagte sie. »Aber halb meinen Sie es auch ernst. Es ist Ihnen sehr wichtig, ein *Mann* zu sein, nicht wahr?«

»Und ist es Ihnen nicht wichtig, eine *Frau* zu sein?«

Sie überlegte sich die Antwort. Es war charakteristisch für sie, wie er bemerkt hatte, nicht stets voreilig das Erste zu äußern, was ihr in den Sinn kam.

»Es ist mir wichtig, *ich* zu sein«, sagte sie. »Und da ich eine Frau bin, ist es vermutlich auch wichtig, eine Frau zu sein. Aber ich habe kein inneres Bild vor mir, wie eine perfekte Frau aussehen soll oder was andere Menschen in mir erblicken sollen, weil ich eine Frau bin. Ich gestalte meine Erscheinung oder mein Verhalten nicht nach sklavischen Kriterien. Ich muss mir selbst treu bleiben.«

Jocelyn spürte einen jähen Anflug von Belustigung.

»Ich habe noch niemals zuvor, durch einen halben Raum von einer Frau getrennt, in diesem Eingang gestanden«, sagte er, »und über die Beschaffenheit von Geschlecht und Sexualität diskutiert. Wir hätten unsere Absicht, eine bestimmte Beziehung vertraglich festzulegen, inzwischen vollzogen haben sollen, wissen Sie. Wir sollten erschöpft und nackt und beiderseits befriedigt auf diesem Bett liegen.«

Dieses Mal konnte man ihr Gesicht nur als eindeutig errötet bezeichnen.

»Sie haben vermutlich erwartet«, sagte sie, »dass ich Ihrem umwerfenden Charme und der Verlockung dieses Raumes erliegen würde, wenn Sie mich erst hierher gebracht hätten?«

Genau das hatte er erwartet – oder zumindest erhofft.

»Und Sie«, sagte er seufzend, »werden mir vermutlich nicht erlauben, auch nur einen lüsternen Finger an Sie zu legen, bis dieser Raum wie eine Mönchszelle wirkt. Also los, Jane. Geben Sie Jacobs Ihre Anweisungen. Tun Sie mit meinem Haus, was immer Sie wollen. Ich werde meinen Teil erfüllen und die Rechnungen begleichen. Wollen wir wieder hinuntergehen? Mrs Jacobs hält vermutlich ein Teetablett bereit und platzt fast vor Neugier, einen Blick auf Sie zu werfen.«

»Sie kann das Tablett ins Speisezimmer bringen«, sagte Jane und rauschte an ihm vorbei, als er den Eingang schließlich freigab.

»Wo werden Sie heute Nacht schlafen?«, fragte er, während er ihr hinabfolgte. »Auf dem Esstisch?«

»Ich werde schon einen Platz finden«, versicherte sie ihm. »Sie brauchen sich darüber keine Gedanken zu machen, Euer Gnaden.«

Eine Stunde später verließ er das Haus, da er seine Stadtkutsche zuvor fortgeschickt hatte auf den Spazierstock gestützt und mit schmerzhaft zerkratzten Handflächen. Er war neugierig auf Marshs Bericht aus Ferdinands Stall. Vielleicht konnte man nicht beweisen, dass einer der Forbesbrüder Zugriff auf die Karriole gehabt hatte. Aber ihm genügte die Möglichkeit, dass die gebrochene Achse eine kleine Aufmerksamkeit von ihnen war.

Dann würden sie sich mit dem Duke of Tresham auseinander setzen müssen.

Er fragte sich, ob schon Nachricht über den Ausgang des Rennens gekommen war. Für ihn ungewöhnlich, war er wirklich besorgt, ob Ferdinand sicher nach Brighton gelangt war.

Er hätte niemals vorschlagen sollen, dass Jane Ingleby seine Mätresse würde, dachte er. Etwas daran war grundlegend falsch.

Und doch lechzten seine Lenden nach ihr.

Warum war die verflixte Frau an jenem Morgen im Hyde Park nicht einfach still vorbeigegangen, wie jede andere anständige Frau es getan hätte, wenn sie gesehen hätte, dass dort ein Duell bevorstand?

Wäre er ihrer niemals ansichtig geworden, hätte er jetzt nicht das seltsame Gefühl, dass entweder er oder seine Welt auf dem Kopf stand.

Sie schlief auf dem Sofa im Wohnzimmer. Die Farben und all die Spitzen und die Nippsachen zeugten von entsetzlich schlechtem Geschmack, aber zumindest war das Wohnzimmer kein solch vulgärer Raum wie das Schlafzimmer.

Während sie sich am Nachmittag in jenem Raum unterhalten hatten, waren vor ihrem geistigen Auge beunruhigende Bilder davon aufgetaucht, wie sie mit ihm verschlungen mitten in all dieser scharlachroten Seide auf dem Bett lag. Sie wusste nicht, wie sich vollkommene sexuelle Erweckung anfühlte, aber es musste dem Gefühl sehr nahe kommen, dass sie in jenem Moment empfunden hatte. Womit sie sich einverstanden erklärt hatte – oder sich einverstanden erklären würde –, war für sie beängstigend wahr geworden.

Wie konnte sie seine Mätresse sein?, hatte sie sich gefragt, während sie aufrecht auf dem Sofa saß, bevor sie sich zum Schlafen hinlegte. Sie konnte es einfach nicht tun, wenn sie für ihn als Menschen nichts empfand. Tat sie das denn? Sie *liebte* ihn natürlich nicht – das wäre eine offenkundig unbesonnene Behauptung. Aber mochte sie ihn? Empfand sie eine gewisse Zuneigung für ihn? Einen gewissen Respekt?

Sie dachte an ihre endlosen verbalen Auseinandersetzungen – und lächelte unvermittelt. Er war ein überheblicher, tyrannischer, zutiefst irritierender

Mann. Aber sie hatte den entschiedenen Eindruck, dass er die Art, wie sie ihm gegenübertrat, genoss. Und er respektierte ihre Meinung, wenn er es auch niemals zugeben würde. Die Tatsache, dass sie heute Nacht allein war, ihre Liaison nicht vollzogen wurde, war ein ausreichender Beweis dafür. Und er besaß ein seltsam bewundernswertes Ehrgefühl. Er hatte es vorgezogen, Lord Oliver bei einem Duell gegenüberzutreten, anstatt Lady Oliver eine Lügnerin zu nennen.

Jane seufzte. Ah, ja, sie mochte ihn nur zu gern. Und er besaß natürlich diese künstlerische, feinfühlige Seite, derer sie in jener Nacht im Musikzimmer gewahr geworden war. Und Intelligenz. Und Sinn für Humor. All die vielen faszinierenden Facetten seines Charakters, die er sorgfältig vor der Welt verborgen hielt.

Und da war ihr gegenseitiges Verlangen nacheinander. Jane zweifelte nicht daran, dass es *tatsächlich* gegenseitig bestand. Wenn sie für ihn nur irgendeine Frau, irgendeine zukünftige Mätresse gewesen wäre, hätte er sie fortgeschickt, sobald sie das Thema Vertrag angesprochen hatte. Aber sie musste sich darüber im Klaren sein –, solange ihre Liaison dauerte –, dass er nur Leidenschaft empfand. Sexuelle Leidenschaft. Sie durfte die Gefühle des Duke of Tresham niemals als Liebe missverstehen.

Es würde nicht leicht werden, seine Mätresse zu sein.

Jane schlief auf dem Sofa ein und träumte von Charles. Ihrem engsten Freund. Ihrem Verehrer. Er war wie jemand aus einem anderen Leben. Er saß mit ihr in der Rosenlaube in Candleford und erzählte ihr von dem Baby seiner Schwester und beschrieb ihr, wie sie ihr eigenes Kinderzimmer einrichten würden

– sobald wie möglich, nachdem ihr der fünfundzwanzigste Geburtstag die Freiheit gewährte zu heiraten, wen immer sie wollte.

Sie erwachte mit feuchten Wangen. Sie hatte nach ihrer Flucht von zu Hause bewusst nicht mehr an Charles gedacht. Es war ihr nur zu gut gelungen. Warum hatte sie nicht daran gedacht, jetzt, wo sie das Geld zum Reisen hatte, zu ihm zu gehen? Weilte er noch immer bei seiner Schwester in Somersetshire? Oder war er nach Cornwall zurückgekehrt? Sie hätte eine Möglichkeit finden können, ihn zu erreichen, ohne ergriffen zu werden. Er hätte gewiss gewusst, was zu tun wäre, wie er sie beschützen könnte, wie er sie, wenn nötig, verstecken könnte. Aber am wichtigsten von allem war, dass er ihre Geschichte glauben würde. Er wusste, wie verzweifelt der Earl of Durbury darauf beharrt hatte, dass sie seinen Sohn heiraten sollte. Er wusste, wie verachtenswert Sidney sein konnte, besonders wenn er getrunken hatte.

Sie könnte es natürlich noch immer tun. Sie war gestern, bevor sie das Dudleyhaus verließ, ausbezahlt worden. Sie war noch nicht die Mätresse des Duke of Tresham. Sie könnte gehen, bevor er zurückkam, und das Unabwendbare vermeiden, ihre Tugend aufzugeben.

Allein die Vorstellung eines solchen Schicksals hätte vor nur wenigen Wochen gewiss noch einen Schwächeanfall bewirkt. Nun, mit überraschender Verspätung, war ihr eine anständige Alternative eingefallen.

Aber das Problem war, dass sie Charles nicht liebte. Nicht so, wie eine Frau ihren Ehemann lieben sollte. Nicht wie Mama Papa geliebt hatte. Sie hatte es natürlich immer gewusst. Aber sie hatte Charles immer lieben *wollen*, weil sie ihn mochte, und weil er sie liebte.

Wenn sie jetzt zu ihm ginge, wenn er sie irgendwie aus der Verstrickung, in der sie sich befand, befreite, wäre sie ein Leben lang an ihn gebunden. Noch vor wenigen Wochen hätte sie nichts dagegen einzuwenden gehabt. Freundschaft und Zuneigung hätten genügt.

Jetzt nicht mehr.

War das Leben als Mätresse des Duke der achtbaren Ehe mit Charles also vorzuziehen?

Diese Frage konnte Jane nicht zu ihrer Zufriedenheit beantworten, bevor der Duke am nächsten Morgen eintraf. Es war eine Frage, deren Antwort sie jedoch einigermaßen widerwillig erkannte, nachdem sie sein Klopfen gehört und die Wohnzimmertür geöffnet hatte, um ihn in die Eingangshalle treten und Mr Jacobs Hut, Handschuhe und Spazierstock übergeben zu sehen. Er brachte Energie und Ruhelosigkeit und reine Männlichkeit mit sich – und Jane erkannte, dass sie ihn vermisst hatte.

»Jane.« Er schritt auf sie zu, und sie zogen sich zusammen ins Wohnzimmer zurück. »Er hat gesiegt. Um kaum eine Pferdenasenlänge. Er lag in der letzten Biegung eine volle Länge zurück, aber dann beschleunigte er und überrumpelte Berriwether. Sie preschten fast gleichzeitig in Brighton ein. Aber Ferdinand hat gesiegt, und drei Viertel der Mitglieder von White's trauern.«

»Dann ist ihm nichts passiert?«, fragte sie. »Das freut mich.« Sie hätte vielleicht erneut bemerken können, wie töricht solche Rennen waren, aber er wirkte so zufrieden mit sich. Und sie war wirklich froh. Lord Ferdinand Dudley war ein angenehmer, charmanter junger Mann.

»Nein. Es ist ihm nichts passiert.« Er runzelte plötzlich die Stirn. »Er erwählt jedoch seine Dienstboten unklug. Sein Kammerdiener bedenkt nie, dass ein Mann manchmal ohne Vorwarnung den Kopf wendet, während er rasiert wird. Und sein Stallbursche lässt am Tag vor einem Rennen die halbe Welt in Ferdinands Stall und die Remise ein, damit sie das Rüstzeug der Tätigkeit seines Herrn bewundern können. Es lässt sich nicht beweisen, wer Ferdinands Tod während dieses Rennens geplant hatte.«

»Aber Sie verdächtigen Sir Anthony Forbes oder einen seiner Brüder?«, fragte sie ihn. Sie ließ sich auf dem Sofa nieder, und er setzte sich neben sie.

»Es ist mehr als nur ein Verdacht.« Er sah sich im Raum um, während er sprach. »Es ist ihre Handschrift. Ich habe ihrer Schwester Schaden zugefügt, sie fügen meinem Bruder Schaden zu. Es wird ihnen natürlich noch Leid tun. Ich werde mich um sie kümmern. Was haben Sie mit diesem Raum gemacht?«

Sie war erleichtert über den Themenwechsel.

»Ich habe nur einige Dinge fortgeräumt«, sagte sie. »Alle diese Kissen und einige der Nippsachen. Und ich habe weitere Ideen für ausgedehnte Veränderungen in diesem und dem Schlafzimmer. Es müsste nicht unbedingt extravagant sein, aber selbst wenn nicht, würden erhebliche Kosten anfallen.«

»Quincy wird sich um die Rechnungen kümmern«, sagte er mit einer nachlässigen Handbewegung. »Aber wie lange wird all dies dauern, Jane? Ich habe das Gefühl, dass Sie nicht eher mit mir schlafen werden, als bis alles zu Ihrer Zufriedenheit gestaltet ist, richtig?«

»Nein«, sagte sie mit, wie sie hoffte, angemessener Festigkeit in der Stimme. »Eine Woche sollte genügen, wenn die Anweisung erst gegeben ist. Ich sprach mit Mr Jacobs, und er sagte, die Lieferanten würden sich vor Eile überschlagen, wenn er Ihren Namen erwähnt.«

Der Duke schwieg. Die Wahrheit dieser Feststellung überraschte ihn offenbar nicht.

»Dann lassen Sie uns über den Vertrag sprechen«, sagte er. »Abgesehen davon, dass ich Ihnen freie Hand lassen werde, mein Haus abzureißen und neu aufzubauen – was fordern Sie noch, Jane? Ich werde Ihnen ein monatliches Gehalt zahlen, das fünf Mal höher ist als das, was ich Ihnen als Pflegerin bezahlt habe. Sie werden Ihre eigene Kutsche zur Verfügung haben und so viele Dienstboten, wie Sie für nötig erachten. Sie dürfen sich in so viel Putz kleiden, wie Sie wollen, einschließlich aller Accessoires, und auch diese Rechnungen gehen an mich. Ich werde mit Schmuck ebenso großzügig sein, obwohl ich es vorziehen würde, ihn selbst zu kaufen. Ich werde die volle Verantwortung für Unterhalt und zukünftige Unterbringung jeglicher Kinder aus unserer Liaison übernehmen. Habe ich etwas vergessen?«

Jane fror plötzlich. Ihre eigene Naivität demütigte sie.

»Wie viele Kinder haben Sie zur Zeit?« Sie hatte törichterweise nicht daran gedacht, schwanger werden zu können.

Er wölbte die Augenbrauen. »Man kann sich stets darauf verlassen, dass Sie unstellbare Fragen stellen, Jane«, sagte er. »Ich habe keine. Die meisten Frauen, die ihr Leben durch solche Arrangements fristen, wissen, wie sie eine Empfängnis verhüten können. Sie *sind* doch noch Jungfrau, nicht wahr?«

Es erforderte ungeheure seelische Kraft, seinem sehr direkten Blick nicht auszuweichen. Sie wünschte, das Erröten ebenso unter Kontrolle halten zu können.

»Ja.« Sie reckte das Kinn. »Mit einer Ausgabe brauchen Sie sich übrigens nicht zu belasten. Ich brauche keine Kutsche.«

»Warum nicht?« Er stützte einen Ellbogen auf die Rücklehne des Sofas und hielt die geschlossene Faust an den Mund. Seine dunklen Augen ließen ihren Blick nicht los. »Sie werden einkaufen müssen, Jane, und sich die Sehenswürdigkeiten ansehen. Es wäre unklug, sich darauf zu verlassen, dass ich Sie herumführe. Einkaufen langweilt mich. Wenn ich hierher komme, werde ich weitaus erpichter darauf sein, Sie ins Bett zu führen als zu einer Ausfahrt.«

»Die Dienstboten können die Lebensmittel einkaufen«, sagte sie. »Und wenn sie gegen meine gegenwärtige Kleidung Einwände haben, können Sie Damenschneider hierher bestellen. Ich möchte nicht ausgehen.«

»Dann ist das, was Sie im Begriff stehen zu tun, für Sie anstößig?«, fragte er sie. »Haben Sie wirklich das Gefühl, Sie dürften sich niemals wieder in der Welt blicken lassen?«

Diese Frage hatte sie bereits am Vortag beantwortet. Aber es wäre ebenso gut, dachte sie, wenn er das glaubte. Seltsamerweise entsprach es nicht der Wahrheit. Das Leben war zu einer praktischen Angelegenheit geworden, die sie so gut wie möglich versuchen müsste zu bestimmen und zu kontrollieren.

Er schwieg einige Zeit. Die Stille lastete zwischen ihnen, während er sie grüblerisch ansah und sie seinen

Blick mit Unbehagen erwiderte, aber sie wollte nicht fortschauen.

»Es gibt eine Alternative«, sagte er schließlich. »Eine, die Ihnen Ruhm und Vermögen und große Wertschätzung einbrächte, Jane. Eine, die Sie vor der Erniedrigung, mit einem Lebemann schlafen zu müssen, retten würde.«

»Ich sehe es nicht als Erniedrigung an«, belehrte sie ihn.

»Nein?« Er hob seine freie Hand und umfasste ihr Kinn. Er fuhr mit dem Daumen leicht über ihre Lippen. »Ich bin nicht sehr vertraut mit den inneren Kreisen der Hochkultur, Jane, aber ich vermute, dass mein Wort fast überall einiges Gewicht hat. Ich könnte Sie Lord Heath oder dem Earl of Raymore vorstellen, zwei der führenderen Förderer der Künste. Ich vertraue fest darauf, dass, wenn einer von beiden Ihre Stimme hörte, er sie auf den Weg zum Ruhm bringen würde. Sie *sind* so gut, wissen Sie. Sie würden mich nicht brauchen.«

Sie sah ihn einigermaßen überrascht an. Er wollte sie – das bezweifelte sie nicht. Aber er war bereit, sie gehen zu lassen? Ihr sogar zu helfen, sich von ihm unabhängig zu machen? Ganz unbewusst öffnete sie die Lippen und berührte mit der Zunge seinen Daumen.

Sein Blick suchte den ihren und hielt ihn fest. Und sie spürte reines Verlangen in sich toben. Sie hatte nicht beabsichtigt, einen solchen Moment zu provozieren. Und er vermutlich auch nicht.

»Ich will keine Karriere als Sängerin«, sagte sie.

Es war die Wahrheit, auch abgesehen von der Tatsache, dass sie nicht wieder mit der Gefahr spielen durfte, sich öffentlichen Blicken auszusetzen. Sie wollte ihre Stimme nicht benutzen, um sich ihren Lebensunterhalt zu verdienen. Sie wollte sie zur Freude der Menschen benutzen, die ihr nahe standen. Sie hatte kein Verlangen nach Ruhm.

Er beugte sich vor und führte seinen Mund dorthin, wo zuvor sein Daumen gewesen war. Er küsste sie leidenschaftlich.

»Aber Sie wollen eine Karriere als meine Mätresse?«, sagte er. »Zu Ihren Bedingungen? Wie lauten sie also? Was wollen Sie noch, was ich nicht bereits angeboten hätte?«

»Sicherheit«, sagte sie. »Ich will Ihre Zustimmung, mir bis zu meinem fünfundzwanzigsten Geburtstag weiterhin Gehalt zu bezahlen, falls Sie mich vorher fortschicken sollten. Vorausgesetzt natürlich, dass nicht ich unsere Vereinbarung breche. Ich bin jetzt übrigens zwanzig.«

»Fünf Jahre lang«, sagte er. »Und wie werden Sie danach für Ihren Lebensunterhalt sorgen, Jane?«

Das wusste sie nicht. Sie sollte dann ihr Erbe antreten – das ganze Vermögen ihres Vaters, das nicht als unveräußerlicher Besitz auf seinen Erben übertragen worden war. Aber sie könnte natürlich niemals Anspruch darauf erheben. Sie würde nicht plötzlich aufhören, eine Flüchtige zu sein, nur weil sie das magische Alter der Freiheit erreicht hatte.

Sie schüttelte den Kopf.

»Vielleicht«, sagte er, »werde ich Ihrer niemals überdrüssig, Jane.«

»Unsinn!«, erwiderte sie. »Natürlich werden Sie das. Schon lange, bevor viereinhalb Jahre vergangen sind. Darum muss ich meine Zukunft absichern.«

Er lächelte sie an. Er lächelte viel zu selten. Und für

ihren Seelenfrieden viel zu oft. Sie fragte sich, ob er wusste, auf welch umwerfenden Charme sein Lächeln schließen ließ.

»Nun gut«, sagte er. »Es wird in den Vertrag aufgenommen. Gehalt bis zur Entlassung oder Ihrem fünfundzwanzigsten Geburtstag, was auch immer später kommt. Sonst noch etwas?«

Sie schüttelte den Kopf. »Was ist mit Ihren Bedingungen?«, fragte sie ihn. Wir haben uns geeinigt, was Sie für mich tun werden. Was muss ich für Sie tun?«

Er zuckte die Achseln. »Seien Sie für mich da«, sagte er. »Pflegen Sie eine sexuelle Beziehung mit mir, wann immer ich Sie davon überzeugen kann, dass Sie es genauso sehr wollen wie ich. Das ist alles, Jane. Eine Beziehung zwischen einem Mann und seiner Mätresse kann nicht legalisiert werden, wissen Sie. Ich werde nicht einmal versuchen, auf Gehorsam und Unterwerfung zu beharren. Sie könnten ein solches Versprechen auch nicht halten, selbst wenn ich Sie dazu überreden könnte, es zu geben. Und vielleicht bin ich ein verdammter Narr, wenn ich das laut sage, aber ich glaube, dass mich gerade Ihre Unverschämtheit anzieht. Soll ich Quincy den Vertrag aufsetzen und zu Ihrer Prüfung hierher bringen lassen? Ich könnte mir vorstellen, dass er von dieser Aufgabe in hohem Maße unterhalten sein wird. Ich werde den Vertrag nicht selbst herbringen, Jane. Ich werde nicht wiederkommen, bis Sie nach mir schicken. Ich werde annehmen, wenn ich von Ihnen höre, dass das Schlafzimmer oben bereit ist.«

»Gut, Euer Gnaden«, sagte sie, als er aufstand. Sie erhob sich ebenfalls. Diese eine Woche würde ihr wie eine Ewigkeit vorkommen.

Er umfasste ihr Gesicht. »Auch das wird sich ändern müssen, Jane«, sagte er. »Ich kann nicht zulassen, dass Sie mich weiterhin *Euer Gnaden* nennen, wenn wir zusammen im Bett sind. Mein Name ist Jocelyn.«

Sie hatte seinen Namen nicht gekannt. Niemand hatte ihn jemals in ihrer Hörweite benutzt. »Jocelyn«, sagte sie weich.

Seine tief dunklen Augen wirkten normalerweise hart und undurchdringlich, und es war unmöglich, mehr von dem Mann zu sehen, als er bereitwillig offenbarte – was üblicherweise nicht sehr viel war, wie sie vermutete. Aber nachdem sie seinen Namen ausgesprochen hatte, befiel Jane das bestimmte Gefühl, dass sich hinter seinen Augen etwas öffnete, in das sie versank.

Nur einen Moment lang.

Er ließ die Hände sinken und wandte sich zur Tür.

»Eine Woche«, sagte er. »Wenn die Renovierungsarbeiten bis dahin nicht abgeschlossen sind, Jane, werden einige Köpfe rollen. Sie werden alle zuständigen Arbeiter warnen?«

»Ja, Euer Gnaden,« sagte sie. »Jocelyn.«

Er schaute über die Schulter zu ihr und öffnete den Mund, um etwas zu sagen. Aber dann änderte er seine Meinung und verließ ohne ein weiteres Wort den Raum.

## 13. Kapitel

Viele von Mick Bodens Bekannten beneideten ihn um seine Arbeit. Zu den berühmten Kriminalbeamten der Bow Street zu gehören, brachte einen gewissen Glanz. Der übliche Irrtum war, dass er an seinen Arbeitstagen buchstäblich die schrecklichsten Verbrecher ganz Londons und halb Englands zur Strecke brächte und dem nächstgelegenen Richter vorführte, wo die Verbrecher dann die gerechte Strafe für ihre heimtückischen Taten bekämen. Sie sahen sein Leben als ein endloses Abenteuer voller Gefahr und Aufregung – und Erfolg.

Tatsächlich bestand seine Arbeit größtenteils aus Routine und war eher langweilig. Manchmal fragte er sich, warum er kein Werftarbeiter oder Straßenkehrer geworden war. Dies war eine dieser Gelegenheiten. Lady Sara Illingsworth, eine Lady von kaum zwanzig Jahren, die auf dem Lande aufgewachsen war und vermutlich keine Stadtbräune besaß, erwies sich als unerwartet schwer zu fassen. Während fast eines Monats Suche hatte er über ihre ersten paar Tage Hotelaufenthalt hinaus keine Spur von ihr entdecken können.

Der Earl of Durbury beharrte noch immer eigensinnig darauf, dass sie in London sein müsse. Sie hätte nirgendwo sonst hingehen können, behauptete er, da sie sonst, abgesehen von einer alten Nachbarin, die jetzt bei ihrem Ehemann in Somersetshire lebte, keine Freunde oder Verwandten hatte. Aber sie war nicht da.

Etwas sagte Mick, dass der Earl Recht hatte. Sie war hier irgendwo. Aber sie war nicht zu Lady Webbs Haus zurückgekehrt, obwohl die Baroness inzwischen wieder in der Stadt weilte. Sie hatte auch keinen Kontakt zum Sachverwalter ihres verstorbenen Vaters oder dem des gegenwärtigen Earl aufgenommen. Hätte sie großzügig eingekauft, hätte sie es gewiss nicht in einem der eleganteren Geschäfte getan. Hätte sie versucht, einen Teil des gestohlenen Schmucks zu verkaufen oder zu verpfänden, hätte sie es gewiss nicht an einem der Orte getan, von denen Mick wusste – und er brüstete sich damit, sie alle zu kennen. Hätte sie versucht, sich eine achtbare Unterkunft in einer anständigen Gegend zu beschaffen, hätte sie es nicht in einem der Häuser getan, an deren Türen er und seine Leute unermüdlich geklopft hatten. Sie hatte keine Arbeit in irgendeinem dieser Häuser gesucht –, und er hatte bis auf die größten Herrenhäuser in Mayfair alle denkbaren Möglichkeiten berücksichtigt. Sie wäre nicht so tollkühn, dort nachzusuchen, hatte er entschieden. Auch bei keiner der Arbeitsvermittlungen war jemand mit den Namen, von denen Mick glaubte, dass sie sie benutzen könnte, vorstellig geworden. Niemand erinnerte sich an eine große, schlanke, blonde Schönheit.

Und so hatte er dem Earl of Durbury wieder nichts zu berichten. Es sah düster aus. Das genügte, einen Mann ernsthaft darüber nachdenken zu lassen, sich beruflich zu verändern. Und es genügte ebenso, die eigensinnige Entschlossenheit eines Mannes zu wecken, nicht von einem kleinen Mädchen einen Strich durch die Rechnung gemacht zu bekommen.

»Sie hat keine Arbeit angenommen, Sir«, sagte er voller Überzeugung zu dem aufgebrachten, rotgesichtigen Mann, der zweifellos an die gewaltige Rechnung dachte, die innerhalb eines Monats im Pulteney aufgelaufen war. »Sie würde keine Arbeit als Gouvernante oder Gesellschafterin einer Lady suchen – das wäre zu öffentlich. Aus demselben Grund würde sie keine Arbeit als Verkäuferin in einem Laden annehmen. Sie würde irgendwo arbeiten, wo sie nicht gesehen würde. In irgendeinem Betrieb. Bei einer Damenschneiderin oder Putzmacherin vielleicht.«

Wenn sie überhaupt arbeitete. Der Earl hatte ihm niemals genau gesagt, wie viel Geld das Mädchen gestohlen hatte. Mick vermutete allmählich, dass es nicht viel gewesen sein konnte. Jedenfalls nicht genug, um ihr ein stilvolles Leben zu ermöglichen. Solch eine junge, unerfahrene Frau hätte inzwischen bestimmt Fehler gemacht, wenn sie ein großes Vermögen besessen hätte, das sie verlockte, in die Öffentlichkeit zu treten.

»Worauf warten Sie also?«, fragte seine Lordschaft kalt. »Warum suchen Sie nicht jeden Betrieb in London auf? Sollen die berühmten Kriminalbeamten der Bow Street von einem kleinen Mädchen überlistet werden?« Seine Stimme troff vor Sarkasmus.

»Suche ich eine Mörderin?«, fragte Mick Boden. »Wie geht es Ihrem Sohn, Sir?«

»Mein Sohn«, sagte der Earl verärgert, »steht an der Schwelle des Todes. Sie suchen in der Tat eine Mörderin. Ich schlage vor, dass Sie sie finden, bevor sie ihr Verbrechen wiederholt.«

Und so begann Mick erneut mit der Suche. London hatte natürlich unzählige Betriebe. Er wünschte nur, er wüsste sicher, welchen Namen das Mädchen im Moment benutzte. Und er wünschte, dass es ihr nicht irgendwie gelungen wäre, ihr blondes Haar zu verbergen, offensichtlich ihr kennzeichnendstes Merkmal.

Es war eine lange Woche. Jocelyn verbrachte viel zu viel Zeit mit nächtlichem Trinken und Spielen und versuchte am Tage, sich gewaltsam in Form zu bringen, indem er lange Stunden damit verbrachte, seine Fechtkünste auszufeilen und bei Gentleman Jackson's im Boxring seine Ausdauer aufzubauen. Sein Bein reagierte gut auf die Übung.

Ferdinand war aufgebracht, als er erfuhr, was mit seiner Karriole geschehen war, und war entschlossen, die Forbesbrüder aufzuspüren, die seit dem Tag nach dem Duell nicht mehr gesehen wurden, um ihnen allen einzeln den Handschuh ins Gesicht zu schlagen. Zuerst wollte er nicht einsehen, dass es der Streit seines Bruders war. Es war immerhin sein Leben, das bedroht worden war. Aber Jocelyn blieb beharrlich.

Angeline hatte einen Schwächeanfall bekommen, als sie die Nachricht über die gebrochene Achse hörte, hatte Heyward vom Oberhaus herbeizitiert und sich dann, um ihre strapazierten Nerven abzulenken, einen neuen Hut gekauft.

»Ich wundere mich, dass es an den Ständen im Covent Garden noch Früchte gibt, Angeline«, stellte Jocelyn fest, während er den Hut durch sein Lorgnon mit gequältem Gesichtsausdruck betrachtete, als er sie eines Tages zur Promenadenzeit bei einem Ritt durch den Hyde Park mit ihrer Schwiegermutter bei einer Ausfahrt in einem offenen Landauer traf. »Ich hatte vermutet, dass sie alle diese Ungeheuerlichkeit auf deinem Kopf zieren.«

»Das ist der neueste Schrei«, erwiderte sie von sich eingenommen, »gleichgültig was du sagst, Tresham. Du musst mir wirklich versprechen, niemals wieder eine Karriole zu lenken. Du oder Ferdie. Ihr werdet euch umbringen, und meine Nerven werden sich niemals wieder erholen. Heyward behauptet, es sei kein Unfall gewesen. Ich vermute, dass es einer der Forbesbrüder war. Wenn du nicht aufdeckst, wer es war, und ihn zur Rechenschaft ziehst, werde ich mich des Namens Dudley schämen müssen.«

»Du heißt nicht mehr Dudley«, erinnerte Jocelyn sie trocken, bevor er als Gruß an die Witwe Lady Heyward den Hut zog und weiterritt. »Du hast den Namen deines Ehemannes angenommen, als du ihn geheiratet hast, Angeline.«

Er war nicht so unbedingt wie sein Bruder und seine Schwester darauf erpicht, die Forbesbrüder zu finden und zu bestrafen. Die Zeit würde kommen. Sie mussten es ebenso sicher wissen wie er. Inzwischen sollten sie ruhig in ihrem Versteck bleiben und sich vorstellen, was geschehen würde, wenn sie ihm schließlich gegenüberstanden. Sollten sie es durchstehen.

Mehrere Leute fragten nach Jane Ingleby. Sie hatte mit ihrem Gesang noch mehr Aufsehen erregt, als er erwartet hatte. Er wurde gefragt, wer sie war, ob sie noch immer im Dudleyhaus arbeitete, ob sie irgendwo anders sänge, wer ihr Stimmlehrer gewesen sei. Viscount Kimble fragte ihn sogar eines Abends bei White's direkt, ob sie seine Mätresse sei – eine Frage, die ihm einen kühlen Blick durch das herzögliche Lorgnon einbrachte.

Das war seltsam. Jocelyn hatte noch niemals zuvor ein Geheimnis aus seinen Mätressen gemacht. Tatsächlich hatte er deren Haus häufig für Abendessen und Gesellschaften benutzt, wenn er wünschte, dass sie ein wenig weniger förmlich miteinander umgingen, als es bei solchen Gelegenheiten im Dudleyhaus unausweichlich der Fall war. Seine Mätressen waren auch stets seine Gastgeberinnen gewesen – eine Rolle, die Jane ausgezeichnet stünde.

Aber er wollte seine Freunde nicht wissen lassen, dass sie unter seiner Obhut stand. Es schien ihr gegenüber irgendwie unfair, obwohl er nicht hätte erklären können warum, wenn er es versucht hätte. Er sagte ihnen, sie sei nur vorübergehend bei ihm beschäftigt gewesen und wäre jetzt fort, er wüsste nicht wohin.

»Eine höllische Schande, Tresham«, sagte Conan Brougham. »Auf diese Stimme sollte Raymore aufmerksam gemacht werden. Sie könnte sich damit einen ehrbareren Lebensunterhalt verdienen.«

»Ich hätte ihr selbst eine Anstellung angeboten, Tresh«, sagte Kimble, »allerdings wegen ihres Körpers, nicht wegen ihrer Stimme. Aber ich befürchtete, dir vielleicht ins Gehege zu kommen. Wenn du hörst, wo sie sich aufhält, könntest du es mir mitteilen.«

Jocelyn, der plötzlich ungewohnt feindselige Empfindungen gegenüber einem seiner engsten Freunde hegte, wechselte das Thema.

Er ging später an diesem Abend, trotz der Gefahr, von Straßenräubern angegriffen zu werden, allein nach Hause. Er hatte sie noch nie gefürchtet. Er trug einen robusten Spazierstock bei sich und konnte geschickt mit den Fäusten umgehen. Er würde eine Balgerei mit zwei oder drei Raufbolden eher genießen, hatte er häufig gedacht. Vielleicht waren alle Raufbolde, die ihn jemals erblickt hatten, intelligent genug, um ihre Chancen gegen ihn richtig einzuschätzen. Er war noch niemals angegriffen worden.

Die Erwähnung Jane Inglebys hatte ihn unerträglich rastlos werden lassen. Es waren schon fünf Tage vergangen, aber ihm kam es eher wie fünf Wochen vor. Quincy hatte diesen albernen Vertrag am zweiten Tag persönlich überbracht. Zu Jocelyns Überraschung hatte sie ihn unterzeichnet. Er hatte erwartet, dass sie aus reinem Eigensinn um einige kleine Details gefeilscht hätte.

Sie war nun offiziell seine Mätresse.

Seine jungfräuliche, unberührte Mätresse. Wie sehr alle, die ihn kannten, spotten würden, wenn sie erführen, dass er sich eine Mätresse genommen hatte, die ihn nach seinem Angebot eine volle Woche lang aus seinem eigenen Haus verbannt, auf einem Vertrag bestanden und die Beziehung solange unvollzogen gelassen hatte.

Plötzlich lachte er laut auf und blieb mitten auf der leeren, stillen Straße stehen. Widerspenstige Jane. Sie würde zweifellos selbst während des Vollzugs nicht die Rolle der schüchternen, widerwilligen Jungfrau spielen, die entjungfert wird.

Unschuldige, naive Jane, die nicht erkannte, wie raffiniert sie handelte. Er hatte sie vor einer Woche begehrt. Er hatte sich während der vergangenen fünf Tage nach ihr gesehnt. Aber jetzt war er für sie entbrannt. Es fiel ihm schwer, noch an etwas anderes zu denken. Jane mit dem goldenen Haar, in dessen Gespinst verfangen zu werden er kaum erwarten konnte.

Er war gezwungen, noch zwei weitere Tage zu warten, bevor schließlich eine Nachricht eintraf. Sie war charakteristisch knapp und direkt.

»Die Arbeiten am Haus sind vollendet«, schrieb sie. »Sie dürfen mich aufsuchen, wann immer es Ihnen passt.«

Kühle, für eine Geliebte unübliche Worte, die ihn entflammten.

Jane schritt auf und ab. Sie hatte die Nachricht unmittelbar nach dem Frühstück ins Dudleyhaus geschickt, aber sie wusste, dass er häufig früh aufbrach und erst spät in der Nacht zurückkehrte. Vielleicht las er die Nachricht erst morgen. Vielleicht kam er noch weitere ein oder zwei Tage nicht.

Aber sie schritt auf und ab. Und versuchte vergebens, nicht häufiger als alle zehn Minuten durch die Vorderfenster hinauszuschauen.

Sie trug ein neues Kleid aus zartem, frühlingsgrünen Musselin. Es war schlicht mit seiner hohen Taille, einem sittsamen Ausschnitt und kurzen, gebauschten Ärmeln. Aber es war so geschickt gestaltet, dass es ihrer Figur über der hohen Taille schmeichelte und dann in weichen Falten bis auf die Knöchel herabfiel. Es war sehr teuer gewesen. An die Preise der Damenschneider auf dem Lande gewöhnt, war Jane entsetzt gewesen. Aber sie hatte die Modistin von der Bond Street und ihre zwei Angestellten nicht fortgeschickt. Der Duke hatte sie ausgewählt und mit speziellen Anweisungen zur Anzahl und Art der Kleidungsstücke, die sie haben sollte, hierher geschickt.

Die Stoffe und Muster hatte sie selbst ausgesucht, wobei sie sanfte Farben lebhaften vorzog und Einfachheit des Entwurfs dem Überladenen, aber gegen die Anzahl der Kleidungsstücke oder die Ausgaben hatte sie keine Einwände erhoben, bis auf die Tatsache, dass sie rundweg darauf beharrt hatte, nur ein Ausgehkleid und ein Kleid für Kutschfahrten haben zu wollen. Sie hatte nicht die Absicht, in nächster Zeit auszugehen oder auszufahren.

Er hätte ihr bei der Hausrenovierung nicht freie Hand gelassen, wenn er nicht die Absicht gehabt hätte zurückzukommen, dachte sie, während es sie am frühen Nachmittag doch wieder nahe ans Fenster trieb. Er hätte auch die Modistin oder den Vertrag nicht geschickt. Tatsächlich hatte er letzteren zwei Mal bringen lassen, das erste Mal in zwei Kopien zu ihrer Durchsicht, Unterschrift und Rücksendung und das zweite Mal eine Kopie für sie mit seiner groß und kühn unter ihre gesetzten Unterschrift. Mr Jacobs hatte ihre und Mr Quincy seine Unterschrift bezeugt.

Aber sie konnte doch die Überzeugung nicht loswerden, dass er nicht zurückkäme. Die Woche war endlos geworden. Inzwischen musste er sie gewiss vergessen haben. Inzwischen gab es gewiss jemand anderen.

Sie konnte ihre Angst nicht verstehen – und machte sich nicht die Mühe, sie zu ergründen.

Aber plötzlich wich alle Furcht und wurde von aufbrechender Freude ersetzt, als sie seine vertraute Gestalt die Straße entlang aufs Haus zuschreiten sah. Er hinkte nicht mehr, bemerkte sie, bevor sie sich umwandte und eilig die Wohnzimmertür öffnete. Sie hielt sich zurück, ebenso eilig die Haustür zu öffnen. Sie stand wie angewurzelt, wartete gespannt auf sein Klopfen, wartete darauf, dass Mr Jacobs reagieren würde.

Sie hatte vergessen, wie breit seine Schultern waren, wie dunkel er war, wie bedrohlich seine Erscheinung, wie rastlos vor angestauter Energie, wie – männlich. Er runzelte wie üblich die Stirn, während er dem Butler Hut und Handschuhe übergab. Erst danach sah er sie an. Dann ging er ins Wohnzimmer und betrachtete sie schließlich.

Ein Blick, der nicht nur ihr Kleid und Gesicht und Haar erfasste, dachte sie, sondern alles, was sie ausmachte. Augen, die sich mit einem seltsamen, intensiven Licht, das sie dort noch nie zuvor bemerkt hatte, in die ihren brannten.

Die Augen eines Mannes, der gekommen war, um seine Mätresse zu beanspruchen?

»Nun, Jane«, sagte er, »wurde die Umgestaltung des Hauses schließlich beendet?«

Hatte sie einen Handkuss erwartet? Einen Kuss auf die Lippen? Sanftes Liebesgeflüster?

»Es gab viel zu tun«, erwiderte sie kühl, »um dieses an ein Bordell erinnernde Haus in einen Ort zum Wohnen zu verwandeln.«

»Und das hast du getan?« Er betrat das Wohnzimmer und sah sich um, in Stiefeln, die Hände auf dem Rücken verschränkt. Er schien den Raum auszufüllen.

»Hmm«, sagte er. »Du hast also nicht die Wände eingerissen?«

»Nein«, sagte sie. »Ich habe vieles beibehalten. Ich war nicht unnötig verschwenderisch.«

»Ich hätte nicht Quincys Gesicht sehen wollen, wenn du es gewesen wärst«, erwiderte er. »Er war schon während der letzten Tage ein wenig blass um die Nase. Vermutlich sind Rechnungen eingegangen.«

»Das ist zumindest teilweise Ihr Fehler«, belehrte sie ihn. »Ich brauche nicht so viele Kleider und Accessoires. Aber die Schneiderin, die Sie geschickt haben, sagte, Sie seien unerbittlich, und sie wage es nicht, Ihren Anweisungen zuwiderzuhandeln.«

»Einige Frauen«, sagte er, »kennen ihren Platz, Jane. Sie beherrschen die Kunst, ergeben und gehorsam zu sein.«

»Und dabei viel Geld zu verdienen«, fügte sie hinzu. »Ich habe die Lavendeltöne in diesem Raum belassen, wie Sie sehen können, obwohl ich sie nicht gewählt hätte, wenn ursprünglich ich den Raum gestaltet hätte. Mit Grau und Silber anstatt Rottönen und ohne alle diese Rüschen und die albernen Nippsachen wirkt er nun eher vornehm und elegant. Ich mag ihn und fühle mich hier recht wohl.«

»Tatsächlich, Jane?« Er wandte den Kopf und sah sie an – wieder mit diesem brennenden Blick. »Und hast du es auch mit dem Schlafzimmer so gehalten? Oder werde ich zwei harte, schmale Feldbetten vorfinden, auf denen jeweils ein härenes Hemd ausgebreitet liegt?«

»Wenn sie Scharlachrot als notwendigen Reiz empfinden«, sagte sie, versuchte, das Pochen ihres Herzens zu ignorieren, und hoffte, dass es sich nicht in ihrer Stimme verriet, »dann werden Sie meine Umgestaltung des Raumes vermutlich nicht mögen. Aber mir gefällt er, und das allein zählt. Ich bin diejenige, die jede Nacht dort schlafen muss.«

»Also ist mir das untersagt?« Er hob die Augenbrauen.

Wieder dieses törichte Erröten. Dieses Anzeichen von Gefühlserregung, das sie nicht verbergen konnte. Sie konnte ihre Wangen brennen spüren.

»Nein«, sagte sie. »Ich habe zugestimmt – schriftlich –, dass Sie kommen und gehen können, wie es Ihnen beliebt. Aber vermutlich beabsichtigen Sie nicht, hier zu *leben,* wie ich es tue. Nur zu kommen, wenn Sie ... Nun, wenn Sie ...« Sie hatte die Gewalt über die englische Sprache verloren.

»Wenn ich Sex mit dir will?«, schlug er vor.

»Ja.« Sie nickte. »Dann.«

»Und ist es mir untersagt zu kommen, wenn ich das nicht will?« Er schürzte die Lippen und betrachtete sie einige beunruhigende Augenblicke lang schweigend. »Steht das im Vertrag? Dass ich nur zum Sex hierher kommen kann, Jane? Nicht zum Tee? Um mich zu unterhalten? Oder vielleicht einfach nur zum Schlafen?«

Das käme einer richtigen Beziehung gleich. Ein zu verführerischer Gedanke.

»Möchten Sie das Schlafzimmer sehen?«, fragte sie.

Er betrachtete sie noch ein wenig länger, bevor er lächelte – dieses leichte Lächeln, das seine Augen erhellte, die Mundwinkel aufwärts zog und Janes Knie weich werden ließ.

»Um die neuen Möbel zu sehen?«, fragte er sie. »Oder um Sex zu haben, Jane?«

Seine grobe Ausdrucksweise brachte sie aus der Fassung. Aber alle beschönigenden Umschreibungen dessen hätten das Gleiche bedeutet.

»Ich bin Ihre Mätresse«, sagte sie.

»Ja, das bist du.« Er schlenderte näher heran, die Hände noch immer auf dem Rücken. Er neigte den Kopf zu ihr und sah ihr in die Augen. »Kein Zeichen stählernen Märtyrertums. Dann bist du für den Vollzug bereit?«

»Ja.« Sie glaubte, auch dazu bereit zu sein, schändlich zu seinen Füßen zusammenzusinken, aber diese Tatsache hatte nichts mit schwacher Entschlossenheit, sondern nur mit schwachen Knien zu tun.

Er richtete sich auf und bot ihr seinen Arm.

»Dann sollten wir gehen«, sagte er.

Die Möbel waren geblieben, nur die Farbzusammenstellung hatte sich geändert. Aber er hätte ebenso wenig erkannt, dass er sich im selben Raum befand, wenn ihn jemand mit verbundenen Augen hierher geführt hätte. Der ganze Raum war in Salbeigrün, Cremefarben und Gold gehalten. Er war die Eleganz selbst.

Wenn Jane Ingleby eines im Überfluss besaß, dann guten Geschmack sowie einen Blick für Farbe und Gestaltung. Noch eine im Waisenhaus erlernte Fähigkeit? Oder in dem Pfarrhaus oder Herrenhaus auf dem Lande oder wo auch immer, zum Teufel, sie aufgewachsen war?

Aber er war nicht gekommen, um die Einrichtung des Raumes zu bewundern.

»Nun?« Ihre Augen strahlten, und ihre Wangen waren gerötet. »Was denken Sie?«

»Ich denke, Jane«, sagte er und sah sie mit schmalen Augen an, »dass ich dein Haar jetzt endlich offen sehen will. Nimm die Nadeln heraus.«

Es war nicht mit der üblichen Strenge aufgesteckt. Es war auf eine Art gewellt und aufgedreht, die das hübsche, elegante Kleid, das sie trug, ergänzte. Aber er wollte ihr Haar frei fließen sehen.

Sie zog geschickt die Nadeln heraus und schüttelte den Kopf.

Ah. Es reichte ihr bis unter die Taille, wie sie es gesagt hatte. Ein Strom reinen, glänzenden, sich kräuselnden Goldes. Sie war schon vorher schön gewesen. Selbst in dem scheußlichen Dienstmädchenkleid und mit der grässlichen Haube war sie schön gewesen. Aber nun ...

Es war einfach unbeschreiblich. Er verkrampfte die Hände hinter dem Rücken. Er hatte zu lange gewartet, um es jetzt zu überstürzen.

»Jocelyn.« Sie neigte den Kopf zu einer Seite und sah ihn mit ihren sehr blauen Augen direkt an. »Ich befinde mich hier auf unvertrautem Boden. Du wirst die Führung übernehmen müssen.«

Er nickte und wunderte sich über die gewaltige Woge von – oh, nicht eigentlichen Verlangens, die ihn überschwemmte. Sehnsucht? Diese Art tief in den Eingeweiden, tief in der Seele entstehenden Verlangens, das ihn nur sehr gelegentlich unerwartet überfiel und stets entschlossen wieder abgeschüttelt wurde. Er verband es sonst mit Musik und Malerei. Aber jetzt hatte sein Name dieses Gefühl erweckt.

»Der Name Jocelyn ist schon seit Generationen in meiner Familie«, erklärte er. »Ich habe ihn noch im Mutterleib erworben. Ich kann mich an keinen einzigen Menschen erinnern, der ihn mir gegenüber bis jetzt jemals laut ausgesprochen hätte.«

Ihre Augen weiteten sich. »Deine Mutter?«, fragte sie. »Dein Vater? Dein Bruder und deine Schwester. Gewiss ...«

»Nein.« Er zog seine eng anliegende Jacke aus und öffnete die Knöpfe der Weste. »Ich wurde als Erbe meines gegenwärtigen Titels geboren. Ich wurde mit dem Titel eines Earl geboren, Jane. Meine ganze Familie hat ihn benutzt, bis ich im Alter von siebzehn Jahren zu Tresham wurde. Du bist wirklich die erste, die mich bei meinem Vornamen nennt.«

Er hatte es vorgeschlagen. Das hatte er bei seinen anderen Mätressen nicht getan. Sie hatten ihn mit seinem Titel angesprochen, genau wie alle anderen. Er erinnerte sich nun, wie erschüttert er gewesen war, als er vor einer Woche seinen Namen von Janes Lippen gehört hatte. Er hatte nicht erwartet, dass dies ein solches Gefühl der – der Intimität bewirken würde. Er hatte nicht erkannt, wie sehr er sich nach solcher Intimität gesehnt hatte. Nur das. Dass jemand ihn beim Namen nannte.

Er warf seine Weste beiseite und löste den Knoten des Halstuchs. Sie beobachtete ihn, die Hände an der Taille verschränkt, in Gold gehüllt.

»Jocelyn«, sagte sie sanft. »Jedermann sollte wissen, wie es ist, beim Namen genannt zu werden. Bei dem Namen der einzigartigen Persönlichkeit, die man im Innersten ist. Möchtest du, dass ich mich auch entkleide?«

»Noch nicht.« Er zog sich das Hemd über den Kopf und legte seine Stulpenstiefel ab. Die Pantalons zog er noch nicht aus.

»Du bist sehr schön«, sagte sie überraschenderweise, ihr Blick auf seinem nackten Oberkörper. Typisch für Jane, eine solche Bemerkung zu machen! »Vermutlich kränkt es dich, wenn ich dieses spezielle Wort gebrauche. Es ist vermutlich nicht männlich genug.

Aber du bist nicht gut aussehend. Nicht in irgendeinem konventionellen Sinne. Deine Züge sind zu rau und kantig, deine Hautfarbe zu dunkel. Du bist nur schön.«

Auch eine erfahrene Kurtisane hätte ihn selbst mit den geschicktesten erotischen Worten nicht so heftig erregen können.

»Was bleibt mir nun noch über dich zu sagen?«, fragte er, trat vor und berührte sie schließlich. Er umfasste ihr Gesicht mit beiden Händen, grub die Finger in die warme Seide ihres Haars. »Du bist nicht hübsch, Jane. Das musst du wissen. Hübschsein ist flüchtig. Es vergeht im Handumdrehen. Du wirst schön sein, wenn du dreißig bist, wenn du fünfzig bist, wenn du achtzig bist. Aber mit zwanzig bist du strahlend schön, atemberaubend. Und du gehörst mir.« Er neigte den Kopf und berührte mit seinen geöffneten Lippen die ihren, kostete sie mit der Zunge, bevor er sich ein Stück zurückzog.

»Ja, Jocelyn.« Sie biss sich auf die weiche, feuchte Unterlippe. »Im Moment gehöre ich dir. Unserem Vertrag entsprechend.«

»Dieser verdammte Vertrag.« Er lachte leise. »Ich möchte, dass du mich willst, Jane. Sage mir, dass es nicht nur das Geld oder dieses Haus oder die Verpflichtung ist, die dieses elende Stück Papier dir auferlegt. Sage mir, dass du mich willst. *Mich* – Jocelyn. Oder sage mir ehrlich, dass du es nicht tust, und ich werde dich dein Heim und Gehalt während der nächsten fünf Jahre genießen lassen. Ich werde nicht mit dir schlafen, wenn du mich nicht willst.«

Das hatte ihn bisher niemals wesentlich gekümmert. Wenn er allen Eigendünkel beiseite ließ, wusste er, dass er kein Mann war, der Frauen, die ihren Lebensunterhalt im Bett verdienten, abwies. Und es war für ihn stets eine Frage des Stolzes gewesen, erhaltene Freuden zurückzugeben Aber es hatte ihn niemals gekümmert, ob eine Frau *ihn* wollte oder nur den reichen, ausschweifenden Aristokraten mit dem gefährlichen Ruf. Tatsächlich hätte er, wenn er darüber nachgedacht hätte, wahrscheinlich erkannt, dass er keine Frau nahe genug an sich hatte heranlassen wollen, dass sie *ihn* begehrte.

Er war niemals zuvor für irgend jemanden Jocelyn gewesen. Für niemanden in seiner Familie. Für keine Frau. Nicht einmal für seine engsten Freunde. Er würde sich lieber jetzt umwenden und gehen und niemals zurückkehren, als mit Jane in diesem Bett zu schlafen, nur weil sie sich dazu verpflichtet fühlte. Das war eine recht beunruhigende Erkenntnis.

»Ich will dich, Jocelyn«, flüsterte sie.

Sie meinte es zweifellos ehrlich. Ihre blauen Augen sahen ihn offen an. Sie sagte die einfache Wahrheit.

Und dann beugte sie sich vor, lehnte sich mit ihrem ganzen Körper leicht an ihn und legte ihre Lippen an die Höhlung unterhalb seiner Kehle. Es war eine Geste süßer Hingabe.

Umso süßer, weil es für Jane uncharakteristisch schien. Er kannte sie gut genug, um erkennen zu können, dass sie dies niemals nur täte, weil Hingabe von ihr erwartet würde.

Er fühlte sich seltsam beschenkt.

Er fühlte sich seltsam begehrt. Auf eine Art, wie er es noch niemals zuvor in seinem Leben empfunden hatte.

»Jane«, sagte er, sein Gesicht in ihrem seidigen

Haar. »Jane, ich muss in deinem Körper sein. In *dir* sein. Lass mich hinein.«

»Ja.« Sie legte den Kopf zurück und sah ihm in die Augen. »Ja, das werde ich, Jocelyn. Aber du musst mir zeigen wie. Ich bin nicht sicher, ob ich es weiß.«

Ah. Endlich Jane. Sie sprach mit ihrer kühlen, sachlichen Stimme – die, wie er jäh erkannte, ihre Nervosität verbarg.

»Es wird mir ein Vergnügen sein«, erwiderte er, sein Mund an ihrem, während seine Finger die Knöpfe an der Rückseite ihres Kleides in Angriff nahmen.

# 14. Kapitel

Sie war nicht nervös.

Oh, doch, sie war nervös.

Sie war in einem Sinne nervös, dass sie nicht recht wusste, was sie tun sollte, und befürchtete, linkisch zu sein.

Aber sie hatte keine Angst. Und empfand auch kein Entsetzen über das, was sie tat. Oder Scham. Und sie hatte nicht gelogen. Sie wollte ihn. Sie begehrte ihn verzweifelt. Und er *war* schön – mit festen, harten Muskeln, breiten Schultern und starker Brust, schmal in Taille und Hüfte und mit langen Beinen. Er war warm und duftete nach einem moschusartigen Eau de Cologne.

Er war Jocelyn, und nur sie hatte seinen Namen jemals intim benutzt. Sie wusste, wie wichtig Namen waren. Nur ihre Eltern hatten sie jemals bei ihrem zweiten Vornamen genannt, ihrem wahren Namen, demjenigen, der ihre wahre Identität zu umfassen schien. Ihre Eltern und nun Jocelyn. Sie hatte versucht, ihn daran zu hindern, sie Jane zu nennen, aber er hatte es dennoch getan.

Und so kannten sie einander auf unbeschreibliche Art schon, bevor sie sich körperlich kennen lernten, was nun gerade begann. Er entkleidete sie. Ihre Nacktheit machte sie nicht verlegen. Sie sah sich durch den Ausdruck in seinen dunklen Augen und wusste, dass sie wunderschön und begehrenswert war.

Sie erwiderte seinen Blick.

»Jane.« Er legte seine Hände leicht auf ihre Taille und zog sie an sich. Sie atmete bei dem Gefühl seiner bloßen Haut an ihren Brustwarzen langsam ein. »Wir sind bereit fürs Bett. Komm, leg dich hin.«

Die Kälte des Lakens an ihrem Rücken nahm ihr einen Moment den Atem. Sie hatte die Farben des Raumes verändert, aber nicht die Stoffe. Satin, hatte sie vermutet, war erotisches Beiwerk für das, was in diesem Bett geschehen würde.

Sie beobachtete ihn, während er sich ganz entkleidete. Er wandte ihr nicht den Rücken zu, und sie wandte den Blick nicht von ihm ab. Sie musste sich mit dem Anblick und Gefühl seines Körpers ebenso vertraut machen, wie sie es mit ihrem eigenen Körper war. Warum mit Schüchternheit und Zurückhaltung beginnen?

Sie wusste recht genau, was geschehen würde. Sie hatte immerhin ihr ganzes Leben auf dem Lande verbracht. Aber sie war dennoch schockiert. Es war gewiss nicht genug Platz.

Er lächelte dieses für ihn so typische, fast verinnerlichte Lächeln, während er neben ihr ins Bett stieg und sich auf einen Ellbogen aufstützte, um sie anzusehen.

»Du wirst dich sowohl an den Anblick als auch an das Gefühl gewöhnen, Jane«, sagte er. »Ich hatte noch niemals eine Jungfrau. Es wird bei diesem ersten Mal vermutlich wehtun und bluten, aber ich verspreche dir auch Freuden. Und ich werde dir diesen Schrecken nicht eher zumuten, als dein Körper dazu bereit ist. Es ist meine Aufgabe, dafür zu sorgen, dass er bereit wird. Weißt du etwas über das Vorspiel?«

Sie schüttelte den Kopf. »Ich kenne nicht einmal das Wort.«

»Es bedeutet, was es aussagt.« Seine Augen lachten sie noch immer sanft an. »Wir werden spielen, Jane, solange es nötig ist, bevor ich deinen Körper besteige und uns beide zur Erfüllung reite. Vermutlich weißt du auch nicht viel, wenn überhaupt etwas, über den Akt selbst, oder? Der Schmerz wird vorüber sein, bevor er beginnt. Du wirst es genießen, glaube mir.«

Sie zweifelte nicht daran. Sie spürte bereits einen Schmerz, der nicht wirklich Qual bedeutete, an der Innenseite ihrer Oberschenkel und in ihrem Bauch. Ihre Brüste hatten sich zu einer seltsamen, prickelnden Wundheit verhärtet.

»Du tust es bereits, nicht wahr?«, fragte sie. »Spielen? Mit Worten?«

»Wir könnten an entgegengesetzten Seiten des Raumes sitzen und nur mit Worten gegenseitig brennendes Verlangen erwecken«, sagte er und lächelte plötzlich verschmitzt. »Und vielleicht werden wir es irgendwann tun. Aber nicht heute. Der heutige Tag ist Berührungen vorbehalten, Jane. Der gegenseitigen Erforschung mit Händen und Mund. Dem Abstreifen der Fremdheit, die uns daran hindert, zu der Einheit zu verschmelzen, die wir ersehnen. Wir ersehnen sie doch, oder? Wir beide?«

»Ja.« Sie hob eine Hand und legte sie an seine Wange. »Ja, Jocelyn. Ich will ein Teil deines Namens sein, ein Teil deiner Persönlichkeit, die diesen Namen trägt, ein Teil der Seele in diesem Menschen. Ich möchte eins mit dir sein.«

»Du, ich, wir, uns.« Er senkte den Kopf und sprach an ihrem Mund. »Lass uns ein neues Wort erfinden,

Jane. Die Einheit des Ich und die Vielheit des Wir zu einem neuen Wort für Jane und Jocelyn verschmolzen.«

Sie öffnete den Mund für ihn, plötzlich ausgehungert und von ihrer beider Worte erschüttert – wie auch von den Worten, die sie nicht ausgesprochen hatten. Dies war nicht, wie sie es zu sein erwartet hatte. Dies waren nicht Mann und Mätresse. Dies waren Geliebter und Geliebte.

Das hatte nicht zu ihrem Handel gehört. Weder für sie, noch – gewiss nicht – für ihn.

Aber es geschah.

Sie erkannte zu spät, als sich seine Zunge in ihren Mund stahl und seine Hände ihr eine Andeutung der bevorstehenden Magie und sinnlichen Freuden vermittelten, dass es genau darum ging. Sie begriff, viel zu spät, warum sie lieber diese Alternative als die angemesseneren und vernünftigeren erwählt hatte. Sie begriff, warum sie seinen Vorschlag ohne Zorn oder Entsetzen angenommen hatte.

Dies war Liebe. Oh, vielleicht nicht wirklich *Liebe*. Aber Verliebtsein. Dies war der Wunsch, dem Geliebten unbegrenzt zu geben, bis alles, was einen selbst ausmachte, verströmt war. Und der Wunsch, unbegrenzt zu bekommen, bis die Leere von einer Verschmelzung dessen erfüllt wurde, was sie und ihn ausmachte.

Er hatte Recht. Es gab kein Wort dafür. Es gab niemals ein Wort für die tiefsten Wahrheiten.

»Jane.«

Seine Hände, seine geschickten Finger, sein Mund waren überall. Er wusste unfehlbar, wo und wie er sie berühren musste, wo er mit federleichten Fingerspitzen entlangstreifen, wo kitzeln, wo seine Finger rhythmisch bewegen musste, wo er drücken und streicheln musste. Er wusste, wo er küssen, wo lecken, wo saugen und mit den Zähnen knabbern musste.

Sie hatte keine Ahnung, wie lange es dauerte. Und sie hatte keine Ahnung, woher sie wusste, wo sie ihn berühren musste, wie sie ihn liebkosen musste, wann sie jede Liebkosung ändern musste. Aber sie wusste es, als hätte sie es schon immer gewusst, als gäbe es einen tiefen Quell der Weiblichkeit, aus dem sie für den Geliebten schöpfen konnte, ohne darin unterwiesen werden zu müssen.

Vielleicht lag es daran, dass ihr Körper nicht einfach der Körper irgendeiner Frau und der seine nicht der irgendeines Mannes war. Zeitweise sagte ihr der Instinkt, dass dies normalerweise im Dunkeln und mit fest geschlossenen Augen geschah, dass man den ganzen Genuss normalerweise vollkommen für sich behielt, den Freudenspender ausschloss. Selbst in ihrer Unerfahrenheit spürte sie, dass Liebende sich nicht stets mit geöffneten Augen und auf die des anderen konzentriert liebten, wann immer es möglich war.

»Jane.«

Er sprach ihren Namen immer wieder aus, wie auch sie den seinen. Sie war seine Geliebte, er war ihr Geliebter.

Der Schmerz, das Sehnen, das Begehren wurden beharrlicher und begrenzter. Sie brauchte ihn *dort*.

*Hier.*

*Jetzt.*

Seine Hand zwischen ihren Oberschenkeln erregte ihre geheimsten Körperstellen mit leichter, gewandter Magie und entlockte ihr ungezügeltes Verlangen.

»Jocelyn.« Sie legte ihre Hand auf sein Handgelenk. »Jocelyn.« Sie wusste nicht, was sie sagen sollte. Aber er verstand.

»Feucht und warm und bereit«, sagte er, während sich sein Mund dem ihren erneut näherte. »Ich komme jetzt zu dir, Jane. Lieg ganz still und bleib entspannt. Wenn ich tief in dir bin, werden wir die endgültigen Wonnen genießen.«

»Komm«, sagte sie. »Oh, bitte komm.«

Sein ganzes Gewicht drückte sie auf die Matratze, hielt sie fest, während seine Oberschenkel zwischen ihre drängten und sie weit öffneten und seine Hände unter sie glitten. Aus reinem Instinkt schlang sie ihre Beine um seine. Und dann hob er den Kopf und blickte in ihr Gesicht hinab, die Lider vor Leidenschaft schwer. Aber es war keine blinde Leidenschaft. Er sah ihr tief in die Augen.

Und dann spürte sie ihn hart am pulsierenden Schmerz ihrer Pforte. Und spürte ihn hindurchdrängen, langsam aber fest hindurch schieben, sie ausfüllen, sie dehnen, sie aufwühlen. Da war die plötzliche Vorahnung von Schmerz, die Gewissheit, dass er nicht weiter eindringen konnte. Er war zu groß.

»Jane.« Etwas wie Zerknirschung lag in seinem Blick. »Wenn ich nur deinen Schmerz auf mich nehmen könnte. Aber stets muss die Frau leiden.« Er stieß hart zu und runzelte die Stirn, während er ihr in die Augen sah.

Da war eine unwillkürliche Anspannung, eine Angst vor Schmerz, und – und das Bewusstsein, dass er tief in ihr war. Dass er in ihrem Körper war. Und in ihrem Herzen. In ihr. Sie lächelte.

»Ich lebe noch.«

Er grinste und rieb seine Nase an ihrer.

»Braves Mädchen«, sagte er. »Von Jane Ingleby waren auch keine Tränen und Schwächeanfälle zu erwarten, oder?«

Sie spannte die Muskeln um die unvertraute dicke Härte in sich an und schloss die Augen, um das Wunder dessen in vollen Zügen zu genießen. Aber er hatte mehr versprochen. Und jetzt, nachdem der gefürchtete Moment ihrer verlorenen Unschuld vorüber war, kam alles Sehnen, alles Verlangen zurück.

»Wie soll ich mich bewegen?«, fragte sie und öffnete die Augen wieder. »Zeige es mir, Jocelyn.«

»Lieg still, wenn du magst«, sagte er. »Beweg dich mit mir, wenn du magst. Es gibt in unserem Bett keine Regeln, Jane, und es gibt auch in diesem törichten Vertrag nichts, was hier Anwendung fände. Nur du und ich und was uns gegenseitig angenehm ist.«

Dann senkte er den Kopf in ihr auf dem Kissen ausgebreitetes Haar. Er zog sich langsam ein Stück zurück – und drang dann wieder in sie ein.

Dieses Mal empfand sie keinen Schmerz. Nur Nässe und Hitze und bald das rhythmische Stoßen und Zurückziehen, wie eine Reitbewegung, an die sich ihr Körper schnell anpasste. Ein sinnliches, energetisches, seliges Verschmelzen von Körpern, dass *dort* konzentriert war, wo sich ihr fraulicher Körper ihm geöffnet hatte und sein männlicher Körper tief in sie eingedrungen war. Und doch ging die Empfindung über diesen begrenzten physischen Punkt hinaus. Dies war die Verschmelzung von Mann und Frau, von Jocelyn und Jane. Es war ein Ritt in die Vereinigung, zu diesem schweigenden Moment, in dem das Ich und das Du Abgegrenztheit und Bedeutung verloren. Der Moment, in dem die Vielheit des Wir zur Einheit wurde.

Verlangen, Sehnen, Begehren – alles wurde zur Qual und zur Erfüllung, Erfüllung ...

»Jetzt, Jane.« Er hob den Kopf wieder. Seine Lippen berührten die ihren. Er sah ihr in die Augen. »*Jetzt*. Komm. Komm mit mir. Jetzt, Jane.«

Ja, jetzt. Ganz. Jetzt. Ganz ins Nichts, ins Alles. In Vergessenheit, in letzte Erkenntnis. In Einheit.

Ja, jetzt.

»*Jocelyn!*«

Jemand schrie seinen Namen. Jemand murmelte ihren.

Sie spürte ein letztes, seliges Aufwallen von Hitze und wusste, dass die Verschmelzung vollendet war.

Danach war da Murmeln und Leichtigkeit und Kühle, als er sich von ihr herunterrollte, und weiteres Murmeln und der Trost seiner feuchten Brust an ihrer, als er sie seitlich an sich zog, einen Arm um sie geschlungen und die Behaglichkeit der Bettdecke über ihren Schultern.

»Jane.« Sie hörte ihren Namen erneut. »Ich bin mir nicht sicher, ob du noch immer sagen kannst, du lebst.«

Sie lächelte träge. »Mmm«, sagte sie seufzend. »Ist dies also der Himmel?«

Sie war zu müde, um sein leises Lachen zu hören. Sie glitt in einen köstlichen Schlummer.

Jocelyn schlief nicht. Er war zutiefst befriedigt, aber auch ruhelos. Was, zum Teufel, hatte er gemurmelt? Er hoffte, dass sie nicht zugehört hatte.

Aber natürlich hatte sie zugehört.

Was sie gerade getan hatten, war gemeinsam geschehen. Sie waren keine getrennten Wesen gewesen, die ein rein physisches Vergnügen gegeben und genommen hatten. Sie waren – verdammt, er konnte nicht aufhören, so zu denken, wie er gesprochen hatte. Er war sie geworden, und sie war er geworden. Nicht dass das nun alles gewesen wäre. Sie waren beide gemeinsam ein neues Wesen geworden, das sie beide gemeinsam und keiner von ihnen allein war.

Er würde im Tollhaus landen, wenn er nicht aufpasste.

Es war etwas gewesen, was weit über seine Erfahrungen hinausging. Und gewiss über seine Absichten. Er hatte wieder eine Mätresse haben wollen. Eine Frau, mit der er nach Belieben schlafen konnte. Etwas wirklich ganz Grundsätzliches und Einfaches. Er hatte Jane begehrt. Sie hatte ein Heim und eine Anstellung gebraucht.

Es schien alles vollkommen Sinn zu ergeben.

Bis sie ihr Haar herabgelassen hatte. Nein, das hatte sein Verlangen nur noch genährt.

Bis sie ihn beim Namen genannt hatte. Und noch etwas anderes gesagt hatte. Was, zum Teufel, hatte sie gesagt? Er rieb mit der Wange über die warme Seide ihres Haars und zog sie noch ein wenig näher an sich.

*Jedermann sollte wissen, wie es ist, bei seinem Namen genannt zu werden. Beim Namen der einzigartigen Persönlichkeit, die man im Innersten ist.*

Ja, das hatte es bewirkt. Diese wenigen törichten Worte.

Er war von Geburt an ein Earl mit dem Rang eines Marquis sowie Erbe einer Herzogswürde gewesen.

Seine ganze Erziehung, die offizielle und die inoffizielle, war darauf bedacht gewesen, ihn auf die Übernahme des Titels und des Ranges seines Vaters vorzubereiten, wenn die Zeit käme. Er hatte seine Lektionen gut gelernt. Er hatte beides im Alter von siebzehn Jahren übernommen.

... *die einzigartige Persönlichkeit, die man im Innersten ist.*

Er hatte kein Herz. Dudleys hatten im Allgemeinen keines.

Und er besaß keine einzigartige Persönlichkeit. Er war das, was sein Vater und alle anderen stets von ihm erwartet hatten. Er hatte nun schon seit Jahren den Ruf eines finsteren, skrupellosen, gefährlichen Mannes wie einen Umhang um sich gelegt.

Janes Haar duftete nach Rosen, ein Duft, der sie stets umgab. Es ließ ihn an Gärten im Frühsommer auf dem Lande denken. Und erfüllte ihn mit einer seltsamen Sehnsucht. Seltsam, weil er das Land hasste. Er war erst zwei Mal wieder in Acton Park gewesen, seinem Landgut – seitdem er es mit sechzehn Jahren nach einem erbittertem Streit mit seinem Vater verlassen hatte. Einmal zur Beerdigung seines Vaters kaum ein Jahr später, und einmal zur Beerdigung seiner Mutter vier Jahre später.

Er hatte die Absicht gehabt, niemals zurückzukehren, bis er eines Tages zu seiner eigenen Beerdigung dorthin zurückgetragen würde. Aber nun, während er Jane festhielt, konnte er die Augen schließen und sich an die weichen, bewaldeten Hügel östlich des Hauses erinnern, wo er und Ferdinand und Angeline Räuber und Gendarm und Robin Hood und Forschungsreisende gespielt hatten. Und wo er manchmal, wenn er allein war, Dichter und Denker gespielt, in den Düften der ursprünglichen Natur geschwelgt, die Weite und das Geheimnis dieser nebelhaften Sache namens Leben gespürt und seine Gedanken und Gefühle und Ahnungen in Worte zu fassen versucht hatte. Und gelegentlich gemocht hatte, was er geschrieben hatte.

Bevor er sein Zuhause verlassen hatte, hatte er jedes Wort in leidenschaftlichem Zorn und Abscheu zerrissen.

Er hatte schon ewig lange nicht mehr an Zuhause gedacht. Zumindest nicht als *Zuhause*, wenn er auch die Führung des Gutes sorgfältig im Auge behielt. Er hatte vergessen, dass Acton Park jemals ein Zuhause gewesen war. Aber es war so. Früher. Eine Kinderfrau hatte ihnen in großzügigem Maße Disziplin und Zuneigung zukommen lassen. Sie war bei ihnen gewesen, bis er acht oder neun Jahre alt war. Er konnte sich sogar noch daran erinnern, warum sie entlassen worden war. Er hatte Zahnschmerzen gehabt, und sie hatte ihn im Kinderzimmer auf dem Schoß gehalten, sein schmerzendes Gesicht mit ihrer großen, fleischigen Hand liebkost und leise für ihn gesungen. Dann war sein Vater unangekündigt ins Kinderzimmer getreten – ein seltenes Ereignis.

Sie war vom Fleck weg entlassen worden.

Er, Jocelyn, war ins Arbeitszimmer seines Vaters hinabgeschickt worden, um die Schläge zu erwarten, denen das Ziehen seines Zahnes gefolgt war.

Der Duke of Tresham, hatte sein Vater ihn mit jedem schmerzhaften Streich des Stockes auf seine Kehrseite erinnert, erzog seine Söhne nicht zu Mädchen. Besonders nicht seinen Erben.

»Jocelyn.« Jane war wieder aufgewacht. Sie neigte den Kopf, um ihn anzusehen. Ihr wunderschönes Gesicht war gerötet und die Lider schwer, ihre Lippen rosig und von seinen Küssen geschwollen. Sie schien in duftendes, schimmerndes Gold gehüllt. »War ich schrecklich linkisch?«

Sie war eine der seltenen Frauen, dachte er, die Leidenschaft und Sexualität instinktiv erfassten. Sie hatte an diesem Nachmittag beides verschwenderisch gegeben, als wüsste sie nicht, was es bedeutete, verletzt zu werden. Oder erniedrigt zu werden. Oder zurückgewiesen.

Aber bevor er antworten konnte, legte sie eine Fingerspitze leicht auf seine gerunzelte Stirn.

»Was ist?«, fragte sie. »Was ist los? Ich *war* linkisch, nicht wahr? Wie töricht von mir, mir einzubilden, dass es für dich ebenso welterschütternd gewesen sein muss wie für mich.«

Törichte Jane, sich so der Lächerlichkeit und Qual preiszugeben. Er umfasste ihr Handgelenk und senkte ihre Hand.

»Du bist eine Frau, Jane«, sagte er. »Eine außergewöhnlich schöne Frau, bei der alles am richtigen Fleck ist. Ich habe es sehr genossen.«

Etwas geschah mit ihren Augen. Etwas verschloss sich dahinter. Er erkannte, woher seine plötzliche Gereiztheit rührte. Seine Kehle und Brust schmerzten vor ungeweinten Tränen der Scham. Und des Zorns darüber, dass sie ihn so eingenommen hatte.

Er hätte ihr niemals erlauben sollen, ihn beim Namen zu nennen.

»Du bist verärgert«, sagte sie.

»Weil du von welterschütternden Erfahrungen

sprichst und mir das Gefühl vermittelst, dass ich dich verführt haben muss«, sagte er kurz angebunden. »Du bist als meine Mätresse angestellt. Ich habe dir gerade Arbeit verschafft. Ich bemühe mich stets, die Arbeit für meine Mätressen angenehm zu gestalten, aber es ist dennoch Arbeit. Du hast dir gerade deinen Lebensunterhalt verdient.«

Er fragte sich, ob sie seine scharfen Worte genauso schmerzhaft empfand wie er. Er hasste sich, was nicht neu war, nur dass die Leidenschaft seines Selbsthasses schon seit langer Zeit zu einer Verachtung der Welt im allgemeinen verstummt war.

»Und habe einen guten Gegenwert erbracht«, sagte sie kühl. »Ich möchte Sie daran erinnern, Euer Gnaden, dass Sie mich für den Gebrauch meines Körpers eingestellt haben. Sie bezahlen mich nicht für meinen Verstand oder meine Gefühle. Wenn ich es erwähle, einen Teil meiner Beschäftigung als welterschütternd zu empfinden, steht es mir frei, das zu tun, vorausgesetzt ich öffne meinen Körper gleichzeitig für Ihren Gebrauch.«

Er empfand einen Augenblick maßlosen Zorn. Wenn sie in Tränen ausgebrochen wäre, wie jede normale Frau es getan hätte, hätte er sich noch stärker geißeln können, indem er sie verächtlich behandelt hätte. Aber wie es für Jane typisch war, strafte sie ihn, trotz der Tatsache, dass sie nackt mit ihm im Bett lag, mit kühler Würde.

Er kicherte. »Unser erster Streit, Jane«, sagte er. »Aber vermutlich nicht unser letzter. Ich muss dich jedoch warnen, deine Gefühle nicht in diese Liaison einzubringen. Ich möchte nicht, dass du bei ihrem unausweichlichen Ende verletzt wirst. Was in diesem

Raum geschieht, ist Sex. Nicht mehr. Und du warst nicht linkisch. Es war ein genauso gutes Schäferstündchen, wie ich es sonst auch immer erlebt habe. Tatsächlich besser. So, bist du nun beruhigt?«

»Ja«, sagte sie mit noch immer kühler Stimme. »Danke.«

Er war erneut erregt – durch seinen Zorn, durch ihre kühle Weigerung, sich gezüchtigt zu fühlen, durch ihre goldene Schönheit, durch den schwachen Duft von Rosen. Er tat, was er tun musste, um seine Kontrolle über die Geschehnisse dieses Nachmittags wiederherzustellen. Er drehte sie auf den Rücken und verschmolz erneut mit ihr, aber dieses Mal konzentrierte er all seine Kraft darauf, den Akt körperlich, sogar nüchtern zu halten. Mann und Mätresse. Nicht mehr.

Und dann schlief er ein, vom Geräusch des Regens gegen das Fenster beschwichtigt.

»Ich dachte, du würdest vielleicht zum Abendessen bleiben wollen«, sagte sie.

»Nein.«

Sie hatten sich wieder angekleidet und waren ins Wohnzimmer zurückgegangen. Aber er hatte sich nicht zu ihr gesetzt. Er hatte sich zunächst vor den Kamin gestellt und in die kalten Kohlen gestarrt. Dann war er zum Fenster geschritten und hatte in den Regen hinausgeblickt.

Er füllte das Wohnzimmer mit seiner Gegenwart und Energie aus. Während Jane seine makellose Eleganz, seine stolze, aufrechte Haltung und seine kräftigen Schultern und Oberschenkel betrachtete, fiel es ihr schwer zu glauben, dass er noch vor einer halben

Stunde nackt mit ihr oben im Bett gelegen hatte. Es fiel ihr, trotz des physischen Beweises ihrer Wundheit und ihrer empfindlichen Brüste und zittrigen Beine, bereits schwer zu glauben, dass irgendetwas von alledem geschehen war.

»Ich habe eine Verabredung zum Abendessen«, sagte er. »Und ich muss heute Abend noch an einem grässlichen Ball teilnehmen. Nein, ich bin nicht gekommen, um zu bleiben, Jane. Nur um unsere Liaison zu vollziehen.«

Es würde nicht leicht werden, seine Mätresse zu sein. Aber das hatte sie auch nicht erwartet. Er war ein überheblicher Mann mit ungewissen Launen. Er war es gewohnt, auf eigene Art zu handeln, besonders bei Frauen. Aber besonders schwer würde es werden, mit diesen seltsamen, plötzlichen Stimmungsschwankungen zurechtzukommen.

Sie hätte sich durch seine Worte verletzt und herabgesetzt fühlen müssen, wie es gewesen war, als er zuvor im Bett ähnlich zu ihr gesprochen hatte. Aber sie erkannte, dass die Worte nicht gleichgültig, sondern recht bewusst ausgesprochen wurden. Sie war sich nicht sicher warum. Um sie daran zu erinnern, dass sie seine Mätresse, nicht seine Geliebte war?

Oder um sich selbst davon zu überzeugen, dass sie ihm nicht mehr bedeutete als ein weiblicher Körper, den er zu seinem Vergnügen benutzte?

Aber trotz all ihrer Unkenntnis und Unerfahrenheit würde sie schwören, dass er sie nicht benutzt hatte, als er das erste Mal in sie eingedrungen war. Sie war nicht nur der Körper irgendeiner Frau gewesen. Es war nicht nur fleischliche Lust gewesen. Er hatte sie geliebt.

Und nun schämte er sich, solche Schwäche gezeigt zu haben.

»Nun, das ist eine Erleichterung«, sagte sie kühl. »Es gilt noch verschiedene Umgestaltungen in den anderen Räumen vorzunehmen, mit denen ich heute beginnen zu können gehofft hatte, aber ich habe bereits den größten Teil des Nachmittags verloren.«

Er schaute über die Schulter zu ihr, ohne sich umzuwenden, und betrachtete sie angestrengt.

»Du lässt dich nicht in deine Schranken verweisen, nicht wahr, Jane?«

»Wenn Sie damit meinen«, erwiderte sie, »dass ich Ihnen nicht erlauben werde, mir das Gefühl zu vermitteln, eine Hure zu sein, Euer Gnaden, dann ist die Antwort nein. Das werde ich nicht tun. Ich werde hier sein, wann immer Sie mich brauchen. So lautet unsere Vereinbarung. Aber mein Leben wird nicht um ihre Besuche kreisen. Ich werde meine Tage nicht damit verbringen, sehnsüchtig aus dem Fenster zu starren, und meine Abende nicht damit, erwartungsvoll auf den Türklopfer zu lauschen.«

Sie erinnerte sich schuldbewusst daran, wie sie den ganzen Morgen zwischen den Fenstern auf- und abgeschritten war. Das würde sie niemals wieder tun.

»Vielleicht, Jane«, sagte er sanft, die Augen gefährlich verengt, »sollte ich vorab eine Nachricht schicken, wann immer ich mit dir schlafen will, um zu fragen, ob du mich in deinen vollen Terminkalender einfügen kannst.«

»Du hast nicht zugehört«, sagte sie. »Ich habe einen Vertrag unterzeichnet, und ich gedenke ihn einzuhalten und dafür zu sorgen, dass du es ebenfalls tust.«

»Was wirst du *tatsächlich* mit deiner Zeit anfangen?«

Er wandte sich vom Fenster um und sah sie über den leeren Raum hinweg an. »Wirst du ausgehen?«

»In den Garten hinter dem Haus«, sagte sie. »Er ist recht hübsch, obwohl er bearbeitet werden muss. Ich habe diesbezüglich einige Ideen und auch bereits begonnen, sie umzusetzen.«

»Liest du gern?« Er runzelte die Stirn. »Gibt es hier irgendwelche Bücher?«

»Nein.« Er sollte sehr genau wissen, dass es keine gab.

»Ich werde dich morgen früh in Hookham's Bücherei mitnehmen«, sagte er plötzlich, »und dir einen Mitgliedsausweis besorgen.«

»Nein!«, sagte sie scharf. Sie entspannte sich wieder. »Nein, danke, Jocelyn. Ich habe viel zu tun. Es braucht viel Zeit und Energie, ein Bordell in ein Zuhause zu verwandeln, weißt du.«

»Das war grundlose Unverschämtheit, Jane, und deiner unwürdig.« Er wirkte sehr groß und bedrohlich, wie er da vor ihrem Stuhl stand, die Füße gespreizt, noch immer die Stirn runzelnd. »Wenn ich dich zu einem Spaziergang in den Hyde Park führen wollte, wärest du wahrscheinlich auch dafür zu beschäftigt, oder?«

»Ja.« Sie nickte. »Du brauchst dir meinetwegen keine Ungelegenheiten zu machen.«

Er sah sie lange an, seine Miene so unergründlich, dass sie in ihm nichts von dem Mann wiedererkannte, der sie noch vor so kurzer Zeit mit unmissverständlicher Leidenschaft geliebt hatte. Er wirkte hart und humorlos und unnahbar.

Dann verbeugte er sich jäh vor ihr, wandte sich um und verließ den Raum.

Sie blickte überrascht zur Tür, die er hinter sich geschlossen hatte, und lauschte auf die Geräusche der sich öffnenden und dann wieder schließenden Eingangstür. Er war fort. Ohne ein Abschiedswort oder irgendeinen Hinweis darauf, wann er wiederkommen würde.

Dieses Mal fühlte sie sich verletzt.

Verlassen.

## 15. Kapitel

Der Raum neben dem Wohnzimmer war mit einer Bettcouch, einem überaus weichen Teppich, einer Unzahl Spiegel, die das Bild eines Menschen mindestens verzehnfachten, abhängig davon, wo man stand, saß oder lag, und den unvermeidlichen Kissen und Nippsachen eingerichtet worden.

Janes Einschätzung nach war er entweder von den ehemaligen Mätressen des Duke, die ihre eigene Gesellschaft der jeder anderen vorzogen, als persönlicher Rückzugsort oder als Alternative zum Schlafzimmer verwendet worden. Sie vermutete Letzteres.

Sie hatte diesen Raum ignoriert, während sie die beiden Haupträume neu gestalten ließ. Aber nun machte sie ihn in ihrer freien Zeit zu ihrem eigenen Reich. Das in Lavendelfarben gehaltene Wohnzimmer war nun zwar elegant, aber es war nicht *ihr* Raum.

Spiegel und Bettcouch des Nebenraums wurden verbannt – es kümmerte sie nicht, was damit geschah. Mr Jacobs schickte sie mit dem Spezialauftrag los, ein Schreibpult, einen Stuhl und Papier, Federn und Tinte zu kaufen. Mrs Jacobs wurde inzwischen nach feinem Leinen, einem Stickrahmen und einer Auswahl bunter Seidenfäden und Zubehör geschickt.

Die Zuflucht, als die Jane den Raum ansah, würde ihr privates Schreib- und Handarbeitszimmer werden. Dort würde sie ihrer Leidenschaft für die Stickerei frönen.

Am Abend nach dem Vollzug ihrer Liaison saß sie stickend in ihrer Zuflucht, während im Kamin behaglich ein Feuer knisterte. Sie stellte sich Jocelyn auf einer vornehmen Abendgesellschaft und anschließend im Gedränge eines großen Balls vor und versuchte, nicht neidisch zu sein. Ihre Einführung in die Gesellschaft hatte wegen des Trauerjahrs für ihre Mutter niemals stattgefunden. Dann war ihr Vater sehr krank geworden, obwohl er sie gedrängt hatte, Lady Webbs Angebot anzunehmen, sich für sie zu verbürgen. Aber sie hatte darauf bestanden, zu bleiben und ihn zu pflegen. Und dann war auch er gestorben, und es stand erneut ein Trauerjahr an. Danach waren die Umstände eingetreten, die sie unter die Vormundschaft des neuen Earl gestellt hatten.

Würde Jocelyn heute Abend tanzen?, fragte sie sich. Würde er Walzer tanzen?

Aber sie würde sich diesen niederdrückenden Gedanken nicht ergeben.

Einen Moment hob sich ihr Herz, als sie ein Klopfen an der Tür ihrer Zuflucht hörte. War er zurückgekommen? Aber dann sah sie den Butler vorsichtig um die Ecke schauen.

»Verzeihung, Madam«, sagte Mr Jacobs, »aber gerade sind zwei große Kisten eingetroffen. Was soll damit geschehen?«

»Kisten?« Jane hob die Augenbrauen und legte ihre Stickerei beiseite.

»Von Seiner Gnaden«, erklärte der Butler. »Fast zu schwer zum Anheben.«

»Ich erwarte nichts.« Sie erhob sich. »Ich sollte es mir besser selbst ansehen. Sind Sie sicher, dass Seine Gnaden sie geschickt hat?«

»Oh, ja, Madam«, versicherte er ihr. »Seine Dienstboten brachten sie und erklärten, sie seien für Sie.«

Jane wurde neugierig, besonders als sie dann die beiden großen Lattenkisten mitten auf dem Küchenboden sah.

»Bitte öffnen sie eine davon«, sagte sie. Mrs Jacobs holte ein Messer herbei, und der Butler durchschnitt die Kordel, die eine der Kisten geschlossen hielt.

Jane schwang den Deckel zurück, und alle Dienstboten – der Butler, die Haushälterin, die Köchin, die Hausgehilfin und der Lakai – beugten sich vor, um hineinzuspähen.

»Bücher!« Die Hausgehilfin klang zutiefst enttäuscht.

»Bücher!« Mrs Jacobs klang eher überrascht. »Nun. Er hat noch niemals zuvor Bücher hierher geschickt. Ich frage mich, warum er es jetzt tut? Lesen Sie, Madam?«

»Natürlich liest sie«, sagte Mr Jacobs scharf. »Warum sonst würde sie ein Schreibpult und Papier und Tinte haben wollen, frage ich dich?«

»Bücher!«, sagte Jane fast ehrfurchtsvoll flüsternd, die Hände vor dem Busen verschränkt.

Sie konnte an den obenauf liegenden Büchern erkennen, dass sie aus seiner eigenen Bibliothek stammten. Es waren Bücher von Daniel Defoe, Walter Scott, Henry Fielding und Alexander Pope, erkannte sie, bevor sie auch nur einen Band berührte.

»Das scheint mir ein seltsames Geschenk«, sagte die Hausgehilfin, »wenn Sie verzeihen, Madam. Vielleicht ist in der anderen Kiste etwas Besseres.«

Jane biss sich fest auf die Lippen. »Es ist ein unbezahlbares Geschenk«, sagte sie. »Mr Jacobs, sind die

Kisten zu schwer, als dass Sie und Phillip sie in mein Zimmer bringen könnten?«

»Ich kann sie allein tragen, Madam«, sagte der junge Lakai. »Soll ich sie auch für Sie auspacken?«

»Nein.« Jane lächelte ihm zu. »Das werde ich selbst tun, danke. Ich möchte mir alle Bücher einzeln ansehen. Ich möchte sehen, was er für mich ausgewählt hat.«

Zum Glück gab es in ihrem Zimmer ein Bücherregal, das mit geschmacklosem Zierat bedeckt war, bevor Jane es räumte.

Dann verbrachte sie zwei Stunden vor den Kisten kniend, nahm ein Buch nach dem anderen hervor, arrangierte sie ansprechend auf dem Regal und sann darüber nach, welches sie zuerst lesen würde.

Und gelegentlich blinzelte sie rasch und musste sich sogar mit dem Taschentuch die Augen betupfen, wenn sie sich vorstellte, wie er heute Nachmittag nach Hause gegangen war und alle diese Bücher für sie ausgesucht hatte. Sie wusste, dass er nicht einfach Mr Quincy angewiesen hatte, die Auswahl für ihn zu treffen, denn es waren einige Bücher dabei, die sie als ihre bevorzugten erwähnt hatte.

Hätte er ihr irgendein kostbares Schmuckstück geschickt, hätte sie sich nicht annähernd so gefreut. Solch ein Geschenk würde seinen Geldbeutel nicht einmal schmälern. Aber seine Bücher! Seine eigenen Bücher, keine, die er nur für sie gekauft hatte. Er hatte sie aus seinen eigenen Regalen entnommen, und es befanden sich auch seine persönlichen Lieblingsbücher darunter.

Nun war dem Abend die Einsamkeit ein Stück weit genommen. Und ein Teil der Verwirrung, die sie empfunden hatte, als er am Nachmittag so jäh und ohne ein Abschiedswort gegangen war. Er musste sofort nach Hause geeilt sein und längere Zeit in seiner Bibliothek verbracht haben. Nur für sie.

Sie durfte sich nicht erlauben, mahnte Jane sich fest, sich noch mehr in ihn zu verlieben. Und sie durfte sich nicht erlauben – sie durfte sich *absolut nicht* erlauben –, ihn gar zu *lieben*.

Er hielt lediglich eine neue Mätresse bei Laune. Nicht mehr.

Aber sie las dennoch glücklich bis Mitternacht.

Am nächsten Morgen ritt der Duke of Tresham zu einer Zeit im Hyde Park aus, zu der er dort an der Rotten Row häufig einige seiner Freunde traf. Der Regen hatte irgendwann während der Nacht aufgehört und die Sonne schien und verwandelte die Feuchtigkeit auf dem Gras in Diamanten. Sein Bedürfnis nach Ablenkung wurde fast augenblicklich erfüllt, als er alsbald auf Sir Conan Brougham und Viscount Kimble traf.

»Tresh«, sagte der Viscount zur Begrüßung, als Jocelyn sich der Gruppe anschloss, »wir hatten dich zum Abendessen bei White's erwartet.«

»Ich habe zu Hause gegessen«, belehrte Jocelyn ihn. Und das entsprach der Wahrheit. Er hatte nicht mit Jane zu Abend essen können, da seine Gefühle blank lagen und er es sie nicht hatte merken lassen wollen. Und obwohl er sich zum Ausgehen gekleidet hatte, war er nicht ausgegangen, wobei er sich nicht ganz sicher war warum.

»Allein?«, fragte Brougham. »Sogar ohne die erfreuliche Miss Ingleby zur Gesellschaft?«

»Sie hat niemals mit mir gespeist«, erwiderte Jocelyn. »Sie war ein Dienstmädchen, falls du dich erinnerst.«

»Ich könnte sie mir jederzeit als mein Dienstmädchen vorstellen«, sagte Kimble theatralisch seufzend.

»Du warst auch nicht bei Lady Halliday's«, stellte Brougham fest.

»Ich bin zu Hause geblieben«, sagte Jocelyn.

Er war sich der Tatsache bewusst, dass seine Freunde Blicke wechselten, bevor sie in fröhliches Gelächter ausbrachen.

»Holla, Tresham«, sagte Brougham, »wer ist sie? Kennen wir sie?«

»Kann ein Mann nicht beanspruchen, einen Abend allein zu Hause verbracht zu haben, ohne Argwohn zu erwecken?« Jocelyn trieb sein Pferd zum kurzen Galopp an. Aber er konnte seine Freunde, die das Tempo ihrer Pferde dem seinen anpassten, nicht täuschen. Sie ritten zu beiden Seiten neben ihm.

»Es muss jemand Neues sein, wenn sie ihn vom Abendessen bei White's und dem Kartenzimmer bei Lady Halliday's fern hält, Cone«, sagte Kimble.

»Und ihn die ganze Nacht wach gehalten hat, wenn man nach seiner schlechten Laune heute Morgen urteilen sollte, Kimble«, bemerkte Brougham.

Sie unterhielten sich über Jocelyn hinweg, beide grinsend, ganz so, als wäre er nicht da.

»Geht zum Teufel«, wies er sie an.

Aber sie erwiderten seine unfreundliche Einladung nur mit einem neuerlichen Heiterkeitsausbruch.

Es war eine Erleichterung, Angeline sich mit Mrs Stebbins, einer ihrer speziellen Freundinnen, zu Fuß jenseits des Zauns nähern zu sehen. Sie befanden sich auf einem Morgenspaziergang. »Du unmöglicher Mensch!«, rief Angeline aus, sobald Jocelyn in Hörweite ritt. »Warum bist du immer unterwegs, wenn ich vorspreche, Tresham? Ich hatte gestern Nachmittag, als Heyward mir erzählte, du hättest White's noch vor dem Imbiss verlassen, beschlossen, zum Dudleyhaus zu gehen. Ich war mir sicher, dass du nach Hause gegangen sein musstest.«

Jocelyn spielte mit seinem Lorgnon. »Tatsächlich?«, sagte er. »Es hat wohl wenig Sinn zu erwähnen, dass du dich geirrt hast. Welchem Umstand, wenn ich fragen darf, verdanke ich diese Zurschaustellung schwesterlicher Zuneigung? Guten Morgen, Mrs Stebbins.« Er tippte mit der Peitsche an seinen Hut und neigte den Kopf.

»Jedermann spricht darüber«, sagte Angeline, während ihre Freundin tief vor seiner Gnaden knickste. »Ich habe es während der vergangenen zwei Tage schon drei Mal gehört, ganz zu schweigen davon, dass Ferdie davon sprach, als ich ihn gestern sah. Also vermute ich, dass du es auch gehört hast. Aber du musst mir versprechen, dass du nichts Törichtes unternehmen wirst, Tresham, sonst erholen sich meine Nerven niemals wieder. Aber du musst mir auch versprechen, dass du die Familiennehre verteidigen wirst, was auch immer es dich kosten wird.«

»Ich hoffe«, sagte Jocelyn, »dass du mich früher oder später über den Inhalt dieser faszinierenden Unterhaltung aufklären wirst, Angeline. Dürfte ich vorschlagen, es früher zu tun, bevor Cavalier ungeduldig wird?«

»Es wird behauptet«, erklärte sie, »dass die Forbesbrüder aus Angst vor deiner Vergeltung für das, was sie Ferdie anzutun versucht haben, aus der Stadt geflohen seien.«

»Das ist gut so«, bemerkte er. »Dann besitzt wenigstens einer der drei etwas Verstand, wenn das wirklich der Grund für ihr Verschwinden war.«

»Aber inzwischen«, sagte sie, »gilt es als absolut sicher – nicht wahr, Maria?« Sie wandte sich, Bestätigung heischend, an Mrs Stebbins. »Mr Hammond erwähnte es vorgestern bei Mrs Bury-Haugh's, und jedermann weiß, dass seine Frau eine Kusine zweiten Grades von Mrs Wesley Forbes ist. Also muss es stimmen.«

»Unbestreitbar, würde ich sagen«, stimmte Jocelyn ihr trocken zu, während er weitere Spaziergänger jenseits und die übrigen Reiter diesseits des Zauns durch sein Lorgnon betrachtete.

»Die Angelegenheit ist für sie noch nicht erledigt«, verkündete Angeline. »Kannst du dir ihre Verbitterung vorstellen, Tresham? Obwohl Ferdie hätte getötet werden können? Die Angelegenheit ist für sie noch nicht erledigt, weil du die Karriole genommen hast und kein schlimmerer Schaden entstanden ist als ein Paar ruinierte Lederhandschuhe. *Sie* schwören *dir* noch immer Rache! Obwohl jedermann weiß, dass *du* derjenige bist, der Grund zum Groll hätte. Sie holen gerade Verstärkung und werden jeden Moment zurückerwartet.«

Jocelyn wandte sich schwungvoll um und betrachtete die grasbewachsene Weite hinter sich. »Aber noch nicht jetzt, Angeline«, sagte er. »Die Verstärkung, die du erwähnst, besteht vermutlich aus Reverend Josiah Forbes und Captain Samuel Forbes?«

»Es werden fünf gegen einen sein«, erklärte sie theatralisch. »Oder fünf gegen zwei, wenn man Ferdie mitrechnet, worauf er besteht. Es wären fünf gegen drei, wenn Heyward nicht auf seine abscheuliche Art darauf beharren würde, sich nicht in kindische Streiche hineinziehen zu lassen. Ich werde ihm eine Pistole abschwatzen und wieder beginnen, meine Treffsicherheit zu üben. Ich bin immerhin eine Dudley.«

»Ich bitte dich, davon abzulassen«, sagte Jocelyn fest. »Niemand würde wissen, welche Seite in größerer Gefahr vor dir wäre, wenn du dich beim Schießen heute als noch ebenso geschickt erwiesest wie in deiner Jugend.« Er hob erneut das Lorgnon an und betrachtete sie von Kopf bis Fuß. »Das ist ein überraschend eleganter Hut, den du da trägst«, sagte er. »Aber die mohnroten Blumen passen beklagenswert schlecht zu deinem blassroten Ausgehkleid.«

»Vor zehn Minuten sind wir Lord Pym begegnet«, sagte sie und warf den Kopf zurück, »und er hat bemerkt, du törichter Mensch, dass ich wie eine besonders köstliche Wiese aussähe, auf der alleine zu wandeln er sich nur wünschen könnte. Nicht wahr, Maria?«

»Tatsächlich?« Jocelyns Haltung wurde augenblicklich frostig. »Gewiss, Angeline, hast du Lord Pym daran erinnert, dass du die Schwester des Duke of Tresham bist?«

»Ich habe seelenvoll geseufzt und ihn dann ausgelacht«, sagte sie. »Es war nur harmlose Galanterie, Tresham. Denkst du, ich würde irgendeinem Mann erlauben, sich bei mir Freiheiten herauszunehmen? Ich werde Heyward davon erzählen, und er wird die Augen verdrehen und dann sagen ... nun.« Sie errötete und lachte erneut, nickte Kimble und Brougham zu, nahm Maria Stebbins' Arm und setzte ihren Spaziergang fort.

»London braucht einen neuen Skandal«, bemerkte Jocelyn, während er mit seinen Freunden weiterritt. »Anscheinend gibt es derzeit kein anderes Thema als diese feigen Halunken, die behaupten, mit Lady Oliver verwandt zu sein.«

»Sie haben zweifellos Angst«, sagte Viscount Kimble, »da Joseph Forbes nur allzu überstürzt in ihrer aller Namen die Verantwortung für deine zerschundenen Handflächen übernommen hat. Wahrscheinlich brüten sie auch noch mehr Unheil aus – natürlich nichts so Direktes wie eine Herausforderung.«

»Sie haben vielleicht keine andere Wahl – bis auf den Verlust des Gesichts und den letzten Rest ihrer Ehre«, sagte Jocelyn. »Aber genug von dem Thema. Ich habe es gründlich satt. Genießen wir die frische Luft und den Sonnenschein.«

»Um die Hirngespinste zu vertreiben?«, fragte Brougham. Er schaute an Jocelyn vorbei und wandte sich wieder an Kimble. »Hast du gehört, dass Tresham laut Lady Heyward gestern Nachmittag nicht zu Hause war? War er bei dir?«

»Er war nicht bei mir, Cone«, antwortete der Viscount vollkommen ernst. »War er bei dir?«

»Ich haben ihn zwischen gestern Morgen und jetzt nicht mehr gesehen«, sagte Brougham. »Sie muss *sehr* neu und *sehr* munter sein.«

»Zum Teufel!« Kimble brachte sein Pferd so abrupt zum Stehen und warf den Kopf vor Erheiterung so laut lachend zurück, dass er fast aus dem Sattel gefallen wäre und erhebliches Geschick aufbringen musste, um sein Pferd wieder unter Kontrolle zu bringen. »Direkt vor unserer Nase, Cone«, sagte er, als er wieder dazu in der Lage war. »Die Antwort, meine ich.«

Conan Broughams und Jocelyns Pferde tänzelten ein kleines Stück entfernt unruhig.

»Die erfreuliche Miss Ingleby!«, verkündete Kimble. »Du Gauner, Tresh. Du hast gelogen. Sie befindet sich noch in deiner Obhut. Und sie hat dich beinahe den ganzen gestrigen Tag und die ganze Nacht von deinen Freunden, deinen Verpflichtungen und deinem Bett fern gehalten – deinem eigenen Bett zumindest. Sie muss allen Versprechen gerecht geworden sein, die sie ahnen ließ.«

»Es ist uns regelrecht ins Gesicht gesprungen, nicht wahr?«, stimmte Brougham ihm grinsend zu. »Du hast tatsächlich mit ihr getanzt, Tresham – *Walzer getanzt*. Und konntest den Blick nicht von ihr abwenden. Aber warum die Heimlichkeit, alter Junge?«

»Ich glaube«, sagte Kimble übertrieben seufzend, »ich werde trauern. Ich hatte erwogen, einen Detektiv auf die Suche nach ihr zu schicken.«

»Ihr beide«, sagte Jocelyn in seiner gewohnten, hochmütigen Art, »könnt meinetwegen zum Teufel gehen. Wenn ihr mich jetzt entschuldigen wollt – im Dudleyhaus wartet mein Frühstück.«

Zunächst folgte ihm nur Schweigen, aber bald darauf ihr Gelächter, als er in aller Ruhe in Richtung seines Zuhauses davonritt.

Es war nicht so, dachte er törichterweise noch immer. Es war nicht *so*.

Aber wenn es nicht so war – ein Mann mit einer neuen Mätresse, der einen unverbrauchten weiblichen Körper genoss, mit dem er sich vergnügte – wie war es dann *tatsächlich?*

Er hasste den Gedanken, dass selbst seine engsten Freunde über Jane lachten.

Sie musste ihn gehört haben. Sie stand wieder im Eingang des Wohnzimmers, heute in Blassgelb – ein weiteres neues Kleid klassisch schlichter Machart. Sie bewies bei Kleidung anscheinend einen perfekten Geschmack, nachdem sie erst aus den billigen, grauen Ungeheuerlichkeiten herausgezwungen worden war.

Er reichte dem Butler Hut und Handschuhe und ging auf sie zu. Sie lächelte ihn mit verwirrender Herzlichkeit an und streckte beide Hände aus, was ihn vollends aus der Fassung brachte. Er hatte sich von aller Welt und von ihr im Stich gelassen gefühlt und war auf sich selbst ärgerlich gewesen, weil er nicht in der Lage gewesen war, heute Nachmittag *nicht* wieder zu ihr zu kommen.

»Danke«, sagte sie und drückte seine Hände, als er die ihren ergriff. »Wie kann ich dir jemals ausreichend danken?«

»Für die Bücher?« Er runzelte die Stirn. Er hatte die Bücher fast vergessen. Er hatte beabsichtigt, sie heute unmittelbar zu Bett zu führen, sein schnelles Vergnügen mit ihr zu haben, bevor er ging und den übrigen Tag normal weiterzuführen, unbeeinträchtigt von irgend einem Gedanken an sie. Er hatte beabsichtigt, diese Beziehung in die richtige Bahn zu lenken. Gleichzeitig hasste er den Gedanken an Kimbles oder Broughams lästerliche Bemerkungen, die er gewiss heute Abend zu hören bekommen würde, und sein Wissen, dass ihnen Wahrheit innewohnte.

»Das war doch nichts«, sagte er kurz angebunden. Er befreite seine Hände und bedeutete ihr, ins Wohnzimmer voranzugehen.

»Für dich vielleicht nicht«, sagte sie. »Aber für mich bedeutet es alles. Du kannst nicht wissen, wie sehr ich das Lesen vermisst habe, seit ich hierher kam.«

»Warum, zum Teufel«, fragte er verärgert, schloss die Tür und sah sich im Raum um, »hast du mich dich dann nicht zur Bibliothek mitnehmen lassen?«

Und warum, zum Teufel, schämte sie sich so, gesehen zu werden? Seine anderen Mätressen waren niemals glücklicher gewesen, als wenn er sie irgendwohin begleitete, wo sie in seiner Gesellschaft gesehen wurden.

Wahrscheinlich war sie die Tochter eines verdammten Geistlichen. Aber er wollte zweimal verdammt sein, bevor er Schuld darüber empfand, ihr die Unschuld genommen zu haben.

Sie würde seine Frage natürlich nicht beantworten. Sie lächelte wieder und neigte den Kopf.

»Du bist heute Nachmittag schlechter Stimmung«, bemerkte sie. »Aber ich lasse mich davon nicht einschüchtern. Ist etwas geschehen, worüber du gern reden würdest?«

Er musste beinahe lachen.

»Die Forbesbrüder haben sich aus der Stadt geschlichen, um Verstärkung zu holen«, sagte er. »Sie haben Angst, mir mit der Aussicht drei zu eins gegenüberzutreten. Sie wollen das Verhältnis auf fünf zu eins erhöhen. Sie werden erkennen, dass die Aussichten noch immer zu meinen Gunsten stehen. Ich finde einen gewissen Geschmack am Umgang mit Maulhelden und Feiglingen.«

Sie seufzte. »Männer und ihr Stolz«, sagte sie. »Du wirst dich wahrscheinlich auch mit achtzig noch raufen, wenn du so lange leben solltest. Möchtest du dich setzen? Soll ich Tee bestellen? Oder möchtest du gleich nach oben gehen?«

Plötzlich, seltsamerweise, erschreckenderweise begehrte er sie nicht mehr. Nicht körperlich. Nicht jetzt. Es schien einfach zu ... zu was? Schmutzig? Er musste beinahe erneut lachen.

»Wo sind die Bücher?«, fragte er. »Im Schlafzimmer? Im Dachgeschoss?«

»Nebenan«, sagte sie. »Ich habe den Nebenraum zu meinem Gebrauch für die Zeit umgestaltet, wenn du nicht hier bist. Ich betrachte ihn als meine Zuflucht.«

Er hasste das Wohnzimmer. Obwohl es jetzt elegant und geschmackvoll eingerichtet war, erinnerte es ihn immer noch an ein Wartezimmer, ein unpersönlicher Raum, in dem vor dem unausweichlichen Wechsel ins Schlafzimmer gewisser Höflichkeiten gepflogen wurde. Hier war kein persönlicher Hauch spürbar, der es zu Janes Wohnzimmer gemacht hätte.

»Führe mich dorthin«, befahl er.

Er hätte vielleicht vermuten können, dass Jane sich nicht einfach umdrehen und sanftmütig vorangehen würde.

»Es ist mein Raum«, sagte sie. »Ich empfange dich hier – und gelegentlich vielleicht im Esszimmer. Im Schlafzimmer gewähre ich dir deine vertraglichen Rechte. Das übrige Haus betrachte ich als mein persönliches Reich.«

Jocelyn schürzte die Lippen, unentschlossen, ob er sie um der Befriedigung willen anbrüllen sollte, sie erschreckt zusammenzucken zu sehen, oder ob er den Kopf zurückwerfen und lachen sollte.

*Vertragliche Rechte,* zum Donner!

»Miss Ingleby.« Er gönnte ihr seine gekonnteste

Verbeugung. »Würden Sie mir das Privileg gewähren, mir Ihre Zuflucht anzusehen?«

Sie zögerte, biss sich auf die Unterlippe und neigte dann den Kopf.

»Nun gut«, sagte sie, wandte sich um und schritt vor ihm aus dem Raum.

Das Zimmer war Jane. Er spürte es, sobald er durch die Tür trat. Er spürte es, als betrete er ihre Welt zum ersten Mal. Eine Welt, die einerseits elegant und vornehm und andererseits arbeitsam und behaglich war.

Die rehbraunen Tapeten und Vorhänge hatten den Raum stets trist wirken lassen, und alle Versuche ihrer Vorgängerinnen, ihn mit Kissen und Tüchern und aufdringlichen Kleinigkeiten aufzuhellen, hatten die düstere Stimmung nur noch betont. Auch die von Effie hinzugefügten Spiegel hatten sie lediglich verstärkt. Er hatte es sich zur Gewohnheit gemacht, niemals einen Fuß hier hereinzusetzen.

Jetzt ließ das Rehbraun, das Jane nicht zu verschleiern versucht hatte, den Raum friedlich erscheinen. Die Bettcouch war fort. Wie auch, wenig überraschend, alle Spiegel. Einige zierliche Sessel waren hinzugekommen, wie auch ein Schreibpult mit Stuhl, wobei ersteres mit so vielen Papieren bedeckt war, um darauf schließen zu lassen, dass es nicht nur zum Vorzeigen dastand. Das Bücherregal war mit seinen Büchern angefüllt, wobei eines geöffnet auf einem kleinen Tisch neben einem Kaminsessel lag. Vor dem Sessel an der anderen Seite des Kamins war ein Stickrahmen mit einem darüber gespannten Stück Leinen zu sehen. Darum herum waren Seidenfäden, eine Schere und Nadeln verstreut.

»Darf ich mich setzen?«, fragte er.

Sie deutete auf den Sessel beim Buch.

»Wenn du willst«, sagte sie, »kannst du die Kosten für das Schreibpult und den Stuhl von meinem Gehalt abziehen, da sie für meinen Privatgebrauch bestimmt sind.«

»Ich glaube mich zu erinnern«, sagte er, »dass ich dir für die Renovierung des Hauses völlig freie Hand gelassen habe, Jane. Also erspare dir lächerliche Bemerkungen und setz dich. Ich bin zu sehr Gentleman, um mich vor dir niederzulassen.«

Er konnte sehen, dass sie sich unbehaglich fühlte. Sie kauerte in einiger Entfernung auf einer Stuhlkante.

»Jane«, sagte er ungeduldig, »setz dich an deinen Stickrahmen. Lass mich dir beim Arbeiten zusehen. Das ist vermutlich eine weitere Fertigkeit, die du im Waisenhaus erlernt hast?«

»Ja«, sagte sie, wechselte den Platz und nahm die Nadel auf.

Er beobachtete sie eine Zeit lang schweigend. Sie war ein einziges Bild von Schönheit und Anmut. Eine geborene und dazu erzogene Lady. Die wahrhaft schwere Zeiten durchlebte – gezwungen, nach London zu kommen, um Arbeit zu suchen, gezwungen, Arbeit als Ladengehilfin einer Putzmacherin anzunehmen, gezwungen, seine Pflegerin zu werden, gezwungen, seine Mätresse zu werden. Nein, nicht gezwungen. Diese Schuld würde er nicht auf sich nehmen. Er hatte ihr eine großartige Alternative geboten. Raymore hätte sie zu einer Berühmtheit gemacht.

»Dies war stets meine Vision häuslicher Glückseligkeit«, sagte er nach einer Weile und überraschte sich mit diesen unbedacht geäußerten Worten selbst.

Sie schaute kurz von ihrer Arbeit auf.

»Eine Frau, die vor dem Feuer stickt«, erklärte er. »Ein Mann auf der anderen Seite. Frieden und Ruhe um sie herum und mit der ganzen Welt in Einklang.«

Sie senkte den Kopf und arbeitete weiter. »Hast du das in deiner Kindheit niemals kennen gelernt?«, fragte sie.

Er lachte auf. »Meine Mutter konnte vermutlich das eine Ende einer Nadel nicht vom anderen unterscheiden«, sagte er, »und niemand hat ihr oder meinem Vater jemals erklärt, dass es möglich ist, gelegentlich mit seiner Familie am Kamin zusammenzusitzen.«

Auch ihm hatte niemand solche Dinge erklärt. Woher kamen diese Gedanken?

»Armer kleiner Junge«, sagte sie leise.

Er erhob sich jäh und trat ans Bücherregal.

»Hast du *Mansfield Park* gelesen?«, fragte er kurz darauf.

»Nein.« Sie schaute erneut auf. »Aber ich habe *Sense and Sensibility* von derselben Autorin ausgesprochen gern gelesen.«

Er nahm ersteren Band vom Regal und setzte sich wieder.

»Ich werde dir vorlesen, während du arbeitest«, sagte er.

Er konnte sich nicht erinnern, jemals laut gelesen zu haben, außer während seiner Unterrichtsstunden als Junge. Er konnte sich auch nicht erinnern, dass ihm jemand vorgelesen hätte, bis Jane es getan hatte, als er außer Gefecht gesetzt war. Er hatte die Erfahrung als unerwartet wohltuend empfunden, obwohl er niemals intensiv zugehört hatte. Er öffnete das Buch und begann zu lesen.

»»Vor ungefähr dreißig Jahren hatte Miss Maria Ward, aus Huntingdon das große Glück, Sir Thomas Bertram von Mansfield Park, zu bezaubern ...‹«

Er las zwei Kapitel, bevor er innehielt und das Buch auf den Schoß senkte. Danach saßen sie eine Weile schweigend da. Ein Schweigen, das ihm zutiefst behaglich erschien. Er merkte, dass er es sich in seinem Sessel regelrecht bequem gemacht hatte. Er könnte mühelos einnicken. Er fühlte sich ... Wie fühlte er sich *tatsächlich*? Zufrieden? Gewiss. Glücklich? Glück war etwas, dem er bisher kaum oder gar nicht begegnet war und worauf er wenig Wert legte.

Er fühlte sich von der Welt abgeschieden. Von seinem üblichen Selbst abgeschieden. Mit Jane. Die gewiss auch von ihrer Welt und ihrem üblichen Selbst abgeschieden war, wie auch immer beides gewesen sein mochte. Konnte dies fortbestehen?, fragte er sich. Unbegrenzt? Für immer?

Oder konnte er zumindest zu einem gelegentlichen Zufluchtsort werden, dieser Raum, der so sehr Jane war und in dem er sich behaglich, ruhig und zufrieden fühlte – ganz anders als bei seinem normalen Lebensstil?

Er sollte diesen törichten, unrealistischen und uncharakteristischen Träumen ohne großen Aufhebens ein Ende setzen, dachte er. Er sollte gehen – oder mit ihr schlafen.

»Woran arbeitest du?«, fragte er sie stattdessen.

Sie lächelte, ohne aufzublicken. »An einer Tischdecke«, sagte sie. »Für den Esszimmertisch. Ich musste *irgendeine* Beschäftigung finden. Und Sticken war schon immer eine meiner Leidenschaften.«

Er beobachtete sie unter trägen Lidern noch eine

Weile. Der Stickrahmen war von ihm fortgeneigt, so dass er das Muster nicht sehen konnte. Aber die Seidenfäden wiesen Herbstfarben auf, die sich alle geschmackvoll ergänzten.

»Wärst du böse«, fragte er, »wenn ich es mir ansehe?«

»Aber nein.« Sie wirkte überrascht. »Aber du bist nicht zur Höflichkeit verpflichtet, weißt du. Du brauchst kein Interesse zu heucheln.«

Er ließ sich zu keiner Antwort herab. Er wuchtete sich aus dem tiefen, bequemen Sessel hoch und legte sein geschlossenes Buch dabei auf ihres.

Sie arbeitete an einem Herbstwald-Motiv.

»Wo ist die Vorlage, nach der du arbeitest?«, fragte er sie. Er wollte das ganze Bild sehen können.

»In meinem Kopf«, belehrte sie ihn.

»Aha.« Nun verstand er, warum es für sie eine Leidenschaft war. Sie konnte nicht nur geschickt mit der Nadel umgehen. »Also ist es für dich eine Kunst, Jane. Du hast ein gutes Auge für Farbe und Entwurf.«

»Seltsamerweise«, sagte sie, »konnte ich meine Visionen niemals auf Papier oder Leinwand festhalten. Aber durch die Nadel fließen meine Bilder mühelos von meiner Vorstellung in den Stoff.«

»Ich war auch nie gut darin, Szenen darzustellen«, sagte er. »Ich hatte stets das Gefühl, dass die Natur es um vieles besser kann als ich. Gesichter von Menschen sind eine andere Sache. Da kann man sehr viel Leben und Wesenhaftigkeit einfangen.«

Er hätte sich auf die Zunge beißen können, sobald die Worte heraus waren. Er richtete sich einigermaßen verlegen auf.

»Du malst Portraits?« Sie schaute zu ihm hoch,

leuchtendes Interesse in den Augen. »Ich dachte immer, das müsse die schwierigste Kunstform sein.«

»Ich beschäftige mich oberflächlich damit«, sagte er steif, ging zum Fenster und blickte in den kleinen Garten hinaus, der bemerkenswert gut gepflegt aussah, wie er erkannte. Waren diese Rosen schon immer dort gewesen? »Es ist eher Vergangenheit. Ich *habe* mich oberflächlich damit beschäftigt.«

»Es war vermutlich«, sagte sie ruhig, »keine männliche Beschäftigung.«

Sein Vater hatte ihn weitaus vernichtender kritisiert.

»Ich möchte dich gerne malen«, hörte er sich sagen. »Dein Gesicht zeigt noch sehr viel mehr als nur erlesene Schönheit. Es wäre eine enorme Herausforderung.«

Hinter ihm herrschte Schweigen.

»Oben werden wir unsere sexuelle Leidenschaft befriedigen«, sagte er. »Hier in diesem Raum könnten wir allen anderen Leidenschaften frönen, wenn du magst, Jane. Fern der neugierigen Blicke und höhnischen Reden der Welt. Das hast du in diesem Raum geschaffen, nicht wahr? Eine Zuflucht, wie du es nennst, einen Zufluchtsort, wo du du selbst sein kannst, wo alle anderen Tatsachen deines Lebens, einschließlich der Tatsache, dass du meine Mätresse bist, beiseite geschoben werden können und du einfach – Jane sein kannst.«

Er wandte den Kopf. Sie sah ihn unverwandt an, die Nadel über ihrer Arbeit schwebend.

»Ja«, sagte sie nur.

»Und ich bin der Letzte, mit dem du diesen Raum teilen wolltest.« Er lächelte sie reumütig an. »Ich werde nicht darauf beharren. Du wirst mich zukünftig im Wohnzimmer empfangen, wann immer wir uns nicht im Schlafzimmer aufhalten.«

»Nein.« Sie ließ einige Augenblicke verstreichen, bevor sie wohldurchdacht fortfuhr. »Nein, ich werde diesen Raum nicht länger nur als meinen, sondern auch als deinen betrachten. Als einen Ort, an dem unser Vertrag und unsere jeweilige gesellschaftliche Stellung keine Anwendung finden. Ein Ort, an dem du malen und lesen kannst, an dem ich sticken und schreiben kann, ein Ort, wo eine Frau auf einer Seite des Kamins und ein Mann auf der anderen sitzen kann. Ein Ort der Ruhe und des Friedens, wo die Welt in Ordnung ist. Du bist willkommen, es dir hier bequem zu machen, wann immer du möchtest, Jocelyn.«

Er blickte sie über die Schulter lange Zeit schweigend an. Was, zum Teufel, ging hier vor? Es konnte nur einen Grund, eine Leidenschaft geben, die ihn in dieses Haus führte. Er wollte keinen anderen Grund. Er könnte abhängig davon werden – abhängig von ihr werden. Und doch brannte sein Herz darauf und sehnte sich hoffnungsvoll danach.

Wonach genau?

»Möchtest du Tee?« Sie zog die Nadel durch den Stoff und erhob sich. »Soll ich nach dem Tablett klingeln?«

»Ja.« Er verschränkte die Hände fest auf dem Rücken. »Ja, bitte.«

Er beobachtete sie.

»Hier ist noch viel freier Platz«, sagte er. »Ich werde ein Pianoforte hierher bringen lassen. Darf ich?« Er konnte kaum glauben, dass er tatsächlich um Erlaubnis fragte.

»Natürlich.« Sie sah ihn ernst an. »Es ist *unser* Raum, Jocelyn. Deiner ebenso wie meiner.«

Er dachte einen Moment, es könnte Glück sein, das ihn jäh übermannte. Aber er erkannte es bald als eine gleichermaßen unvertraute Empfindung.

Schreckliche Angst.

## 16. Kapitel

Jane ging früh zu Bett, aber sie konnte nicht schlafen. Sie gab nach einer halben Stunde auf, erhob sich, zündete eine Kerze an, zog einen warmen Morgenmantel über ihr Leinennachthemd, schlüpfte in ihre Hausschuhe und ging wieder die Treppe hinab in ihre Zuflucht. Ihre gemeinsame Zuflucht. Ihr gemeinsamer Zufluchtsort, hatte er es genannt.

Mr Jacobs war noch auf. Sie bat ihn, das Feuer neu zu schüren. Der junge Lakai brachte Kohlen herein und fragte, ob er noch etwas für sie tun könne.

»Nein, danke, Phillip«, sagte sie. »Das ist alles. Ich finde allein ins Bett, wenn ich müde bin.«

»Ja, Madam«, sagte er. »Vergessen Sie nicht, den Kaminschutz vors Feuer zu stellen, wenn Sie gehen, Madam.«

»Das werde ich nicht.« Sie lächelte. »Danke, dass du mich daran erinnert hast. Gute Nacht.«

»Gute Nacht, Madam«, erwiderte er.

Sie beschloss zu lesen, bis sie zu müde war, um noch die Augen offen zu halten. Sie setzte sich neben das Feuer, in den Sessel, in dem Jocelyn am Nachmittag gesessen hatte, und nahm ein Buch auf. Nicht dasjenige, aus dem er vorgelesen hatte. Sie ließ es unberührt. Vielleicht würde er, wenn er das nächste Mal kam, mit Kapitel drei fortfahren wollen. Sie öffnete ihr Buch auf der Seite, bei der sie am Vorabend unterbrochen hatte, und legte es auf ihren Schoß.

Sie blickte ins Feuer.

Sie hätte ihn nicht hier hereinlassen sollen. Sie wusste, dass sie diesen Raum nicht länger als den ihren betrachten konnte. Es war nun ihr gemeinsamer Raum. Sie konnte seine Gegenwart noch *spüren*. Sie konnte ihn sehen, wie er zuvor behaglich, aber nicht unelegant in diesem Sessel gesessen hatte. Sie konnte seine Stimme aus *Mansfield Park* vorlesen hören, als wäre er ebenso in die Geschichte versunken, wie sie es gewesen war. Und sie konnte ihn am Fenster stehen sehen ...

Es war unfair. Sie hätte ihr neues Leben meistern können, wenn ihre Beziehung fortgeführt worden wäre, wie sie es erwartet hatte – auf rein sexueller Basis. Sie wusste genug, um erkennen zu können, dass Sex nicht Liebe war, besonders Sex zwischen einem ausschweifend lebenden Duke und seiner Mätresse. Aber sie wusste nicht, was *dies* war.

Er hatte heute Nachmittag mehr als zwei Stunden mit ihr in diesem Raum verbracht – mit seiner Mätresse –, ohne sie nur einmal zu berühren. Er hatte nicht mit ihr geschlafen. Nach dem Tee, während dem sie über den Krieg und politische Reformen diskutiert hatten – sie war Pazifistin, er nicht; sie befürwortete die Reformen vollkommen, er war darin weitaus zurückhaltender –, war er recht unerwartet aufgestanden, hatte sich vor ihr verbeugt, ihr einen schönen Nachmittag gewünscht und war seines Weges gegangen.

Er hatte sie mit einem Gefühl innerlicher Leere zurückgelassen. Obwohl das nicht die ganze Wahrheit sein konnte, denn sonst wäre sie nicht gleichzeitig vollkommen aufgewühlt gewesen – körperlich, geistig, seelisch.

Sie hatten beinahe die ganze Zeit zusammen hier in der Zuflucht verbracht, und er war nicht der Duke of Tresham gewesen, sondern Jocelyn. Aber Jocelyn mit weitaus weniger Vorbehalten, als sie es gewohnt war. Jocelyn ohne jegliche Maske. Ein Mensch, der wie niemals zuvor er selbst sein wollte. Ein Mann, der Freundschaft und Anerkennung brauchte und – ah, ja.

Jane seufzte geräuschvoll.

Ein Mann, der Liebe brauchte.

Aber sie bezweifelte, dass er dieses höchste Geschenk jemals annehmen würde, selbst wenn er sich die Notwendigkeit selbst eingestünde.

Und sie bezweifelte noch mehr, ob er in der Lage wäre, solch ein Geschenk zurückzugeben.

Und wer war sie, dass sie es ihm anbieten wollte? Eine Flüchtige. Eine Mörderin – nein, das nicht. Sie fing schon an, es selbst zu glauben. Sie konnte sich nicht vorstellen, dass allein der Schlag, den sie Sidney verpasst hatte, ihn getötet hatte.

Sie erschauderte bei der Erinnerung.

Und dann lehnte sie den Kopf an den Sessel zurück und lauschte den Geräuschen von Mr Jacobs oder Phillip am Eingang, der für die Nacht abschloss. Kurz darauf klopfte es an ihrer Tür.

»Herein«, rief sie. Es musste schon Mitternacht oder später sein. Die Dienstboten sollten bereits zu Bett gegangen sein.

Er wirkte stark und satanisch, vom Hals bis zu den Knöcheln in einen langen, schwarzen Abendmantel gehüllt. Er stand in der Tür, eine Hand noch auf dem

Türknauf, während ihr Magen einen vollständigen Salto vollführte und sie erkannte, dass der Nachmittag tatsächlich verhängnisvoll für sie gewesen war.

»Noch auf?«, fragte er. »Ich sah Licht unter der Tür.«

»Hast du einen eigenen Schlüssel?«, fragte sie ihn.

»Natürlich«, erwiderte er. »Dies ist mein Haus.«

Sie erhob sich und trat auf ihn zu. Sie hatte ihn einfach nicht erwartet.

Und dann geschah etwas Seltsames. Er nahm seine Hand vom Türknauf, als sie sich näherte, und breitete die Arme aus, so dass das weiße Seidenfutter seines Mantels und die elegante, in Schwarz und Weiß gehaltene Abendkleidung darunter sichtbar wurden. Aber Jane bemerkte den Glanz seiner Erscheinung nicht wirklich. Sie ging weiter auf ihn zu und wurde bald von den Falten seines Mantels umhüllt, während sie ihr Gesicht hob und er gleichzeitig das seine senkte.

Es war eine lange, intensive und heftige Umarmung. Aber das Seltsame daran war, dass sie nicht sexueller Natur war – zumindest nicht vollkommen. Jane hatte wenig Erfahrung mit Umarmungen, aber sie erkannte instinktiv, dass hier nicht einfach ein Mann seine Mätresse küsste, bevor er mit ihr schlief. Er war Jocelyn. Und er küsste sie, Jane.

Als die Umarmung endete, wurde er wieder zum Duke of Tresham.

»Ich werde dich heute Nacht arbeiten lassen, Jane«, sagte er.

»Natürlich.« Sie trat zurück und lächelte.

Und keuchte erschreckt, als er ihr Handgelenk hart umfasste und mit harten, kalten Augen auf sie herabsah.

»Nein!«, stieß er heftig hervor. »Du wirst mich nicht

so anlächeln, Jane – wie eine übersättigte, kokette Frau, die ihren müden Zynismus hinter einem kühlen, einladenden Lächeln verbirgt. Es ist nichts *Natürliches* daran. Wenn du mich nicht willst, dann schick mich zum Teufel, und ich werde gehen.«

Sie entwand sich seinem Griff. »Was erwartest du, wenn du davon sprichst, mich arbeiten zu lassen?«, fragte sie verärgert. »*Arbeitet* eine Frau für einen Mann im Bett, wenn sie ihn begehrt? Indem du es Arbeit nennst, machst du mich zur Hure.«

»Du warst diejenige«, erinnerte er sie mit Augen so kalt wie Stahl, »die von vertraglichen Pflichten und Rechten sprach. Zu was macht das mich? Es macht mich zu jemandem, der den Zugriff auf deinen Körper erkauft hat. Jemand, der die Dienste einer Hure gekauft hat. Es macht dich zu einer Frau, die arbeitet, wenn sie für mich auf dem Rücken liegt. Begegne mir nicht mit gerechtem Zorn, Jane, und erwarte, dass ich demütig den Kopf senke. Du kannst meinetwegen zum Teufel gehen.«

»Und du kannst ...« Aber sie zwang sich innezuhalten und tief durchzuatmen. Ihr Herz pochte heftig. »Wir streiten wieder. Was es dieses Mal mein Fehler? Wenn es so war, tut es mir Leid.«

»Dieser grässliche Vertrag ist schuld«, grollte er.

»Der allerdings mein Fehler ist.« Sie lächelte ihn kurz an. »Ich freue mich wirklich, dich zu sehen, Jocelyn.«

Zorn und Kälte schwanden aus seinem Gesicht. »Wirklich, Jane?«

Sie nickte. »Und ich begehre dich wirklich.«

»Tatsächlich?« Er sah sie grübelnd und mit sehr schwarzen Augen an.

War dies wirklich der Duke of Tresham? Seiner selbst unsicher? Unsicher, ob er willkommen war?

»Ich sage das in dem Raum, in dem unser Vertrag keine Geltung hat, wie wir übereinkamen«, sagte sie, »also muss es wahr sein. Komm mit mir ins Bett.«

»Ich war im Theater«, erklärte er. »Kimble hat mich zum Abendessen mit seiner Gesellschaft eingeladen, und ich sagte ihm, ich würde lieber dorthin laufen, als mich in eine Kutsche zu zwängen. Aber dann merkte ich, dass mich meine Beine stattdessen hierher trugen. Wie deutest du das, Jane?«

»Ich vermute«, sagte sie, »dass du einen heftigen Streit mit jemandem brauchtest, der nicht vor dir zurückweichen würde.«

»Aber du hast dich zuerst entschuldigt«, erinnerte er sie.

»Weil ich mich geirrt habe«, erklärte sie. »Ich beharre nicht um jeden Preis darauf, bei einem Streit zu siegen, verstehst du. Nicht so wie jemand, den ich kenne.«

Er grinste sie verwegen an. »Was vermutlich bedeutet«, sagte er, »dass du wie üblich das letzte Wort hast, Jane. Dann komm. Da ich deshalb gekommen bin und du mich dazu aufgefordert hast, lass uns ins Bett gehen.«

Körperliches Verlangen nahm ihr erneut den Atem, als sie an ihm vorbeitrat und ihm voran die Treppe hinaufging. Sie bemerkte, dass er ihr nicht direkt folgte. Er hatte innegehalten, um den Kaminschutz vor das ersterbende Feuer zu rücken.

Was wahrscheinlich, wie sie mit innerlichem Lächeln vermutete, eines der häuslichsten Dinge war, die er jemals getan hatte.

Kimble würde ihn am Morgen erbarmungslos aufziehen. Jocelyn kümmerte es nicht. Wann hatte es ihn jemals gekümmert, was jemand – selbst seine engsten Freunde – über ihn dachten oder sagten? Und der Spott wäre zumindest gutmütiger Art.

Die Wahrheit war, dass er heute Nacht hatte zurückkehren *müssen*. Er war durch die seltsamen Geschehnisse des Nachmittags beunruhigter gewesen, als er zugeben mochte. Er hatte zurückkehren müssen, um einfach wieder eine gewisse Normalität in die Beziehung zu seiner Mätresse zu bringen. Um sie arbeiten zu lassen.

Es war natürlich ein Fehler gewesen, ihr gegenüber genau diese Worte zu wählen. Aber er war es nicht gewohnt, auf die Empfindlichkeiten anderer Menschen Rücksicht zu nehmen.

Er zog sich aus, löschte die Kerzen und stieg zu ihr ins Bett. Er hatte sie angewiesen, ihr sprödes, aber hübsches Nachtgewand anzubehalten. Es hatte etwas überraschend Erotisches, den Saum zu ergreifen und es über ihre Beine und Hüften bis zur Taille anzuheben. Er wollte heute Nacht kein Vorspiel. Er wollte tun, weshalb er gekommen war, bevor ihm die ganze Szene erneut unvertraut wurde. Er ließ seine Hand zwischen ihre Schenkel gleiten und spürte sie. Sie war nur allzu bereit. Er legte sich mit seinem ganzen Gewicht auf sie, spreizte ihre Beine mit den Knien weit, ließ seine Hände unter sie gleiten und drang in sie ein.

Sie war weiche, warme, entspannte Leidenschaft. Er begann, sie mit festen, kraftvollen Stößen zu bearbeiten. Er versuchte, sie einfach als irgendeine Frau anzusehen. Er versuchte, sein Bedürfnis einfach als rein sexuelles anzusehen.

Er versagte in beidem kläglich.

Er küsste im Bett selten. Es war unnötig und für seinen Geschmack zu persönlich. Er küsste sie.

»Jane«, murmelte er in ihren Mund, »sage mir, dass du wolltest, dass ich zurückkomme, dass du seit heute Nachmittag nur an mich gedacht hast.«

»Warum?«, flüsterte sie. »Damit du mich erneut warnen kannst, nicht abhängig von dir zu werden? Es tut mir nicht Leid, dass du gekommen bist. Ich bin froh. Es fühlt sich gut an.«

»Zum Teufel mit dir«, sagte er. »Zum Teufel mit dir.«

Sie schwieg, während er arbeitete. Aber gerade, als er den Höhepunkt nahen spürte und seinen Rhythmus vertiefen und beschleunigen wollte, spürte er ihre Arme um seine Taille, spürte ihre Füße am Bett hochgleiten und ihre Oberschenkel seine Hüften umklammern, während sie das Becken hochstemmte, damit er tiefer eindränge.

»Jocelyn«, flüsterte sie, »hab keine Angst. Bitte, hab keine Angst.«

Er trieb auf die Erlösung zu und nahm ihre Worte nicht bewusst wahr. Aber nachdem er es vollendet hatte, als er erschöpft neben ihr lag, hörte er im Geiste deren Widerhall und glaubte, er müsse es sich eingebildet haben.

»Komm her«, sagte er und streckte eine Hand aus, um sie zu berühren.

Sie rollte sich an seiner Seite zusammen, er zog ihr Nachthemd herab und die Bettdecken hoch, legte seine Arme um sie, bettete seine Wange an ihren Kopf und schlief ein.

Er hatte häufig Nächte in diesem Haus verbracht

und war in der Dämmerung zum Schlafen nach Hause gewankt. Er hatte niemals nachts in dem Haus *geschlafen*. Als er dieses Mal hergekommen war, hatte er einige Stunden kraftvollen Zeitvertreibs im Sinn gehabt, nur um sowohl sich als auch Jane an die grundsätzliche Art ihrer Liaison zu gemahnen.

Er erwachte, als Tageslicht in den Raum strömte. Jane, zerzaust und erhitzt und herrlich, schlief noch in seinen Armen.

Er entzog sich ihr und schwang sich aus dem Bett, wodurch er sie aufweckte. Sie lächelte ihn verschlafen an.

»Entschuldige«, sagte er steif, während er seine Abendkleidung wieder anlegte. »Ich habe diesem grässlichen Vertrag gemäß vermutlich kein Recht, in deine Privatsphäre einzudringen, wenn ich meine Rechte nicht tatsächlich geltend mache. Ich bin gleich fort.«

»Jocelyn«, sagte sie mit sanft tadelnder Stimme, und dann besaß sie die ungemilderte Frechheit, ausgelassen zu lachen.

Über ihn.

»Belustige ich dich?« Er sah sie stirnrunzelnd an.

»Ich glaube«, erwiderte sie, »du bist *verlegen*, weil du geschlafen hast, anstatt die Nacht damit zu verbringen, deine berühmte Tüchtigkeit als Liebhaber zu demonstrieren. Du scheinst deine überragende Männlichkeit stets beweisen zu müssen.«

Die Tatsache, dass sie vollkommen Recht hatte, verbesserte seine Stimmung nicht gerade.

»Es freut mich, dass ich dich wenigstens erheitern konnte«, sagte er, warf sich schwungvoll den Mantel um und knöpfte ihn am Hals zu. »Ich werde mir die

Ehre erweisen, dich ein anderes Mal aufzusuchen, wenn ich dich brauche. Guten Morgen.«

»Jocelyn«, sagte sie erneut leise, als er die Tür des Schlafzimmers bereits geöffnet hatte. Er schaute mit hochmütig erhobenen Augenbrauen zu ihr zurück. »Es war eine wundervolle Nacht. Es ist schön, mit dir zu schlafen.«

Er versuchte nicht herauszufinden, ob sie ihn verspottete oder nicht. Er trat durch die Tür und schloss sie nicht allzu leise hinter sich.

Zum Teufel damit, dachte er, während er beim Hinabgehen einen Blick auf die Uhr in der Halle warf und mit verzerrtem Gesichtsausdruck bemerkte, dass Jacobs dort wartete, um ihn hinauszulassen. Es war sieben Uhr. Er war sieben Stunden hier gewesen. Er war sieben Stunden in ihrem Bett gewesen und hatte nur einmal mit ihr geschlafen. *Einmal!*

Er wünschte dem Butler in aller Kürze einen guten Morgen und schritt dann die Straße hinab davon, wobei er mit einiger Befriedigung bemerkte, dass das durch die Steifheit verursachte Stechen in seinem rechten Bein mit jedem Tag weniger spürbar wurde.

*Es ist schön, mit dir zu schlafen.*

Jocelyn kicherte wider Willen. Sie hatte Recht, verdammt. Es war eine wunderschöne Nacht gewesen, und er fühlte sich durch den Schlaf erfrischter als seit langem.

Er beschloss, nach Hause zu gehen, zu baden, sich umzuziehen und dann Einkäufe zu tätigen – ein kleines Pianoforte und Skizzen- und Malbedarf. Vielleicht war es das Beste, diese außergewöhnliche Situation einfach weiterzuführen, sie geschehen zu lassen, sie bis zum unvermeidlichen Ende ihren eigenen

Weg in ihrem eigenen Tempo nehmen zu lassen. Früher oder später würde er Jane Ingleby leid sein. Er war jede Frau leid geworden, die er jemals gekannt oder mit der er jemals geschlafen hatte. Er würde gewiss auch sie leid werden – vielleicht in einem Monat, vielleicht in zwei Monaten, vielleicht in einem Jahr.

Warum sollte er das neuartige Lebensgefühl derweil nicht genießen – ah, ja, die verhängnisvollen Worte, die in seinem Unterbewusstsein lauerten und formuliert zu werden drohten.

*Warum nicht?*

Warum sollte er das Gefühl, verliebt zu sein, nicht auskosten?

Warum sollte er nicht einmal in seinem Leben in dieser äußersten Torheit schwelgen?

Während Jane später an diesem Morgen im Garten arbeitete und die Bewegung und die Helligkeit und Wärme der Sonne auf ihrem Rücken genoss, kam sie zu einem Entschluss.

Sie war natürlich in ihn verliebt. Schlimmer noch, sie glaubte, dass sie ihn auch allmählich liebte. Es hatte keinen Zweck, ihre Gefühle zu leugnen und keinen wie auch immer gearteten Sinn, dagegen anzugehen.

Sie liebte ihn.

Aber das würde natürlich nichts nützen. Sie war nicht so töricht, sich einzubilden, dass er ihre Liebe jemals erwidern würde, obwohl sie erkannte, dass er ernsthaft von ihr besessen war. Außerdem war, selbst wenn er sie jemals lieben sollte, kein ewiges Glück zu erwarten. Sie war seine Mätresse. Und sie war, wer sie war.

Aber sie konnte nicht ewig als Flüchtige leben. Sie hätte dem feigen Impuls niemals nachgeben sollen, der sie sich zunächst hatte eilig verbergen lassen. Es sah ihr so unähnlich. Sie würde ihr Versteck verlassen und tun müssen, was sie schon hätte tun sollen, sobald sie festgestellt hatte, dass Lady Webb nicht in London weilte, ihr nicht helfen konnte.

Sie würde den Earl of Durbury aufsuchen, wenn er sich noch in der Stadt aufhielt. Wenn nicht, würde sie herausfinden, wo die Polizisten der Bow Street ihren Sitz hatten und dorthin gehen. Sie würde Charles schreiben. Sie würde ihre Geschichte jedermann erzählen, der zuhören würde. Sie würde ihr Schicksal annehmen. Vielleicht würde sie eingesperrt und vor Gericht gestellt und des Mordes für schuldig erklärt. Vielleicht würde das bedeuten, dass sie hängen oder zumindest lebenslang eingesperrt würde. Aber sie würde nicht demütig aufgeben. Sie würde bis zum letzten Augenblick wie der Teufel kämpfen –, aber nicht mehr davonlaufen und sich verstecken.

Sie würde sich schließlich zeigen und *kämpfen.*

Aber noch nicht jetzt. Das war die Vereinbarung, die sie mit sich selbst traf, während sie Unkraut aus den Rosenbüschen zog und die üppige, braune Erde umgrub. Sie musste sich einen endgültigen Termin setzen, damit sie es nicht weiterhin Woche für Woche, Monat für Monat hinauszögerte. Sie würde sich einen Monat geben, einen Kalendermonat, ab heute. Ein Monat als Jocelyns Mätresse, für seine Liebe, obwohl er sich des letzteren natürlich nicht bewusst wäre. Ein Monat, um mit ihm als Mensch zu leben, mit einem Freund in der Zuflucht, wenn er jemals dorthin zurückkehrte, und als Geliebter oben im Bett.

Ein Monat.

Und dann würde sie aufgeben. Ohne es ihm zu sagen. Es könnte sich für ihn natürlich zum Skandal ausweiten, wenn bekannt würde, dass er sie drei Wochen lang im Dudleyhaus beherbergt hatte, oder wenn jemand erfuhr, dass sie hier seine Mätresse gewesen war. Aber darüber würde sie sich keine Gedanken machen. Sein Leben hatte auch bisher nur aus Skandalen bestanden. Er schien dadurch sogar aufzublühen. Sie glaubte, dass er diesen speziellen Skandal eher belustigt aufnehmen würde.

Ein Monat.

Jane setzte sich auf die Fersen zurück, um ihr Werk zu betrachten, als sich Phillip vom Haus her näherte.

»Mr Jacobs hat mich geschickt, Madam«, sagte er, »um Ihnen zu sagen, dass gerade ein neues Pianoforte, eine Staffelei und weitere Pakete eingetroffen sind. Er möchte wissen, wo sie hingebracht werden sollen.«

Jane erhob sich und folgte ihm zum Haus zurück.

Ein herrlicher Monat, in dem sie nicht versuchen würde, ihre Gefühle zu verbergen.

Ein Monat Liebe.

Es folgte eine Woche, während der Jocelyn seine Familie, die Olivers, die Forbesbrüder und alle anderen Skandalthemen ignorierte, mit dem die Hautevolee sich weiterhin unterhielt. Eine Woche, während der er an den meisten Vormittagen im Park ausritt, danach eine oder zwei Stunden lang bei White's frühstückte, die Zeitungen las und sich mit seinen Freunden unterhielt, während der er aber nur bei wenigen gesellschaftlichen Anlässen erschien.

Kimble und Brougham waren natürlich höchst belustigt und zu saftigen Späßen aufgelegt. Das heißt, bis die drei Männer eines Morgens auf dem Weg von White's eine glücklicherweise verlassene Straße entlanggingen und Kimble erneut den Mund auftat.

»Ich kann nur sagen, Tresh«, erklärte er und gab vor, gelangweilt zu sein, »dass du die erfreuliche Miss Ingleby ruhig an mich weiterreichen kannst, wenn sie dich schließlich erschöpft hat. Dann werde ich zusehen, dass ich *sie* erschöpfe. Ich kenne vermutlich einen oder zwei Tricks, die sie nicht von dir gelernt haben wird. Und wenn ...«

Sein Monolog wurde grob unterbrochen, als eine Faust mit seiner linken Kinnseite kollidierte und er mit einem Ausdruck blanken Erstaunens aufs Pflaster sank. Jocelyn betrachtete kaum weniger erstaunt seine noch immer geballte Faust.

»Oh, Donnerwetter!«, protestierte Conan Brougham.

Jocelyn sagte barsch zu seinem Freund, der behutsam sein Kinn betastete: »Willst du Genugtuung?«

»Oh, Donnerwetter«, sagte Brougham erneut. »Ich kann nicht bei euch *beiden* Sekundant sein.«

»Du hättest es mir sagen sollen, alter Junge«, bemerkte Kimble reumütig und schüttelte den Kopf, um die Benommenheit zu vertreiben, bevor er sich aufrappelte und seine Kleidung abklopfte. »Dann hätte ich den Mund gehalten. Beim Zeus, du liebst dieses Mädchen. In welchem Falle der Faustschlag verständlich war. Aber du hättest fairer sein und mich warnen können, Tresh. Es ist nicht die angenehmste Erfahrung, in eine deiner Fäuste zu laufen. Nein, ich fordere natürlich keine Genugtuung, so dass du nicht so verdammt grimmig dreinschauen musst. Ich wollte nicht die Ehre der Lady angreifen.«

»Und ich wollte unsere Freundschaft nicht gefährden.« Jocelyn streckte die rechte Hand aus, die sein Freund eher vorsichtig ergriff. »Es ist schon in Ordnung, dass Conan und du mich aufzieht, Kimble. Ich würde es bei euch genauso machen. Aber es soll niemand sonst hier hineingezogen werden. Ich will nicht, dass Jane öffentlich entehrt wird.«

»Zum Teufel!« Brougham klang plötzlich empört. »Du glaubst doch nicht, dass wir das Gerücht in die Welt gesetzt hätten, Tresham? Allein der Gedanke! Allerdings hätte ich nicht gedacht, dass ich den Tag erleben würde, an dem du dich verliebst.« Er lachte auf.

»Verdammt sei die Liebe!«, sagte Jocelyn rau.

Aber abgesehen von diesem einen Vorfall wurde beinahe seine ganze Aufmerksamkeit während dieser Woche von dem Haus eingenommen, in dem Jane lebte und wo er die meiste Zeit verbrachte – mit zwei verschiedenen, aber sich seltsam ergänzenden Inhalten. Die Nachmittage und mehrere der Abende verbrachte er mit ihr in ihrer Zuflucht, wobei er sie fast niemals berührte. Die Nächte verbrachten sie im Schlafzimmer, wo er sie liebte und bei ihr schlief.

Es war eine magische Woche.

Eine Woche, die er in Erinnerung behielt.

Eine Woche solch intensiver Wonne, dass sie wahrscheinlich nicht andauern konnte. Was natürlich auch nicht geschah.

Aber bevor es endete, war da diese Woche ...

## 17. Kapitel

Sie schlenderten ein oder zwei Mal durch den Garten, Jane zeigte Jocelyn, was sie bereits darin getan hatte, und erklärte, was sie noch zu tun beabsichtigte. Aber die meiste Zeit verbrachten sie drinnen. Es war ohnehin eine neblige, nasse Woche.

Jane gab sich einfach dem reinen Vergnügen hin. Sie verbrachte Stunden mit ihrer Stickarbeit vor dem Kamin, der wegen der feuchten Kälte brennen musste, und bedeckte den Leinenstoff mit der verschwenderischen Fülle eines Herbstwaldes. Manchmal las er ihr vor – sie waren fast bis zur Hälfte von *Mansfield Park* gelangt. Häufiger spielte er an den Abenden auf dem Pianoforte, wobei er fast vollkommen aus seinen eigenen Kompositionen schöpfte. Manchmal klang die Musik verhalten, zu Beginn unsicher, als wisse er nicht, woher sie käme oder wohin sie ginge. Aber Jane erkannte allmählich den Punkt, an dem seine Musik mehr als eine Betätigung von Geist und Händen, einfach zu einer Sache des Herzens und der Seele wurde. Dann strömte die Musik.

Manchmal stand Jane hinter ihm oder saß neben ihm und sang – zumeist Volkslieder und Balladen, die sie beide kannten. Und überraschenderweise sogar einige Hymnen, die er mit einer guten Baritonstimme mitsang.

»Wir mussten jeden Sonntag zur Kirche marschieren«, erzählte er ihr, »um unsere erlesenen Kehrseiten auf die vornehme Familienbankreihe zu platzieren, wo wir absolut still sitzen mussten, während niedriger gestellte Sterbliche auf hartem Holz saßen und ehrfürchtig glotzten. Und du, Jane? Musstet ihr Waisen in ordentlichen Zweierreihen hinmarschieren, um euch auf die harten Bänke ohne Rückenlehne zu setzen und Gott für die vielen Segnungen zu danken, die Er über euch ausgeschüttet hatte?« Er spielte ein fantasievolles Arpeggio.

»Ich bin immer gern zur Kirche gegangen«, sagte sie ruhig. »Und es gibt stets Segnungen, für die man dankbar sein muss.«

Er lachte leise.

Am häufigsten malte er während der Nachmittage. Er beschloss, nun doch nicht nur ihr Gesicht zu malen. Er wollte *sie* malen, wie sie war. Jane hatte ihn scharf angesehen, als er dies geäußert hatte, und er hatte die Augenbrauen gehoben.

»Du denkst, ich werde dich bitten, dich in einer lasziven Pose auf dem Boden zu räkeln, Jane, nur mit deinem Haar bekleidet?«, fragte er. »Wenn ich das täte, wüsste ich Besseres mit dir anzufangen, als dich zu malen, glaube mir. Wie ich dir heute Nacht zeigen werde. Ja, bestimmt. Heute Nacht werden wir Kerzen und Nacktheit und Haar haben, und ich werde dir zeigen, wie du für mich posieren kannst wie die Sirene, die du sein könntest, wenn du es dir in den Kopf setzen würdest. Aber malen werde ich dich bei deiner Stickarbeit. Dann bist du am meisten du selbst.« Er sah sie mit verengten Augen an. »Ruhig, geschäftig, anmutig, bestrebt, ein Kunstwerk zu erschaffen.«

Und so malte er sie tatsächlich, während sie stickte, und beide schwiegen. Er legte stets seine Jacke und

Weste ab, bevor er anfing und zog ein großes, lockeres Hemd über. Es bekam im Laufe der Zeit viele Farbflecke.

Er wollte sie das Bild nicht ansehen lassen, bevor es fertig wäre.

»Ich habe dich auch meine Stickarbeit ansehen lassen«, erinnerte sie ihn.

»Ich habe gefragt und du hast ja gesagt«, erwiderte er. »Du hast gefragt und ich habe nein gesagt.«

Dieser Logik gab es nichts entgegenzusetzen.

Sie arbeitete an ihrer Stickerei, aber sie beobachtete ihn auch. Natürlich heimlich. Wenn sie zu direkt hinsah oder zu lange in ihrer Arbeit innehielt, runzelte er die Stirn, wirkte abgelenkt und brummte ihr etwas zu. Es war manchmal schwer zu erkennen, ob dieser Mann, der ihren persönlichsten Raum mit solch gegenseitiger Unbefangenheit mit ihr teilte, derselbe Mann war, der ihr einst gesagt hatte, er würde sie sich fragen lassen, ob der Tod durch Verhungern nicht besser wäre als für ihn zu arbeiten. Der berüchtigte Duke of Tresham.

Er besaß eine Künstlerseele. Die Musik war den größten Teil seines Lebens in ihm gefangen gewesen. Sie hatte noch kein Gemälde von ihm gesehen, aber sie erkannte die vollkommene Vereinigung des wahren Künstlers mit seinem Werk. Seine ganze Härte und sein Zynismus schwanden dann aus seinen Zügen. Er wirkte jünger, im herkömmlicheren Sinne gut aussehend.

Und ganz und gar liebenswert.

Aber erst am vierten Abend begann er zu reden, in seinen Worten den Menschen zu offenbaren, der verborgen geblieben war hinter der hochmütigen, selbstsicheren, rastlosen, verruchten Fassade, die er der Welt sein ganzes Erwachsenenleben lang gezeigt hatte.

Er genoss das ungewohnte Gefühl, verliebt zu sein, obwohl er sich ständig daran erinnerte, dass es eben *nur* ein ungewohntes Gefühl war, dass es bald vorüber wäre und er sich wieder auf sicherem, vertrauten Boden befände. Aber es machte ihn gleichzeitig ebenso traurig, wie es ihn tröstete, dass Jane für ihn irgendwann einfach nur eine weitere wunderschöne Frau sein würde, die er einst genossen und derer er müde geworden war, dass die Zeit käme, und der Gedanke an sie, an das *Zusammensein* mit ihr, sowohl im Bett als auch außerhalb, ihn nicht mehr mit einem solchen Aufwallen von Freude erfüllen würde, dass es ihm schien, als habe er allen Sonnenschein in sich aufgenommen.

Seine sexuelle Leidenschaft für sie nahm im Laufe dieser Woche noch zu. Er konnte sich mit den fast keuschen Begegnungen ihrer ersten beiden gemeinsamen Male nicht zufrieden geben, sondern nahm sich vor, sie – und sich selbst – verschiedene, sinnlichere, anhaltendere Wonnen zu lehren. In der vorangegangenen Woche hätte er vielleicht freudig mit seiner neuen Mätresse im Bett bleiben und sein übriges Leben wie gewöhnlich weiterführen können. Aber es war nicht die vorangegangene Woche. Es war *diese* Woche. Und in dieser Woche war es so viel mehr als nur Sex. Tatsächlich vermutete er, dass es zwischen ihnen im Bett so gut klappte, gerade weil da so viel mehr war.

Er wagte sich an Dinge, nach denen er sich schon

als Junge gesehnt hatte – das Pianoforte spielen, malen, träumen, seine Gedanken in Sphären jenseits des rein Praktischen treiben lassen. Seine Malerei enttäuschte und belebte ihn. Er konnte Janes Wesen nicht einfangen, vielleicht weil er zu intensiv danach suchte und zu viel darüber nachdachte, wie er schließlich erkannte. Und so lernte er neu, was er einst instinktiv gewusst hatte – nicht so sehr mit seinen Sinnen oder sogar dem Verstand zu beobachten, sondern mit dem unbeschwerten, schweigsamen Aspekt seines Selbst, der selbst Teil des Wesens war, das er suchte. Er lernte, die Kunst nicht mehr seinem Willen zu unterwerfen. Er lernte, dass er, um erschaffen zu können, zulassen musste, dass sich das zu Erschaffende durch ihn selbst gestaltete.

Er hätte das Konzept nicht verstanden, wenn er es jemals in Worte gefasst hätte. Aber er lernte, dass Worte für das, was er auszudrücken ersehnte, nicht immer genügten. Er lernte, sich ohne Worte auszudrücken.

Allmählich nahm die Frau, die zur großen Besessenheit seines Lebens geworden war, auf der Leinwand Gestalt an.

Aber letztendlich waren es doch Worte, die ihn am vierten Abend in eine neue Dimension der Beziehung zu seiner Mätresse führten. Er hatte das Pianoforte gespielt und sie hatte gesungen. Dann hatte sie nach dem Teetablett geschickt, und sie hatten in geselligem Schweigen ihren Tee getrunken. Schließlich saßen sie beide müßig und entspannt beiderseits des Kamins, sie blickte ins Feuer und er beobachtete sie.

»In Acton Park gab es Wälder«, sagte er plötzlich zusammenhanglos. »Bewaldete Hügel entlang der ganzen östlichen Grenze des Parks. Wild, unkultiviert und von Waldtieren und Vögeln bewohnt. Ich habe mich oft für lange Stunden der Einsamkeit dorthin geflüchtet, bis ich eines Besseren belehrt wurde. Das war, als ich erkannte, dass ich niemals einen Baum oder eine Blume oder auch nur einen Grashalm malen könnte.«

Sie lächelte eher träge. Er bemerkte, dass sie sich tatsächlich einmal in ihrem Sessel zurücklehnte, ihr Kopf ruhte an der Kopfstütze.

»Warum?«, fragte sie.

»Ich bin immer mit den Händen die Baumstämme entlanggefahren«, erklärte er, »oder habe mich sogar davor gestellt und die Arme darum geschlungen. Ich habe immer Wildblumen in der Handfläche gehalten und Grashalme durch die Finger gezogen. Es gab dort zu vieles, Jane. Zu viele Dimensionen. Ich rede Unsinn, oder?«

Sie schüttelte den Kopf und er erkannte, dass sie verstand.

»Ich konnte nicht einmal annähernd begreifen, was es dort zu begreifen gab«, sagte er. »Ich habe mich immer gefühlt – wie soll man das Gefühl beschreiben? Atemlos? Nein, das ist völlig unzureichend. Ich hatte das Gefühl, als befände ich mich in Gegenwart eines ziemlich unergründlichen Geheimnisses. Und das Seltsame daran war, dass ich es niemals ergründen wollte. Woher kam dieser Mangel an menschlicher Neugier?«

Aber sie wollte nicht zulassen, dass er sich selbst verspottete. »Du warst ein Zweifler.«

»Ein was?«

»Manche Menschen – manche Menschen sind tatsächlich mit einer Beziehung zu Gott zufrieden, in der sie ihn mit Worten definieren und mit Worten ansprechen können. Es ist unvermeidlich, dass wir alle das natürlich in gewissem Maße tun. Menschen arbeiten mit Worten. Aber einige wenige Menschen entdecken, dass Gott weitaus größer ist als alle Worte aller Sprachen und Religionen der Welt ausdrücken könnten. Sie erhaschen nur in der Stille verlockend nahe flüchtige Blicke auf Gott – in völliger Leere. Sie können nur mit Gott kommunizieren, wenn sie alle Bemühungen aufgeben, es zu tun.«

»Verdammt, Jane«, sagte er, »ich glaube nicht einmal an Gott.«

»Die meisten Zweifler tun das nicht«, sagte sie. »Zumindest nicht an einen Gott, den man mit Worten benennen oder beschreiben oder sich bildlich vorstellen kann.«

Er lachte leise. »Ich habe es immer als gotteslästerlich empfunden«, sagte er, »zu glauben, dass ich Gott eher in den Hügeln als in der Kirche finden könnte. Ich habe immer Freude an der Blasphemie gehabt.«

»Erzähl mir von Acton«, sagte sie ruhig.

Und das tat er. Er sprach ausführlich über das Haus und den Park, über seinen Bruder und seine Schwester, über die Diener, mit denen er als Kind tagtäglich Kontakt hatte, er sprach über seine Kinderfrau, über seine Spiele, seine Dummheiten, seine Träume, seine Ängste. Er ließ ein Leben wieder auferstehen, das er vor langer Zeit in einen dunklen Winkel seiner Erinnerung verbannt hatte, wo es, wie er gehofft hatte, vollkommen verschwinden würde.

Schließlich herrschte Schweigen.

»Jocelyn«, sagte sie bald darauf, »lass das alles wieder ein Teil von dir werden. Es *ist* ein Teil von dir, ob du willst oder nicht. Und du liebst Acton weitaus mehr, als du erkennst.«

»Gespenster der Vergangenheit, Jane«, belehrte er sie. »Gespenster der Vergangenheit. Ich hätte keines davon herauslassen dürfen. Du solltest keine solch angenehme Gesellschafterin sein.«

»Keines dieser Gespenster scheint besonders bedrohlich«, bemerkte sie.

»Ah«, erwiderte er, »du weißt nicht, was sich dahinter verbirgt, Jane.« Er erhob sich und streckte ihr eine Hand hin. »Es ist an der Zeit, dich oben arbeiten zu lassen.« Aber er grinste sie an, als ihre Augen Funken sprühten. »Und es ist an der Zeit, dass du mich arbeiten lässt. Willst du das tun, Jane? Harte, körperliche Arbeit? Ich werde dir zeigen, wie du mich reiten kannst, und du kannst mich zu deinem Vergnügen benutzen, solange du willst. Komm und reite mich bis zur Erschöpfung, Jane. Lass mich um Gnade flehen. Mach mich zu deinem Sklaven.«

»Welch ein Unsinn!« Sie erhob sich und legte ihre Hand in seine. »Ich will dich nicht versklaven.«

»Aber das hast du bereits getan, Jane«, sagte er sanftmütig, während seine Augen sie anlachten. »Und erzähle mir niemals, dass meine Worte dich nicht erregt hätten. Ich kann es an einem gewissen, verräterischen Erröten deiner Wangen und Atemlosigkeit in deiner Stimme erkennen.«

»Ich habe niemals behauptet«, erklärte sie ihm steif, »dass Pflicht nicht auch Vergnügen sein kann.«

»Dann komm und lass mich dir zeigen«, sagte er, »wie äußerst vergnüglich es sein wird, selbst zu reiten, anstatt immer nur geritten zu werden, Jane. Lass mich dir zeigen, wie du mich beherrschen kannst.«

»Ich möchte nicht ...« Aber plötzlich lachte sie, ein freudiger Laut, den ihr entlockt zu haben er genoss. »Du bist nicht mein Herr, Jocelyn. Warum sollte ich dann dich beherrschen wollen? Aber gut. Zeige mir, wie man reitet. Ist es wie bei einem Pferd? Ich reite recht gut. Und *sie* müssen wahrhaftig lernen, wer der Herr ist, diese wundervollen Tiere.«

Er lachte mit ihr, während er sie aus dem Raum geleitete.

Spätnachmittags am letzten Tag der ersten Woche beendete er das Portrait. Er hatte am Abend eine Verabredung zum Essen, eine für Jane enttäuschende Tatsache, aber sie erwartete, dass er zur Nacht zurückkehren würde. Jedoch war eine Woche ihres kostbaren Monats bereits vorüber. Nur drei blieben noch. Sie begehrte jeden Tag, jede Stunde.

Sie liebte es noch mehr, ihm beim Malen zuzusehen, als sie es liebte, ihn das Pianoforte spielen zu hören. Mit letzterer Betätigung betrat er sehr rasch eine eigene Welt, in der die Musik mühelos strömte. Die Arbeit an seiner Staffelei kostete ihn mehr Mühe. Er runzelte die Stirn und murmelte Flüche, war aber von seiner Aufgabe auch ganz eingenommen.

Und schließlich beendete er das Bild. Er reinigte den Pinsel und sagte: »Nun, du hast es dir vermutlich heimlich angesehen, wann immer ich das Haus verlassen habe.«

»Das habe ich nicht getan!«, sagte sie empört. »Allein der Gedanke, Jocelyn! Du hättest es zweifellos getan.«

»Nicht wenn ich mein Wort gegeben hätte«, sagte er. »Außerdem brauchte ich niemals heimlich nachzusehen. Ich würde es offen tun. Dann komm und sieh es dir an. Schau, ob du dir gefällst.«

»Ist es fertig?« Er hatte vorher keinerlei Andeutung gemacht, dass dem bald so wäre. Sie zog ihre Nadel durch den Stoff und sprang auf.

»Komm und entdecke, dass es wahr ist, dass ich mich wirklich nur oberflächlich damit beschäftige«, sagte er, zuckte die Achseln, als kümmere es ihn nicht, welches Urteil sie fällen würde, und beschäftigte sich mit dem Säubern seiner Palette.

Jane hatte nun beinahe Angst, es sich anzusehen, da sie befürchtete, tatsächlich ein minderwertiges Werk vorzufinden, über das sie dennoch taktvoll urteilen müsse. Obwohl er ihr gewiss den Kopf abreißen würde, wenn sie nicht vollkommen offen und ehrlich wäre.

Ihr erster Eindruck war, dass das Bild ihr schmeichelte. Sie saß über ihre Arbeit gebeugt, jede Linie ihres Körpers anmutig gebogen. Ihr Gesicht war im Profil zu sehen und sie wirkte geschäftig und ganz von dem in Anspruch genommen, was sie tat. Aber so sah sie sich natürlich niemals selbst. Es sah ihr vermutlich wirklich recht ähnlich. Sie errötete vor Freude.

Ihr zweiter Eindruck war, dass die Ähnlichkeit des Porträts eigentlich nicht wichtig war. Sie betrachtete keine Leinwand, die nur gestaltet worden wäre, damit das Modell die schmeichelnde Ähnlichkeit bewundern sollte. Sie blickte auf etwas – auf mehr.

Die Farben waren bunter, als sie erwartet hatte, obwohl sie bei genauerem Hinsehen erkennen konnte, dass sie der Realität entsprachen. Aber da war noch etwas. Sie runzelte die Stirn. Sie wusste nicht, was es war. Sie war noch nie eine Kunstkennerin gewesen.

»Nun?« Es lagen Ungeduld und eine Welt des Hochmuts in seiner Stimme. Und auch eine Spur Angst? »Habe ich dich nicht schön genug gemalt, Jane? Fühlst du dich nicht geschmeichelt?«

»Wo ...?« Sie runzelte erneut die Stirn. Sie wusste nicht genau, was sie fragen wollte. »Woher kommt das *Licht*?«

Das war es. Das Gemälde zeigte ein ausgezeichnetes Porträt. Es war farbenfroh und geschmackvoll. Aber es war mehr als nur ein Gemälde. Es besaß *Leben*. Und es war Licht darin, obwohl sie sich nicht ganz sicher war, was sie damit meinte. Natürlich war Licht darin. Es war eindeutig eine am Tage festgehaltene Szene.

»Ah«, sagte er weich, »dann habe ich es geschafft, Jane? Habe ich es wirklich eingefangen? Dein Wesen? Das Licht kommt aus *dir*. Es ist die Wirkung, die du auf deine Umgebung hast.«

Aber wie hatte er das *gemacht?*

»Du bist enttäuscht«, sagte er.

Sie wandte sich zu ihm um und schüttelte den Kopf. »Du hattest vermutlich niemals einen Kunstlehrer. Es wäre einem zukünftigen Duke of Tresham gewiss nicht erlaubt gewesen. Jocelyn, du bist in jeder für dich wichtigen Beziehung ein Mann. Du musst es wagen, noch vollständiger ein Mann zu sein, als du es diese Woche in diesem Raum warst. Du hast ein erstaunliches Talent als Musiker und ein Ehrfurcht einflößendes Talent als Maler. Du musst diese Talente weiterhin nutzen, auch wenn ich wieder fort bin. Zu deinem eigenen Nutzen ebenso wie zum Nutzen der Welt.«

Es war natürlich typisch für ihn, bewusst nur ein Detail aufzugreifen.

»Also wirst du mich verlassen, Jane?«, fragte er. »Um vielleicht besseren Möglichkeiten entgegenzugehen? Zu jemandem, der dich neue Kniffe lehren kann?«

Sie erkannte die Ursache der Beleidigung. Ihr ernst gemeintes Lob hatte ihn verlegen gemacht.

»Warum sollte ich dich verlassen«, sagte sie forsch, »wenn die Vertragsbedingungen für mich so vorteilhaft sind, wenn du nicht derjenige bist, der geht?«

»Was ich natürlich unweigerlich tun werde«, sagte er und betrachtete sie aus schmalen Augen. »Man durchlebt gewöhnlich eine oder zwei Wochen vollkommener Verblendung, Jane, gefolgt von einigen weiteren Wochen schwindenden Interesses, bevor die Beziehung letztendlich beendet wird. Wie lange bin ich jetzt schon völlig verrückt nach dir?«

»Ich hätte gerne noch Zeit, andere Fähigkeiten als nur das Sticken zu üben«, sagte sie, kehrte zu ihrem Sessel zurück, legte die Seidenfäden zusammen und steckte sie in ihren Handarbeitsbeutel. »Der Garten muss noch weiter bearbeitet werden. Und alle diese Bücher müssen gelesen werden. Und ich möchte viel schreiben. Vermutlich wird meine Zeit, wenn dein Interesse erst schwindet, durch jegliche Anzahl angenehmer Tätigkeiten bis zum Überfließen erfüllt sein.«

Er kicherte leise. »Ich dachte«, sagte er, »wir wollten uns in diesem Raum nicht streiten, Jane.«

»Ich dachte«, erwiderte sie scharf, »der Duke of Tresham sollte nicht mit in diesen Raum genommen werden. Ich dachte, wir hätten uns darauf geeinigt, diesen garstigen, überheblichen Mann nicht über die Schwelle zu lassen. Unglaublich, mir zu sagen, wann ich erwarten darf, dass dein Interesse nachlässt und wie lange ich deine erlahmenden Gunstbezeigungen dann noch genießen darf. Komm hierher und erwecke den Eindruck, du glaubtest, mir einen Gefallen zu tun, Jocelyn, und du wirst schneller wieder gehen, als du gekommen bist, glaube mir. Ich muss einverstanden sein, denk daran, bevor du mich auch nur berühren darfst.«

»Also gefällt dir das Portrait?«, fragte er bescheiden.

Sie stellte ihren Handarbeitsbeutel ab und sah ihn aufgebracht an.

»Musst du immer versuchen, mich zu verletzen, wenn du dich selbst am verletzlichsten fühlst?«, fragte sie. »Ich liebe es. Ich liebe es, weil du es gemalt hast und weil es mich an diese Woche erinnern wird. Und wenn ich mehr über Malerei wüsste, würde ich es vermutlich ebenfalls lieben, weil es ein großartiges Kunstwerk ist. Ich halte es dafür, Jocelyn. Aber du müsstest schon einen Experten fragen. Gehört das Gemälde mir? Darf ich es behalten? Für immer?«

»Wenn du es möchtest, Jane«, antwortete er. »Möchtest du es denn?«

»*Natürlich* möchte ich es. Und nun solltest du besser gehen, sonst wirst du dich zum Abendessen verspäten.«

»Abendessen?« Er runzelte die Stirn und schien sich erst dann zu erinnern. »Oh, *Abendessen*. Zum Teufel damit. Ich werde hier bleiben und mit dir essen, Jane.«

Ein weiterer Abend ihres Monats, den sie in sich bewahren konnte.

Sie tranken nach dem Abendessen Tee, und er las ihr weiter aus *Mansfield Park* vor, während sie entspannt in ihrem Sessel saß. Danach saßen sie in geselligem Schweigen beieinander, bis er erneut über seine Kindheit zu sprechen begann, wie er es auch während der vergangenen zwei Abende getan hatte. Und wenn er erst einmal begonnen hatte, schien er nicht wieder aufhören zu können.

»Ich glaube, du solltest zurückgehen, Jocelyn«, sagte sie, als er eine Pause einlegte. »Ich glaube, du musst zurückgehen.«

»Nach Acton?«, fragte er. »Niemals! Nur zu meiner eigenen Beerdigung.«

»Aber du sprichst liebevoll davon«, sagte sie. »Wie alt warst du, als du fortgingst?«

»Sechzehn«, antwortete er. »Und ich schwor, niemals zurückzukehren, was ich, bis auf die Beerdigungen, auch nicht getan habe.

»Du musst damals noch zur Schule gegangen sein«, stellte sie fest.

»Ja.«

Sie stellte die Frage nicht. Das war für Jane so typisch. Sie würde niemals Neugier zeigen. Aber sie hätte die Frage ebenso gut herausschreien können. Sie saß ruhig und aufmerksam da. Jane, der gegenüber er während der vergangenen Wochen so viel von sich preisgegeben hatte.

»Du willst es nicht wissen, Jane«, sagte er.

»Ich denke«, sagte sie, »dass du es vielleicht erzählen musst.«

Mehr sagte sie nicht. Er blickte ins Feuer und erinnerte sich an den Tag, an dem er zum Mann wurde. An den Augenblick, in dem er seinem Vater gefolgt war. Und seinem Großvater. Ein wahrer Dudley. Ein Mann.

»Ich war sechzehn und verliebt«, sagte er. »In die vierzehnjährige Tochter eines Nachbarn. Wie schworen uns unsterbliche Liebe und Treue. Es gelang mir sogar, sie einmal allein zu sehen, und ich habe sie geküsst – auf die Lippen. Ganze drei Sekunden lang. Es war mir sehr ernst, Jane.«

»Es ist nicht immer klug, unseres jüngeren Selbst zu spotten«, erwiderte sie und reagierte damit auf seinen ironischen Unterton. »Liebe ist für junge Menschen eine ebenso ernste und schmerzliche Angelegenheit wie für Ältere. Wenn nicht mehr. Es liegt so viel mehr Unschuld darin.«

»Mein Vater erfuhr davon und machte sich Sorgen«, sagte er. »Obwohl ich mich, wenn er abgewartet hätte, zweifellos zwei oder drei Monate später nach einem anderen Mädchen verzehrt hätte. Es liegt nicht in der Natur eines Dudley, beständig verliebt zu sein, Jane – oder auch nur zu begehren.«

»Er hat euch getrennt?«, fragte Jane.

»Es gibt dort ein Cottage.« Er legte den Kopf zurück und schloss die Augen. »Ich habe es dir gegenüber schon einmal erwähnt, Jane. Mit einer Bewohnerin, einer bedürftigen weiblichen Verwandten, die zehn Jahre älter war als ich.«

»Ja«, sagte sie.

»Nicht weit von dem Cottage gab es einen Teich«, sagte er. »Idyllisch, Jane. Am Fuße der Hügel, durch die Spiegelung der Bäume grün, mit lautem Vogelgesang und entlegen. Ich ging im Sommer häufiger dorthin zum Baden als zum Herumtoben im näher am Haus gelegenen See. Sie war eines Tages vor mir dort, trug nur ein dünnes Unterhemd.«

Jane schwieg, während er innehielt.

»Sie wirkte angemessen nervös«, sagte er, »während sie aus dem Wasser stieg und den Eindruck erweckte, als trüge sie gar nichts. Und dann lachte sie und scherzte und war einfach bezaubernd. Kannst du dir das vorstellen, Jane? Die vollendete, wohlhabende Kurtisane und der unwissende, unberührte Jugendliche? Das erste Mal schafften wir es nicht einmal bis zum Cottage zurück. Wir taten es auf dem Gras neben dem Teich. Ich entdeckte, was wohin gehörte und was geschah, wenn er tief genug darin war. Ich glaube, das alles geschah innerhalb von dreißig Sekunden. Ich hielt mich für einen verflixt verwegenen Burschen.«

Jane hatte die Augen geschlossen, wie er bemerkte, als er seine wieder öffnete. »Sie war meine erste Besessenheit.« Er kicherte. »Am nächsten Tag ging ich zum Cottage, und am darauf folgenden Tag wieder. Ich strengte mich bei letzterer Gelegenheit mächtig an, da ich rasch gelernt hatte, dass ich das Vergnügen erheblich länger hinaus ziehen konnte als dreißig Sekunden. Ich war stolz und erschöpft, als ich meine Tüchtigkeit schließlich ausreichend bewiesen hatte. Und dann begann sie zu reden, Jane, mit ganz normaler, sehr belustigter Stimme.

›Er ist ein begabter Schüler und erweist sich als ungeheuer vielversprechend‹, sagte sie. ›Bald wird *er mir* Tricks beibringen.‹ Und dann, bevor ich den Kopf anheben und erkennen konnte, wovon, zum Teufel, sie sprach, erklang eine weitere Stimme, Jane. Die meines Vaters. Die von der Schlafzimmertür hinter mir erklang.

›Das hast du sehr gut gemacht, Phoebe‹, sagte er. ›Er hat sich zwischen deinen Schenkeln nur allzu wacker gehalten.‹ Er lachte, als ich wie angestochen auf der Seite aus dem Bett sprang, wo meine Kleider nicht lagen. Er stand an den Türrahmen gelehnt, als habe er schon einige Zeit dort gestanden. Er hatte natürlich zugesehen und meine Darbietung bewertet, wobei er seiner Mätresse wahrscheinlich zugezwinkert und anzüglich gegrinst hatte. ›Kein Grund, verlegen zu sein‹, belehrte er mich. ›Jeder Mann sollte von einer Expertin eingeweiht werden. Mein Vater hat es für mich arrangiert, ich habe es für dich arrangiert. Niemand ist erfahrener als Phoebe, obwohl du heute das letzte Mal mit ihr geschlafen hast, mein Junge. Von diesem Moment an ist sie für dich tabu. Ich kann nicht zulassen, dass mein Sohn seinen Samen in meine Frau sät, oder?‹«

»Oh«, sagte Jane leise und führte Jocelyns Gedanken ruckartig wieder in die Gegenwart zurück.

»Ich habe meine Kleider aufgesammelt und bin aus dem Cottage gestürzt«, sagte er, »ohne auch nur stehen zu bleiben, um mich anzuziehen. Ich musste mich übergeben. Teilweise weil mein Vater bei so etwas entsetzlich Intimem zugesehen hatte. Teilweise weil ich mich mit seiner *Mätresse* eingelassen und er das alles geplant hatte. Ich hatte bis dahin nicht gewusst, dass er überhaupt Mätressen hatte. Ich hatte angenommen, er und meine Mutter wären einander treu ergeben. Es hat wohl niemals einen naiveren Menschen gegeben, als ich es in meiner Kindheit war, Jane.«

»Armer Junge«, sagte Jane leise.

»Ich durfte mich nicht einmal in Ruhe übergeben.« Er lachte rau. »Mein Vater hatte auf seinem Ritt zum Cottage jemanden mitgebracht – seinen Nachbarn, den Vater des Mädchens, in das ich verliebt zu sein glaubte. Und mein Vater folgte mir auf dem Fuße, um den Spaß in allen grässlichen Einzelheiten wiederzugeben. Er wollte uns beide mit ins Dorfgasthaus nehmen, um mit einem Glas Ale auf mein frisch erworbenes Mannestum anzustoßen. Ich sagte ihm, er solle zur Hölle gehen, und ich wiederholte die Aufforderung noch ausführlicher, als wir später zu Hause waren. Am nächsten Tag verließ ich Acton.«

»Und dafür hast du dich die ganze Zeit schuldig gefühlt?«, fragte Jane. Er bemerkte plötzlich, dass sie ihren Platz verlassen hatte und am Kamin vorbei an seinen Sessel getreten war. Bevor er erkannte, was sie vorhatte, saß sie bereits auf seinem Schoß und rollte sich dort ein, bis ihr Kopf an seiner Schulter lag. Seine Arme schlossen sich rein aus Reflex um sie.

»Ich habe mich gefühlt, als hätte ich Inzest begangen«, sagte er. »Sie war die *Hure* meines Vaters, Jane.«

»Du warst auf Gnade und Ungnade einerseits einem skrupellosen Mann und andererseits einer erfahrenen Kurtisane ausgeliefert«, belehrte sie ihn. »Es war nicht deine Schuld.«

»Ich war in ein unschuldiges junges Mädchen verliebt«, sagte er. »Und doch verschwendete ich keinen Gedanken an sie, als ich mit einer zehn Jahre älteren Frau schlief, mit der ich verwandt zu sein glaubte. Ich habe durch diese Erfahrung jedoch eine wertvolle Lektion gelernt, Jane. Ich war durch und durch der Sohn meines Vaters. Ich *bin* der Sohn meines Vaters.«

»Jocelyn«, sagte sie, »du warst sechzehn. Gleichgültig, wer du warst, du hättest ein Übermensch – oder ein Untermensch – sein müssen, um solch einer mächtigen Versuchung zu widerstehen. Du darfst es dir nicht vorwerfen. Nicht mehr. Jene Ereignisse sind kein Beweis, dass du verdorben wärst. Nicht im geringsten.«

»Ich habe noch einige Jahre länger gebraucht, das zu beweisen«, sagte er.

»Jocelyn.« Er konnte ihre Finger mit einem Knopf seiner Weste spielen spüren. »Sage mir – wenn du eines Tages in der Zukunft einen Sohn hast – wirst du ihm das jemals antun? Ihn von einer deiner eigenen Mätressen einweihen lassen?«

Er atmete langsam ein und stellte es sich vor – den kostbaren Menschen, der sein Sohn wäre, durch seinen Samen gezeugt, und die Frau, mit der er lieber seine Begierde stillen würde, als seiner Ehefrau treu zu bleiben. Wie sie zusammenkamen, wie sie es taten, während er zusah.

»Ich würde mir eher das Herz herausreißen«, antwortete er. »Mein nicht vorhandenes Herz.«

»Dann bist du nicht wie dein Vater«, sagte sie, »oder wie dein Großvater. Du bist du selbst. Du warst ein sensibler, künstlerisch veranlagter, romantischer Junge, der unterdrückt und schließlich roh verführt wurde. Das ist alles, Jocelyn. Du hast zugelassen, dass dein Leben von diesen Ereignissen überschattet wurde. Aber du hast noch ein langes Leben vor dir. Vergib dir selbst.«

»Ich habe meinen Vater an jenem Tag verloren«, sagte er. »Ich habe meine Mutter bald darauf verloren, nachdem ich in London angekommen war und dort die Wahrheit über sie herausfand.«

»Ja«, sagte sie traurig. »Aber vergib auch ihnen, Jocelyn. Sie waren die Produkte ihrer eigenen Erziehung und Erfahrungen. Wer weiß, welche Dämonen sie mit sich herumtrugen? Eltern sind nicht nur Eltern. Sie sind auch Menschen. Schwach wie wir alle anderen auch.«

Seine Finger spielten mit ihrem Haar. »Was hat dich so weise werden lassen?«

Sie antwortete eine Zeit lang nicht. »Es ist immer leichter, das Leben eines anderen Menschen zu betrachten und die Anlagen zu erkennen«, sagte sie, »besonders wenn man jemanden gern hat.«

»Also hast du mich gern, Jane?«, fragte er und küsste ihren Scheitel. »Selbst jetzt, wo du das schmutzigste aller Details aus meiner Vergangenheit kennst?«

»Ja, Jocelyn, ich habe dich gern.«

Dies waren die Worte, die seine Vorbehalte schließlich überwanden. Er merkte nicht einmal, dass er weinte, bis er Nässe auf ihr Haar tropfen spürte und sich seine Brust krampfartig hob. Er erstarrte vor Entsetzen. Aber sie wollte sich nicht von ihm fortdrängen lassen. Sie legte ihren freien Arm um seinen Hals und kuschelte sich noch enger an ihn. Und so schluchzte und schluckte er schändlich, während er sie in den Armen hielt, und musste dann nach einem Taschentuch suchen, um sich die Nase zu putzen.

»Verdammt, Jane«, sagte er. »Verdammt.«

»Sage mir«, erwiderte sie, »hast du irgendwelche guten Erinnerungen an deinen Vater? Irgendetwas?«

Wohl kaum! Aber als er darüber nachdachte, konnte er sich daran erinnern, wie sein Vater ihm das Reiten auf seinem ersten Pony beigebracht hatte, und mit ihm und Ferdinand Kricket gespielt hatte.

»Er pflegte mit uns Kricket zu spielen«, sagte er, »als wir noch so klein waren, dass wir mit unseren Schlägern in der Luft herumfuchtelten und den Ball kaum sechs Zoll weit werfen konnten. Es muss für ihn ebenso aufregend gewesen sein, wie das Gras wachsen zu sehen.«

»Erinnere dich an diese Zeiten«, sagte sie. »Suche mehr Erinnerungen wie diese. Er war kein Ungeheuer, Jocelyn. Er war auch kein angenehmer Mann. Ich glaube nicht, dass ich ihn gemocht hätte. Aber er war dennoch kein Ungeheuer. Er war einfach ein Mensch. Und selbst als er dich hintergangen hat, glaubte er irgendwie, dass er etwas für deine Erziehung Notwendiges tat.«

Er küsste erneut ihren Scheitel, und sie verfielen in Schweigen.

Er konnte nicht ganz glauben, dass er jene Erinnerungen schließlich noch einmal durchlebt hatte. Laut. In Hörweite einer Frau. Noch dazu seiner Mätresse. Aber es fühlte sich seltsam gut an, darüber gesprochen zu haben. Diese entsetzlichen, schmutzigen Ereignisse schienen weniger schrecklich, wenn man sie in Worte fasste. *Er* schien weniger schrecklich. Sogar sein Vater schien weniger schrecklich.

Er empfand Frieden.

»Es ist furchtbar, wenn es Gespenster der Vergangenheit gibt, Jane«, sagte er schließlich. »Du hast vermutlich keine, oder?«

»Nein«, sagte sie nach solch langem Schweigen, dass er dachte, sie würde überhaupt nicht antworten. »Keine.«

»Kommst du zu Bett?«, fragte er mit einem fast vollkommen zufriedenen Seufzen. »Nur zum Schlafen, Jane? Wenn ich mich recht erinnere, waren wir den größten Teil der letzten Nacht ziemlich tatkräftig beschäftigt. Wollen wir heute Nacht einfach schlafen?«

»Ja«, sagte sie.

Er hätte beinahe laut heraus gelacht. Er würde mit seiner Mätresse zu Bett gehen. Zum Schlafen.

Sein Vater würde sich im Grabe umdrehen.

## 18. Kapitel

Jocelyn ging am darauf folgenden Morgen auf direktem Weg nach Hause, wie er es üblicherweise tat, um baden, sich rasieren und sich umziehen zu können, bevor er sich zu den Clubs aufmachte und seine übrigen Morgentätigkeiten aufnahm. Aber Hawkins wartete bereits auf ihn, als er die Schwelle überschritt, um ihm eiligst eine wichtige Nachricht zu übermitteln. Mr Quincy wolle ein Wort mit Seiner Gnaden wechseln. Sobald es ihm beliebte.

»Schick ihn in einer halben Stunde in die Bibliothek«, sagte Jocelyn, während er zur Treppe ging. »Und schick Barnard zu mir hinauf. Warne ihn vor, dass ich kein brennendes Verlangen nach seiner persönlichen Gesellschaft habe, Hawkins. Und erinnere ihn daran, dass ich heißes Wasser und meine Rasierutensilien brauche.«

Dreißig Minuten später betrat Michael Quincy die Bibliothek. Jocelyn war bereits dort.

»Nun?« Er sah seinen Sekretär mit gehobenen Augenbrauen an. »Eine Krise in Acton, Michael?«

»Es ist jemand gekommen, Euer Gnaden«, erklärte sein Sekretär. »Er wartet schon seit zwei Stunden in der Küche und weigert sich zu gehen.«

Jocelyn verschränkte die Hände auf dem Rücken. »Tatsächlich?«, sagte er. »Muss ich denn noch mehr Diener beschäftigen, damit diese – diese *Person* hinausgeworfen werden kann? Erwartet man von mir, dass ich es selbst tue? Wird mir die Angelegenheit deshalb vorgetragen?«

»Er fragt nach Miss Ingleby, Euer Gnaden«, erklärte Quincy.

Jocelyn wurde sehr still. »Nach Miss Ingleby?«

»Es ist ein Kriminalbeamter aus der Bow Street«, belehrte ihn sein Sekretär.

Jocelyn sah ihn nur an.

»Hawkins hat ihn mit seinen Fragen an mich verwiesen«, erklärte Quincy weiterhin. »Ich habe ihm gesagt, ich wüsste nichts über eine Miss Ingleby. Er sagte, dann würde er warten und mit Ihnen sprechen wollen. Als ich ihm sagte, er müsse unter Umständen eine Woche warten, bevor Sie vielleicht einen Moment Zeit für ihn hätten, sagte er, dann würde er eben eine Woche warten. Er ist in der Küche, Euer Gnaden.«

»Mit Fragen über Miss Ingleby.« Jocelyn verengte die Augen.

»Du solltest ihn besser hereinführen, Michael.«

Mick Boden fühlte sich unbehaglich. Seine Arbeit führte ihn nur sehr selten in eines der großen Herrenhäuser Mayfairs. In Wahrheit empfand er eher Scheu vor dem Adel. Und der Besitzer des Dudleyhauses war der berüchtigte Duke of Tresham, der als ein Mensch bekannt war, mit dem sich selbst seinesgleichen einzulassen fürchteten.

Aber er wusste, dass er der Lösung nahe war. Die Diener logen alle, dass sich die Balken bogen, jeder einzelne von ihnen. Keiner kannte eine Miss Ingleby, einschließlich des Sekretärs Seiner Gnaden, den Mick Boden, zu seiner Schande, zunächst für den Duke selbst gehalten hatte, da auch er ein solch überaus feiner Pinkel war.

Mick wusste es, wenn jemand log. Und er wusste, warum diese Leute logen. Sie beschützten oder versteckten die Gesuchte nicht, aber sie waren Diener, die ihre Stellung schätzten. Und eine Regel in dieser Stellung lautete eindeutig, dass man Fremden gegenüber nicht über irgendeinen der Bewohner des Hauses sprach, selbst nicht über ihresgleichen. Er konnte das respektieren.

Und dann erschien der Butler in der Küche, der die Angewohnheit hatte, in die Luft zu schnuppern, als wolle er den schlechten Geruch niedriger gestellter Sterblicher erhaschen, und richtete seinen Blick geringschätzig auf Mick.

»Folgen Sie mir«, sagte er.

Mick folgte ihm aus der Küche, die Treppe hinauf und durch die Tür, die zur Rückseite der Eingangshalle führte. Die plötzliche Pracht des hauptsächlichen Teils des Hauses nahm ihm geradezu den Atem, obwohl er sich bemühte, nicht zu zeigen wie beeindruckt er war. Der Sekretär wartete dort.

»Seine Gnaden gewährt Ihnen fünf Minuten«, sagte er. »Ich werde Sie in die Bibliothek führen und draußen warten, um Sie wieder hinauszubegleiten, wenn Sie verabschiedet werden.«

»Danke, Sir«, sagte Mick Boden.

Er war ein wenig nervös, betrat die Bibliothek aber dennoch recht entschlossen, als der Butler die Tür öffnete. Er blieb nach sechs Schritten in den Raum hinein stehen und stellte sich breitbeinig auf den Teppich. Er hielt seinen Hut in beiden Händen und neigte höflich den Kopf. Er würde sich nicht verbeugen.

Der Duke – er vermutete, dass es dieses Mal der Duke sein musste – stand vor einem reich verzierten Marmorkamin, die Hände auf dem Rücken verschränkt. Er trug Reitkleidung, die aber so gut gearbeitet war und so perfekt passte, dass Mick sich augenblicklich der Einfachheit seiner eigenen Kleidung bewusst wurde, auf deren Eleganz er sich eigentlich etwas einbildete. Er wurde aus so dunklen Augen unverwandt betrachtet, dass Mick geschworen hätte, diese Augen seien schwarz.

»Sie haben also einige Fragen an mich«, sagte der Duke. »Sie sind Bow Street Runner?«

»Ja, Sir. Mick Boden, Sir.« Mick widerstand dem Drang, erneut den Kopf zu neigen. »Man hat mir berichtet, Sir, dass Sie eine Miss Jane Ingleby eingestellt haben.«

»Tatsächlich?« Seine Gnaden hob die Augenbrauen und wirkte in der Tat sehr bedrohlich. »Und wer, wenn ich fragen darf, hat Ihnen das berichtet?«

»Madame de Laurent, Sir«, sagte Mick Boden. »Eine Putzmacherin. Sie hat Miss Ingleby bis vor ungefähr einem Monat beschäftigt, als die junge Lady sie benachrichtigte, sie käme hierher, um für Sie zu arbeiten.«

»Tatsächlich?« Der Duke verengte die Augen. »Und welches Interesse haben Sie an Miss Ingleby?«

Mick zögerte, aber nur einen Moment. »Sie wird gesucht, Sir«, sagte er, »wegen heimtückischer Verbrechen.«

Seine Gnaden umfasste den Stiel seines Lorgnons, obwohl er es nicht ans Auge hob.

»Heimtückische Verbrechen?«, wiederholte er sanft.

»Diebstahl, Sir«, erklärte Mick. »Und Mord.«

»Faszinierend«, bemerkte der Duke wiederum sanft, und Mick, ein guter Menschenkenner, erkannte ohne jeglichen Zweifel, dass dieser Mann wahrhaftig sehr gefährlich sein konnte. »Und ein Märchen?«

»Oh, nein, Sir«, sagte Mick forsch. »Es ist durchaus wahr. Der Name Jane Ingleby ist angenommen. Sie heißt in Wahrheit Lady Sara Illingsworth, die Mr Sidney Jardine den Sohn und Erben des Earl of Durbury getötet hat, und dann mit Geld und Schmuck des Earl davon gelaufen ist. Sie haben vielleicht von dem Vorfall gehört, Sir. Sie ist eine verzweifelte Flüchtige, Sir, die sich, wie ich glaube, hier in diesem Haus befindet.«

»Du liebe Zeit«, sagte seine Gnaden nach kurzem Schweigen. »Wenn ich Sie recht verstehe, habe ich dann ja wirklich Glück gehabt, während des letzten Monats nicht eines Morgens mit von einem Ohr zum anderen durchschnittener Kehle aufgewacht zu sein.«

Mick war äußerst zufrieden. Endlich! Der Duke of Tresham hatte so gut wie zugegeben, dass sie sich im Dudleyhaus befand.

»Sie ist hier, Sir?«, fragte er.

Nun hob der Duke sein Lorgnon halbwegs zum Auge. »War hier«, sagte er. »Miss Ingleby war drei Wochen lang als meine Pflegerin beschäftigt, nachdem man mir ins Bein geschossen hatte. Sie ist schon vor einigen Wochen wieder gegangen. Sie müssen ihre Suche woanders weiter verfolgen. Ich glaube, Mr Quincy wartet in der Eingangshalle, um Sie hinauszuführen.«

Aber Mick Boden war noch nicht bereit, sich zu verabschieden.

»Können Sie mir sagen, wohin sie gegangen ist, Sir?«, fragte er. »Es ist sehr wichtig. Der Earl of Durbury ist außer sich vor Kummer und wird keinen Moment zur Ruhe kommen, bevor die Mörderin seines Sohnes nicht vor Gericht gestellt wird.«

»Und sein Schmuck nicht sicher in seinen Safe in Candleford zurückgekehrt ist«, fügte der Duke hinzu. »Miss Ingleby war hier nur Dienstmädchen. Woher soll ich wissen, wohin Dienstboten gehen, nachdem sie aus meinem Dienst ausscheiden?« Er hob erneut hochmütig die Augenbrauen. Mick erkannte, dass er gerade vor eine Wand gelaufen war. Er war so nahe dran gewesen.

»Ist das alles?«, fragte Seine Gnaden. »Ist die Befragung damit beendet? Ich muss gestehen, dass ich mich nach meinem Frühstück sehne.«

Mick hätte gerne noch weitere Fragen gestellt. Manchmal wussten Menschen mehr als sie ahnten, selbst wenn sie nicht bewusst Informationen zurückhielten. Vielleicht hatte das Mädchen etwas über ihre zukünftigen Pläne gesagt, irgendeinen Hinweis fallen lassen, sich irgendeinem ihresgleichen anvertraut. Sie war sich bewusst, dass sie eine Flüchtige war. Sie hatte während der Wochen in diesem Hause zweifellos gehört, dass die Polizei sie suchte.

»Nun?« In diesem einen Wort lag mächtiger, anmaßender Unglaube.

Mick neigte erneut den Kopf, wünschte dem Duke of Tresham einen guten Morgen und ging. Der Sekretär des Duke führte ihn durch die Eingangstür hinaus, und dann stand der Kriminalbeamte mit dem Gefühl am Grosvenor Square, wieder da zu sein, wo er begonnen hatte.

Wenn auch vielleicht nicht ganz.

Er hatte von dem Duell gehört, noch bevor Madame de Laurent es erwähnt hatte. Der Duke of Tresham hatte einen Schuss ins Bein bekommen und war drei Wochen lang außer Gefecht gesetzt. Wahrscheinlich hatten sich die übrigen feinen Pinkel Londons vor seiner Tür eingefunden, um ihm Gesellschaft zu leisten. Das Mädchen war seine Pflegerin gewesen. Sie musste gewiss von jemandem dieser Besucher gesehen worden sein, der vielleicht entgegenkommender wäre als der Duke.

Nein, er war wohl doch nicht gegen eine Mauer gelaufen, entschied Mick Boden. Zumindest noch nicht.

Er würde sie finden.

Die Beweise hatten regelrecht auf der Hand gelegen, dachte Jocelyn, während er am Fenster der Bibliothek stand und beobachtete, wie der Polizist langsam den Platz verließ. Tatsächlich waren sie so offensichtlich gewesen, dass es seinen Verstand abgelenkt hatte, und er es einfach nicht gesehen hatte.

Sie war eindeutig zur Lady erzogen worden. Sie hatte, bis auf die Kleidung, von Anfang an alle Eigenschaften einer Lady gezeigt. Sie sprach kultiviert; sie besaß eine stolze und anmutige Haltung; sie war belesen; sie konnte das Pianoforte gut, wenn auch nicht talentiert spielen; sie konnte herrlich singen – mit geübter Stimme und Wissen über Komponisten wie Händel; sie konnte Dienstboten Anweisungen geben und sie einsetzen; sie hatte keine Scheu vor einem Mann mit einem Titel wie ihm, auch wenn er von Natur aus anmaßend war.

Hatte er ihre Geschichte, dass sie in einem Waisenhaus aufgewachsen war, auch nur einen Moment geglaubt? Vielleicht *einen* Moment. Aber er hatte schon seit einiger Zeit erkannt, dass sie bezüglich ihrer Herkunft log. Er hatte sich sogar beiläufig gefragt warum. Er hatte entschieden, dass es in ihrer Vergangenheit etwas geben musste, was sie geheim halten wollte. Er war niemals übermäßig neugierig auf Geheimnisse gewesen, die Menschen geheim halten wollten.
Lady Sara Illingsworth.
Nicht Jane Ingleby, sondern Lady Sara Illingsworth.
Seine Augen verengten sich, während er auf den jetzt verlassenen Platz hinausschaute.
Er hatte auch den deutlichsten Hinweis von allen beständig fehlinterpretiert – ihren Widerwillen, gesehen zu werden. Sie hatte sich außer in den Garten nicht aus dem Dudleyhaus gewagt, als sie hier war; sie wagte sich auch nicht aus dem Haus, in dem sie jetzt lebte. Sie hatte nur sehr ungern für seine Gäste gesungen. Sie war lieber seine Mätresse geworden, als das zu verfolgen, was ihr zweifellos eine brillante Karriere als Sängerin hätte einbringen können.
Er hatte geglaubt, sie schäme sich, zunächst dessen, was die Leute über ihre Beziehung zu ihm denken könnten, und dann dessen, was diese Beziehung wirklich war. Aber sie hatte keine anderen Anzeichen von Scham gezeigt. Sie hatte ihren beiderseitigen, törichten Vertrag mit praktischem, gesunden Menschenverstand ausgehandelt. Sie hatte ihr Haus neu gestaltet, weil sie nicht das Gefühl haben wollte, wie eine Hure in einem Bordell zu leben. Sie war an jenem Nachmittag des Vollzugs ihrer Liaison nicht vor ihrem Schicksal zurückgeschreckt, noch hatte es da-

nach Tränen oder andere Anzeichen von Reue gegeben.

Sein Verstand hätte begreifen sollen, dass sie Angst hatte, öffentlich gesehen zu werden, weil sie befürchtete, wiedererkannt und verhaftet zu werden. Er hatte das Offensichtliche einfach nicht gesehen – dass sie sich versteckte.

Dass sie wegen Diebstahls und Mordes gesucht wurde.

Jocelyn trat vom Fenster zurück, schritt zur anderen Seite des Raumes und legte seine Hände flach auf den Eichenschreibtisch.

Es kümmerte ihn keinen Deut, dass er eine Flüchtige beherbergte. Die Vorstellung, dass sie gefährlich sei, war absurd. Aber die Tatsache, dass er ihre Identität zu spät entdeckt hatte, kümmerte ihn sehr wohl.

Einer mittellosen Waisen oder sogar einer verarmten Dame von Stand eine Anstellung als seine Mätresse anzubieten, war vollkommen akzeptabel. Die gleiche Anstellung der Tochter eines Earl anzubieten, war jedoch eine vollkommen andere Sache. Vielleicht sollte es nicht so sein. Wenn sie in einer perfekten Gesellschaft lebten, in der alle Menschen als gleich angesehen würden, machte es keinen Unterschied.

Aber sie lebten nicht in einer solchen Gesellschaft.

Und daher machte es einen Unterschied.

Er hatte Lady Sara Illingsworth, der Tochter des verstorbenen Earl of Durbury aus Candleford in Cornwall, die Unschuld genommen.

Er empfand in diesem speziellen Moment keine besonders freundlichen Gefühle für Lady Sara Illingsworth.

*Zum Teufel mit ihr.* Er schlug mit der Faust hart auf die

Schreibtischplatte und biss die Zähne zusammen. Sie hätte es ihm sagen sollen. Sie hätte seine Hilfe in Anspruch nehmen sollen. Hatte sie nicht erkannt, dass er genau der Mensch war, demgegenüber sie offen das Schlimmste eingestehen konnte, ohne Angst haben zu müssen, dass er einen Tobsuchtsanfall bekäme und die Polizei riefe? Hatte sie nicht begriffen, dass er abgrundtiefe Verachtung für Männer wie Jardine empfinden musste? Verdammt! Er schlug erneut mit der Faust auf das Holz. Was hatte der Bastard ihr angetan, dass er sie dazu herausfordern konnte, ihn zu töten – wenn er *wirklich* tot war? Was hatte sie seitdem an Schuldgefühlen und Angst und Einsamkeit erlitten?

Zur Hölle mit ihr! Sie hatte ihm nicht genug vertraut, um sich ihm mitzuteilen.

Stattdessen hatte sie ihn gefesselt und den Schlüssel fortgeworfen. Auch wenn es unabsichtlich geschehen war – tatsächlich hatte sie es *zweifellos* nicht beabsichtigt, da sie ihm so wenig vertraute –, war es wirklich gelungen.

Das würde er ihr nur schwer vergeben können.

*Zum Teufel mit der Frau!*

Und noch etwas. Oh, ja, da war noch etwas. Er hatte gestern Abend seine Seele vor ihr entblößt, wie er es noch niemals vor irgendeinem anderen Menschen getan hatte. Er hatte ihr so sehr vertraut.

Aber sie erwiderte sein Vertrauen nicht. Sie musste schon unerträgliche Qualen gelitten haben, als er sie das erste Mal gesehen hatte. Und doch hatte sie alles vor ihm verborgen gehalten. Sogar gestern Abend.

*Es ist furchtbar, wenn es Gespenster der Vergangenheit gibt, Jane,* hatte er zu ihr gesagt. *Du hast vermutlich keine, oder?*

*Nein*, hatte sie erwidert. *Keine.*
*Zum Teufel mit ihr!*

Jocelyn schlug noch einmal mit der Faust auf die Schreibtischplatte, wodurch das Tintenfass in seiner Silberhalterung hüpfte.

Jocelyn verbrachte den Tag in seinen Clubs, in Jackson's Boxring, auf einem Schießstand, bei den Rennen. Er aß bei White's und verbrachte einige Stunden bei einer langweiligen Soirée, bei der seine Schwester feststellte, er sei ein seltener Gast geworden. Sie erzählte, sie habe Heyward dazu überredet, sie im Sommer einige Wochen nach Brighton zu bringen, um sich Prinnys Kreis anzuschließen und die Vergnügungen des neu erbauten asiatischen Pavillons zu kosten. Sein Bruder, der ebenfalls bemerkte, er sei ein seltener Gast geworden, war zutiefst empört.

»Tatsache ist, Tresham«, sagte er, »dass sich die Forbesbrüder noch immer verstecken und dennoch weiterhin das Gerücht verbreiten, *du* hättest Angst, *ihnen* zu begegnen. Ganz zu schweigen davon, was sie über mich sagen müssen, der ich mich angeblich hinter den Rockschößen meines großen Bruders verstecke. Was planst du gegen sie zu unternehmen? Das möchte ich wissen. Ich habe dich noch niemals so zögerlich erlebt. Wenn sie sich in dieser Woche nicht mehr blicken lassen, werde ich sie selbst suchen. Und erspare mir diese anmaßende Erklärung des älteren Bruders, sie seien deine Angelegenheit. Mich haben sie zu töten versucht.«

Jocelyn seufzte. Ja, er hatte es *tatsächlich* hinausgezögert. Und das alles wegen seiner Vernarrtheit in eine Frau.

»Und mich hofften sie zu demütigen«, sagte er. »Ich werde mich um sie kümmern, Ferdinand. Bald.« Er weigerte sich, die Angelegenheit weiter zu erörtern.

Aber indem er in der letzten Woche Zeit mit seiner Mätresse vertan, geredet und vorgelesen und sich mit Musik und Kunst beschäftigt hatte, hatte er zugelassen, dass sein Ruf geschädigt wurde. Das war nicht richtig.

Er konnte es erst am späten Abend bewerkstelligen, Brougham und Kimble allein zu begegnen. Sie schlenderten zusammen von der Soirée zu White's.

»Ihr beide habt doch den Namen meiner Mätresse niemandem gegenüber erwähnt, oder?«, fragte er.

»Verdammt, Tresham.« Brougham klang verärgert. »Musst du das fragen, wo du uns doch ausdrücklich gebeten hattest, es nicht zu tun?«

»Wenn du es musst, Tresh«, sagte Kimble bedrohlich ruhig, »sollte ich dir vielleicht einen Kinnhaken verpassen. Du warst in letzter Zeit einfach nicht mehr du selbst. Aber vielleicht war die Frage rhetorisch gemeint?«

»Da gibt es jemanden«, erklärte Jocelyn, »einen Polizisten mit geöltem Haar und entsetzlich schlechtem Geschmack bei seiner Kleidung, aber mit scharfem Blick, der sehr wahrscheinlich bald Fragen über Miss Jane Ingleby stellen wird.«

»Ein Polizist?« Brougham blieb jäh stehen.

»Der Fragen über *Miss Ingleby* stellt?« Kimbles Stirnrunzeln war selbst in der Dunkelheit zu sehen.

»Auch als Lady Sara Illingsworth bekannt«, erklärte Jocelyn.

Seine Freunde sahen ihn schweigend an.

»Er wird unter anderem euch befragen«, versicherte Jocelyn ihnen.

»Miss Jane Ingleby?« Kimbles Miene war zu einer ausdruckslosen Maske geworden. »Nicht einmal davon gehört. Du, Cone?«

»Wer?« Brougham runzelte die Stirn.

»Nein, nein«, sagte Jocelyn ruhig und ging weiter. Seine Freunde passten sich seinem Schritt zu beiden Seiten an. »Es ist bekannt, dass sie mich während meiner Genesung von der Verletzung gepflegt hat. So viel habe ich heute Morgen eingeräumt, als der Mann in meiner Bibliothek stand und verdammt sein Bestes gab, nicht unterwürfig zu wirken. Drei Wochen lang. Wonach sie aus meinen Diensten schied. Wer bin ich, dass ich den weiteren Fortgang eines bloßen Dienstmädchens jenseits meiner Türen verfolgt hätte?«

»*Gab* es ein solches Dienstmädchen?«, fragte Brougham unbekümmert. »Ich muss zugeben, dass ich sie nicht bemerkt habe, Tresham. Aber ich neige dazu, die Dienstboten anderer Leute nicht zu bemerken.«

»War sie diejenige, die bei deiner Soirée *gesungen* hat, Tresh?«, fragte Kimble. »Hübsche Stimme für den, der diese Art Musik mag. Und ein recht hübsches Mädchen für den, der einfache Landfräulein in Musselin mag, wenn alle anwesenden Damen verführerisch in Satin und Straußenfedern und Juwelen gekleidet sind. Was ist denn *wirklich* aus ihr geworden?«

»Danke«, sagte Jocelyn. »Ich wusste, dass ich mich auf euch verlassen kann.«

»Aber im Ernst, Tresham«, sagte Brougham wieder in normalem Tonfall, »was ist *tatsächlich* mit Jardine geschehen? Du willst uns doch hoffentlich nicht weismachen, dass Lady Sara ihn kaltblütig ermordet hat, weil er sie beim Stehlen erwischte.«

Kimble schnaubte verächtlich.

»Ich *weiß* nicht, was geschehen ist«, sagte Jocelyn durch zusammengebissene Zähne. »Sie hat es nicht für nötig gehalten, sich mir anzuvertrauen. Aber ich weiß eines. Jardine sollte besser vollkommen tot sein. Wenn er es nicht ist, wird es mir ein entschiedenes Vergnügen sein, ihn sich wünschen zu lassen, er wäre es.«

»Wenn du irgendwelche Hilfe brauchst«, bot Brougham an, »kannst du auf uns zählen, Tresham.«

»Was wirst du mit Lady Sara machen, Tresh?«, fragte Lord Kimble.

»Sie halb zu Tode prügeln«, sagte Jocelyn boshaft. »Und dieser lächerlichen Sache auf den Grund gehen. Sie für den Rest ihres Lebens bedauern lassen, dass sie jemals geboren wurde. In dieser Reihenfolge.«

»Sie fast zu Tode prügeln.« Conan Brougham zuckte zusammen. »Weil sie deine Mätr...« Er wurde plötzlich von einem Hustenanfall ergriffen, der wohl durch einen heftigen Stoß in die Rippen durch Viscount Kimbles Ellbogen verursacht worden war.

»Sie halb zu Tode prügeln«, wiederholte Jocelyn. »Aber zuerst werde ich mich berauschen. Trunken werden. Volltrunken. Sternhagelvoll.«

Das Problem war natürlich, dass er anscheinend niemals betrunken werden konnte, wenn er es wollte, gleichgültig wie viel er trank. Er glaubte, als er White's irgendwann nach Mitternacht allein verließ, dass er eine gewaltige Menge Alkohol getrunken hätte. Aber wenn er nicht betrunkener war, als ihm bewusst war, ging er in einer geraden Linie auf das Haus seiner Mätresse zu, und er konnte noch immer nur kalten Zorn anstatt lediglich heftige Verärgerung spüren. Wie könnte er sie schlagen – nicht dass er jemals sie oder irgendeine andere Frau wirklich schlagen könnte. Wie konnte er ihr zumindest eine seiner berühmten Standpauken halten, wenn seine Verärgerung keine Nahrung bekam?

Als er das Haus erreicht hatte und die Haustür mit seinem Schlüssel öffnete, konnte er sich nur vorstellen, sie zu demütigen, sie an ihre zutiefst untergeordnete Stellung in seinem Leben zu erinnern. Er würde die Frau natürlich heiraten müssen, selbst wenn sie selbst es noch nicht wusste. Sie würde dem Namen nach seine Ehefrau sein. Aber sie würde bald begreifen, dass sie für ihn für immer, für den Rest ihres Lebens, noch weniger als eine Mätresse bliebe.

## 19. Kapitel

Er kam nach Mitternacht, lange nachdem Jane es aufgegeben hatte, ihn zu erwarten, obwohl sie noch auf war, zwischen ihrer Zuflucht, Speisezimmer und Wohnzimmer hin- und herging und sich bewusst war, dass etwas furchtbar falsch war. Sie war gerade in ihrem Raum und betrachtete sein Porträt von ihr, die Arme abwehrend um ihre Taille geschlungen, als sie seinen Schlüssel in der Außentür hörte. Sie eilte ihm entgegen und nahm auf dem Weg einen Kerzenleuchter hoch. Aber sie brachte die Selbstachtung auf, die Eingangshalle ruhig zu betreten. Kurz darauf war sie froh über diese Beherrschtheit.

Er trug seinen schwarzen Abendmantel. Er legte sorgfältig bedacht Seidenhut und Handschuhe ab, bevor er sich zu ihr umwandte. Als er es tat, stellte Jane fest, dass sie dem Duke of Tresham gegenüberstand – diesem Fremden aus der Vergangenheit. Dem düsteren, kalten, zynischen und gewiss betrunkenen Duke of Tresham. Sie lächelte.

»Hinauf!«, befahl er mit kalter Anmaßung und einer leichten Kopfbewegung in Richtung Treppe.

»Warum?« Sie runzelte die Stirn.

Er hob die Augenbrauen und sah sie an, als wäre sie ein Wurm unter seinem Fuß.

»Warum?«, fragte er ruhig. »*Warum*, Jane? Habe ich mich zufällig in der Adresse geirrt? Aber mein Schlüssel passte ins Schloss. Ist dies nicht das Haus, in dem ich meine Mätresse halte? Ich bin gekommen, um mich der Dienste meiner Mätresse zu bedienen. Ich brauche ein Bett, um das bequem tun zu können, und ihren Körper auf diesem Bett. Und das Bett befindet sich meines Wissens oben.«

»Du bist betrunken!«, sagte sie, ihm an Kälte in nichts nachstehend.

»Bin ich das?« Er wirkte überrascht. »Aber nicht zu betrunken, um den Weg zum Haus meiner Mätresse zu finden. Nicht zu betrunken, um die Treppe zu ihrem Bett hinaufsteigen zu können. Nicht zu betrunken, um ihn hochzukriegen, Jane.«

Sie errötete bei dieser Grobheit und sah ihn an, während sich ein Stein auf ihr Herz legte, ohne es zu brechen. Aber sie wusste, dass ihr Herz brechen würde, wenn diese Nacht erst vorüber wäre. Närrin! Oh, welche Närrin, sich nicht nur in ihn verliebt, sondern sogar davon geträumt zu haben, dass er sich auch in sie verliebt hätte.

»Hinauf!« Er deutete erneut zur Treppe. Und dann nickte er. »Ah, ich erkenne den Grund für dein Zögern. Ich vergaß, Bitte zu sagen. Geh *bitte* hinauf, Jane. Lege bitte alle deine Kleidung und Haarnadeln ab, wenn du dort ankommst. Lege dich bitte auf den Rücken aufs Bett, damit ich mich deiner Dienste bedienen kann. Halte bitte deinen Teil des Vertrages ein.«

Seine Stimme klang kälter als Eis. Seine Augen waren schwarz wie die Nacht. Sie hatte keinen guten Grund, sich ihm zu verweigern. Es hatte niemals zu diesem Handel gehört, dass er sie lieben müsste, bevor sie ihm ihre Gunst erweisen würde. Aber sie fühlte sich plötzlich unsicher, als sei eine ganze Woche –

die kostbarste Woche ihres Lebens – spurlos ausgelöscht worden. Als hätte sie sie nur geträumt. Als wäre er niemals ihr Gefährte geworden, ihr Freund, ihr Geliebter. Ihr Seelenverwandter.

Als alles gesagt und getan war, war sie nur noch seine Mätresse.

Sie wandte sich um und ging ihm die Treppe hinauf voran, den Kerzenleuchter hochhaltend, ihr Herz versteinert. Nein, das nicht. Ein Stein spürte keinen Schmerz. Sie blinzelte, um die Tränen zurückzuhalten. Er würde kein solches Zeichen von Schwäche an ihr zu sehen bekommen.

Niemals!

»Ich bin hierher gekommen, Jane«, sagte er kurz darauf mit unergründlicher Miene im Schlafzimmer hinter der Tür stehend – aber da war etwas an ihm, was von Trunkenheit zeugte und gefährlich bedrohlich wirkte, »um mich von meiner Mätresse unterhalten zu lassen. Wie wirst du mich unterhalten?«

Sie hatte erneut das Gefühl, als hätte die vergangene Woche nicht stattgefunden. Wäre das nicht gewesen, hätte sie seine Worte natürlich nicht als so beleidigend empfunden. Sie waren nicht beleidigend. Sie durfte nicht reagieren, als wären sie es. Sie musste die vergangene Woche einfach vergessen. Aber sie zögerte zu lange.

»Du hast doch nicht zufällig Kopfschmerzen, Jane?« Seine Stimme klang sehr ironisch. »Oder deine Regel?«

Ihre Regel war in den nächsten Tagen fällig, und sie empfand deswegen berechtigte Angst. Aber sie würde sich nicht eher Sorgen machen, als es nötig wäre. Sie hatte von Anfang an über die möglichen Konsequenzen einer solchen Liaison Bescheid gewusst. Es gab sogar eine Klausel im Vertrag, die sich mit eventuellen Kindern aus dieser Verbindung beschäftigte.

»Oder fühlst du dich heute Nacht einfach von mir abgestoßen?«, fragte er und wirkte bedrohlicher denn je, während er sie mit verengten Augen ansah. »Wirst du dein Vorrecht ausüben, Jane, und mich zum Teufel schicken, meine Begierde unerfüllt lassen?«

»Nein, natürlich nicht.« Sie sah ihn ruhig an. »Ich werde Sie mit Freuden unterhalten, Euer Gnaden. Woran sonst sollte ich während der langen Stunden Ihrer Abwesenheit wohl denken und wovon sonst träumen und wofür planen?«

»Es ist zumindest beruhigend zu erkennen«, sagte er, während er auf sie und das Bett zuging, »dass du deine unverschämte Zunge nicht verloren hast, Jane. Ich würde dich gewiss nicht genießen können, wenn du sanftmütig und unterwürfig auf dem Rücken lägst. Nun, mit welchen sinnlichen Freuden wirst du mich ergötzen?«

Sie hatte während der letzten anderthalb Wochen eine Anzahl Fertigkeiten gelernt. Sie hatte gelernt, keine Scheu vor ihrer und seiner Sexualität zu empfinden. Es wurde ihr klar, dass er tatsächlich erwartete, von ihr unterhalten zu werden. Er stellte sich neben das Bett, die Beine gespreizt, die Hände auf dem Rücken verschränkt, und sah sie mit gehobenen Augenbrauen an. Es war überaus beunruhigend und angesichts dessen, was sie sich eigentlich von ihrer nächsten Begegnung erhofft hatte, auch entschieden verwirrend.

Sie zog sich langsam aus, reizte ihn mit verlockenden Ausblicken auf nackte Haut, immer nur ein wenig auf einmal. Sie faltete alle Kleidungsstücke zusammen, drehte sich um und legte sie auf einen Stuhl. Als sie nackt war, hob sie die Arme und zog nacheinander die Nadeln aus ihrem Haar, bis es kaskadenartig um ihren Körper wogte. Sie lächelte. Vielleicht konnte sie ihn doch aus seiner Verlegenheit wegen letzter Nacht herauslocken – wenn seine jähe Veränderung dadurch bedingt war.

Er trug noch immer seinen Mantel, hatte ihn nun aber über die Schultern zurückgeworfen. Er bemühte sich nicht, die vielsagende Wölbung seiner Erregung zu verbergen, die gegen den festen Stoff seiner festlichen Kniehose drückte. Und doch regte er sich nicht. Seine Miene blieb unbeteiligt.

Sie öffnete die Knöpfe an seinem Hals und ließ den Mantel hinter ihm zu Boden fallen. Während sie das tat, streifte sie ihn und entdeckte dabei etwas, was sie bisher nicht geahnt hatte – dass es etwas Erotisches hatte, nackt mit jemandem zusammen zu sein, der vollkommen angezogen war.

»Setz dich«, forderte sie ihn auf und deutete aufs Bett.

Er hob erneut die Augenbrauen, setzte sich aber neben sie, die Beine wiederum gespreizt, die Hände hinter sich aufs Bett gestützt.

»Du hast sündhafte Lektionen gelernt, die ich dir nicht beigebracht habe, Jane«, sagte er und beobachtete sie, während sie seine Hose aufknöpfte und ihn aus seiner seidenen Beengtheit befreite. »Was hast du für mich auf Lager? Das Spiel mit dem Mund?«

Sie erkannte instinktiv, was er meinte. Und wenn sie es verstandesmäßig auch abscheulich fand, spürte ihr

Körper doch, dass es nicht so sein würde. Aber sie glaubte dennoch nicht, dass sie es tun könnte. Noch nicht. Nicht bevor einmal die Zeit käme, wo sie als Liebende und nicht als Mann und Mätresse zusammenkämen.

Sie nahm ihn in die Hände, liebkoste ihn, streichelte ihn, während er ihr mit schmalen Augen zusah. Dann kniete sie sich über ihn aufs Bett, führte ihn zu ihrem Einlass und senkte sich auf ihn. Sie blieb aufrecht, ihr Rückgrat leicht zurückgewölbt, ihre Fingerspitzen auf dem Satin des Abendjackets um seine Schultern. Sie sah ihm in die Augen.

»Gut, Jane«, sagte er. »Unterhaltsam.« Aber er regte sich noch immer nicht. Er befand sich lang und steif in ihr, aber er regte sich nicht. Sie konnte den Alkohol in seinem Atem riechen.

Er hatte sie reiten gelehrt. Aber sie hatte es zuvor getan, während er flach auf dem Rücken lag und sie über ihn gebeugt war. Und er war bei jedem Stoß mit ihr geritten. Sie hatten sich beide um die endgültige Wonne bemüht.

Heute Nacht saß er still und beobachtete sie mit düsterem, bedrohlichem Blick.

Sie war völlig nass und pulsierte vor Verlangen. Ihr wäre nichts lieber gewesen, als wenn er mit mehr als nur Erregung reagiert hätte, wenn sie ihn den gemeinsamen Weg zur Erfüllung hätte führen lassen können. Aber das würde er nicht tun. Es war etwas Finsteres in ihm, das sie anscheinend nicht erhellen konnte. Er bestrafte noch immer sowohl sich selbst als auch sie, dachte sie, für das, was er als Demütigung durch seine Offenbarung am Vorabend ansehen musste.

Sie stützte ihr Gewicht auf ihre gespreizten Knie und Waden. Und sie ritt ihn. Nicht wie sie es zuvor getan hatte, mit im Rhythmus des Auf und Ab angespannten und entspannten inneren Muskeln. Es lag eine gewisse Abwehr in solchen Bewegungen, eine gewisse Kontrolle über die zunehmende und gipfelnde Leidenschaft – zumindest bis zum letzten Augenblick. Dieses Mal bewegte sie sich ohne Abwehr, ihre inneren Muskeln entspannt, keine Sperre gegen die steife Härte, auf die sie sich immer wieder aufspießte, während sie den Rhythmus des Sex ritt. Sie bog ihr Rückgrat stärker, neigte den Kopf zurück, schloss die Augen und stützte die Hände hinter sich auf seine seidenverhüllten Knie.

Sie versuchte, ihm mit ihrem Körper zu zeigen, dass es ihr wichtig war, dass sie ihm nichts vorenthalten würde, wenn er sie brauchte. Und sie spürte, trotz seiner seltsamen, düsteren Stimmung, dass er sie *tatsächlich* brauchte.

Sie wusste nicht, wie lange sie fortfuhr, während er hart und regungslos blieb. Aber das Verlangen wurde zu einem empfindlichen Schmerz, und der Schmerz war nicht mehr von Qual zu unterscheiden, bis schließlich – ah, Gott sei Dank – seine Hände ihre Hüften umfassten und so unerwartet hart zupackten, dass ihr Rhythmus und ihre Kontrolle zerbrachen, noch während er drängend und wiederholt in sie stieß, an der Sperre vorbei, die sie bewusst nicht errichtet hatte. Sie konnte sich schluchzen hören, als lausche sie jemandem in weiter Ferne. Sie hörte die Laute seines Orgasmus und spürte den heißen Samenerguss.

Die Vereinigung. Ah, die selige Vereinigung. Nun

wäre er getröstet. Sie würden warm und gesättigt beisammenliegen und reden. Sie würde ihn beruhigen, und er wäre wieder Jocelyn anstatt des düsteren, bedrohlichen Duke of Tresham.

Morgen würde sie ihm ihre eigenen düsteren Geheimnisse anvertrauen können.

Sie keuchte, war noch feucht und fröstelte vor Schweiß. Sie saß noch immer über ihm auf dem Bett, die Beine gespreizt und starr. Er war noch immer in ihr. Sie hob den Kopf und lächelte ihn verträumt an.

»Höchst unterhaltsam, Jane«, sagte er munter. »Du bekommst wirklich Übung in deinem Gewerbe. Du bist allmählich jeden Penny deines Gehaltes wert.« Er hob sie von sich, wandte sie um, so dass sie ausgestreckt auf dem Bett lag, stand auf und begann, seine Kleidung wieder zu schließen.

Er hätte sie ebenso gut mit einem Eimer Eiswasser überschütten können.

»Und du«, sagte sie, »warst schon immer ein Meister verschleierter Beleidigungen. Ich verstehe sehr gut, dass es das ist, wofür ich bezahlt werde. Du brauchst mich nicht daran zu erinnern, nur weil du gestern Abend deine Deckung fallen gelassen und dich vermutlich in Verlegenheit gebracht hast, indem du mir Dinge erzähltest, die erzählt zu haben du zutiefst bereust.« Sie zog die Bettdecke über sich. Sie fühlte sich plötzlich in der Tat sehr nackt.

»Du fühlst dich beleidigt, Jane«, fragte er sie, »wenn man dir sagt, du seist bemerkenswert geschickt im Bett? Ich mache dieses Kompliment nicht oft, weißt du.« Er warf sich den Mantel um die Schultern.

»Ich fühle mich *tatsächlich* beleidigt«, bestätigte

sie, setzte sich auf und bedeckte ihre Brust, »weil Sie es für nötig halten, mich mit diesem Gerede über mein Können und das Gehalt zu erniedrigen, Euer Gnaden. Ich fühle mich beleidigt, weil Sie sich schämen, sich mir anvertraut zu haben, nur weil ich eine Frau und noch dazu Ihre Mätresse bin. Ich dachte, wir wären Freunde geworden – und Freunde reden *in der Tat* miteinander. Sie vertrauen einander und teilen ihre tiefsten Geheimnisse und ihre tiefsten Wunden. Ich habe mich geirrt. Ich hätte nicht vergessen sollen, dass Sie mir mein Gehalt *hierfür* bezahlen.« Sie deutete aufs Bett. »Und nun bin ich müde. Ich habe hart für meinen Lebensunterhalt gearbeitet. Würden Sie freundlicherweise gehen, Euer Gnaden? Gute Nacht.«

»Freunde vertrauen einander, Jane?« Er sah sie sehr angespannt an, die Augen tiefschwarz. Sie empfand einen Moment lang Angst. Sie dachte, er würde sich herüberbeugen und sie packen. Stattdessen vollführte er eine jähe, spöttisch ehrerbietige Verbeugung und verließ den Raum.

Jane blieb frierend und zitternd und einsamer und unglücklicher zurück, als sie es jemals zuvor in ihrem Leben gewesen war.

Während er nach Hause zum Grosvenor Square ging, war Jocelyn in der Tat finsterster Stimmung. Er verachtete sich nun selbst – zumindest eine befriedigend vertraute Empfindung. Er fühlte sich, als hätte er sie vergewaltigt – obwohl er sich ihr weitgehend auf die Art genähert hatte, wie er sich in der Vergangenheit auch seinen anderen Mätressen genähert hatte. Und er verachtete sie. Sie hätte ihn heute Nacht nicht an sich heranlassen sollen, aber tatsächlich hatte sie ihn wie eine erfahrene Kurtisane bedient.

Er hasste sie dafür, dass sie ihn die ganze Woche in dem Glauben gewiegt hatte, er hätte eine Freundin gefunden, eine Seelenverwandte, wie auch eine verdammt gute Bettgespielin. Dass sie ihn irgendwie dazu verleitet hatte, allen Schutz fallen zu lassen, alles mit ihr zu teilen, was sein geheimstes Selbst ausmachte. Dass sie ihn irgendwie daran gehindert hatte zu erkennen, dass sie etwas bekam, aber außer ihrem Körper nichts zurückgab, dass ihre Beziehung nicht gegenseitig war.

Sie hatte sein Vertrauen angenommen, sich selbst aber geschickt hinter der Position der Mätresse und dem angenommen Namen Jane Ingleby verborgen. Und doch hatte sie es gerade eben gewagt, ihm eine Lektion über das Wesen wahrer Freundschaft zu erteilen.

Sie hatte *alles* von ihm angenommen, sogar die Liebe, zu der er sich nicht mehr für fähig gehalten hatte.

Er hasste sie dafür, dass sie ihn zu der Hoffnung verleitet hatte, das Leben sei doch lebenswert. Dass sie ihm allen Trost des harten Kokons genommen hatte, in dem er seit zehn Jahren gelebt hatte.

Er hasste sie.

Er konnte an sie nicht einmal als Sara *denken*.

Sie war Jane.

Aber Jane Ingleby existierte nicht.

Er konnte den befriedigenden Beginn von Kopfschmerzen spüren, als er sich seinem Zuhause näherte. Wenn er Glück hatte, würde ihm am Morgen die Ablenkung eines kolossalen Katers gewährt sein.

Von seinem Posten in den Schatten eines verdunkelten Eingangs aus beobachtete Mick Boden zunächst, wie der Duke of Tresham die Straße hinab davonschritt, und dann, wie das Licht, vermutlich im Schlafzimmer des Hauses, gelöscht wurde. Das Haus war eindeutig ein Liebesnest – der Duke hatte sich mit eigenem Schlüssel eingelassen und war ausreichend lange geblieben, um einen oder zwei Akte in jenem Raum zu vollziehen, in dem unmittelbar nach seiner Ankunft das Kerzenlicht erleuchtet war. Nun eilte er, ausreichend befriedigt wirkend, zu seinem Zuhause.

Es war ein langer Tag gewesen. Es hatte keinen Zweck, noch länger zu verweilen. Es war wenig wahrscheinlich, dass die Mätresse aus dem Haus käme, um ihrem Geliebten nachzusehen, oder noch am Fenster erschiene, da sie es auch nicht getan hatte, um ihm nachzuwinken.

Aber sie musste irgendwann herauskommen – wahrscheinlich morgen, um spazieren oder einkaufen zu gehen. Er brauchte sie nur kurz zu sehen. Zumindest würde er dann wissen, ob das Schmuckstück des Duke vielleicht Lady Sara Illingsworth, auch Miss Jane Ingleby genannt, sein könnte. Mick Boden hatte eine gewisse Ahnung bezüglich der weiblichen Bewohnerin dieses Hauses, und er hatte während seiner Zeit als Polizist gelernt, seinen Ahnungen zu vertrauen.

Er würde am Morgen zurückkommen, beschloss Mick, und das Haus beobachten, bis sie herauskäme. Er hätte diese nüchterne Aufgabe natürlich einem Untergebenen übertragen können, da er sich in Wahrheit noch anderen Untersuchungen widmen musste, aber während seiner langen, enttäuschenden

Suche nach ihr waren seine Neugier und sogar ein gewisser Respekt vor der Frau geweckt worden. Er wollte der Erste sein, der sie entdeckte, und sie als Erster festnehmen.

# 20. Kapitel

Jocelyn vermisste seinen morgendlichen Ausritt in den Park. Er war zu sehr mit einem dicken Kopf und einem empfindlichen Magen sowie einem Kammerdiener beschäftigt gewesen, der seine Vorhänge dem hellen Sonnenschein geöffnet hatte und dann überrascht schien zu entdecken, dass sein Herr im eigenen Bett lag, das Sonnenlicht grell auf dem Gesicht.

Aber Jocelyn wollte sich den Luxus, seinen Kater zu pflegen und seine Dienstboten lange zu tyrannisieren, nicht gönnen. Es gab einiges zu erledigen. Glücklicherweise hatte er am Abend zuvor die Gelegenheit gehabt, mit Kimble und Brougham zu sprechen. Selbiges konnte man vom Earl of Durbury nicht behaupten, der sich niemals öffentlich blicken ließ – genau wie seine Nichte oder Cousine, oder was auch immer Lady Sara Illingsworth für ihn war.

Der Mann weilte jedoch noch immer in der Stadt, und noch immer im Pulteney, entdeckte Jocelyn, als er am frühen Vormittag dort vorsprach. Und er war bereit, den Duke of Tresham zu empfangen, obwohl er über dessen Ansinnen verwirrt sein mochte. Sie waren immerhin niemals mehr als oberflächliche Bekannte gewesen. Er stand in seinem Privatwohnzimmer, als Jocelyn, der zunächst seine Karte hinaufgeschickt hatte, vom Diener des Earl hinaufbegleitet wurde.

»Tresham?«, sagte eine Stimme zum Gruß. »Wie geht es Ihnen?«

»Sehr gut, danke«, erwiderte Jocelyn, »wenn man bedenkt, dass ich in diesem Augenblick vielleicht mit durchschnittener Kehle zu Hause in meinem Bett liegen könnte. Oder noch wahrscheinlicher im Grab, da Lady Sara Illingsworth mein Haus schon vor über zwei Wochen verlassen hat.«

»Ah, ja, nehmen Sie Platz. Lassen Sie mich Ihnen einen Drink anbieten.« Also hatte der Kriminalbeamter dem Earl kürzlich Bericht erstattet. »Wissen Sie, wo sie ist, Tresham? Haben Sie etwas gehört?«

»Nichts, danke«, sagte Jocelyn zu dem Drink, während sein Magen unangenehm rebellierte. Er machte jedoch Gebrauch von dem Angebot, Platz zu nehmen. »Sie müssen wissen, dass sie, als sie sich in meinen Diensten befand, die Stellung eines Dienstmädchens bekleidete und einen angenommenen Namen benutzte. Sie war nur eine Angestellte. Es kam mir nicht in den Sinn, sie bei ihrem Weggang zu fragen, wohin sie ginge.«

»Nein, natürlich nicht.« Der Earl goss sich selbst einen Drink ein und setzte sich an den viereckigen Tisch inmitten des Raumes. Er wirkte enttäuscht. »Diese verdammten Polizisten sind nicht einmal ein Viertel dessen wert, was sie fordern, Tresham. Tatsächlich sind sie verteufelt unfähig. Ich stehe mir hier schon seit über einem Monat die Beine in den Bauch, während eine gefährliche Verbrecherin frei zwischen dem nichts ahnenden Volk umherläuft. Und drei Wochen dieser Zeit hat sie sich im Dudleyhaus aufgehalten. Wenn ich das nur gewusst hätte!«

»Ich habe wirklich Glück gehabt«, sagte Jocelyn,

»unbeschadet davongekommen zu sein. Sie hat Ihren Sohn ermordet? Mein Beileid, Durbury.«

»Danke.«

Der Mann schien sich entschieden unbehaglich zu fühlen. Tatsächlich so sehr, dass Jocelyn, der ihn scharf beobachtete, während er sich den Anschein fast gelangweilter Lässigkeit gab, seine eigenen Schlüsse zog.

»Und Sie ausgeraubt und so nicht nur verletzt, sondern auch beleidigt«, sagte er. »Da Lady Sara drei Wochen im Dudleyhaus verbracht hat, muss sie sich der Tatsache bewusst sein, dass es viele kostbare Schätze beherbergt. Seit ich gestern Morgen ihre wahre Identität erfahren habe, mache ich mir Sorgen darüber, dass sie einen Einbruch versuchen und auch mich ermorden könnte, wenn ich ausreichendes Pech hätte, ihr im falschen Moment in den Weg zu geraten.«

Der Earl erwiderte seinen Blick aufmerksam, aber Jocelyn war sehr geübt in der Kunst, durch sein Mienenspiel nichts wie auch immer Geartetes preiszugeben.

»Genau so ist es«, stimmte der Earl ihm zu.

»Ich verstehe Ihren, eh, *Zorn* recht gut«, sagte Jocelyn, »dass eine nur weibliche Verwandte – und vermutlich noch dazu eine Abhängige – Ihnen solch persönliche Qual auferlegt und Ihre Autorität solch öffentlicher Lächerlichkeit preisgibt. Wäre ich an Ihrer Stelle, würde ich ihre Gefangennahme ebenso ungeduldig erwarten wie Sie, damit ich ihr wirkungsvoll die Pferdepeitsche überziehen könnte, bevor das Recht seinen Lauf nähme. Das ist, soweit ich gehört habe, die einzig richtige Behandlung für rebellische

Frauen. Ich möchte Ihnen jedoch zwei Dinge zu bedenken geben – tatsächlich der Grund für mein Kommen.«

Der Earl of Durbury wirkte unsicher, ob er gerade beleidigt oder bemitleidet worden war.

»Ich habe einige meiner Dienstboten befragt«, erklärte Jocelyn – er hatte natürlich nichts dergleichen getan, »und sie versicherten mir, dass die Pflegerin, die mir als Miss Jane Ingleby bekannt war, nur eine kleine Tasche mit Habseligkeiten ins Dudleyhaus mitgebracht habe. Was für mich eine Frage offen lässt. Wo hat sie das Vermögen in Geld und Schmuck versteckt, dass sie Ihnen geraubt hat? Hat der Detektiv, den Sie angeheuert haben, daran gedacht, die Suche aus dieser Perspektive anzugehen? Wenn man die Beute findet, findet man gewiss auch eine eindeutige Spur zu der Frau.«

Er hielt mit gehobenen Augenbrauen inne, damit der Earl antworten konnte.

»Das ist eine Idee«, räumte seine Lordschaft steif ein. Jocelyn fühlte sich in seiner Vermutung bestätigt, dass es gar kein Vermögen *gab*, oder zumindest keines von Bedeutung.

»Er wäre gewiss besser beraten, nach dem Geld und dem Schmuck zu suchen, als mir zu folgen«, fügte Jocelyn liebenswürdig hinzu.

Der Earl of Durbury betrachtete ihn scharf.

»Ich vermute«, fuhr Jocelyn fort, »dass er aus der Befragung, der er mich gestern Morgen unterzog, geschlossen hat, ich sei ein Mensch, der einen gewissen Reiz darin sieht, mit einer Frau zu schlafen, die mich vielleicht meines letzten Farthing berauben und mir obendrein mit dem scharfen Ende einer Axt den

Schädel spalten könnte. Dieser Schluss ist verständlich. Ich bin gewissermaßen für eine leichtsinnige, gefährliche Lebensführung bekannt. Dennoch, und obwohl ich es gestern eher amüsant fand, verfolgt zu werden, wo auch immer ich hinging, glaube ich, dass es mich ermüden würde, wenn sich diese Erfahrung heute wiederholte.«

Der Earl wusste eindeutig nicht, was dieser Polizist den größten Teil des gestrigen Tages unternommen hatte. Er wirkte verständnislos.

»Nicht dass es heute wieder geschehen wäre«, räumte Jocelyn ein. »Ich vermute, er hat sich wieder vor dem Haus einer gewissen, eh, *Lady* postiert, die ich letzte Nacht besuchte. Die Lady ist meine Mätresse, aber Sie müssen verstehen, Durbury, dass jede Mätresse, die ich beschäftige, vollkommen unter meinem Schutz steht, und dass sich jedermann, der sie belästigt, vor mir verantworten muss. Vielleicht empfinden Sie es als angemessen, dies Ihrem Polizisten zu erklären – ich fürchte, sein Name ist mir im Moment entfallen.« Er erhob sich.

»Das werde ich gewiss tun.« Der Earl of Durbury bebte vor Zorn. »Ich bezahle der Polizei eine unverschämte Summe, *damit sie das Haus Ihrer Mätresse beobachtet*, Tresham? Das ist ungeheuerlich.«

»Ich muss gestehen«, sagte Jocelyn, während er Hut und Handschuhe von einem Tisch neben der Tür aufnahm, »dass das Wissen, von draußen beobachtet zu werden, eine gewisse Ablenkung bedeutet, wenn man in eine, eh, Unterhaltung mit einer Lady verstrickt ist. Ich erwarte, heute Nacht nicht wieder auf solche Art abgelenkt zu werden.«

»Nein, gewiss«, versicherte ihm der Earl. »Ich werde

eine Erklärung von diesem Mick Boden fordern, glauben Sie mir.«

»Ah, ja«, sagte Jocelyn, während er den Raum verließ, »so hieß er. Ein drahtiger kleiner Mann mit stark geöltem Haar. Ich wünsche Ihnen einen guten Tag, Durbury.«

Er war mit seinem Morgenbesuch zufrieden, während er die Treppe hinab und aus dem Hotel schlenderte, trotz der Kopfschmerzen, die sich hinter seiner Stirn dauerhaft eingerichtet hatten. Der Vormittag war fast vorüber. Er hoffte nur, dass sie nicht die Nase aus der Tür ihres Hauses strecken würde, bevor sich der Wachhund entfernte. Aber das war auch unwahrscheinlich. Sie ging, außer in den rückwärtigen Garten, niemals aus. Und jetzt verstand er natürlich warum.

Während eines Vormittags entsetzlich harter Arbeit, bei der sie eine Ecke der Gartenwildnis in Angriff genommen hatte, die sie zuvor noch nicht bearbeitet hatte, überzeugte Jane sich davon, dass das Ende gekommen sei. Er hatte selbst davon gesprochen – die Verblendung, der allmähliche Verlust des Interesses, die letztendliche Lösung aller Bindungen.

Die Zeit der Verblendung war vorüber, durch seine eigene Indiskretion zerstört – oder durch das, was er anscheinend als Indiskretion ansah. Der Verlust seines Interesses, vermutete Jane, würde nicht allmählich, sondern jäh erfolgen. Vielleicht könnte sie noch einige nächtliche Besuche wie den gestrigen erwarten, aber eines baldigen Tages würde Mr Quincy eintreffen, um Vorkehrungen für die Beendigung der Liaison zu treffen. Nicht dass es viel zu besprechen gäbe. Der Vertrag kümmerte sich um die meisten Einzelheiten.

Dann würde sie Jocelyn niemals wiedersehen.

Sie zog abwesend an einem Büschel Nesseln, die sie sogar durch die Handschuhe hindurch schmerzhaft stachen.

Auch gut, sagte sie sich. Sie würde sich ohnehin dem Polizisten ausliefern. Bald könnte sie es ohne jegliche Belastung tun. Ihr Schicksal wäre ihr bald nicht mehr wichtig, obwohl sie natürlich rein aus Prinzip darum kämpfen würde, die lächerlichen Anschuldigungen gegen sie entkräften zu können. Lächerlich bis auf die Tatsache, dass Sidney tot war.

Sie griff nach einem weiteren Büschel Nesseln.

Sie hatte sich so erfolgreich überzeugt, dass sie überrascht war, als Jocelyn am frühen Nachmittag eintraf. Sie hörte den Türklopfer, während sie sich oben saubere Kleidung anzog. Sie wartete angespannt auf seine Schritte auf der Treppe. Aber stattdessen erklang Mr Jacobs' zögerliches Klopfen an ihrer Tür.

»Seine Gnaden wünscht die Ehre Ihrer Gesellschaft im Wohnzimmer, Madam«, informierte sie der Butler.

Janes Herz sank, als sie die Bürste hinlegte. Sie hatten das Wohnzimmer seit über einer Woche nicht mehr benutzt.

Er stand vor dem leeren Kamin, einen Arm auf den hohen Kaminsims gestützt, als sie den Raum betrat.

»Guten Tag, Jocelyn«, sagte sie.

Er hatte wieder sein übliches finsteres, zynisches, überhebliches Selbst angenommen, die Augen äußerst unergründlich. Seine Stimmung hatte sich also seit letzter Nacht nicht gebessert. Und plötzlich erkannte sie, warum er gekommen war. Er würde natürlich nicht Mr Quincy schicken. Er würde es ihr selbst sagen.

Das war das Ende. Nach nur anderthalb Wochen.

Er neigte den Kopf, erwiderte ihren Gruß aber nicht.

»Es war ein Fehler«, sagte sie ruhig. »Als du fragtest, ob du den angrenzenden Raum sehen könntest, hätte ich fest bleiben und Nein sagen sollen. Du willst eine Mätresse, Jocelyn. Du willst eine unkomplizierte, physische Beziehung zu einer Frau. Du hast Angst vor Freundschaft, vor emotionaler Nähe. Du hast auch Angst vor deiner künstlerischen Seite. Du hast Angst, dich deinen Erinnerungen zu stellen und dir einzugestehen, dass du zugelassen hast, dass sie dein Leben zunichte machen. Du hast Angst, das Bild von dir selbst als vollkommener Mann loszulassen. Ich hätte dich nicht ermutigen sollen, deinem inneren Selbst nachzugeben. Ich hätte nicht deine Freundin sein sollen. Ich hätte unsere Beziehung so gestalten sollen, wie sie beabsichtigt war. Ich hätte dich im Bett unterhalten und dir zureden sollen, dein ganzes übriges Leben außerhalb der Mauern dieses Hauses zu verbringen.«

»Tatsächlich?« Seine Stimme klang wie pures Eis. »Hast du noch weitere Perlen der Weisheit für mich parat, Jane?«

»Ich werde nicht auf unserem Vertrag beharren«, sagte sie. »Es wäre sträflich von mir, darauf zu bestehen, dass du mich viereinhalb Jahre lang unterstützt, wenn unsere Liaison nur anderthalb Wochen gedauert hat. Sie sind frei von mir, Euer Gnaden. Von diesem Augenblick an. Morgen werde ich fort sein. Auch heute schon, wenn Sie wünschen.«

Heute wäre besser. Zu gehen, ohne noch Zeit zu haben, darüber nachzudenken. Zum Pulteney Hotel zu gehen. Oder den Polizisten aufzusuchen, wenn der Earl nicht da wäre.

»Du hast ganz Recht«, sagte er, nachdem er sie beunruhigend lange Zeit schweigend angesehen hatte. »Unser Vertrag ist nichtig. Er weist einen entscheidenden Fehler auf.«

Sie hob leicht das Kinn, erkannte erst, als er sprach, dass sie verzweifelt gehofft hatte, er würde Einwände erheben, sie zum Bleiben überreden, einfach wieder Jocelyn sein.

»Ich glaube«, sagte er, »Verträge sind nichtig, wenn eine der Parteien einen Decknamen benutzt. Ich bin kein Rechtsexperte. Quincy würde es besser wissen. Aber ich glaube, ich habe Recht, Sara.«

Törichterweise bemerkte sie es einen Moment lang nicht. Ihr Herz fühlte sich nur seltsam kalt an. Aber es dauerte nur einen Moment. Der Name, den er benutzt hatte, schien zwischen ihnen in der Luft zu hängen, als wäre sein Klang nicht mit seiner Stimme verklungen.

Sie sank jäh auf einen Stuhl.

»So heiße ich nicht«, flüsterte sie.

»Ich bitte um Verzeihung.« Er verbeugte sich halbwegs ironisch. »Ich vergaß, dass du auf Förmlichkeit bestehst. Ich hätte *Lady* Sara sagen sollen. Besser so?«

Sie schüttelte den Kopf. »Du hast mich missverstanden. Es ist nicht mein *Name.* Ich bin Jane.« Aber dann schlug sie jäh die Hände vors Gesicht und merkte, dass sie zitterten. Sie senkte sie auf den Schoß. »Wie hast du es herausgefunden?«

»Ich hatte Besuch«, sagte er. »Von einem Polizisten

aus der Bow Street. Soweit ich verstanden habe, hat er auf der Suche nach Lady Sara Illingsworth das Putzmachergeschäft einer gewissen Madam Dee Lorrent aufgesucht. Er meinte vermutlich Madame de Laurent. Zufälligerweise deine frühere Arbeitgeberin, Jane, wie auch Lady Saras. Der Polizist kam zu dem intelligenten Schluss, dass du ein und dieselbe wärst.«

»Ich wollte es dir sagen.« Sie erkannte, noch während sie sprach, wie lahm ihre Worte klangen.

»Tatsächlich?« Er hob sein Lorgnon und betrachtete sie mit kaltem Hochmut. »Tatsächlich, Lady Sara? Verzeih, wenn ich dir nicht glaube. Du bist die vollendetste Lügnerin, der ich je begegnet bin. Ich habe Angst vor Freundschaft und emotionaler Nähe, ja? Du hättest nicht meine Freundin werden sollen, oder? Ich habe mich, zu meiner Schande, von dir hintergehen lassen. Kurzzeitig. Jetzt nicht mehr.« Er senkte das Lorgnon wieder.

Sie war versucht, ihn zu bitten, ihr zu glauben, versucht, ihm zu erklären, dass sie nach der gefühlsmäßigen Anspannung seiner Offenbarungen vor zwei Abenden beschlossen hatte, mit ihrer Geschichte noch zu warten. Aber er würde ihr nicht glauben. Sie hätte ihm umgekehrt auch nicht geglaubt, oder?

»Weiß er, wo ich bin?«, fragte sie. »Der Polizist?«

»Er ist mir letzte Nacht hierher gefolgt«, belehrte er sie, »und stand draußen, während du mich oben erfreut hast. Oh, sei unbesorgt. Ich habe die Jagd abgeblasen, zumindest an diesem besonderen Ort, obwohl ich mir nicht vorstellen kann, dass er sich täuschen lässt. Er ist vermutlich intelligenter als sein gegenwärtiger Arbeitgeber.«

»Weilt der Earl of Durbury noch im Pulteney?«, fragte sie. »Weißt du das?«

»Er war heute Morgen dort, als ich ihn aufsuchte«, sagte er.

Ihr Gesicht fühlte sich kalt und klamm an. Sie hatte ein Klingeln in den Ohren. Die Atemluft wirkte eisig. Aber sie würde nicht ohnmächtig werden. Sie *würde* es nicht tun.

»Oh, ich habe dich nicht verraten, Lady Sara«, sagte er mit verengten Augen.

»Danke«, erwiderte sie. »Ich würde mich lieber stellen, als gestellt zu werden. Wenn du mir eine Minute gibst, meine Sachen von oben zu holen, kannst du dafür sorgen, dass ich das Grundstück verlasse, und dich versichern, dass ich fort bin. Wenn du niemandem erzählt hast, dass ich deine Mätresse bin, muss es auch niemand erfahren. Mr Quincy und die hiesigen Diener sind vermutlich diskret. Es wird eine Bedingung ihrer Anstellung sein, oder? Der Skandal braucht dich nicht direkt zu betreffen.« Sie erhob sich.

»Setz dich«, befahl er ihr.

Die Worte wurden so ruhig, aber so gebieterisch ausgesprochen, dass sie gehorchte, ohne nachzudenken.

»Ist irgendeine der Anschuldigungen gegen dich gerechtfertigt?«, fragte er.

»Der Mord? Der Diebstahl?« Sie schaute auf ihre Hände hinab und verkrampfte sie im Schoß. Sie erkannte nüchtern, dass ihre Finger vor Anspannung weiß waren. »Ich habe ihm einen Schlag versetzt. Ich habe Geld genommen. Dessen bin ich schuldig.«

»Und Schmuck?«

»Ein Armband«, sagte sie. »Es befindet sich oben in meiner Tasche.«

Sie würde keine Erklärungen, keine Entschuldigungen bieten. Sie schuldete ihm jetzt keine mehr. Gestern wäre es anders gewesen. Er war ihr Freund, ihr Liebhaber gewesen. Jetzt war er gar nichts mehr.

»Du hast ihm einen Schlag versetzt«, sagte er. »Mit einer Axt? Mit einer Pistole?«

»Mit einem Buch«, sagte sie.

»Mit einem *Buch*?«

»Eine Ecke des Buches erwischte ihn an der Schläfe«, erklärte sie. »Er blutete und war benommen. Hätte er sich hingesetzt, wäre vielleicht alles gut geworden. Aber er kam weiterhin auf mich zu, und als ich zur Seite trat, verlor er das Gleichgewicht und stieß mit dem Kopf gegen den Kamin. Er war nicht tot. Ich ließ ihn die Treppe hinauftragen und kümmerte mich selbst um ihn, bis der Arzt eintraf. Er war noch immer nicht tot, als ich ging, obwohl er bewusstlos war.«

Nun hatte sie doch dem Drang zu erklären nachgegeben. Sie betrachtete noch immer ihre Hände.

»Er kam weiterhin auf dich zu«, sagte Jocelyn leise. »Warum kam er zunächst auf dich zu? Weil er dich beim Stehlen ertappt hatte?«

»Oh, dieser Unsinn«, sagte sie verächtlich. »Er wollte mich vergewaltigen.

»In *Candleford*?« Seine Stimme klang schneidend. »Im Haus seines Vaters? Dessen Mündel?«

»Sie waren fort«, berichtete sie, »der Earl und die Countess. Sie waren einige Tage verreist.«

»Und haben dich mit Jardine alleingelassen?«

»Und mit einer ältlichen Verwandten als Anstandsdame.« Sie lachte bitter auf. »Cousine Emily mag ihren Portwein. Und sie mag auch Sidney – das heißt, *mochte* Sidney.« Ihr Magen rebellierte unangenehm. »Er machte sie betrunken und schickte sie früh zu Bett. An diesem Abend waren nur einige seiner Freunde und seine Dienstboten da.«

»Die Freunde haben dich nicht beschützt?«, fragte er. »Und man hätte sich nicht darauf verlassen können, dass sie bei einer Untersuchung zu Jardines Tod die Wahrheit gesagt hätten?«

»Sie waren alle betrunken«, sagte sie. »Sie feuerten ihn noch an.«

»Hatte er keine Angst«, fragte Jocelyn, »vor den Konsequenzen nach der Rückkehr seines Vaters, wenn er dich vergewaltigt hätte?«

»Vermutlich hat er sich darauf verlassen«, sagte sie, »dass ich mich zu sehr schämen würde, um etwas zu sagen. Er hat sich darauf verlassen, dass ich lammfromm einwilligen würde, ihn zu heiraten. Und das wäre auch die vom Earl erwählte Lösung gewesen, selbst wenn ich etwas gesagt hätte. Das wollten sie beide und haben mich unaufhörlich dazu gedrängt, bis ich beinahe *tatsächlich* bereit war, auf beide mit einer Axt loszugehen.«

»Eine widerspenstige Braut«, sagte er. »Ja, das würde Jardine gefallen. Besonders wenn sie so schön wie eine goldene Göttin ist. Und Durbury kenne ich nicht so gut, obwohl ich ihn heute Morgen nicht sehr sympathisch fand. Aber warum hast du gestohlen, bist davongelaufen und hast dich unter einem Decknamen versteckt und so den Anschein erweckt, schuldig wie die Sünde zu sein? Es scheint uncharakteristisch für Jane Ingleby. Aber andererseits gibt es sie ja nicht, oder?«

»Ich habe fünfzehn Pfund genommen«, sagte sie. »Der Earl hatte mir seit dem Tod meines Vaters eineinhalb Jahre lang keine Geldzuwendungen gegeben. Er sagte mir, es gäbe in Candleford nichts, wofür man Geld ausgeben könnte. Ich glaube, er schuldete mir weitaus mehr als fünfzehn Pfund. Und das Armband war das Hochzeitsgeschenk meines Vaters an meine Mutter. Mama gab es mir auf dem Totenbett, aber ich bat Papa, es für mich mit allem anderen Familienschmuck im Safe aufzubewahren. Der Earl hatte sich stets geweigert, es mir zu geben oder es als meines anzuerkennen. Ich kannte die Kombination des Safes.«

»Töricht von ihm«, sagte Jocelyn, »daran nicht gedacht zu haben.«

»Und ich bin nicht davongelaufen«, sagte sie. »Ich hatte genug von ihnen allen. Ich kam nach London, um bei Lady Webb zu bleiben, der engsten Freundin meiner Mutter und meine Patin. Lord Webb hätte gemeinsam mit dem Cousin meines Vaters, dem neuen Earl, mein Vormund werden sollen, aber er starb, und vermutlich hat Papa nicht daran gedacht, jemand anderen zu benennen. Lady Webb war nicht zu Hause und wurde auch nicht allzu bald zurückerwartet. Darum geriet ich in Panik. Ich begann zu erkennen, dass Sidney vielleicht schwer verletzt und vielleicht sogar gestorben sein könnte. Ich erkannte, wie die Tatsache, dass ich das Geld und das Armband genommen hatte, ausgelegt werden könnte. Ich erkannte, dass wahrscheinlich keiner der Zeugen die Wahrheit sagen würde. Ich erkannte, dass ich vielleicht tief in Schwierigkeiten steckte.«

»Und noch tiefer durch deine Entscheidung«, sagte er, »eine Flüchtige zu werden.«

»Ja.«

»Gab es in Candleford oder der Umgebung niemanden, der dir freundschaftlich zur Seite stand?«, fragte er.

»Der Cousin meines Vaters ist der Earl«, erklärte sie. »Sidney ist ... war ... sein Erbe. Es gab niemanden, der genügend Macht besessen hätte, mich zu beschützen, und mein bester Freund war zu einem ausgedehnten Besuch bei seiner Schwester nach Somersetshire gereist.

»*Er*?« Die Frage wurde mit schwacher Betonung gestellt.

»Charles«, sagte sie. »Sir Charles Fortescue.«

»Dein Freund?«, fragte er. »Und Verehrer?«

Sie schaute zum ersten Mal seit etlichen Minuten zu ihm hoch. Der Schock wich allmählich. Er hatte kein Recht, sie zu befragen. Sie war nicht verpflichtet, ihm zu antworten. Sie war nur seine ehemalige Mätresse. Und sie hatte nicht die Absicht, Bezahlung für die vergangenen anderthalb Wochen anzunehmen oder auch nur die Kleider mitzunehmen, die er ihr gekauft hatte.

»Und Verehrer«, erwiderte sie fest. »Wir wollten heiraten, aber ich darf nicht ohne das Einverständnis des Earl heiraten, bevor ich fünfundzwanzig bin. Wir hätten an meinem fünfundzwanzigsten Geburtstag geheiratet.«

»Aber jetzt werdet ihr das nicht tun?« Er hob das Lorgnon erneut an, aber Jane würde sich dadurch nicht einschüchtern lassen. Sie sah ihn weiterhin fest an. »Es wird ihm nicht gefallen, eine Mörderin zu heiraten, Lady Sara? Wie unfair von ihm. Und er wird keine gefallene Frau heiraten? Wie ungalant.«

»*Ich* werde *ihn* nicht heiraten«, sagte sie fest.

»Auch das ist vollkommen richtig«, sagte er forsch. »Die Gesetze unseres Landes verbieten Bigamie, Lady Sara.«

Sie wünschte *wirklich,* er würde sie nicht so nennen.

»Bigamie?« War Charles jemand anderem begegnet und hatte sie geheiratet?, dachte sie törichterweise, ohne auch nur innezuhalten, um sich zu fragen, woher der Duke of Tresham das wissen sollte, selbst wenn es der Wahrheit entspräche.

»Sir Charles Fortescue«, sagte er kalt, »wäre es dem Gesetz nach nicht erlaubt, meine Frau zu heiraten. Es steht zu hoffen, dass es ihm nicht das Herz bricht, obwohl ich nicht bemerkt habe, dass er in London umhergeeilt wäre und Himmel und Hölle in Bewegung gesetzt hätte, um dich zu finden und an seine Brust zu drücken. Und es steht ebenso zu hoffen, dass es *dir* nicht das Herz bricht, obwohl ich, offen gesagt, nicht behaupten kann, dass es mich sehr kümmern würde.«

Jane sprang auf.

»Deine Frau?«, fragte sie, die Augen erstaunt geweitet. »*Deine Frau?* Was für ein Unsinn. Du denkst, du bist mir die Heirat schuldig, nur weil du gerade entdeckt hast, dass ich eigentlich Lady Sara Illingsworth aus Candleford und nicht Jane Ingleby aus einem Waisenhaus bin?«

»Ich hätte es selbst nicht treffender ausdrücken können«, sagte er.

»Ich weiß nicht, was Sie für den restlichen Nachmittag geplant haben, Euer Gnaden«, erwiderte sie, während sie sein kühles, zynisches Gesicht betrachtete und die ganze Kälte seiner vollkommenen Gleichgültigkeit ihrer Person gegenüber spürte, »aber ich habe etwas Wichtiges zu erledigen. Ich muss einen Besuch im Pulteney Hotel absolvieren. Wenn Sie mich entschuldigen wollen.« Sie wandte sich resolut zur Tür um.

»Setz dich«, sagte er ebenso ruhig wie zuvor.

Sie fuhr zu ihm herum. »Ich bin keiner Ihrer Dienstboten, Euer Gnaden«, sagte sie. »Ich bin nicht ...«

»*Setz dich*!« Seine Stimme klang, wenn möglich, noch ruhiger.

Jane stand da und sah ihn einige Augenblicke an, bevor sie den Raum durchschritt, bis sie fast unmittelbar vor ihm stand.

»Ich wiederhole«, sagte sie, »dass ich keiner Ihrer Dienstboten bin. Wenn Sie mir noch mehr zu sagen haben, dann sagen Sie es ohne diese lächerliche Pose. Meine Ohren funktionieren auch ausgezeichnet, wenn ich stehe.«

»Sie treiben meine Geduld auf die Spitze, Madam«, sagte er, die Augen bedrohlich verengt.

»Und meine wurde bereits über die Spitze *hinaus* getrieben, Euer Gnaden«, erwiderte sie und wandte sich erneut zur Tür.

»Lady Sara.« Seine frostige Stimme ließ sie mitten im Schritt innehalten. »Wir sollten eines zwischen uns klären. Bald – innerhalb der nächsten wenigen Tage – werden Sie die Duchess of Tresham sein. Ihre persönlichen Wünsche in dieser Angelegenheit werden unberücksichtigt bleiben, da sie mir ziemlich gleichgültig sind. Sie werden meine Frau sein. Und Sie werden ihr restliches Leben damit verbringen, zu bedauern, dass Sie geboren wurden.«

Wäre sie nicht so voller Zorn gewesen, hätte sie vielleicht gelacht. So nahm sie sich nur die Zeit, sich auf den nächststehenden Stuhl zu setzen und ihre Röcke ordentlich um sich zu drapieren, bevor sie ihm mit sorgfältig unbewegtem Blick in die Augen sah.

»Wie überaus lächerlich Sie sich machen, wenn Sie beschließen, die Rolle eines hochmütigen Aristokraten zu spielen«, belehrte sie ihn, faltete die Hände im Schoß und presste die Lippen fest zusammen. Sie wappnete sich für den unvermeidlichen Kampf.

## 21. Kapitel

Die Wucht seines Hasses auf sie erstaunte ihn. Er hatte noch niemals jemanden gehasst – außer vielleicht seinen Vater. Nicht einmal seine Mutter. Es war unnötig zu hassen, wenn man keine starken Gefühle für jemanden hegte. Er wünschte, er könnte für Lady Sara Illingsworth nur Gleichgültigkeit empfinden.

Es gelang ihm fast, wenn er mit diesem Namen an sie dachte. Aber seine Augen sahen Jane Ingleby.

»Du wirst nicht gezwungen sein, deinen lächerlichen Ehemann allzu oft zu erblicken, wie du gewiss mit Erleichterung erfährst«, belehrte er sie. »Du wirst in Acton leben, und du weißt, wie sehr ich meinen Landsitz mag. Du wirst mich nur ungefähr einmal im Jahr zu sehen bekommen, wenn es nötig wird, dich zu begatten. Wenn du sehr tauglich bist, wirst du innerhalb der ersten beiden Jahre unserer Ehe zwei Söhne haben, die ich vielleicht als geeignet erachte, die Erbfolge zu sichern. Wenn du natürlich außerordentlich raffiniert bist, könntest du vielleicht schon schwanger sein.« Er hob das Lorgnon und betrachtete dadurch ihren Bauch.

Sie hatte die Lippen fest zusammengepresst. Er war froh, dass sie sich zusammennahm. Sie hatte eine Zeit lang blass und erschüttert und elend gewirkt. Er hatte gemerkt, dass sie ihm fast Leid tat. Sie sah ihn mit ihren tiefblauen Augen an.

»Sie vergessen eines, Euer Gnaden«, sagte sie.

»Frauen sind in unserer Gesellschaft nicht gerade Sklaven, obwohl sie dem gefährlich nahe kommen. Ich muss sagen ›ich werde‹ oder ›ich will‹ oder was auch immer Bräute sagen, um einer Heirat zuzustimmen. Sie können mich zum Altar zerren – ich werde mich Ihrer überlegenen physischen Stärke beugen –, aber Sie werden erheblich in Verlegenheit gebracht werden, wenn ich meine Einwilligung verweigere.«

Er war sich bewusst, dass ihn ihr offensichtlicher Widerwille entzücken sollte. Aber sie hatte ihn hintergangen, ihn gedemütigt, ihn zum Narren gemacht. Ihr Wille würde sich in dieser speziellen Angelegenheit nicht als stärker erweisen als der seine.

»Außerdem«, fügte sie hinzu, »bin ich noch nicht mündig. Und dem Testament meines Vaters gemäß, kann ich ohne die Zustimmung meines Vormunds nicht vor meinem fünfundzwanzigsten Geburtstag heiraten. Wenn ich es doch tue, verliere ich mein Erbe.«

»Dein Erbe?« Er wölbte die Augenbrauen.

»Alles, was mein Vater besaß, außer Candleford selbst wurde veräußert«, erklärte sie, »wie natürlich auch sein Titel. Sein übriger Besitz, sein Vermögen – tatsächlich alles – wird im Alter von fünfundzwanzig mir gehören, oder meinem Ehemann, wenn ich vorher ohne Einwilligung heirate.«

Was natürlich vieles erklärte. Durbury besaß im Moment den Titel und Candleford und Kontrolle über alles. Er hätte dauerhafte Kontrolle darüber, wenn er Lady Sara davon überzeugen könnte, in seine Familie einzuheiraten – oder wenn er ihr das Leben so schwer machen könnte, dass sie vor ihrem fünfundzwanzigsten Geburtstag überstürzt mit jemand anderem durchbrannte.

»Ich vermute«, sagte er, »dass Durbury alles erbt, wenn du die Regeln brichst?«

»Ja.«

»Dann soll er alles erben«, sagte er knapp. »Ich bin ungeheuer reich. Ich brauche keine Frau, die ein Vermögen mitbringt.«

»Vermutlich werde ich auch enterbt«, sagte sie, »wenn man mich des Mordes für schuldig erklären sollte. Vielleicht werde ich sogar sterben. Aber ich werde bis zu meinem Ende kämpfen, welches auch immer mir vorherbestimmt ist. Und ich werde niemanden heiraten, gleichgültig wie es ausgeht. Charles nicht. Sie nicht. Zumindest nicht, bis ich fünfundzwanzig bin. Dann werde ich heiraten oder nicht, wie ich es will. Ich werde frei sein. Ich werde tot oder im Gefängnis oder abtransportiert sein, oder ich werde frei sein. Das sind die Alternativen. Ich werde niemandes Sklave in der Verkleidung einer Ehefrau sein. Und gewiss nicht der Ihre.«

Er sah sie schweigend an. Sie wandte den Blick natürlich nicht ab. Sie war einer der wenigen Menschen, die er kannte, ob Mann oder Frau, die seinem prüfenden Blick standhalten konnten. Ihr Kinn war erhoben. Ihr Blick wirkte stählern, ihre Lippen waren noch immer eine dünne, eigensinnige Linie.

»Ich hätte sie früher bemerken sollen«, sagte er ebenso zu sich selbst wie zu ihr. »Die vollkommen kalte Leere in dir. Du bist sexuell leidenschaftlich, aber wiederum ist Sex eine im wesentlichen fleischliche Angelegenheit. Er berührt nicht das Herz. Du besitzt die seltsame Fähigkeit, Menschen für dich einzunehmen. Du vermittelst eine Vorstellung von Zuneigung und Einfühlungsvermögen. Du kannst aufnehmen und aufnehmen, nicht wahr, wie ein kaltherziges Wesen, das sich am Blut seines Opfers erwärmt. Man merkt nicht, dass du praktisch nichts zurückgibst. Jane Ingleby, das uneheliche Kind irgendeines unbekannten Gentleman, in einem erlesenen Waisenhaus aufgezogen. Mehr hast du mir nicht gewährt – Lügen. Und deinen sirenenhaften Körper. Ich bin es leid, mit dir zu streiten. Ich habe noch weitere Besuche zu absolvieren, aber ich werde zurückkommen. Und du wirst bis dahin hier bleiben.«

»Ich habe dich verletzt«, sagte sie, während sie sich erhob. »Es wird dich freuen zu hören, dass du deine Rache gehabt hast. Wenn mein Herz zuvor nicht kalt war, so ist es es zumindest jetzt. Ich habe von meinem ureigensten Selbst gegeben und gegeben, weil du es dringend brauchtest. Ich bekam keine Chance, selbst zu suchen, nach dem Trost deines Verständnisses und deines Mitgefühls und deiner Freundschaft. Es war nicht genug Zeit – nur eine Woche, die gestern so jäh endete. Geh. Ich bin es auch leid. Ich möchte allein sein. Sie fühlen sich verraten, Euer Gnaden? Nun, ich auch.«

Dieses Mal hielt er sie nicht auf, als sie sich umwandte und den Raum verließ. Er sah ihr nach und blieb noch lange Zeit am Fleck stehen.

Sein Herz schmerzte.

Das Herz, von dem er nicht gewusst hatte, dass er es besaß.

Er konnte ihr nicht vertrauen. Er würde ihr nicht vertrauen. Nicht wieder.

*Hatte* er sie verraten? Waren es *doch* Mitgefühl und Freundschaft und Liebe gewesen, die sie ihm gegeben hatte? *Hatte* sie beabsichtigt, sich ihm mitzuteilen, wie er sich ihr mitgeteilt hatte?

Jane.

Lady Sara Illingsworth.

*Ah, Jane.*

Er verließ den Raum und das Haus. Erst als er einige Entfernung zurückgelegt hatte, erinnerte er sich, dass er ihr befohlen hatte zu bleiben, bis er zurückkehrte. Aber sie nahm Befehle nicht sanftmütig entgegen. Er hätte es sie versprechen lassen sollen. Zum Teufel, er hätte daran denken sollen.

Aber sie würde das Haus jetzt gewiss nicht verlassen. Sie würde gewiss warten.

Er ging nicht zurück.

Wenn Lady Webb überrascht war, als ihr Butler ihr eine Karte auf einem Tablett reichte und sie, noch bevor sie einen Blick darauf werfen konnte, darüber informierte, dass der Duke of Tresham unten in der Eingangshalle stünde und die Ehre einiger Minuten ihrer Zeit erbäte, zeigte sie es nicht, als Jocelyn angekündigt wurde. Sie erhob sich von einem kleinen Schreibpult, wo sie augenscheinlich damit beschäftigt gewesen war, Briefe zu schreiben.

»Tresham?«, sagte sie freundlich.

»Madam.« Er verbeugte sich tief vor ihr. »Ich danke Ihnen, dass Sie mir ein wenig Ihrer Zeit gewähren.«

Lady Webb war eine vornehme Witwe von ungefähr vierzig Jahren, mit der er bekannt war, wenn auch nicht gut. Sie bewegte sich in zivilisierteren Kreisen als jene, in denen er üblicherweise verkehrte. Er empfand ihr gegenüber erheblichen Respekt.

»Nehmen Sie Platz«, forderte sie ihn auf und deutete auf einen Sessel, während sie sich auf ein Sofa in der Nähe setzte, »und erzählen Sie mir, was Sie hierher führt.«

»Ich glaube«, sagte er, während er den angebotenen Sessel annahm, »Sie sind mit Lady Sara Illingsworth bekannt, Madam.«

Sie hob die Augenbrauen und betrachtete ihn schärfer. »Sie ist mein Patenkind«, sagte sie. »Wissen Sie etwas Neues über sie?«

»Sie war drei Wochen als meine Pflegerin im Dudleyhaus beschäftigt«, sagte er, »nachdem ich bei einem, eh, Duell einen Schuss ins Bein bekommen hatte. Sie begegnete mir im Hyde Park, während es geschah. Sie war zu der Zeit auf dem Weg zur Arbeit bei einer Putzmacherin. Sie benutzte natürlich einen Decknamen.«

Lady Webb saß sehr still. »Befindet sie sich noch immer im Dudleyhaus?«, fragte sie.

»Nein, Madam.« Jocelyn lehnte sich im Sessel zurück. Er fühlte sich äußerst unbehaglich, eine ihm recht unbekannte Empfindung. »Ich erfuhr ihre wahre Identität erst, als gestern ein Polizist zu mir kam und mit mir sprach. Ich kannte sie als Miss Jane Ingleby.«

»Ah, Jane«, sagte Lady Webb. »So haben ihre Eltern sie genannt. Ihr mittlerer Vorname.«

Es fühlte sich törichterweise gut an, das zu hören. Sie war *wirklich* Jane, wie sie es ihm zuvor gesagt hatte.

»Sie müssen verstehen, dass sie ein Dienstmädchen war«, sagte er. »Sie war nur zeitweise bei mir beschäftigt.«

Lady Webb schüttelte den Kopf und seufzte laut. »Und Sie wissen nicht, wohin sie gegangen ist«, sagte sie. »Ich auch nicht. Sind Sie deshalb hierher gekommen? Weil Sie empört darüber sind, derart hintergangen worden zu sein, dass Sie einer Flüchtigen Zuflucht gewährt haben? Wenn ich wüsste, wo sie wäre, Tresham, würde ich es Ihnen nicht sagen. Auch nicht dem Earl of Durbury.« Sie sprach den Namen verächtlich aus.

»Also glauben Sie nicht«, fragte er, »dass die Anschuldigungen gegen sie gerechtfertigt sind?«

Ihre Nasenflügel bebten, das einzige Zeichen einer Regung. Sie saß aufrecht, aber anmutig auf ihrem Platz, ohne sich anzulehnen. Ihre Haltung erinnerte an die Janes – die Haltung einer Lady.

»Sara ist keine Mörderin«, sagte sie bestimmt, »und auch keine Diebin. Ich würde mein Vermögen und meinen Ruf darauf verwetten. Der Earl of Durbury wollte, dass sie seinen Sohn heiraten sollte, den sie zutiefst verachtete, das empfindsame Kind. Ich habe meine eigene Theorie darüber, wie Sidney Jardine geendet ist. Wenn Sie Durbury Unterstützung gewähren, indem Sie in der Hoffnung hierher kommen, mehr von mir zu erfahren, als er vor wenigen Tagen erfahren hat, dann verschwenden Sie Ihre und meine Zeit. Ich würde Sie bitten zu gehen.«

»Glauben Sie, dass er tot ist?«, fragte Jocelyn mit verengten Augen.

Sie sah ihn an. »Jardine?«, fragte sie. »Warum sollte sein Vater behaupten, er sei tot, wenn er es nicht wäre?«

»*Hat* er es behauptet?«, fragte Jocelyn. »Oder hat er nur dem Gerücht nicht widersprochen, das in Londons Salons und Clubs die Runde macht?«

Sie sah ihn fest an. »Warum sind Sie hier?«, fragte sie.

Er hatte sich den ganzen Tag über gefragt, was genau er sagen würde. Er war zu keinem zufriedenstellenden Schluss gelangt. »Ich weiß, wo sie ist«, sagte er dann. »Ich habe eine andere Beschäftigung für sie gefunden, als sie das Dudleyhaus verließ.«

Lady Webb sprang augenblicklich auf. »In der Stadt?«, fragte sie. »Bringen Sie mich zu ihr. Ich werde sie hierher holen und ihr Zuflucht gewähren, während ich meinen Anwalt die lächerlichen Anschuldigungen gegen sie untersuchen lassen werde. Wenn Ihre Vermutung richtig ist und Sidney Jardine noch lebt ... nun. Wo ist sie?«

Jocelyn hatte sich ebenfalls erhoben. »Sie ist in der Stadt, Madam«, versicherte er ihr. »Ich werde sie zu Ihnen bringen. Ich hätte sie schon jetzt hierher gebracht, aber ich musste mich zunächst versichern, dass sie hier einen sicheren Zufluchtsort findet.«

Ihr Blick wurde augenblicklich scharf.

»Tresham«, fragte sie, wie er es bereits befürchtet hatte, »welche andere Beschäftigung haben Sie für Sara gefunden?«

»Sie müssen verstehen, Madam«, sagte er steif, »dass sie mir einen falschen Namen genannt hat. Sie erzählte mir, sie sei in einem Waisenhaus aufgewachsen. Es war offensichtlich, dass sie vornehm erzogen worden war, aber ich glaubte, sie sei verarmt und ohne Freunde.«

Sie schloss kurz die Augen, aber sie gab ihre sehr aufrechte Haltung nicht auf. »Bringen Sie sie zu mir«, sagte sie. »Sie werden ein Dienstmädchen oder irgendeine andere ehrbare, weibliche Person zur Begleitung mitschicken, wenn sie hierher kommt.«

»Ja, Madam«, stimmte er ihr zu. »Natürlich betrachte ich mich als mit Lady Sara Illingsworth verlobt.«

»Natürlich.« Es lag eine gewisse Kälte in dem scharf auf ihn gerichteten Blick. »Es scheint mir eher traurige Ironie zu sein, dass sie dem einem Schuft entkommen ist, nur um in den Fängen eines anderen zu landen. Bringen Sie sie zu mir.«

Jocelyn verbeugte sich vor ihr und widerstand dem Drang, seinen üblichen Ausdruck zynischen Hochmuts anzunehmen. Zumindest besaß die Frau genügend Rechtschaffenheit, sich bei dem Gedanken daran, den Duke of Tresham für ihr Patenkind eingefangen zu haben, nicht vergnügt die Hände zu reiben.

»Ziehen Sie unter allen Umständen die Hilfe Ihres Anwalts hinzu, Madam«, sagte er. »Ich werde inzwischen das Meine tun, um den Namen meiner Verlobten reinzuwaschen und sie aus den Fesseln dieser unangemessenen Vormundschaft zu befreien. Guten Tag.«

Er ließ sie aufrecht und stolz und feindselig mitten in ihrem Salon stehend zurück. Jemand, dem er Jane recht sicher anvertrauen konnte. Endlich eine Freundin.

Jane blieb eine ganze Stunde in ihrem Schlafzimmer, nachdem Jocelyn gegangen war, und tat nichts anderes als auf dem Stuhl vor der Frisierkommode zu sitzen, die in Hausschuhen steckenden Füße nebeneinander auf dem Boden, die Hände im Schoß verkrampft, der Blick verschwommen, während sie blind auf den Teppich starrte.

Dann stand sie auf und legte alle Kleidungsstücke ab, alles, was er für sie gekauft hatte. Sie nahm das einfache Musselinkleid aus dem Schrank, das zweckdienliche Hemd und die Strümpfe, die sie auf dem Weg nach London getragen hatte, und zog sich wieder an. Sie bürstete ihr Haar und flocht es fest, damit es unter ihre graue Haube passte. Sie legte die Haube und den dazu passenden Mantel an, glitt mit den Füßen in ihre alten Schuhe, zog die schwarzen Handschuhe an und war bereit zum Aufbruch. Sie nahm ihre Tasche mit den wenigen Habseligkeiten – und dem unbezahlbaren Armband – und verließ still den Raum.

Leider war Phillip unten in der Eingangshalle. Er sah sie überrascht an – sie war natürlich noch niemals zuvor ausgegangen, und sie war sehr einfach gekleidet.

»Sie gehen aus, Madam?«, fragte er überflüssigerweise.

»Ja.« Sie lächelte. »Nur für einen Spaziergang und etwas frische Luft, Phillip.«

»Ja, Madam.« Er öffnete ihr eilig die Tür, während er unsicher ihre Tasche betrachtete. »Was soll ich Seinen Gnaden sagen, wohin Sie gegangen sind, Madam, falls er zurückkehren sollte?«

»Dass ich einen Spaziergang mache.« Sie behielt ihr Lächeln bei, während sie über die Türschwelle trat. Sie verspürte augenblicklich das Entsetzen eines Menschen, der vom Rand der Welt zu stürzen droht. Aber sie schritt energisch voran. »Ich bin nicht als Gefangene hier, wissen Sie.«

»Nein, natürlich nicht, Madam«, stimmte Phillip ihr hastig zu. »Genießen Sie Ihren Spaziergang, Madam.«

Sie wollte sich umwenden, um sich angemessen von ihm zu verabschieden. Er war ein angenehmer junger Mann, der sich stets bemüht hatte, ihr zu Gefallen zu sein. Aber sie ging einfach weiter und lauschte auf das Geräusch der sich hinter ihr schließenden Tür.

Wie eine Gefängnistür.

Die sie ausschloss.

Vielleicht waren nur ihre überempfindlichen Nerven Schuld. Das erkannte sie, als sie keine fünf Minuten später spürte, dass ihr jemand folgte. Aber sie würde sich nicht umdrehen und nachsehen. Und sie würde ihren Schritt auch nicht beschleunigen – oder verlangsamen. Sie ging gleichmäßigen Schritts über das Pflaster, den Rücken aufgerichtet, das Kinn erhoben.

»Lady Sara Illingsworth? Guten Tag, Mylady.«

Die Stimme, die recht angenehm und nicht erhoben war, erklang dicht hinter ihr. Sie hatte das Gefühl, als kröche ihr ein Reptil das Rückgrat hinauf. Der Schrecken fuhr ihr in die Knie, und sie verspürte Übelkeit. Sie blieb stehen und drehte sich langsam um.

»Sie sind vermutlich Polizist?«, fragte sie ebenfalls freundlich. Er sah gewiss nicht so aus. Er war weder groß noch breit und wirkte lediglich wie ein armer Mann, der einen Dandy imitiert.

»Ja, Mylady. Zu Ihren Diensten, Mylady«, sagte der Polizist und sah sie durchdringend an, ohne Ehrerbietung zu zeigen.

Also hatte Jocelyn sich geirrt. Er war ihm nicht gelungen, zu veranlassen, dass die Beobachtung ihres Hauses aufgehoben würde. Er hatte den Polizisten als scharfsinnig beschrieben, hatte aber nicht geargwöhnt, dass der Mann zu scharfsinnig wäre, um zuzulassen, dass er von seinem Opfer abgezogen würde, wenn er wusste, dass es nahe war.

»Ich werde Ihnen Ihre Aufgabe erleichtern«, sagte

sie, von der Festigkeit ihrer Stimme selbst überrascht. Es war in der Tat erstaunlich, wie rasch der Schrecken wich, wenn man sich ihm spontan stellte. »Ich bin auf dem Weg zum Pulteney Hotel, um den Earl of Durbury aufzusuchen. Sie dürfen mich dorthin begleiten und allen Ruhm dafür einstreichen, mich festgenommen zu haben, wenn Sie wollen. Aber Sie werden nicht näher kommen oder mich berühren. Wenn Sie das tun, werde ich sehr laut schreien – es sind viele Kutschen und Fußgänger in Sichtweite. Ich werde jede Geschichte zum Besten geben, die mir einfällt, um mein Publikum davon zu überzeugen, dass Sie mich verfolgen und belästigen. Sind wir uns einig?«

»Es ist folgendermaßen, Mylady.« Die Stimme des Polizisten klang ein wenig reuevoll. »Mick Boden lässt keine Verbrecher entkommen, wenn er sie erst aufgespürt hat. Ich lasse sie nicht törichterweise von der Leine, nur weil sie Ladys sind und wissen, wie man Süßholz raspelt. Und ich handele nicht mit Ihnen. Sie kommen ruhig mit mir mit, sobald ich Ihnen die Hände unter dem Mantel auf den Rücken gebunden habe, und Sie werden sich nicht in Verlegenheit bringen. Ich weiß, dass Ladys in der Öffentlichkeit nicht gern in Verlegenheit geraten.«

Der Mann war vielleicht scharfsinnig, aber er war mit Sicherheit nicht gescheit. Er machte einen entschlossenen Schritt auf Jane zu und steckte eine Hand in eine seiner Taschen. Sie öffnete den Mund und schrie – und schrie. Sie überraschte sogar sich selbst. Sie war niemals ein Schreihals gewesen, nicht einmal als Kind. Der Polizist wirkte sowohl überrascht als auch bestürzt. Er riss die Hand aus der Tasche, die ein Stück Seil umklammert hielt.

»Sie brauchen nicht mehr zu schreien«, sagte er scharf. »Ich werde nicht ...«

Aber Jane erfuhr niemals, was er nicht tun würde. Zwei Gentlemen ritten in flottem Trab heran und schickten sich an, von ihren Pferden abzusteigen. Eine Droschke hielt auf der anderen Straßenseite abrupt an, und der stämmige Kutscher sprang vom Kutschkasten herab, während er einen jungen Straßenkehrer lauthals anwies, die Köpfe der Pferde zu halten. Ein ältliches Ehepaar mit ehrbarem Mittelklassegebaren, die kurz zuvor an Jane vorbeigegangen waren, drehten sich nun um und eilten zurück. Und ein Riese von einem Menschen, der wirkte, als könnte er sehr wohl Berufsboxer sein, tauchte scheinbar aus dem Nichts auf und legte von hinten die Arme um Mick Boden, so dass er dessen Arme festhielt. Diese Aktion hatte den Polizist mitten im Satz abbrechen lassen.

»Er hat sich mir genähert«, informierte Jane ihre versammelten Retter. »Er wollte mich damit« – sie deutete mit einem tatsächlich zitternden Finger auf das Seil – »fesseln und mich gewaltsam entführen.«

Alle sprachen gleichzeitig. Der Berufsboxer bot an, fester zuzudrücken, bis der Magen des Schurken aus seinem Mund spritzen würde. Der Kutscher schlug vor, ihn in der Droschke zum nächstgelegenen Richter zu bringen, wo er gewiss zum Tode durch Erhängen verurteilt würde. Einer der Reiter tat seine Meinung kund, es sei eine Schande, wenn solch ein schmieriger Halunke baumeln würde, bevor seine Gesichtszüge umgestaltet wären. Der ältliche Gentleman meinte, er wüsste nicht, warum ein solch schurkisch aussehender Verbrecher in den Straßen einer zivilisierten Stadt umherwandern und deren weibliche Bewohner einschüchtern dürfe. Seine Frau legte Jane mütterlich einen Arm um die Schultern und kümmerte sich mit einem gemischten Gefühl aus Sorge und Zorn um sie.

Mick Boden hatte sich inzwischen wieder gefasst, auch wenn er sich nicht befreien konnte. »Ich bin Polizist«, verkündete er mit amtlicher Stimme. »Ich war gerade im Begriff, eine offenkundige Diebin und Mörderin festzunehmen, und würde Ihnen allen raten, sich nicht in die Arbeit der Justiz einzumischen.«

Jane reckte ihr Kinn. »Ich bin Lady Sara Illingsworth«, sagte sie empört und hoffte, dass niemand der versammelten Zuschauer von ihr gehört hatte. »Ich bin auf dem Weg zu meinem Cousin und Vormund, dem Earl of Durbury, im Pulteney Hotel. Er wird sehr böse auf mich sein, wenn ich ihm gestehe, dass ich ohne Dienstmädchen ausgegangen bin. Das arme Mädchen pflegt eine Erkältung. Ich hätte natürlich stattdessen einen Lakai mitnehmen sollen, aber ich hatte nicht begriffen, dass sich verzweifelte Männer Ladys sogar bei hellem Tageslicht nähern.« Sie nahm ein Taschentuch aus der Tasche ihres Mantels und führte es zum Mund.

Mick Boden sah sie vorwurfsvoll an. »Nun, das alles war nicht nötig«, sagte er.

»Kommen Sie, meine Liebe«, sagte die ältliche Dame und hängte sich bei Jane ein. »Wir werden Sie sicher zum Pulteney Hotel begleiten, nicht wahr, Vernon? Es ist kein großer Umweg für uns.«

»Gehen Sie ruhig weiter, Mylady«, wies sie einer der Reiter an. »Wir wissen, wo wir Sie finden können, wenn Sie als Zeugin gebraucht werden. Aber ich hätte Lust, Recht walten zu lassen, ohne einen Richter zu behelligen. Gehen Sie ruhig weiter.«

»Nun hören Sie«, sagte Mick Boden gerade, als Jane den angebotenen Arm des ältlichen Gentleman annahm und die Straße entlang weiterging, von ihm und seiner Frau schützend flankiert. Unter anderen Umständen hätte sie die Angelegenheit vielleicht amüsiert. So empfand sie eine Mischung aus Kühnheit – jetzt *tat* sie zumindest etwas – und Besorgnis. Er hatte ihre Hände *fesseln* wollen.

Sie dankte ihren Begleitern überschwänglich, als sie vor den Türen des Pulteney ankamen, und versprach, niemals wieder so töricht zu sein, die Straßen Londons allein zu betreten. Sie waren so freundlich zu ihr gewesen, dass sie sich schuldig fühlte, sie getäuscht zu haben. Obwohl sie natürlich keine Diebin und Mörderin war. Sie betrat das Hotel.

Wenige Minuten darauf klopfte sie an die Tür der Suite des Earl of Durbury, nachdem sie das Angebot höflich abgelehnt hatte, seine Lordschaft über ihre Ankunft informieren zu lassen, während sie in der Hotelhalle warten sollte. Sie erkannte den Kammerdiener ihres Cousins, Parkins, der ihr die Tür öffnete, und er erkannte sie. Seine Kinnlade fiel ihm herab. Jane ging schweigend an ihm vorbei, während er rasch beiseite sprang.

Dann befand sie sich in einem geräumigen und eleganten Privatwohnzimmer. Der Earl saß mit dem Rücken zur Tür an einem Schreibtisch. Ihr Herz pochte wider Willen heftig in Brust, Kehle und Ohren.

»Wer war es, Parkins?«, fragte er, ohne sich umzuwenden.

»Hallo, Cousin Harold«, sagte Jane.

Jocelyn beabsichtigte, sich damit zu beeilen, Jane zu Lady Webb zu bringen. Es wäre wirklich nicht gut für sie, auch nur noch einen Moment länger als nötig dort zu bleiben, wo sie war. Er würde Mrs Jacobs als Begleitung in seiner Kutsche mitschicken.

Aber um zu seiner Kutsche zu gelangen, musste er durch den Hyde Park reiten. Dort wurde er rein zufällig Zeuge einer interessanten Szene. In einiger Entfernung von dem Weg, auf dem er ritt, befand sich eine große Gruppe Gentlemen zu Pferde, von denen mehrere aufgeregt sprachen und gestikulierten.

Da braute sich etwas zusammen, dachte er. Normalerweise hätte er nicht gezögert, näher heranzureiten und nachzusehen, was vor sich ging, aber heute hatte er sich um Wichtigeres zu kümmern und wäre weitergeritten, wenn er nicht plötzlich in einem der lauthals gestikulierenden Gentlemen seinen Bruder erkannt hätte.

Ferdinand im Streit? Und vielleicht tief in Schwierigkeiten, aus denen ihn seine Dudleynatur nicht eher entlassen würde, als bis sie ihm über den Kopf stiegen? Nun, das mindeste, was er selbst tun konnte, beschloss Jocelyn resigniert seufzend, war, hinüber zu reiten und zumindest moralischen Beistand zu gewähren.

Er wurde bemerkt, als er heranritt, zuerst von jenen, die nicht selbst in die laute, heftige Auseinandersetzung verwickelt waren, aber dann auch von deren Teilnehmern. Die Menge wandte sich wie ein Mann um und beobachtete sein Herannahen, und neugierige Stille senkte sich auf sie.

Der Grund für den Aufruhr wurde Jocelyn fast augenblicklich ersichtlich. Da waren sie endlich, alle fünf

– die Forbesbrüder. Zweifellos davor zurückschreckend, sich einzeln irgendwo in London blicken zu lassen, boten sie der Welt heute eine einheitliche Front.

»Tresham!«, rief Ferdinand aus. Er sah sich triumphierend nach den Brüdern um. »*Jetzt* werden wir sehen, wer ein feiger Bastard ist!«

»Du liebe Güte.« Jocelyn hob die Augenbrauen. »Hat hier jemand solch schockierend vulgäre Ausdrücke gebraucht, Ferdinand? Ich bin zutiefst erleichtert, dass ich nicht anwesend war, um es zu hören. Und auf wen, bitte, war die unfreundliche Beschreibung gemünzt?«

Obwohl Reverend Josiah Forbes auf der Kanzel ein langweiliger, unangenehmer Bursche war, musste man jedoch einräumen – um ihm nicht Unrecht zu tun –, dass er kein wehleidiger, gemeiner Schurke war. Er ritt ohne Zögern vorwärts, bis er fast Knie an Knie mit Jocelyn war, machte großes Aufhebens davon, seinen rechten Handschuh auszuziehen und sagte dann: »Auf Sie, Tresham, den feigen Bastard und Verführer ehelicher Tugend. Sie werden sich mit mir treffen, Sir, wenn Sie einer dieser Anschuldigungen entgegentreten wollen.«

Er beugte sich vor und schlug Jocelyn den Handschuh ins Gesicht.

»Gern«, sagte Jocelyn lässig und hochmütig. »Ihr Sekundant kann sich mit Sir Conan Brougham treffen, sobald es ihm beliebt.«

Der Platz von Reverend Forbes wurde nun von Captain Samuel Forbes eingenommen, in seiner scharlachroten Uniform glänzend, und Jocelyn wurde sich inmitten des Gewirrs gesteigerter Aufregung unter den Zuschauern der Tatsache bewusst, dass die übrigen Forbesbrüder hinter diesem eine schwankende Reihe bildeten. Er gähnte verstohlen hinter einer Hand.

»Mit mir werden Sie sich wegen des Angriffs auf die Ehre meiner Schwester treffen, Tresham«, sagte Captain Forbes und schlug Jocelyn ebenfalls den Handschuh ins Gesicht.

»Wenn das Schicksal es mir gestattet«, belehrte Jocelyn ihn freundlich. »Aber Sie werden verstehen, dass ich gezwungen sein werde, Ihre Einladung abzulehnen – oder zumindest wird Brougham es in meinem posthumen Namen tun –, wenn Ihr Bruder mein Gehirn über das Feld der Ehre versprühen sollte, bevor ich unsere Verabredung einhalten kann.«

Captain Forbes riss sein Pferd herum, und nun war offensichtlich Sir Anthony Forbes an der Reihe. Jocelyn hob jedoch eine Einhalt gebietende Hand und schaute die verbliebenen drei Brüder einen nach dem anderen mit Bedacht und verächtlich an.

»Verzeihen Sie«, sagte er sanft, »wenn ich darum bitte, die Gelegenheit, die übrigen Forbesbrüder auf dem Feld der Ehre zu treffen, ausschlagen zu dürfen. Einen Mann zu bestrafen, ohne ihn zunächst von Angesicht zu Angesicht herauszufordern, ist wenig ehrenhaft. Und ich habe es mir zur persönlichen Regel gemacht, mich nur mit Gentlemen zu duellieren. Einen Mann zu verletzen, indem man seinen Bruder tötet, ist keines Gentleman würdig.«

»Und ist auch nicht sicher«, fügte Ferdinand hitzig hinzu, »wenn dieser Bruder noch selbst auf das feige Ränkespiel reagieren kann.«

Verhaltener Applaus erklang aus der ständig anwachsenden Zuschauermenge.

»Sie«, sagte Jocelyn, während er seine Peitsche hob und damit nacheinander auf die übrigen drei Forbesbrüder deutete, »werden Ihre Strafe hier und jetzt von meinen Fäusten entgegennehmen, wobei ich vorschlagen würde, auf eine abgeschiedenere Fläche auszuweichen. Ich werde es mit Ihnen allen zusammen aufnehmen. Sie können sich verteidigen, denn ich *bin* ein Gentleman, der selbst bei Gaunern und Halunken keinen unfairen Vorteil daraus ziehen würde, Sie zusammenbinden zu lassen. Aber es wird keine Regeln geben, und wir werden keine Sekundanten haben. Dies ist kein Feld der Ehre.«

»Oh, Donnerwetter, Tresham«, sagte Ferdinand mit freudiger Begeisterung, »gut gemacht. Aber es werden zwei gegen drei sein. Dies ist auch mein Kampf, und ich werde mir die Befriedigung nicht versagen lassen, an der Bestrafung teilzuhaben.« Damit stieg er vom Pferd und führte es in Richtung des Hains, auf den Jocelyn gedeutet hatte. Dahinter gab es mehr Rasen als Wege, so dass das Gelände selten von jenen Reitern und Fußgängern benutzt wurde, die den Park täglich besuchten.

Wie Jocelyn erwartet hatte, konnten die drei Forbesbrüder der Begegnung nicht ausweichen, ohne das Gesicht zu verlieren. Die übrigen Gentlemen schlossen sich ihnen an, erfreut über die unerwartete Gelegenheit, ausgerechnet im Hyde Park einer Rauferei zusehen zu können.

Jocelyn legte Mantel und Weste ab, während sein Bruder es ihm daneben gleichtat. Dann betraten sie den grasbewachsenen Kampfring, der von der Zuschauermenge gebildet wurde.

Es war wirklich ein höchst ungleicher Wettkampf,

erkannte Jocelyn einigermaßen enttäuscht und verächtlich, bevor auch nur zwei Minuten vergangen waren. Wesley Forbes benutzte gerne und eindeutig in der Hoffnung seine Stiefel, die Gegner mit gezielten Tritten unschädlich machen zu können. Zu seinem Pech fing Ferdinand, der schnell reagieren konnte, seinen Stiefel mit beiden Händen mitten in der Luft ab, so als wäre er ein Ball, und brachte den Mann aus dem Gleichgewicht, während er eines seiner erheblich längeren Beine dazu benutzte, es ihm hart unter das Kinn zu stoßen.

Danach waren, unter den enthusiastischen Jubelrufen der großen Mehrheit der Zuschauer, noch zwei gegen zwei übrig.

Sir Anthony Forbes, der einen gekonnten Schlag in Jocelyns Magengegend anbrachte, versuchte einige Zeit, seinem Gegner Schlag auf Schlag standzuhalten, aber schon bald jammerte er, es sei unfair, gegen ihn zu kämpfen, wenn es doch Wes gewesen sei, der die Karriole manipuliert habe.

Die Menge höhnte.

»Vielleicht ist es dann ausgleichende Gerechtigkeit«, belehrte Jocelyn Sir Anthony, während er dessen Abwehr angriff und länger als wirklich notwendig abwartete, bevor er den *Coup de Grace* ausführte, »dass ich den falschen Bruder bestrafe.«

Schließlich vollführte er noch einen linken Haken und einen rechten Aufwärtshaken, der seinen Gegner wie einen gefällten, Baum zu Boden gehen ließ.

Ferdinand benutzte inzwischen Joseph Forbes' Magen als Punchingball. Aber als er den allgemeinen Jubel hörte, als Sir Anthony zu Boden ging, beendete auch er seinen Kampf mit einem Schlag ins Gesicht des Mannes. Josephs Knie gaben nach, und dann rollte er auf dem Boden und fasste an seine blutige Nase, versuchte aber nicht, wieder aufzustehen.

Jocelyn schlenderte zu den beiden anderen Brüdern hinüber, die schweigend zugesehen hatten. Er nickte ihnen ausreichend höflich zu. »Ich werde weitere Nachricht von Sir Conan Brougham erwarten«, sagte er.

Ferdinand, der keine sichtbare Verletzung aufwies, zog seinen Mantel wieder an und lachte fröhlich. »Es wäre wünschenswert gewesen, wenn sich alle fünf am Kampf beteiligt hätten«, sagte er, »aber wir wollen nicht gierig sein. Gut gemacht, Tresham. Das war eine fabelhafte Idee. Den drei Brüdern keine Duelle zu gewähren, sondern sie einfach zu bestrafen. Und genug Publikum dabei, damit die Geschichte wochenlang im Gespräch ist. Wir haben jedermann die Konsequenzen gezeigt, die es haben kann, wenn man einen Dudley verärgert. Kommst du mit zu White's?«

Aber Jocelyn hatte gerade gemerkt, wie viel Zeit während dieser Begegnung vergangen war.

»Vielleicht später«, sagte er. »Ich muss mich zuerst noch um etwas äußerst Wichtiges kümmern.« Er sah seinen Bruder abschätzend an, winkte den Gentlemen ab, die gerade herbeieilen und ihnen gratulieren wollten, und bestieg sein Pferd. »Ferdinand, es gibt etwas, was du für mich tun könntest.«

»Alles, was du willst.« Sein Bruder wirkte sowohl überrascht als auch erfreut. Es kam nicht oft vor, dass Jocelyn ihn um etwas bat.

»Du könntest die Neuigkeit verbreiten«, sagte Jocelyn, »natürlich behutsam, dass sich herausgestellt hat, dass Miss Jane Ingleby, meine frühere Pflegerin und die musikalische Hauptattraktion meiner Soirée, in Wahrheit Lady Sara Illingsworth ist; dass ich sie durch Zufall gefunden und zu Lady Webb gebracht habe; dass sich alle Gerüchte um ihren Namen als ebenso überzogen und grundlos erweisen werden, wie es die meisten Gerüchte sind.«

»Oh, Donnerwetter.« Ferdinand wirkte höchst interessiert. »Wie hast du es herausgefunden, Tresham? Wie hast du *sie* gefunden? Wie ...«

Aber Jocelyn hob seine Einhalt gebietende Hand. »Wirst du es tun?«, fragte er. »Findet heute Abend irgendeine große Veranstaltung der Hautevolee statt?«, Er war absolut nicht mehr auf dem Laufenden.

»Ein Ball«, sagte Ferdinand. »Bei Lady Wardle. Es wird schrecklich eng werden.«

»Dann lass dort etwas verlauten«, sagte Jocelyn. »Du brauchst nur einmal die bloßen Fakten zu erwähnen. Vielleicht auch vorsichtshalber zwei Mal. Nicht häufiger.«

»Was ...« begann Ferdinand, aber Jocelyn hob erneut die Hand.

»Später«, sagte er. »Ich muss sie zunächst zu Lady Webb bringen. Dies wird eine enge Angelegenheit, Ferdie. Aber wir werden es schon schaffen.«

Die Entdeckung, dass sein Bruder auch ein Freund sein konnte, wie es gewesen war, als sie noch Kinder waren, war ein gutes Gefühl, dachte er, während er davonritt.

Also galt es noch zwei weitere Duelle zu bestehen –, nachdem er sich um diesen ganzen verdammten Schlamassel mit Jane gekümmert hatte. Er fragte sich, ob sie sich, rein aus Prinzip, ebenso dagegen sperren würde, zu Lady Webb begleitet zu werden, wie sie sich zuvor gegen alles andere gesperrt hatte?

Verdammt, diese Frau brachte ihn zur Verzweiflung!

## 22. Kapitel

Der Earl of Durbury fuhr herum, die Augen erstaunt aufgerissen.

»Also«, sagte er, während er sich erhob, »hat man dich letztendlich aufgespürt, nicht wahr, Sara? Der Polizist? Wo ist er?«

»Ich bin nicht sicher«, sagte Jane und trat weiter in den Raum, um Handschuhe und Haube auf einem kleinen Tisch abzulegen. »Die Männer, die ihn daran gehindert haben, mich gewaltsam zu entführen, hatten sich noch nicht entschieden, was sie mit ihm tun sollten, als ich weiterging. Ich bin völlig freiwillig zu dir gekommen. Um dich wegen deines Verlusts zu bemitleiden. Und um dich zu fragen, was du damit beabsichtigt hast, einen Polizisten vor meinem Haus zu postieren, als wäre ich eine gewöhnliche Verbrecherin.«

»Ah«, sagte der Earl scharf. »Dann hatte er also Recht? Ich hätte es mir denken sollen. Du bist eine Hure, Treshams Flittchen.«

Jane achtete nicht auf seine Worte. »Dein Polizist«, sagte sie, »wollte mich äußerst dramatisch mit auf den Rücken gebundenen Händen hierher zerren und hat mich eine Diebin genannt. Was, bitte, habe ich gestohlen, was dir und nicht mir gehören würde? Außerdem hat er mich eine Mörderin genannt. In welchem strafrechtlichen Sinne bin ich für Sidneys Tod verantwortlich, wo er doch gestürzt ist und sich den Kopf angestoßen hat, während er mich zu ergreifen versuchte, um mich zu vergewaltigen und zur Heirat zu zwingen? Er hat noch gelebt, als ich Candleford verließ. Ich ließ ihn in sein Bett hinauftragen und habe mich selbst um ihn gekümmert, bis der Arzt eintraf, nach dem *ich geschickt hatte*. Es tut mir trotz alledem Leid, dass er gestorben ist. Ich würde nicht einmal einem solch verachtenswerten Menschen wie Sidney den Tod wünschen. Aber ich kann wohl kaum dafür verantwortlich gemacht werden. Wenn du versuchen willst, mich für seine Ermordung verurteilen zu lassen, kann ich dich nicht aufhalten. Aber ich warne dich, dass du dich vor der Öffentlichkeit nur lächerlich machen wirst.«

»Du hattest schon immer eine boshafte, unverschämte Zunge, Sara«, sagte ihr Cousin, verschränkte die Hände auf dem Rücken und sah sie finster an. »Wir werden sehen, ob das Wort des Earl of Durbury vor Gericht nicht mehr Gewicht hat als das einer gewöhnlichen Hure.«

»Du langweilst mich, Cousin Harold«, sagte Jane, ließ sich auf dem nächststehenden Stuhl nieder und hoffte, dass ihre Knie nicht merkbar zitterten. »Ich hätte gerne etwas Tee. Wirst du nach der Bedienung läuten, oder soll ich es tun?«

Aber er bekam keine Gelegenheit mehr, dies zu entscheiden. Es klopfte an der Tür, und der schweigende Kammerdiener öffnete. Der Polizisten Boden betrat den Raum, schwer atmend und völlig aufgelöst. Seine Nase war so rot wie ein Fanal und sichtlich geschwollen. Mit einer Hand umklammerte er ein Taschentuch, auf dem Jane Blutflecke erkennen konnte. Eine dünne rote Linie tröpfelte aus einem Nasenloch. Er sah Jane anklagend an.

»Ich habe sie festgenommen, Mylord«, sagte er. »Aber ich muss zu meiner Schande gestehen, dass sie schlauer und gefährlicher ist, als ich angenommen hatte. Ich werde sie hier und jetzt fesseln, wenn Sie wünschen, und sie vor einen Richter zerren, bevor sie noch weitere Tricks anwenden kann.«

Jane empfand beinahe Mitleid mit ihm. Er war der Lächerlichkeit preisgegeben worden. Sie vermutete, dass seine Würde nicht oft so angegriffen wurde.

»Ich werde sie nach Cornwall bringen«, sagte der Earl. »Sie wird sich ihrem Schicksal dort stellen müssen. Wir reisen heute Abend ab, sobald ich gespeist habe.«

»Wenn ich Sie wäre«, riet der Polizist, »würde ich nicht darauf vertrauen, dass sie sanftmütig neben Ihnen in Ihrer Kutsche sitzen wird, Mylord, oder unterwegs Gasthäuser betreten wird, ohne einen Aufruhr zu verursachen und Sie einer Bande unwissender Narren aufsitzen zu lassen, welche die Wahrheit selbst dann nicht erkennen würden, wenn sie ihnen in die Augen spränge. Ich würde auch nicht darauf vertrauen, dass sie Ihnen keinen Schlag auf den Kopf versetzt, wie sie es bei Ihrem Sohn getan hat, sobald Sie eingeschlafen sind.«

»Ich habe Ihre Gefühle in der Tat verletzt«, sagte Jane freundlich. »Aber Sie können nicht behaupten, dass ich Sie nicht vorgewarnt hätte, dass ich schreien würde.«

Er sah sie voller Abneigung an. »Ich würde ihr Hände und Füße fesseln, wenn ich Sie wäre, Mylord«, sagte er. »Und sie noch zusätzlich knebeln. Und für die Reise eine Leibwache anheuern. Ich kenne eine Frau, die diese Aufgabe bereitwillig übernehmen würde. Bei Bertha Meeker würde diese Lady hier keine Tricks versuchen, glauben Sie mir.«

»Wie lächerlich!«, sagte Jane.

Aber der Earl wirkte nervös. »Sie war schon immer eigensinnig«, sagte er. »Sie war, trotz aller Freundlichkeiten, die wir ihr nach dem Tode ihres Vaters erwiesen haben, niemals fügsam. Sie war ein Einzelkind, wissen Sie, und grässlich verzogen. Ich will sie mit zurück nach Candleford nehmen, weil man sie dort angemessen behandeln wird. Ja, tun Sie es, Boden. Verpflichten Sie diese Frau. Aber sie muss innerhalb von zwei Stunden hier sein, sonst ist es dunkel, noch bevor ich London verlasse.«

Jane hatte enorme Erleichterung empfunden. Alles war weitaus leichter gewesen, als sie angenommen hatte. Sie konnte sich nun tatsächlich nur schwer vorstellen, dass sie so lange Zeit unerwartet feige gewesen war. Sie hätte niemals auch nur versucht sein sollen, sich zu verstecken, der Angst nachzugeben vor dem, was geschehen könnte, wenn keiner der Zeugen bereit wäre, die Wahrheit über das zu berichten, was an jenem Abend in Candleford geschehen war.

Aber nun überfiel sie die Angst erneut. Sie würden sie fesseln und als Gefangene mit einer weiblichen Leibwache nach Cornwall zurückschicken. Und dann würde sie wegen Mordes verurteilt werden. Die Atemluft schien plötzlich kalt.

»Inzwischen«, sagte Mick Boden, den Blick erneut übel gelaunt auf Jane gerichtet, »werden wir Mylady an diesen Stuhl binden, damit Sie friedlich speisen können. Ihr Kammerdiener wird mir helfen.«

Zorn kam Jane zu Hilfe. Sie sprang auf. »Bleiben Sie, wo Sie sind«, befahl sie dem Polizisten mit solcher Arroganz, dass er einen Moment im Schritt innehielt. »Welch ungeheuer barbarischer Vorschlag! Ist das Ihre Vorstellung von Rache? Ich verliere gerade den letzten Rest an Respekt, den ich Ihnen und Ihrer Intelligenz gegenüber noch empfand. Ich werde dich aus eigenem, freien Willen nach Candleford begleiten, Cousin Harold. Ich werde nicht dorthin befördert werden wie ein gewöhnlicher Schwerverbrecher.«

Aber der Polizist hatte erneut das Stück Seil aus der Tasche genommen, und auch der Kammerdiener tat, nach einem besorgten Blick auf den Earl, der knapp nickte, einige Schritte auf sie zu.

»Fesseln Sie sie«, sagte der Earl, bevor er sich abwandte und die Papiere auf seinem Schreibtisch zusammenschob.

»Gut.« Jane knirschte mit den Zähnen. »Du willst den Kampf, du bekommst den Kampf.«

Aber dieses Mal konnte sie nicht schreien. Es wäre zu leicht für den Earl, eventuelle Retter davon zu überzeugen, dass sie eine Mörderin wäre, die sich der Verhaftung widersetzte. Und sie würde den Kampf mit Sicherheit verlieren – sie müsste ihre Kräfte mit zwei Männern messen, wobei ihr Cousin ihnen auch noch seine Kraft zur Verfügung stellen könnte, wenn es nötig würde. Sie würde sich innerhalb weniger Minuten mit gefesselten Händen und Füßen und wahrscheinlich auch geknebelt wieder auf dem Stuhl befinden. Nun, sie würde aber nicht untergehen, ohne jedem ihrer Gegner einige blaue Flecke und Kratzer zugefügt zu haben. Alle Angst schwand und wurde von seltsamer Heiterkeit ersetzt.

Sie griffen gemeinsam an, kamen um beide Seiten

des Stuhls herum und wollten sie packen. Sie stieß mit beiden Fäusten um sich, und dann auch mit beiden Füßen. Sie drehte und wendete sich, stieß mit den Ellbogen zu und biss sogar in eine Hand, die ihrem Mund unvorsichtig nahe kam. Und ohne auch nur darüber nachzudenken, benutzte sie die Sprache, die ihr während der letzten wenigen Wochen vertraut geworden war.

»Nehmen Sie Ihre *verdammten* Hände von mir und scheren Sie sich zum *Teufel*«, sagte sie gerade, als eine ruhige Stimme den Lärm des Handgemenges durchdrang.

»Du liebe Güte«, sagte die Stimme, »störe ich bei Spaß und Spiel?«

Zu diesem Zeitpunkt hielt Parkins gerade einen ihrer Arme fest, während der Polizist den anderen Arm schmerzhaft nach hinten verdreht hatte. Jane, die nach Atem rang, ihre Sicht durch gelöstes Haar beeinträchtigt, starrte ihren Retter, der am Türrahmen lehnte, das Lorgnon am Auge, wütend an.

»Geh weg«, sagte sie. »Ich habe für den Rest meines Lebens *genug* von Männern. Ich brauche dich nicht. Ich komme sehr gut allein zurecht.«

»Wie ich sehe.« Der Duke of Tresham senkte das Lorgnon. »Aber solch grässliche Sprache, Jane. Wo hast du sie dir nur angeeignet? Dürfte ich fragen, Durbury, warum jeweils eine männliche Person – die, wie ich fürchte, beide keine Gentlemen sind – an Lady Sara Illingsworths Armen hängt? Es scheint eine seltsame, unfaire Art Spiel zu sein.«

Jane erblickte Mrs Jacobs vor der Tür, die vor Empörung zu bersten schien. Und Jane selbst war nicht weniger empört. Warum standen zwei Männer, die sie gerade vor einer Minute noch brutal überwältigen wollten, jetzt regungslos und demütig da, als erwarteten sie Anweisungen von diesem hochmütigen Gentleman?

»Guten Tag, Tresham«, sagte der Earl forsch. »Cousine Sara und ich werden noch vor Einbruch der Dunkelheit nach Candleford aufbrechen. Ihre Anwesenheit hier ist unnötig.«

»Ich bin aus eigenem, freien Willen hierher gekommen«, sagte Jane. »Sie sind in keiner Weise mehr für mich verantwortlich, Euer Gnaden.«

Er ignorierte sie natürlich und wandte sich stattdessen an den Polizisten. »Lassen Sie die Lady los«, sagte er freundlich. »Sie haben bereits eine gewiss schmerzhaft verunstaltete Nase. War das dein Werk, Jane? Mein Kompliment. Ich würde es bedauern, Ihnen gleichermaßen aussehende Augen verpassen zu müssen, guter Mann.«

»Nun hören Sie ...«, begann Mick Boden.

Aber das herzögliche Lorgnon wurde erneut ans herzögliche Auge gehoben, und der Duke hob leicht die Augenbrauen. So erleichtert Jane auch war, dass ihr Arm plötzlich freikam, konnte sie doch diesem Mann gegenüber, der allein durch den gezielten Einsatz seiner Augenbrauen und seines Lorgnons Macht ausüben konnte, nur Empörung empfinden.

»Schicken Sie den Mann fort«, wies der Duke den Earl of Durbury an. »Und Ihren Kammerdiener auch. Sollte diese Widrigkeit die Aufmerksamkeit anderer Hotelgäste und Angestellten auf sich ziehen, müssten Sie vielleicht erklären, warum ein vermutlich ermordeter Mann lebt, es ihm gut geht und er zufrieden in Candleford weilt.«

Janes Blick suchte den des Earl. Sein Gesicht wurde purpurfarben. Aber er schwieg für den Moment. Er erhob keine Einwände. Er widersprach dem eben Gesagten nicht.

»Genau so ist es«, sagte der Duke of Tresham leise.

»Es wäre ebenso unangenehm, wenn öffentlich bekannt würde«, sagte der Earl, »dass Sie eine gewöhnliche Schwerverbrecherin beherbergt haben, in Verkleidung einer ...«

»Ich würde den Satz nicht beenden, wenn ich Sie wäre«, riet Jocelyn ihm. »Werden Sie den Polizist fortschicken, Durbury? Oder soll ich es tun?«

Mick Boden zog hörbar den Atem ein. »Ich möchte, dass Sie wissen ...« begann er.

»Tatsächlich?«, fragte Seine Gnaden recht interesselos. »Aber, guter Mann, *ich* möchte nicht hören, was auch immer Sie mir gerade mitteilen wollten. Vielleicht möchten Sie jetzt lieber gehen, bevor ich doch noch beschließe, Sie für das Verdrehen des Arms zur Verantwortung zu ziehen, dessen ich gerade eben Zeuge geworden bin.«

Es schien einen Augenblick, als würde der Polizist die Herausforderung annehmen, aber dann steckte er das Stück Seil wieder in die Tasche und verließ den Raum, wobei er großes Aufhebens um seine verletzte Würde machte. Der Kammerdiener des Earl folgte ihm nur zu bereitwillig und schloss leise die Tür hinter sich.

Jane wandte sich mit loderndem Blick an den Earl. »Sidney *lebt?*«, rief sie. »Und es geht ihm *gut?* Und doch hast du mich die ganze Zeit als *Mörderin* verfolgt? Du hast mich, seit ich diesen Raum betreten habe, glauben lassen, er wäre *tot?* Wie *konntest* du so grausam sein? Und jetzt weiß ich auch, warum wir nach Candleford zurückkehren sollten, anstatt einen hiesigen Richter aufzusuchen. Du glaubst noch immer, du könntest mich dazu überreden, Sidney zu heiraten. Du musst verrückt sein – oder mich dafür halten.«

»Es besteht noch immer der Tatbestand des gewaltsamen Angriffs, durch den mein Sohn viele Wochen zwischen Leben und Tod schwebte«, erwiderte der Earl. »Und da ist noch immer die Angelegenheit einer gewissen Summe Geldes und eines gewissen kostbaren Armbands.«

»Ah«, sagte Jocelyn, während er Hut und Spazierstock auf einen Stuhl unmittelbar hinter der Tür warf, »ich erkenne mit Freuden, dass ich richtig vermutet hatte. Jardine ist also immer noch ein aktives Mitglied dieses Tals der Tränen? Meinen Glückwunsch, Durbury.«

Jane wandte ihre Empörung nun ihm zu. »Es war eine *Vermutung*?«, sagte sie. »Ein *Bluff*? Und warum bist du noch immer hier? Ich sagte dir, dass ich dich nicht brauche. Ich werde dich niemals wieder brauchen. Geh.«

»Ich bin gekommen, um dich zu Lady Webb zu begleiten«, belehrte er sie.

Ihre Augen weiteten sich. »Tante Harriet? Sie ist hier? Sie ist wieder in der Stadt?«

Er neigte den Kopf, bevor er sich zu ihrem Cousin umwandte. »Es wird ein weitaus passenderer Ort sein als Candleford, um meiner Verlobten meine Aufwartung zu machen«, erklärte er.

Jane atmete ein, um etwas zu erwidern. Wie konnte er es wagen! Aber Sidney lebte und es ging ihm gut.

Und Tante Harriet war wieder in London. Sie sollte dorthin gehen. Alles war vorbei, dieser Alptraum, mit dem sie anscheinend schon ewig gelebt hatte. Sie schloss den Mund wieder.

»Ja, meine Liebe«, sagte Jocelyn sanft, während er sie beobachtete.

»Ihre Verlobte?« Der Earl nahm sich zusammen. »Hören Sie, Tresham. Lady Sara ist zwanzig Jahre alt. Bis sie fünfundzwanzig ist, darf sie nicht heiraten oder sich mit einem Mann verloben, der nicht meine Zustimmung hat. Sie haben sie nicht. Außerdem ist dieser Verlobungsunsinn der größte Humbug, den ich je gehört habe. Ein Mann Ihresgleichen heiratet nicht seine Hure.«

Jane sah mit aufgerissenen Augen, wie Jocelyn einige gemächliche Schritte vorwärts tat. Kurz darauf schabten die Zehen des Earl auf der Suche nach etwas, worauf er sein Gewicht abstützen könnte, über den Boden, während sich seine Krawatte in Jocelyns Hand in eine geeignete Schlinge verwandelte. Sein Gesicht wurde um eine Purpurschattierung dunkler.

»Manchmal glaube ich«, sagte Jocelyn sanft, »dass mein Hörvermögen nachlässt. Ich hätte es vermutlich von einem Arzt überprüfen lassen sollen, bevor ich einen Mann für etwas bestrafe, wovon ich nur vermute, dass er es gesagt hat. Aber damit ich nicht feststellen muss, dass ich mich, trotz meiner guten Vorsätze, nicht zurückhalten kann, würde ich vorschlagen, Durbury, dass Sie in Zukunft klar und deutlich sprechen.«

Die Fersen des Earl trafen wieder auf festen Boden, und seine Krawatte übernahm wieder ihre ursprüngliche Funktion, wenn auch ein wenig verknitterter und schiefer als zuvor.

Jane wäre kein Mensch gewesen, wenn sie einem rein weiblichen Gefühl der Befriedigung hätte widerstehen können.

»Ich brauche Ihre Erlaubnis, um die Hochzeit mit Lady Sara Illingsworth zu arrangieren?«, fragte Jocelyn. »Dann werde ich sie bekommen, schriftlich, bevor Sie nach Cornwall aufbrechen, was Sie, glaube ich, spätestens morgen früh tun werden?« Er hob sein Lorgnon ans Auge.

»*Dazu* werde ich mich nicht zwingen lassen«, sagte der Earl. »Sara untersteht meiner Verantwortung. Ich schulde es ihrem toten Vater, einen Ehemann für sie zu finden, der geeigneter ist, ihr dauerhaftes Glück zu schenken, als Sie, Tresham. Bedenken Sie auch, dass sie meinen Sohn angegriffen und beinahe getötet hat. Bedenken Sie, dass sie mir sowohl Geld als auch Schmuck gestohlen hat. Sie muss sich in Cornwall für diese Taten rechtfertigen, und sei es nur mir gegenüber. Ich bin ihr Vormund.«

»Vielleicht«, sagte Jocelyn, »sollten diese Anklagen in London erhoben werden, Durbury. Lady Sara wird sich auf der langen Reise nach Cornwall zweifellos als schwierige Gefangene erweisen. Ich werde Ihnen helfen, sie jetzt vor einen Richter zu bringen. Und dann wird die Hautevolee, die zu diesem Zeitpunkt der Saison verzweifelt nach Neuigkeiten lechzt, bald das Vergnügen haben, Zeuge zu werden, wie eine gut erzogene Lady dafür vor Gericht gestellt wird, dass sie einen Mann mit einem Buch geschlagen und gefällt hat, der doppelt so schwer ist wie sie. Und dafür, ihrem Vormund, der ihr über ein Jahr lang die ihr zustehenden Zuwendungen verweigert hat, fünfzehn Pfund genommen zu haben. Wie auch dafür, ein Armband aus einem Safe genommen zu haben, das ihr gehörte, während sie zweifellos wertvollen Schmuck zurückließ, der bei der Heirat an ihrem fünfundzwanzigsten Geburtstag ebenfalls ihr gehören wird. Die *Beau monde* wird, wie ich Ihnen versichern kann, Sir, höchst amüsiert sein.«

Die Nasenflügel des Earl of Durbury bebten. »Versuchen Sie mich zufällig zu erpressen, Tresham?«, fragte er.

Jocelyn wölbte die Augenbrauen. »Ich versichere Ihnen, Durbury, wenn ich Sie erpressen wollte, würde ich Sie mit einer Anklage wegen Vernachlässigung Ihrer Beschützerpflichten gegenüber meiner Verlobten bedrohen, und Ihren Sohn mit einer Anklage wegen versuchter Vergewaltigung. Gewiss könnte zumindest einer der Zeugen überzeugt werden, die Wahrheit auszusagen. Und ich möchte obendrein hinzufügen, dass Sidney Jardine, sollte sein Weg während unserer beider restlicher Leben unglücklicherweise jemals den meinen kreuzen, bei einer solchen Begegnung innerhalb von fünf Minuten seine sämtlichen Zähne aus seiner Kehle klauben könnte. Vielleicht möchten Sie ihm diese Bemerkung übermitteln.«

Jane verspürte weitere widerwillige Befriedigung. Es hätte nicht so leicht für ihn sein sollen. Es war nicht fair. Warum konnte es niemand mit dem Duke of Tresham aufnehmen? Alles Gehabe fiel von Cousin Harold ab, als er begriff, dass sein Plan, sie zu ergreifen, zurück nach Cornwall zu befördern und sie dazu zu erpressen, Sidney zu heiraten, nicht funktionieren würde. Und dass die Verweigerung seines Einverständnisses zu ihrer Heirat weitaus schlimmere Konsequenzen hätte, als den Verlust eines großen Teils des Vermögens ihres Vaters und des größten Teils seines eigenen Vermögens.

Während Jane ungehalten schweigend dasaß, völlig ignoriert, als wäre ihre Anwesenheit völlig unwichtig, wurde dem Duke of Tresham schriftlich ordnungsgemäß die Erlaubnis erteilt, Lady Sara Illingsworth zu heiraten, nachdem Mrs Jacobs und der Kammerdiener als Zeugen herbeigerufen worden waren.

Danach blieb Jane nichts anderes übrig, als die Falten ihres Mantels zu glätten, langsam und bedächtig Haube und Handschuhe anzulegen, während Mrs Jacobs ihre Tasche aufnahm, und dann die Treppe hinab zur wartenden Kutsche mit den herzöglichen Wappen sowie einer Ansammlung beflissener Speichellecker des Duke zu gehen, die ihm mit Verbeugungen und Kratzfüßen ihre Hochachtung bezeigen wollten. Jane stieg ein und setzte sich, Mrs Jacobs neben ihr. Wenn ein Mensch wirklich vor Zorn platzen könnte, dachte Jane, würde sie es jetzt gewiss tun. Und es würde ihm auch Recht geschehen, wenn Blut und Gehirnmasse und Zellgewebe auf das feudale Innere seiner kostspieligen Stadtkutsche regneten.

Er stieg ein und nahm den gegenüberliegenden Platz ein.

Jane saß mit sehr geradem Rücken und erhobenem Kinn da und blickte aus den Kutschenfenstern. »Ich werde von Ihrer Begleitung zu Lady Webb Gebrauch machen«, sagte sie, »aber eines sollte vollkommen klar sein, Euer Gnaden – und Mrs Jacobs soll es bezeugen: Ich würde Sie selbst dann nicht heiraten, wenn Sie der letzte Mann auf Erden wären und mich eine Million Jahre lang täglich belästigten. Ich *werde* Sie nicht heiraten.«

»Meine liebe Lady Sara.« Seine Stimme klang hochmütig und gelangweilt. »Ich bitte Sie, ein wenig meinen Stolz in Betracht zu ziehen. Eine Million Jahre? Ich versichere Ihnen, dass ich bereits nach den ersten tausend Jahren aufhören würde zu fragen.«

Sie presste die Lippen zusammen und widerstand dem Drang, ihm mit einer ausreichend scharfen Bemerkung zu antworten. Sie würde ihm die Genugtuung eines Streits nicht gönnen.

Er war zu ihrer Rettung gekommen – natürlich. Das sah dem Duke of Tresham ähnlich. Sie war seine Mätresse gewesen, und daher hatte er beschlossen, ehrenhaft zu handeln und sie zu heiraten. Sie war sein Besitz.

Aber er glaubte nicht, dass sie seine Freundin gewesen war.

Er glaubte nicht, dass sie ihm ihre Freundschaft bewiesen hätte, indem sie ihm die Wahrheit über sich erzählt hätte.

Er liebte sie nicht. *Natürlich liebte er sie nicht.*

Glücklicherweise dauerte die Fahrt zu Lady Webb nur kurz. Aber erst als die Kutsche anhielt, dachte Jane wirklich über ihre Tante nach. Sie musste wissen, dass Jane zu ihr unterwegs war. Wusste sie auch alles andere? Würde sie sie willkommen heißen?

Aber sie bekam ihre Antwort bereits, noch während ein Lakai die Kutschentür öffnete und den Tritt herunterklappte. Die Haustür öffnete sich, und Lady Webb kam heraus – nicht nur bis auf die Schwelle, sondern die ganze Treppe herab.

»Tante Harriet!«

Jane bemerkte kaum, dass Jocelyn ausstieg und ihr herabhalf. Sie wurde fast im selben Augenblick in die sicheren Arme der engsten Freundin ihrer Mutter geschlossen.

»Sara!«, rief diese aus. »Mein liebes Kind. Ich dachte, du würdest niemals ankommen. Ich habe einen regelrechten Pfad auf dem Teppich im Salon hinterlassen. Oh, mein liebes, liebes Kind.«

»Tante Harriet.«

Jane schluchzte und schluckte plötzlich und ließ sich dann die Treppe hinauf in die hell erleuchtete Eingangshalle führen. Sie war die Treppe zum Salon hinaufgebracht und dort in einen eleganten Sessel neben dem flackernden Feuer verfrachtet worden, sie hatte ein spitzengesäumtes Taschentuch gereicht bekommen, um ihre Tränen zu trocknen, bevor sie bemerkte, dass sie und Lady Webb allein waren.

Er war gegangen.

Vielleicht für immer.

Sie hätte ihn nicht nachdrücklicher abweisen können.

Und sie war froh, dass sie ihn los war.

Es hatte wahrscheinlich keinen freudloseren Moment in ihrem ganzen Leben gegeben.

Es war ein geschäftiger Vormittag. Jocelyn ritt durch den Park aus, wo er Baron Pottier und Sir Conan Brougham traf. Letzterer hatte bereits mit den Sekundanten der beiden Forbesbrüder gesprochen und Vereinbarungen für die Duelle für zwei aufeinander folgende Vormittage der kommenden Woche im Hyde Park getroffen. Er würde den Park eigenhändig wieder als Schauplatz für Duelle in Mode bringen, wenn er die Familie seiner Duellgegner nicht bald wechselte, dachte Jocelyn sarkastisch.

Es war keine erfreuliche Aussicht. Zwei weitere Männer erhielten die Chance, sein Leben auszulöschen. Und er glaubte, dass zumindest Reverend Josiah Forbes nicht unter dem berühmten finsteren Treshamblick erzittern würde.

Aber dann schloss Viscount Kimble sich ihnen an, und dann auch Ferdinand und Jocelyn schob die Gedanken an die Duelle entschlossen beiseite.

»Die Nachricht hat sich gestern Abend wie ein Lauffeuer verbreitet«, sagte Ferdinand grinsend. »Miss Jane Ingleby entpuppt sich als Lady Sara Illingsworth! Es ist die Sensation der Stunde, Tresham. Die Leute, die bei deiner Soirée waren und sie singen hörten, protzten bei Lady Wardle mit dieser Tatsache, das kann ich dir sagen. Old Hardinge versuchte alle, die zuhören wollten, davon zu überzeugen, dass er es schon die ganze Zeit vermutet hätte. Sie war viel zu fein, sagte er, um jemand anderes als Lady Sara zu sein.«

»Wo hast du sie gefunden, Tresham?«, fragte Baron Pottier. »Und wie hast du die Wahrheit entdeckt? Wenn ich daran denke, dass sie jedes Mal da war, wenn wir dir im Dudleyhaus unsere Aufwartung machten. Und wir hatten nie auch nur die leiseste Ahnung.«

»Stimmt es«, fragte Sir Conan, »dass ihr Name reingewaschen ist?«

»Es war alles ein Irrtum.« Jocelyn winkte nachlässig ab und tippte dann zum Gruß an einige Ladys, die in die entgegengesetzte Richtung ritten, an seinen Hut. »Ich habe gestern Abend mit Durbury gesprochen, unmittelbar bevor er nach Cornwall abgereist ist. Jardine ist nicht tot. Tatsächlich hat er sich vollkommen von seinem kleinen Unfall erholt. Durbury kam in die Stadt und hat einen Polizisten angeheuert, um Sara zu finden, nur um ihr zu sagen, dass sie sich nicht mehr sorgen müsse. Die Gerüchte verbreiteten sich, wie Gerüchte es nun einmal tun, ganz unabhängig von ihm.«

»Aber der Diebstahl, Tresham?«, fragte Baron Pottier.

»Es gab keinen Diebstahl«, sagte Jocelyn. »Wie empfänglich wir doch alle für Gerüchte sind. Man fragt sich, ob wir nicht eine bessere Beschäftigung brauchten.«

Seine Freunde lachten, als hätte er den Scherz des Vormittags gemacht.

»Aber Gerüchte haben die hässliche Angewohnheit zu verweilen«, fuhr Jocelyn fort, »wenn sie durch nichts ersetzt werden. Ich für mein Teil werde Lady Sara bei Lady Webb aufsuchen und die Bekanntschaft sogar fortsetzen.«

Baron Pottier brüllte vor Lachen. »Holla, Tresham«, sagte er, »das ist es. Das wird neuerliches Gerede bewirken.«

»Genau«, sagte Jocelyn zustimmend. »Man will doch gewiss nicht, dass die Lady als nicht gesellschaftsfähig angesehen wird, oder?«

»Ich werde sie ebenfalls aufsuchen, Tresham«, sagte Ferdinand. »Ich möchte mir Lady Sara noch einmal ansehen, jetzt wo ich weiß, dass sie Lady Sara *ist*. Donnerwetter, das ist großartig!«

»Es wird mir ein Vergnügen sein, sie ebenfalls aufzusuchen, Tresh«, sagte der Viscount.

»Vermutlich würden meine Mutter und meine Schwester sie auch gern kennen lernen«, sagte Sir

Conan. »Ich werde sie mit dorthin nehmen, Tresh. Meine Mutter kennt Lady Webb.«

Jocelyn stellte erleichtert fest, dass seine Freunde verstanden. Kimble und Brougham hatten natürlich den Vorteil, die ganze Geschichte zu kennen, aber selbst die beiden anderen schienen zu erkennen, dass es ihn in gewisser Weise verlegen machte, die Lady drei Wochen lang als seine Pflegerin beschäftigt zu haben. Alle waren bereit, ihr Teil dazu beizutragen, Jane in die Gesellschaft aufzunehmen, sie ehrbar zu machen, zu helfen, jegliche Reste von Zweifel über die Anschuldigungen, die gegen sie erhoben wurden, zu zerstreuen.

Natürlich wäre die neue Sensation, welche die bisherige letztendlich ersetzen würde, die, dass der Duke of Tresham der Frau den Hof machte, die einst seine Pflegerin gewesen war.

Aber alles würde gut werden. Keiner der wenigen Menschen, die wussten, dass Lady Sara Illingsworth seine Mätresse gewesen war, würde jemals ein Wort von dieser Tatsache verlauten lassen. Sie würde sicher und ihr Ruf wiederhergestellt sein.

Dann wandte sich die Unterhaltung ausführlich dem gestrigen Kampf zu.

Als Jocelyn später beim Frühstück saß – er hatte beschlossen, die Zeitungen zu Hause zu lesen, bevor er zu White's ging –, traf Angeline ein. Sie rauschte unangekündigt ins Esszimmer.

»Tresham«, sagte sie, »was habt ihr euch nur dabei gedacht, du und Ferdie, es gestern im Park mit *drei* der Forbesbrüder aufzunehmen? Ich war vollkommen durcheinander, als ich es hörte. Aber wie absolut großartig, dass sie, zwei fast bewusstlos und der dritte mit einer gebrochenen Nase, zur nächstgelegenen Kutsche getragen werden mussten. Wie schade, dass es nicht alle fünf waren. Das wäre ein glorreicher Sieg für die Dudleys gewesen, und ich vermute, dass es euch auch gelungen wäre.

Dann stimmt es wohl auch, dass du zu einem Duell mit den beiden anderen herausgefordert worden bist. Heyward sagt, eine solche Nachricht sei nicht für die Ohren einer Lady bestimmt, aber er wollte es auch nicht leugnen. Ich werde bis dahin keine Sekunde mehr schlafen. Du wirst gewiss getötet werden und was soll ich dann tun? Und wenn *du sie* tötest, wirst du gezwungen sein, nach Paris zu fliehen und Heyward sagt *noch immer,* er würde mich nicht dorthin bringen, dieser abscheuliche Mensch, auch wenn ich bereitwillig auf die Vergnügungen Brightons verzichtete. Und, Tresham, was habe ich darüber gehört, dass sich herausgestellt hätte, diese Ingleby sei Lady Sara Illingsworth?«

»Nimm Platz, Angeline«, sagte Jocelyn und deutete träge auf den ihm gegenüberstehenden Sessel, »und trink einen Kaffee.« Er gab dem Butler am Büffet ein Zeichen. »Und nimm diesen ungewöhnlich gräulichen erbsengrünen Hut ab, ich bitte dich. Ich fürchte, er wird sonst meine Verdauung stören.«

»*Ist* es denn wahr?«, fragte sie. »Sag mir, dass es stimmt. Es ist genau die Art Geschichte, an der wir Dudleys uns weiden, nicht wahr? Du beherbergst eine Axtmörderin als deine Pflegerin und präsentierst sie einer auserwählten Versammlung der Hautevolee als Nachtigall. Das ist unbezahlbar.« Sie ergab sich schallendem Gelächter, während sich Hawkins über sie beugte, um ihr Kaffee einzugießen.

Sie machte jedoch keinerlei Anstalten, den Hut abzunehmen. Jocelyn betrachtete ihn angewidert. »Lady Sara Illingsworth hält sich jetzt in Lady Webbs Haus auf«, sagte er. »Ich wäre dir dankbar, wenn du ihr dort deine Aufwartung machen würdest, Angeline. Der Himmel weiß warum, aber du bist das einzige achtbare Mitglied der Dudleyfamilie – wahrscheinlich weil dich ein komischer Kauz wie Heyward geheiratet und dich in gewisser Weise gezähmt hat, obwohl nur der Himmel allein weiß, wie unzureichend.«

Sie lachte fröhlich. »Heyward ein komischer Kauz?«, sagte sie. »Ja, das ist er, nicht wahr? Zumindest in der Öffentlichkeit.«

Jocelyns Miene wurde noch gequälter, als sie errötete, wodurch eine schreckliche Disharmonie zu den rötlichen Federn auf ihrem Hut entstand.

»Ich werde gewiss bei Lady Webb vorsprechen«, sagte sie. »Heyward wird mich heute Nachmittag dorthin begleiten. Ich kann der Versuchung nicht widerstehen, einen weiteren Blick auf sie zu werfen, Tresham. Wird sie wohl eine Axt schwingen? Wie überaus aufregend das wäre. Heyward wäre gezwungen, sein Leben zu riskieren, um mich zu verteidigen.«

»Sie hat Jardine mit einem Buch auf den Kopf geschlagen«, sagte er trocken, »als er sich, eh, unhöflich benahm. Das ist alles, Angeline. Der Gentlemen lebt, und es geht ihm gut, und es stellte sich zudem heraus, dass der gestohlene Besitz überhaupt nicht gestohlen wurde. Es war in der Tat eine sehr dumme Geschichte. Aber Lady Sara darf nicht am Rande der Gesellschaft vergessen werden. Sie wird ehrbare Menschen mit gutem Leumund brauchen, die sie einführen.«

»Was Lady Webb für sie arrangieren wird«, sagte sie. »Warum sollte es dich interessieren, Tresham?« Aber nach diesem untypisch kurzen Monolog hielt sie jäh inne, sah ihn einen Moment an, die Tasse halbwegs zum Mund geführt, stellte sie wieder auf die Untertasse und flötete: »Oh, Tresham, du bist *tatsächlich* interessiert! Wie absolut fantastisch! Ich kann es kaum erwarten, es Heyward zu erzählen. Aber er ist zum Oberhaus gegangen, dieser unerträgliche Mensch, und wird wahrscheinlich erst zurückkehren, wenn es bereits höchste Zeit ist, mich zu Lady Webb zu begleiten. Tresham, du bist *verliebt.*«

Jocelyn hob sein Lorgnon, trotz der Tatsache, dass es den grellen Hut noch vergrößerte. »Ich bin erfreut, dich so belustigt zu haben«, sagte er, »aber der Begriff *verliebt* und der Name Tresham schließen sich gegenseitig aus, wessen du dir bewusst sein solltest. Ich werde Lady Sara jedoch heiraten. Du wirst erfreut sein zu hören, dass du es als Erste erfährst, Angeline, außer der Lady selbst natürlich. Sie hat übrigens abgelehnt.«

Sie sah ihn an, und er dachte einen faszinierenden Augenblick lang, es hätte ihr die Sprache verschlagen.

»Lady Sara hat abgelehnt.« Sie hatte sie wiedergefunden. »Deinen Antrag abgelehnt? Den des Duke of Tresham? Wie absolut großartig von ihr. Ich gebe zu, dass ich sie kaum bemerkt habe, als sie deine Pflegerin war. Sie wirkte in ihrer grauen Kleidung so ausgesprochen langweilig. Wer würde jemals Grau tragen, wenn doch so viele andere Farben zur Auswahl stehen? Ich war sehr überrascht von ihr, als sie bei deiner Soirée sang. Und sie konnte Walzer tanzen. Das hätte ein Hinweis sein sollen, aber ich gestehe, dass ich ihn nicht bemerkt habe. Aber nun hat sie deinen Antrag abgelehnt. Ich werde sie mögen. Sie muss eine energische Frau sein. Genau das, was du brauchst. Oh, ich werde sie wie eine Schwester lieben.«

»Sie hat abgelehnt, Angeline«, sagte er trocken.

Sie sah ihn verständnislos an. »Du bist ein Dudley, Tresham«, sagte sie. »Dudleys akzeptieren kein Nein als Antwort. Ich habe es auch nicht akzeptiert. Heyward war einen ganzen Monat lang ziemlich abgeneigt, mich zu heiraten, nachdem ich ihm zuerst vorgestellt wurde, das versichere ich dir. Er hielt mich für dumm und leichtfertig und zu geschwätzig. Und die Tatsache, dass du und Ferdie meine Brüder seid, hat ihn auch nicht eher für mich eingenommen. Aber er hat mich geheiratet. Tatsächlich war er entsetzlich niedergeschlagen, als er mich das erste Mal fragte und ich ablehnte. Ich fürchtete, er würde nach Hause gehen und sich erschießen. Wie hätte er meinem Charme nicht erliegen können, wenn ich entschlossen war, ihn dazu zu bringen?«

»Ja wirklich, wie?«, stimmte Jocelyn ihr zu.

Er musste ihr unaufhörliches Geplapper noch fast eine weitere halbe Stunde lang ertragen, bevor sie sich verabschiedete. Aber er spürte, dass er den Morgen gut genutzt hatte. Janes Ehrbarkeit war gesichert. Durch Bemerkungen an den richtigen Stellen hatte er auf seiner Seite mächtige Streitkräfte aufgefahren, mit denen er die Zitadelle ihrer störrischen Entschlossenheit, ihn nicht haben zu wollen, stürmen könnte.

Er fragte sich kurz, warum er ihre Abwehr stürmen

wollte. Er konnte immerhin nicht zugeben, dass er sie persönlich brauchte. Es lag natürlich nur an ihrem Starrsinn. Jane Ingleby hatte ihm gegenüber stets das letzte Wort gehabt.

Nun, Lady Sara Illingsworth würde das nicht gelingen. So einfach war das.

Er ertappte sich dabei, sich zu fragen, was er anziehen würde, wenn er ihr einen nachmittäglichen Besuch abstattete. Gerade so, als wäre er ein mondsüchtiger Schuljunge.

## 23. Kapitel

»Du wirkst kränklich, Sara«, sagte Lady Webb. »Was natürlich nach allem, was du durchgemacht hast, zu erwarten war. Wir werden bald wieder Farbe auf deine Wangen bringen. Ich wünschte nur, wir könnten heute Nachmittag einen Spaziergang oder eine Spazierfahrt unternehmen. Das Wetter ist so wunderschön. Heute ist jedoch einer der Nachmittage, an denen ich bekanntermaßen zu Hause bin, um Besucher zu empfangen. So ärgerlich es auch sein mag, meine Liebe, so müssen wir doch zu Hause bleiben.«

Jane trug das elegante, auf Taille geschnittene Kleid aus Musselin mit einem Muster aus Zweigen. Es war in der Truhe mit ihrer Habe gewesen, die Phillip und der Kutscher des Duke of Tresham während des Vormittags abgeliefert hatten. Ihr Haar war von dem Dienstmädchen gerichtet worden, dem die Aufgabe übertragen worden war, sich um Jane zu kümmern. Aber so bereit sie auch schien, einen Nachmittag lang gesellschaftliche Kontakte zu pflegen, schnitt sie dann doch das Thema an, das ihr Sorgen bereitete.

»Vielleicht wäre es besser«, sagte sie, »wenn ich außer Sichtweite deiner Gäste bliebe, Tante Harriet.«

Lady Webb, die gerade aus dem Fenster geschaut hatte, kam heran und setzte sich in einen Jane gegenüber stehenden Sessel. »Das ist genau das, was du nicht tun darfst«, erwiderte sie. »Obwohl wir das Thema beide gemieden haben, Sara, bin ich mir der Tatsache vollkommen bewusst, wie du in der letzten Zeit gelebt hast. So entsetzlich es auch ist, dass du dich zu einem solchen Schritt getrieben gefühlt hast, so ist es nun doch vorbei. Niemand braucht es zu wissen. Du kannst ganz sicher sein, dass Tresham jedermann aus seinem Bekanntenkreis zum Schweigen bringen wird, der die Wahrheit vermutet. Und er beabsichtigt dich natürlich zu heiraten. Er ist ein Gentleman und weiß, dass er dich kompromittiert hat. Er ist nicht nur bereit, ehrenhaft zu handeln, sondern wird zweifellos auch versuchen, darauf zu beharren.«

»Darin ist er sehr gut«, sagte Jane verbittert. »Aber er weiß es besser, als dass er annehmen wird, es würde bei mir funktionieren.«

»Der Duke of Tresham hat vielleicht wirklich den unangenehmsten Ruf aller Gentlemen in der Stadt«, sagte Lady Webb seufzend. »Obwohl ich vielleicht übertreibe. Er ist für kein spezielles Laster bekannt, außer dafür, sich unzivilisiert zu benehmen und mitten in jede Prügelei zu geraten. Er ist genau wie früher sein Vater und sein Großvater.«

»Nein!«, widersprach Jane heftig. Lady Webb hob überrascht die Augenbrauen. Aber bevor sie noch irgendetwas sagen konnte, klopfte es an der Tür des Salons, und der Butler kündigte die ersten Besucher an – Sir Conan Brougham mit Lady Brougham, seiner Mutter, und Miss Chloe Brougham, seiner Schwester. Ihnen folgten kurz darauf Lord und Lady Heyward, wobei Letztere überaus deutlich machte, dass sie zu dem speziellen Zweck gekommen war, mit Jane zu sprechen und sie dafür zu schelten, dass sie ihre wahre Identität verborgen gehalten hatte, während sie im Dudleyhaus weilte.

»Ich war niemals in meinem Leben überraschter als in dem Moment, als Tresham mir davon erzählte«, sagte sie. »Und niemals über etwas erfreuter als darüber, dass er Sie entdeckt und hierher gebracht hat, Lady Sara. Allein der Gedanke, Sie wären eine Axtmörderin! Ich muss schallend lachen, wann immer ich daran denke, wie Heyward bestätigen wird. Mr Jardine hat sich Ihnen gegenüber vermutlich unverzeihlich ungehobelt verhalten. Ich bin ihm einmal begegnet und gewann den entschiedenen Eindruck, er sei ein widerlicher Schurke. Sie waren äußerst nachsichtig, ihn nur mit einem Buch zu schlagen, und es ist ein geistiges Armutszeugnis seinerseits, Aufhebens davon zu machen und wehleidig zu seinem Papa zu laufen. Ich hätte an Ihrer Stelle nach einer Axt gegriffen.«

»Lady Webb bietet dir diesen Platz schon seit zwei Minuten an, meine Liebe«, sagte Lord Heyward, während er seine Frau zu einem Sessel führte.

Danach trafen noch weitere Gäste ein. Einige wenige waren Lady Webbs Freunde. Viele waren Menschen, denen Jane bei verschiedenen Gelegenheiten im Dudleyhaus begegnet war – darunter Viscount Kimble, Lord Ferdinand Dudley und Baron Pottier. Jane brauchte nicht lange, um zu begreifen, wer sie alle hierher geschickt hatte oder warum sie gekommen waren. Die Kampagne sollte ihr wieder Ansehen verschaffen. Dieses Wissen befriedigte sie keineswegs, sondern erzürnte sie vielmehr. Glaubte er wirklich, dass sie ihr Leben nicht ohne seine helfende Hand meistern könnte? Sie wünschte nur, er würde persönlich erscheinen, damit sie ihm die Meinung sagen könnte.

Und dann kam er.

Er traf allein ein und wirkte in seiner blauen Jacke und seiner blassbraunen Hose, die so eng anlag, als sei er hineingegossen worden, und seinen Stulpenstiefeln untadelig. Und er sah natürlich unerträglich gut aus, obwohl Jane nicht mehr wusste, wann sie begonnen hatte ihn als gut aussehend zu empfinden. Und erdrückend männlich. Und mit all seiner abscheulichen herzöglichen Arroganz ausgerüstet.

Sie hasste ihn mit gewaltigem Abscheu, aber ihre guten Manieren hinderten sie natürlich daran, ihn finster anzublicken oder zu fordern, dass er ging. Dies war immerhin nicht ihr Salon. Sie war hier ebenso ein Gast wie er.

Er verbeugte sich vor Lady Webb und tauschte Höflichkeiten mit ihr aus. Er verbeugte sich auch knapp vor Jane – gerade so, als wäre sie ein Staubfleck, der in sein Blickfeld geschwebt wäre, dachte sie empört. Durch leichtes Anheben einer Augenbraue begrüßte er seine um sie versammelten Verwandten und Freunde – unter anderem Lady Heyward, Lord Ferdinand und Viscount Kimble. Und dann wandte er sich ganze fünfzehn Minuten lang einer Unterhaltung mit Mrs Minter und Mr Brockledean zu.

Sie würde *definitiv* nicht mit ihm sprechen, hatte Jane gedacht, als er angekündigt wurde. Aber wie *konnte* er es wagen, ihr keine Gelegenheit zu geben, ihn zu ignorieren? Sie hätte natürlich auch gerne die Gelegenheit gehabt, ihm zu sagen, dass er niemanden hätte hierher schicken brauchen, um ihr Ansehen wiederherzustellen. Wie *konnte* er es wagen, sich ihr nicht zu nähern, um gerügt und belehrt zu werden, dass er sich um seine eigenen Angelegenheiten kümmern sollte?

»Es ist wirklich eine ausgesprochen großartige neue Karriole, Ferdie«, sagte Lady Heyward gerade. »Sie ist weitaus eleganter als die vorige. Aber du würdest eine Wette gegen jemanden annehmen müssen, um beweisen zu können, dass sie allen anderen Karriolen überlegen ist. Das darfst du keinesfalls tun. Bedenke nur, was meinen Nerven angetan würde, wenn ein weiteres solches Rennen stattfände. Obwohl ich niemals genug über diese letzte Straßenbiegung hören kann, in der du, trotz aller Warnungen Treshams und Heywards, vorsichtig zu fahren, beschleunigt hast. Ich *wünschte,* ich wäre da gewesen, um es zu sehen. Ist es nicht manchmal ermüdend, Lady Sara, eine Frau zu sein?«

Jane bemerkte aus den Augenwinkeln, dass der Duke of Tresham von seinem Platz aufgestanden war. Er wollte aufbrechen. Er hatte sich ihrer Gruppe zugewandt. Er würde herantreten und mit ihr sprechen. Sie wandte den Kopf und lächelte seinen Bruder strahlend an.

»Ich habe gehört, Sie könnten ausgezeichnet kutschieren, Lord Ferdinand«, sagte sie.

Als der eifrige, gutmütige junge Mann, den sie sehr gern mochte, erhob er sich auf die Anspielung hin augenblicklich.

»Donnerwetter«, sagte er, »möchten Sie morgen Nachmittag mit mir im Park ausfahren, Lady Sara?«

»Das möchte ich sehr gerne, danke«, erwiderte sie herzlich, während sie in die dunklen Augen des Duke of Tresham blickte, der am äußeren Rand ihrer Gruppe stehen geblieben war.

Aber wenn sie erwartet hatte, Verärgerung in seinem Gesicht zu erkennen, so sollte sie enttäuscht werden. Er besaß die Frechheit, eher belustigt zu wirken.

»Ich bin gekommen, um mich von Ihnen zu verabschieden, Madam«, sagte er, während er sich leicht vor ihr verbeugte.

»Oh«, sagte sie, noch immer lächelnd, »Sie sind es, Euer Gnaden? Ich hatte Ihre Anwesenheit ganz vergessen.« Das war ungefähr das Ungezogenste, was sie jemals in ihrem Leben geäußert hatte. Sie war kolossal zufrieden mit sich.

»Ah«, sagte er, hielt ihren Blick fest und sprach nur so laut, dass sie und die um sie Versammelten ihn verstehen konnten. »Das ist vermutlich wenig überraschend, da ich dafür bekannt bin, die Langweiligkeit nachmittäglicher Aufwartungen zu vermeiden. Aber für Sie habe ich eine Ausnahme gemacht, da ich doch so selten die Gelegenheit habe, den Tee mit einer früheren Angestellten zu nehmen.«

Nachdem ihm die Befriedigung zuteil geworden war, das letzte Wort gehabt zu haben, wie Jane keineswegs bezweifelte, wandte er sich um und schlenderte davon. Sie betrachtete finster und alle guten Manieren vergessend seinen sich entfernenden Rücken, während die bei ihr Stehenden einander entweder erstaunt ansahen oder plötzliche Taubheit und die Notwendigkeit vorgaben, sich räuspern zu müssen. Lady Heyward tätschelte Janes Arm.

»Gut gemacht«, sagte sie. »Das war ein großartiger Dämpfer, der Tresham so überrascht hat, dass er vollkommen trotzig reagiert hat. Oh, wie *sehr* ich Sie mag.«

Die Unterhaltung wurde wieder aufgenommen, bis sich die Gäste kurz darauf zu verabschieden begannen.

»Noch niemals war einer meiner Empfangsnachmittage ein solcher Erfolg«, sagte Lady Webb lachend, als alle gegangen waren. »Wofür wir, glaube ich, dem Duke of Tresham danken müssen, Sara.«

»Nun«, sagte Jane schärfer als beabsichtigt, »ich bin ihm gewiss dankbar. Sollte er jemals zurückkommen und direkt nach mir fragen, Tante Harriet, so bin ich nicht zu Hause.«

Lady Webb setzte sich hin und betrachtete ihren Hausgast aufmerksam. »Hat er dich also so schlecht behandelt, Sara?«, fragte sie.

»Nein«, sagte Jane fest. »Ich wurde zu nichts gezwungen, Tante Harriet. Er hat mir ein Angebot gemacht und ich habe es angenommen. Ich habe auf einem schriftlichen Vertrag bestanden und er hat die Bedingungen eingehalten. Er hat mich nicht schlecht behandelt.«

*Außer dass er es geschafft hat, dass ich mich in ihn verliebt habe. Und schlimmer noch, er hat es geschafft, dass ich ihn mag. Und dann entdeckte er die Wahrheit und wurde so kalt wie Eis und wollte mir nicht einmal mehr genügend trauen, um mir zu glauben, dass ich mich ihm gegenüber ebenso verletzlich gemacht hätte, wie er es mir gegenüber getan hat. Nur dass er alle meine Gefühle auf den Kopf gestellt und mich leer und verwirrt und so erbärmlich unglücklich wie nur möglich zurückgelassen hat.*

Sie sprach diese Gedanken nicht laut aus, aber das war auch nicht nötig.

»Außer dass er es geschafft hat, dass du dich in ihn verliebt hast«, sagte Lady Webb ruhig.

Jane sah sie scharf an, aber sie konnte die verachtenswerten Tränen, die ihr in die Augen traten, dennoch nicht aufhalten. »Ich hasse ihn«, sagte sie mit Überzeugung.

»Das sehe ich«, stimmte Lady Webb ihr sanft lächelnd zu. »Warum? Kannst du mir das sagen?«

»Er ist ein gefühlloses, überhebliches Ungeheuer«, erwiderte Jane.

Lady Webb seufzte. »Oh, Liebes«, sagte sie, »du bist *wirklich* in ihn verliebt. Ich weiß nicht, ob ich froh oder besorgt darüber sein soll. Aber genug davon. Ich habe schon den ganzen Tag überlegt, wie man dir helfen könnte, deine Vergangenheit hinter dir zu lassen. Ich werde dich beim nächsten Empfang der Königin präsentieren, Sara, und am Tag darauf werde ich hier einen Debütantinnenball geben. Ich bin aufgeregt wie ein kleines Mädchen. Es wird mit fast an Sicherheit grenzender Wahrscheinlichkeit das größte Ereignis der Saison werden. Du bist verständlicherweise berühmt, meine Liebe. Wir sollten anfangen zu planen.«

Es würde das Debüt, von dem Jane noch vor wenigen Jahren geträumt hatte. Aber sie konnte im Moment nur daran denken, dass Jocelyn heute Nachmittag gekommen war, kalt und anmaßend gewirkt hatte, und dass er sie fast vollkommen ignoriert hatte, bis er eine Gelegenheit bekam, sie zu beleidigen. Wie viele Nachmittage war es her, seit er ihr Porträt beendet und ihr dann sein Herz ausgeschüttet und geweint hatte, während er sie auf seinem Schoß hielt?

Es schien seitdem ein ganzes Leben vergangen zu sein.

Es schien, als müsste es zwei anderen Menschen geschehen sein.

Sie hasste ihn.

Sie glaubte, dass der starke Schmerz in ihrem Herzen niemals weichen würde.

Und dann empfand sie jähe Panik. *Ihr Porträt.* Ihr kostbares Gemälde. Sie hatte ihr Zuhause ohne es verlassen!
Zuhause?
*Zuhause?*

Während der Frühjahrssaison ritt oder fuhr oder promenierte die ganze vornehme Welt am späten Nachmittag im Hyde Park. Jedermann kam, um zu sehen und gesehen zu werden, um zu klatschen und um Thema des Klatsches zu sein, um die neueste Mode zu zeigen und zu betrachten, um zu werben und umworben zu werden.

Jane trug ein blaues Kleid mit Damenmantel und einen einfachen Strohhut, der mit einem blauen Band unter dem Kinn befestigt war. Außerdem führte sie einen strohfarbenen Sonnenschirm mit sich, den Lady Webb ihr geliehen hatte. Sie thronte auf dem hohen Sitz von Lord Ferdinand Dudleys neuer Karriole, während er die Zügel führte, liebenswürdig mit ihr plauderte und sie einer Reihe von Leuten vorstellte, die sich der Karriole nur zu dem Zweck näherten, die stadtbekannte Lady Sara Illingsworth kennen zu lernen, deren Geschichte in Salons und Clubräumen für Gesprächsstoff sorgte.

Sie lächelte und plauderte. Immerhin schien die Sonne, und sie befand sich in Begleitung eines gut aussehenden jungen Gentleman, der sich fast überschlug, um sie zu entzücken. Er ähnelte seinem Bruder auf bemerkenswerte Weise, eine Tatsache, die sie ihm nicht anlasten würde.

Aber der Gedanke an seinen Bruder war es dann, der sie daran hinderte, sich wirklich zu amüsieren.

Trotz allem, was während der letzten vierundzwanzig Stunden geschehen war – die Erlösung von der Angst, die Rückkehr zu ihrem Selbst, das Leben in ihrer eigenen Welt –, wünschte sie beinahe, sie könnte sich bewusst eine Woche zurückversetzen. Vor einer Woche zu dieser Zeit waren sie zusammen gewesen. Er hatte gemalt, sie hatte an ihrer Stickerei gearbeitet. Sie hatten sich aneinander gewöhnt. Sie waren Freunde geworden. Sie hatten sich verliebt.
Alles Illusion.
Dies war die Realität.
Und die Realität ritt gerade mit Viscount Kimble auf Lord Ferdinands Karriole zu. Der Duke of Tresham – es wurde ihr sogar schwer, an ihn als Jocelyn zu denken –, der düster und verdrießlich und unnahbar wirkte, tatsächlich ganz sein übliches Selbst. Er tippte mit der Peitsche an seine Hutkrempe, neigte den Kopf in ihre Richtung und wünschte ihr einen guten Nachmittag, während der Viscount lächelte und nach ihrer Hand griff, um sie an seine Lippen zu führen, und sich dann einige Minuten lang mit ihr unterhielt. Der finstere, ausdruckslose Blick des Duke ruhte die ganze Zeit auf ihr.
Jane lächelte und plauderte und drehte ihren Sonnenschirm und willigte ein, gleich am nächsten Tag mit Lord Kimble im Park auszufahren. Dann waren sie fort, und Jane, die lebhaft lächelte, kämpfte gegen den Kloß an, der sich in ihrer Kehle gebildet hatte, wie auch gegen den Schmerz, der bis in ihre Brust ausstrahlte.
Aber es war keine Zeit zu grübeln. Sie musste Lord Ferdinand zuhören und sich mit anderen Menschen unterhalten. Nur kurze Zeit, nachdem Jocelyn davon-

geritten war, fuhr Lady Heyward in einem offenen Landauer heran, stellte Jane der Witwe Lady Heyward vor und plauderte ein wenig.

»Ich freue mich außerordentlich auf Ihren Debütantinnenball bei Lady Webb«, sagte sie. »Unsere Einladung wurde uns am späten Vormittag übermittelt. Vermutlich wird Heyward mich begleiten, was bei ihm selten genug vorkommt, da er Bälle langweilig findet. Können Sie sich vorstellen, dass man sich beim *Tanzen* langweilt, Lady Sara? Und du brauchst gar nicht so abscheulich mit den Augen zu rollen, Ferdie. Ich habe nicht mit dir gesprochen. Außerdem weiß jedermann, dass du das Kämpfen dem Tanzen vorziehst. Du wirst niemals erfahren, welches Herzklopfen ich bekam, als ich hörte, dass du und Tresham neulich drei der Forbesbrüder bekämpft habt. Obwohl ich Tresham gesagt habe, dass der Sieg noch süßer gewesen wäre, wenn ihr alle fünf besiegt hättet. Ich weiß nicht, warum die beiden anderen zugesehen haben, als ihre Brüder niedergemetzelt wurden.«

»Angie«, riet Lord Ferdinand, »zügele dich.«

Aber Jane hatte sich bereits umgedreht und sah ihn scharf an. »Sie und Seine Gnaden haben vor wenigen Tagen gekämpft?«, fragte sie. »Mit *Pistolen?* Und Sie haben drei Gegner *getötet?*«

»Tatsächlich mit Fäusten, Madam.« Er wirkte entschieden verlegen. »Wir haben zwei der Brüder bewusstlos geschlagen. Der Dritte rollte auf dem Boden herum und hielt sich seine gebrochene Nase. Es wäre unsportlich gewesen, ihn weiterhin zu schlagen, wo er schon am Boden lag. Du solltest über solche Dinge nicht im Beisein anderer Ladys sprechen, Angie.«

Lady Heyward verdrehte die Augen himmelwärts.

»Vermutlich ist es auch wenig vornehm, Ferdie«, sagte sie, »nächtelang wachzuliegen, weil meine Nerven dadurch zutiefst erschüttert sind, dass Tresham den beiden anderen Forbesbrüdern gegenübertreten soll. Dann *werden* vermutlich Pistolen im Spiel sein. Er wird gewiss getötet werden. Obwohl ich es eher großartig von ihm finde, es an zwei aufeinander folgenden Vormittagen mit ihnen beiden aufzunehmen. Ich habe so etwas noch niemals zuvor gehört. Es bleibt nur zu hoffen, dass er überlebt, um auch die zweite Begegnung bestreiten zu können.«

Jane hatte das Gefühl, als sei ihr jeder Tropfen ihres Blutes in die Zehen gesackt, so dass sie kribbelten, während sich ihr übriger Körper kalt und klamm und schwach anfühlte.

»Angie«, sagte Lord Ferdinand scharf, »das sind Angelegenheiten unter Gentlemen. Wenn du nichts Besseres zu erzählen weißt, schlage ich vor, dass du diesen Vogel nach Hause trägst, der auf der Krempe deines Hutes sitzt, und ihm etwas zu fressen gibst, bevor er sein Leben aushaucht. Und gieße auch all diese Blumen, wenn du schon dabei bist. Wie du den Kopf bei all dem Zeug noch aufrecht halten kannst, ist mir ein Rätsel. Guten Tag, Madam.« Er tippte in Richtung der Witwe an seinen Hut und trieb die Pferde wieder an.

Jane war sich noch immer nicht vollkommen sicher, ob sie nicht in Ohnmacht fallen würde. In ihren Ohren klang ein lästiges Summen. Das Kribbeln war jetzt bis in die Hände hinaufgelangt.

»Seine Gnaden wird ein weiteres Duell bestreiten?«, fragte sie. »Sogar *zwei* weitere?«

»Es ist nichts, worüber Sie sich den Kopf zerbrechen sollten, Lady Sara«, sagte Lord Ferdinand heiter. »Ich wünschte jedoch, er würde mich eines davon ausfechten lassen, da die Forbesbrüder mich zu töten versucht haben. Aber das wird er nicht, und wenn Tresham sich einmal etwas in den Kopf gesetzt oder sich gegen etwas entschieden hat, ist es sinnlos, mit ihm zu streiten.«

»Oh, dieser törichte, törichte Mensch!«, rief Jane, deren Zorn sie rettete und das Blut wieder durch ihren Körper strömen ließ. »Und das alles wegen der Ehre.«

»Ja, genau, Madam«, bestätigte Lord Ferdinand, bevor er sehr charmant, aber auch sehr bestimmt das Thema wechselte.

Nicht eines, sondern zwei Duelle, dachte Jane. An zwei aufeinander folgenden Vormittagen. Es war fast sicher, dass er getötet würde. Seine Chancen zu überleben, standen doppelt so schlecht wie normalerweise und es würde ihm auch Recht geschehen, dachte sie wütend.

Aber wie würde sie weiterleben können?

Wie könnte sie in einer Welt ohne Jocelyn leben?

Er vermisste Jane mehr, als er für möglich gehalten hätte. Oh, er hatte natürlich an jenem ersten Nachmittag bei Lady Webb vorgesprochen, und sich dazu verleiten lassen, sich vor einem ansehnlichen Publikum Jane gegenüber nur deshalb unverzeihlich grob zu verhalten, weil sie ihm gegenüber schnippisch gewesen war und Ferdinand so verwirrend angelächelt hatte, während sie sein Angebot annahm, mit ihm im Park auszufahren, dass Jocelyn ernsthaft versucht gewesen war, seinem eigenen Bruder einen Schlag ins

Gesicht zu versetzen. Und er war im Park ausgeritten, als er wusste, dass sie dort sein würde, zuerst mit Ferdinand und dann mit Kimble, und hatte sie gegrüßt und Höflichkeiten mit ihr ausgetauscht. Nicht mehr. Ihr störrischer Blick und ihre zusammengepressten Lippen hatten ihm gezeigt, dass er nur einen weiteren heftigen Streit heraufbeschworen hätte, wenn er mehr zu sagen versucht hätte – was er allzu gern getan hätte, wenn sie nur hätten allein zusammen sein können.

Er war natürlich entschlossen, sie zu bekommen. Möglicherweise nicht zuletzt deshalb, weil sie entschlossen war, ihn nicht zu bekommen. Aber er wusste, dass es nutzlos wäre, seine übliche Praxis zu verfolgen und zu versuchen, ihr seinen Willen aufzuzwingen. Er musste ihr Zeit lassen, sich an den Wandel ihres Schicksals zu gewöhnen.

Er musste ihr Zeit lassen, in der sie *ihn* vermissen könnte. Das würde sie gewiss tun. Obwohl er, als er zunächst von ihrer wahren Identität erfahren hatte, vermutet hatte, dass ihr Mitleid für ihn nicht echt gewesen sein konnte, war er sich dessen jetzt nicht mehr so sicher. Er erinnerte sich des behaglichen Einklangs, den sie in jenem Raum erreicht hatten, den sie ihre Zuflucht nannte. Und bezüglich ihrer sexuellen Leidenschaft für ihn bestand keinerlei Zweifel. Er bedauerte jene beiden letzten Besuche bei ihr zutiefst – den einen bei Nacht, den anderen am Tage. Er hatte die Situation nicht unter Kontrolle gehabt.

Er würde ihr Zeit lassen, hatte er zunächst beschlossen. Und er würde sich selbst Zeit lassen. Er hatte zwei Duelle mit Pistolen zu bestehen. Er stellte fest, dass er dem nicht mehr mit der üblichen Langeweile entgegensehen konnte, mit der er die anderen vier Duelle angegangen war. Er war sich dieses Mal der Tatsache erschreckend bewusst, dass er sterben könnte.

Vielleicht war diese Tatsache bei jenen anderen Gelegenheiten für ihn weniger wichtig gewesen. Vielleicht hatte er nun etwas, wofür es sich zu leben lohnte.

Es gab Jane.

Aber wie konnte er jetzt um sie werben, wenn er sterben könnte? Und wie konnte er um sie werben, wenn sie noch immer so verbittert zornig auf ihn, und sein Gefühl, hintergangen worden zu sein, noch immer wie eine offene Wunde war?

Und so vermied Jocelyn in den Tagen vor dem ersten der Duelle gegen Reverend Josiah Forbes wohlüberlegt jegliche nähere Begegnung mit Jane. Er ging einmal zum Haus und ertappte sich dabei, wie er in ihrem gemeinsamen Privatraum umherschlich. Er betrachtete ihre unvollendete Stickarbeit, die noch immer über den Rahmen gespannt war, und erinnerte sich daran, wie sie mit aufgerichtetem Rücken anmutig davorsaß, während sie daran arbeitete. Er nahm *Mansfield Park* vom Tisch neben dem Stuhl, auf dem er immer gesessen hatte. Er hatte es nicht zu Ende gelesen. Er spielte eine Melodie auf dem Pianoforte, ohne sich hinzusetzen. Und er sah das Porträt an, das er von ihr gemalt hatte.

Jane, mit dem leuchtenden, lebendigen Licht, das aus ihr strahlte und der Liebe, die aus ihr heraus glühte, und die Leinwand erhellte. Wie konnte er jemals an ihr gezwefielt haben? Wie konnte er sie mit kaltem Zorn behandelt haben, anstatt sie in die Arme zu schließen und ihr Mut zu machen, ihm alle ihre Geheimnisse, alle ihre Ängste anzuvertrauen? Sie hatte ihn nicht enttäuscht. Es war umgekehrt.

Er bestellte seinen Anwalt ins Dudleyhaus und änderte sein Testament.

Und wurde von dem geistigen Bild verfolgt, was er hätte tun sollen und nicht getan hatte. Er hatte sie nicht in die Arme genommen.

Vielleicht bekam er niemals wieder eine Gelegenheit, es zu tun.

Wenn er es nur noch einmal tun könnte, dachte er ganz uncharakteristisch sentimental, könnte er als zufriedener Mensch sterben.

Welch unglaublich törichter Unsinn, dachte er in vernünftigeren Augenblicken.

Aber dann erfuhr er von Angeline, dass Jane an einer großen, aber privaten Gesellschaft bei Lady Sangster teilnehmen würde. Sie nahm noch an keinen öffentlichen Bällen teil, weil sie noch nicht bei Hofe eingeführt worden war oder ihr offizielles Debüt noch nicht gehabt hatte. Aber sie hatte die Einladung zu der Soirée angenommen.

Zu der Jocelyn ebenfalls eingeladen war.

Am Abend vor dem ersten seiner Duelle.

## 24. Kapitel

Es wäre für Jane nicht außergewöhnlich, an Lady Sangsters Soirée teilzunehmen, hatte Lady Webb ihrem Patenkind versichert. Tatsächlich wäre es wünschenswert, dass sie vor ihrem offiziellen Debüt so oft wie möglich in der Öffentlichkeit erschiene. Es durfte nicht der Anschein erweckt werden, dass sie etwas zu verbergen hätte.

Aber es war der Abend, bevor Jocelyn das erste seiner Duelle bestehen müsste. Jane hatte es Tante Harriet nicht erzählt. Sie hatte zu niemandem etwas darüber erwähnt, seitdem sie Lord Ferdinand ausgefragt hatte. Sie hatte kaum geschlafen oder gegessen. Sie konnte an nichts anderes denken. Sie hatte erwogen, zum Dudleyhaus zu gehen und ihn zu bitten, mit dieser Torheit aufzuhören, aber sie wusste, dass es nichts nützen würde. Er war ein Mann, mit dem Ehrgefühl eines Mannes.

Sie ging zu der Soirée, teilweise um Tante Harriets willen und teilweise um ihrer selbst willen. Vielleicht würden ihre Gedanken an diesem Abend irgendwie abgelenkt, wenn auch nicht während der vor ihr liegenden Nacht oder während des nächsten Morgens, bis sie Nachricht bekäme. Aber selbst wenn er den Vormittag überlebte, müsste er am darauf folgenden Tag alles noch einmal ertragen. Sie legte sorgfältig ein elegantes Kleid aus mattiert goldfarbenem Satin an und ließ sich das Haar erneut kunstvoll richten.

Sie willigte sogar ein, sich ein wenig Farbe geschickt auf ihre Wangen auftragen zu lassen, als ihre Patin bemerkte, sie sähe wunderschön, aber blass aus.

Die Soirée bei Lady Sangster war als private, erlesene Gesellschaft angekündigt worden. Tatsächlich, so schien es Jane, war es eine wirklich große Zusammenkunft. Die Doppeltüren zwischen dem Salon und einem Musikzimmer waren geöffnet, und auch die Türen, die zu einem dahintergelegenen, kleineren Salon führten. Alle drei Räume waren von Gästen bevölkert.

Lord und Lady Heyward und Lord Ferdinand waren dort, in lebhafte Unterhaltungen mit anderen Gästen vertieft. Wie konnten sie nur, wo sie doch wussten, dass ihr Bruder am Morgen dem Tod ins Auge blicken müsste und am darauf folgenden Morgen noch einmal? Viscount Kimble war dort und lächelte eine junge Dame, mit der er gerade sprach, charmant an. Wie konnte er nur, wo doch einer seiner engsten Freunde am Morgen sterben könnte? Er erblickte Jane, entschuldigte sich bei der jungen Dame und kam zur Begrüßung auf sie zu.

»Ich meide geistlose Veranstaltungen normalerweise wie die Pest, Lady Sara«, sagte er und gewährte ihr sein anziehendes, gefährliches Lächeln. »Aber man sagte mir, dass Sie hier sein würden.«

»Ruht also die ganze Last, diesen Abend über die Geistlosigkeit hinaus zu erheben, auf meinen Schultern?«, fragte sie und tippte mit ihrem Fächer auf seinen Arm. Lady Webb hatte sich zur Begrüßung einiger Freunde entfernt.

»Die ganze Last.« Er bot ihr seinen Arm. »Lassen Sie uns etwas für Sie zu trinken besorgen und einen freien Platz suchen, wo wir uns vielleicht eines Tête-à-tête erfreuen könnten, bis jemand entdeckt, dass ich Sie allein mit Beschlag belegt habe.«

Er war ein charmanter und amüsanter Begleiter. Jane wurde während der nächsten kurzen Zeitspanne unbeschwert umworben und lachte viel – und fragte sich die ganze Zeit, wie *er* seine Gedanken etwas anderem als der Gefährdung seines Freundes zuwenden konnte und wie *sie* ihrer Kehle überhaupt ein Lachen abringen konnte.

Überall um sie herum war lautes Stimmengewirr. Aus dem mittleren Raum drang Musik. Sie ruhte wieder fest in ihrer eigenen Welt, dachte Jane, während sie sich umsah. Ihr Erscheinen hatte in der Tat erhebliches Interesse erregt, zwar wohlerzogen zurückhaltend, aber gleichwohl unmissverständlich. Aber niemand hatte sie misstrauisch oder über die Verwegenheit ihres Erscheinens bei dieser erleseneren Zusammenkunft der Hautevolee schockiert angesehen.

Es fühlte sich wie ein hohler Sieg an.

»Nun bin ich vollkommen am Boden zerstört«, sagte Lord Kimble. »Mein bester Scherz, und er wurde nicht einmal mit einem Lächeln quittiert.«

»Oh«, sagte Jane augenblicklich zerknirscht. »Es tut mir Leid. *Was* haben Sie gesagt?«

Er lächelte sanfter als gewöhnlich. »Vielleicht kann die Musik Sie erfolgreicher ablenken«, sagte er und bot ihr erneut seinen Arm. »Alles wird gut werden, wissen Sie.«

Also sorgte er sich *doch*. Und er wusste, dass sie wusste. Und dass sie sich auch sorgte.

Lord Ferdinand stand inmitten des Raumes in der um das Pianoforte versammelten Menge. Er begrüßte

Jane mit einem Lächeln, nahm ihre Hand in seine und hob sie an die Lippen.

»Ich muss Einspruch erheben, Kimble«, sagte er. »Du hast die Lady zu lange für dich beansprucht. Jetzt bin ich an der Reihe.« Er zog ihre Hand durch seinen Arm und führte sie näher an das Pianoforte heran.

Er war seinem Bruder so ähnlich, dachte Jane. Nur dass er etwas schlanker und langbeiniger war. Und wo bei Jocelyn Düsterkeit vorherrschte, zeichnete sich Lord Ferdinand durch Heiterkeit aus. Sie hielt ihn für einen unbeschwerten, glücklichen, unkomplizierten jungen Mann. Oder auch nicht. Vielleicht hatte sie nur mehr Gelegenheit gehabt, Jocelyns geheime Charaktertiefen zu ergründen, während sie seine Mätresse – und Freundin – gewesen war.

»Hier sind mehr Leute, als ich erwartet hatte«, sagte sie.

»Ja.« Er lächelte ihr zu. »Ich habe beinahe ebenso wenig Erfahrung mit solch erlesenen Zusammenkünften wie Sie, Lady Sara. Normalerweise meide ich sie.«

»Warum haben sie es bei dieser Gelegenheit nicht getan?«, fragte sie.

»Weil Angie sagte, dass Sie hier sein würden.« Er grinste sie an.

Fast dasselbe hatte Viscount Kimble zuvor gesagt. Waren diese beiden Gentlemen also so hingerissen von ihr? Oder wussten sie beide genau, was sie für Jocelyn gewesen war?

»Werden Sie singen?«, fragte Lord Ferdinand. »Wenn ich jemanden überreden kann, Sie zu begleiten? Für mich, wenn für niemanden sonst? Sie haben die lieblichste Stimme, die ich jemals gehört habe.«

Sie sang, begleitet von Miss Meighan, »*The Lass with the Delicate Air*«. Die um das Pianoforte versammelte Menschenmenge lauschte aufmerksamer als bei den übrigen Vorführungen. Und weitere Leute gesellten sich aus den angrenzenden Räumen hinzu.

Unter ihnen der Duke of Tresham. Er stand im Eingang des Salons, als Jane sich zum Dank für den auf ihren Gesang folgenden Applaus lächelnd umsah. Er wirkte elegant und makellos und nicht im geringsten so, wie man es von einem Mann erwarten würde, der innerhalb weniger Stunden dem Tod ins Auge blicken musste.

Jane versenkte ihren Blick einen endlos langen Moment in seinen, während sich im Musikzimmer neugierige Stille ausbreitete. Dann wandte sie den Blick ab und lächelte erneut, und die Unterhaltungen wurden wieder aufgenommen, als wären sie niemals unterbrochen worden.

»Verdammt!«, murrte Lord Ferdinand neben ihr, als sie vom Pianoforte forttreten wollte, damit eine andere junge Lady ihren Platz einnehmen könnte. »Was, zum Teufel, macht *sie* hier?«

Lady Oliver stand neben Jocelyn, wie Jane bemerkte, als sie erneut hinschaute. Sie sah lächelnd zu ihm hoch und sagte etwas. Er blickte auf sie hinab und antwortete. Dann legte sie eine Hand auf seinen Arm.

Lord Ferdinand hatte sich wieder gefangen. »Im Raum gegenüber der Eingangshalle werden Erfrischungen angeboten«, sagte er. »Wollen wir dorthin gehen? Gestatten Sie mir, Ihnen etwas vom Büfett zu holen? Haben Sie Hunger?«

»Heißhunger«, erwiderte sie, lächelte ihn betörend an und nahm seinen Arm.

Fünf Minuten später saß sie vor einem gut gefüllten Teller mit Lord Ferdinand und weiteren vier Gästen zur Unterhaltung an einem kleinen Tisch. Sie wusste im Nachhinein nicht mehr, was man zu ihr gesagt oder was sie darauf erwidert hatte. Oder was sie gegessen hatte, wenn überhaupt etwas.

Er war gekommen. Gerade so, als hätte ein Duell keinerlei Bedeutung. Gerade so, als bedeutete ihm sein Leben nichts. Und er hatte *dieser Frau* gestattet, ihn zu berühren und mit ihm zu reden, ohne sie lauthals und öffentlich abzuweisen. Womit er nicht nur den Anschein von Schuld erweckte, sondern zudem einen Mangel an guten Geschmack bewies, indem er sich nicht von seiner vermutlichen Geliebten, einer verheirateten Lady, fern hielt. War die Ehre eines Mannes so interpretierbar?

Schließlich führte Lord Ferdinand sie aus dem Erfrischungsraum hinaus und durch die Eingangshalle wieder in den Salon und die beiden angrenzenden Räume. War es noch zu früh, fragte sich Jane, Tante Harriet zu suchen und vorzuschlagen, nach Hause zurückzukehren? Aber wie sollte sie hier auch nur noch eine Stunde überstehen, ohne ohnmächtig zu werden oder sogar einen hysterischen Anfall zu bekommen?

Jemand trat aus dem Eingang des Salons, als sie den Raum gerade betreten wollten. Jocelyn. Er ergriff ihr rechtes Handgelenk und sah seinen Bruder an, sagte aber kein Wort. Lord Ferdinand schwieg ebenfalls, löste nur seinen Arm von Janes und betrat den Raum ohne sie. Und auch sie schwieg. Es war ein eigenartiger Moment.

Er führte sie in die Eingangshalle zurück und wandte sich dann nach links, zog sie vom hell erleuchteten Teil des Hauses fort zu einem dunklen, stillen Eingang. Er drehte sie mit dem Rücken zur Tür und stellte sich vor sie hin, wobei er ihr Handgelenk noch immer festhielt. Sein Gesicht war nur Dunkelheit und Schatten. Sie konnte nur seine Augen sehen, die mit solch intensiver Leidenschaft, Gram, Sehnsucht und Verzweiflung in die ihren blickten, dass sie seinen Blick nur stumm und todunglücklich erwidern konnte.

Beide schwiegen. Aber die Stille war voller unausgesprochener Worte.

*Ich könnte morgen oder übermorgen sterben.*
*Du könntest mich vielleicht verlassen. Du könntest*
*vielleicht sterben.*
*Dies könnte vielleicht der Abschied sein.*
*Für immer. Wie werde ich die Ewigkeit ohne dich ertragen?*
*Meine Liebe.*
*Meine Liebe.*

Und dann nahm er sie in die Arme und hielt sie fest, fest, als wollte er sie ganz in sich aufnehmen. Sie klammerte sich an ihn, als wollte sie mit ihm verschmelzen, auf ewig eins mit ihm werden. Sie konnte ihn spüren und ihn riechen und seinen Herzschlag hören.

Vielleicht zum letzten Mal.

Er fand in der Dunkelheit ihren Mund, und sie küssten sich leidenschaftlich, ungeachtet der Nähe so vieler ihresgleichen in den nahe gelegenen Räumen. Jane spürte seine Leidenschaft, seine Männlichkeit, sein Wesen. Aber es zählte nur, dass er Jocelyn war, dass er die Luft war, die sie atmete, das Herz, das in ihr schlug, die Seele, die ihrem Leben Sinn gab. Und dass er da war, warm und lebendig und in ihren Armen.

Sie würde ihn niemals wieder gehen lassen. Niemals.

Aber er hob den Kopf, blickte einen langen Moment auf sie hinab, ließ sie dann los und war fort. Sie lauschte dem Klang seiner sich den Flur hinab in Richtung Salon entfernenden Schritte und war allein.

Und einsamer, als sie es jemals zuvor in ihrem Leben gewesen war. Sie starrte blind in den fast dunklen Flur jenseits des Eingangs.

Sie hatten beide kein Wort gesagt.

»Da sind Sie«, sagte eine Stimme ungefähr eine Minute später sanft. »Gestatten Sie mir, Sie zu Lady Webb zu geleiten. Soll ich sie bitten, Sie nach Hause zu bringen?«

Sie konnte ihm einige Augenblicke lang nicht antworten. Aber dann schluckte sie und verließ energisch den Eingang. »Nein, danke, Lord Ferdinand«, sagte sie. »Ist Lady Oliver noch hier? Wissen Sie das? Würden Sie mich bitte zu ihr bringen?«

Er zögerte. »Ich glaube nicht, dass Sie sich ihretwegen beunruhigen müssen«, sagte er. »Tresham ist nicht ...«

»Das weiß ich«, sagte sie. »Oh, das weiß ich sehr gut. Aber ich möchte mit ihr sprechen. Es ist an der Zeit, dass *irgendjemand* mit ihr spricht.«

Er zögerte noch immer, aber dann bot er ihr seinen Arm und führte sie zur Soirée zurück.

Lady Oliver schien einige Schwierigkeiten zu haben,

sich irgendeiner Gruppe anschließen zu können. Sie stand allein mitten im Salon, fächelte sich Luft zu, eher ein wenig geringschätzig, so als wollte sie ausdrücken, dass es unter ihrer Würde sei, sich einer der dortigen Gruppen zuzugesellen.

»Ich wette, dass sie nicht einmal eine Einladung erhalten hat«, murrte Lord Ferdinand. »Lady Sangster hätte niemals sowohl sie als auch Tresham eingeladen. Aber sie war vermutlich zu höflich, um die Frau abzuweisen. Und Sie sind sich sicher, dass Sie mit ihr sprechen wollen?«

»Ja, ich bin mir sicher«, beteuerte Jane ihm. »Sie brauchen nicht zu bleiben, Lord Ferdinand. Danke. Sie sind sehr freundlich.«

Er verbeugte sich steif vor Lady Oliver, die sich umwandte und überrascht die Augenbrauen hob, als sie Jane sah.

»Nun«, sagte sie, als Lord Ferdinand davonging, »die stadtbekannte Lady Sara Illingsworth persönlich. Und was kann ich für Sie tun?«

Jane hatte versuchen wollen, sie zum Erfrischungsraum zu geleiten, aber anscheinend befanden sie sich auch hier auf einer kleinen Insel der Abgeschiedenheit, umgeben von der Geräuschkulisse sich unterhaltender Menschengruppen und dem Klang der Musik aus dem Nebenraum.

»Sie können die Wahrheit sagen«, antwortete Jane und sah der anderen Frau sehr direkt in die Augen.

Lady Oliver öffnete ihren Fächer und hob ihn gemächlich vors Gesicht. »Die Wahrheit?«, fragte sie. »Und welche Wahrheit meinen Sie, bitte?«

»Sie haben das Leben Ihres Ehemannes und das des Duke of Tresham riskiert, weil Sie nicht die Wahrheit sagen wollten«, warf Jane ihr vor. »Und jetzt wollen Sie das Leben zweier Ihrer Brüder und das Seiner Gnaden erneut riskieren. Und das alles nur, weil Sie nicht die Wahrheit gesagt haben.«

Lady Oliver erbleichte sichtlich und erstarrte. Es war unverkennbar, dass sie gerade einen ernsthaften Schock erlitten hatte, dass sie bis zu diesem Augenblick nichts von den beiden bevorstehenden Duellen gewusst hatte. Aber sie war offensichtlich aus hartem Holz geschnitzt. Sie riss sich zusammen, noch während Jane sie beobachtete, und begann, sich erneut Luft zuzufächeln.

»Ich schätze mich glücklich, Brüder zu haben, die meine Ehre verteidigen, Lady Sara«, erwiderte sie kalt. »Was wollen Sie? Dass ich sie zurückrufe und Ihren Geliebten rette? Sie wären vielleicht besser bedient, wenn er bei einem Duell stürbe. Das würde sie vor der Schmach bewahren, wie ein schmutziges Kleidungsstück abgelegt zu werden, wenn er mit Ihnen fertig ist. Das tut Tresham seinen Gespielinnen zwangsläufig an.«

Jane betrachtete sie kalt und unbewegt. »Sie werden mich nicht von dem ablenken, was zu erklären ich Sie aufgefordert habe, Lady Oliver«, sagte sie. »Der Duke of Tresham war niemals Ihr Geliebter. Aber er war stets ein Gentleman. Er wird eher sterben, als einer Lady zu widersprechen und sie öffentlich zu demütigen. Die Frage ist, Madam, sind Sie eine Lady? Werden sie zulassen, dass Gentlemen leiden und vielleicht sterben müssen, weil eine Lüge Ihrer Eitelkeit eher dient als die Wahrheit?«

Lady Oliver lachte. »Hat er Ihnen das erzählt?«, fragte sie. »Dass er niemals mein Geliebter war? Und

Sie haben ihm geglaubt? Arme Lady Sara. Sie haben Ihre Naivität noch nicht verloren. Ich könnte Ihnen Dinge erzählen ... Aber egal. Haben Sie mir sonst noch etwas zu sagen? Sonst wünsche ich Ihnen einen guten Abend. Freunde erwarten mich.«

»Sie werden ein wenig beneidenswertes Leben vor sich haben«, belehrte Jane sie, »wenn auf Grund Ihrer Lüge *tatsächlich* jemand getötet wird. Ein Leben, währenddessen Ihr Gewissen Sie jeden einzelnen Tag und auch jede einzelne Nacht plagen wird. Sie werden dem nicht einmal im Schlaf entrinnen können. Mein Kompliment, dass Sie ein Gewissen zu besitzen glauben, dass Sie glauben, eher eitel als verderbt zu sein. Ich werde Ihnen keinen guten Abend wünschen. Ich hoffe, dass es kein guter Abend für Sie wird. Ich hoffe, dass Sie von den Vorstellungen dessen gepeinigt werden, was während des einen oder des anderen dieser beiden Duelle geschehen könnte. Und ich hoffe, dass Sie, bevor es zu spät ist, das Einzige tun werden, was Ihnen vielleicht den Respekt von Ihresgleichen zurückbringen könnte.«

Sie beobachtete, wie Lady Oliver ihren Fächer zuschnappen ließ und in den Musikraum davonrauschte. Und dann wandte sie den Kopf und sah Angeline am Arm ihres Bruders und Lady Webb an dem des Viscount Kimble, die darauf warteten, sie in ihre Mitte nehmen zu können.

»Komm, Sara«, sagte Tante Harriet, »es ist an der Zeit, nach Hause zu gehen. Ich bin von so viel vergnüglicher Unterhaltung gänzlich erschöpft.«

»Ich werde mir das Vergnügen gönnen, Sie beide zu Ihrer Kutsche hinaus zu begleiten, Madam«, verkündete Viscount Kimble.

Lady Angeline trat vor und umarmte Sara fest. Untypischerweise sagte sie nichts.

Aber Lord Ferdinand sagte: »Ich werde Ihnen morgen früh meine Aufwartung machen, Lady Sara.«

Um ihr zu sagen, ob Jocelyn lebte oder tot war.

Jocelyn glaubte, die Nacht würde niemals enden. Aber sie endete natürlich doch – nach endlosen Stunden unruhigen Schlafes, lebhafter, absonderlicher Träume und langen Phasen des Wachseins. Es war merkwürdig, wie anders als alle früheren Duelle er dieses empfand. Abgesehen von einem leichten Anflug nervöser Aufgeregtheit bei jenen anderen Gelegenheiten, konnte er sich nicht erinnern, dabei beeinträchtigte Nächte durchlebt zu haben.

Er stand früher als nötig auf und schrieb einen langen Brief, der im Falle, dass er nicht zurückkäme, überbracht werden sollte. Nachdem er ihn versiegelt und seinen Siegelring in das weiche Wachs gedrückt hatte, hob er ihn an die Lippen und schloss kurz die Augen. Er hatte sie noch einmal in seinen Armen gehalten. Aber er hatte kein einziges Wort herausgebracht. Er hatte befürchtet, völlig zusammenzubrechen, wenn er es versucht hätte. Er hätte es nicht so ausdrücken können, wie es die Situation erfordert hätte. Er hatte darin keine Erfahrung.

Es war eine merkwürdige Ironie des Schicksals, die Liebe gefunden zu haben, wo ihm doch dieser Morgen bevorstand. Und der morgige Vormittag, wenn er den heutigen Tag überlebte.

Es war merkwürdig, die Liebe überhaupt gefunden zu haben, wo er doch nicht an ihre Existenz geglaubt hatte. Wo er die Ehe doch, selbst mit ihr, als eine Falle angesehen hatte.

Er klingelte nach seinem Kammerdiener.

Jane hatte nicht geschlafen. Sie hatte es versucht, aber sie hatte wach gelegen, zu dem umschatteten Baldachin über ihrem Kopf geschaut, sich verwirrt gefühlt und Übelkeit empfunden. Letztendlich war es leichter gewesen aufzustehen, sich anzuziehen und sich auf dem Fenstersitz ihres Schlafzimmers zusammenzukauern, abwechselnd ihre erhitzten Wangen an der Fensterscheibe zu kühlen und sich wärmesuchend in ein Umhängetuch aus Kaschmir zu kuscheln.

Sie hätte etwas *sagen* sollen. Warum hatte sie geschwiegen, wo es doch so vieles zu sagen gab? Aber sie kannte die Antwort. Für die tiefsten Empfindung des Herzens gab es keine Worte.

Was wäre, wenn er sterben sollte?

Jane erschauderte in ihrem Umhängetuch und biss die Zähne fest aufeinander, damit sie nicht klapperten.

Er hatte vier Duelle ohne tödliche Verletzung überstanden. Gewiss konnte er auch noch zwei weitere überleben. Aber die Umstände sprachen gegen ihn. Und Lord Ferdinand, der Janes entschlossener Befragung bei ihrer Ausfahrt in den Park nicht hatte standhalten können, hatte ihr nicht nur Ort und Zeit der Begegnung verraten, sondern auch die Tatsache, dass Reverend Josiah Forbes, trotz seines Berufes, kaltblütig war und zudem ein tödlicher Schütze.

Janes Gedanken wurden von einem Kratzen an ihrer Tür unterbrochen. Sie sah erschreckt hin. Es war sehr früh am Morgen. Die Tür öffnete sich leise, und ihr Dienstmädchen schaute vorsichtig zum Bett.

»Ich bin hier«, sagte Jane.

»Oh, Mylady«, sagte das Mädchen, ins Halbdunkel spähend, »verzeihen Sie, aber unten wartet eine Lady, die darauf besteht, mit Ihnen zu sprechen. Sie hat Mr Ivy geweckt und er mich. Sie akzeptiert kein Nein.«

Jane sprang auf, ihr Magen rebellierte, und ihr war schwindelig.

»Wer ist sie?«, fragte sie. Sie *wusste*, wer es sein musste, aber sie wagte es nicht zu hoffen. Außerdem war es zu spät. Bestimmt war es zu spät.

»Lady Oliver, Mylady«, erwiderte ihr Dienstmädchen.

Jane hielt nicht inne, um ihre Erscheinung zu überprüfen. Sie stürmte mit wenig damenhafter Eile aus dem Raum und die Treppe hinab.

Lady Oliver schritt in der Eingangshalle auf und ab. Als Jane in Sicht kam, schaute sie auf und eilte zum Fuß der Treppe. Jane konnte ihre Aufregung im frühen, nur von wenigen Kerzen verstärkten Dämmerlicht, deutlich erkennen.

»Wo sind sie?«, forderte Lady Oliver zu wissen. »Wo treffen sie sich? Wissen Sie es? Und wann?«

»Im Hyde Park«, sagte Jane. »Um sechs Uhr.«

»*Wo* im Hyde Park?«

Jane konnte nur vermuten, dass es derselbe Platz wie zuvor wäre. Aber wie konnte sie genau erklären, wo das war? Der Hyde Park war groß. Sie schüttelte den Kopf.

»Warum?«, fragte sie. »Gehen Sie dorthin?«

»Ja«, antwortete Lady Oliver. »Oh, rasch, rasch. Sagen Sie mir wo.«

»Ich kann nicht«, sagte Jane. »Aber ich kann es Ihnen zeigen. Besitzen Sie eine Kutsche?«

»Vor der Tür.« Lady Oliver deutet hinaus. »Zeigen Sie es mir. Oh, rasch. Holen Sie schnell Mantel und Hut.«

»Dazu ist keine Zeit«, erwiderte Jane, eilte an ihrer Besucherin vorbei und ergriff im Lauf deren Ärmel. »Es muss schon nach fünf Uhr sein. Kommen Sie!«

Lady Oliver musste nicht gedrängt werden. Innerhalb einer Minute saßen sie in deren Kutsche und waren auf dem Weg zum Hyde Park.

»Wenn er sterben sollte ...« Lady Oliver tupfte sich mit einem Taschentuch die Nase.

Er durfte nicht sterben. Er durfte nicht. Es war noch zu viel Leben zu bestehen. Oh, er durfte nicht sterben.

»Er war stets der netteste der Brüder«, fuhr Lady Oliver fort, »und stets freundlicher zu mir als die anderen. Er war der Einzige, der mit mir spielte und mir als Mädchen erlaubte, ihm überallhin zu folgen. Er darf nicht sterben. Oh, kann dieser elende Kutscher nicht schneller fahren?«

Schließlich trafen sie im Park ein, aber die Kutsche konnte nicht ganz bis zu dem abgelegenen Grasstreifen jenseits der Bäume gelangen. Der Kutscher, von seiner Herrin laut gescholten, ließ eilig die Stufen herab, und Lady Oliver, die in Mantel und Hut und Handschuhen angemessen ehrbar wirkte, fiel beinahe heraus, gefolgt von einer barköpfigen Jane in Morgenrock, Umhängetuch und Hausschuhen.

»Hier entlang!«, rief Jane und lief los. Sie war sich natürlich nicht sicher. Vielleicht war es nicht der richtige Platz. Und selbst wenn er es war, kamen sie vielleicht schon zu spät. Sie lauschte angespannt auf das Geräusch von Schüssen, das ihren angestrengten Atem und Lady Olivers Schluchzen übertönt hätte.

Es war der richtige Platz. Sie konnten die versammelten, schweigenden Zuschauer sehen, sobald sie durch die Bäume gestolpert waren.

Es konnte nur einen Grund für ihr Schweigen geben!

Reverend Josiah Forbes und der Duke of Tresham, beide nur mit Hemd, Pantalons und Stulpenstiefeln bekleidet, schritten mit einander zugewandten Rücken voneinander fort, die Pistolen gen Himmel gerichtet. Dann blieben sie stehen und wollten sich gerade umwenden, um Ziel zu nehmen.

»Stop!«, schrie Jane. »STOP!« Sie kam jäh zum Stehen, und presste beide Fäuste auf den Mund.

Lady Oliver schrie und stolperte vorwärts.

Beide Gentlemen hielten in ihrer Bewegung inne. Jocelyn entdeckte Jane sofort, ohne sich umzuwenden oder die Pistole zu senken. Sein Blick suchte über die Entfernung hinweg ihren. Reverend Forbes wandte sich um und senkte, grimmig die Stirn runzelnd, die Pistole.

»Gertrude!«, brüllte er. »Geh weg von hier. Dies ist kein Ort für eine Frau. Ich werde mich später um dich kümmern.«

Lord Oliver, der sowohl aufgeregt als auch verlegen wirkte, trat aus der Zuschauermenge hervor, um den Arm seiner Frau zu ergreifen und sie energisch fortzuziehen. Aber sie riss sich los.

»Nein!«, erklärte sie. »Ich habe etwas zu sagen.«

Jane, die Jocelyns Blick standhaft erwiderte, hörte nichtsdestotrotz aufmerksam zu. Sie erkannte rasch, dass Lady Oliver beschlossen hatte, die Rolle der tapferen Märtyrerin zu spielen und ihren Ruf dem Leben ihres geliebten Bruders zu opfern. Aber das war unwichtig. Zumindest tat sie jetzt, was sie schon damals hätte tun sollen – vor der Begegnung zwischen ihrem Mann und dem Duke of Tresham.

Seltsam, dachte Jane ruhig. Hätte Lady Oliver von Anfang an das Richtige getan, wäre sie selbst Jocelyn niemals begegnet. Wie zerbrechlich die Momente des Zufalls waren, von denen der gesamte Verlauf des Lebens abhing.

»Du darfst Tresham nicht erschießen, Josiah«, beschwor Lady Oliver ihn. »Und Samuel auch nicht. Er hat nichts Unrechtes getan. Es war niemals etwas zwischen ihm und mir. Ich wollte es, aber er wollte nichts von mir wissen. Ich wollte der Grund für ein Duell sein – es erschien mir großartig und romantisch. Aber ich hatte Unrecht und will es nun eingestehen. Ihr dürft keinen Unschuldigen erschießen. Ihr würdet für den Rest eures Lebens Schuld auf euer Gewissen laden. Und ich ebenfalls.«

»Selbst jetzt willst du deinen Geliebten noch schützen, Gertrude?«, fragte Reverend Forbes.

»Du kennst mich besser«, erwiderte sie. »Wenn es wahr wäre, würde ich mich nicht so vor Publikum beschämen. Ich habe einfach beschlossen zu tun, was richtig ist. Wenn du mir noch immer nicht glaubst, dann sprich mit Lady Sara Illingsworth, die heute Morgen mit mir gekommen ist. Sie war Zeugin der Brüskierung durch Tresham, als ich ihn nach dem letzten Duell aufsuchte. Er war niemals mein Geliebter. Aber er war zu sehr Gentleman, um mich eine Lügnerin zu nennen.«

Jocelyn, der sich noch immer nicht gerührt hatte, ließ Janes Blick nicht los. Aber selbst über die Entfernung hinweg konnte sie erkennen, wie er spöttisch eine Augenbraue hob. Sie bemerkte, dass sie die Fäuste noch immer auf den Mund gepresst hielt.

Reverend Josiah Forbes schritt über den Rasen auf seinen Duellgegner zu. Jocelyn wandte sich schließlich um und senkte die Pistole.

»Anscheinend war ich im Irrtum, Tresham.« Reverend Forbes sprach noch immer mit seiner Kanzelstimme. »Ich muss mich bei Ihnen entschuldigen und ziehe meine Forderung zurück. Wenn Sie natürlich das Gefühl haben, Groll gegen mich zu hegen, werden wir diese Begegnung fortführen. Meine Familie ist immerhin für einen unehrenhaften Anschlag auf Ihre Ehre verantwortlich.« Jane vermutete, dass er drei seiner Brüder ernsthaft für den Zwischenfall mit Lord Ferdinands Karriole zur Rechenschaft gezogen hatte.

»Ich glaube«, erwiderte Jocelyn träge seufzend, »diese nichtige Angelegenheit wurde bereits geahndet, Forbes. Und was dies betrifft, so haben Sie nur getan, was ich auch für meine Schwester tun würde.« Er wechselte die Pistole in die linke Hand und streckte die rechte aus.

Die Zuschauer schienen einen gemeinsamen Seufzer auszustoßen, als die beiden Männer einander die Hände schüttelten. Und dann trat Captain Samuel Forbes vor, um sich ebenfalls zu entschuldigen und seine Forderung auch zurückzuziehen. Jane senkte langsam die Hände und sah, dass ihre Handflächen den Abdruck von acht Fingernägeln aufwiesen.

Lady Oliver fiel ihrem Mann, anmutig ohnmächtig werdend, in die Arme.

Eine ehrenvolle Aussöhnung hatte soeben stattgefunden. Nur zu bald war Jocelyn wieder allein und schaute erneut in Richtung der Bäume. Er hob die linke Hand, die Handfläche nach außen gekehrt, um seine Freunde abzuweisen, während er gleichzeitig Jane mit den Fingern seiner rechten Hand gebieterisch zu sich heranwinkte.

Alles entfloh Janes Verstand und machte einer den Geist betäubenden Erleichterung und einem überwältigenden Zorn Platz – durch jenes Herbeiwinken bis zum Ausbruch entfacht. Als wäre sie ein Hund! Als könnte er nicht zu ihr kommen. Sie eilte auf ihn zu, bis sie fast unmittelbar vor ihm stand.

»Du abscheulicher Mensch«, sagte sie mit leiser und zitternder Stimme. »Du *abscheulicher*, anmaßender, starrköpfiger Mensch. Ich verabscheue dich! Du hast hier heute Morgen dem Tod ins Auge geblickt, aber du wärst ohne ein Wort zu mir gestorben! Selbst gestern Abend – selbst da hast du kein *Wort* gesagt. Wenn ich noch mehr Beweise dafür brauchte, dass du dich nicht *so* viel um mich scherst«, – sie schnippte vor seinem Gesicht zufriedenstellend laut mit den Fingern – »hätte ich sie jetzt im Übermaß. Ich will dich niemals wiedersehen. Hast du mich verstanden? Niemals. Bleib mir fern.«

Er erwiderte ihre Blick mit träger Arroganz und ohne irgendwelche Reue. »Sie sind zu dieser frühen Morgenstunde und in diesem Aufzug – im Morgenrock – den ganzen Weg hierher geeilt, um *mir* zu befehlen, *Ihnen* fernzubleiben, Lady Sara?«, fragte er mit verabscheuungswürdig kühler Logik. »Sie haben allem Anstand entsagt, um mir zu erklären, ich sei *abscheulich*? Nun, Sie werden ohne weitere Verzögerung meinen Arm nehmen, damit ich Sie zu Olivers Kutsche geleiten kann – ich nehme an, dass die Lady dorthin getragen wird. Man wird Sie vermutlich in der Dramatik des Augenblicks vergessen, wenn wir uns nicht beeilen, und dann werden Sie mit zwanzig oder vierzig Männern als einzige Begleitpersonen zurückbleiben. Das ist nicht die Art Situation, in der sich Lady Sara Illingsworth befinden sollte, wo ihr Ruf doch noch immer gefährdet ist.«

Er bot ihr seinen Arm, aber sie wandte sich ab und ging auf die Kutsche zu. Er passte sich ihrem Schritt an.

»Das war vermutlich alles deine Idee? Sie hat ein wunderbares Schauspiel aufgeführt. Gerade rechtzeitig gerettet.«

»Es hätte noch rechtzeitiger geschehen können«, sagte sie kalt. »Ich habe Lady Oliver gestern Abend nur zu bedenken gegeben, dass es vielleicht an der Zeit wäre, die Wahrheit zu sagen.«

»Dann schulde ich dir mein Leben.« Aber er sprach diese Worte hochmütig und ohne jegliche Dankbarkeit aus.

»Du kannst zu deinen Freunden zurückkehren«, sagte sie, als die Kutsche in Sicht kam und deutlich war, dass sie sie durchaus noch rechtzeitig erreichen würde, um die noch immer ohnmächtige Lady Oliver wieder nach Hause zu begleiten.

Er hielt inne, verbeugte sich vor ihr und wandte sich dann ohne ein weiteres Wort ab. Aber ihr fiel etwas ein, als er sich zu entfernen begann.

»Jocelyn!«, rief sie.

Er blieb stehen und schaute mit einem seltsamen Leuchten in den Augen über die Schulter zu ihr.

»Ich habe meine Stickarbeit zurückgelassen«, sagte sie törichterweise, selbst jetzt nicht im Stande zu sagen, was sie wirklich sagen wollte.

»Ich werde sie dir bringen«, sagte er. »Nein. Verzeih. Du willst mich ja niemals wiedersehen. Ich werde sie dir schicken lassen.« Er wandte sich ab.

»*Jocelyn!*«

Wieder der Blick über die Schulter.

»Ich habe das *Gemälde* zurückgelassen.«

Es schien ihr, als blieben ihre Blicke lange ineinander verhaftet, bevor er antwortete.

»Ich werde es mitschicken lassen«, sagte er.

Er wandte sich ab und schritt von ihr fort.

Gerade so, als hätte der gestrige Abend niemals stattgefunden. Und was *hatte* das alles überhaupt bedeuten sollen? Nur ein gestohlener Kuss zwischen einem Mann und seiner ehemaligen Mätresse?

Jane wandte sich um und eilte auf die Kutsche zu.

## 25. Kapitel

Ihre Stickarbeit, das Gemälde und *Mansfield Park* wurden noch am selben Tag abgegeben. Phillip brachte sie, obwohl Jane ihn nicht sah. Sie wusste mit Sicherheit, dass *er* sie nicht selbst gebracht hatte und war froh darüber. Sein Verhalten am Vormittag war herrisch und kalt und widerwärtig gewesen. Sie hatte sich wohl nur eingebildet, dass sein Kuss gestern Abend zärtliches Verlangen beinhaltete. Da er nicht selbst mit ihrer Habe gekommen war, hatte er ihr die Mühe erspart, sich zu weigern, ihn zu empfangen. Sie wollte niemals wieder auch nur seinen Namen hören.

Eine Behauptung, die am nächsten Morgen, als sich Lady Webb noch in ihrem Ankleidezimmer befand und der Butler die Morgenpost ins Frühstückszimmer brachte, als der Unsinn entlarvt wurde, der es war.

»Da ist ein Brief für Sie, Mylady«, sagte er zu Jane.

Sie riss ihn ihm aus der Hand und sah eifrig besorgt nach dem auf dem Umschlag vermerkten Namen und der Adresse. Aber ihr Herz sank augenblicklich. Der Brief war nicht in der kühnen, nachlässigen Handschrift des Duke of Tresham geschrieben. Sie merkte in ihrer Enttäuschung nicht sofort, dass sie die Schrift nichtsdestotrotz erkannte.

»Danke«, sagte sie und brach das Siegel.

Er war von Charles. Ein recht langer Brief. Er war aus Cornwall gekommen.

Der Earl of Durbury war nach Candleford zurückgekehrt, schrieb Charles, und hatte die Nachricht verbreitet, dass Sara gefunden worden sei und nun bei Lady Webb weile. Es würde sie gewiss beruhigen zu erfahren, dass aus Candleford verlautete, Sidney Jardine, von dem es lange Zeit hieß, er sei dem Tode nahe, erhole sich letztendlich.

»Ich war beunruhigter, als ich sagen kann«, schrieb Charles, »dass ich nicht zu Hause war, als dies alles geschah, so dass du dich mit deinen Sorgen nicht an mich wenden konntest. Ich wäre dir nach London gefolgt, aber wo sollte ich suchen? Es hieß, dass Durbury einen Polizisten angeheuert hätte, aber dass selbst der dich nicht finden konnte. Welche Chance hätte ich dann gehabt?«

Aber er hätte es dennoch vielleicht versuchen können, dachte Jane. Er wäre gewiss gekommen, wenn er sie wirklich liebte.

»Durbury verbreitet noch eine weitere Neuigkeit«, fuhr der Brief fort, »obwohl sie mit Sicherheit nicht der Wahrheit entsprechen kann. Ich glaube, dass er sie meinetwegen verbreitet, Sara, um mich zu verletzen und in Schrecken zu versetzen. Du weißt, wie sehr er unsere Vorliebe füreinander stets gehasst hat. Er sagt, er hätte dem Duke of Tresham seine Einwilligung gegeben, dir den Hof zu machen. Du wirst vermutlich herzlich lachen, wenn du dies liest, aber wirklich, Sara – Tresham! Ich bin dem Mann niemals begegnet, aber er hat einen Ruf als berüchtigtster Lebemann ganz Englands. Ich hoffe aufrichtig, dass er dich nicht mit unerwünschten Aufmerksamkeiten belästigt.«

Jocelyn, dachte sie. Ah, Jocelyn.

»Ich werde nach London kommen«, schrieb Charles, »sobald ich mich um einige wichtige Geschäftsangelegenheiten gekümmert habe. Ich werde kommen, um dich vor den Avancen jedes Mannes zu beschützen, der glaubt, dass dir dieser unglückliche Zwischenfall verdientermaßen alle möglichen Beleidigungen einbrächte. Ich werde kommen, um dich nach Hause zu holen, Sara. Wenn Durbury sein Einverständnis zu unserer Heirat verweigert, dann werden wir ohne es heiraten. Ich bin kein reicher Mann und hasse es, zuzusehen, wie du deines eigenen Vermögens beraubt wirst, aber ich bin durchaus in der Lage, meiner Ehefrau und Familie ein behagliches und sorgenfreies Leben sogar mit ein wenig Luxus zu bieten.«

Jane schloss die Augen und beugte den Kopf über den Brief. Sie mochte Charles sehr. Sie hatte ihn schon immer gemocht. Mehrere Jahre lange hatte sie sich davon zu überzeugen versucht, dass sie ihn genug mochte, um ihn zu heiraten. Aber jetzt wusste sie, warum sie ihn niemals hatte lieben können. Seine Liebe war ohne Leidenschaft – nur verbindliche Liebenswürdigkeit. Er verstand offensichtlich nicht, was sie während der vergangenen Wochen erlitten hatte. Selbst jetzt eilte er nicht an ihre Seite. Er musste sich zuerst um einige Geschäftsangelegenheiten kümmern.

Jane fühlte sich beinahe verzweifelt trostlos, während sie den Brief zusammenfaltete und neben ihren Teller legte. Sie hatte nicht mehr konkret an Charles gedacht, seit sie zu Tante Harriet gekommen war. Sie hatte natürlich gewusst, dass eine Verbindung zwischen ihnen unmöglich war, aber erst jetzt, heute

Morgen, war sie gezwungen, dieser Realität ins Auge zu sehen, bevor sie noch ganz bereit war, sich damit auseinanderzusetzen.

Sie fühlte sich, als sei sie von einer beruhigenden Lebensader letztlich abgetrennt worden. Als wäre sie nun zutiefst und unabänderlich allein.

Und doch kam er nach London.

Sie sollte ihm augenblicklich schreiben und ihm mitteilen, dass er nicht kommen solle, beschloss sie, während sie aufstand, obwohl sie nicht gefrühstückt hatte. Es wäre Zeit- und Geldverschwendung, wenn er den ganzen Weg hierher käme. Und es wäre leichter, ihm die Nachricht, dass sie ihn nicht heiraten konnte, schriftlich beizubringen, als es von Angesicht zu Angesicht zu tun.

Es dauerte einige Tage, bis Jocelyn vollkommen realisiert hatte, dass keine tödliche Bedrohung mehr bestand, dass die Angelegenheit für die Forbesbrüder und anscheinend auch Lord Oliver dadurch erledigt war, dass Lady Oliver während ihrer dramatischen Unterbrechung des Duells die Wahrheit gesagt hatte.

Als Jocelyn es *tatsächlich* erkannte, während er eines Morgens in der Bibliothek den letzten Bericht aus Acton Park las, entdeckte er, dass er gewissermaßen außer Atem war. Und als er die Ellbogen auf die Schreibtischplatte stützte und die Hände hob, stellte er fasziniert fest, dass sie zitterten.

Er war sehr dankbar, dass Michael Quincy nicht anwesend war, um Zeuge dieses Phänomens zu werden.

Es war wirklich seltsam, dass keines seiner vorherigen Duelle ihn Auge in Auge mit seiner eigenen Sterblichkeit hatte bringen können. Vielleicht kam es daher, dass er niemals zuvor dem Leben und dem Wunsch, es bis zur Neige auszukosten, gegenübergestanden hatte. Zum ersten Mal brachte das Studieren des trockenen Tatsachenberichts seines Verwalters ein mächtiges Gefühl schmerzlichen Heimwehs mit sich. Er wollte dorthin gehen, das Haus mit den Augen eines Erwachsenen wiedersehen, den Park und die bewaldeten Hügel durchstreifen, sich des Jungen erinnern, der er gewesen war, den Mann entdecken, der er geworden war.

Er wollte mit Jane dorthin gehen.

Er sehnte sich nach ihr. Er hatte beschlossen, sie nur noch bis nach ihrer Einführung in die Gesellschaft in Ruhe zu lassen. Er würde bei ihrem Debüt mit ihr tanzen und sie dann entschlossen umwerben, bis sie nachgab, was sie gewiss täte. Niemand könnte sich seinem Willen ewig widersetzen.

Aber es dauerte noch immer eine ganze Woche bis zu dem Ball. So lange konnte er nicht warten. Er befürchtete, dass, wenn überhaupt jemand, sie diejenige wäre, die ihm doch widerstehen könnte. Und während er wartete, machten ihr Leute wie Kimble und sogar sein Bruder überall in der Stadt den Hof, troffen aus jeder Pore vor Charme und entlockten ihr die Art betörendes Lächeln, das sie bei ihrem Umgang mit ihm nur sehr sparsam gebraucht hatte. Und dann wurde er zornig auf sich selbst, weil er der Eifersucht auf alles nachgab. Wenn sie einen anderen Mann wollte, sollte sie ihn haben. Sie konnte seinetwegen zum Teufel gehen. Er amüsierte sich mit der Vorstellung, gegen Kimble und Ferdinand gleichzeitig zu kämpfen – mit Schwertern. In jeder Hand eines.

Und eine Machete zwischen den Zähnen, dachte er selbstironisch. Und einer schwarzen Augenklappe.

»Zum Teufel damit!«, belehrte er seine menschenleere Bibliothek, während er obendrein mit der Faust auf die Schreibtischplatte schlug. »Ich werde ihr um ihretwillen den Hals umdrehen.«

Am selben Nachmittag machte er Lady Webb seine Aufwartung, lehnte aber die höfliche Aufforderung des Butlers ab, ihm in den Salon zu folgen, wo weitere Besucher unterhalten wurden. Er bat darum, Lady Webb persönlich sprechen zu dürfen, und wurde in den Salon im Parterre geführt.

Er wusste, dass Lady Webb ihn nicht akzeptierte. Selbstverständlich war sie nicht so schlecht erzogen, es auszusprechen. Und ihre Haltung war vollkommen verständlich. Er hatte seine Erwachsenenzeit nicht damit verbracht, Wert auf die gute Meinung ehrbarer Ladys wie sie zu legen. Ganz im Gegenteil. Sie mochte ihn nicht, erkannte aber eindeutig die Notwendigkeit seines Angebots an ihr Patenkind.

»Obwohl ich sie vollkommen unterstützen werde«, belehrte Lady Webb ihn, bevor sie Jane herabschickte, »wenn sie ablehnt. Ich werde Ihnen nicht gestatten hierher zu kommen und sie zu quälen.«

Er verbeugte sich steif.

Zwei weitere Minuten vergingen, bevor Jane erschien.

»Oh«, sagte sie, schloss die Tür hinter sich und ließ die Hand am Knauf, »du bist es also.«

»Zumindest als ich das letzte Mal in den Spiegel sah«, erwiderte er und verbeugte sich elegant. »Wen hast du erwartet?«

»Ich dachte, es wäre vielleicht Charles«, antwortete sie.

Er runzelte die Stirn und blickte finster drein. »*Charles*?« Alle seine guten Vorsätze schwanden. »Du meinst das Muttersöhnchen aus Cornwall? Der Bauernlackel, der sich einbildet, er würde dich heiraten? Ist er in der Stadt?«

Sie presste, wie gewohnt, die Lippen zusammen. »Sir Charles Fortescue«, sagte sie, »ist weder ein Muttersöhnchen noch ein Bauernlackel. Er war stets mein bester Freund. Und er kommt, sobald es ihm möglich ist.«

»Sobald es ihm möglich ist«, wiederholte er. »Wo war er während der letzten Wochen? Ich habe nicht bemerkt, dass er auf der Suche nach dir durch London geeilt wäre, um dich aus den Klauen deines Onkels oder Cousins, oder was immer der Teufel Durbury für dich ist, zu befreien.«

»Wo hätte er suchen sollen?«, fragte sie. »Wenn die Polizei mich nicht finden konnte – welche Chance hätte Charles dann gehabt, Euer Gnaden?«

»Ich hätte dich gefunden.« Er sah sie mit zusammengekniffenen Augen an. »Die ganze Welt wäre nicht groß genug gewesen, Sie zu verbergen, *Lady Sara*, wenn ich Sie gesucht hätte.«

»Nenn mich nicht so«, sagte sie. »So heiße ich nicht. Ich bin Jane.«

Seine Laune milderte sich, und er vergaß für den Moment seinen Ärger über Sir Charles Fortescue, Muttersöhnchen und Bauernlackel.

»Ja«, stimmte er ihr zu. »Ja, so ist es. Und ich bin nicht ›Euer Gnaden‹, Jane. Ich bin Jocelyn.«

»Ja.« Sie leckte sich über die Lippen.

»Warum bleibst du dort stehen und hältst den Türknauf fest?«, fragte er. »Hast du Angst, ich würde dich ergreifen und Sündhaftes mit dir tun?«

Sie schüttelte den Kopf und trat weiter in den Raum. »Ich habe keine Angst vor dir.«

»Das solltest du aber.« Er betrachtete sie. Sie war in hell zitronengelbes Musselin gekleidet. Ihr Haar glänzte. »Ich habe dich vermisst.« Aber er konnte sich nicht solcher Verletzlichkeit preisgeben. »Im Bett natürlich.«

»Natürlich«, sagte sie scharf. »Was könntest du wohl sonst gemeint haben? Warum bist du gekommen, Jocelyn? Glaubst du immer noch, eine Ehrenschuld mir gegenüber begleichen zu müssen, weil ich Lady Sara Illingsworth und nicht Jane Ingleby bin? Du beleidigst mich. Ist der Name um so vieles wichtiger als die Person? Du hättest nicht im Traum daran gedacht, Jane Ingleby zu heiraten.«

»Du hast schon immer angenommen, meine Gedanken zu kennen, Jane«, sagte er. »Kennst du jetzt auch meine Träume?«

»Du hättest Jane Ingleby nicht geheiratet«, beharrte sie. »Warum willst du mich jetzt heiraten? Weil es einem Gentleman gebührt, es zu tun, wie auch, eher ein Duell zu bestreiten als eine Lady eine Lügnerin zu nennen? Ich will keinen perfekten Gentleman, Jocelyn. Ich würde den Lebemann vorziehen.«

Dies war eine der seltenen Gelegenheiten, bei denen seine Gereiztheit nicht ebenso zunahm wie ihre. Diese Tatsache verschaffte ihm einen entschiedenen Vorteil.

»Tatsächlich, Jane?« Seine Stimme klang zärtlich. »Warum?«

»Weil der Lebemann Natürlichkeit besitzt und Verletzlichkeit und Menschlichkeit und ... oh, wie heißt das Wort, das ich suche?« Sie beschrieb mit einer Hand Kreise in der Luft.

»Leidenschaft?«, schlug er vor.

»Ja, genau.« Ihre blauen Augen starrten verärgert in seine. »Ich bevorzuge es, wenn du mit mir diskutierst und streitest und mich beschimpfst und mich herumzukommandieren versuchst und mir vorliest und mich malst und mich und den Rest der Welt vergisst, während du dich in der Musik verlierst. Ich ziehe *diesen* Mann vor, so hassenswert er auch sein kann. Dieser Mann besitzt *Leidenschaft*. Ich will nicht, dass du bei mir den Gentleman spielst, Jocelyn. Das *will* ich nicht.«

Er behielt sein Lächeln für sich. Und seine Hoffnung. Er fragte sich, ob ihr bewusst war, wie vielsagend ihre letzten Worte gewesen waren. Wahrscheinlich nicht. Ihre Gereiztheit nahm noch zu.

»Nicht?« Er schlenderte auf sie zu. »Dann sollte ich dich besser küssen, um beweisen zu können, wie sehr ich nicht der Gentleman bin.«

»Komm noch einen Schritt näher«, warnte sie ihn, »und ich werde dich schlagen.«

Aber sie würde natürlich keinen Schritt zurückweichen, um die Entfernung zwischen ihnen zu vergrößern. Er trat zwei Schritte näher, bis sie fast unmittelbar voreinander standen.

»Bitte, Jane.« Seine Stimme klang wieder zärtlich. »Lässt du dich von mir küssen?«

»Warum sollte ich?« Tränen schimmerten in ihren Augen, aber sie würde den Blick nicht abwenden. Und er war sich nicht sicher, ob es Tränen des Zorns oder gefühlvolle Tränen waren. »Warum sollte ich mich von dir küssen lassen? Das letzte Mal hast du mich glauben gemacht, ich kümmerte dich, obwohl du nichts gesagt hast. Und am Morgen danach hast du mich dann herbeigewinkt und wirktest kalt und hochmütig, gerade so, als wäre ich dein Hund, der bei Fuß gerufen wird. Warum sollte ich mich von dir küssen lassen, wo du doch keinen Pfifferling auf mich gibst?«

»Keinen Pfifferling?«, sagte er. »Ich mag Pfifferlinge nicht einmal, Jane. Ich mag dich.«

»Geh«, wies sie ihn an. »Du spielst mit mir. Es gibt vermutlich Vieles, wofür ich dir danken sollte. Ohne dich wäre ich jetzt in Cornwall in einen Kampf mit Sidney und dem Earl of Durbury verstrickt. Aber ich bin nicht überzeugt davon, dass du nicht nur um deines Stolzes willen geholfen hast. Du warst nicht da, als ich dich wirklich brauchte, um mich dir anzuvertrauen. Du ...«

Er streckte die Hand aus und legte einen Finger auf ihre Lippen. Sie brach jäh ab.

»Lass es mich erzählen«, sagte er. »Wir sind uns während dieser Woche nahe gekommen, Jane. Näher als ich jemals jemand anderem gewesen bin. Wir haben Interessen und Unterhaltungen geteilt. Wir haben Behaglichkeit und Gefühle geteilt. Wir wurden sowohl Freunde als auch Liebende. Mehr als Freunde. Mehr als Liebende. Du hast mich, ohne mir eine Moralpredigt zu halten, davon überzeugt, dass ich mir und auch meinem Vater das vergeben musste, was in der Vergangenheit geschehen war, um vollständig zu werden. Du hast mich davon überzeugt, dass ein Mann zu sein nicht bedeutet, sich alle subtileren

Empfindungen und zärtlicheren Gefühle zu versagen. Du hast mich gelehrt wieder zu fühlen, mich der Vergangenheit zu stellen, mich daran zu erinnern, dass es in meiner Kindheit ebenso Freude wie Schmerz gab. Und das alles hast du getan, indem du einfach da warst. Indem du einfach Jane warst.«

Sie zog den Kopf zurück, aber er wollte ihr nicht erlauben zu sprechen. Noch nicht. Er umfasste ihr Kinn.

»Du hast mir gesagt«, fuhr er fort, »dass du dich mir ebenso anvertraut hättest, wie ich mich dir anvertraut habe, wenn ich nicht genau zu dem Zeitpunkt die Wahrheit über dich herausgefunden hätte. Ich hätte dir glauben sollen, Jane. Und selbst als ich die Wahrheit erfahren hatte, hätte ich weitaus anders reagieren sollen, als ich es getan habe. Ich hätte zu dir kommen sollen. Ich hätte dich in die Arme nehmen sollen, wie du mich in der vorangegangenen Nacht in die Arme genommen hattest, dir erzählen sollen, was ich entdeckt hatte, und dich ermutigen sollen, mir alles zu erzählen, mir zu vertrauen, dich auf mich zu stützen. Ich wusste, wie schwer es war, Erinnerungen erneut zu durchleben. Ich hatte diese Schwierigkeit gerade in der Nacht zuvor überwunden und hätte weitaus einfühlsamer sein müssen. Ich habe mich enttäuscht, Jane. Und, verdammt, ich habe dich enttäuscht.«

»Nicht«, sagte sie. »Du bist verachtenswert. Ich kann nicht gegen dich ankämpfen, wenn du so sprichst.«

»Kämpfe nicht gegen mich an«, sagte er. »Verzeihst du mir, Jane? Bitte?«

Sie suchte seinen Blick, als wollte sie seine Aufrichtigkeit prüfen. Er hatte sie noch niemals so wehrlos erlebt. Sie versuchte nicht einmal, ihre Sehnsucht danach zu verbergen, ihm glauben zu können.

»Jane«, sagte er sanft, »du hast mich gelehrt, dass es wirklich Liebe gibt.«

Zwei Tränen lösten sich aus ihren Augen und rannen ihre Wangen herab. Er wischte sie mit den Daumen fort, nahm ihr Gesicht in beide Hände, beugte sich dann vor und küsste die getrockneten Stellen auf beiden Wangen.

»Ich dachte, du würdest sterben«, brach es plötzlich aus ihr heraus. »Ich dachte, wir kämen zu spät. Ich dachte, ich würde einen Schuss hören und dich tot vorfinden. Ich hatte es hier im Gefühl.« Sie pochte auf ihr Herz. »Eine Vorahnung. Ich wollte dich verzweifelt erreichen, um dir all die Dinge zu sagen, die ich dir niemals gesagt hatte, um ... um ... Oh, *warum* kann ich niemals ein Taschentuch finden, wenn ich es am nötigsten brauche?« Sie betastete die taschenlosen Säume ihres Kleides und schniefte unvornehm.

Er reichte ihr ein großes weißes Taschentuch.

»Aber du hast mich rechtzeitig erreicht«, sagte er, »und du hast alle jene Dinge gesagt. Lass einmal sehen, ob ich mich richtig erinnere. Ein hassenswerter Mensch? Anmaßend? Starrköpfig – das war garstig, Jane. Du verabscheutest mich? Ich sollte dir niemals wieder nahe kommen? Habe ich etwas vergessen?«

Sie putzte sich die Nase und wusste dann anscheinend nicht, was sie mit dem Taschentuch anfangen sollte. Er nahm es ihr aus der Hand und steckte es wieder in seine Tasche.

»Ich wäre gestorben, wenn du gestorben wärst«, sagte sie, und er konnte befriedigt erkennen, dass sie erneut böse wurde. »Du abscheulicher, hassenswerter Mensch. Wenn du dich jemals wieder in eine Situation bringst, die dir eine Herausforderung eines Anderen einbringt, werde ich dich persönlich umbringen.«

»Wirst du, meine Liebe?«, fragte er sie.

Sie presste die Lippen zusammen. »Du bist entschlossen, mich zu bekommen, nicht wahr?«, fragte sie ihn. »Ist dies alles eine List?«

»Wenn du wüsstest, was ich erleide, Jane«, sagte er. »Ich habe schreckliche Angst, dass du ablehnen wirst. Und ich weiß, dass ich dich nicht umstimmen kann, wenn du es tust. Hab Mitleid mit mir. Ich war noch niemals zuvor in dieser Lage. Ich konnte alles stets mühelos auf meine Art erreichen.«

Aber sie erwiderte seinen Blick nur weiterhin mit demselben Gesichtsausdruck wie zuvor.

»Was ist los?«, fragte er sie, aber sie schüttelte nur den Kopf. »Jane, ich sehne mich danach, nach Hause zu gehen. Nach Acton Park zurückzugehen – mit dir. Zu beginnen, dort unsere eigenen Erinnerungen und Traditionen zu erschaffen. Du glaubtest, meine Träume zu kennen. Aber das ist mein Traum. Möchtest du ihn nicht mit mir teilen?«

Sie presste die Lippen noch fester zusammen.

»Warum sprichst du nicht mehr mit mir?« Er verschränkte die Hände hinter dem Rücken und beugte den Kopf näher zu ihr. »Jane?«

»Hier geht es nur um *dich*, nicht wahr?«, platzte sie heraus. »Um das, was du willst. Um deine Träume. Was ist mit mir? Kümmere ich dich überhaupt?«

»Sag es mir«, erwiderte er. »Was ist mit dir? Was willst du? Willst du, dass ich fortgehe? Ernsthaft? Sag es mir, wenn du das willst –, aber ruhig und ernst, nicht im Zorn, damit ich weiß, dass du meinst, was du sagst. Sag mir, ich soll gehen, und ich werde gehen.«

Selbst die Aussicht auf Forbes Pistole vor wenigen Tagen hatte ihn nicht mit einem solchen Entsetzen erfüllt, wie er es nun empfand.

»Ich bin *schwanger*«, schrie sie. »Ich habe keine Wahl.«

Er schrak zurück, fast als hätte sie ihm mit aller Kraft einen Faustschlag aufs Kinn versetzt. Gütiger Himmel! Wie lange wusste sie es schon? Hätte sie es ihm gesagt, wenn er heute nicht gekommen wäre? Hätte sie es ihm *jemals* gesagt? Hätte sie sich ihm jemals anvertraut, ihm vertraut, ihm vergeben?

Sie sah ihn in dem auf ihre Worte folgenden Schweigen wütend an. Er verkrampfte die Hände hinter dem Rücken so fest, dass es schmerzte.

»Ah, so«, sagte er schließlich leise. »Nun, das ändert alles, Jane.«

## 26. Kapitel

Lady Webb öffnete die Tür zu Janes Ankleidezimmer und trat ein. In Mitternachtsblau mit passendem, federbesetztem Turban gekleidet, bildete sie einen deutlichen Kontrast zu Jane, die in einem eleganten, hochgeschlossenen Kleid aus weißer Spitze über weißem Satin, an dessen bogenförmigem Saum Silberfäden schimmerten, der Schärpe unter ihrem Busen und den kurzen bogenförmig geschnittenen Ärmeln fast ätherisch wirkte. Dazu trug sie lange, weiße Handschuhe und silberfarbene Slipper und hatte ein schmales, weißes, ebenfalls von Silberfäden durchzogenes Band durch ihr goldenes Haar gewoben.

»Oh, Sara, meine Liebe«, sagte Lady Webb, »du bist wirklich die Tochter, die ich niemals hatte. Wie glücklich ich bin. Aber wie sehr ich mir auch wünschte, deine arme Mutter wäre hier, um dich am sicher wichtigsten Tag deines Lebens zu sehen. Du bist ohne Zweifel wunderschön.«

Jane hatte ihre Erscheinung in dem hohen Spiegel in ihrem Ankleideraum kritisch betrachtet. Nun wandte sie sich zu ihrer Patin um.

»Genau dasselbe hast du gestern gesagt, als ich gezwungen war, diese abscheuliche, schwere, altmodische Kleidung zu tragen, auf der die Königin bei der Vorstellung auf einem ihrer Empfänge besteht«, sagte sie. »Heute Abend fühle ich mich mit Sicherheit besser.«

»Deine Vorstellung bei Hofe war eine Verpflichtung«, sagte Lady Webb. »Dein Debütantinnenball ist dein persönlicher triumphaler Einzug in die Gesellschaft.«

»Vermutest du also, dass es ein Triumph sein wird?« Jane nahm ihren Fächer von der Frisierkommode. Der bevorstehende Abend machte sie beklommen. Den ganzen Tag über hatte in Vorbereitung des Balles eifrige Geschäftigkeit geherrscht. Seit sie von einem Morgenausflug mit ihrem Dienstmädchen zurückgekehrt war, hatte sie verwundert zugesehen, wie der Ballsaal in ihrem Beisein verwandelt wurde. Er wurde ganz in Weiß und mit Silberbändern und Schleifen und Blumen geschmückt, wobei nur das üppige Grün der Blätter und Farne dem Raum Farbe verlieh. Die großen Kronleuchter waren abgesenkt und gesäubert und mit Hunderten neuer Kerzen bestückt worden. Am Spätnachmittag war das Orchester eingetroffen und hatte seine Instrumente auf dem Podest aufgebaut. Der Speisesaal war für ein prächtiges abendliches Festessen um Mitternacht mit dem besten Porzellan und Kristall und Silber eingedeckt.

»*Natürlich* wird es ein Triumph«, sagte Lady Webb, trat zu Jane und umarmte sie, wenn auch nicht so fest, dass ihre Kleidung zerknittert wurde. »Wie könnte es kein Triumph werden? Du bist Lady Sara Illingsworth, Tochter des verstorbenen Earl of Durbury und eine bedeutende Erbin. Du bist so wunderschön wie die Prinzessinnen im Märchen. Und du hast bereits einen beachtlichen Kreis von Bewunderern.«

Jane lächelte kläglich.

»Du könntest jedwede Anzahl großartiger Verbindungen eingehen«, belehrte sie ihre Patin. »Beispielsweise hat dir Viscount Kimble deutliche Aufmerksamkeit bezeigt und könnte, wie ich glaube, gewiss bei der Stange gehalten werden. Du musst dich nicht verpflichtet fühlen zuzulassen, dass Tresham dir weiterhin den Hof macht – wenn er überhaupt die Absicht hat. Er kam und hat dir ein ehrbares Angebot gemacht – zumindest glaube ich, dass es ehrbar war. Aber du kannst wählen, Sara.«

»Tante Harriet«, sagte Jane halbwegs vorwurfsvoll.

»Aber ich werde nichts mehr zu diesem Thema sagen«, sprach Lady Webb. »Ich habe bereits genug gesagt – vielleicht sogar zu viel. Komm, wir müssen in den Ballsaal hinuntergehen. Unsere Gäste werden bald eintreffen. Cyril und Dorothy werden schon auf uns warten.«

Lord Lansdowne war Lady Webbs Bruder. Sie hatte ihn und seine Frau eingeladen, um ihr als Gastgeber zur Seite zu stehen. Lord Lansdowne sollte Jane zu den Eröffnungstänzen führen.

Der Ballsaal hatte im späten Nachmittagslicht schon großartig ausgesehen, aber nun wirkte er beinahe atemberaubend. Die Kerzen brannten alle und warfen funkelndes Gold über all das Weiß und Silber, ihr Licht von den hohen Spiegeln entlang der Wände vervielfacht.

Alles wirkte fast, dachte Jane, wie für einen Hochzeitsball vorbereitet. Aber heute Abend wurde ihr Debüt gefeiert. Und alles musste gut gehen. Nichts durfte den Abend verderben. Tante Harriet hatte so viel Zeit und Energie aufgewandt – wie auch eine Menge Geld –, um sicherzustellen, dass der gestrige und heutige Tag für ihr Patenkind perfekt verliefen.

»Bist du nervös, Sara?«, fragte Lady Lansdowne.

Jane wandte sich ihr mit wider Willen tränenerfüllten Augen zu. »Nur insoweit, als ich möchte, dass um Tante Harriets willen alles gut geht«, sagte sie.

»Ich muss sagen, du bist wunderhübsch, meine Liebe«, bemerkte Lord Lansdowne. »Nun, wenn ich nur die Tatsache verbergen kann, dass ich zwei linke Füße besitze ...« Er lachte herzlich.

Jane wandte sich zu Lady Webb um, die sie mit mütterlichem Auge betrachtete. »Vielen Dank für dies alles, Tante Harriet«, sagte sie. »Meine eigene Mama hätte es nicht besser für mich arrangieren können.«

»Nun, meine Liebe. Was soll ich sagen?« Lady Webb wirkte verdächtig gerührt.

Vielleicht zum Glück trafen gerade einige frühe Gäste ein. Die vier Gastgeber bildeten vor den Türen des Ballsaals eilig ein Empfangskomitee.

Die nächste Stunde verging für Jane wie im Traum, da sie letztendlich im fortgeschrittenen Alter von zwanzig Jahren offiziell ihresgleichen in der Hautvolee vorgestellt wurde. Zwischen den fremden Gesichtern befanden sich einige vertraute. Bei einigen Menschen hatte sie das Gefühl, sie schon recht gut zu kennen. Da war der sehr gut aussehende und charmante Viscount Kimble, den Tante Harriet anscheinend für einen potenziellen Anwärter auf Janes Hand hielt. Da waren der freundliche Sir Conan Brougham und einige weitere von Jocelyns Freunden, die ihn im Dudleyhaus besucht hatten, während Jane dort weilte. Da war Lord Ferdinand Dudley, der sich über ihre Hand beugte, sie an die Lippen hob und Jane mit seinem anziehenden, jungenhaften Charme anlächelte. Und da waren Lord und Lady Heyward. Ersterer verbeugte sich höflich, äußerte nur Korrektes und wäre in den Ballsaal weitergegangen, wenn seine Frau nicht andere Vorstellungen gehabt hätte.

»Oh, Sara«, sagte sie und umarmte Jane fest, ohne auf die Gefahr zu achten, dass ihrer beider Erscheinungen ernsthaften Schaden erleiden könnten. »Sie sehen *wirklich* wunderschön aus. Ich beneide Sie *so sehr* darum, dass Sie Weiß tragen können. Ich selbst sehe darin wie ein Geist aus und muss einfach buntere Farben tragen. Obwohl Tresham und Ferdie meinen Geschmack ständig kritisieren, diese abscheulichen Menschen. Kommt Tresham heute Abend? Er wollte mir keine direkte Antwort geben, als ich ihm heute Nachmittag im Park begegnete. Haben Sie beide sich gestritten? Wie großartig von Ihnen, tatsächlich mit ihm zu streiten. Niemand hat ihm jemals die Stirn bieten können. Ich hoffe, dass Sie ihm nicht zu bereitwillig vergeben, sondern ihn leiden lassen. Aber morgen, wissen Sie ...«

Lord Heyward hatte fest ihren Ellbogen umfasst. »Komm, meine Liebe«, sagte er. »Die Menschenschlange wird die Treppe hinab und durch die Eingangshalle bis aufs Trottoir reichen, wenn wir hier noch länger plaudernd stehen bleiben.«

»*Hast* du dich mit dem Duke gestritten, Sara?«, fragte Lady Webb, als sie sich abwandten. »Du selbst hast so wenig erzählt, nachdem er dich letzte Woche aufgesucht hatte. Weißt du, ob er die Absicht hat, heute Abend zu kommen?«

Aber es warteten wirklich schon eine ganze Reihe Menschen darauf, ebenfalls vorgestellt zu werden. Es gab keine Gelegenheit für weitere Privatgespräche.

Er kam. Natürlich kam er. Er kam spät, aber nicht

*zu* spät. Jane und Lady Webb standen noch mit Lord und Lady Lansdowne vor den Türen des Ballsaals, während darinnen bereits reges Stimmengewirr herrschte und die Mitglieder des Orchesters ihre Instrumente stimmten. Er trug einen schwarzen, tadellos sitzenden Frack mit grauer Seidenhose, silberfarben bestickter Weste, strahlend weißem Hemd mit Spitze und schwarze Tanzschuhe. Er wirkte streng und korrekt und hochmütig, während er sich nacheinander vor allen Mitgliedern des Empfangskomitees verbeugte.

»Lady Sara«, murmelte er, als er zu Jane kam. Er umfasste den Stiel seines edelsteinbesetzten Lorgnons, hob es aber nicht ganz ans Auge, während er sie langsam von Kopf bis Fuß betrachtete. »Du liebe Güte. Du siehst fast wie eine Braut aus.«

Oh, du abscheulicher, hassenswerter Mann! Er wusste sehr wohl, dass Weiß beim Debüt obligatorisch für eine Lady war.

»*Euer Gnaden*«, murmelte sie und betonte die Worte als Vergeltung dafür, dass er sie Lady Sara genannt hatte. Sie gewährte ihm einen flüchtigen Hofknicks.

Er verweilte nicht, sondern ging in den Ballsaal weiter. Jane wandte ihre Gedanken von ihm ab. Es war nicht leicht, musste aber sein. Der heutige Abend besaß mehr Wichtigkeit für Tante Harriet als für sie selbst.

Fünf Minuten später führte Lord Lansdowne sie zu den Eröffnungstänzen. Jane genoss den Moment in vollen Zügen. Sie tanzte zum ersten Mal auf einem prächtigen Londoner Ball – und es war noch dazu ihr eigener Ball. Sie tanzten einen lebhaften und schwierigen englischen Volkstanz, der sie erhitzte und zum

Lachen brachte, noch bevor er vorüber war. Weitere Paare schlossen sich ihnen auf der Tanzfläche an, tatsächlich genügend viele, dass Tante Harriet sich morgen gewiss rühmen könnte, es habe bei diesem Ereignis Gedränge geherrscht.

Jocelyn tanzte nicht. Jane blickte nicht einmal offen zu ihm hin, war sich seiner Gegenwart aber jeden Augenblick bewusst, den er allein am Rande der Tanzfläche stand, dunkel und gut aussehend, und die Tänzer beobachtete. Als die Eröffnungstänze endeten, nachdem Lord Lansdowne sie zu Lady Webb zurückbegleitet hatte und sich ihr einige potenzielle Tanzpartner, einschließlich Lord Ferdinand, genähert hatten, sah sie ihn sich abwenden und den Ballsaal verlassen.

Jocelyn streifte umher. Seine Bewegungen waren mit keinem anderen Wort zu beschreiben. Sogar er selbst war sich dessen bewusst, während er vom Ballsaal zum Kartenzimmer, zum Erfrischungsraum, zu dem Treppenabsatz, der die drei Räume miteinander verband, und wieder zum Ballsaal zurückging. Er kam nirgendwo zur Ruhe, obwohl Pottier ihn aufforderte, sich einer Gruppe von Kartenspielern anzuschließen, und Lady Webb anbot, ihn mit einer Tanzpartnerin bekannt zu machen. Er musste sich natürlich um Ferdinand kümmern. Und um Angeline.

»Ich weiß nicht, warum du überhaupt gekommen bist«, sagte Ersterer missbilligend, als sie auf dem Treppenabsatz gegeneinander stießen, während Ferdinand auf dem Weg zum Erfrischungsraum war und Jocelyn gerade zum dritten Mal das Kartenzimmer betreten wollte. »Du wirkst seit deinem Eintreffen nur verdammt verdrießlich und hochnäsig. Wenn du gekommen bist, um ihr den Abend zu verderben, bin ich hier, um dir zu sagen, dass ich das nicht zulassen werde.«

Jocelyn sah seinen Bruder erfreut anerkennend an. Dann hob er das Lorgnon ans Auge. »Du hast noch immer denselben Kammerdiener, Ferdinand?«, fragte er. »Trotz der Tatsache, dass er immer noch versucht, dir die Kehle zu durchschneiden? Dann bist du tapferer als ich, mein lieber Freund.«

Ferdinand runzelte die Stirn und betastete den kleinen Einschnitt rechts unter seinem Kinn, während Jocelyn in Richtung des Kartenzimmers davonschlenderte.

Angeline war ein wenig geschwätziger – aber wann war sie das andererseits nicht? Anscheinend fand es ihren Beifall, dass Jane so strahlend glücklich wirkte, wo doch deutlich war, dass Tresham mit ihr gestritten haben musste. Sie hoffte, dass Jane ihn zappeln lassen und niemals verzeihen würde, was auch immer er gesagt hatte, um sie zu beleidigen. Und *er* wäre nicht ihr Bruder, wenn er Janes Herz nicht im Sturm eroberte, sich ihr erklärte und entschieden weigerte, ein Nein als Antwort zu akzeptieren.

»Darum habe ich Heyward zum Handeln getrieben«, belehrte sie ihn. Sie fächelte sich das Gesicht, während ihr Bruder sie mit Abscheu betrachtete.

»Ich frage mich«, sagte er, »ob du farbenblind bist, Angie. Das ist die freundlichste Begründung, die mir einfällt, um die entsetzliche Auswahl roter und rosafarbener Federn zu erklären, die du nebeneinander im Haar trägst.«

Sie ignorierte ihn. »Du wirst Lady Sara in St.

George's am Hanover Square heiraten, noch bevor die Saison vorüber ist«, belehrte sie ihn. »In Anwesenheit der gesamten Hautevolee. Ich bestehe vollkommen darauf, Tresham. Ich werde alles selbst planen.«

»Der Himmel bewahre uns«, murmelte er, bevor er sich höflich vor ihr verbeugte und seinen Weg in den Ballsaal fortsetzte.

Es war fast an der Zeit. Ein Cotillion kam zum Ende. Als nächstes würde ein Walzer gespielt. Er stand nahe der Türen, sein Umherstreifen vergessend, und beobachtete, wie Brougham eine erhitzte und lächelnde Jane von der Tanzfläche führte und zu Lady Webb zurückbrachte. Der unvermeidliche Kreis Hoffnungsvoller versammelte sich. Es sah so aus, als habe Kimble das Rennen gewonnen. Er lächelte und sagte etwas zu Jane. Jocelyn schlenderte vorwärts.

»Dies«, sagte er bestimmt, als er nahe genug war, »ist, glaube ich, mein Tanz, Madam.«

»Zu spät, zu spät«, erwiderte Kimble leichthin. »Ich habe zuerst gefragt, Tresham.«

Jocelyn betrachtete seinen Freund mit hochmütig hoch gezogenen Augenbrauen, während er mit einer Hand den Stiel seines Lorgnons umfasst hielt.

»Gratuliere, mein lieber Freund«, sagte er. »Aber die Hand der Lady gehört dennoch mir. Wenn du es natürlich bestreiten willst ...«

»Euer Gnaden«, begann Jane und klang eher verlegen als zornig. Jocelyn hob das Lorgnon ans Auge und wandte sich ihr zu. Alle anderen anwesenden Stutzer erstarrten augenblicklich, bemerkte er, als erwarteten sie, dass jeden Moment eine Rauferei ausbräche und befürchteten, sie könnten hineingezogen werden.

»Du hast für die nächsten ungefähr zehn Jahre genügend Duelle ausgefochten, Tresh«, sagte Kimble. »Und ich hege keinen wie auch immer gearteten Wunsch, ins falsche Ende deiner Pistole zu blicken, auch wenn ich sehr wohl weiß, dass du in die Luft schießen würdest, wenn es soweit wäre.«

Er verbeugte sich, besaß die Verwegenheit, Jane noch zuzublinzeln, und schlenderte davon.

»Ich kann keinen Walzer tanzen, Euer Gnaden«, erinnerte Jane Jocelyn. »Dies ist mein Debüt, und noch hat keine der Patroninnen von Almack's ihre Zustimmung angezeigt, mir bei einem öffentlichen Ball das Walzertanzen zu erlauben.«

»Unsinn!«, sagte er. »Dies ist *dein* Ball, und du wirst Walzer tanzen, wenn du es willst. *Willst* du es denn?«

Lady Webb, die vielleicht Einspruch erhoben hätte, tat dies jedoch nicht. Es war Janes Entscheidung. Besaß sie den Mut? Er sah ihr direkt in die Augen.

»Ja«, sagte sie und legte ihre Hand auf seinen Ärmel. »Natürlich will ich es.«

Und so schritten sie gemeinsam zum Walzer auf die Tanzfläche, ein Zug, der bei den meisten, wenn nicht bei allen versammelten Gästen für erhebliche Aufmerksamkeit sorgte, wie Jocelyn bemerkte. Man sprach über sie, erkannte er, trotz seiner Bemühungen, dafür zu sorgen, dass es nicht geschähe. Und nun hatte er sie den vorherrschenden Bräuchen zum Trotz zum Walzertanzen verleitet.

Es kümmerte ihn keinen Deut, was andere dachten. Aber sie kümmerte es natürlich. Dies war ihr Debüt, das Lady Webb mit solch selbstloser Begeisterung für sie vorbereitet hatte. Er sah sie angespannt an, als er sie in die Arme nahm. Wie konnte er sich wohl benehmen, wie ein Gentleman es tun sollte, und sich verhalten, als bedeute sie ihm nichts? Wie konnte er nur verbergen, was er für diese Frau empfand? Sie nur zu berühren, auf diese Art ... Aber er hielt den vorgeschriebenen Abstand ein und konzentrierte sich darauf, die Leidenschaft, die er empfand, nicht zu zeigen.

»Es war recht abscheulich von dir«, sagte sie, »was du bei deinem Eintreffen gesagt hast.«

»Lady Sara?«, fragte er. »Aber das bist du. Und ich habe mich bestens benommen. Außerdem hast du dich, ohne mit der Wimper zu zucken, gerächt, Jane.«

»Nicht das«, sagte sie. »Das andere.«

»Dass du wie eine Braut aussiehst?«, fragte er. »Das tust du. Ganz in Weiß und Spitze und Satin und errötet.«

»*Erhitzt*«, sagte sie. »Ich habe getanzt.«

»Mit all deinen treuesten und beharrlichsten Verehrern«, stimmte er ihr zu.

»Eifersüchtig?«

Er hob die Augenbrauen, ließ sich aber nicht zu einer Antwort herab. Stattdessen zog er sie näher an sich. Tatsächlich schockierend nahe. Er konnte die Klatschbasen hinter vorgehaltenen Fächern und Lorgnetten und behandschuhten Händen murmeln und murren hören. Jane erhob keinerlei Einwände.

Danach sprachen sie nicht mehr. Es war eine schwungvolle Walzermelodie, die das Orchester spielte, und die Tanzfläche war größer als der Salon im Dudleyhaus, wo sie zuletzt zusammen Walzer getanzt hatten. Er schwang sie am Rande der Tanzfläche entlang, wirbelte sie im Rhythmus umher, sein Blick unentwegt mit ihrem verschränkt, ihre Körper sich fast berührend.

Es waren keine Worte nötig. Sie hatten während der Wochen ihrer Bekanntschaft viel gesprochen. Genug, dass sie sich manchmal recht beredt austauschen konnten, ohne dass ein einziges Wort über ihre Lippen kam. Trotz seiner guten Vorsätze, hüllte er sie mit seinem Blick in Liebe, ungeachtet aller Zuschauer, die sie vielleicht noch immer hatten. Sie presste die Lippen zusammen, aber sie wandte den Blick nicht einmal ab. Er würde ihr nicht den Abend verderben, sagten ihre Augen ihm. Um Lady Webbs willen würde er das nicht tun. Sie war vielleicht zu einem möglichen Skandal verleitet worden, indem sie mit ihm Walzer tanzte, aber sie würde sich nicht davon überzeugen lassen, ihn ebenso anzusehen, wie er sie ansah. Oder mit ihm zu streiten. Und doch sagten ihre Augen auch Anderes. Sie waren weitaus ausdrucksvoller, als sie erkannte.

»Nun, Jane«, fragte er sie, als er erkannte, dass sich der Walzer dem Ende näherte, »was meinst du? Ist dies der glücklichste Tag deines Lebens?«

»Natürlich.« Sie lächelte ihn träge an. »Wie könnte er es nicht sein? Bist *du* glücklich?«, fragte sie ihn.

»Verdammt«, antwortete er.

Ein Fremder stand bei Lady Webb, wie er sah, als er Janes Arm nahm, um sie zu ihrer Patin zurückzubringen. Ein junger Mann, der vollkommen unaufdringlich und schicklich, aber ohne den leisesten Hauch von Eleganz oder Stil gekleidet war. Jemand, der anscheinend fast ausschließlich auf dem Lande lebte. Das Muttersöhnchen und der Bauernlackel, wenn er sich nicht sehr irrte.

Diese Vermutung wurde fast augenblicklich bestätigt, sobald Jane ihre Aufmerksamkeit von jemandem abwandte, der im Vorübergehen etwas zu ihr gesagt hatte, und zu Lady Webb nach vorn schaute. Ihre Hand erstarrte auf seinem Arm, und sie eilte vorwärts.

»Charles!«, rief sie aus, streckte dem Bauernlackel beide Hände entgegen, der ihn, Jocelyn, wütend anstarrte, als würde er ihn am liebsten Glied für Glied auseinander nehmen.

»Ja, Sara«, sagte der junge Dummkopf, als er schließlich die Frau ansah, die als die Liebe seines Herzens bekannt war, und ihre Hände in seine nahm. »Ich bin gekommen. Du bist jetzt recht sicher.«

»Ich bin gekommen«, sagte Charles erneut. »Und im richtigen Augenblick, wie mir scheint, Sara. Ich fand diesen Burschen widerwärtig.«

Jane hatte ihren Arm durch seinen geschoben und führte ihn gerade zum Erfrischungsraum. Ja, Jocelyn hatte sich wirklich ausgesprochen übel benommen. Er war zum Duke of Tresham geworden, noch bevor sie die beiden Männer einander vorgestellt hatte, ganz hochmütige Langeweile, das Lorgnon am Auge. Und *als* sie sie einander dann vorstellte, hatte er recht arrogant gesprochen.

»Tatsächlich?«, hatte er gesagt und Charles gemustert. »Lady Saras Fürsprecher, nehme ich an? Ihr zuverlässiger Ritter, der im Galopp zu ihrer Rettung geeilt ist, als sie sich in den Fängen des Drachen befand?«

Charles war vor Empörung fast sichtbar angeschwollen, aber er hatte nichts Besseres zu sagen gewusst, als dass er zu der Zeit nicht zu Hause gewesen sei und dass er, als er zurückkehrte, erfahren hatte, dass selbst die Polizei sie nicht hatte finden können.

»Ja, genau«, hatte Jocelyn ihm mit hörbarem Seufzen zugestimmt, bevor er sich vor Jane und Lady Webb verbeugt hatte und davongeschritten war.

Jane hatte, zu ihrer Schande, das Bedürfnis verspürt zu lachen. Sie hatte nichts als Bestürzung und Ärger empfunden, als sie Charles in Tante Harriets Ballsaal gesehen hatte. Er musste ihren Brief mit Sicherheit erhalten haben, bevor er Cornwall verließ. Aber er war dennoch gekommen.

»Ja, du bist gekommen«, sagte sie. »Aber warum, Charles, wo ich dir doch geschrieben und dich gebeten hatte, es nicht zu tun.«

»Wie konnte ich fern bleiben?«, fragte er.

»Und doch«, sagte sie ruhig, während sie das Glas Zitronenlimonade annahm, dass er für sie von einem Tablett genommen hatte, »bist du nicht gekommen, als ich dich am dringendsten brauchte, Charles. Oh, ja, ich weiß.« Sie hob eine abwehrende Hand, als er etwas sagen wollte. »Du sahst keinen Sinn darin zu kommen, wo du doch nicht wusstest, wo du suchen solltest. Es war vernünftig, zu Hause zu bleiben.«

»Ja, genau«, stimmte er ihr zu. »Ich bin jetzt gekommen, wo ich etwas tun kann. Ich bin froh, dass Lady Webb diesen Ball für dich arrangiert hat. Es ist nur angemessen, dass Lady Sara Illingsworth in die Hautevolee eingeführt wird. Aber leider setzt dich ein solches Ereignis auch jeglichem Lebemann oder Glücksjäger aus, der sich die Mühe macht, dich zum Tanzen aufzufordern.«

»Die Gästeliste wurde von Tante Harriet vorbereitet«, erklärte Jane. »Und jeder Tanzpartner, den ich heute Abend hatte, wurde von ihr gutgeheißen. Du beleidigst sie mit solchen Worten, Charles.«

»Nun«, sagte er, »du hast mit dem Duke of Tresham Walzer getanzt, Sara, und er hat sich mit seinen Blicken ungehörige Freiheiten herausgenommen. Außerdem hatte er kein Recht, dich ausgerechnet zu einem Walzer zu führen. Er wird bewirken, dass man dich als leichtlebig bezeichnet. Ich weiß, dass er daran beteiligt war, dich zu finden und hierher zu bringen, also hatte Lady Webb vermutlich keine andere Wahl, als ihn einzuladen. Aber er darf nicht ermutigt werden. Ein Mann wie er hegt bei keiner Frau ehrbare Absichten, glaube mir.«

Jane seufzte und nippte an ihrem Drink. »Charles«, sagte sie, »ich will nicht mit dir streiten. Wir waren stets Freunde, und ich bin dir dankbar, dass du dich ausreichend gesorgt hast, um den ganzen Weg hierher zu kommen. Aber du musst wirklich nicht über Menschen urteilen, denen du niemals zuvor begegnet bist, weißt du.«

»Sein Ruf genügt mir«, sagte er. »Verzeih, Sara, aber du wurdest liebevoll aufgezogen und hast weit entfernt von Orten wie London ein beschütztes Leben geführt. Ich kann verstehen, dass eine Erfahrung wie diejenige am heutigen Abend aufregend für dich ist. Aber du darfst deine Wurzeln nicht verleugnen. Du gehörst aufs Land. Du würdest hier nicht für immer glücklich.«

»Nein«, stimmte sie ihm zu und blickte sanft lächelnd in ihr Glas. »Du hast Recht.«

»Dann komm mit mir nach Hause«, drängte er sie. »Morgen oder übermorgen oder nächste Woche. Komm nur mit.«

»Oh, Charles«, sagte sie. »Ich wünschte, du hättest den Brief gelesen, den ich dir geschickt habe. Ich kann nicht nach Cornwall zurückkehren. Diese Phase meines Lebens ist vorüber. Ich hoffe, wir können Freunde bleiben, aber da ...«

»Er ist nicht der Richtige für dich, Sara«, sagte er beharrlich und unterbrach sie damit. »Glaube mir, er ist es nicht. Er könnte dir nur Unglück bringen.«

»Was genau das ist, was ich dir bringen würde, Charles«, erwiderte sie sanft. »Ich hege eine tiefe Zuneigung für dich. Aber ich liebe dich nicht.«

»Liebe wächst zwischen Eheleuten«, sagte er. »Zuneigung genügt für den Anfang.«

Sie legte eine Hand auf seinen Arm. »Dies ist weder die richtige Zeit noch der richtige Ort, Charles«, sagte sie. »Ich habe bereits eine Tanzrunde versäumt. Wenn ich nicht bald in den Ballsaal zurückkehre, werde ich noch eine weitere Runde versäumen, und das möchte ich nur sehr ungern.«

»Dann werden wir morgen darüber reden«, sagte er.

Wie sehr sie wünschte, er wäre nicht nach London gekommen, dachte sie, während er sie in den Ballraum zurück begleitete. Aber sie schwieg.

Später am Abend saß sie in Gesellschaft von Freunden und Bekannten zum Abendessen an einem der langen Tische im Speisesaal, als Charles kam und den freien Platz ihr gegenüber einnahm. Jane lächelte ihn an und stellte ihn den Leuten um sie herum vor. Er war eine Zeit lang still, während die anderen über eine Vielzahl von Themen plauderten und lachten.

Baron Pottier verkündete seine Absicht, den Sommer über, wenn die Saison vorüber war, nach Brighton abzureisen. Dorthin fuhr auch der Prinzregent, und die halbe Hautevolee folgte ihm.

»Gehen Sie auch dorthin, Lady Sara?«, fragte Lord Pottier.

»Oh, nein, ich glaube nicht«, antwortete Jane. »Ich möchte den Sommer lieber auf dem Lande verbringen.«

Viscount Kimble, der neben ihr saß, nahm ihre Hand in seine und führte sie an die Lippen. »Aber Brighton würde ohne Sie alle Anziehungskraft fehlen«, belehrte er sie augenzwinkernd. »Ich werde Sie einfach entführen und persönlich dorthin bringen.«

»Oh, nein, das werden Sie nicht«, sagte Lady Heyward lachend. »Wenn jemand sie entführen muss, dann werde ich es tun – mit Heywards Hilfe. Aber natürlich wäre er nicht damit einverstanden, etwas so Kühnes und Gefährliches zu tun. Dann mit Ferdies Hilfe. Wir werden Lady Sara und Tresham entführen und sie zu einer großen Hochzeit zu St. George's geleiten. Nicht wahr, Ferdie?«

Lord Ferdinand, der neben Charles auf der anderen Seite des Tisches saß, grinste. »Ich würde die Hilfe eines halben Regiments stämmiger Militärs brauchen, wenn ich versuchen sollte, Tresham zu fesseln«, sagte er.

Viscount Kimble seufzte seelenvoll. »Ach«, sagte er, »vergessen Sie mich nicht ganz, sonst wird mir das Herz brechen, Madam.«

Jane lachte ihn an, und die Unterhaltung hätte sich zweifellos einem anderen Thema zugewandt. Aber nun ergriff Charles, der den unbeschwerten, neckenden Tonfall der Unterhaltung vielleicht nicht erkannt hatte, das Wort.

»Wie Lady Sara bereits sagte«, belehrte er die Gruppe, »wird sie den Sommer über aufs Land zurückkehren. Vielleicht schon früher.«

»Oh, ja«, stimmte Lady Heyward ihm lachend zu. »Nach der Hochzeit. Aber nun wirklich, Ferdie ...«

»Lady Sara wird nach Cornwall zurückkehren. Mit mir«, sagte Charles ausreichend nachdrücklich, dass er die Aufmerksamkeit aller am Tisch Sitzenden auf sich zog. »Wir sind uns schon lange einig.«

»Charles!«, sagte Jane scharf, bevor sie der Gruppe von sich aus erklärte: »Wir waren unser ganzes Leben lang Freunde und Nachbarn.«

»Vielleicht hätte Tresham noch das eine oder andere zu Ihrem *Einigsein* zu sagen«, bemerkte Baron Pottier. »Gehen Sie wirklich nach Cornwall zurück, Lady Sara? Ungeachtet Jardines?«

»Ich glaube, ich werde meine Verlobte vor jeglichen weiteren Unverschämtheiten aus dieser Richtung beschützen können«, sagte Charles.

»Charles, *bitte* ...«

»Oh, Sie befinden sich im Irrtum, Sir«, sagte Lady Heyward heiter. »Lady Sara wird meinen Bruder heiraten, obwohl sie sich gestritten und heute Abend nur einmal miteinander getanzt haben ...«

»Sei still, Angie«, sagte Lord Ferdinand. »Die Lady wirkt verlegen. Wechseln wir das Thema. Sprechen wir über das Wetter.«

Aber Charles ließ sich nicht abschrecken. Er erhob sich augenblicklich, wobei er den Stuhl mit den Knien geräuschvoll zurückschob. Und irgendwie erregte seine Handlungsweise im ganzen Speisesaal allgemeine Aufmerksamkeit, so dass der Geräuschpegel merklich sank.

»Lady Sara Illingsworth wird nicht länger das Objekt irgendwelcher Galanterien Londoner Stutzer sein«, sagte er, seine Stimme vor Empörung bebend. »Ich werde sie mit nach Hause nehmen, wo sie hingehört. Nicht nach Candleford, sondern *nach Hause.*«

Jane hätte gedemütigt die Augen geschlossen, aber zunächst schaute sie zu einer dunkel gekleideten Gestalt im Eingang des Speisesaals. Er musste auf dem Weg nach draußen gewesen sein, stand aber jetzt still da, das Lorgnon in einer Hand, seine Aufmerksamkeit auf Charles gerichtet.

»Mr Fortescue«, fragte Lady Lansdowne vom Ende ihres Tisches, »verstehen wir es richtig, dass Sie gerade Ihre Verlobung mit Sara verkünden?«

Janes Blick verband sich mit dem Jocelyns im Eingang.

»Charles ...«, sagte sie laut.

»Ja, Madam«, sagte Charles, hob seine Stimme an und sprach nun zu einem aus jedem einzelnen Gast des Balles bestehenden Publikum. »Ich habe die Ehre, meine Verlobung mit Lady Sara Illingsworth bekannt zu geben. Ich denke, dass uns jedermann Glück wünschen wird.«

Stimmengewirr erklang. Aber dann trat Jocelyn einen Schritt vor, und erneut senkte sich Stille über den Raum.

»Nein, nein, nein«, sagte er, wieder jeder Zoll der Duke of Tresham. »Ich könnte wetten, dass sich Lady Sara nicht einverstanden erklärt hat, und es ist keine feine Art, wissen Sie, Fortescue, solch eine Ankündigung zu machen, bevor die zukünftige Braut zugestimmt hat.«

»Natürlich hat sie sich einverstanden erklärt«, sagte Charles gereizt. »Wir waren uns einig ...«

»*Tatsächlich*, Jane?« Das herzögliche Lorgnon wurde auf sie gerichtet. »Wie ungehörig von dir, mein Liebling.«

Jane hörte bei Jocelyns Gebrauch des Koseworts ein weibliches Keuchen. Während Jocelyn sich wahrhaftig *amüsierte*, wünschte sich Jane, sie könnte im Erdboden versinken.

»Sie ist *nicht* Ihr Liebling«, erwiderte Charles, »und ich wäre Ihnen dankbar, wenn Sie nicht ...«

»Ah, aber das ist sie«, sagte Jocelyn, trat einige weitere Schritte vorwärts und senkte das Lorgnon. »Und ich muss äußerst eindringlich Einspruch gegen Ihre eingebildete Verlobung mit ihr erheben, mein lieber Freund. Sehen Sie, so sehr ich Ihnen die Sorge, die Sie um ihr Wohlergehen gezeigt haben, zugute halten muss, kann ich Ihnen doch nicht gestatten, meine Frau zu heiraten.«

Erneut erklang Stimmengewirr, wurde aber rasch wieder gedämpft. Niemand wollte auch nur ein Wort dieses Dramas verpassen, das in Dutzenden Salons und Clubs der Gentlemen tage- oder sogar wochenlang mit Wonne endlos wiederholt werden würde.

»*Was*?« Charles war blass geworden, wie Jane mit einem raschen Blick zu ihm erkannte. Er sah sie über den Tisch hinweg an. »Ist das wahr? Sara?«

Sie nickte kaum merklich.

Er sah sie noch einige Augenblicke an, während erneutes Stimmengewirr erklang und wieder gedämpft wurde, und dann wandte er sich ohne ein weiteres Wort um und stolzierte aus dem Raum, wobei er den Duke streifte.

»Komm, Jane.« Jocelyn streckte eine Hand zu ihr aus, und sie trat auf unsicheren Beinen zu ihm. Er lächelte, wie sie ihn noch niemals zuvor hatte lächeln sehen – offen, herzlich, strahlend.

»Ladys und Gentlemen«, sagte er, während sich seine Hand um ihre schloss, »bitte gestatten Sie mir, Ihnen meine Frau, die Duchess of Tresham, vorzustellen. Madam?« Er verbeugte sich vor Lady Webb. »Ich bitte um Verzeihung, dass mir die Hände gebunden waren. Jane bestand darauf, dass Ihnen nichts den gestrigen und heutigen Tag verderben durfte, da Sie so unermüdlich darum bemüht waren, ihre Vorstellung und Einführung in die Gesellschaft zu planen, aber für eine verheiratete Frau natürlich alles hätten ändern müssen. Und so willigte ich ein, unsere Bekanntmachung auf morgen zu verschieben.«

Er zog Janes Hand durch seinen Arm und bedeckte sie mit seiner freien Hand, bevor er die versammelten Gäste ansah, obwohl sein Blick auf seinem Bruder und seiner Schwester ruhte, als er fortfuhr. »Wir wurden heute Morgen dank einer Sondererlaubnis vermählt. Wir hatten eine stille Hochzeit, wie wir es beide wollten, bei der nur mein Sekretär und das Dienstmädchen als Zeugen anwesend waren.«

Er lächelte zu Jane hinab – wieder dieses warme, wundervolle, schutzlose Lächeln – und hob ihre Hand an die Lippen. Lärm und Bewegung waren die Reaktion auf seine Bekanntmachung.

»Mein Liebling«, murmelte er, solange er es noch konnte, »ich war bereits recht entschlossen, meine Braut für den verbleibenden Rest unserer Hochzeitsnacht in mein eigenes Heim in mein eigenes Bett zu führen, wenn dein Ball vorüber ist. Ich bin kein Heiliger, weißt du.«

»Ich habe niemals einen Heiligen gewollt«, belehrte sie ihn. »Ich habe nur stets dich gewollt, Jocelyn.«

Er beugte sich zu ihr, mit verlangendem Blick, und flüsterte ihr sehr leidenschaftlich etwas ins Ohr. »Meine Liebe und mein Leben. Meine Jane. Und endlich und für immer meine *Ehefrau.*«

Es war nur ein Moment – ein ewiger Moment – Zeit, ihn strahlend anzulächeln und sich erschreckt bewusst zu werden, dass es wirklich wahr war. Sie war mit Jocelyn verheiratet, ihrer Liebe, dem Verlangen ihres Herzens, ihrem Seelenverwandten. Sie war glücklicher, als jemand das Recht hatte zu sein. Er war ihr *Ehemann.*

Und es bestand keine Notwendigkeit mehr, es zu verbergen.

Dann umarmte Tante Harriet sie und benetzte sie mit Tränen und schalt sie und lachte. Und Lady Heyward nahm sie in die Arme und redete unentwegt. Lord Ferdinand grinste sie an und küsste sie auf die Wange und nannte sie Schwester. Viscount Kimble gab vor, sein gebrochenes Herz zu umklammern und küsste sie ebenfalls auf die Wange. Jocelyns Freunde schüttelten ihm alle kräftig die Hand und klopften ihm auf die Schulter. Seine Schwester überschwemmte seine Weste, trotz seines Einspruchs, mit Tränen und erklärte, dass ihre Nerven den Schock nicht ertrügen und sie niemals in ihrem Leben glücklicher gewesen sei und sie nächste Woche einen großen Hochzeitsball arrangieren würde, und Heyward solle sie nur aufzuhalten versuchen, der unausstehliche Mensch.

Danach verschwamm alles, als jedermann in den Ballsaal zurückkehrte und dem frisch verheirateten Paar im Vorübergehen gratulierte, sich verbeugte, Hofknickse vollführte, Hände schüttelte, die beiden umarmte und küsste. Mit erheblicher Verzögerung wurde der Tanz wieder aufgenommen.

Schließlich waren sie mit Lady Webb, Lord und Lady Lansdowne, Lord und Lady Heyward und Lord Ferdinand im Speisesaal allein. Jocelyn zog Janes glänzenden Ehering aus einer Westentasche, hob ihre linke Hand an und steckte ihr den Ring an den Finger, wo er während des Vormittags nur so kurz geweilt hatte.

»Mit diesem Ring, mein Liebling«, sagte er und beugte den Kopf, um sie vor ihrem kleinen Publikum offen zu küssen. Er schaute zu Lady Webb. »Nun, Madam, glauben Sie, das Orchester könnte dazu genötigt werden, noch einen Walzer zu spielen?«

»Absolut«, sagte Tante Harriet.

Und so tanzten sie erneut Walzer – die ersten fünf Minuten allein, während alle zusahen.

»Ich wiederhole«, sagte Jocelyn, als die Musik begann – dieses Mal eine langsame, träumerische Walzermelodie, »du siehst fast wie eine Braut aus, Jane. Tatsächlich siehst du genau wie eine Braut aus. Wie meine Braut.«

»Und der Ballsaal wirkt, als sei er für einen Hochzeitsball geschmückt«, sagte sie und erwiderte jeden seiner Blicke. »Für unseren Hochzeitsball.«

Und dann tat er etwas wahrhaft Schändliches. Er beugte den Kopf und küsste sie hart. Dann hob er den Kopf, lächelte sie sündhaft an und küsste sie erneut sanft. Und dann wieder mit aller Sehnsucht und aller Hoffnung und aller Liebe, von der Jane wusste, dass er sie im Herzen trug – und sie in ihrem.

»Sie wird den gefährlichen Duke of Tresham niemals ändern«, sagte eine unbekannte Stimme verblüffend deutlich, während Jocelyn Jane im Tanz umherwirbelte.

»Aber warum, um alles in der Welt, sollte sie das auch wollen?«, erwiderte eine weibliche Stimme.